Plinius · Epistulae

C. Plinius Caecilius Secundus

Epistulae
Sämtliche Briefe

Lateinisch / Deutsch

Übersetzt und herausgegeben von
Heribert Philips und Marion Giebel

Nachwort von
Wilhelm Kierdorf

Philipp Reclam jun. Stuttgart

Heribert Philips hat die Bücher 1–9 übersetzt, Marion Giebel das 10. Buch. Für die vorliegende Edition wurde die 1998 gebunden erschienene Gesamtausgabe (Reihe Reclam Nr. 59706) von Marion Giebel durchgesehen.

RECLAMS UNIVERSAL-BIBLIOTHEK Nr. 18742

Durchgesehene und bibliographisch ergänzte Ausgabe 2010
Umschlagabbildung: Pompejanisches Wandgemälde, 1. Jh. v. Chr. (Ausschnitt)
Gesamtherstellung: Reclam, Ditzingen. Printed in Germany 2010

ISBN 978-3-15-018742-5

www.reclam.de

C. Plini Caecili Secundi
Epistularum libri decem

C. Plinius Caecilius Secundus
Briefe in zehn Büchern

Liber primus

Erstes Buch

I

C. Plinius Septicio suo s.

(1) Frequenter hortatus es, ut epistulas, si quas paulo curatius scripsissem, colligerem publicaremque. collegi non servato temporis ordine (neque enim historiam componebam), sed ut quaeque in manus venerat. (2) superest, ut nec te consilii nec me paeniteat obsequii. ita enim fiet, ut eas, quae adhuc neglectae iacent, requiram et, si quas addidero, non supprimam. vale.

II

C. Plinius Arriano suo s.

(1) Quia tardiorem adventum tuum prospicio, librum, quem prioribus epistulis promiseram, exhibeo. hunc rogo ex consuetudine tua et legas et emendes, eo magis, quod nihil ante peraeque eodem ζήλῳ scripsisse videor. (2) temptavi enim imitari Demosthenen semper tuum, Calvum nuper meum, dumtaxat figuris orationis: nam vim tantorum virorum 'pauci, quos aequus …' adsequi possunt. (3) nec materia ipsa huic (vereor, ne improbe dicam) aemulationi repugnavit: erat enim prope tota in contentione dicendi; quod me longae desidiae indormientem excitavit, si modo is sum ego, qui excitari possim. (4) non tamen omnino Marci nostri ληκύθους fugimus, quotiens paulum itinere

1

C. Plinius grüßt seinen Septicius[1]

(1) Oft hast Du mich aufgefordert, ich solle die Briefe, soweit ich sie etwas sorgfältiger verfaßt hätte, sammeln und veröffentlichen. Ich habe sie gesammelt, ohne eine zeitliche Reihenfolge einzuhalten – denn ich schrieb ja kein Geschichtswerk –, sondern wie mir ein jeder gerade in die Hände kam. (2) Es bleibt zu hoffen, daß Du nicht Reue empfindest über Deinen Rat und ich nicht über meine Nachgiebigkeit. Es wird nämlich so kommen, daß ich die Briefe, die noch unbeachtet daliegen, heraussuche und, wenn ich neue schreibe, sie nicht zurückhalte. Lebe wohl!

2

C. Plinius grüßt seinen Arrianus[2]

(1) Weil ich voraussehe, daß Deine Ankunft später erfolgen wird, schicke ich Dir das Buch[3] zu, das ich Dir in meinen früheren Briefen versprochen hatte: Ich bitte Dich, es nach Deiner Gewohnheit zu lesen und zu verbessern, um so mehr, als ich nach meiner Meinung früher nichts in ähnlicher Weise mit demselben Eifer geschrieben habe. (2) Ich habe nämlich versucht, den schon immer von Dir geschätzten Demosthenes und den erst seit kurzer Zeit von mir verehrten Calvus[4] nachzuahmen, wenigstens in den Redefiguren. Denn die Kraft so bedeutender Männer können nur »wenige, die (Iuppiter) huldvoll …«, erreichen.[5] (3) Der Gegenstand selbst stand mit diesem – ich fürchte, mich übertrieben auszudrücken – Wettstreit nicht im Widerspruch. Er verlangte fast durchgehend eine Leidenschaft der Rede, was mich aus meinem Schlaf langer Trägheit aufgeweckt hat, wenn ich denn so veranlagt bin, mich aufwecken zu lassen. (4) Doch habe ich das Salbentöpfchen[6] unseres Marcus nicht ganz gemieden, sooft ein

decedere non intempestivis amoenitatibus admonebamur: acres enim esse, non tristes volebamus.

(5) Nec est, quod putes me sub hac exceptione veniam postulare. nam, quo magis intendam limam tuam, confitebor et ipsum me et contubernales ab editione non abhorrere, si modo tu fortasse errori nostro album calculum adieceris. (6) est enim plane aliquid edendum – atque utinam hoc potissimum, quod paratum est! audis desidiae votum –, edendum autem ex pluribus causis, maxime quod libelli, quos emisimus, dicuntur in manibus esse, quamvis iam gratiam novitatis exuerint; nisi tamen auribus nostris bibliopolae blandiuntur. sed sane blandiantur, dum per hoc mendacium nobis studia nostra commendent. vale.

III

C. Plinius Caninio [Rufo] suo s.

(1) Quid agit Comum, tuae meaeque deliciae? quid suburbanum amoenissimum? quid illa porticus verna semper? quid platanon opacissimus? quid euripus viridis et gemmeus? quid subiectus et serviens lacus? quid illa mollis et tamen solida gestatio? quid balineum illud, quod plurimus sol implet et circumit? quid triclinia illa popularia, illa paucorum? quid cubicula diurna, nocturna? possident te et per vices partiuntur? (2) an, ut solebas, intentione rei fa-

reizender Platz im passenden Augenblick mich verleitete, ein wenig vom Wege abzuweichen; ich wollte lebhaft, nicht trocken sein.

(5) Aber es gibt keinen Grund zu glauben, ich forderte mit dieser Einschränkung Nachsicht. Denn um Deine Kritik noch mehr anzuspornen, will ich gestehen, daß ich selbst und meine Freunde vor einer Veröffentlichung keine Angst haben, wenn nur Du uns in unserer Ungewißheit vielleicht mit Deiner Stimme unterstützt.[7] (6) Es muß nämlich einfach etwas veröffentlicht werden – und zwar am liebsten das, was schon fertig vorliegt! Du hörst den Wunsch eines trägen Menschen – veröffentlichen aber muß ich aus mehreren Gründen, besonders, weil die Schriften, die ich habe herausgehen lassen, wie man sagt, in aller Hände sind, obwohl sie den Reiz der Neuheit schon verloren haben; es sei denn, die Buchhändler schmeicheln meinen Ohren. Aber sie sollen mir ruhig schmeicheln, wenn sie mir nur durch diese Unwahrheit meine Studien angenehm machen. Lebe wohl!

3

C. Plinius grüßt seinen Caninius Rufus[8]

(1) Was macht Comum, Dein und mein Lieblingsort? Was macht Dein entzückendes Landgut in der Nähe der Stadt? Was jene stets frühlingshafte Säulenhalle? Was jenes tiefschattige Platanenwäldchen? Was der grüne, wie Edelstein schimmernde Wassergraben?[9] Was der in der Nähe liegende, dienstbare See?[10] Was jener weiche und doch feste Spazierweg?[11] Was jenes Bad, das die Sonne innen und außen voll bescheint? Was machen die Speisezimmer für zahlreiche Gäste und die nur für wenige? Was schließlich die Wohn- und Schlafzimmer? Halten sie Dich fest und teilen sie sich abwechselnd in Deinen Besitz? (2) Oder ruft Dich wie gewöhnlich der Eifer, Deine Vermögens-

miliaris obeundae crebris excursionibus avocaris? si possident, felix beatusque es; si minus, 'unus ex multis'.

(3) Quin tu (tempus enim) humiles et sordidas curas aliis mandas et ipse te in alto isto pinguique secessu studiis adseris? hoc sit negotium tuum, hoc otium, hic labor, haec quies; in his vigilia, in his etiam somnus reponatur! (4) effinge aliquid et excude, quod sit perpetuo tuum! nam reliqua rerum tuarum post te alium atque alium dominum sortientur; hoc numquam tuum desinet esse, si semel coeperit.

(5) Scio, quem animum, quod horter ingenium; tu modo enitere, ut tibi ipse sis tanti, quanti videberis aliis, si tibi fueris! vale.

IV

C. Plinius [Pompeiae] Celerinae socrui s.

(1) Quantum copiarum in Ocriculano, in Narniensi, in Carsulano, in Perusino tuo, in Narniensi vero etiam balineum! ex epistulis meis (nam iam tuis opus non est) una illa brevis et vetus sufficit: (2) non mehercule tam mea sunt, quae mea sunt, quam quae tua. hoc tamen differunt, quod sollicitius et intentius tui me quam mei excipiunt. (3) idem fortasse eveniet tibi, si quando in nostra deverteris. quod velim facias, primum ut perinde nostris rebus ac nos tuis perfruaris, deinde ut mei expergiscantur aliquando, qui me

angelegenheiten zu regeln, zu häufigen Ausflügen fort? Wenn sie Dich festhalten, bist Du der glücklichste Mensch; wenn nicht, »einer unter vielen«.[12]

(3) Warum überläßt Du – es ist nämlich Zeit – die alltäglichen, armseligen Sorgen nicht anderen und widmest Dich selbst in dieser tiefen, behaglichen Einsamkeit den Studien? Dies sei Dein Geschäft und Deine Muße, dies Deine Arbeit und Deine Ruhe; hierauf sollst Du Wachen und auch Schlaf abstellen. (4) Bilde und schaffe etwas, das für immer Dein Eigentum sei. Denn Dein übriger Besitz wird nach Dir gar manchem andern Herrn zufallen; dies aber wird niemals aufhören, Dein Besitz zu sein, wenn es einmal Dir gehört hat.

(5) Ich weiß, an welchen Geist, an welche Begabung ich meine Mahnung richte; strenge Dich nur an, Dir selbst so viel wert zu sein, wie Du anderen erscheinen wirst, wenn Du es Dir selbst gewesen bist. Lebe wohl!

4

C. Plinius grüßt seine Schwiegermutter Pompeia Celerina[13]

(1) Welcher Überfluß auf Deinen Landgütern in Ocriculum, in Narnia, in Carsulae, in Perusia! Und dann noch das Bad auf Deinem Landgut in Narnia! Von meinen Briefen – denn Deine sind nicht mehr nötig – reicht jener eine kurze, von früher aus. (2) Bei Gott, was mir gehört, ist nicht so sehr mein Besitz, wie das, was Dir gehört; jedoch besteht der Unterschied darin, daß Deine Leute mich mit mehr Sorgfalt und Aufmerksamkeit empfangen als meine. (3) Vielleicht wird Dir dasselbe passieren, wenn Du einmal auf meinen Landgütern einkehrst. Ich möchte, daß Du das tust, erstens, damit Du ebenso meine Güter genießt wie ich die Deinen, und dann, damit meine Leute endlich einmal aufgeweckt werden, die mich unbeküm-

secure ac prope neglegenter exspectant. (4) nam mitium dominorum apud servos ipsa consuetudine metus exolescit; novitatibus excitantur probarique dominis per alios magis quam per ipsos laborant. vale.

V

C. Plinius [Voconio] Romano suo s.

(1) Vidistine quemquam M. Regulo timidiorem, humiliorem post Domitiani mortem? sub quo non minora flagitia commiserat quam sub Nerone, sed tectiora. coepit vereri, ne sibi irascerer; nec fallebatur, irascebar. (2) Rustici Aruleni periculum foverat, exsultaverat morte, adeo ut librum recitaret publicaretque, in quo Rusticum insectatur atque etiam 'Stoicorum simiam' appellat; adicit 'Vitelliana cicatrice stigmosum'. (3) agnoscis eloquentiam Reguli. lacerat Herennium Senecionem tam intemperanter quidem, ut dixerit ei Mettius Carus: 'quid tibi cum meis mortuis? numquid ego Crasso aut Camerino molestus sum?' quos ille sub Nerone accusaverat. (4) haec me Regulus dolenter tulisse credebat ideoque etiam, cum recitaret librum, non adhibuerat.

(5) Praeterea reminiscebatur, quam capitaliter ipsum me apud centumviros lacessisset. aderam Arrionillae, Timonis uxori, rogatu Aruleni Rustici; Regulus contra. nitebamur nos in parte causae sententia Metti Modesti, optimi viri: is

mert und beinahe nachlässig erwarten. (4) Denn bei Sklaven schwindet die Furcht vor milden Herren gerade durch die Gewohnheit; durch ungewöhnliche Vorfälle wachen sie auf und bemühen sich, ihren Herren zu gefallen, mehr durch Dienste anderen gegenüber als ihren eigenen Herren. Lebe wohl!

5

C. Plinius grüßt seinen Voconius Romanus[14]

(1) Hast Du jemals einen ängstlicheren und feigeren Menschen gesehen als M. Regulus[15] – ich meine seit dem Tode Domitians, unter dessen Regierung er nicht geringere Schandtaten verübt hatte als unter Nero, dafür aber etwas verdecktere? Er geriet in Furcht, ich könnte ihm zürnen, und darin täuschte er sich nicht; ich zürnte ihm. (2) Er hatte den Prozeß gegen Rusticus Arulenus[16] unterstützt und über dessen Tod gejubelt, ja er rezitierte und veröffentlichte eine Schrift, in der er Rusticus verhöhnte und ihn gar einen »Affen der Stoiker«[17] schimpfte, obendrein hinzufügte, jener sei mit der Narbe des Vitellius gebrandmarkt.[18] (3) Daran erkennst Du die Beredsamkeit des Regulus. Über Herennius Senecio[19] zog er so maßlos her, daß Mettius Carus ihm entgegnete: »Was gehen dich meine Toten an? Störe ich etwa die Ruhe des Crassus[20] oder Camerinus?« Diese Männer hatte Regulus unter Nero angeklagt. (4) Er glaubte, ich hätte dies übelgenommen, und deshalb hatte er mich auch nicht eingeladen, als er seine Schrift rezitierte.

(5) Außerdem erinnerte er sich daran, in welch tödliche Gefahr er mich selbst vor den Zentumvirn[21] gebracht hatte. Auf Ersuchen des Arulenus Rusticus verteidigte ich Arrionilla, die Frau des Timon. Regulus war mein Gegner. Ich stützte mich bei dem Prozeß teilweise auf einen Ausspruch des Mettius Modestus, eines Ehrenmanns; dieser

tunc in exilio erat, a Domitiano relegatus. ecce tibi Regulus: 'quaero', inquit, 'Secunde, quid de Modesto sentias.' vides, quod periculum, si respondissem 'bene', quod flagitium, si 'male'. non possum dicere aliud tunc mihi quam deos adfuisse. 'respondebo', inquam, 'si de hoc centumviri iudicaturi sunt'. rursus ille: 'quaero, quid de Modesto sentias.' (6) iterum ego: 'solebant testes in reos, non in damnatos interrogari.' tertio ille: 'non iam, quid de Modesto, sed quid de pietate Modesti sentias, quaero.' (7) 'quaeris', inquam, 'quid sentiam; at ego ne interrogare quidem fas puto, de quo pronuntiatum est'. conticuit; me laus et gratulatio secuta est, quod nec famam meam aliquo responso, utili fortasse, inhonesto tamen, laeseram nec me laqueis tam insidiosae interrogationis involveram.

(8) Nunc ergo conscientia exterritus apprehendit Caecilium Celerem, mox Fabium Iustum, rogat, ut me sibi reconcilient. nec contentus, pervenit ad Spurinnam: huic suppliciter, ut est, cum timet, abiectissimus: 'rogo mane videas Plinium domi, sed plane mane (neque enim diutius ferre sollicitudinem possum), et quoquo modo efficias, ne mihi irascatur.' (9) evigilaveram; nuntius a Spurinna: 'venio ad te.' 'immo ego ad te.' coimus in porticum Liviae, cum alter ad alterum tenderemus. exponit Reguli mandata, addit preces suas, ut decebat optimum virum pro dissimil-

die Einsamkeit und die Stille, die zur Jagd gehört, starke Anreize für das Denken.

(3) Wenn Du zur Jagd gehst, wirst Du daher – auf meinen Rat hin – sowohl Brotkorb und Flasche als auch die Schreibtafel mitnehmen dürfen: Du wirst erfahren, daß Diana[30] in den Bergen nicht mehr umherstreift als Minerva. Lebe wohl!

7

C. Plinius grüßt seinen Octavius Rufus[31]

(1) Siehe, auf welchen Gipfel Du mich stellst, wenn Du mir dieselbe königliche Macht gibst wie Homer[32] dem Iuppiter Optimus Maximus:

»Das eine nur gewährte ihm der Vater, das andere schlug er ihm ab.«

Denn auch ich kann mit ähnlicher Zustimmung oder Ablehnung auf Deinen Wunsch antworten. (2) Wie es mir nämlich erlaubt ist, zumal auf Dein Verlangen hin, den Baetikern[33] gegen einen einzigen Menschen meinen gerichtlichen Beistand zu verweigern, so paßt es nicht zu meiner von Dir geschätzten Verläßlichkeit und Beständigkeit, gegen die Provinz als Ankläger aufzutreten, die ich mir einmal durch so viele Dienste,[34] so viele Mühen, und auch durch persönliche Gefahren verpflichtet habe. (3) Ich werde also diesen Mittelweg einschlagen und von den beiden Wegen, von denen Du den einen forderst, eher den auswählen, bei dem ich nicht nur Deinem Wunsch, sondern auch Deinem Urteil entspreche. Ich darf nämlich nicht so sehr in Betracht ziehen, was ein so vortrefflicher Mann wie Du für den Augenblick wünscht, als was Du für alle Zeit gutheißen wirst.

(4) Ich hoffe, um den 15. Oktober in Rom zu sein und dem Gallus[35] auch persönlich durch Dein und mein Wort dasselbe Versprechen bestätigen zu können. Du darfst ihm

mo meo ἦ καὶ κυανέῃσιν ἐπ᾽ ὀφρύσι νεῦσε. cur enim non usquequaque Homericis versibus agam tecum? (5) quatenus tu me tuis agere non pateris, quorum tanta cupiditate ardeo, ut videar mihi hac sola mercede posse corrumpi, ut vel contra Baeticos adsim.

(6) Paene praeterii, quod minime praetereundum fuit, accepisse me cariotas optimas, quae nunc cum ficis et boletis certandum habent. vale.

VIII

C. Plinius [Pompeio] Saturnino suo s.

(1) Peropportune mihi redditae sunt litterae tuae, quibus flagitabas, ut tibi aliquid ex scriptis meis mitterem, cum ego id ipsum destinassem. addidisti ergo calcaria sponte currenti pariterque et tibi veniam recusandi laboris et mihi exigendi verecundiam sustulisti. (2) nam nec me timide uti decet eo, quod oblatum est, nec te gravari, quod depoposcisti. non est tamen, quod ab homine desidioso aliquid novi operis exspectes. petiturus sum enim, ut rursus vaces sermoni, quem apud municipes meos habui bybliothecam dedicaturus. (3) memini quidem te iam quaedam adnotasse, sed generaliter; ideo nunc rogo, ut non tantum universitati eius attendas, verum etiam particulas qua soles lima persequaris. erit enim et post emendationem liberum nobis vel publicare

freilich jetzt schon meine Einstellung mitteilen. »So sprach er und nickte mit finsteren Brauen.«[36]

Denn warum sollte ich nicht immerfort in Homerversen mit Dir sprechen? (5) Inwiefern läßt Du mich nicht Deine Verse anführen, nach denen ich ein so großes Verlangen habe, so daß ich meine, durch diesen Lohn allein könnte ich bestochen werden, sogar gegen die Baetiker als Ankläger aufzutreten?

(6) Fast hätte ich vergessen, was unverzeihlich gewesen wäre: ich habe ausgezeichnete Datteln bekommen, die jetzt mit den Feigen und Pilzen zu wetteifern haben. Lebe wohl!

8

C. Plinius grüßt seinen Pompeius Saturninus[37]

(1) Zu einem sehr günstigen Zeitpunkt überbrachte man mir Deinen Brief, in dem Du verlangst, ich solle Dir etwas von meinen Schriften schicken, da ich eben dies mir vorgenommen hatte. Du hast einem, der schon von selbst lief, noch die Sporen gegeben und Dir die Möglichkeit genommen, Dich der Mühe zu entziehen, und mir die Scheu, Dich darum zu bitten. (2) Denn ich darf nun ohne Furcht davon Gebrauch machen, was Du mir angeboten hast, und Du darfst nicht lästig finden, was Du gefordert hast. Es gibt freilich keinen Grund, von einem trägen Menschen irgendein neues Werk zu erwarten. Ich will Dich nämlich bitten, noch einmal Zeit für die Rede aufzuwenden, die ich vor meinen Landsleuten anläßlich der Einweihung der Bibliothek gehalten habe.[38] (3) Ich erinnere mich zwar, daß Du schon einige Bemerkungen dazu gemacht hast, aber nur ganz allgemein; deshalb bitte ich Dich jetzt, nicht nur Deine Aufmerksamkeit der ganzen Rede zu widmen, sondern auch an die einzelnen Teile mit der gewohnten Feile heranzugehen. Denn nach Deiner Verbesserung wer-

vel continere. (4) quin immo fortasse hanc ipsam cunctationem nostram in alterutram sententiam emendationis ratio deducet, quae aut indignum editione, dum saepius retractat, inveniet aut dignum, dum id ipsum experitur, efficiet.

(5) Quamquam huius cunctationis meae causae non tam in scriptis quam in ipso materiae genere consistunt. est enim paulo quasi gloriosius et elatius: onerabit hoc modestiam nostram, etiamsi stilus ipse pressus demissusque fuerit, propterea quod cogimur cum de munificentia parentum nostrorum tum de nostra disputare. (6) anceps hic et lubricus locus est, etiam cum illi necessitas lenocinatur. etenim, si alienae quoque laudes parum aequis auribus accipi solent, quam difficile est obtinere, ne molesta videatur oratio de se aut de suis disserentis! nam cum ipsi honestati tum aliquanto magis gloriae eius praedicationique invidemus atque ea demum recte facta minus detorquemus et carpimus, quae in obscuritate et silentio reponuntur. (7) qua ex causa saepe ipse mecum, nobisne tantum, quidquid est istud, composuisse an et aliis debeamus. ut nobis, admonet illud, quod pleraque, quae sunt agendae rei necessaria, eadem peracta nec utilitatem parem nec gratiam retinent.

(8) Ac, ne longius exempla repetamus, quid utilius fuit quam munificentiae rationem etiam stilo prosequi? per hoc enim adsequebamur, primum ut honestis cogitationibus immoraremur, deinde ut pulchritudinem illarum lon-

de ich mich frei entscheiden, die Rede herauszugeben oder zurückzuhalten. (4) Ja, vielleicht wird die Art der Verbesserung selbst diese meine Ungewißheit in dem einen oder anderen Sinne beeinflussen: entweder wird die Rede bei öfterer Durchsicht einer Veröffentlichung nicht wert erscheinen oder sie wird sich gerade durch diese Prüfung als publikationswürdig erweisen.

(5) Freilich beruhen die Ursachen für mein Zögern nicht so sehr auf der Schrift, sondern auf der Art des Stoffes selbst: er ist gleichsam etwas zu prahlerisch und pathetisch. Das wird meine Bescheidenheit belasten, auch wenn meine Darstellungsweise selbst schlicht und anspruchslos ist. Denn schließlich sehe ich mich gezwungen, sowohl über die Freigebigkeit meiner Eltern als auch über meine eigene zu sprechen. (6) Das ist ein gefährliches und heikles Gebiet, auch wenn die Zwangslage, in die ich mich gebracht habe, es rechtfertigt. Denn wenn man schon Lobreden auf andere mit wenig geneigten Ohren aufzunehmen pflegt, wie schwierig ist es dann erst zu erreichen, daß die Worte eines Menschen, der über sich oder über die Seinen spricht, nicht lästig erscheinen! Denn auf die Tugend selbst, noch viel mehr aber auf deren Lob und Preis sehen wir mit neidischem Blick; nur die guten Taten verdrehen und kritisieren wir weniger, die in der Verborgenheit und Stille ruhen. (7) Deshalb überlege ich oft bei mir, ob ich die Rede, wie sie auch sein mag, nur für mich oder auch für andere hätte verfassen müssen. Nur für mich, dazu mahnt auch der Umstand, daß das meiste, was bei einer Sache zu tun notwendig ist, nach deren Ausführung weder den gleichen Nutzen noch den gleichen Reiz behält.

(8) Doch, um die Beispiele nicht zu weit herzuholen: was war nützlicher, als den Grund meiner Freigebigkeit auch schriftlich darzulegen? Denn dadurch erreichte ich erstens, daß ich bei sittlich guten Gedanken verweilte, dann, daß mir durch die längere Beschäftigung mit ihnen

giore tractatu pervideremus, postremo ut subitae largitionis comitem paenitentiam caveremus. nascebatur ex his exercitatio quaedam contemnendae pecuniae. (9) nam, cum omnes homines ad custodiam eius natura restrinxerit, nos contra multum ac diu pensitatus amor liberalitatis communibus avaritiae vinculis eximebat, tantoque laudabilior munificentia nostra fore videbatur, quod ad illam non impetu quodam, sed consilio trahebamur.

(10) Accedebat his causis, quod non ludos aut gladiatores, sed annuos sumptus in alimenta ingenuorum pollicebamur. oculorum porro et aurium voluptates adeo non egent commendatione, ut non tam incitari debeant oratione quam reprimi: (11) ut vero aliquis libenter educationis taedium laboremque suscipiat, non praemiis modo, verum etiam exquisitis adhortationibus impetrandum est. (12) nam, si medici salubres, sed voluptate carentes cibos blandioribus adloquiis prosequuntur, quanto magis decuit publice consulentem utilissimum munus, sed non perinde populare, comitate orationis inducere? praesertim cum enitendum haberemus, ut, quod parentibus dabatur, et orbis probaretur, honoremque paucorum ceteri patienter et exspectarent et mererentur. (13) sed, ut tunc communibus magis commodis quam privatae iactantiae studebamus, cum intentionem effectumque muneris nostri vellemus intellegi, ita nunc in ratione edendi veremur, ne forte non aliorum utilitatibus, sed propriae laudi servisse videamur.

ihre ganze Schönheit deutlich vor Augen trat, schließlich, daß ich mich vor der Reue, die eine übereilte Freigebigkeit zu begleiten pflegt, hütete. Hieraus entstand eine gewisse Übung in der Verachtung des Geldes. (9) Denn während die Natur alle Menschen dazu verpflichtet hat, ihr Vermögen zu bewahren, befreite mich dagegen die viel und lange bedachte Liebe zur Freigebigkeit von den allgemeinen Fesseln des Geizes. Und meine Freigebigkeit erschien um so lobenswerter, weil mich nicht augenblickliche Begeisterung, sondern kluge Überlegung zu ihr hinführte.

(10) Es kam noch zu diesen Gründen hinzu, daß ich nicht Spiele oder Gladiatorenkämpfe, sondern jährliche Zuschüsse für die Erziehung freigeborener Kinder versprach.[39] In der Tat bedürfen Vergnügungen für Augen und Ohren so wenig der Empfehlung, daß man durch eine Rede nicht auch noch dazu ermuntern als sie vielmehr hemmen sollte; (11) daß aber jemand gern die Last und Mühe der Erziehung auf sich nähme, das muß man nicht nur durch Belohnungen, sondern auch durch gezielte Ermahnungen zu erreichen suchen.[40] (12) Denn wenn schon die Ärzte die Einnahme heilsamer, aber schlecht schmeckender Mittel mit freundlichem Zureden begleiten, um wieviel mehr war es da für mich, der ich mich um das öffentliche Wohl sorgte, angemessen, eine zwar sehr nützliche, aber nicht in gleicher Weise populäre Schenkung durch eine freundliche Rede zu empfehlen? Denn ich mußte darum bemüht sein, daß das, was Familien mit Kindern gegeben wurde, auch von kinderlosen gebilligt wurde, und daß die übrigen auf die für nur wenige gedachte Auszeichnung geduldig warteten und sie später sich selbst verdienten. (13) Aber wie ich damals mehr an den öffentlichen Nutzen als an meinen persönlichen Ruhm dachte, als ich Zweck und Bestimmung meiner Schenkung deutlich machen wollte, so fürchte ich jetzt bei der Publikationsvorbereitung, es könnte vielleicht der Eindruck entstehen, ich hätte nicht dem Nutzen anderer, sondern meinem eigenen Ruhm dienen wollen.

(14) Praeterea meminimus, quanto maiore animo honestatis fructus in conscientia quam in fama reponatur. sequi enim gloria, non adpeti debet, nec, si casu aliquo non sequatur, idcirco, quod gloriam meruit, minus pulchrum est. (15) hi vero, qui benefacta sua verbis adornant, non ideo praedicare, quia fecerint, sed ut praedicarent, fecisse creduntur. sic, quod magnificum referente alio fuisset, ipso, qui gesserat, recensente vanescit. homines enim, cum rem destruere non possunt, iactationem eius incessunt. ita, si silenda feceris, factum ipsum, si laudanda non sileas, ipse culparis.

(16) Me vero peculiaris quaedam impedit ratio. etenim hunc ipsum sermonem non apud populum, sed apud decuriones habui, nec in propatulo, sed in curia. (17) vereor ergo, ut sit satis congruens, cum in dicendo adsentationem vulgi acclamationemque defugerim, nunc eadem illa editione sectari, cumque plebem ipsam, cui consulebatur, limine curiae parietibusque discreverim, ne quam in speciem ambitionis inciderem, nunc eos etiam, ad quos ex munere nostro nihil pertinet praeter exemplum, velut obvia adsentatione conquirere.

(18) Habes cunctationis meae causas; obsequar tamen consilio tuo, cuius mihi auctoritas pro ratione sufficiet. vale.

(14) Außerdem weiß ich, daß für einen charaktervollen Menschen der Lohn der Tugend mehr im eigenen Bewußtsein als in der öffentlichen Anerkennung liegt. Der Ruhm muß die Folge unseres Tuns, er darf nicht das Ziel sein, und wenn er sich durch irgendeinen Zufall nicht einstellt, so ist deshalb das, was den Ruhm verdient hat, nicht weniger schön. (15) Man glaubt aber, daß diejenigen, die sich ihrer Wohltaten mit Worten brüsten, sie nicht deshalb preisen, weil sie sie vollbracht haben, sondern sie vollbracht haben, um sie zu rühmen. So verliert das, was in den Worten eines andern großartig geklungen hätte, an Wert, wenn es der, der es getan hat, selbst berichtet; denn wenn die Menschen die Sache selbst nicht herabsetzen können, tadeln sie den, der mit ihr prahlt. Tut man etwas, das verschwiegen werden sollte, wird die Tat selbst getadelt; tut man aber etwas Lobenswertes und verschweigt es nicht, so wird man selbst kritisiert.

(16) Mich aber hindert noch eine besondere Überlegung. Denn ich habe eben diese Rede nicht vor dem Volk, sondern vor dem Gemeinderat gehalten,[41] und nicht auf einem freien Platz, sondern im Rathaus. (17) Ich fürchte also, es könnte einigermaßen widersinnig erscheinen, daß ich, während ich bei der Rede die Zustimmung und den Beifall der Menge gemieden habe, ihn jetzt durch die Veröffentlichung suche, und daß ich, während ich gerade das Volk, dem ja meine Bemühung galt, durch die Schwelle und die Wände des Rathauses ausschloß, um nicht den Anschein des Ehrgeizes zu erwecken, mich jetzt sogar bei den Menschen, die von meinem Geschenk keinen anderen Nutzen haben als das Beispiel, gleichsam durch aufdringliche Prahlerei anbiedere.

(18) Da hast Du die Gründe für meine Unentschlossenheit; ich will mich jedoch Deinem Ratschlag fügen, dessen Gewicht mir als Begründung ausreichen wird. Lebe wohl!

IX

C. Plinius [Minicio] Fundano suo s.

(1) Mirum est, quam singulis diebus in urbe ratio aut constet aut constare videatur, pluribus iunctisque non constet. (2) nam, si quem interroges: 'hodie quid egisti?', respondeat: 'officio togae virilis interfui, sponsalia aut nuptias frequentavi, ille me ad signandum testamentum, ille in advocationem, ille in consilium rogavit.' (3) haec quo die feceris, necessaria, eadem, si cottidie fecisse te reputes, inania videntur, multo magis, cum secesseris. tunc enim subit recordatio: 'quot dies quam frigidis rebus absumpsi!'

(4) Quod evenit mihi, postquam in Laurentino meo aut lego aliquid aut scribo aut etiam corpori vaco, cuius fulturis animus sustinetur. nihil audio, quod audisse, nihil dico, quod dixisse paeniteat; (5) nemo apud me quemquam sinistris sermonibus carpit, neminem ipse reprehendo, nisi tamen me, cum parum commode scribo; nulla spe, nullo timore sollicitor, nullis rumoribus inquietor: mecum tantum et cum libellis loquor. (6) o rectam sinceramque vitam, o dulce otium honestumque ac paene omni negotio pulchrius! o mare, o litus, verum secretumque μουσεῖον, quam multa invenitis, quam multa dictatis!

(7) Proinde tu quoque strepitum istum inanemque discursum et multum ineptos labores, ut primum fuerit occa-

9

C. Plinius grüßt seinen [Minicius] Fundanus[42]

(1) Es ist seltsam, wie ich an einem einzelnen Tag in der Stadt mit mir zufrieden bin oder zu sein scheine, nimmt man aber mehrere Tage zusammen, ich nicht zufrieden bin. (2) Denn wenn Du jemanden fragst: »Was hast du heute getan?«, mag er wohl antworten: »Ich habe an einer offiziellen Feier teilgenommen, bei der die Männertoga[43] übergeben wurde, ich habe eine Verlobungs- oder Hochzeitsfeier[44] besucht; jener hat mich um die Unterzeichnung eines Testamentes,[45] ein anderer hat mich um meinen Beistand vor Gericht, wieder ein anderer um ein Rechtsgutachten[46] gebeten.« (3) Dies alles erscheint an dem Tage, an dem man es getan hat, als notwendig, dasselbe aber, wenn man überlegt, daß man es tagtäglich getan hat, als wertlos, um so mehr, wenn man sich in die Einsamkeit zurückgezogen hat. Dann nämlich kommt einem der Gedanke: »Wie viele Tage habe ich mit so vielen unwichtigen Tätigkeiten verloren.«

(4) So geht es mir, seit ich auf meinem Landgut bei Laurentum[47] etwas lese, schreibe oder auch meinen Körper pflege,[48] durch dessen Stärkung auch der Geist gefördert wird. Nicht höre ich, was gehört zu haben, nicht sage ich, was gesagt zu haben ich später bereuen könnte; (5) niemand kritisiert in meiner Gegenwart jemanden mit abfälligen Bemerkungen; ich selbst tadle niemanden, außer mich selbst, wenn ich nicht angemessen genug schreibe; keine Hoffnung, keine Furcht regt mich auf, keine Gerüchte beunruhigen mich: ich spreche nur mit mir und meinen Büchern. (6) Welch ein rechtes und reines Leben! Welch süße und ehrenvolle Muße, fast schöner als jede Tätigkeit! O du Meer, o du Küste, mein wahrer und abgeschiedener Musensitz[49], wieviel Worte laßt ihr mich finden, wieviel Gedanken gebt ihr mir ein!

(7) Daher laß auch Du diesen Lärm, diese nutzlose Geschäftigkeit und die albernen Strapazen hinter Dir, sobald

sio, relinque teque studiis vel otio trade! (8) satius est enim, ut Atilius noster eruditissime simul et facetissime dixit, otiosum esse quam nihil agere. vale.

X

C. Plinius [Attio] Clementi suo s.

(1) Si quando urbs nostra liberalibus studiis floruit, nunc maxime floret. multa claraque exempla sunt; sufficeret unum, Euphrates philosophus. (2) hunc ego in Syria, cum adulescentulus militarem, penitus et domi inspexi amarique ab eo laboravi, etsi non erat laborandum. est enim obvius et expositus plenusque humanitate, quam praecipit. (3) atque utinam sic ipse, quam spem tunc ille de me concepit, impleverim, ut ille multum virtutibus suis addidit! aut ego nunc illas magis miror, quia magis intellego. (4) quamquam ne nunc quidem satis intellego; ut enim de pictore, scalptore, fictore nisi artifex iudicare, ita nisi sapiens non potest perspicere sapientem.

(5) Quantum tamen mihi cernere datur, multa in Euphrate sic eminent et elucent, ut mediocriter quoque doctos advertant et adficiant. disputat subtiliter, graviter, ornate, frequenter etiam Platonicam illam sublimitatem et latitudinem effingit. sermo est copiosus et varius, dulcis in primis, et qui repugnantes quoque ducat, impellat. (6) ad

sich eine Gelegenheit ergibt, und widme Dich Deinen Studien oder Deiner Muße! (8) Es ist nämlich besser, wie unser Atilius[50] sehr geistreich und auch sehr witzig sagt, müßig zu sein, als nichts zu tun. Lebe wohl!

10

C. Plinius grüßt seinen Attius Clemens[51]

(1) Wenn jemals unsere Stadt durch Künste und Wissenschaften in hohem Ansehen gestanden hat, so tut sie dies jetzt[52] in besonderem Maße. Dafür gibt es viele leuchtende Beispiele;[53] ein einziges würde genügen: der Philosoph Euphrates[54]. (2) Als ich in Syrien als ganz junger Mann meinen Militärdienst leistete, lernte ich ihn in seinem Hause sehr genau kennen und bemühte mich um seine Zuneigung, obwohl das gar nicht nötig war. Denn er ist aufgeschlossen, zugänglich und voller Menschenfreundlichkeit, die er auch in seinen Lehren vertritt. (3) Möchte ich selbst doch die Erwartung, die er damals in mich gesetzt hat, in der Weise erfüllt haben, wie er seinen Vorzügen noch viele hinzugefügt hat! Oder bewundere ich jetzt jene mehr, weil ich sie besser verstehe? (4) Freilich verstehe ich sie nicht einmal jetzt genügend. Denn wie über einen Maler, Gemmenschneider und Bildhauer nur ein Künstler richtig urteilen kann, so ist auch nur ein Weiser fähig, einen Weisen genau zu verstehen.

(5) Soweit ich jedoch erkennen kann, besitzt Euphrates so viele hervorragende und glänzende Eigenschaften, daß sie auch mäßig gebildete Menschen gewinnen und begeistern. Er spricht geistreich, eindringlich, geschmackvoll, und häufig erreicht er auch jene platonische Erhabenheit und Fülle des Ausdrucks. Sein Vortrag ist ausgreifend und abwechslungsreich, besonders aber liebenswürdig, und zwar derart, daß er auch Widerstrebende anzieht und hinzureißen vermag. (6) Dazu[55] kommen noch sein hoher

hoc proceritas corporis, decora facies, demissus capillus, ingens et cana barba; quae licet fortuita et inania putentur, illi tamen plurimum venerationis adquirunt. nullus horror in cultu, nulla tristitia, multum severitatis; (7) reverearis occursum, non reformides. vitae sanctitas summa, comitas par; insectatur vitia, non homines, nec castigat errantes, sed emendat. sequaris monentem attentus et pendens, et persuaderi tibi, etiam cum persuaserit, cupias.

(8) Iam vero liberi tres, duo mares, quos diligentissime instituit. socer Pompeius Iulianus, cum cetera vita tum vel hoc uno magnus et clarus, quod ipse provinciae princeps inter altissimas condiciones generum non honoribus principem, sed sapientia elegit.

(9) Quamquam quid ego plura de viro, quo mihi frui non licet? an ut magis angar, quod non licet? nam distringor officio ut maximo sic molestissimo: sedeo pro tribunali, subnoto libellos, conficio tabulas, scribo plurimas, sed inlitteratissimas litteras. (10) soleo non numquam (nam id ipsum quando contingit!) de his occupationibus apud Euphraten queri. ille me consolatur, adfirmat etiam esse hanc philosophiae et quidem pulcherrimam partem, agere negotium publicum, cognoscere, iudicare, promere et exercere

Wuchs, sein schönes Aussehen, sein lang herabhängendes Haar und sein wallender weißer Bart. Das mag man für Zufälligkeiten und Äußerlichkeiten halten, es trägt jedoch sehr viel zu seiner Verehrung bei. In seiner äußeren Erscheinung zeigt sich nichts Abstoßendes, nichts Finsteres, aber ein großer Ernst. (7) Man begegnet ihm voller Ehrerbietung, aber ohne Furcht. Überragend ist seine Rechtschaffenheit, ebenso seine Freundlichkeit; er verfolgt die Laster, nicht die Menschen; die Irrenden weist er nicht zurecht, sondern bessert sie. Wenn er mahnt, folgt man ihm mit gespannter Aufmerksamkeit und wünscht, noch weiter überzeugt zu werden, auch wenn man dies schon ist.

(8) Übrigens hat Euphrates drei Kinder, darunter zwei Söhne, die er sehr sorgfältig erzieht. Sein Schwiegervater ist Pompeius Iulianus[56], bedeutend und berühmt durch sein sonstiges Leben, besonders aber durch die eine Tatsache, daß er, obwohl selbst der erste Mann in der Provinz, unter den vornehmsten Bewerbern den als seinen Schwiegersohn auswählte, der nicht der Angesehenste aufgrund seiner Ehrenämter, sondern aufgrund seiner Weisheit war.

(9) Doch was soll ich noch viel von einem Manne reden, dessen Gesellschaft ich doch nicht genießen kann? Etwa um mich noch mehr zu beunruhigen, weil es mir nicht möglich ist? Denn ein zwar sehr wichtiges, aber auch sehr lästiges öffentliches Amt[57] beschäftigt mich ganz; ich sitze zu Gericht, unterzeichne Bittschriften, schließe Rechnungsbücher ab und schreibe sehr viele, aber höchst unliterarische Briefe. (10) Bisweilen – aber wann gelingt mir gerade das? – pflege ich mich über diese Beschäftigungen bei Euphrates zu beklagen. Er tröstet mich und behauptet, dies sei auch ein Teil der Philosophie, und zwar ein sehr schöner: ein öffentliches Amt zu bekleiden, eine gerichtliche Untersuchung zu führen, Urteile zu fällen, die Gerechtigkeit ans Licht zu bringen und zu üben und in die

iustitiam, quaeque ipsi doceant, in usu habere. (11) mihi tamen hoc unum non persuadet, satius esse ista facere quam cum illo dies totos audiendo discendoque consumere.

Quo magis te, cui vacat, hortor, cum in urbem proxime veneris (venias autem ob hoc maturius), illi te expoliendum limandumque permittas. (12) neque enim ego, ut multi, invideo aliis bono, quo ipse careo, sed contra sensum quendam voluptatemque percipio, si ea, quae mihi denegantur, amicis video superesse. vale.

XI

C. Plinius [Fabio] Iusto suo s.

(1) Olim mihi nullas epistulas mittis. 'nihil est', inquis, 'quod scribam'. at hoc ipsum scribe, nihil esse, quod scribas, vel solum illud, unde incipere priores solebant: 'si vales, bene est; ego valeo.' hoc mihi sufficit; est enim maximum. ludere me putas? serio peto. (2) fac sciam, quid agas, quod sine sollicitudine summa nescire non possum. vale.

XII

C. Plinius [Calestrio] Tironi suo s.

(1) Iacturam gravissimam feci, si iactura dicenda est tanti viri amissio. decessit Corellius Rufus et quidem sponte, quod dolorem meum exulcerat. est enim luctuosissi-

Praxis umzusetzen, was die Philosophen lehren. (11) Mich jedoch überzeugt er nicht von dem einen, daß diese Tätigkeit besser sei, als mit ihm zusammen ganze Tage zuhörend und studierend zu verbringen.

Um so mehr mahne ich Dich, der Du ja Zeit hast, wenn Du nächstens in die Stadt kommst – komm aber deshalb noch früher –, Dich ihm zur Vervollkommnung und feineren Ausbildung anzuvertrauen. (12) Denn ich beneide andere nicht, wie es viele tun, um ein Glück, das mir selbst fehlt, sondern ich empfinde im Gegenteil ein freudiges Gefühl, wenn ich sehe, daß das, was mir verweigert wird, bei den Freunden reichlich vorhanden ist. Lebe wohl!

11

C. Plinius grüßt seinen Fabius Iustus[58]

(1) Schon seit langer Zeit schickst Du mir keine Briefe. »Es gibt nichts, was ich schreiben könnte«, sagst Du. Aber schreibe gerade das, daß es nichts gibt, was Du schreiben kannst. Oder schreibe gerade das, womit die Vorfahren zu beginnen pflegten: »Wenn Du gesund bist, ist es gut; ich bin gesund.« Das genügt mir; das ist nämlich das Wichtigste. Du glaubst, ich scherze? Das ist meine ernsthafte Bitte. (2) Laß mich wissen, wie es Dir geht; denn es erfüllt mich mit größter Besorgnis, es nicht zu wissen. Lebe wohl!

12

C. Plinius grüßt seinen Calestrius Tiro[59]

(1) Ich habe einen sehr schmerzlichen Verlust erlitten, wenn man den Heimgang eines solchen Mannes einfach einen Verlust nennen darf. Corellius Rufus[60] ist gestorben, und zwar freiwillig,[61] was meinen Schmerz noch verschlimmert. Es ist nämlich das die schlimmste Art des To-

mum genus mortis, quae non ex natura nec fatalis videtur. (2) nam utcumque in illis, qui morbo finiuntur, magnum ex ipsa necessitate solacium est, in iis vero, quos accersita mors aufert, hic insanabilis dolor est, quod creduntur potuisse diu vivere. (3) Corellium quidem summa ratio, quae sapientibus pro necessitate est, ad hoc consilium compulit, quamquam plurimas vivendi causas habentem, optimam conscientiam, optimam famam, maximam auctoritatem, praeterea filiam, uxorem, nepotem, sorores interque tot pignora veros amicos. (4) sed tam longa, tam iniqua valetudine conflictabatur, ut haec tanta pretia vivendi mortis rationibus vincerentur.

Tertio et tricensimo anno, ut ipsum audiebam, pedum dolore correptus est. patrius hic illi; nam plerumque morbi quoque per successiones quasdam, ut alia, traduntur. (5) hunc abstinentia, sanctitate, quoad viridis aetas, vicit et fregit; novissime cum senectute ingravescentem viribus animi sustinebat, cum quidem incredibiles cruciatus et indignissima tormenta pateretur. (6) iam enim dolor non pedibus solis, ut prius, insidebat, sed omnia membra pervagabatur. veni ad eum Domitiani temporibus in suburbano iacentem. (7) servi e cubiculo recesserunt (habebat hoc moris, quotiens intrasset fidelior amicus); quin etiam uxor, quamquam omnis secreti capacissima, digrediebatur. (8) circumtulit oculos et ‘cur’ inquit ‘me putas hos tantos dolores tam diu sustinere? ut scilicet isti latroni vel uno

des, die nicht durch das Gesetz der Natur und nicht durch das Schicksal bedingt zu sein scheint. (2) Denn irgendwie liegt bei denen, die durch eine Krankheit sterben, ein großer Trost in der Unabänderlichkeit; bei denen aber, die ein selbst gesuchter Tod dahinrafft, ist der Schmerz darüber unheilbar, weil sie nach unserer Meinung noch lange hätten leben können. (3) Das höchste Gebot der Vernunft, die für einen Weisen wie eine Notwendigkeit ist, veranlaßte Corellius zu diesem Entschluß, obwohl er sehr viele Gründe hatte, am Leben zu bleiben: ein sehr gutes Gewissen, den besten Ruf, höchsten Einfluß, außerdem eine Tochter, eine Frau, einen Enkel und unter so vielen teuren Verwandten auch wahre Freunde. (4) Aber er litt an einer so langwierigen und so gefährlichen Krankheit, daß die Beweggründe, den Tod zu suchen, stärker waren als diese großen Freuden des Lebens.

Im dreiunddreißigsten Lebensjahr ist er, wie ich von ihm selbst hörte, von der Gicht in den Füßen befallen worden. Er hatte sie vom Vater geerbt; denn meistens werden auch Krankheiten gleichsam, ebenso wie andere Dinge, durch Vererbung weitergegeben. (5) Durch Genügsamkeit und enthaltsame Lebensweise überstand er diese Krankheit siegreich, solange er in der Blüte seiner Jahre stand; zuletzt verschlimmerte sich mit dem Alter der Schmerz, und er konnte ihn nur mit seinen geistigen Kräften ertragen, wenngleich er unglaubliche Qualen und schreckliche Martern litt. (6) Denn der Schmerz saß jetzt nicht mehr allein in den Füßen wie früher, sondern durchzog alle Glieder. Ich besuchte ihn zur Zeit des Domitian, als er auf seinem Landgut in der Nähe der Stadt krank darniederlag. (7) Die Sklaven zogen sich aus seinem Schlafzimmer zurück – das war bei ihm üblich, sooft ein vertrauter Freund eintrat –, ja auch seine Frau entfernte sich, obwohl sie in jedes Geheimnis eingeweiht war. (8) Er sah sich um und sagte: »Warum halte ich nach deiner Meinung diese heftigen Schmerzen so lange aus? Natür-

die supersim'. dedisses huic animo par corpus, fecisset, quod optabat.

Adfuit tamen deus voto, cuius ille compos, ut iam securus liberque moriturus, multa illa vitae, sed minora retinacula abrupit. (9) increverat valetudo, quam temperantia mitigare temptavit, perseverantem constantia fugit. iam dies alter, tertius, quartus: abstinebat cibo. misit ad me uxor eius Hispulla communem amicum C. Geminium cum tristissimo nuntio, destinasse Corellium mori nec aut suis aut filiae precibus inflecti, solum superesse me, a quo revocari posset ad vitam. (10) cucurri. perveneram in proximum, cum mihi ab eadem Hispulla Iulius Atticus nuntiat nihil iam ne me quidem impetraturum, tam obstinate magis ac magis induruisse. dixerat sane medico admoventi cibum: 'κέκρικα', quae vox quantum admirationis in animo meo, tantum desiderii reliquit.

(11) Cogito, quo amico, quo viro caream. implevit quidem annum septimum et sexagensimum, quae aetas etiam robustissimis satis longa est; scio. evasit perpetuam valetudinem; scio. decessit superstitibus suis, florente re publica, quae illi omnibus carior erat; et hoc scio. (12) ego tamen tamquam et iuvenis et firmissimi mortem doleo, doleo autem (licet me imbecillum putes) meo nomine. amisi enim, amisi vitae meae testem, rectorem, magistrum. in summa

lich nur, um diesen Verbrecher[62] wenigstens um einen Tag zu überleben.« Hätte man diesem Geist einen gleich starken Körper gegeben, so hätte er wohl vollbracht, was er sich wünschte.

Ein Gott erhörte jedoch seinen Wunsch. Als sich dieser erfüllt hatte[63] und er nun ohne Sorgen und frei sterben konnte, da zerriß er jene zahlreichen, aber zu schwachen Bande des Lebens. (9) Seine Krankheit, die er durch Selbstbeherrschung zu lindern suchte, hatte sich verschlimmert; als sie andauerte, suchte er ihr unerschrocken zu entgehen. Schon war der zweite, der dritte und der vierte Tag gekommen: er nahm keine Nahrung zu sich. Seine Frau Hispulla schickte unseren gemeinsamen Freund C. Geminius mit der äußerst traurigen Nachricht zu mir, Corellius habe beschlossen zu sterben und lasse sich weder durch die Bitten seiner Angehörigen noch seiner Tochter umstimmen; ich allein sei in der Lage, ihn ins Leben zurückzurufen. (10) Ich lief eilends hin. Schon war ich in seine Nähe gekommen, als Iulius Atticus mir wiederum von Hispulla die Nachricht brachte, nicht einmal ich könne etwas erreichen: hartnäckig habe er sich mehr und mehr darauf versteift. Denn als sein Arzt ihm Speise brachte, hatte er gesagt: »Ich habe mich entschieden«; eine Äußerung, die mein Herz mit ebenso großer Bewunderung wie schmerzlicher Sehnsucht erfüllte.

(11) Ich werde mir darüber klar, welchen Freund, welchen Mann ich jetzt entbehren muß. Er ist zwar siebenundsechzig Jahre alt geworden, ein auch für robuste Naturen recht hohes Alter; gewiß. Er hat sich einer ununterbrochenen Krankheit entzogen; gewiß. Er starb, als die Seinen noch lebten, als der Staat, der ihm teurer war als alles andere, wieder in hohem Ansehen stand,[64] auch das ist gewiß. (12) Dennoch trauere ich wie über den Tod eines jungen und ganz gesunden Menschen; ich trauere aber auch – Du magst mich für schwach halten – um meinetwillen. Denn ich verlor, ja ich verlor einen Zeugen, einen

dicam, quod recenti dolore contubernali meo Calvisio dixi: 'vereor, ne neglegentius vivam.'

(13) Proinde adhibe solacia mihi, non haec 'senex erat, infirmus erat' (haec enim novi), sed nova aliqua, sed magna, quae audierim numquam, legerim numquam. nam, quae audivi, quae legi, sponte succurrunt, sed tanto dolore superantur. vale.

XIII

C. Plinius Sosio [Senecioni] suo s.

(1) Magnum proventum poetarum annus hic attulit: toto mense Aprili nullus fere dies, quo non recitaret aliquis. iuvat me, quod vigent studia, proferunt se ingenia hominum et ostentant, tametsi ad audiendum pigre coitur. (2) plerique in stationibus sedent tempusque audiendi fabulis conterunt, ac subinde sibi nuntiari iubent, an iam recitator intraverit, an dixerit praefationem, an ex magna parte evolverit librum; tum demum ac tunc quoque lente cunctanterque veniunt, nec tamen permanent, sed ante finem recedunt, alii dissimulanter et furtim, alii simpliciter et libere.

(3) At hercule memoria parentum Claudium Caesarem ferunt, cum in palatio spatiaretur audissetque clamorem, causam requisisse, cumque dictum esset recitare Nonianum, subitum recitanti inopinatumque venisse. (4) nunc otiosissimus quisque multo ante rogatus et identidem ad-

Lenker und Lehrer meines Lebens. Kurz und gut, ich will Dir sagen, was ich in meinem frischen Schmerz zu meinem Freund Calvisius[65] gesagt habe: »Ich fürchte, daß ich jetzt allzu gleichgültig leben könnte.«

(13) Deshalb spende mir Trost, aber nicht in der Art: »Er war alt, er war krank« – denn das weiß ich –, sondern sage etwas Neues, aber etwas Wichtiges, was ich niemals vorher gehört, niemals gelesen habe. Denn was ich gehört und gelesen habe, das fällt mir von selbst ein, es wird aber durch einen so tiefen Schmerz hinweggespült. Lebe wohl!

13

C. Plinius grüßt seinen Sosius Senecio[66]

(1) Dieses Jahr hat einen großen Ertrag an Dichtern gebracht: im ganzen Monat April gab es fast keinen Tag, an dem nicht jemand vorlas.[67] Es freut mich, daß die Literatur angesehen ist, die Talente sich hervortun und sich öffentlich zeigen, obwohl man sich nur widerwillig einfindet, um die Vorträge zu hören. (2) Die meisten sitzen in ihren Lokalen und vergeuden die Zeit des Vortrags mit Geschwätz und lassen sich immer wieder berichten, ob der Vortragende schon eingetroffen sei, ob er die Einleitung schon gesprochen, ob er sein Werk zum größten Teil bereits gelesen habe; dann erst, und jetzt auch nur langsam und zögernd, kommen sie, doch bleiben sie nicht, sondern verschwinden vor dem Ende, die einen unauffällig und heimlich, die anderen ganz unbefangen und offen.

(3) Aber bei Gott, zur Zeit unserer Väter soll Kaiser Claudius, als er auf dem Palatin[68] einen Spaziergang machte und Beifallsgeschrei hörte, nach der Ursache gefragt haben; und als man antwortete, Nonianus[69] halte eine Vorlesung, sei er plötzlich und für den Redner unerwartet dort erschienen. (4) Jetzt aber kommen gerade die Menschen, die nichts zu tun haben, obwohl sie lange vorher eingela-

monitus aut non venit aut, si venit, queritur se diem (quia non perdidit) perdidisse. (5) sed tanto magis laudandi probandique sunt, quos a scribendi recitandique studio haec auditorum vel desidia vel superbia non retardat.

Equidem prope nemini defui. erant sane plerique amici: neque enim est fere quisquam, qui studia, ut non simul et nos amet. (6) his ex causis longius, quam destinaveram, tempus in urbe consumpsi. possum iam repetere secessum et scribere aliquid, quod non recitem, ne videar, quorum recitationibus adfui, non auditor fuisse, sed creditor. nam ut in ceteris rebus, ita in audiendi officio perit gratia, si reposcatur. vale.

XIV

C. Plinius [Iunio] Maurico suo s.

(1) Petis, ut fratris tui filiae prospiciam maritum; quod merito mihi potissimum iniungis. scis enim, quanto opere summum illum virum suspexerim dilexerimque, quibus ille adulescentiam meam exhortationibus foverit, quibus etiam laudibus, ut laudandus viderer, effecerit. (2) nihil est, quod a te mandari mihi aut maius aut gratius, nihil, quod honestius a me suscipi possit, quam ut eligam iuvenem, ex quo nasci nepotes Aruleno Rustico deceat.

(3) Qui quidem diu quaerendus fuisset, nisi paratus et quasi provisus esset Minicius Acilianus, qui me ut iuvenis

den und immer wieder daran erinnert worden sind, entweder gar nicht oder wenn sie kommen, beklagen sie sich, sie hätten den Tag – weil sie ihn nicht vergeudet haben – vergeudet. (5) Aber um so mehr müssen die gelobt und anerkannt werden, die sich durch die Interesselosigkeit und den Hochmut der Zuhörer nicht von ihrem Eifer zu schreiben und vorzulesen abbringen lassen.

Ich war praktisch bei allen anwesend. Gewiß waren die meisten Freunde; aber es gibt fast niemanden, der die Studien und nicht zugleich auch mich liebt. (6) Deshalb habe ich länger als beabsichtigt meine Zeit in der Stadt verbracht. Nun kann ich mich wieder aufs Land zurückziehen und etwas schreiben, was ich nicht vorzutragen brauche, damit es nicht den Anschein hat, ich sei nicht Zuhörer, sondern Gläubiger[70] der Redner gewesen, deren Vorträgen ich beigewohnt habe. Denn wie bei den übrigen Dingen, so geht auch bei dieser Gefälligkeit des Zuhörens der Wert verloren, wenn man ihre Erwiderung verlangt. Lebe wohl!

14

C. Plinius grüßt seinen Iunius Mauricus[71]

(1) Du bittest darum, daß ich mich nach einem Mann für die Tochter Deines Bruders[72] umsehe; mit Recht überträgst Du gerade mir diese Aufgabe. Du weißt nämlich, wie sehr ich diesen höchst bedeutenden Mann bewundert und geschätzt habe, mit welchen Ratschlägen er mich in meiner Jugend gefördert, durch welch anerkennende Worte er erreicht hat, daß ich der Anerkennung wert schien. (2) Nichts Wichtigeres oder Angenehmeres konntest Du mir übertragen, nichts Ehrenvolleres konnte ich übernehmen, als einen jungen Mann auszuwählen, der es wert wäre, dem Arulenus Rusticus Enkel zu schenken.

(3) Einen solchen Mann jedoch hätte man lange suchen müssen, wenn nicht Minicius Acilianus[73] bereitstünde

iuvenem (est enim minor pauculis annis) familiarissime diligit, reveretur ut senem. nam ita formari a me et institui cupit, ut ego a vobis solebam. (4) patria est ei Brixia ex illa nostra Italia, quae multum adhuc verecundiae, frugalitatis atque etiam rusticitatis antiquae retinet ac servat. (5) pater Minicius Macrinus, equestris ordinis princeps, quia nihil altius voluit; adlectus enim a divo Vespasiano inter praetorios honestam quietem huic nostrae – ambitioni dicam an dignitati? – constantissime praetulit. (6) habet aviam maternam Serranam Proculam e municipio Patavio. nosti loci mores: Serrana tamen Patavinis quoque severitatis exemplum est. contigit et avunculus ei P. Acilius gravitate, prudentia, fide prope singulari. in summa nihil erit in domo tota, quod non tibi tamquam in tua placeat.

(7) Aciliano vero ipsi plurimum vigoris, industriae, quamquam in maxima verecundia. quaesturam, tribunatum, praeturam honestissime percucurrit ac iam pro se tibi necessitatem ambiendi remisit. (8) est illi facies liberalis multo sanguine, multo rubore suffusa, est ingenua totius corporis pulchritudo et quidam senatorius decor. quae ego nequaquam arbitror neglegenda; debet enim hoc castitati puellarum quasi praemium dari. (9) nescio, an adiciam esse patri eius amplas facultates. nam, cum imaginor vos, quibus quaerimus generum, silendum de facultatibus puto; cum publicos mores atque etiam leges civitatis intueor,

und gleichsam dazu vorherbestimmt wäre. Er liebt mich sehr freundschaftlich wie ein junger Mann den anderen – er ist nämlich nur ein paar Jahre jünger – und verehrt mich dennoch wie einen Greis. Denn er wünscht so von mir gebildet und unterwiesen zu werden, wie ich es von Euch[74] gewohnt war. (4) Seine Heimatstadt ist Brixia, in jenem Teil unseres Italiens gelegen, der noch heute viel von jener alten Bescheidenheit, Sparsamkeit und auch ländlichen Einfachheit besitzt und bewahrt. (5) Sein Vater ist Minicius Macrinus, der erste Mann im Ritterstand,[75] weil er nicht höher hinauswollte; zwar hatte ihn der göttliche Vespasian als Prätor ausgewählt, aber er zog eine ehrenvolle Ruhe diesem unserem – soll ich sagen: Ehrgeiz oder ehrenvollen Rang? – beharrlich vor. (6) Seine Großmutter mütterlicherseits ist Serrana Procula aus der Landstadt Patavium[76]. Du kennst die Sitten dieses Ortes: Serrana jedoch ist sogar unter den Patavinern ein Vorbild für Sittenstrenge. In P. Acilius hat Acilianus einen Onkel von fast einzigartiger Charakterstärke, Klugheit und Gewissenhaftigkeit. Kurz, in seinem ganzen Hause wird es nichts geben, was Dir nicht ebenso wie in Deinem gefiele.

(7) Er selbst aber besitzt bei größter Bescheidenheit ein hohes Maß an Tatkraft und Fleiß. Quästur, Tribunat und Prätur hat er sehr ehrenvoll durchlaufen, und er erspart Dir nun die Notwendigkeit, Dich für ihn zu verwenden. (8) Er hat ein edles Gesicht, das von kräftiger, blutvoller Röte durchzogen ist. Seine ganze Gestalt zeigt eine natürliche Schönheit und sozusagen eine senatorische Würde. Dies sind Vorzüge, die man, wie ich meine, keinesfalls geringschätzen sollte: denn solches muß gleichsam als Belohnung für die Tugend der Mädchen gegeben werden. (9) Ich weiß nicht, ob ich noch hinzufügen soll, daß sein Vater reiche Geldmittel besitzt. Denn wenn ich mir vorstelle, daß Ihr es seid, für die ich einen Schwiegersohn suche, dann muß ich wohl über die Finanzen schweigen; schaue ich aber auf die allgemeinen Sitten und auch auf die Geset-

quae vel in primis census hominum spectandos arbitrantur, ne id quidem praetereundum videtur. et sane de posteris et his pluribus cogitanti hic quoque in condicionibus deligendis ponendus est calculus.

(10) Tu fortasse me putes indulsisse amori meo supraque ista, quam res patitur, sustulisse. at ego fide mea spondeo futurum, ut omnia longe ampliora, quam a me praedicantur, invenias. diligo quidem adulescentem ardentissime, sicut meretur; sed hoc ipsum amantis est, non onerare eum laudibus. vale.

XV

C. Plinius Septicio [Claro] suo s.

(1) Heus tu! promittis ad cenam nec venis? dicitur ius: ad assem impendium reddes, nec id modicum. (2) paratae erant lactucae singulae, cochleae ternae, ova bina, halica cum mulso et nive (nam hanc quoque computabis, immo hanc in primis, quae periit in ferculo), olivae, betacei, cucurbitae, bulbi, alia mille non minus lauta. audisses comoedos vel lectorem vel lyristen vel (quae mea liberalitas) omnes. (3) at tu apud nescio quem ostrea, vulvas, echinos, Gaditanas maluisti.

Dabis poenas, non dico quas, dure fecisti: invidisti, nescio an tibi, certe mihi, sed tamen et tibi. quantum nos lu-

ze des Staates, die sogar in erster Linie das bürgerliche Vermögen glauben in Betracht ziehen zu müssen, so meine ich, diesen Punkt doch wohl nicht unberücksichtigt lassen zu dürfen. Ja gewiß doch: wenn man an die Nachkommen, und zwar an zahlreiche, denkt, so muß auch dies bei der Auswahl des Heiratskandidaten in Rechnung gestellt werden.

(10) Vielleicht glaubst Du, ich hätte meiner Sympathie für ihn zu sehr nachgegeben und alles mehr hervorgehoben, als es die Sache zuläßt. Aber ich gebe Dir mein Wort, daß Du alles weitaus prächtiger antreffen wirst, als ich es gepriesen habe. Natürlich schätze ich den jungen Mann aufs höchste, wie er es verdient, aber gerade auch dies ist ein Merkmal der Liebe, ihn nicht mit Lob zu überhäufen. Lebe wohl!

15

C. Plinius grüßt seinen Septicius Clarus[77]

(1) He Du! Du sagst Dich zum Essen an und kommst nicht? Das Urteil lautet: auf Heller und Pfennig genau wirst Du mir die Kosten erstatten, und die sind nicht gering! (2) Vorbereitet waren: ein Kopf Salat, für jeden drei Weinbergschnecken, zwei Eier, Speltgraupen mit Honigwein und Eis – denn auch das wirst Du mit berechnen, ja besonders das, was auf dem Tablett schmilzt –, Oliven, Mangoldwurzeln, Gurken, Zwiebeln und tausend andere nicht weniger köstliche Speisen. Du hättest Schauspieler hören können oder einen Vorleser oder einen Lautenspieler oder, freigebig wie ich bin, alle zusammen. (3) Aber Du hast bei irgendwem Austern, Sautaschen, Seeigel und Gaditanerinnen[78] vorgezogen.

Das wirst Du mir büßen; wie, sage ich nicht; gefühllos hast Du gehandelt. Du hast die Freude verdorben, ob Dir, weiß ich nicht, mir gewiß, aber sicherlich auch Dir. Wie

sissemus, risissemus, studuissemus! (4) potes adparatius cenare apud multos, nusquam hilarius, simplicius, incautius. in summa experire et, nisi postea te aliis potius excusaveris, mihi semper excusa! vale.

XVI

C. Plinius Erucio suo s.

(1) Amabam Pompeium Saturninum (hunc dico nostrum) laudabamque eius ingenium, etiam antequam scirem, quam varium, quam flexibile, quam multiplex esset; nunc vero totum me tenet, habet, possidet.

(2) Audii causas agentem acriter et ardenter nec minus polite et ornate, sive meditata sive subita proferret. adsunt aptae crebraeque sententiae, gravis et decora constructio, sonantia verba et antiqua.

Omnia haec mire placent, cum impetu quodam et flumine pervehuntur, placent, si retractentur. (3) senties quod ego, cum orationes eius in manus sumpseris, quas facile cuilibet veterum, quorum est aemulus, comparabis. (4) idem tamen in historia magis satisfaciet vel brevitate vel luce vel suavitate vel splendore etiam et sublimitate narrandi. nam in contionibus eadem, quae in orationibus vis est, pressior tantum et circumscriptior et adductior.

(5) Praeterea facit versus, qualis Catullus meus aut Calvus, re vera qualis Catullus aut Calvus. quantum illis leporis, dulcedinis, amaritudinis, amoris! inserit sane, sed data

hätten wir gescherzt, gelacht und philosophiert! (4) Du kannst bei vielen Leuten prächtiger speisen, nirgends aber heiterer, unbefangener und sorgloser. Kurz und gut, versuche es und, wenn Du dann nicht lieber bei anderen absagen willst, dann sage bei mir für immer ab. Lebe wohl!

16

C. Plinius grüßt seinen Erucius[79]

(1) Pompeius Saturninus[80] – ich nenne ihn unseren Freund – liebte ich und lobte seine Begabung, bevor ich noch wußte, wie vielseitig, wie anpassungsfähig, wie mannigfaltig sie war; nun aber hält er mich ganz fest, fesselt mich und nimmt mich in Besitz.

(2) Ich habe gehört, wie er energisch und leidenschaftlich, aber nicht weniger elegant und gewählt vor Gericht sprach, ob er nun vorbereitet oder aus dem Stegreif etwas vorbrachte. Ihm stehen zahlreiche passende Gedanken zur Verfügung, ein würdevoller und anmutiger Satzbau, wohlklingende klassische Worte.

All dies gefällt enorm, wenn es in einem gewissen Schwung und Fluß dahinströmt, es gefällt auch, wenn man es später wieder durchliest. (3) Du wirst dasselbe spüren wie ich, wenn Du seine Reden zur Hand nimmst, die Du ohne weiteres mit jedem der Klassiker vergleichen kannst, denen er nacheifert. (4) Doch in der Geschichtsschreibung wird er Dich noch mehr zufriedenstellen durch seine Kürze oder Klarheit, durch seine Anmut oder auch durch seinen Glanz und die Erhabenheit der Darstellung. Denn bei seinen historischen Reden findet sich dieselbe Kraft wie in seinen Gerichtsreden, nur kürzer, knapper und gezügelter.

(5) Außerdem verfaßt er Verse wie mein Catull[81] oder Calvus[82], ja wirklich wie Catull und Calvus. Wieviel Humor, Anmut, Bitterkeit und Leidenschaft in ihnen ist! Si-

opera, mollibus levibusque duriusculos quosdam; et hoc quasi Catullus aut Calvus.

(6) Legit mihi nuper epistulas; uxoris esse dicebat: Plautum vel Terentium metro solutum legi credidi. quae sive uxoris sunt, ut adfirmat, sive ipsius, ut negat, pari gloria dignus, qui aut illa componat aut uxorem, quam virginem accepit, tam doctam politamque reddiderit.

(7) Est ergo mecum per diem totum; eundem, antequam scribam, eundem, cum scripsi, eundem, etiam cum remittor, non tamquam eundem lego. (8) quod te quoque ut facias et hortor et moneo; neque enim debet operibus eius obesse, quod vivit. an, si inter eos, quos numquam vidimus, floruisset, non solum libros eius, verum etiam imagines conquireremus; eiusdem nunc honor praesentis et gratia quasi satietate languescit? (9) at hoc pravum malignumque est, non admirari hominem admiratione dignissimum, quia videre, adloqui, audire, complecti, nec laudare tantum, verum etiam amare contigit. vale.

XVII

C. Plinius [Cornelio] Titiano suo s.

(1) Est adhuc curae hominibus fides et officium, sunt, qui defunctorum quoque amicos agant. Titinius Capito ab

cherlich fügt er mit Absicht in die sanften und weich fließenden Verse einige härtere ein; auch dies wie Catull oder Calvus.

(6) Neulich las er mir Briefe vor; er sagte, sie seien von seiner Frau. Ich glaubte, Plautus[83] oder Terenz[84] würden in Prosa vorgelesen. Ob diese Verse von seiner Frau sind, wie er versichert, oder ob von ihm selbst, was er abstreitet, er verdient gleichen Ruhm, weil er entweder jene Verse verfaßt oder weil er seine Frau, die er als junges Mädchen geheiratet hat, so vorzüglich unterrichtet und ausgebildet hat.

(7) Sein Werk habe ich den ganzen Tag bei mir; ich lese es, bevor ich selbst etwas schreibe; ich lese es, wenn ich etwas geschrieben habe; und ich lese es auch, wenn ich mich entspanne, und doch lese ich es jedesmal, als wäre es nicht dasselbe. (8) Ich rate Dir dringend, das auch zu tun. Es darf nämlich den Werken nicht schaden, daß ihr Autor noch lebt. Oder aber: hätte er unter denen, die wir niemals gesehen haben, in hohem Ansehen gestanden, würden wir dann nicht nur seine Bücher, sondern auch seine Bildnisse sammeln, und soll etwa nun die Ehre desselben Mannes, nur weil er unter uns lebt, und seine Beliebtheit, als wenn wir seiner überdrüssig wären, geschmälert werden? (9) Das wäre denn doch verkehrt und bösartig, einen Mann nicht zu bewundern, der die größte Bewunderung verdient, nur weil wir ihn noch sehen, ansprechen, hören, umarmen und nicht nur loben, sondern auch lieben dürfen. Lebe wohl!

17

C. Plinius grüßt seinen Cornelius Titianus[85]

(1) Es gibt auch heute noch Menschen, die ein Interesse haben an Pflichtbewußtsein und Treue; es gibt welche, die auch bei Verstorbenen die Aufgaben von Freunden über-

imperatore nostro impetravit, ut sibi liceret statuam L. Silani in foro ponere. (2) pulchrum et magna laude dignum amicitia principis in hoc uti, quantumque gratia valeas, aliorum honoribus experiri. est omnino Capitoni in usu claros viros colere. (3) mirum est, qua religione, quo studio imagines Brutorum, Cassiorum, Catonum domi, ubi potest, habeat. idem clarissimi cuiusque vitam egregiis carminibus exornat. scias ipsum plurimis virtutibus abundare, qui alienas sic amat. (4) redditus est L. Silano debitus honor, cuius immortalitati Capito prospexit pariter et suae. neque enim magis decorum et insigne est statuam in foro populi Romani habere quam ponere. vale.

XVIII

C. Plinius [Suetonio] Tranquillo suo s.

(1) Scribis te perterritum somnio vereri, ne quid adversi in actione patiaris, rogas, ut dilationem petam et pauculos dies, certe proximum, excusem. difficile est, sed experiar: καὶ γάρ τ' ὄναρ ἐκ Διός ἐστιν.

(2) Refert tamen, eventura soleas an contraria somniare. mihi reputanti somnium meum, istud, quod times tu, egregiam actionem portendere videtur. (3) susceperam causam Iuni Pastoris, cum mihi quiescenti visa est socrus mea

nehmen. Titinius Capito[86] erreichte bei unserem Kaiser[87], daß er ein Standbild des L. Silanus[88] auf dem Forum aufstellen durfte. (2) Es ist schön und sehr lobenswert, die Freundschaft des Kaisers dabei zu nutzen und an den Ehrungen anderer zu erproben, wieviel man durch seinen Einfluß erreichen kann. Überhaupt gehört es zur Gewohnheit des Capito, berühmte Männer zu verehren; (3) es ist bewundernswert, mit welch frommer Scheu er den Bildern eines Brutus[89], Cassius[90] und Cato[91] in seinem Hause, wo er es kann, begegnet. Auch verherrlicht er das Leben aller berühmten Männer in seinen hervorragenden Gedichten.[92] Du weißt wohl auch, daß, wer fremde Tugenden so schätzt, selbst zahlreiche Vorzüge besitzt. (4) Dem Silanus wurde die verdiente Ehre erwiesen, und Capito hat für dessen Unsterblichkeit in gleicher Weise gesorgt wie für seine eigene; denn es ist ebenso rühmlich und ins Auge fallend, ein Standbild auf dem Forum des römischen Volkes zu besitzen, wie es aufzustellen. Lebe wohl!

18

C. Plinius grüßt seinen Suetonius Tranquillus[93]

(1) Du schreibst, Du seist durch einen Traum sehr erschreckt worden und fürchtetest, es könnte Dir etwas Schlimmes bei Deinem Prozeß zustoßen; Du bittest mich, eine Verschiebung zu erreichen und Dich ein paar Tage oder doch wenigstens für den nächsten Tag zu entschuldigen. Es ist schwierig, aber ich will es versuchen: »Denn auch Träume stammen von Zeus.«[94]

(2) Es ist von Interesse, ob Du das, was in Erfüllung geht, oder das Gegenteil zu träumen pflegst. Wenn ich an einen meiner eigenen Träume denke, scheint mir der, den Du fürchtest, einen glänzenden Prozeßverlauf zu verheißen. (3) Ich hatte den Prozeß des Iunius Pastor[95] über-

advoluta genibus, ne agerem, obsecrare, et eram acturus adulescentulus adhuc, eram in quadruplici iudicio, eram contra potentissimos civitatis atque etiam Caesaris amicos; quae singula excutere mentem mihi post tam triste somnium poterant. (4) egi tamen λογισάμενος illud:

εἷς οἰωνὸς ἄριστος, ἀμύνεσθαι περὶ πάτρης.

nam mihi patria, et si quid carius patria, fides videbatur. prospere cessit, atque adeo illa actio mihi aures hominum, illa ianuam famae patefecit.

(5) Proinde dispice, an tu quoque sub hoc exemplo somnium istud in bonum vertas; aut, si tutius putas illud cautissimi cuiusque praeceptum ‘quod dubites, ne feceris’, id ipsum rescribe! (6) ego aliquam stropham inveniam agamque causam tuam, ut istam agere tu, cum voles, possis. est enim sane alia ratio tua, alia mea fuit. nam iudicium centumvirale differri nullo modo, istud aegre quidem, sed tamen potest. vale.

XIX

C. Plinius [Romatio] Firmo suo s.

(1) Municeps tu meus et condiscipulus et ab ineunte aetate contubernalis, pater tuus et matri et avunculo meo, mihi etiam, quantum aetatis diversitas passa est, familiaris;

nommen, als mir im Schlaf meine Schwiegermutter erschien, auf die Knie fiel und mich inständig bat, nicht im Prozeß aufzutreten; ich war damals noch ganz jung und wollte als Anwalt auftreten; ich wollte vor den vier Kammern des Zentumviralgerichtes,[96] ich wollte auch gegen die mächtigsten Männer des Staates und auch gegen die Freunde des Kaisers[97] auftreten; jeder einzelne Umstand konnte mir nach dem so unglückverheißenden Traum den Mut nehmen. (4) Dennoch trat ich vor Gericht auf, indem ich an jenen Vers dachte: »Ein einziges Zeichen gilt: das Vaterland zu schützen.«[98]

Denn das Vaterland – und wenn es etwas Teureres als das Vaterland gibt – schien mir wie ein einmal gegebenes Versprechen zu sein. Es ging gut aus, und so öffnete mir jener Prozeß die Ohren der Menschen, das Tor zum Ruhm.

(5) Deshalb überlege, ob nicht auch Du nach diesem Beispiel Deinen Traum zum Guten wenden kannst; oder, wenn Du jene Regel aller Vorsichtigen: »Tue nichts, woran du zweifelst«, für sicherer hältst, dann schreibe es mir. (6) Ich werde schon einen Ausweg finden und Deine Angelegenheit in die Hand nehmen, damit Du Deine Sache vor Gericht führen kannst, wann Du willst. Deine Lage ist nämlich eine ganz andere, als meine es war; denn der Prozeß vor dem Zentumviralgericht konnte überhaupt nicht aufgeschoben werden, bei Deinem ist es zwar schwierig, aber doch möglich. Lebe wohl!

19

C. Plinius grüßt seinen Romatius Firmus[99]

(1) Du bist mein Landsmann, Mitschüler und Gefährte seit frühester Jugend; Dein Vater war meiner Mutter und meinem Onkel[100] ein vertrauter Freund, und auch mir, soweit es der Altersunterschied zuließ: alles bedeutende und

magnae et graves causae, cur suscipere, augere dignitatem tuam debeam. (2) esse autem tibi centum milium censum, satis indicat, quod apud nos decurio es. igitur, ut te non decurione solum, verum etiam equite Romano perfruamur, offero tibi ad implendas equestres facultates trecenta milia nummum. (3) te memorem huius muneris amicitiae nostrae diuturnitas spondet; ego ne illud quidem admoneo, quod admonere deberem, nisi scirem sponte facturum, ut dignitate a me data quam modestissime, ut a me data, utare. (4) nam sollicitius custodiendus est honor, in quo etiam beneficium amici tuendum est. vale.

XX

C. Plinius [Cornelio] Tacito suo s.

(1) Frequens mihi disputatio est cum quodam docto homine et perito, cui nihil aeque in causis agendis ut brevitas placet. (2) quam ego custodiendam esse confiteor, si causa permittat: alioqui praevaricatio est transire dicenda, praevaricatio etiam cursim et breviter attingere, quae sint inculcanda, infigenda, repetenda. (3) nam plerisque longiore tractatu vis quaedam et pondus accedit, utque corpori ferrum, sic oratio animo non ictu magis quam mora imprimitur.

(4) Hic ille mecum auctoritatibus agit ac mihi ex Graecis orationes Lysiae ostentat, ex nostris Gracchorum

triftige Gründe, weshalb ich Dein Ansehen fördern und vergrößern muß. (2) Daß Du ein Vermögen von 1 000 000 Sesterzen besitzt, zeigt schon deutlich die Tatsache, daß Du bei uns Ratsherr bist. Damit wir Dich nicht nur als Ratsherr, sondern auch als römischen Ritter sehen können, biete ich Dir also zur Vervollständigung des Vermögens, das für einen Ritter erforderlich ist, 300 000 Sesterze an. (3) Daß Du immer an dieses Geschenk denkst, das verbürgt schon die lange Dauer unserer Freundschaft: ich ermahne Dich nicht einmal dazu, wozu ich Dich ermahnen müßte, wenn ich nicht wüßte, Du würdest es freiwillig tun: daß Du von der Würde, die ich Dir verschafft habe, möglichst bescheiden Gebrauch machst, weil Du sie von mir erhalten hast. (4) Man muß nämlich über ein Ehrenamt besonders sorgfältig wachen, bei dem auch die Wohltat eines Freundes dankbar anerkannt werden muß. Lebe wohl!

20

C. Plinius grüßt seinen Cornelius Tacitus[101]

(1) Oft diskutiere ich mit einem gebildeten und erfahrenen Mann, dem nichts so sehr bei der Führung von Prozessen gefällt wie die Kürze. (2) Daß man darauf achten muß, gebe ich zu, wenn die Sache es erlaubt; sonst ist es aber eine Pflichtverletzung, Dinge, die gesagt werden müssen, zu übergehen; eine Pflichtverletzung ist es auch, nur flüchtig und kurz zu berühren, was hervorgehoben, eingeprägt und wiederholt werden muß. (3) Denn die meisten Dinge erhalten durch eine längere Behandlung sozusagen Kraft und Gewicht; und wie das Schwert in den Körper, so dringt auch eine Rede eher in die Seele durch langsamen Druck als durch einen Stoß.

(4) Hier kommt mir jener mit Autoritäten und weist gleichsam triumphierend unter den Griechen auf die Re-

Catonisque, quorum sane plurimae sunt circumcisae et breves: ego Lysiae Demosthenen, Aeschinen, Hyperiden multosque praeterea, Gracchis et Catoni Pollionem, Caesarem, Caelium, in primis M. Tullium oppono, cuius oratio optima fertur esse, quae maxima. et hercule ut aliae bonae res, ita bonus liber melior est quisque, quo maior. (5) vides, ut statuas, signa, picturas, hominum denique multorumque animalium formas, arborum etiam, si modo sint decorae, nihil magis quam amplitudo commendet. idem orationibus evenit; quin etiam voluminibus ipsis auctoritatem quandam et pulchritudinem adicit magnitudo.

(6) Haec ille multaque alia, quae a me in eandem sententiam solent dici, ut est in disputando incomprehensibilis et lubricus, ita eludit, ut contendat hos ipsos, quorum orationibus nitar, pauciora dixisse, quam ediderint. (7) ego contra puto. testes sunt multae multorum orationes et Ciceronis pro Murena, pro Vareno, in quibus brevis et nuda quasi subscriptio quorundam criminum solis titulis indicatur: ex his apparet illum permulta dixisse, cum ederet, omisisse. (8) idem pro Cluentio ait se totam causam vetere instituto solum perorasse et pro C. Cornelio quadriduo egisse, ne dubitare possimus, quae per plures dies (ut necesse erat) latius dixerit, postea recisa ac repurgata in unum librum, grandem quidem, unum tamen, coartasse.

(9) 'At aliud est actio bona, aliud oratio.' scio nonnullis ita videri; sed ego (forsitan fallar) persuasum habeo posse

den des Lysias[102] hin, unter unseren Autoritäten auf die Reden der Gracchen[103] und des Cato[104], von denen sicherlich sehr viele gedrängt und kurz sind: ich stelle dem Lysias den Demosthenes[105], Aeschines[106], Hyperides[107] und viele andere entgegen, den Gracchen und dem Cato den Pollio[108], Cäsar, Caelius und besonders M. Tullius (Cicero), dessen umfangreichste Rede die beste sein soll. Und wahrlich, wie bei anderen guten Dingen, so ist jedes gute Buch besser, je umfangreicher es ist. (5) Du siehst, wie bei Statuen, Reliefs, Gemälden, schließlich bei Darstellungen der Menschen und vieler Tiere, auch bei Bäumen – wenn sie nur schön sind –, nichts mehr beeindruckt als die Größe. Ebenso verhält es sich mit den Reden: ja, auch Büchern gibt die Größe ein gewisses Ansehen und eine gewisse Schönheit.

(6) Diesem und vielem anderen, das ich im gleichen Sinne zu sagen pflege, weicht er in der Diskussion – aalglatt und nicht zu fassen – in der Weise aus, daß er behauptet, gerade diese Redner, auf deren Reden ich mich stützte, hätten weniger gesagt, als sie veröffentlicht hätten. (7) Ich behaupte das Gegenteil. Zeugen dafür sind zahlreiche Reden vieler Redner, besonders die Reden Ciceros für Murena[109] und für Varenus, in denen eine kurze, gleichsam nackte Aufzeichnung gewisser Vergehen durch bloße Stichwörter stattfindet. Hieraus geht deutlich hervor, daß jener sehr viel gesagt hat, was er bei einer späteren Publizierung ausgelassen hat. (8) Er sagt auch in seiner Rede pro Cluentio[110], er habe den ganzen Prozeß nach alter Gewohnheit allein geführt, und in der Rede pro C. Cornelio[111], er habe vier Tage lang gesprochen, so daß wir nicht daran zweifeln können, daß er das, was er über mehrere Tage breiter ausgeführt haben muß, später gekürzt und bereinigt in einem Buch, zwar in einem umfangreichen, aber doch einem, zusammengedrängt hat.

(9) »Aber etwas anderes ist eine gute Prozeßrede, etwas anderes eine schriftlich ausgearbeitete Gerichtsrede.« Ich

fieri, ut sit actio bona, quae non sit bona oratio, non posse non bonam actionem esse, quae sit bona oratio. est enim oratio actionis exemplar et quasi ἀρχέτυπον. (10) ideo in optima quaque mille figuras extemporales invenimus, in iis etiam, quas tantum editas scimus, ut in Verrem, ‘artificem quem? quemnam? recte admones: Polyclitum esse dicebant’. sequitur ergo, ut actio sit absolutissima, quae maxime orationis similitudinem expresserit, si modo iustum et debitum tempus accipiat; quod si negetur, nulla oratoris, maxima iudicis culpa est.

(11) Adsunt huic opinioni meae leges, quae longissima tempora largiuntur nec brevitatem dicentibus, sed copiam, (hoc est diligentiam) suadent; quam praestare nisi in angustissimis causis non potest brevitas. adiciam, quod me docuit usus, magister egregius. (12) frequenter egi, frequenter iudicavi, frequenter in consilio fui: aliud alios movet, ac plerumque parvae res maximas trahunt. varia sunt hominum iudicia, variae voluntates. inde, qui eandem causam simul audierunt, saepe diversum, interdum idem, sed ex diversis animi motibus sentiunt. (13) praeterea suae quisque inventioni favet et quasi fortissimum amplectitur, cum ab alio dictum est, quod ipse praevidit. omnibus ergo dandum est aliquid, quod teneant, quod agnoscant.

weiß, daß einige Leute dieser Meinung sind. Aber ich – vielleicht täusche ich mich – bin der Überzeugung, eine Prozeßrede könne gut sein, ohne darum eine gut geschriebene Rede sein zu müssen; daß aber auf jeden Fall eine gute schriftliche Rede eine gute Prozeßrede sein müsse. Denn die schriftlich abgefaßte Rede ist das Muster und gleichsam das Urbild der Gerichtsrede. (10) Daher finden wir gerade in den besten Reden tausend Wendungen, die der Augenblick eingibt, auch in denen, die unseres Wissens nur schriftlich veröffentlicht worden sind, wie z.B. in der Rede gegen Verres[112]: »Wie hieß noch der Künstler? Wie hieß er nur? Richtig, du erinnerst mich, man sagte, es sei Polyklet.«[113] Es folgt also, daß die mündliche Rede am vollkommensten ist, die der schriftlichen Rede am meisten ähnelt, wenn der Redner nur die angemessene und gebührende Zeit bekommt; wird diese ihm nicht eingeräumt, so trifft die Schuld nicht den Redner, sondern hauptsächlich den Richter.

(11) Diese meine Meinung unterstützen auch die Gesetze, die den Rednern sehr lange Redezeiten einräumen und nicht zur Kürze, sondern zur Fülle – das heißt zur Genauigkeit – raten, was Kürze nur in ganz eingeschränkten Fällen leisten kann. Ich möchte hinzufügen, was mich die Erfahrung, eine hervorragende Lehrmeisterin, gelehrt hat. (12) Oft bin ich als Anwalt, oft als Richter und oft als Gutachter aufgetreten: auf den einen macht dieses, auf den anderen jenes Eindruck, und meistens haben Kleinigkeiten den größten Erfolg. Verschieden sind die Urteile der Menschen, verschieden ihre Neigungen. Daher haben diejenigen, die denselben Prozeß zu ein und derselben Zeit angehört haben, oft eine unterschiedliche Meinung, bisweilen dieselbe, dann aber aus unterschiedlichen Beweggründen. (13) Außerdem ist jeder von seiner eigenen Auffassung am meisten eingenommen und hält gleichsam am stärksten daran fest, wenn ein anderer das sagt, was er selbst vorausgesehen hat. Man muß also allen etwas geben, woran sie sich halten und was sie als ihre Ansicht wiedererkennen können.

(14) Dixit aliquando mihi Regulus, cum simul adessemus: 'tu omnia, quae sunt in causa, putas exsequenda; ego iugulum statim video, hunc premo.' premit sane, quod elegit, sed in eligendo frequenter errat. respondi posse fieri, ut genu esset aut talus, ubi ille iugulum putaret. (15) 'at ego', inquam, 'qui iugulum perspicere non possum, omnia pertempto, omnia experior, πάντα denique λίθον κινῶ', (16) utque in cultura agri non vineas tantum, verum etiam arbusta, nec arbusta tantum, verum etiam campos curo et exerceo, utque in ipsis campis non far aut siliginem solam, sed hordeum, fabam ceteraque legumina sero, sic in actione plura quasi semina latius spargo, ut, quae provenerint, colligam. (17) neque enim minus imperspicua, incerta, fallacia sunt iudicum ingenia quam tempestatum terrarumque. nec me praeterit summum oratorem Periclen sic a comico Eupolide laudari:

πρὸς δέ γ' αὐτοῦ τῷ τάχει
πειθώ τις ἐπεκάθητο τοῖσι χείλεσιν.
οὕτως ἐκήλει καὶ μόνος τῶν ῥητόρων
τὸ κέντρον ἐγκατέλειπε τοῖς ἀκροωμένοις.

(18) verum huic ipsi Pericli nec illa πειθώ nec illud ἐκήλει brevitate vel velocitate vel utraque (differunt enim) sine facultate summa contigisset. nam delectare, persuadere copiam dicendi spatiumque desiderat; relinquere vero aculeum in audientium animis is demum potest, qui non

(14) Regulus[114] sagte eines Tages zu mir, als wir beide zusammen plädierten: »Du glaubst, alles, was mit dem Prozeß zusammenhängt, ausführlich darlegen zu müssen; ich sehe sofort auf die Kehle, und die drücke ich zu.« Sicherlich drückt er an der Stelle zu, die er sich ausgewählt hat, aber bei der Wahl irrt er häufig. (15) Ich antwortete, es könne sich bei dem, was er für die Kehle halte, auch einmal um ein Knie oder einen Knöchel handeln. »Ich dagegen«, sagte ich, »der ich die Kehle nicht genau erkennen kann, taste alles ab, probiere alles, hebe jeden Stein auf.«[115] (16) Und wie ich mich in der Landwirtschaft nicht nur um die Weinberge, sondern auch um die Baumpflanzungen, und nicht nur um die Baumpflanzungen, sondern auch um die Felder kümmere und sie bearbeite, und wie ich auf diesen Feldern nicht nur Spelt[116] und Weizen, sondern auch Gerste, Bohnen und andere Hülsenfrüchte säe, so streue ich bei einer Gerichtsrede gleichsam sehr viel Samen möglichst weit aus, damit ich einsammeln kann, was davon aufgegangen ist. (17) Denn die Natur des Richters ist ebenso undurchschaubar, ungewiß und trügerisch wie die des Wetters und des Bodens. Und es ist mir auch bekannt, daß der hochbedeutende Redner Perikles[117] folgendermaßen von dem Komödiendichter Eupolis[118] gerühmt wird:

»Schnell war seine Rede. / Die Göttin der Überredung[119] saß auf seinen Lippen: / so bezauberte er und ließ von allen Rednern doch allein / noch einen Stachel im Herzen der Hörer zurück.«

(18) Aber selbst diesem Perikles wäre jene Überredung und jenes Bezaubern nicht durch Kürze, auch nicht durch Schnelligkeit oder durch beides – denn es bestehen da durchaus Unterschiede – gelungen, wenn nicht gleichzeitig eine höchste rednerische Begabung vorgelegen hätte. Denn die Zuhörer zu erfreuen und zu überreden erfordert Fülle des Ausdrucks und Zeit; einen Stachel kann aber nur der in den Herzen der Zuhörer zurücklassen, der nicht nur damit ritzt, sondern ihn tief hineinbohrt.

pungit, sed infigit. (19) adde, quae de eodem Pericle comicus alter:

ἤστραπτ᾽, ἐβρόντα, συνεκύκα τὴν Ἑλλάδα.

non enim amputata oratio et abscisa, sed lata et magnifica et excelsa tonat, fulgurat, omnia denique perturbat ac miscet.

(20) 'Optimus tamen modus est.' quis negat? sed non minus non servat modum, qui infra rem quam qui supra, qui adstrictius quam qui effusius dicit. (21) itaque audis frequenter ut illud 'immodice et redundanter', ita hoc 'ieiune et infirme'. alius excessisse materiam, alius dicitur non implesse. aeque uterque, sed ille imbecillitate, hic viribus peccat; (22) quod certe, etsi non limatioris, maioris tamen ingenii vitium est. nec vero, cum haec dico, illum Homericum ἀμετροεπῆ probo, sed hunc:

καὶ ἔπεα νιφάδεσσιν ἐοικότα χειμερίῃσιν,

non quia non et ille mihi valdissime placeat:

παῦρα μέν, ἀλλὰ μάλα λιγέως·

si tamen detur electio, illam orationem similem nivibus hibernis, id est crebram et adsiduam, sed et largam, postremo divinam et caelestem, volo.

(23) 'At est gratior multis actio brevis.' est, sed inertibus, quorum delicias desidiamque quasi iudicium respicere ridiculum est. nam, si hos in consilio habeas, non solum satius breviter dicere, sed omnino non dicere.

(19) Nimm hinzu, was über denselben Perikles ein anderer Komödiendichter[120] sagt:

»Er blitzte, donnerte und wühlte ganz Griechenland auf.«

Denn keine beschnittene oder abgekürzte, sondern eine breite, großartige und erhabene Rede donnert, blitzt und bringt alles in Aufregung und Verwirrung.

(20) »Trotzdem ist maßvolle Zurückhaltung am besten.« Wer leugnet das? Aber ebensowenig hält der das rechte Maß ein, der zu wenig, wie der, der zu viel, der zu gedrängt, wie der, der zu breit redet. (21) Daher hört man ebensooft die Klage »Maßlos und weitläufig« wie jene: »Trocken und kraftlos«. Man sagt, der eine sei über sein Thema zu weit hinausgegangen, der andere habe es nicht erschöpfend dargestellt. Beide begehen in gleicher Weise einen Fehler, aber der eine aus Schwäche, der andere, weil er zuviel Kraft hat; letzteres ist sicherlich der Fehler einer zwar nicht ausgebildeten, aber doch größeren Begabung. (22) Wenn ich dies sage, billige ich aber nicht jenen »maßlosen Schwätzer« bei Homer,[121] sondern den, von dem es heißt:

»Wie die Schneeflocken entflogen die Worte seinen Lippen.«[122]

Nicht, weil mir nicht auch jener sehr gefiele mit seinem »Weniges nur, doch mit eindringlicher Kraft«.[123]

Wenn man mir jedoch die Wahl ließe, so ziehe ich jene Rede vor, die dem Schneegestöber im Winter gleicht, das heißt: eine dichte, ununterbrochen fließende, aber auch eine reiche, kurz gesagt, eine göttliche und himmlische Rede.

(23) »Aber vielen gefällt eine kurze Rede besser.« So ist es, aber nur den Trägen, deren verwöhnten Geschmack und Faulheit gleichsam als Richtschnur zu nehmen lächerlich wäre. Denn wenn Du solche Geschworene hast, wäre es nicht nur besser, kurz zu reden, sondern überhaupt nicht.

(24) Haec est adhuc sententia mea, quam mutabo, si dissenseris tu; sed plane, cur dissentias, explices rogo. quamvis enim cedere auctoritati tuae debeam, rectius tamen arbitror in tanta re ratione quam auctoritate superari. (25) proinde, si non errare videor, id ipsum quam voles brevi epistula, sed tamen scribe (confirmabis enim iudicium meum); si erraro, longissimam para! – (26) Num corrupi te, qui tibi, si mihi accederes, brevis epistulae necessitatem, si dissentires, longissimae imposui? vale.

XXI

C. Plinius [Plinio] Paterno suo s.

(1) Ut animi tui iudicio sic oculorum plurimum tribuo, non quia multum, (ne tibi placeas) sed quia tantum quantum ego sapis; quamquam hoc quoque multum est. (2) omissis iocis credo decentes esse servos, qui sunt empti mihi ex consilio tuo; superest, ut frugi sint, quod de venalibus melius auribus quam oculis iudicatur. vale.

XXII

C. Plinius Catilio [Severo] suo s.

(1) Diu iam in urbe haereo et quidem attonitus. perturbat me longa et pertinax valetudo Titi Aristonis, quem sin-

(24) Das ist bisher meine Meinung, die ich ändern werde, wenn Du anderer Meinung bist; aber erkläre mir bitte genau, warum Du anderer Meinung bist. Obgleich ich nämlich Deiner Autorität nachgeben muß, halte ich es dennoch in einer so wichtigen Sache für besser, durch Gründe als durch Autorität widerlegt zu werden. (25) Wenn Du meinst, daß ich nicht irre, schreibe mir so kurz, wie Du willst, aber schreibe es mir jedenfalls – dann wirst Du mich nämlich in meinem Urteil bestärken; irre ich aber, dann antworte lang und ausführlich. (26) Oder habe ich Dich etwa bestochen, der ich Dir den Zwang eines kurzen Briefes auferlege, wenn Du meiner Meinung bist, und eines ausführlichen, wenn Du anderer Meinung bist? Lebe wohl!

21

C. Plinius grüßt seinen Paternus[124]

(1) Wie ich dem Urteil Deines Verstandes sehr viel zutraue, so auch dem Deiner Augen, nicht weil Du sehr klug bist – bilde Dir da ja nicht zuviel ein –, sondern weil Du so klug bist wie ich. Freilich ist auch das viel. (2) Scherz beiseite; ich glaube, die Sklaven, die auf Deinen Rat hin für mich gekauft worden sind, sehen gut aus. Jetzt fehlt nur noch, daß sie etwas taugen, was man bei jungen Sklaven besser mit den Ohren als mit den Augen beurteilen kann.[125] Lebe wohl!

22

C. Plinius grüßt seinen Catilius Severus[126]

(1) Schon lange sitze ich in der Stadt fest, und zwar wie betäubt. Mich beunruhigt sehr die lange, hartnäckige Krankheit des Titius Aristo[127], den ich außerordentlich be-

gulariter et miror et diligo. nihil est enim illo gravius, sanctius, doctius, ut mihi non unus homo, sed litterae ipsae omnesque bonae artes in uno homine summum periculum adire videantur.

(2) quam peritus ille et privati iuris et publici! quantum rerum, quantum exemplorum, quantum antiquitatis tenet! nihil est, quod discere velis, quod ille docere non possit. mihi certe, quotiens aliquid abditum quaero, ille thesaurus est. (3) iam quanta sermonibus eius fides, quanta auctoritas, quam pressa et decora cunctatio! quid est, quod non statim sciat? et tamen plerumque haesitat, dubitat diversitate rationum, quas acri magnoque iudicio ab origine causisque primis repetit, discernit, expendit. (4) Ad hoc quam parcus in victu, quam modicus in cultu! soleo ipsum cubiculum eius ipsumque lectum ut imaginem quandam priscae frugalitatis adspicere. (5) ornat haec magnitudo animi, quae nihil ad ostentationem, omnia ad conscientiam refert recteque facti non ex populi sermone mercedem, sed ex facto petit. (6) in summa non facile quemquam ex istis, qui sapientiae studium habitu corporis praeferunt, huic viro comparabis. non quidem gymnasia sectatur aut porticus nec disputationibus longis aliorum otium suumque delectat, sed in toga negotiisque versatur, multos advocatione, plures consilio iuvat. (7) nemini tamen istorum castitate, pietate, iustitia, fortitudine etiam primo loco cesserit.

wundere und schätze. Kein Mensch verfügt über mehr Würde, Gewissenhaftigkeit und Gelehrsamkeit als er, so daß mir nicht dieser eine Mensch, sondern die Wissenschaften selbst und alle schönen Künste in diesem einen Menschen größter Gefahr ausgesetzt zu sein scheinen. (2) Wie erfahren ist er im privaten und öffentlichen Recht! Wie viele Tatsachen und Beispiele kennt er, wie viele Ereignisse aus der Vergangenheit! Nichts gibt es, das man zu lernen wünscht und das er nicht lehren könnte. Für mich jedenfalls ist er, sooft ich etwas Verborgenes suche, ein lebendiges Lexikon. (3) Welche Zuverlässigkeit liegt außerdem in seinen Äußerungen, welche Autorität, welches zurückhaltende, anmutige Zögern! Was gibt es, das er nicht sofort wüßte? Und dennoch gibt er sich meistens unschlüssig, zögert wegen der Verschiedenheit der Gründe, die er mit scharfem und sicherem Urteil vom Ursprung und den ersten Anfängen her überdenkt, unterscheidet und abwägt.

(4) Wie sparsam ist er außerdem in seiner Lebensweise, wie bescheiden in seinem Äußeren! Selbst sein Schlafzimmer und sogar sein Bett betrachte ich immer wie ein Bild alter Enthaltsamkeit. (5) Dies erhöht seine Seelengröße, die nichts nach dem äußeren Schein, sondern alles nach dem guten Gewissen beurteilt und den Lohn einer guten Tat nicht in der Meinung des Volkes, sondern in der Tat selbst sucht. (6) Kurz gesagt, man dürfte kaum einen von denen, die ihre Liebe zur Philosophie in ihrer äußeren Erscheinung zur Schau tragen,[128] mit diesem Manne auf eine Stufe stellen. Er sucht auch keine Gymnasien oder Säulenhallen[129] auf und verschwendet nicht mit langen Auseinandersetzungen die Zeit anderer und seine eigene auf angenehme Weise, sondern verbringt sie in der Toga[130] und bei seinen Amtsgeschäften; viele unterstützt er durch seinen gerichtlichen Beistand, noch mehr durch seinen Rat. (7) Keinem dieser Philosophen jedoch dürfte er wohl hinsichtlich seiner Sittenreinheit, Pflichterfüllung, Gerechtigkeit und Unerschrockenheit den ersten Platz überlassen.

Mirareris, si interesses, qua patientia hanc ipsam valetudinem toleret, ut dolori resistat, ut sitim differat, ut incredibilem febrium ardorem immotus opertusque transmittat. (8) nuper me paucosque mecum, quos maxime diligit, advocavit rogavitque, ut medicos consuleremus de summa valetudinis, ut, si esset insuperabilis, sponte exiret e vita; si tantum difficilis et longa, resisteret maneretque: (9) dandum enim precibus uxoris, dandum filiae lacrimis, dandum etiam nobis amicis, ne spes nostras, si modo non essent inanes, voluntaria morte desereret. id ego arduum in primis et praecipua laude dignum puto. (10) nam impetu quodam et instinctu procurrere ad mortem commune cum multis, deliberare vero et causas eius expendere, utque suaserit ratio, vitae mortisque consilium vel suscipere vel ponere ingentis est animi.

(11) Et medici quidem secunda nobis pollicentur; superest, ut promissis deus adnuat tandemque me hac sollicitudine exsolvat; qua liberatus Laurentinum meum, hoc est libellos et pugillares studiosumque otium, repetam. nunc enim nihil legere, nihil scribere aut adsidenti vacat aut anxio libet.

(12) Habes, quid timeam, quid optem, quid etiam in posterum destinem; tu quid egeris, quid agas, quid velis agere, invicem nobis, sed laetioribus epistulis scribe! erit confusioni meae non mediocre solacium, si tu nihil quereris. vale.

Du würdest Dich wundern, wenn Du da wärest, mit welcher Geduld er selbst diese Krankheit erträgt, wie er gegen den Schmerz ankämpft, wie er es aufschiebt, den Durst zu löschen, wie er die unglaubliche Fieberhitze unbewegt und zugedeckt übersteht. (8) Neulich ließ er mich zusammen mit einigen wenigen, die er besonders schätzt, zu sich rufen und bat uns, die Ärzte nach dem Gesamtbild seiner Krankheit zu befragen, auf daß er freiwillig aus dem Leben schiede, wenn sie unheilbar sei; sei sie aber nur schwer und langwierig, werde er Widerstand leisten und am Leben bleiben; (9) er müsse nämlich den Bitten seiner Frau, den Tränen seiner Tochter und auch uns Freunden nachgeben, damit er nicht unsere Hoffnungen, wenn sie nur nicht unbegründet seien, durch einen freiwilligen Tod enttäusche. Diese Entscheidung halte ich für besonders schwer und besonders lobenswert. (10) Denn gleichsam in einem raschen Entschluß und in Begeisterung in den Tod zu rennen, das hätte er mit vielen gemeinsam; aber zu überlegen und die Gründe abzuwägen, und wie die Vernunft es rät, den Entschluß zum Leben oder zum Tode auf sich zu nehmen oder aufzugeben, das ist das Zeichen eines großen Charakters.

(11) Die Ärzte freilich versprechen uns einen günstigen Verlauf der Krankheit; bleibt nur, es möge Gott die Versprechungen in Erfüllung gehen lassen und mich endlich von dieser bangen Sorge erlösen; bin ich davon befreit, will ich auf mein Laurentinum, d.h. zu Büchern und Schreibtafel und zu meiner gelehrten Muße, zurückkehren. Denn jetzt, da ich bei ihm sitze und in Sorge bin, habe ich keine Zeit und Lust, etwas zu lesen oder zu schreiben.

(12) Nun weißt Du, was ich fürchte, was ich wünsche, und auch, was ich mir für die Zukunft vornehme: schreibe auch Du, was Du getan hast, was Du jetzt tust, was Du tun willst, aber in einem etwas heiteren Brief! Es wird mir in meiner Bestürzung kein geringer Trost sein, wenn Du nichts zu klagen hast. Lebe wohl!

XXIII

C. Plinius [Pompeio] Falconi suo s.

(1) Consulis, an existimem te in tribunatu causas agere debere. plurimum refert, quid esse tribunatum putes, 'inanem umbram' et 'sine honore nomen', an potestatem sacrosanctam et quam in ordinem cogi ut a nullo, ita ne a se quidem deceat.

(2) Ipse cum tribunus essem, erraverim fortasse, qui me esse aliquid putavi, sed, tamquam essem, abstinui causis agendis: primum, quod deforme arbitrabar, cui adsurgere, cui loco cedere omnes oporteret, hunc omnibus sedentibus stare; et, qui iubere posset tacere quemcumque, huic silentium clepsydra indici; et, quem interfari nefas esset, hunc etiam convicia audire et, si inulta pateretur, inertem, si ulcisceretur, insolentem videri. (3) erat hic quoque aestus ante oculos, si forte me adpellasset vel ille, cui adessem, vel ille, quem contra, intercederem et auxilium ferrem, an quiescerem sileremque et quasi eiurato magistratu privatum ipse me facerem. (4) His rationibus motus malui me tribunum omnibus exhibere quam paucis advocatum. (5) sed tu (iterum dicam) plurimum interest, quid esse tribunatum putes, quam personam tibi imponas; quae sapienti viro ita aptanda est, ut perferatur. vale.

23

C. Plinius grüßt seinen Pompeius Falco[131]

(1) Du fragst mich um Rat, ob ich glaube, daß Du während Deines Tribunats[132] in Prozessen als Anwalt auftreten darfst. Es ist von sehr großer Bedeutung, was das Tribunat Deiner Meinung nach ist: ein leerer Schatten und ein Titel ohne Ehre oder ein unverletzliches Amt, das von niemandem, auch nicht von seinem Inhaber, in seiner Würde herabgesetzt werden darf.

(2) Als ich selbst Tribun war, habe ich mich, im Glauben, etwas zu sein, vielleicht geirrt; aber als ob ich etwas wäre, enthielt ich mich der gerichtlichen Tätigkeit: erstens, weil ich es für schimpflich hielt, daß derjenige, vor dem alle sich erheben, alle Platz machen müßten, zu stehen habe, während alle säßen; und daß demjenigen, der einem jeden Schweigen gebieten könne, durch die Wasseruhr[133] Schweigen auferlegt werde; und daß derjenige, den man nicht unterbrechen dürfe, sogar dreiste Zwischenrufe anhören müsse, und wenn er sie ungestraft zuließe, als feige, wenn er sie bestrafe, als überheblich gelte. (3) Noch eine weitere Verlegenheit schwebte mir vor Augen: wenn vielleicht mein Klient oder sein Prozeßgegner sich auf mich als Tribun berief, sollte ich dann einschreiten und ihm Hilfe bringen oder mich ruhig verhalten und schweigen und gleichsam mein Amt niederlegen und mich selbst zum Privatmann machen?

(4) Diese Gründe veranlaßten mich dazu, lieber als Tribun für alle denn als Anwalt für wenige aufzutreten. (5) Aber – ich möchte es noch einmal sagen – es kommt sehr darauf an, was das Tribunat Deiner Meinung nach ist, welche Rolle Du Dir auferlegst; dieser muß sich ein weiser Mann so anpassen, daß er sie bis ans Ende durchhalten kann! Lebe wohl!

XXIV

C. Plinius [Baebio] Hispano suo s.

(1) Tranquillus, contubernalis meus, vult emere agellum, quem venditare amicus tuus dicitur. (2) rogo cures, quanti aequum est, emat: ita enim delectabit emisse. nam mala emptio semper ingrata, eo maxime, quod exprobrare stultitiam domino videtur.

(3) In hoc autem agello, si modo adriserit pretium, Tranquilli mei stomachum multa sollicitant, vicinitas urbis, opportunitas viae, mediocritas villae, modus ruris, qui avocet magis quam distringat. (4) scholasticis porro dominis, ut hic est, sufficit abunde tantum soli, ut relevare caput, reficere oculos, reptare per limitem unamque semitam terere omnesque viticulas suas nosse et numerare arbusculas possint.

(5) Haec tibi exposui, quo magis scires, quantum esset ille mihi, ego tibi debiturus, si praediolum istud, quod commendatur his dotibus, tam salubriter emerit, ut paenitentiae locum non relinquat. vale.

24

C. Plinius grüßt seinen Baebius Hispanus[134]

(1) Mein Freund Tranquillus[135] möchte das kleine Landgut kaufen, das – wie man sagt – ein Freund von Dir verkaufen will. (2) Ich bitte Dich, dafür zu sorgen, daß er es für einen günstigen Preis kaufen kann; denn nur so wird ihm der Kauf Freude machen. Denn ein schlechter Kauf ist immer unangenehm, besonders deshalb, weil er seinem Besitzer seine Dummheit vorzuhalten scheint.

(3) Bei diesem kleinen Landgut reizt, wenn nur der Preis annehmbar ist, vieles den Geschmack meines Tranquillus: die Nähe zur Stadt, die günstige Lage zur Straße, die geringe Größe des Landhauses, die Größe des Landes, die mehr ablenkt als intensiv beansprucht.

(4) Solchen Wissenschaftlern aber, wie er einer ist, genügt völlig so viel Boden, daß sie ihren Kopf erholen, ihre Augen erfrischen, an der Grenze entlangschlendern, auf einem einzigen Pfad spazierengehen, alle ihre Weinstöcke kennen und ihre Bäumchen zählen können. (5) Dieses lege ich Dir dar, damit Du besser weißt, wie sehr er mir und ich Dir verpflichtet sein werde, wenn er dieses kleine Landgut, das sich durch solche Vorzüge empfiehlt, so billig kauft, daß kein Platz für Reue bleibt. Lebe wohl!

Liber secundus

Zweites Buch

I

C. Plinius Romano suo s.

(1) Post aliquot annos insigne atque etiam memorabile populi Romani oculis spectaculum exhibuit publicum funus Vergini Rufi, maximi et clarissimi civis, perinde felicis.

(2) Triginta annis gloriae suae supervixit: legit scripta de se carmina, legit historias et posteritati suae interfuit. perfunctus est tertio consulatu, ut summum fastigium privati hominis impleret, cum principis noluisset. (3) Caesares, quibus suspectus atque etiam invisus virtutibus fuerat, evasit, reliquit incolumem optimum atque amicissimum, tamquam ad hunc ipsum honorem publici funeris reservatus. (4) annum tertium et octogensimum excessit in altissima tranquillitate, pari veneratione. usus est firma valetudine, nisi quod solebant ei manus tremere, citra dolorem tamen. aditus tantum mortis durior longiorque, sed hic ipse laudabilis. (5) nam, cum vocem praepararet acturus in consulatu principi gratias, liber, quem forte acceperat grandiorem, et seni et stanti ipso pondere elapsus est. hunc dum sequitur colligitque, per leve et lubricum pavimentum fallente vestigio cecidit coxamque fregit, quae parum apte collocata reluctante aetate male coit.

(6) Huius viri exsequiae magnum ornamentum principi, magnum saeculo, magnum etiam foro et rostris attulerunt. laudatus est a consule Cornelio Tacito; nam hic

1

C. Plinius grüßt seinen Romanus[1]

(1) Nach mehreren Jahren bot das Staatsbegräbnis des Verginius Rufus[2], eines sehr bedeutenden, berühmten und ebenso glücklichen Bürgers, den Augen des römischen Volkes wieder ein glänzendes und denkwürdiges Schauspiel.

(2) Dreißig Jahre hat er seinen Ruhm überlebt: er las Schriften und Gedichte über sich, las Geschichtsdarstellungen und nahm gleichsam schon am Urteil seiner Nachwelt teil; dreimal bekleidete er das Konsulat, so daß er den höchsten Rang eines Privatmannes erreichte, da er den eines Kaisers abgelehnt hatte. (3) Die Kaiser[3], denen er verdächtig und auch wegen seiner Vorzüge verhaßt war, überlebte er; den besten, der ihm sehr freundlich gesinnt war[4], erlebte er noch im Besitz seiner Herrschaft, als wäre er gleichsam gerade für diese Ehre des Staatsbegräbnisses bewahrt worden. (4) Er erreichte das 83. Lebensjahr in größter Ruhe und in gleicher Verehrung. Er erfreute sich guter Gesundheit, außer daß ihm gewöhnlich die Hände zitterten, doch ohne Schmerzen. Nur der Übergang zum Tode war ziemlich schwer und langwierig, aber doch auch wiederum ruhmvoll. (5) Denn als er sich anschickte, in seiner Eigenschaft als Konsul dem Kaiser zu danken[5], glitt ihm das Manuskript, das er eben genommen hatte – zu schwer war es für den alten Mann, noch dazu im Stehen, durch sein Gewicht – aus der Hand. Während er sich danach bückte und es zusammenraffte, rutschte er auf dem glatten und rutschigen Fußboden aus, fiel hin und brach sich den Hüftknochen, der reichlich ungeschickt zusammengefügt wurde und bei der geringen Widerstandskraft seines Alters nur schlecht heilte.

(6) Das Begräbnis dieses Mannes hat dem Kaiser, unserem Zeitalter, auch dem Forum[6] und der Rednerbühne großen Glanz verliehen. Der Konsul Cornelius Tacitus

supremus felicitati eius cumulus accessit, laudator eloquentissimus.

(7) et ille quidem plenus annis abit, plenus honoribus, illis etiam, quos recusavit; nobis tamen quaerendus ac desiderandus est ut exemplar aevi prioris, mihi vero praecipue, qui illum non solum publice quantum admirabar tantum diligebam; (8) primum quod utrique eadem regio, municipia finitima, agri etiam possessionesque coniunctae, praeterea quod ille mihi tutor relictus adfectum parentis exhibuit. sic candidatum me suffragio ornavit, sic ad omnes honores meos ex secessibus accucurrit, cum iam pridem eius modi officiis renuntiasset, sic illo die, quo sacerdotes solent nominare, quos dignissimos sacerdotio iudicant, me semper nominabat.

(9) quin etiam in hac novissima valetudine veritus, ne forte inter quinqueviros crearetur, qui minuendis publicis sumptibus iudicio senatus constituebantur, cum illi tot amici senes consularesque superessent, me huius aetatis, per quem excusaretur, elegit, his quidem verbis: ‘etiam si filium haberem, tibi mandarem.’

(10) Quibus ex causis necesse est tamquam immaturam mortem eius in sinu tuo defleam, si tamen fas est aut flere aut omnino mortem vocare, qua tanti viri mortalitas magis finita quam vita est. (11) vivit enim vivetque semper atque etiam latius in memoria hominum et sermone versabitur, postquam ab oculis recessit.

hielt die Lobrede; denn das kam als Höhepunkt zu seinem Glück hinzu: der redegewandteste Lobredner. (7) Und so starb nun Verginius Rufus in hohem Alter, mit Ehren überhäuft, auch mit solchen, die er ablehnte; wir jedoch müssen ihn vermissen und uns nach ihm sehnen wie nach einem Vorbild aus einer früheren Zeit, besonders aber ich, der ich ihn nicht nur im öffentlichen Leben ebenso bewunderte wie schätzte. (8) Erstens, weil wir beide aus derselben Gegend stammten, aus benachbarten Landstädten[7], und auch unsere Ländereien und Besitzungen dicht beieinander lagen; außerdem, weil er für mich als Vormund bestellt war und mir die Zuneigung eines Vaters erwies. So ehrte er mich durch seine Empfehlung, wenn ich mich um ein Amt bewarb; so eilte er bei der Übernahme all meiner Ämter von seinem Landaufenthalt herbei, obwohl er schon längst auf solche Verpflichtungen verzichtet hatte. So schlug er an dem Tage, an dem die Priester die Kandidaten zu nominieren pflegen, die sie für ein Priesteramt am würdigsten halten, immer mich vor. (9) Ja selbst bei seiner letzten Krankheit, als er fürchtete, in die Fünfmännerkommission gewählt zu werden, die durch einen Senatsbeschluß zur Verminderung der Ausgaben eingesetzt wurde, wählte er, obwohl ihm so viele alte konsularische Freunde reichlich zur Verfügung standen, dennoch mich trotz des jugendlichen Alters,[8] um sich vertreten zu lassen. Und er fügte wirklich folgende Worte hinzu: »Selbst wenn ich einen Sohn hätte, ich würde Dir den Auftrag erteilen.«

(10) Aus diesen Gründen muß ich seinen zu frühen Tod in Deinen Armen beweinen, wenn es überhaupt recht ist, ihn zu beweinen oder überhaupt Tod zu nennen, wodurch eher die Sterblichkeit als das Leben dieses bedeutenden Mannes beendet worden ist. (11) Er lebt nämlich und wird immer leben, und er wird auch im Andenken und in den Gesprächen der Menschen sogar noch einen breiteren Raum einnehmen, nachdem er unseren Augen entschwunden ist.

(12) Volui tibi multa alia scribere, sed totus animus in hac una contemplatione defixus est: Verginium cogito, Verginium video, Verginium iam vanis imaginibus, recentibus tamen, audio, adloquor, teneo. cui fortasse cives aliquos virtutibus pares et habemus et habebimus, gloria neminem. vale.

II

C. Plinius Paulino suo s.

(1) Irascor, nec liquet mihi, an debeam, sed irascor. scis, quam sit amor iniquus interdum, impotens saepe, μικραίτιος semper. haec tamen causa magna est, nescio an iusta; sed ego, tamquam non minus iusta quam magna sit, graviter irascor, quod a te tam diu litterae nullae.

(2) Exorare me potes uno modo, si nunc saltem plurimas et longissimas miseris. haec mihi sola excusatio vera, ceterae falsae videbuntur. non sum auditurus 'non eram Romae' vel 'occupatior eram'; (3) illud enim nec di sinant, ut 'infirmior'. ipse ad villam partim studiis, partim desidia fruor, quorum utrumque ex otio nascitur. vale.

III

C. Plinius Nepoti suo s.

(1) Magna Isaeum fama praecesserat, maior inventus est. summa est facultas, copia, ubertas; dicit semper ex tempo-

(12) Noch vieles andere wollte ich Dir schreiben; aber mein ganzes Herz ist auf diese eine Betrachtung gerichtet. Ich denke an Verginius, ich sehe ihn, höre ihn, spreche ihn an und umarme ihn in schon leeren, aber doch noch frischen Bildern; vielleicht haben wir und werden wir einige Bürger haben, die seinen Tugenden gleichkommen, aber niemanden, der seinen Ruhm erreicht. Lebe wohl!

2

C. Plinius grüßt seinen Paulinus[9]

(1) Ich bin zornig, und es ist mir nicht klar, ob ich es sein muß, aber ich bin zornig. Du weißt, wie ungerecht die Liebe manchmal ist, oft unbeherrscht, aber immer empfindlich. Doch mein Grund ist wichtig, vielleicht auch gerechtfertigt. Aber ich bin sehr zornig, gleichsam als ob der Grund ebenso wichtig wie gerechtfertigt wäre, weil ich so lange keinen Brief von Dir erhalten habe.

(2) Du kannst mich nur auf *eine* Art und Weise besänftigen, wenn Du mir jetzt wenigstens sehr viele, ausführliche Briefe sendest. Das allein ist für mich eine echte Entschuldigung, alle übrigen werden mir als unecht erscheinen. Ich will nicht hören: »Ich war nicht in Rom« oder »Ich war zu beschäftigt«; (3) denn daß ich jene Entschuldigung hören muß: »Ich war ziemlich krank«, das mögen die Götter verhüten. Ich selbst genieße auf dem Lande teils meine Studien, teils das Nichtstun, beides entsteht aus der Muße. Lebe wohl!

3

C. Plinius grüßt seinen Nepos[10]

(1) Ein großer Ruf war dem Isaeus[11] vorausgegangen, aber er selbst erwies sich als noch größer. Sein rednerisches Talent, sein Gedankenreichtum und seine Fülle des

re, sed tamquam diu scripserit. sermo Graecus, immo Atticus; praefationes tersae, graciles, dulces, graves interdum et erectae. (2) poscit controversias plures, electionem auditoribus permittit, saepe etiam partis; surgit, amicitur, incipit: statim omnia ac paene pariter ad manum, sensus reconditi occursant, verba, sed qualia! quaesita et exculta. multa lectio in subitis, multa scriptio elucet. (3) prohoemiatur apte, narrat aperte, pugnat acriter, colligit fortiter, ornat excelse, postremo docet, delectat, adficit; quid maxime, dubites: crebra ἐνθυμήματα, crebri syllogismi, circumscripti et effecti, quod stilo quoque adsequi magnum est; incredibilis memoria: repetit altius, quae dixit ex tempore, ne verbo quidem labitur. ad tantam ἕξιν studio et exercitatione pervenit; (4) nam diebus et noctibus nihil aliud agit, nihil audit, nihil loquitur.

(5) Annum sexagensimum excessit et adhuc scholasticus tantum est: quo genere hominum nihil aut sincerius aut simplicius aut melius. nos enim, qui in foro verisque litibus terimur, multum malitiae, quamvis nolimus, addiscimus: (6) schola et auditorium et ficta causa res inermis, innoxia est nec minus felix, senibus praesertim. nam quid in senectute felicius, quam quod dulcissimum est in iuventa? (7) quare ego Isaeum non disertissimum tantum, verum

Ausdrucks sind überwältigend; er redet immer aus dem Stegreif, aber doch so, als ob er sich lange schriftlich vorbereitet hätte. Er bedient sich der griechischen Sprache oder vielmehr der attischen; seine Einleitungen sind hübsch, ungezwungen, einnehmend, manchmal auch gewichtig und erhaben. (2) Er fordert mehrere fingierte Rechtsfälle,[12] überläßt die Wahl den Zuhörern und oft auch die der Partei, die er vertreten soll; er erhebt sich, ordnet die Falten seines Mantels und beginnt; sofort hat er alles zur Hand und beinahe gleichzeitig; tiefsinnige Gedanken fallen ihm nur so ein, Worte, und was für welche! Die ausgesuchtesten und feinsten. Aus seinen unvorbereiteten Reden leuchten seine gründliche Belesenheit und seine umfangreiche Schriftstellerei hervor. (3) Er findet in der Einleitung die passenden Worte; seine Darstellung des Falles ist klar, seine Argumentation scharf; er zieht kühne Schlußfolgerungen, er verwendet erlesenen Redeschmuck; kurz, er belehrt, erfreut, fesselt; was davon am meisten, weiß man nicht. Häufig verwendet er strenge Beweisformen, Syllogismen, knapp und kunstvoll, was auch bei schriftlicher Formulierung schwierig ist; unglaublich ist sein Gedächtnis: er wiederholt ziemlich ausführlich, was er aus dem Stegreif gesagt hat, und irrt sich nicht einmal im Wortlaut. Zu einer solchen Fertigkeit ist er durch Fleiß und Übung gelangt; (4) denn Tag und Nacht tut, hört und redet er nichts anderes.

(5) Er hat das 60. Lebensjahr überschritten und ist nur noch Wissenschaftler: es gibt nichts Ehrlicheres, Einfacheres oder Besseres als diese Art von Menschen. Denn wir, die wir uns auf dem Forum und in wahren Streitfällen aufreiben, lernen – gegen unseren Willen – viel Bosheit dazu; (6) die Schule, das Auditorium und ein erfundener Rechtsstreit sind eine friedliche, harmlose und ebenso beglückende Sache, zumal für alte Leute. Was kann es nämlich im Alter Beglückenderes geben als das, was in der Jugend am angenehmsten war? (7) Deshalb halte ich den Isaeus

etiam beatissimum iudico. quem tu nisi cognoscere concupiscis, saxeus ferreusque es.

(8) Proinde, si non ob alia nosque ipsos, at certe, ut hunc audias, veni! numquamne legisti Gaditanum quendam Titi Livi nomine gloriaque commotum ad visendum eum ab ultimo terrarum orbe venisse statimque, ut viderat, abisse? ἀφιλόκαλον, inlitteratum, iners ac paene etiam turpe est non putare tanti cognitionem, qua nulla est iucundior, nulla pulchrior, nulla denique humanior. (9) dices: 'habeo hic, quos legam, non minus disertos'; etiam, sed legendi semper occasio est, audiendi non semper. praeterea multo magis, ut vulgo dicitur, viva vox adficit. nam, licet acriora sint, quae legas, altius tamen in animo sedent, quae pronuntiatio, vultus, habitus, gestus etiam dicentis adfigit; (10) nisi vero falsum putamus illud Aeschinis, qui cum legisset Rhodiis orationem Demosthenis admirantibus cunctis adiecisse fertur: τί δέ, εἰ αὐτοῦ τοῦ θηρίου ἠκούσατε; et erat Aeschines, si Demostheni credimus, λαμπροφωνότατος. fatebatur tamen longe melius eadem illa pronuntiasse ipsum, qui pepererat.

(11) Quae omnia huc tendunt, ut audias Isaeum, vel ideo tantum, ut audieris. vale.

nicht nur für einen sehr redegewandten, sondern auch für einen sehr glücklichen Mann. Wenn Du ihn nicht kennenlernen willst, bist Du aus Stein und Eisen.

(8) Daher komm, wenn schon nicht wegen anderer Dinge und meinetwegen, so doch wenigstens, um ihn zu hören! Hast Du nie gelesen, daß ein Bürger aus Gades, durch den berühmten Namen des Titus Livius bewogen[13], vom äußersten Ende der Welt kam, um ihn zu sehen; und als er ihn gesehen hatte, sofort wieder nach Hause zurückgekehrt ist? Geschmacklos, ungebildet, träge, ja beinahe schändlich zu nennen ist es, wenn einer eine solche Bekanntschaft für so gering achtet, während es doch keine angenehmere, schönere, kurz, menschlichere gibt als diese. (9) Du wirst sagen: »Ich habe hier nicht weniger redegewandte Redner, die ich lesen kann.« Ja, aber zum Lesen hast Du immer Gelegenheit, zum Hören nicht immer. Außerdem bewirkt das lebendige Wort, wie man allgemein sagt, viel mehr. Denn, mag es auch treffender sein, was Du liest, so haftet doch das tiefer in der Seele, was Vortrag, Gesicht, Haltung und Gebärden des Redners eingeprägt haben; (10) wir hielten denn jenen Ausspruch des Aeschines[14] für falsch, der, als er den Rhodiern unter allgemeiner Bewunderung eine Rede des Demosthenes vorgelesen hatte, hinzugefügt haben soll: »Wie erst, wenn Ihr das Untier selbst gehört hättet«; dabei war Aeschines, wenn wir dem Demosthenes glauben wollen, mit einer äußerst wohlklingenden Stimme ausgestattet. Freilich gab er zu, daß derjenige, welcher die Rede verfaßt hatte, sie weit besser vorgetragen habe.

(11) Dies alles zielt nur darauf hin, daß Du den Isaeus hören sollst, und wäre es nur deshalb, ihn gehört zu haben. Lebe wohl!

IV

C. Plinius Calvinae suae s.

(1) Si pluribus pater tuus vel uni cuilibet alii quam mihi debuisset, fuisset fortasse dubitandum, an adires hereditatem etiam viro gravem. (2) cum vero ego ductus adfinitatis officio dimissis omnibus, qui, non dico molestiores, sed diligentiores erant, creditor solus exstiterim, cumque vivente eo nubenti tibi in dotem centum milia contulerim praeter eam summam, quam pater tuus quasi de meo dixit (erat enim solvenda de meo), magnum habes facilitatis meae pignus, cuius fiducia debes famam defuncti pudoremque suscipere. ad quod te ne verbis magis quam rebus horter, quidquid mihi pater tuus debuit, acceptum tibi fieri iubebo. (3) nec est, quod verearis, ne sit mihi onerosa ista donatio. sunt quidem omnino nobis modicae facultates, dignitas sumptuosa, reditus propter condicionem agellorum nescio minor an incertior. sed, quod cessat ex reditu, frugalitate suppletur, ex qua velut fonte liberalitas nostra decurrit. (4) quae tamen ita temperanda est, ne nimia profusione inarescat; sed temperanda in aliis, in te vero facile ei ratio constabit, etiamsi modum excesserit. vale.

4

Plinius grüßt seine Calvina[15]

(1) Hätte Dein Vater bei mehreren oder bei irgendeinem anderen als bei mir Schulden gehabt, so hättest Du vielleicht im Zweifel sein können, ob Du die Erbschaft antreten sollst, die auch für einen Mann unbequem wäre. (2) Aber die verwandtschaftlichen Pflichten haben mich bewogen, alle abzufinden, die – ich will nicht sagen – ziemlich lästig, aber ziemlich pedantisch waren; und so bin ich der einzige Gläubiger geblieben; und da ich noch zu seinen Lebzeiten bei Deiner Verheiratung 100000 Sesterze zu Deiner Mitgift beigetragen habe, außer der Summe, die Dein Vater sozusagen von meinem Vermögen ausgesetzt hat – sie mußte nämlich aus meinem Vermögen genommen werden –, so hast Du ein sicheres Pfand meiner Bereitwilligkeit, und Du mußt im Vertrauen darauf den guten Ruf des Verstorbenen und seine Ehre schützen. Um Dich dazu nicht mehr durch Worte als durch Taten zu ermuntern, werde ich die Anweisung geben, alles, was Dein Vater mir schuldete, als getilgt anzusehen. (3) Du brauchst nicht zu befürchten, mir könnte diese Schenkung schwerfallen. Meine finanziellen Mittel sind zwar im ganzen bescheiden;[16] meine Stellung erfordert Aufwand und meine Einkünfte sind wegen des Zustandes meiner Landgüter vielleicht ebenso gering wie unsicher; aber was an Einkünften ausbleibt, ersetzt die Sparsamkeit, aus der gleichsam wie aus einer Quelle meine Freigebigkeit fließt. (4) Freilich muß ich sie so maßvoll gebrauchen, daß sie nicht durch zu großen Abfluß austrocknet; aber dies ist nur bei anderen nötig, bei Dir wird die Rechnung ohne weiteres stimmen, auch wenn sie das rechte Maß überschritten haben sollte. Lebe wohl!

V

C. Plinius Luperco suo s.

(1) Actionem et a te frequenter efflagitatam et a me saepe promissam exhibui tibi, nondum tamen totam; adhuc enim pars eius perpolitur. (2) interim, quae absolutiora mihi videbantur, non fuit alienum iudicio tuo tradi. his tu rogo intentionem scribentis accommodes. nihil enim adhuc inter manus habui, cui maiorem sollicitudinem praestare deberem. (3) nam in ceteris actionibus existimationi hominum diligentia tantum et fides nostra, in hac etiam pietas subicietur. inde et liber crevit, dum ornare patriam et amplificare gaudemus, pariterque et defensioni eius servimus et gloriae. (4) tu tamen haec ipsa, quantum ratio exegerit, reseca! quotiens enim ad fastidium legentium deliciasque respicio, intellego nobis commendationem et ex ipsa mediocritate libri petendam.

(5) Idem tamen, qui a te hanc austeritatem exigo, cogor id, quod diversum est, postulare, ut in plerisque frontem remittas. sunt enim quaedam adulescentium auribus danda, praesertim si materia non refragetur. nam descriptiones locorum, quae in hoc libro frequentiores erunt, non historice tantum, sed prope poetice prosequi fas est. (6) quod tamen si quis exstiterit, qui putet nos laetius fecisse, quam orationis severitas exigat, huius, ut ita dixerim, tristitiam reliquae partes actionis exorare debebunt. adnisi certe sumus, ut quamlibet diversa genera lectorum per plures di-

5

C. Plinius grüßt seinen Lupercus[17]

(1) Die Rede, die Du so oft verlangt und die ich Dir schon so oft versprochen habe, schicke ich Dir jetzt zu, freilich noch nicht die ganze; denn ein Teil davon wird noch überarbeitet. (2) Ich hielt es für richtig, das, was mir ziemlich abgeschlossen erschien, einstweilen Deinem Urteil zu übergeben. Lies es bitte mit derselben Aufmerksamkeit, mit der es geschrieben ist. Ich habe bisher nichts in Händen gehabt, worauf ich größere Sorgfalt verwenden mußte. (3) Denn bei den übrigen Reden wird nur meine Genauigkeit und Zuverlässigkeit dem Urteil der Menschen unterworfen, bei dieser auch meine Heimatliebe. Daher ist auch das Buch angewachsen, während ich Freude daran hatte, meine Heimatstadt zu loben und zu verherrlichen; und zugleich habe ich ihrer Verteidigung und ihrem Ruhm gedient. (4) Aber beschneide Du auch diese Stellen, wie es Dir vernünftig erscheint! Sooft ich nämlich an den verwöhnten Geschmack und an die Interessen der Leser denke, sehe ich ein, daß sich meine Schrift gerade durch bescheidenen Umfang empfehlen muß.

(5) Obwohl ich von Dir diese Strenge fordere, sehe ich mich aber auch gezwungen, das Gegenteil zu verlangen, nämlich, an sehr vielen Stellen Nachsicht zu üben. Denn man muß den Ohren der jungen Leute gewisse Zugeständnisse machen, zumal wenn der Stoff es zuläßt; denn Beschreibungen von Örtlichkeiten, die in dieser Schrift ziemlich häufig vorkommen, darf man nicht nur nach Art der Geschichtsschreiber, sondern muß sie beinahe auch nach Art der Dichter darstellen. (6) Sollte jedoch jemand auftreten, der meint, ich hätte unbekümmerter geschrieben, als es der Ernst einer Rede verlangt, so werden die übrigen Teile der Rede seine – wenn ich so sagen darf – mürrische Laune wieder besänftigen müssen. Wenigstens habe ich mich bemüht, ganz verschiedene Gruppen von

cendi species teneremus, (7) ac, sicut veremur, ne quibusdam pars aliqua secundum suam cuiusque naturam non probetur, ita videmur posse confidere, ut universitatem omnibus varietas ipsa commendet. (8) nam et in ratione conviviorum, quamvis a plerisque cibis singuli temperemus, totam tamen cenam laudare omnes solemus, nec ea, quae stomachus noster recusat, adimunt gratiam illis, quibus capitur.

(9) Atque haec ego sic accipi volo, non tamquam adsecutum esse me credam, sed tamquam adsequi laboraverim; fortasse non frustra, si modo tu curam tuam admoveris interim istis, mox iis, quae sequuntur. (10) dices te non posse satis diligenter id facere, nisi prius totam actionem cognoveris. fateor: in praesentia tamen et ista tibi familiariora fient, et quaedam ex his talia erunt, ut per partes emendari possint. (11) etenim, si avolsum statuae caput aut membrum aliquod inspiceres, non tu quidem ex illo posses congruentiam aequalitatemque deprendere, posses tamen iudicare, an id ipsum satis elegans esset. (12) nec alia ex causa principiorum libri circumferuntur, quam quia existimatur pars aliqua etiam sine ceteris esse perfecta.

(13) Longius me provexit dulcedo quaedam tecum loquendi; sed iam finem faciam, ne modum, quem etiam orationi adhibendum puto, in epistula excedam. vale.

Lesern durch mehrere Stilarten zu fesseln; (7) und wie ich fürchte, daß irgendein Teil manchem, je nach seinem Geschmack, nicht zusagen wird, so glaube ich doch, darauf vertrauen zu können, daß allen das Ganze gerade wegen der Mannigfaltigkeit gefällt. (8) Denn auch bei einem Gastmahl pflegen wir alle, mögen sich einzelne von uns bei manchen Speisen zurückhalten, doch das Mahl insgesamt zu loben; und das, was unser Magen ablehnt, nimmt nicht den Speisen ihren Reiz, die ihm gefallen.

(9) Nur möchte ich das nicht so verstanden wissen, als ob ich meinte, ich hätte es schon erreicht, sondern als ob ich mich bemüht hätte, es zu erreichen; vielleicht nicht vergebens, wenn Du Dich inzwischen nur um das sorgfältig kümmerst, was Dir vorliegt, dann um das, was noch folgt. (10) Du wirst sagen, Du könntest das nicht mit der nötigen Sorgfalt tun, ohne zuvor die ganze Rede kennengelernt zu haben; das gebe ich zu. Im Augenblick jedoch kannst Du Dich mit dem Vorliegenden gut vertraut machen, und manches davon wird so sein, daß es sich auch abschnittweise verbessern läßt. (11) Wenn Du den abgeschlagenen Kopf oder ein Glied einer Statue betrachtest, so könntest Du daran wohl nicht ihre Harmonie und Proportionen erkennen; aber du könntest doch beurteilen, ob das Stück selbst hinreichend gut gearbeitet ist. (12) Und aus keinem anderen Grund läßt man bei Büchern auch den Anfang zirkulieren, als weil man glaubt, irgendein Teil sei auch ohne das Übrige vollkommen.

(13) Das Vergnügen, mich mit Dir zu unterhalten, hat mich zu weit geführt; aber nun will ich schließen, um nicht das rechte Maß, das nach meiner Meinung auch in einer Rede eingehalten werden muß, in einem Brief zu überschreiten. Lebe wohl!

VI

C. Plinius Avito suo s.

(1) Longum est altius repetere, nec refert, quemadmodum acciderit, ut homo minime familiaris cenarem apud quendam, ut sibi videbatur, lautum et diligentem, ut mihi, sordidum simul et sumptuosum. (2) nam sibi et paucis opima quaedam, ceteris vilia et minuta ponebat. vinum etiam parvolis lagunculis in tria genera discripserat, non ut potestas eligendi, sed ne ius esset recusandi, aliud sibi et nobis, aliud minoribus amicis (nam gradatim amicos habet), aliud suis nostrisque libertis. (3) animadvertit, qui mihi proximus recumbebat, et, an probarem, interrogavit. negavi. 'tu ergo', inquit, 'quam consuetudinem sequeris?' 'eadem omnibus pono: ad cenam enim, non ad notam invito cunctisque rebus exaequo, quos mensa et toro aequavi.' (4) 'etiamne libertos?' – 'etiam: convictores enim tunc, non libertos puto.' et ille: 'magno tibi constat.' – 'minime.' – 'qui fieri potest?' – 'quia scilicet liberti mei non idem quod ego bibunt, sed idem ego quod liberti.' (5) et hercule, si gulae temperes, non est onerosum, quo utaris ipse, communicare cum pluribus. illa ergo reprimenda, illa quasi in ordinem redigenda est, si sumptibus parcas, quibus aliquanto rectius tua continentia quam aliena contumelia consulas.

(6) Quorsus haec? ne tibi, optimae indolis iuveni, quorundam in mensa luxuria specie frugalitatis imponat. con-

6
C. Plinius grüßt seinen Avitus[18]

(1) Es wäre zu umständlich, weiter auszuholen, und es ist auch unwichtig, wie es dazu kam, daß ich als keineswegs guter Bekannter bei einem Mann speiste, der nach seiner Meinung großzügig und bedachtsam, nach meiner aber geizig und verschwenderisch zugleich war. (2) Denn sich und einigen wenigen tischte er allerhand köstliche Gerichte auf, den übrigen aber nur billige Speisen und kleine Portionen. Auch den Wein hatte er in drei Sorten in sehr kleine Flaschen verteilt, nicht, damit man die Möglichkeit habe auszuwählen, sondern damit man nicht das Recht habe abzulehnen; die eine Sorte für sich und uns, eine zweite für geringere Freunde – er hatte nämlich Freunde nach Rangstufen – und eine dritte für seine und unsere Freigelassenen. (3) Das bemerkte mein Tischnachbar und fragte mich, ob ich das billige; ich verneinte es. »Wie ist es bei Dir üblich?« fragte er. »Ich setze allen dasselbe vor. Denn ich lade zu einem Essen ein, nicht zu einer Zensur, und in jeder Hinsicht behandele ich die gleich, mit denen ich Tisch und Speisesofa geteilt habe.« (4) »Auch die Freigelassenen?« »Ja, denn dann sehe ich sie als Gäste, nicht als Freigelassene an.« Und jener: »Das kostet Dich aber viel.« »Keineswegs.« »Wie ist das möglich?« »Weil meine Freigelassenen natürlich nicht dasselbe trinken wie ich, sondern ich dasselbe wie sie.« (5) Und bei Gott, wenn Du Deine Eßlust zügelst, ist es nicht lästig, was Du brauchst, mit mehreren zu teilen. Sie also mußt Du einschränken, sie gleichsam in Schranken halten, wenn Du Kosten sparen möchtest. Dafür sorgst Du viel richtiger durch eigene Enthaltsamkeit als durch die Zurücksetzung anderer.

(6) Wozu sage ich dies? Damit Dich, einen jungen Mann mit besten Anlagen, nicht der Tafelluxus gewisser Leute, der sich unter dem Deckmantel der Sparsamkeit

venit autem amori in te meo, quotiens tale aliquid inciderit, sub exemplo praemonere, quid debeas fugere. (7) igitur memento nihil magis esse vitandum quam istam luxuriae et sordium novam societatem; quae cum sint turpissima discreta ac separata, turpius iunguntur. vale.

VII

C. Plinius Macrino suo s.

(1) Here a senatu Vestricio Spurinnae principe auctore triumphalis statua decreta est, non ita ut multis, qui numquam in acie steterunt, numquam castra viderunt, numquam denique tubarum sonum nisi in spectaculis audierunt, verum ut illis, qui decus istud ‘sudore et sanguine’ et factis adsequebantur.

(2) nam Spurinna Bructerum regem vi et armis induxit in regnum ostentatoque bello ferocissimam gentem, quod est pulcherrimum victoriae genus, terrore perdomuit.

(3) Et hoc quidem virtutis praemium, illud solacium doloris accepit, quod filio eius Cottio, quem amisit absens, habitus est honor statuae. rarum id in iuvene; sed pater hoc quoque merebatur, cuius gravissimo vulneri magno aliquo fomento medendum fuit. (4) praeterea Cottius ipse tam clarum specimen indolis dederat, ut vita eius brevis et angusta debuerit hac velut immortalitate proferri. nam tanta ei sanctitas, gravitas, auctoritas etiam, ut posset senes illos provocare virtute, quibus nunc honore adaequatus

zeigt, beeindruckt. Meine Liebe zu Dir erlaubt es mir, sooft etwas Derartiges geschieht, Dir an Hand eines Beispiels warnend zu zeigen, was Du meiden sollst. (7) Denke also daran, daß man nichts mehr meiden muß als diese neuartige Verbindung von Verschwendungssucht und Geiz; sind schon beide Laster für sich allein höchst schändlich, so noch schändlicher, wenn sie sich verbinden. Lebe wohl!

7

C. Plinius grüßt seinen [Caecilius] Macrinus[19]

(1) Gestern beschloß der Senat auf Vorschlag des Kaisers eine Triumphstatue für Vestricius Spurinna[20]; nicht so, wie für viele, die nie in einer Schlacht gestanden, nie ein Lager gesehen, nie – außer bei Schauspielen – den Klang der Trompeten[21] gehört haben, sondern wie für die, die diese Ehre mit Schweiß, Blut und durch ihre Taten erreicht haben. (2) Denn Spurinna setzte den König der Bructerer mit Waffengewalt wieder in seine Herrschaft ein, und durch Androhung eines Krieges unterwarf er das kriegswütige Volk – und das ist die schönste Art des Sieges – durch Abschreckung.

(3) Er empfing auch noch den Lohn für seine Tapferkeit und den Trost für seinen Schmerz, daß sein Sohn Cottius, den er während seiner Abwesenheit verlor, ebenfalls mit einer Statue ausgezeichnet wurde. Das ist selten bei einem jungen Mann; aber der Vater, dessen klaftertiefe Wunde durch ein starkes Mittel geheilt werden mußte, hat auch das verdient. (4) Außerdem hatte Cottius eine so glänzende Probe seines Talents gegeben, daß sein kurzes, kaum entfaltetes Leben gleichsam durch diesen unvergänglichen Ruhm verlängert zu werden verdiente. So groß nämlich war seine Integrität, seine Würde und sein Ansehen, daß er es an Tüchtigkeit mit jenen Alten aufnehmen konnte, denen er jetzt an Ehren gleichgestellt ist. (5) Durch diese

est. (5) quo quidem honore, quantum ego interpretor, non modo defuncti memoriae, dolori patris, verum etiam exemplo prospectum est. acuent ad bonas artes iuventutem adulescentibus quoque, digni sint modo, tanta praemia constituta, acuent principes viros ad liberos suscipiendos et gaudia ex superstitibus et ex amissis tam gloriosa solacia.

(6) His ex causis statua Cotti publice laetor, nec privatim minus. amavi consummatissimum iuvenem tam ardenter, quam nunc impatienter requiro. erit ergo pergratum mihi hanc effigiem eius subinde intueri, subinde respicere, sub hac consistere, praeter hanc commeare. (7) etenim, si defunctorum imagines domi positae dolorem nostrum levant, quanto magis hae, quibus in celeberrimo loco non modo species et vultus illorum, sed honor etiam et gloria refertur! vale.

VIII

C. Plinius Caninio suo s.

(1) Studes an piscaris an venaris an simul omnia? possunt enim omnia simul fieri ad Larium nostrum. nam lacus piscem, feras silvae, quibus lacus cingitur, studia altissimus iste secessus adfatim suggerunt. (2) sed, sive omnia simul sive aliquid facis, non possum dicere 'invideo'; angor tamen non et mihi licere, quae sic concupisco, ut aegri vinum, ba-

Ehrung ist, wie ich es sehe, nicht nur für das Andenken des Verstorbenen und den Schmerz des Vaters, sondern auch für ein glänzendes Beispiel gesorgt worden. Es werden solche Belohnungen, die auch jungen Männern erwiesen werden können, wenn sie nur ihrer wert sind, die Jugend zu gutem Verhalten anspornen; angespornt werden auch die führenden Männer, Kinder zu erziehen, weil sie Freude an ihnen haben, solange sie leben, und ruhmvollen Trost, wenn sie sie verloren haben.

(6) Aus diesen Gründen freue ich mich als Bürger ebenso wie als Privatmann über die Statue des Cottius. Ich habe diesen höchst vollkommenen jungen Mann so sehr geliebt, wie ich ihn nun schmerzlich vermisse. Es wird mir also sehr willkommen sein, dieses Bild von ihm immer wieder zu betrachten, mich nach ihm umzusehen, unter ihm stehenzubleiben und an ihm vorbeizugehen. (7) Denn wenn schon die in unserem Hause aufgestellten Bilder der Verstorbenen unseren Schmerz lindern, um wieviel mehr erst diejenigen, durch die an einem vielbesuchten Platz nicht nur ihr Äußeres und ihre Gesichtszüge, sondern auch ihre Ehre und ihr Ruhm wieder vor Augen gestellt werden. Lebe wohl!

8

C. Plinius grüßt seinen Caninius[22]

(1) Studierst Du, fischst Du oder jagst Du oder tust Du alles zugleich? Bei unserem Lariner See[23] nämlich kann das alles gleichzeitig geschehen. Denn der See gibt die Fische; die Wälder, die den See umgeben, bieten das Wild, und die tiefe Abgeschiedenheit gewährt reichlich Muße zum Studium.[24] (2) Aber sei es nun, daß Du alles gleichzeitig oder auch nur etwas tust, ich kann nicht sagen: »Ich beneide Dich«; doch bedrückt es mich, daß nicht auch mir das erlaubt ist, was ich so sehr verlange wie der Kranke

linea, fontes. numquamne hos artissimos laqueos, si solvere negatur, abrumpam? numquam, puto. (3) nam veteribus negotiis nova accrescunt, nec tamen priora peraguntur: tot nexibus, tot quasi catenis maius in dies occupationum agmen extenditur. vale.

IX

C. Plinius Apollinari suo s.

(1) Anxium me et inquietum habet petitio Sexti Eruci mei. adficior cura et, quam pro me sollicitudinem non adii, quasi pro me altero patior; et alioqui meus pudor, mea existimatio, mea dignitas in discrimen adducitur. (2) ego Sexto latum clavum a Caesare nostro, ego quaesturam impetravi, meo suffragio pervenit ad ius tribunatus petendi, quem nisi obtinet in senatu, vereor, ne decepisse Caesarem videar. (3) proinde adnitendum est mihi, ut talem eum iudicent omnes, qualem esse princeps mihi credidit.

Quae causa si studium meum non incitaret, adiutum tamen cuperem iuvenem probissimum, gravissimum, eruditissimum, omni denique laude dignissimum et quidem cum tota domo. (4) nam pater ei Erucius Clarus, vir sanctus, antiquus, disertus atque in agendis causis exercitatus, quas summa fide, pari constantia nec verecundia minore defendit. habet avunculum C. Septicium, quo nihil verius, nihil simplicius, nihil candidius, nihil fidelius novi. (5) omnes me

Wein, Bäder und Heilquellen. Werde ich niemals diese allzu engen Fesseln, wenn ich sie schon nicht lösen darf, zerreißen?[25] Niemals, glaube ich. (3) Denn zu den alten Aufgaben kommen immer neue hinzu; und doch werden die früheren nicht ganz erledigt: durch so viele Verknüpfungen und gleichsam Verkettungen dehnt sich von Tag zu Tag die Menge meiner Beschäftigungen weiter aus. Lebe wohl!

9

C. Plinius grüßt seinen Apollinaris[26]

(1) Mich ängstigt und beunruhigt die Bewerbung meines Freundes Sextus Erucius. Ich bin in Sorge und spüre gleichsam für mein zweites Ich eine Aufregung, wie ich sie für mich nie gekannt habe; und außerdem stehen meine Ehre, mein guter Ruf und mein Ansehen auf dem Spiel. (2) Bei unserem Kaiser erreichte ich für Sextus die Senatorenwürde[27] und die Quästur; durch meine Fürsprache bekam er das Recht, sich um das Tribunat zu bewerben;[28] bekommt er es nicht im Senat, so fürchte ich, es könnte der Anschein entstehen, ich hätte den Kaiser getäuscht. (3) Deshalb muß ich mich bemühen, daß alle ihn so einschätzen, wie der Kaiser es auf mein Wort hin getan hat.

Wenn dieser Grund mich nicht in meinem Eifer anspornte, so wünschte ich doch, daß ein so überaus rechtschaffener, charaktervoller und gebildeter junger Mann, kurz, ein Mann, der mit seiner ganzen Familie das höchste Lob verdient, unterstützt würde. (4) Denn sein Vater ist Erucius Clarus[29], ein aufrichtiger, altrömischer, redegewandter Mann, erfolgreich in Prozessen, wo er mit höchster Gewissenhaftigkeit, ebenso großer Charakterfestigkeit und Taktgefühl die Verteidigung führt. Zum Onkel hat er C. Septicius[30], den ehrlichsten, einfachsten, redlichsten und zuverlässigsten Mann, den ich kenne. (5) Sie lie-

certatim et tamen aequaliter amant, omnibus nunc ego in uno referre gratiam possum.

Itaque prenso amicos, supplico, ambio, domos stationesque circumeo, quantumque vel auctoritate vel gratia valeam, precibus experior; teque obsecro, ut aliquam oneris mei partem suscipere tanti putes. (6) reddam vicem, si reposces, reddam, et si non reposces. diligeris, coleris, frequentaris: ostende modo velle te, nec deerunt, qui, quod tu velis, cupiant. vale.

X

C. Plinius Octavio suo s.

(1) Hominem te patientem vel potius durum ac paene crudelem, qui tam insignes libros tam diu teneas! (2) quousque et tibi et nobis invidebis, tibi maxima laude, nobis voluptate? sine per ora hominum ferantur isdemque quibus lingua Romana spatiis pervagentur! magna et iam longa exspectatio est, quam frustrari adhuc et differre non debes. enotuerunt quidam tui versus et invito te claustra sua refregerunt. (3) hos nisi retrahis in corpus, quandoque ut errones aliquem, cuius dicantur, invenient. (4) habe ante oculos mortalitatem, a qua adserere te hoc uno monimento potes; nam cetera fragilia et caduca non minus quam ipsi homines occidunt desinuntque.

ben mich alle um die Wette, und doch lieben mich alle gleich. Jetzt hätte ich die Möglichkeit, ihnen allen in der Person dieses einen meinen Dank abzustatten.

Deshalb drücke ich meinen Freunden die Hand, bitte sie, umwerbe sie, gehe von Haus zu Haus und auf die öffentlichen Plätze und prüfe durch meine Bitten, wieviel ich durch mein Ansehen oder meinen Einfluß vermag; auch Dich bitte ich inständig, es nicht abzulehnen, einen Teil meiner Last zu übernehmen. (6) Ich werde es Dir vergelten, wenn Du es verlangst; ich werde es auch vergelten, wenn Du es nicht verlangst! Du wirst geliebt, verehrt, oft besucht; zeige nur, daß Du willst, und es wird nicht an solchen fehlen, die wünschen, was Du willst. Lebe wohl!

10

C. Plinius grüßt seinen Octavius[31]

(1) Was bist Du doch für ein gleichgültiger, oder besser: hartherziger und beinahe grausamer Mensch, daß Du Deine hervorragenden Werke so lange zurückhältst! (2) Wie lange willst Du Dich und uns noch betrügen, Dich um die höchste Anerkennung, uns um das Vergnügen? Laß doch zu, daß sie durch den Mund der Menschen hinausgetragen werden und die Räume durchlaufen, die der römischen Sprache gegeben sind. Die Erwartung, die Du nicht noch weiter enttäuschen und hinauszögern darfst, ist groß und währt schon lange. Einige Deiner Verse sind bereits bekannt geworden und haben gegen Deinen Willen ihre Schranken durchbrochen. (3) Holst Du sie nicht wieder in Deine Gedichtsammlung zurück,[32] werden sie früher oder später wie entlaufene Sklaven jemanden finden, dem sie zugeschrieben werden. (4) Denk an Deine Sterblichkeit, von der Du Dich durch dieses eine Denkmal befreien kannst; denn alles übrige ist vergänglich und hinfällig, es stirbt und vergeht ebenso wie die Menschen selbst.

(5) Dices, ut soles: 'amici mei viderint!' opto equidem amicos tibi tam fideles, tam eruditos, tam laboriosos, ut tantum curae intentionisque suscipere et possint et velint; sed dispice, ne sit parum providum sperare ex aliis, quod tibi ipse non praestes!

(6) Et de editione quidem interim, ut voles; recita saltem, quo magis libeat emittere, utque tandem percipias gaudium, quod ego olim pro te non temere praesumo. (7) imaginor enim, qui concursus, quae admiratio te, qui clamor, quod etiam silentium maneat; quo ego, cum dico vel recito, non minus quam clamore delector, sit modo silentium acre et intentum et cupidum ulteriora audiendi. (8) hoc fructu tanto, tam parato desine studia tua infinita ista cunctatione fraudare; quae cum modum excedit, verendum est, ne inertiae et desidiae vel etiam timiditatis nomen accipiat. vale.

XI

C. Plinius Arriano suo s.

(1) Solet esse gaudio tibi, si quid acti est in senatu dignum ordine illo. quamvis enim quietis amore secesseris, insidet tamen animo tuo maiestatis publicae cura. accipe ergo, quod per hos dies actum est personae claritate famosum, severitate exempli salubre, rei magnitudine aeternum.

(5) Du wirst nach Deiner Gewohnheit einwenden: »Dafür sollen meine Freunde sorgen!« Ich wünsche Dir freilich so treue, gebildete und eifrige Freunde, daß sie soviel Sorgfalt und Anstrengung auf sich nehmen können und wollen; aber überlege, ob es nicht sehr unvorsichtig ist, von anderen zu erhoffen, was Du selbst nicht für Dich tun willst!

(6) Mit der Herausgabe freilich magst Du es indessen halten, wie Du willst; aber lies Deine Werke wenigstens vor, damit Du mehr Lust bekommst, sie hinauszulassen, und endlich die Freude empfindest, die ich schon längst für Dich nicht ohne Grund im voraus genieße. (7) Denn ich stelle mir vor, welcher Andrang, welche Bewunderung, welch lauter Beifall, auch welches Schweigen Dich erwarten; darüber freue ich mich, wenn ich rede oder vorlese, ebenso wie über lauten Beifall, wenn es nur ein aufmerksames, erwartungsvolles Schweigen ist, eifrig darauf bedacht, Weiteres zu hören. (8) Höre auf, Deine Studien durch dies endlose Zögern um den so großen und sicheren Lohn zu bringen; wenn es über das rechte Maß hinausgeht, ist zu befürchten, daß es den Namen Trägheit, Faulheit oder gar Ängstlichkeit erhält. Lebe wohl!

11

C. Plinius grüßt seinen Arrianus[33]

(1) Es macht Dir immer Freude, wenn im Senat etwas verhandelt wird, was dieser Versammlung würdig ist. Denn obwohl Du Dich aus Liebe zur Ruhe aufs Land zurückgezogen hast, so bleibt dennoch in Deinem Herzen die Sorge um das Ansehen des Staates. Vernimm also, was in diesen Tagen geschehen ist; ein Ereignis, das wegen der hohen Stellung der Person aufsehenerregend, wegen der Strenge des abschreckenden Beispiels heilsam und wegen der Bedeutung des Falles denkwürdig ist.

(2) Marius Priscus accusantibus Afris, quibus pro consule praefuit, omissa defensione iudices petit. ego et Cornelius Tacitus, adesse provincialibus iussi, existimavimus fidei nostrae convenire notum senatui facere excessisse Priscum immanitate et saevitia crimina, quibus dari iudices possent, cum ob innocentes condemnandos, interficiendos etiam, pecunias accepisset. (3) respondit Fronto Catius deprecatusque est, ne quid ultra repetundarum legem quaereretur, omniaque actionis suae vela vir movendarum lacrimarum peritissimus quodam velut vento miserationis implevit. (4) magna contentio, magni utrimque clamores aliis cognitionem senatus lege conclusam, aliis liberam solutamque dicentibus, quantumque admisisset reus, tantum vindicandum. (5) novissime consul designatus Iulius Ferox, vir rectus et sanctus, Mario quidem iudices interim censuit dandos, evocandos autem, quibus diceretur innocentium poenas vendidisse. (6) quae sententia non praevaluit modo, sed omnino post tantas dissensiones fuit sola frequens, adnotatumque experimentis, quod favor et misericordia acres et vehementes primos impetus habent, paulatim consilio et ratione quasi restincta considunt. (7) unde evenit, ut, quod multi clamore permixto tuentur, nemo tacentibus ceteris dicere velit; patescit enim, cum separaris a turba, contemplatio rerum, quae turba teguntur.

(8) Venerunt, qui adesse erant iussi, Vitellius Honoratus

(2) Marius Priscus[34] wurde von den Afrikanern, deren Prokonsul er war, angeklagt,[35] verzichtete aber auf eine Verteidigung und bat um die Einsetzung einer Senatskommission.[36] Cornelius Tacitus und ich, denen die Verteidigung der Provinzbewohner übertragen wurde, hielten es für unsere Pflicht und Schuldigkeit, den Senat davon zu informieren, daß Priscus in seiner Grausamkeit und Unmenschlichkeit die Verbrechen begangen habe, die die Befugnisse einer Senatskommission überschritten. Denn er habe für die Verurteilung und sogar für die Hinrichtung Unschuldiger Geld genommen. (3) Es antwortete Fronto Catius[37] und bat dringend, man solle nicht über das Repetundengesetz hinausgehen; und äußerst erfahren darin, Tränen zu provozieren, füllte er alle Segel seines Plädoyers gleichsam mit dem Wind des Mitleids.[38] (4) Es entstand ein heftiger Streit und ein großes Geschrei auf beiden Seiten; die einen behaupteten, die Untersuchung des Senates sei abgeschlossen, die anderen, sie sei völlig unbegrenzt[39] und für alles, was der Angeklagte begangen habe, müsse er bestraft werden. (5) Schließlich beantragte der designierte Konsul Iulius Ferox[40], ein aufrechter und gewissenhafter Mann, man müsse dem Marius einstweilen die Kommission bewilligen, man müsse aber auch die vorladen, denen er angeblich die Bestrafung Unschuldiger verkauft habe. (6) Dieser Antrag gewann nicht nur die Oberhand, sondern war überhaupt nach so vielen Streitigkeiten der einzige, der eine starke Majorität erhielt; und aus Erfahrung weiß man, daß Gunst und Mitleid zwar anfangs stark und heftig sich äußern, dann aber allmählich durch Überlegung und Vernunft gleichsam gedämpft werden und nachlassen. (7) Daher kommt es, daß das, was viele bei dem allgemeinen Geschrei vertreten, niemand aussprechen will, wenn die übrigen schweigen; wenn man sich von der Masse trennt, öffnet sich nämlich der Blick für eine ruhige Betrachtung der Lage, die durch die Menge verdeckt wird.

(8) Es kamen Vitellius Honoratus und Flavius Marcia-

et Flavius Marcianus. ex quibus Honoratus trecentis milibus exilium equitis Romani septemque amicorum eius ultimam poenam, Marcianus unius equitis Romani septingentis milibus plura supplicia arguebatur emisse; erat enim fustibus caesus, damnatus in metallum, strangulatus in carcere. (9) sed Honoratum cognitioni senatus mors opportuna subtraxit, Marcianus inductus est absente Prisco. itaque Tuccius Cerialis consularis iure senatorio postulavit, ut Priscus certior fieret, sive quia miserabiliorem, sive quia invidiosiorem fore arbitrabatur, si praesens fuisset, sive, quod maxime credo, quia aequissimum erat commune crimen ab utroque defendi et, si dilui non potuisset, in utroque puniri.

(10) Dilata res est in proximum senatum, cuius ipse conspectus augustissimus fuit. princeps praesidebat (erat enim consul), ad hoc Ianuarius mensis cum cetera tum praecipue senatorum frequentia celeberrimus; praeterea causae amplitudo auctaque dilatione exspectatio et fama insitumque mortalibus studium magna et inusitata noscendi omnes undique exciverat. (11) imaginare, quae sollicitudo nobis, qui metus, quibus super tanta re in illo coetu praesente Caesare dicendum erat! equidem in senatu non semel egi, quin immo nusquam audiri benignius soleo: tunc me tamen ut nova omnia novo metu permovebant. (12) obversabatur praeter illa, quae supra dixi, causae difficultas: stabat modo consularis, modo septemvir epulo-

nus,[41] die vorgeladen waren. Von diesen wurde Honoratus beschuldigt, für 300000 Sesterze die Verbannung eines römischen Ritters und die Hinrichtung von sieben seiner Freunde, Marcianus, für 700000 die mehrfache Bestrafung eines einzigen römischen Ritters erkauft zu haben; er war nämlich mit Stöcken geschlagen, zur Zwangsarbeit in einem Bergwerk[42] verurteilt und schließlich im Kerker erdrosselt worden. (9) Den Honoratus aber entzog ein rechtzeitiger Tod der Untersuchung des Senates. Marcianus wurde in Abwesenheit des Priscus in den Senat geführt. Deshalb forderte der Konsular Tuccius Cerialis[43] nach senatorischem Recht, Priscus zu benachrichtigen, sei es, weil er glaubte, dieser werde durch seine Anwesenheit mehr Mitleid oder Haß erregen, sei es – was ich am ehesten glaube –, weil es sehr gerecht war, daß sich beide gegen eine gemeinsame Anschuldigung verteidigten und daß, wenn diese nicht widerlegt werden könnte, beide bestraft würden.

(10) Die Sache wurde auf die nächste Senatssitzung verschoben,[44] welche einen eindrucksvollen Anblick bot. Der Kaiser führte den Vorsitz – er war nämlich Konsul –, außerdem war es Januar, ein Monat, in dem der Senat durch die große Menge der Besucher als auch der Senatoren an Zahl besonders stark ist. Außerdem hatte die Bedeutung des Falles, die durch die Vertagung gesteigerte Erwartung, das Gerede und das den Menschen angeborene Interesse, Großes und Ungewöhnliches mitzuerleben, die Leute von überall herbeigelockt. (11) Stelle Dir vor, welche Aufregung, welche Furcht mich befiel, der ich über eine so wichtige Sache vor einer solchen Versammlung in Gegenwart des Kaisers reden mußte. Ich habe zwar vor dem Senat mehr als einmal geredet, ja nirgendwo pflegt man mich wohlwollender anzuhören; damals jedoch erfüllte mich alles, weil ungewohnt, mit bis dahin nicht gekannter Furcht. (12) Außer dem schon Erwähnten schwebte mir die Schwierigkeit des Prozesses vor Augen: da stand einer, der

num, iam neutrum. (13) erat ergo perquam onerosum accusare damnatum, quem ut premebat atrocitas criminis, ita quasi peractae damnationis miseratio tuebatur.

(14) Utcumque tamen animum cogitationemque collegi, coepi dicere non minore audientium adsensu quam sollicitudine mea. dixi horis paene quinque: nam duodecim clepsydris, quas spatiosissimas acceperam, sunt additae quattuor. adeo illa ipsa, quae dura et adversa dicturo videbantur, secunda dicenti fuerunt. (15) Caesar quidem tantum mihi studium, tantam etiam curam (nimium est enim dicere sollicitudinem) praestitit, ut libertum meum post me stantem saepius admoneret, voci laterique consulerem, cum me vehementius putaret intendi, quam gracilitas mea perpeti posset. (16) respondit mihi pro Marciano Claudius Marcellinus. missus deinde senatus et revocatus in posterum; neque enim iam incohari poterat actio, nisi ut noctis interventu scinderetur.

(17) Postero die dixit pro Mario Salvius Liberalis, vir subtilis, dispositus, acer, disertus; in illa vero causa omnes artes suas protulit. respondit Cornelius Tacitus eloquentissime et, quod eximium orationi eius inest, σεμνῶς. (18) dixit pro Mario rursus Fronto Catius insigniter, utque iam locus ille poscebat, plus in precibus temporis quam in defensione consumpsit. huius actionem vespera inclusit, non tamen sic, ut abrumperet. itaque in tertium diem probatio-

eben noch Konsular, eben noch Septemvir im Epulonenkollegium[45] gewesen war und jetzt keines von beiden mehr. (13) Es war mir also überaus unangenehm, einen bereits Verurteilten anzuklagen,[46] den zwar die ungeheuerliche Beschuldigung belastete, aber das Mitleid wegen der gleichsam schon vollzogenen Verurteilung schützte.

(14) Sobald ich mich jedoch gesammelt hatte, begann ich meine Rede, wobei der Beifall der Zuhörer ebenso groß war wie meine Aufregung. Ich sprach fast fünf Stunden; denn den zwölf großen Wasseruhren[47], die ich erhalten hatte, wurden noch vier hinzugefügt. So erwies sich gerade das, was mir vor der Rede unangenehm und schwierig erschien, während der Rede als günstig. (15) Der Kaiser jedenfalls zeigte mir gegenüber ein solches Interesse, eine solche Besorgnis – es wäre zuviel, von Beunruhigung zu sprechen –, daß er mich durch meinen Freigelassenen, der hinter mir stand, häufiger ermahnen ließ, ich solle Stimme und Lunge schonen; denn er glaubte, ich strengte mich stärker an, als meine schwache Gesundheit es vertragen könnte. (16) Claudius Marcellinus[48] antwortete mir für Marcianus. Darauf wurde der Senat entlassen und für den nächsten Tag wieder zusammengerufen; denn mit der Verhandlung konnte nicht mehr begonnen werden, sie wäre sonst durch den Einbruch der Nacht unterbrochen worden.

(17) Am folgenden Tage sprach für Marius Salvius Liberalis[49], ein scharfsinniger, gründlicher, energischer und redegewandter Mann; bei diesem Prozeß aber zeigte er alle seine Künste. Es antwortete Cornelius Tacitus[50] sehr beredt, und, was seine Rede auszeichnet, würdevoll. (18) Fronto Catius sprach sodann wieder vortrefflich für Marius; und wie es die Sachlage erforderte, verwendete er mehr Zeit auf Bitten als auf die Verteidigung selbst. Seine Rede beendete der Abend, jedoch nicht derart, daß er die Rede abbrach.[51] Und so erstreckte sich die Beweisaufnahme auf den dritten Tag. Gerade das war schön und altrömisch,

nes exierunt. iam hoc ipsum pulchrum et antiquum, senatum nocte dirimi, triduo vocari, triduo contineri.

(19) Cornutus Tertullus, consul designatus, vir egregius et pro veritate firmissimus, censuit septingenta milia, quae acceperat Marius, aerario inferenda, Mario urbe Italiaque interdicendum, Marciano hoc amplius Africa. in fine sententiae adiecit, quod ego et Tacitus iniuncta advocatione diligenter et fortiter functi essemus, arbitrari senatum ita nos fecisse, ut dignum mandatis partibus fuerit. (20) adsenserunt consules designati, omnes etiam consulares usque ad Pompeium Collegam: ille et septingenta milia aerario inferenda et Marcianum in quinquennium relegandum, Marium repetundarum poenae, quam iam passus esset, censuit relinquendum. (21) erant in utraque sententia multi, fortasse etiam plures in hac vel solutiore vel molliore. nam quidam ex illis quoque, qui Cornuto videbantur adsensi, hunc, qui post ipsos censuerat, sequebantur. (22) sed, cum fieret discessio, qui sellis consulum adstiterant, in Cornuti sententiam ire coeperunt. tum illi, qui se Collegae adnumerari patiebantur, in diversum transierunt, Collega cum paucis relictus. multum postea de impulsoribus suis, praecipue de Regulo questus est, qui se in sententia, quam ipse dictaverat, deseruisset. est alioqui Regulo tam mobile ingenium, ut plurimum audeat, plurimum timeat.

(23) Hic finis cognitionis amplissimae. superest tamen λιτούϱγιον non leve, Hostilius Firminus, legatus Mari Prisci, qui permixtus causae graviter vehementerque vexa-

daß der Senat erst durch die Nacht unterbrochen, drei Tage hintereinander einberufen wurde und drei Tage hintereinander zusammenblieb.

(19) Der designierte Konsul Cornutus Tertullus[52], ein hervorragender Mann, der entschieden für die Wahrheit eintrat, beantragte, die 700 000 Sesterze, die Marius empfangen habe, an die Staatskasse abzuliefern, Marius aus Rom und Italien zu verbannen, Marcianus darüber hinaus noch aus Afrika. Am Ende des Antrags fügte er noch hinzu: weil Tacitus und ich den uns übertragenen Rechtsbeistand sorgfältig und unerschrocken ausgeführt hätten, sei der Senat der Meinung, wir hätten der übertragenen Rolle gemäß gehandelt. (20) Es stimmten alle designierten Konsuln zu, auch alle Konsuln bis auf Pompeius Collega; er beantragte, die 700 000 Sesterze sollten dem Staatsschatz zugeführt, Marcianus für fünf Jahre verbannt werden; bei Marius solle man sich mit der Strafe der Wiedererstattung, zu der er bereits verurteilt war, begnügen. (21) Beide Anträge hatten viele Anhänger, der mildere und nachsichtigere vielleicht sogar mehr. Denn auch einige von denen, die offenbar dem Cornutus zugestimmt hatten, folgten nun dem, der nach ihnen seinen Antrag gestellt hatte. (22) Als es aber zur Abstimmung kam,[53] begannen die, die zu den Sesseln der Konsuln getreten waren, dem Antrag des Cornutus beizupflichten. Darauf gingen diejenigen, die sich dem Collega zuzählen ließen, zur Gegenpartei über. Collega blieb mit wenigen zurück. Er beklagte sich sehr über seine Ratgeber, besonders über Regulus[54], der ihn bei dem Antrag, den er selbst formuliert hatte, im Stich gelassen habe. Regulus besitzt überhaupt einen so unzuverlässigen Charakter, daß er einmal sehr viel wagt, ein andermal überaus ängstlich ist.

(23) Das ist das Ende dieses sehr bedeutenden Prozesses. Es bleibt noch ein ziemliches Stück Arbeit übrig: Hostilius Firminus[55], der Legat des Marius Priscus, der in die Sache verwickelt war und äußerst heftig angegriffen wur-

tus est. nam et rationibus Marciani et sermone, quem ille habuerat in ordine Leptitanorum, operam suam Prisco ad turpissimum ministerium commodasse stipulatusque de Marciano quinquaginta milia denariorum probabatur, ipse praeterea accepisse sestertia decem milia foedissimo quidem titulo, nomine unguentari, qui titulus a vita hominis compti semper et pumicati non abhorrebat. (24) placuit censente Cornuto referri de eo proximo senatu; tunc enim, casu an conscientia, afuerat.

(25) Habes res urbanas; invicem rusticas scribe! quid arbusculae tuae, quid vineae, quid segetes agunt, quid oves delicatissimae? in summa, nisi aeque longam epistulam reddis, non est, quod postea nisi brevissimam exspectes. vale.

XII

C. Plinius Arriano suo s.

(1) Λιτούργιον illud, quod superesse Mari Prisci causae proxime scripseram, nescio an satis, circumcisum tamen et adrasum est. (2) Firminus inductus in senatum respondit crimini noto. secutae sunt diversae sententiae consulum designatorum: Cornutus Tertullus censuit ordine movendum, Acutius Nerva in sortitione provinciae rationem eius non habendam. quae sententia tamquam mitior vicit, cum sit alioqui durior tristiorque. (3) quid enim miserius, quam exsectum et exemptum honoribus senatoriis labore

de. Denn aus dem Hauptbuch des Marcianus und auch aus einer Rede, die er im Gemeinderat von Leptis gehalten hatte, wurde ihm nachgewiesen, daß er bei einem sehr schändlichen Dienst dem Priscus seine Hilfe gewährt und von Marcianus 50000 Denare verlangt habe; er selbst habe außerdem 10000 Sesterze bekommen, und zwar unter einem sehr schmachvollen Buchungstitel, mit dem Eintrag »Salbengeld«. Dieser Ausdruck paßte sehr gut zu der Lebensweise des stets aufgeputzten und geschniegelten Mannes. (24) Man beschloß auf Antrag des Cornutus, seine Sache auf der nächsten Senatssitzung zu verhandeln; er war nämlich damals zufällig oder wegen seines schlechten Gewissens abwesend.

(25) Hier hast Du die Neuigkeiten aus der Stadt; schreibe Du mir dafür die vom Lande! Was machen Deine Baumpflanzungen, Deine Weinberge, Deine Saaten und Deine sanften Schäfchen? Kurz, wenn Du mir nicht mit einem ebenso langen Brief antwortest, so darfst Du später auch nur einen ganz kurzen erwarten. Lebe wohl!

12

C. Plinius grüßt seinen Arrianus[56]

(1) Jenes Stück Arbeit,[57] das, wie ich Dir kürzlich schrieb, vom Prozeß des Marius Priscus übrigblieb, ist vielleicht nicht genügend, aber immerhin doch beschnitten und gestutzt worden. (2) Firminus wurde in den Senat geführt und antwortete auf die bekannte Beschuldigung. Es folgten die unterschiedlichen Anträge der designierten Konsuln. Cornutus Tertullus beantragte, ihn aus dem Senat zu stoßen, Acutius Nerva, ihn bei der Auslosung der Provinz nicht zu berücksichtigen. Dieser Antrag gewann als der anscheinend mildere die Mehrheit, obwohl er eigentlich der härtere und schärfere war. (3) Was ist nämlich erbärmlicher, als von den senatorischen Ehrenämtern ab-

et molestia non carere? quid gravius, quam tanta ignominia adfectum non in solitudine latere, sed in hac altissima specula conspiciendum se monstrandumque praebere? (4) praeterea quid publice minus aut congruens aut decorum, notatum a senatu in senatu sedere ipsisque illis, a quibus sit notatus, aequari et summotum a proconsulatu, quia se in legatione turpiter gesserat, de proconsulibus iudicare damnatumque sordium vel damnare alios vel absolvere? (5) sed hoc pluribus visum est. numerantur enim sententiae, non ponderantur; nec aliud in publico consilio potest fieri. in quo nihil est tam inaequale quam aequalitas ipsa. nam cum sit impar prudentia, par omnium ius est.

(6) Implevi promissum priorisque epistulae fidem exsolvi, quam ex spatio temporis iam recepisse te colligo; nam et festinanti et diligenti tabellario dedi; nisi quid impedimenti in via passus est. (7) tuae nunc partes, ut primum illam, deinde hanc remunereris litteris, quales istinc redire uberrimae possunt. vale.

XIII

C. Plinius Prisco suo s.

(1) Et tu occasiones obligandi me avidissime amplecteris et ego nemini libentius debeo. (2) duabus ergo de causis a

geschnitten und ausgeschlossen zu sein, aber dennoch die Mühen und Beschwerden tragen zu müssen? Was ist schlimmer, als, mit solcher Schande beladen, sich nicht in der Einsamkeit verstecken zu dürfen, sondern sich auf dieser Höhe[58] betrachten und zeigen lassen zu müssen? (4) Was ist außerdem in der Öffentlichkeit unpassender oder unehrenhafter, als, vom Senat gerügt, dennoch im Senat zu sitzen und gerade denen, von denen man getadelt wurde, gleichgestellt zu werden und vom Prokonsulat ausgeschlossen zu sein, weil man sich als Statthalter schändlich verhalten hat, und dennoch über Prokonsuln zu richten und, selbst wegen Habsucht verurteilt, andere zu verurteilen oder freizusprechen! (5) Aber das erschien der Mehrheit richtig. Denn die Stimmen werden gezählt, nicht gewogen; es kann nämlich in einer öffentlichen Versammlung, in der nichts so ungleich ist wie gerade die Gleichheit, nicht anders geschehen. Denn obwohl die Klugheit ungleich verteilt ist, so ist doch das Stimmrecht für alle gleich.

(6) Ich habe mein Versprechen erfüllt und mein Wort, das ich im vorhergehenden Brief gegeben habe, eingelöst. Ihn hast Du, wie ich aus der Länge der Zeit vermute, wohl schon erhalten; denn ich habe ihn einem schnellen und zuverlässigen Briefboten übergeben; es sei denn, ihm hat ein Hindernis den Weg versperrt. (7) Nun ist es an Dir, zuerst jenen, dann diesen Brief mit Antworten zu vergelten, wie sie mir in aller Ausführlichkeit nur von dort kommen können. Lebe wohl!

13

C. Plinius grüßt seinen Priscus[59]

(1) Du ergreifst höchst begierig die Gelegenheit, mich Dir zu verpflichten, und ich schulde niemandem lieber etwas.

te potissimum petere constitui, quod impetratum maxime cupio. regis exercitum amplissimum; hinc tibi beneficiorum larga materia, longum praeterea tempus, quo amicos tuos exornare potuisti. convertere ad nostros nec hos multos! (3) malles tu quidem multos; sed meae verecundiae sufficit unus aut alter ac potius unus.

(4) Is erit Voconius Romanus. pater ei in equestri gradu clarus, clarior vitricus, immo pater alius (nam huic quoque nomini pietate successit), mater e primis. ipse citerioris Hispaniae (scis, quod iudicium provinciae illius, quanta sit gravitas) flamen proxime fuit. (5) hunc ego, cum simul studeremus, arte familiariterque dilexi: ille meus in urbe, ille in secessu contubernalis, cum hoc seria, cum hoc iocos miscui. (6) quid enim illo aut fidelius amico aut sodale iucundius? mira in sermone, mira etiam in ore ipso vultuque suavitas. (7) ad hoc ingenium excelsum, subtile, dulce, facile, eruditum in causis agendis; epistulas quidem scribit, ut Musas ipsas Latine loqui credas. (8) amatur a me plurimum nec tamen vincitur. equidem iuvenis statim iuveni, quantum potui per aetatem, avidissime contuli et nuper ab optimo principe trium liberorum ius impetravi, quod, quamquam parce et cum delectu daret, mihi tamen, tamquam eligeret, indulsit. (9) haec beneficia mea tueri nullo

(2) Zwei Gründe bestimmen mich also, gerade Dich um etwas zu bitten, was ich besonders gern erreichen möchte. Du führst ein sehr bedeutendes Heer an; daher stehen Dir reichlich Mittel zur Verfügung, Wohltaten zu erweisen, und außerdem hast Du eine lange Zeit gehabt, Deine Freunde auszuzeichnen.[60] Wende Dich nun den meinen zu; und das sind nicht viele! (3) Zwar wolltest Du lieber, es wären viele, aber in meiner Bescheidenheit genügt der eine oder andere, oder lieber doch nur einer.

(4) Das wird Voconius Romanus[61] sein. Sein Vater war ein sehr angesehener Mann im Ritterstand, noch angesehener sein Stiefvater, oder besser, sein zweiter Vater, denn auch diesen Namen verdiente er sich durch seine Zuneigung; seine Mutter stammte aus einer der besten Familien. Er selbst war zuletzt Flamen[62] im diesseitigen Spanien; Du weißt ja, was das Urteil dieser Provinz bedeutet und wie groß ihr Gewicht ist. (5) Als wir zusammen studierten, war ich durch enge und vertraute Freundschaft mit ihm verbunden; er lebte mit mir in der Stadt, er lebte mit mir freundschaftlich auf dem Lande zusammen, mit ihm teilte ich Ernst und Scherz. (6) Denn was gäbe es für einen treueren Freund oder angenehmeren Gesellschafter als ihn? Eine wunderbare Anmut ist in seinen Gesprächen und auch besonders in seinem Gesicht und in seinen Mienen. (7) Dazu kommen sein hervorragendes, feinsinniges, sanftes, umgängliches und gebildetes Wesen und seine Erfahrung in der Prozeßführung; Briefe schreibt er, daß man meinen könnte, die Musen selbst redeten lateinisch. (8) Ich liebe ihn sehr, und doch läßt er sich in seiner Liebe nicht übertreffen. Schon in jungen Jahren habe ich mich sofort dem jungen Mann, soweit ich es in meinem Alter vermochte, sehr eifrig zugewandt, und erst neulich habe ich für ihn bei unserem besten Kaiser das Dreikinderrecht[63] erreicht; obwohl er es sparsam und mit Auswahl verlieh, hat er es mir dennoch wie nach eigener Wahl bewilligt. (9) Diese Gefälligkeiten kann ich auf keine Weise

modo melius, quam ut augeam, possum, praesertim cum ipse illa tam grate interpretetur, ut, dum priora accipit, posteriora mereatur.

(10) Habes, qualis, quam probatus carusque sit nobis, quem rogo pro ingenio, pro fortuna tua exornes. in primis ama hominem; nam, licet tribuas ei, quantum amplissimum potes, nihil tamen amplius potes amicitia tua; cuius esse eum usque ad intimam familiaritatem capacem quo magis scires, breviter tibi studia, mores, omnem denique vitam eius expressi.

(11) Extenderem preces, nisi et tu rogari diu nolles et ego tota hoc epistula fecissem: rogat enim, et quidem efficacissime, qui reddit causas rogandi. vale.

XIV

C. Plinius Maximo suo s.

(1) Verum opinaris: distringor centumviralibus causis, quae me exercent magis quam delectant. sunt enim pleraeque parvae et exiles; raro incidit vel personarum claritate vel negotii magnitudine insignis. (2) ad hoc pauci, cum quibus iuvet dicere; ceteri audaces atque etiam magna ex parte adulescentuli obscuri ad declamandum huc transierunt, tam inreverenter et temere, ut mihi Atilius noster expresse dixisse videatur, sic in foro pueros a centumvirali-

besser bewahren, als daß ich sie vermehre, zumal er selbst sie so dankbar aufnimmt, daß er schon neue verdient, während er noch die früheren empfängt.

(10) Nun weißt Du, wie er ist, wie bewährt und mir teuer; und so bitte ich Dich denn, ihn nach Deinem Talent und Vermögen zu fördern. Vor allem aber, mache ihn zu Deinem Freund; magst Du ihm auch noch so Großes zukommen lassen, Du kannst ihm doch nichts Größeres geben als Deine Freundschaft; und damit Du besser einsiehst, daß er ihrer bis zur innigsten Vertrautheit würdig ist, habe ich Dir kurz seine wissenschaftlichen Interessen, seinen Charakter, schließlich sein ganzes Leben geschildert.

(11) Ich würde meine Bitten weiter ausführen; aber Du möchtest nicht lange gebeten werden, und ich habe das schon während des ganzen Briefes getan; der bittet nämlich, und zwar am wirksamsten, wer die Gründe für seine Bitte angibt. Lebe wohl!

14

C. Plinius grüßt seinen Maximus[64]

(1) Du vermutest richtig; die Prozesse vor dem Zentumviralgericht[65] nehmen mich stark in Anspruch und machen mir mehr Ärger als Vergnügen. Denn die meisten sind geringfügige und unbedeutende Fälle; selten kommt einer vor, der sich durch die hohe Stellung der Personen oder die Wichtigkeit des Gegenstandes auszeichnet. (2) Außerdem gibt es nur wenige, mit denen es Freude macht, vor Gericht zu plädieren; die übrigen sind dreiste und auch größtenteils unbekannte junge Leute, die hierher gekommen sind, um sich im Reden zu üben. Das tun sie so unverschämt und unbesonnen, daß unser Atilius[66], wie mir scheint, treffend gesagt hat, die Jungen machten auf dem Forum mit den Zentumviralprozessen den Anfang, wie in

bus causis auspicari, ut ab Homero in scholis. nam hic quoque, ut illic, primum coepit esse, quod maximum est. (3) at hercule ante memoriam meam (ita maiores natu solent dicere) ne nobilissimis quidem adulescentibus locus erat nisi aliquo consulari producente: tanta veneratione pulcherrimum opus colebatur. (4) nunc refractis pudoris et reverentiae claustris omnia patent omnibus, nec inducuntur, sed inrumpunt.

Sequuntur auditores actoribus similes, conducti et redempti: manceps convenitur; in media basilica tam palam sportulae quam in triclinio dantur; ex iudicio in iudicium pari mercede transitur. (5) inde iam non inurbane Σοφοκλεῖς vocantur. isdem Latinum nomen impositum est 'Laudiceni' (6) et tamen crescit in dies foeditas utraque lingua notata. here duo nomenclatores mei (habent sane aetatem eorum, qui nuper togas sumpserint) ternis denariis ad laudandum trahebantur. tanti constat, ut sis disertissimus. hoc pretio quamlibet numerosa subsellia implentur, hoc ingens corona colligitur, hoc infiniti clamores commoventur, cum mesochorus dedit signum. (7) opus est enim signo apud non intellegentes, ne audientes quidem; (8) nam plerique non audiunt, nec ulli magis laudant. si quando transibis per basilicam et voles scire, quo modo quisque dicat, nihil est, quod tribunal ascendas, nihil, quod praebeas aurem; facilis divinatio: scito eum pessime dicere, qui laudabitur maxime.

(9) Primus hunc audiendi morem induxit Larcius Licinus, hactenus tamen, ut auditores corrogaret: ita certe ex

der Schule mit Homer[67]. Denn auch hier wie dort beginnt man zuerst mit dem Schwierigsten. (3) Aber, weiß Gott, vor meiner Zeit[68] – so sagen gewöhnlich die älteren Leute – gab es nicht einmal für die vornehmsten jungen Leute Zutritt, wenn sie nicht ein Konsular ins öffentliche Leben einführte[69]: mit solcher Hochachtung pflegte man diese höchst rühmliche Tätigkeit. (4) Nachdem nun die Schranken der Scheu und der Ehrerbietung beseitigt sind, steht alles allen offen, und man wird nicht eingeführt, sondern man bricht ein.

Es folgen Zuhörer, die zu den Rednern passen, gemietet und gekauft. Man wendet sich an einen Unternehmer;[70] mitten in der Basilica gibt man so offen Geschenke wie im Speisezimmer;[71] von einer Gerichtsverhandlung geht man für den gleichen Preis in die andere. (5) Daher nennt man sie nicht unwitzig »Sophoklesse«[72]; denselben Leuten hat man die lateinische Bezeichnung »Laudicener«[73] gegeben. (6) Und doch wächst von Tag zu Tag die Niederträchtigkeit, die in beiden Sprachen[74] getadelt wird. Gestern wurden meine beiden Nomenclatoren[75] – sie haben freilich erst das Alter, in dem man die Toga anlegt – für drei Denare zum Beifallklatschen weggeschnappt. Soviel kostet es, ein ausgezeichneter Redner zu sein. Für diesen Preis füllen sich beliebig viele Bänke, für diesen Preis sammelt sich eine gewaltige Menge, für diesen Preis erhebt sich ein endloses Beifallsgeschrei, wenn der Chorführer das Zeichen gibt.[76] (7) Ein Zeichen brauchen nämlich diejenigen, die nichts verstehen, ja nicht einmal zuhören; (8) denn die meisten hören nicht zu, aber niemand spendet lauteren Beifall. Wenn Du einmal durch die Basilica gehst und wissen willst, wie jeder spricht, brauchst Du nicht auf die Gerichtsbühne zu steigen und auch nicht zuzuhören; Du kannst leicht erkennen: wisse, daß der der schlechteste Redner ist, der am meisten Beifall erhält.

(9) Als erster hat Larcius Licinus[77] diese Unsitte des Zuhörens eingeführt, doch nur so, daß er seine Zuhörer zu-

Quintiliano, praeceptore meo, audisse memini. (10) narrabat ille: „adsectabar Domitium Afrum. cum apud centumviros diceret graviter et lente (hoc enim illi actionis genus erat), audit ex proximo immodicum insolitumque clamorem. admiratus reticuit. ubi silentium factum est, repetit, quod abruperat. iterum clamor, iterum reticuit, et post silentium coepit. (11) idem tertio. novissime, quis diceret, quaesiit; responsum est: 'Licinus'. tum intermissa causa 'centumviri' inquit, 'hoc artificium perit'." (12) quod alioqui perire incipiebat, cum perisse Afro videretur, nunc vero prope funditus exstinctum et eversum est. pudet referre, quae quam fracta pronuntiatione dicantur, quibus quam teneris clamoribus excipiantur. (13) plausus tantum ac potius sola cymbala et tympana illis canticis desunt; ululatus quidem (neque enim alio vocabulo potest exprimi theatris quoque indecora laudatio) large supersunt.

(14) Nos tamen adhuc et utilitas amicorum et ratio aetatis moratur ac retinet. veremur enim, ne forte non has indignitates reliquisse, sed laborem fugisse videamur. sumus tamen solito rariores, quod initium est gradatim desinendi. vale.

XV

C. Plinius Valeriano suo s.

(1) Quo modo te veteres Marsi tui? quo modo emptio nova? placent agri, postquam tui facti sunt? rarum id qui-

sammenbat. Jedenfalls erinnere ich mich, es so von meinem Lehrer Quintilian[78] gehört zu haben. (10) Er erzählte: »Ich begleitete den Domitius Afer[79]. Als er vor den Zentumvirn würdevoll und langsam sprach – denn das war seine Vortragsweise –, hörte er aus der Nähe ein maßloses, ungewöhnliches Geschrei. Verwundert schwieg er; sobald Ruhe eingetreten war, fuhr er dort fort, wo er abgebrochen hatte. Wiederum Geschrei, wieder schwieg er, und wieder begann er, als es still war. (11) Dasselbe beim dritten Mal. Schließlich fragte er, wer der Redner sei. Man antwortete: »Licinus.« Da brach er seinen Vortrag ab und sagte: »Zentumvirn, mit unserer Kunst ist es jetzt vorbei.« (12) Was eigentlich unterzugehen begann, als es nach Meinung Afers schon untergegangen war, ist jetzt wirklich fast ganz ausgelöscht und vernichtet. Man schämt sich zu erzählen, was da mit kraftloser Stimme vorgetragen, mit kindlichem Geschrei aufgenommen wird. (13) Nur Klatschen oder vielmehr Becken und Pauken fehlen bei diesem Singsang noch; Geheul freilich – denn mit einem anderen Wort läßt sich dieser sogar im Theater ungehörige Beifall nicht bezeichnen – gibt es reichlich.

(14) Der Nutzen für meine Freunde und die Rücksicht auf mein Alter lassen mich jedoch noch bleiben und halten mich zurück; ich fürchte nämlich, den Eindruck zu erwecken, nicht diese unwürdigen Zustände hinter mir gelassen zu haben, sondern vor den Mühen geflohen zu sein. Doch erscheine ich seltener als gewohnt, was ja der Anfang meines allmählichen Rückzuges ist. Lebe wohl!

15

C. Plinius grüßt seinen Valerianus[80]

(1) Was machen Deine alten Marser,[81] was der neue Ankauf? Gefällt Dir das Land, nachdem es Dein Besitz geworden ist? Das ist selten der Fall; denn nichts ist für je-

dem: nihil enim aeque gratum est adeptis quam concupiscentibus.

(2) Me praedia materna parum commode tractant, delectant tamen ut materna; et alioqui longa patientia occallui. habent hunc finem adsiduae querelae, quod queri pudet. vale.

XVI

C. Plinius Annio suo s.

(1) Tu quidem pro cetera tua diligentia admones me codicillos Aciliani, qui me ex parte instituit heredem, pro non scriptis habendos, quia non sunt confirmati testamento. quod ius ne mihi quidem ignotum est, cum sit his etiam notum, qui nihil aliud sciunt. (2) sed ego propriam quandam legem mihi dixi, ut defunctorum voluntates, etiamsi iure deficerentur, quasi perfectas tuerer. constat autem codicillos istos Aciliani manu scriptos. (3) licet ergo non sint confirmati testamento, a me tamen ut confirmati observabuntur, praesertim cum delatori locus non sit. (4) nam, si verendum esset, ne, quod ego dedissem, populus eriperet, cunctantior fortasse et cautior esse deberem. cum vero liceat heredi donare, quod in hereditate subsedit, nihil est, quod obstet illi meae legi, cui publicae leges non repugnant. vale.

manden in gleicher Weise willkommen, wenn er es schon erreicht hat, wie wenn er es noch begehrt.

(2) Die Landgüter, die ich von meiner Mutter geerbt habe, bringen mir wenig Nutzen,[82] aber machen mir doch Freude, weil sie von der Mutter kommen; und auch sonst hat mich die lange Gleichgültigkeit unempfindlich gemacht.[83] Das dauernde Klagen führt doch dahin, daß man sich schämt zu klagen. Lebe wohl!

16

C. Plinius grüßt seinen Annius[84]

(1) Du erinnerst mich mit Deiner gewohnten Sorgfalt daran, daß das Kodizill[85] des Acilianus, der mich zum Teilerben eingesetzt hat, als ungültig angesehen werden muß, weil es nicht durch das Testament bestätigt wurde. Dieser Rechtsstandpunkt ist nicht einmal mir unbekannt, da er sogar denen bekannt ist, die sonst nichts wissen. (2) Aber ich habe mir sozusagen ein eigenes Gesetz gegeben, daß ich den Willen Verstorbener gleichsam als vollkommen gültig befolge, auch wenn er juristische Mängel aufweist. Es steht aber fest, daß dieses Kodizill von Acilianus eigenhändig geschrieben ist. (3) Mag es also nicht durch das Testament bestätigt sein, so wird es doch von mir beachtet, als wäre es bestätigt, zumal für einen Denunzianten[86] kein Platz ist. (4) Denn wenn zu befürchten wäre, das Volk werde das, was ich von der Erbschaft abgegeben habe, an sich reißen, so müßte ich vielleicht bedächtiger und vorsichtiger sein; aber da der Erbe verschenken darf, was er bei der Erbschaft bekommen hat, so gibt es nichts, was meinem eigenen Gesetz, dem die staatlichen Gesetze nicht widersprechen, im Wege steht. Lebe wohl!

XVII

C. Plinius Gallo suo s.

(1) Miraris, cur me Laurentinum vel, si ita mavis, Laurens meum tanto opere delectet: desines mirari, cum cognoveris gratiam villae, opportunitatem loci, litoris spatium.

(2) Decem septem milibus passuum ab urbe secessit, ut peractis, quae agenda fuerint, salvo iam et composito die possis ibi manere; aditur non una via: nam et Laurentina et Ostiensis eodem ferunt, sed Laurentina a quarto decimo lapide, Ostiensis ab undecimo relinquenda est. utrimque excipit iter aliqua ex parte harenosum, iunctis paulo gravius et longius, equo breve et molle. (3) varia hinc atque inde facies: nam modo occurrentibus silvis via coartatur, modo latissimis pratis diffunditur et patescit; multi greges ovium, multa ibi equorum, boum armenta, quae montibus hieme depulsa herbis et tepore verno nitescunt.

Villa usibus capax, non sumptuosa tutela. (4) cuius in prima parte atrium frugi nec tamen sordidum; deinde porticus in D litterae similitudinem circumactae, quibus parvola, sed festiva area includitur. egregium hae adversus tempestates receptaculum; nam specularibus ac multo magis imminentibus tectis muniuntur. (5) est contra medias cavaedium hilare, mox triclinium satis pulchrum, quod in litus excurrit ac, si quando Africo mare impulsum est,

17

C. Plinius grüßt seinen Gallus[87]

(1) Du wunderst Dich, warum mir mein Laurentinisches oder, wenn Du lieber willst, mein Laurentisches Landgut so viel Freude macht; Du wirst aufhören, Dich zu wundern, wenn Du erst die Anmut des Landhauses, die günstige Lage und die weite Ausdehnung des Strandes kennst.

(2) Es ist siebzehn Meilen von Rom entfernt, so daß man nach Erledigung der notwendigen Dinge, wenn die Tagesgeschäfte bereits vollständig abgeschlossen sind, dort verweilen kann. Man gelangt nicht nur auf einem Wege dorthin; denn die Via Laurentina und Ostiensis[88] führen dorthin; aber die Laurentina muß man am 14., die Ostiensis am 11. Meilenstein verlassen.[89] In beiden Fällen kommt man dann auf einen teilweise sandigen Weg, der für ein Pferdegespann etwas beschwerlich und lang, zu Pferd kurz und angenehm ist. (3) Hier wie dort ist das Landschaftsbild abwechselnd; denn bald verengt sich der Weg durch vorspringende Wälder, bald verbreitert und öffnet er sich durch weitausgedehnte Wiesen; hier sieht man viele Schafherden, viele Pferde- und Rinderherden, die, im Winter von den Bergen herabgetrieben, bei Gras und Frühlingssonne gut gedeihen.

Das Landhaus ist für seine Zwecke geräumig, der Unterhalt nicht kostspielig. (4) In seinem vordersten Teil befindet sich ein schlichtes, aber doch gemütliches Atrium[90]; dann kommt ein Säulengang, der sich in Form des Buchstabens D herumzieht, welcher einen kleinen, aber hübschen Hofraum umschließt. Er bietet einen ausgezeichneten Zufluchtsort gegen ungünstige Witterung; denn er wird durch Fensterscheiben und mehr noch durch das vorspringende Dach geschützt. (5) Ihm gegenüber in der Mitte liegt ein freundlicher Innenhof, dann ein recht schönes Speisezimmer, das bis ans Ufer vorspringt und, wenn

fractis iam et novissimis fluctibus leviter adluitur. undique valvas aut fenestras non minores valvis habet atque ita a lateribus, a fronte quasi tria maria prospectat; a tergo cavaedium, porticum, aream, porticum rursus, mox atrium, silvas et longinquos respicit montes.

(6) Huius a laeva retractius paulo cubiculum est amplum, deinde aliud minus, quod altera fenestra admittit orientem, occidentem altera retinet, hac et subiacens mare longius quidem, sed securius intuetur. (7) huius cubiculi et triclinii illius obiectu includitur angulus, qui purissimum solem continet et accendit. hoc hibernaculum, hoc etiam gymnasium meorum est; ibi omnes silent venti exceptis, qui nubilum inducunt et serenum ante quam usum loci eripiunt. (8) adnectitur angulo cubiculum in hapsida curvatum, quod ambitum solis fenestris omnibus sequitur. parieti eius in bybliothecae speciem armarium insertum est, quod non legendos libros, sed lectitandos capit. (9) adhaeret dormitorium membrum transitu interiacente, qui suspensus et tubulatus conceptum vaporem salubri temperamento huc illuc digerit et ministrat. reliqua pars lateris huius servorum libertorumque usibus detinetur, plerisque tam mundis, ut accipere hospites possint.

(10) Ex alio latere cubiculum est politissimum; deinde vel cubiculum grande vel modica cenatio, quae plurimo

einmal das Meer vom Südwestwind aufgewühlt ist, von den bereits gebrochenen und auslaufenden Wellen leicht bespült wird. Auf allen Seiten hat es Flügeltüren oder Fenster, die nicht kleiner sind als diese Flügeltüren, und gewährt so von den Seiten und von vorne gleichsam einen Ausblick auf drei Meere; von hinten schaut man auf den Innenhof, den Säulengang, den Hofraum, wieder den Säulengang, dann auf das Atrium, die Wälder und die fernen Berge.

(6) Links von diesem Eßzimmer liegt, etwas zurücktretend, ein geräumiges Wohnzimmer, dann ein anderes, kleines, das durch das eine Fenster die Morgensonne einläßt, durch das andere die Abendsonne festhält; von dieser Seite sieht man auf das darunterliegende Meer, zwar aus weiterer, aber sicherer Entfernung. (7) Dieses Wohnzimmer und jenes Speisezimmer bilden dort, wo sie zusammenstoßen, einen Winkel, der die ungebrochenen Sonnenstrahlen auffängt und verstärkt. Dies ist der Winteraufenthaltsort, dies auch der Turnplatz für meine Leute; dort schweigen alle Winde, außer denen, die Regenwolken bringen und die dem Ort eher das heitere Wetter als die Benutzbarkeit nehmen. (8) An diesen Winkel schließt sich ein halbkreisförmiges Schlafzimmer an, das dem Umlauf der Sonne mit allen Fenstern folgt. In seine Wand ist nach Art einer Bibliothek ein Wandschrank eingelassen, der Bücher enthält, die man nicht nur einmal, sondern oft lesen muß. (9) Es schließt sich ein Schlafzimmer an, durch einen dazwischenliegenden Gang verbunden, der, unterkellert und mit Heizrohren versehen, die gesammelte Heißluft in angenehmer Temperatur hierhin und dorthin leitet und verteilt.[91] Der übrige Teil dieses Flügels ist für den Gebrauch der Sklaven und Freigelassenen bestimmt; die meisten Zimmer sind so gepflegt, daß sie auch Gäste aufnehmen können.

(10) Im anderen Flügel befindet sich ein sehr geschmackvolles Schlafzimmer, dann ein großes Wohn- bzw.

sole, plurimo mari lucet; post hanc cubiculum cum procoetone, altitudine aestivum, munimentis hibernum; est enim subductum omnibus ventis. huic cubiculo aliud et procoeton communi pariete iunguntur.

(11) Inde balinei cella frigidaria spatiosa et effusa, cuius in contrariis parietibus duo baptisteria velut eiecta sinuantur, abunde capacia, si mare in proximo cogites. adiacet unctorium, hypocauston, adiacet propnigeon balinei, mox duae cellae magis elegantes quam sumptuosae; cohaeret calida piscina mirifica, ex qua natantes mare adspiciunt; (12) nec procul sphaeristerium, quod calidissimo soli inclinato iam die occurrit. hic turris erigitur, sub qua diaetae duae, totidem in ipsa, praeterea cenatio, quae latissimum mare, longissimum litus, villas amoenissimas possidet. (13) est et alia turris; in hac cubiculum, in quo sol nascitur conditurque; lata post apotheca et horreum, sub hoc triclinium, quod turbati maris non nisi fragorem et sonum patitur eumque iam languidum ac desinentem; hortum et gestationem videt, qua hortus includitur.

(14) Gestatio buxo aut rore marino, ubi deficit buxus, ambitur (nam buxus, qua parte defenditur tectis, abunde viret; aperto caelo apertoque vento et quamquam longinqua aspergine maris inarescit); (15) adiacet gestationi interiore circumitu vinea tenera et umbrosa nudisque etiam

kleines Speisezimmer, das im hellen Glanz der Sonne und des Meeres erstrahlt; danach kommt ein Zimmer mit Vorraum, das wegen seiner Höhe für den Sommer, wegen seiner geschützten Lage für den Winter geeignet ist; es ist nämlich vor jedem Wind sicher. Mit diesem Zimmer ist ein anderes, ebenfalls mit Vorraum, durch eine gemeinsame Wand verbunden.

(11) Dann folgt das geräumige und weite Zimmer für das Kaltwasserbad, an dessen gegenüberliegenden Wänden zwei Bassins gleichsam im Bogen hervorspringen, groß genug, wenn man an das ganz nahe gelegene Meer denkt. Daneben liegen das Salbzimmer, die Heizungsanlage, der Heizraum für das Bad, dann zwei Räume, eher geschmackvoll als aufwendig; damit ist ein herrliches Warmwasserbecken verbunden, aus dem man beim Schwimmen aufs Meer blickt. (12) Nicht weit davon ist eine Ballspielhalle, die auch im Hochsommer erst Sonne bekommt, wenn sich der Tag schon neigt. Hier erhebt sich ein Turm mit zwei Zimmern unten und oben; außerdem hat er einen Speisesaal mit Blick auf das weite Meer, das ausgedehnte Ufer und die herrlichen Landhäuser. (13) Es gibt auch noch einen anderen Turm; darin befindet sich ein Zimmer, in dem die Sonne auf- und untergeht; dahinter sind ein großer Weinkeller und eine Speisekammer, darunter ein Speisezimmer, das bei stürmischer See nur das Brausen und Tosen eindringen läßt, und auch das nur schwach und gedämpft; dieses Zimmer führt in den Garten und auf eine Promenade, die den Garten umschließt.

(14) Die Promenade ist mit Buchsbaum oder, wo der Buchsbaum nicht wächst, mit Rosmarin eingefaßt; denn wo der Buchsbaum durch Gebäude geschützt wird, grünt er üppig; steht er aber unter freiem Himmel und ist dem Wind und der Gischt ausgesetzt, mag sie auch fern vom Meer nur noch ganz fein sein, so verdorrt er. (15) Längs der Innenseite der Promenade schließt sich ein junger, schattiger Weinlaubengang an, auch für bloße Füße weich

pedibus mollis et cedens. hortum morus et ficus frequens vestit, quarum arborum illa vel maxime ferax terra est, malignior ceteris. hac non deteriore quam maris facie cenatio remota a mari fruitur; cingitur diaetis duabus a tergo, quarum fenestris subiacet vestibulum villae et hortus alius pinguis et rusticus.

(16) Hinc cryptoporticus prope publici operis extenditur. utrimque fenestrae, a mari plures, ab horto singulae et alternis pauciores. hae, cum serenus dies et immotus, omnes, cum hinc vel inde ventis inquietus, qua venti quiescunt, sine iniuria patent. (17) ante cryptoporticum xystus violis odoratus. teporem solis infusi repercussu cryptoporticus auget, quae, ut tenet solem, sic aquilonem inhibet summovetque, quantumque caloris ante, tantum retro frigoris. similiter Africum sistit atque ita diversissimos ventos alium alio latere frangit et finit. haec iucunditas eius hieme, maior aestate. (18) nam ante meridiem xystum, post meridiem gestationis hortique proximam partem umbra sua temperat, quae, ut dies crevit decrevitve, modo brevior modo longior hac vel illa cadit. (19) ipsa vero cryptoporticus tum maxime caret sole, cum ardentissimus culmini eius insistit. ad hoc patentibus fenestris favonios accipit transmittitque nec umquam aëre pigro et manente ingravescit.

(20) In capite xysti, deinceps cryptoporticus, horti, diae-

und elastisch. Im Garten wachsen zahlreiche Feigen- und Maulbeerbäume; für sie ist jener Boden besonders fruchtbar, während er für andere Bäume ziemlich ungünstig ist. Diese Aussicht, die nicht weniger schön ist als der Blick auf das Meer, genießt man aus dem Speisesaal, der vom Meer abgewandt ist. Nach hinten wird er von zwei Zimmern abgeschlossen, unter deren Fenstern die Vorhalle des Landhauses und ein ertragreicher, ländlicher Küchengarten liegen.

(16) Von dort erstreckt sich eine Wandelhalle, die beinahe wie ein öffentliches Gebäude aussieht. Auf beiden Seiten sind Fenster, zum Meer hin mehr, zum Garten hin nur einzelne, und zwar um die Hälfte weniger. Ist der Tag heiter und windstill, stehen alle ohne Nachteil offen; wenn der Wind aber von der einen oder anderen Seite weht, dann die nur auf der windstillen Seite. (17) Vor der Wandelhalle befindet sich eine von Veilchen duftende Blumenterrasse. Die Wandelhalle verstärkt noch durch Rückstrahlung die Wärme der einfallenden Sonne; und wie sie Sonnenwärme festhält, so hemmt und hält sie den Nordwind ab; so warm es auf der Vorderseite ist, so kühl ist es hinten; ähnlich hält sie den Südwind ab, und so hemmt und vertreibt sie die entgegengesetzten Winde, den einen auf dieser, den anderen auf jener Seite. Diese Annehmlichkeit bietet sie im Winter, eine noch größere im Sommer. (18) Denn vormittags kühlt sie die Terrasse, nachmittags den nächstgelegenen Teil der Promenade und des Gartens mit ihrem Schatten, der, je nachdem der Tag zu- oder abnimmt, bald kürzer, bald länger hierhin oder dorthin fällt. (19) Die Wandelhalle selbst aber hat dann am wenigsten Sonne, wenn diese am heißesten über ihrem Dachgiebel steht. Dazu läßt sie bei geöffneten Fenstern die Westwinde herein und läßt sie durchziehen, und so wird sie nie durch dumpfe, stehende Luft unerträglich.

(20) Am oberen Ende der Terrasse und sodann der Wandelhalle und des Gartens befindet sich ein Garten-

ta est, amores mei, re vera amores: ipse posui. in hac heliocaminus quidem alia xystum, alia mare, utraque solem, cubiculum autem valvis cryptoporticum, fenestra prospicit mare. (21) contra parietem medium zotheca perquam eleganter recedit, quae specularibus et velis obductis reductisve modo adicitur cubiculo, modo aufertur. lectum et duas cathedras capit; a pedibus mare, a tergo villae, a capite silvae: tot facies locorum totidem fenestris et distinguit et miscet. iunctum est cubiculum noctis et somni. (22) non illud voces servulorum, non maris murmur, non tempestatum motus, non fulgurum lumen ac ne diem quidem sentit nisi fenestris apertis. tam alti abditique secreti illa ratio, quod interiacens andron parietem cubiculi hortique distinguit atque ita omnem sonum media inanitate consumit. (23) adplicitum est cubiculo hypocauston perexiguum, quod angusta fenestra suppositum calorem, ut ratio exigit, aut effundit aut retinet. procoeton inde et cubiculum porrigitur in solem, quem orientem statim exceptum ultra meridiem oblicum quidem, sed tamen servat. (24) in hanc ego diaetam cum me recepi, abesse mihi etiam a villa mea videor magnamque eius voluptatem praecipue Saturnalibus capio, cum reliqua pars tecti licentia dierum festisque clamoribus personat: nam nec ipse meorum lusibus nec illi studiis meis obstrepunt.

haus, mein Lieblingsaufenthalt, ja wirklich mein Lieblingsaufenthalt! Ich selbst habe es angelegt. In ihm befindet sich ein Raum für Sonnenbäder, wo man auf der einen Seite die Terrasse, auf der anderen das Meer, auf beiden Seiten die Sonne sieht; ferner hat man vom Wohnzimmer durch die Flügeltüren einen Ausblick auf die Wandelhalle, durch das Fenster auf das Meer. (21) Gegenüber der Mitte der Wand springt sehr geschmackvoll ein Kabinett vor,[92] das man durch Zu- oder Aufziehen von Glaswänden und Vorhängen bald mit dem Zimmer verbinden, bald von ihm abteilen kann. Es kann ein Bett und zwei Sessel aufnehmen; zu den Füßen hat man das Meer, im Rücken Landhäuser, vor sich Wälder: so viele Landschaftsansichten trennt und vereinigt es durch ebenso viele Fenster. Daran schließt sich ein Zimmer für die Nacht und den Schlaf an. (22) Hier merkt man nicht die Stimmen der Sklaven, das Rauschen des Meeres, das Brausen der Stürme, das Leuchten der Blitze, und nicht einmal das Tageslicht, außer wenn die Fenster geöffnet sind. Der Grund für eine so tiefe, ungestörte Stille liegt darin, daß ein dazwischenliegender Korridor die Wand des Schlafzimmers vom Garten trennt und so jedes Geräusch durch den leeren Raum dazwischen dämpft. (23) Dem Schlafzimmer angefügt ist ein sehr kleiner Heizraum, der durch eine enge Öffnung die von unten heraufströmende Wärme je nach Bedarf herauf-läßt oder zurückhält. Darauf folgen ein Vorraum und ein Zimmer, das zur Sonne hin liegt, und das diese sofort beim Aufgang auffängt und bis über den Mittag behält, dann allerdings nur noch ihre schwachen Strahlen. (24) Wenn ich mich in mein Gartenhaus zurückziehe, habe ich den Eindruck, gar nicht auf meinem Landgut zu sein; und es macht mir, besonders während der Saturnalien[93], ein großes Vergnügen, wenn der übrige Teil des Hauses von der Ausgelassenheit dieser Tage und dem festlichen Lärm widerhallt; denn weder störe ich die Vergnügungen meiner Leute noch sie meine Studien.

(25) Haec utilitas, haec amoenitas deficitur aqua salienti, sed puteos ac potius fontes habet; sunt enim in summo. et omnino litoris illius mira natura: quocumque loco moveris humum, obvius et paratus umor occurrit, isque sincerus ac ne leviter quidem tanta maris vicinitate corruptus. (26) suggerunt adfatim ligna proximae silvae: ceteras copias Ostiensis colonia ministrat. frugi quidem homini sufficit etiam vicus, quem una villa discernit. in hoc balinea meritoria tria, magna commoditas, si forte balineum domi vel subitus adventus vel brevior mora calfacere dissuadeat.

(27) Litus ornant varietate gratissima nunc continua, nunc intermissa tecta villarum, quae praestant multarum urbium faciem, sive mari sive ipso litore utare; quod non numquam longa tranquillitas mollit, saepius frequens et contrarius fluctus indurat. (28) mare non sane pretiosis piscibus abundat, soleas tamen et squillas optimas egerit. villa vero nostra etiam mediterraneas copias praestat, lac in primis; nam illuc e pascuis pecora conveniunt, si quando aquam umbramve sectantur.

(29) Iustisne de causis iam tibi videor incolere, inhabitare, diligere secessum? quem tu nimis urbanus es nisi concupiscis. atque utinam concupiscas! ut tot tantisque dotibus villulae nostrae maxima commendatio ex tuo contubernio accedat. vale.

(25) Bei diesen Vorteilen, diesen Annehmlichkeiten fehlt nur ein Springbrunnen, aber es gibt hier Brunnen oder vielmehr Quellen; sie befinden sich nämlich knapp unter der Erdoberfläche. Und überhaupt ist die Beschaffenheit des Ufers erstaunlich: wo man den Boden aufgräbt, quillt einem das Wasser sofort entgegen, und zwar rein und nicht einmal trotz der großen Nähe des Meeres leicht verdorben. (26) Die sehr nahe gelegenen Wälder bringen mehr als genug Holz; und die übrigen Vorräte liefert die Stadt Ostia. Für einen sparsamen Mann freilich genügt auch das Dorf, das nur ein Landgut von dem meinen trennt. Dort gibt es drei Mietbäder, eine große Annehmlichkeit, wenn einmal eine plötzliche Ankunft oder ein zu kurzer Aufenthalt es nicht ratsam erscheinen lassen, das Bad zu Hause anzuheizen.

(27) Die Küste schmücken in sehr gefälligem Wechsel bald zusammenhängende, bald einzeln stehende Landhäuser, die wie viele Städte aussehen, mag man sich auf dem Meer oder auf dem Strand selbst aufhalten. Der Strand ist wegen der anhaltenden Windstille bisweilen angenehm, häufiger macht aber die wiederholte starke Brandung den Aufenthalt unerfreulich. (28) Das Meer hat freilich keinen Überfluß an kostbaren Fischen, doch liefert es Schollen und sehr gute Krabben. Mein Landgut bietet auch binnenländische Erzeugnisse, vor allem Milch; denn dort kommt das Vieh von den Weiden zusammen, wenn es einmal Wasser oder Schatten sucht.

(29) Glaubst Du nun, daß ich aus guten Gründen diese Einsamkeit pflege, bewohne und liebe? Du müßtest schon ein fanatischer Städter sein, wenn Du keine Sehnsucht danach hast. Wenn Du sie doch hättest – damit den zahlreichen, bedeutenden Vorzügen meines kleinen Landgutes die größte Anerkennung durch Deinen Besuch zuteil würde. Lebe wohl!

XVIII

C. Plinius Maurico suo s.

(1) Quid a te mihi iucundius potuit iniungi, quam ut praeceptorem fratris tui liberis quaererem? nam beneficio tuo in scholam redeo et illam dulcissimam aetatem quasi resumo: sedeo inter iuvenes, ut solebam, atque etiam experior, quantum apud illos auctoritatis ex studiis habeam. (2) nam proxime frequenti auditorio inter se coram multis ordinis nostri clare iocabantur: intravi, conticuerunt; quod non referrem, nisi ad illorum magis laudem quam ad meam pertineret, ac nisi sperare te vellem posse fratris tui filios probe discere.

(3) Quod superest, cum omnis, qui profitentur, audiero, quid de quoque sentiam, scribam efficiamque, quantum tamen epistula consequi potero, ut ipse omnes audisse videaris. (4) debeo enim tibi, debeo memoriae fratris tui hanc fidem, hoc studium, praesertim super tanta re. nam quid magis interest vestra, quam ut liberi (dicerem tui, nisi nunc illos magis amares) digni illo patre, te patruo reperiantur? quam curam mihi, etiam si non mandasses, vindicassem. (5) nec ignoro suscipiendas offensas in eligendo praeceptore; sed oportet me non modo offensas, verum etiam simultates pro fratris tui filiis tam aequo animo subire quam parentes pro suis. vale.

18

C. Plinius grüßt seinen Mauricus[94]

(1) Welchen angenehmeren Auftrag konntest Du mir geben, als einen Lehrer für die Kinder Deines Bruders[95] zu suchen! Denn durch Dein Verdienst kehre ich in die Schule zurück und wiederhole gleichsam jene überaus angenehme Zeit: ich sitze wie früher unter den jungen Leuten und mache auch die Erfahrung, wieviel Ansehen ich wegen meiner literarischen Tätigkeit bei ihnen genieße. (2) Denn erst kürzlich trieben sie in einem gut besuchten Hörsaal in Anwesenheit vieler Leute unseres Standes mit lautem Geschrei ihren Spaß miteinander; ich trat ein, und sie verstummten; das würde ich nicht berichten, wenn es nicht eher für sie als für mich ein Lob bedeuten würde, und wenn ich Dir nicht Hoffnung machen wollte, daß die Söhne Deines Bruders etwas Ordentliches lernen könnten.

(3) Im übrigen werde ich, sobald ich alle Lehrer gehört habe, Dir meine Meinung über jeden mitteilen und versuchen, soweit ich das wenigstens in einem Brief erreichen kann, daß Du den Eindruck gewinnst, Du hättest sie alle selbst gehört. (4) Diese Gewissenhaftigkeit und diesen Eifer schulde ich nämlich Dir, ich schulde sie dem Andenken Deines Bruders, zumal in einer so wichtigen Sache. Denn was könnte Euch mehr am Herzen liegen, als daß die Kinder – ich würde sagen Deine Kinder, wenn Du sie unter diesen Umständen[96] nicht noch mehr liebtest – sich ihres Vaters und Deiner, ihres Onkels, würdig erweisen? Auch ohne Deinen Auftrag hätte ich mir diese Sorge nicht nehmen lassen. (5) Ich weiß genau, daß man sich bei der Auswahl eines Lehrers Ärger zuzieht;[97] aber es ist einfach meine Pflicht, für die Söhne Deines Bruders nicht nur Ärger, sondern auch Feindschaften ebenso gelassen zu ertragen, wie Eltern es für ihre eigenen Kinder tun. Lebe wohl!

XIX

C. Plinius Ceriali suo s.

(1) Hortaris, ut orationem amicis pluribus recitem. faciam, quia hortaris, quamvis vehementer addubitem. (2) neque enim me praeterit actiones, quae recitantur, impetum omnem caloremque ac prope nomen suum perdere, ut quas soleant commendare simul et accendere iudicum consessus, celebritas advocatorum, exspectatio eventus, fama non unius actoris diductumque in partes audientium studium, ad hoc dicentis gestus, incessus, discursus etiam, omnibusque motibus animi consentaneus vigor corporis. (3) unde accidit, ut ii, qui sedentes agunt, quamvis illis maxima ex parte supersint eadem illa quae stantibus, tamen hoc, quod sedent, quasi debilitentur et deprimantur. (4) recitantium vero praecipua pronuntiationis adiumenta, oculi, manus, praepediuntur. quo minus mirum est, si auditorum intentio relanguescit nullis extrinsecus aut blandimentis capta aut aculeis excitata.

(5) Accedit his, quod oratio, de qua loquor, pugnax et quasi contentiosa est. porro ita natura comparatum est, ut ea, quae scripsimus cum labore, cum labore etiam audiri putemus. (6) et sane quotus quisque tam rectus auditor, quem non potius dulcia haec et sonantia quam austera et pressa delectent? est quidem omnino turpis ista discordia, est tamen, quia plerumque evenit, ut aliud auditores, aliud iudices exigant, cum alioqui iis praecipue auditor adfici

19

C. Plinius grüßt seinen Cerialis[98]

(1) Du forderst mich auf, meine Rede mehreren Freunden vorzutragen. Das will ich tun, weil Du mich aufforderst, obwohl ich große Bedenken habe. (2) Denn ich weiß wohl, daß Gerichtsreden, die vorgelesen werden, ihre ganze Kraft, ihr Feuer und beinahe ihren Namen verlieren; denn die Versammlung der Richter, die große Schar der Anwälte, die Erwartung des Prozeßausgangs, der Ruf der verschiedenen Redner, die nach Parteien geteilte Sympathie der Zuhörer, dazu die Haltung des Redners, sein Auftreten, auch sein Hin- und Hergehen[99] und der lebhafte Ausdruck seines Körpers, der all seinen seelischen Regungen entspricht, das alles zeichnet gewöhnlich die Gerichtsreden aus und verleiht ihnen Glanz. (3) Daher kommt es, daß diejenigen, die im Sitzen etwas vortragen, obwohl sie größtenteils über dieselben Mittel verfügen wie die, die es im Stehen tun, doch gerade deshalb, weil sie sitzen, sich gleichsam gelähmt und bedrückt vorkommen. (4) Beim Vorlesen aber sind die hauptsächlichsten Hilfsmittel des Vortrags, Augen und Hände, gehemmt. Um so weniger verwunderlich ist es, wenn die Aufmerksamkeit der Zuhörer ermüdet, da sie von außen durch keine Lokkungen gefesselt und durch keine Reize angestachelt wird.

(5) Außerdem ist die Rede, von der ich spreche, kämpferisch und sozusagen streitsüchtig. Ferner liegt es in der Natur der Sache zu glauben, daß das, was wir mit viel Mühe geschrieben haben, auch dem Zuhörer Mühe machen werde. (6) Und wie wenige Zuhörer sind doch so sachkundig, daß sie nicht mehr Freude haben an angenehmen und wohlklingenden Worten als an ernsten und gedrängten? Dieser Widerspruch freilich ist auf jeden Fall beschämend, doch er besteht nun einmal, weil es meistens geschieht, daß die Zuhörer etwas anderes fordern als die Richter, während die Zuhörer eigentlich das einnehmen

debeat, quibus idem, si foret iudex, maxime permoveretur. (7) potest tamen fieri, ut quamquam in his difficultatibus libro isti novitas lenocinetur, novitas apud nostros; apud Graecos enim est quiddam quamvis ex diverso, non tamen omnino dissimile. (8) nam, ut illis erat moris leges, quas ut contrarias prioribus legibus arguebant, aliarum collatione convincere, ita nobis inesse repetundarum legi, quod postularemus, cum hac ipsa lege tum aliis colligendum fuit; quod nequaquam blandum auribus imperitorum tanto maiorem apud doctos habere gratiam debet, quanto minorem apud indoctos habet. (9) nos autem, si placuerit recitare, adhibituri sumus eruditissimum quemque.

Sed plane adhuc, an sit recitandum, examina tecum omnisque, quos ego movi, in utraque parte calculos pone, idque elige, in quo vicerit ratio! a te enim ratio exigetur, nos excusabit obsequium. vale.

XX

C. Plinius Calvisio suo s.

(1) Assem para et accipe auream fabulam, fabulas immo: nam me priorum nova admonuit, nec refert, a qua potissimum incipiam.

(2) Verania Pisonis graviter iacebat, huius dico Pisonis, quem Galba adoptavit. ad hanc Regulus venit. primum impudentiam hominis, qui venerit ad aegram, cuius marito inimicissimus, ipsi invisissimus fuerat! (3) esto, si venit

müßte, was sie auch, wenn sie Richter wären, am meisten beeindrucken würde. (7) Dennoch ist es möglich, daß trotz dieser Schwierigkeiten meine Schrift wegen ihrer Neuheit gefällt, ich meine, Neuheit bei uns; denn die Griechen haben eine Art von Beredsamkeit, die trotz ihrer Verschiedenheit doch eine starke Ähnlichkeit damit hat. (8) Denn wie diese die Gewohnheit hatten, Gesetzesanträge, die sie in Widerspruch mit früheren sahen, durch einen Vergleich mit anderen zu widerlegen, so mußte ich den Beweis, daß meine Forderung bereits im Repetundengesetz enthalten sei,[100] durch einen Vergleich mit diesem Gesetz und mit anderen führen; mag dies für die Ohren von Laien auch keineswegs angenehm sein, so muß es desto größeren Reiz bei den Kennern haben, je geringer er bei den Ungebildeten ist. (9) Sollte ich mich aber zum Vorlesen entschließen, werde ich gerade die gebildetsten Männer hinzuziehen.

Aber prüfe nun genau, ob ich vorlesen soll, leg alle Gründe, die ich dafür und dagegen angeführt habe, auf die Waagschale, und wähle das, wofür die Vernunft den Ausschlag gibt. Von Dir nämlich wird man Vernunft fordern, mich wird meine Folgsamkeit entschuldigen. Lebe wohl!

20

C. Plinius grüßt seinen Calvisius[101]

(1) Halte ein Geldstück bereit[102] und vernimm eine goldige Geschichte, ja sogar Geschichten; denn mich hat eine neue an frühere erinnert, und es ist unwichtig, mit welcher ich zuerst beginne.

(2) Verania, die Witwe des Piso – ich meine jenes Piso, den Galba adoptierte[103] –, lag schwerkrank danieder; zu ihr kam Regulus[104]. Zunächst einmal eine Unverschämtheit von ihm, eine Kranke zu besuchen, mit deren Mann er sehr verfeindet und der er selbst überaus verhaßt gewe-

tantum; at ille etiam proximus toro sedit, quo die, qua hora nata esset, interrogavit. ubi audiit, componit vultum, intendit oculos, movet labra, agitat digitos, computat; nihil. ut diu miseram exspectatione suspendit, 'habes', inquit, 'climactericum tempus, sed evades. (4) quod ut tibi magis liqueat, haruspicem consulam, quem sum frequenter expertus.' (5) nec mora, sacrificium facit, adfirmat exta cum siderum significatione congruere. illa, ut in periculo credula, poscit codicillos, legatum Regulo scribit. mox ingravescit, clamat moriens 'hominem nequam, perfidum ac plus etiam quam periurum', qui sibi per salutem filii peierasset. (6) facit hoc Regulus non minus scelerate quam frequenter, quod iram deorum, quos ipse cottidie fallit, in caput infelicis pueri detestatur.

(7) Velleius Blaesus, ille locuples consularis, novissima valetudine conflictabatur: cupiebat mutare testamentum. Regulus, qui speraret aliquid ex novis tabulis, quia nuper captare eum coeperat, medicos hortari, rogare, quoquo modo spiritum homini prorogarent. (8) postquam signatum est testamentum, mutat personam, vertit adlocutionem isdemque medicis: 'quousque miserum cruciatis? quid invidetis bona morte, cui dare vitam non potestis?' moritur Blaesus et, tamquam omnia audisset, Regulo ne tantulum quidem.

(9) Sufficiunt duae fabulae, an scholastica lege tertiam poscis? est, unde fiat. (10) Aurelia, ornata femina, signatu-

sen war. (3) Es wäre noch angegangen, wenn es nur bei dem Besuch geblieben wäre; aber er setzte sich sogar ganz nahe an ihr Bett und fragte sie, an welchem Tage, zu welcher Stunde sie geboren sei[105]. Sobald er es gehört hatte, machte er ein finsteres Gesicht, starrte vor sich hin, bewegte die Lippen, zählte mit den Fingern und rechnete; nichts. Als er die Ärmste lange auf die Folter gespannt hatte, sagte er: »Du befindest dich in einem Stufenjahr[106], aber du wirst davonkommen. (4) Damit du darüber größere Gewißheit hast, werde ich einen Opferschauer[107] befragen, den ich häufiger in Anspruch genommen habe.« (5) Er verliert keine Zeit, veranstaltet ein Opfer und versichert, die Eingeweide stimmten mit der Voraussage der Gestirne überein. Sie, leichtgläubig, wie man in einer Gefahr ist, fordert einen Nachtrag zum Testament und setzt dem Regulus ein Vermächtnis aus. Bald verschlimmert sich ihr Zustand, und sterbend ruft sie noch aus, dieser Gauner, Lügner und überaus wortbrüchige Mensch habe ihr beim Leben seines Sohnes einen Meineid geschworen. (6) Das tut Regulus ebenso skrupellos wie häufig, daß er den Zorn der Götter, die er selbst täglich betrügt, auf das Haupt seines unglücklichen Jungen herabschwört.

(7) Velleius Blaesus, der bekannte reiche Konsular, rang mit dem Tode; er wünschte, sein Testament zu ändern. Regulus, der bei der neuen Abfassung etwas für sich erhoffte, weil er seit kurzem begonnen hatte, sich bei ihm einzuschmeicheln, ermahnte und bat die Ärzte, auf jede Weise das Leben des Mannes zu verlängern. (8) Nachdem das Testament unterzeichnet war, änderte er seine Rolle und wechselte den Ton gegenüber denselben Ärzten: »Wie lange quält ihr den Armen noch? Warum gönnt ihr ihm, den ihr nicht länger am Leben halten könnt, nicht einen sanften Tod?« Blaesus stirbt und, als wenn er alles gehört hätte, vermachte er dem Regulus überhaupt nichts.

(9) Genügen zwei Geschichten, oder verlangst Du nach der Schulregel noch eine dritte? Es gibt genug. (10) Aure-

ra testamentum sumpserat pulcherrimas tunicas. Regulus, cum venisset ad signandum, 'rogo', inquit, 'has mihi leges'. (11) Aurelia ludere hominem putabat, ille serio instabat; ne multa, coegit mulierem aperire tabulas ac sibi tunicas, quas erat induta, legare; observavit scribentem, inspexit, an scripsisset. et Aurelia quidem vivit, ille tamen istud tamquam morituram coegit. et hic hereditates, hic legata, quasi mereatur, accipit.

(12) Ἀλλὰ τί διατείνομαι in ea civitate, in qua iam pridem non minora praemia, immo maiora, nequitia et improbitas quam pudor et virtus habent? (13) adspice Regulum, qui ex paupere et tenui ad tantas opes per flagitia processit, ut ipse mihi dixerit, cum consuleret, quam cito sestertium sescentiens impleturus esset, invenisse se exta duplicia, quibus portendi miliens et ducentiens habiturum. (14) et habebit, si modo, ut coepit, aliena testamenta, quod est improbissimum genus falsi, ipsis, quorum sunt illa, dictaverit. vale.

lia, eine angesehene Frau, wollte ihr Testament unterzeichnen und hatte dazu ihre schönsten Kleider angezogen. Als Regulus zur Unterzeichnung gekommen war, sagte er: »Vermache mir diese Kleider!« (11) Aurelia glaubte, er scherze, er aber bestand im Ernst darauf; kurz: er brachte die Frau dazu, das Testament zu öffnen und ihm die Kleider, die sie trug, zu vermachen; er beobachtete sie während des Schreibens und sah ins Testament, ob sie es auch geschrieben habe. Aurelia freilich lebt noch; doch er zwang sie dazu, als ob sie sterben würde. Und er nimmt Erbschaften und Vermächtnisse, als ob er sie verdiente.

(12) Aber warum rege ich mich auf in einem Staate, in dem schon längst Gemeinheit und Schlechtigkeit nicht geringeren, nein größeren Lohn bringen als Anstand und Tugend? (13) Sieh den Regulus an, der aus armen und kleinen Verhältnissen durch seine Schandtaten zu solchem Reichtum gelangt ist; er hat mir selbst gesagt, er habe, als er einmal gefragt habe,[108] wie schnell er 60 Millionen Sesterze zusammenbekäme, doppelte Eingeweide gefunden, wodurch prophezeit werde, daß er 120 Millionen besitzen werde. (14) Und er wird sie bekommen, wenn er so, wie begonnen, fremden Leuten ihre eigenen Testamente – und das ist die allerschändlichste Art des Betruges – diktiert. Lebe wohl!

Liber tertius

Drittes Buch

I

C. Plinius Calvisio [Rufo] suo s.

(1) Nescio, an ullum iucundius tempus exegerim, quam quo nuper apud Spurinnam fui, adeo quidem, ut neminem magis in senectute, si modo senescere datum est, aemulari velim; nihil est enim illo vitae genere distinctius. (2) me autem ut certus siderum cursus ita vita hominum disposita delectat, senum praesertim. nam iuvenes confusa adhuc quaedam et quasi turbata non indecent; senibus placida omnia et ordinata conveniunt, quibus industria sera, turpis ambitio est.

(3) Hanc regulam Spurinna constantissime servat; quin etiam parva haec, parva, si non cottidie fiant, ordine quodam et velut orbe circumagit. (4) mane lectulo continetur, hora secunda calceos poscit, ambulat milia passuum tria nec minus animum quam corpus exercet. si adsunt amici, honestissimi sermones explicantur; si non, liber legitur, interdum etiam praesentibus amicis, si tamen illi non gravantur. (5) deinde considit, et liber rursus aut sermo libro potior; mox vehiculum adscendit, adsumit uxorem singularis exempli vel aliquem amicorum, ut me proxime. (6) quam pulchrum illud, quam dulce secretum! quantum ibi antiquitatis! quae facta, quos viros audias! quibus praeceptis imbuare! quamvis ille hoc temperamentum modestiae suae indixerit, ne praecipere videatur. (7) peractis sep-

1

C. Plinius grüßt seinen Calvisius Rufus[1]

(1) Ich weiß nicht, ob ich je eine Zeit angenehmer verbracht habe als neulich bei Spurinna; und zwar so angenehm, daß ich niemandem lieber im Alter nacheifern möchte, wenn es mir nur beschieden ist, ein hohes Alter zu erreichen; denn es gibt keine geordnetere Lebensweise als die seine. (2) Wie mir aber der zuverlässige Lauf der Gestirne Freude macht, so auch ein geordnetes Menschenleben, besonders bei alten Leuten. Denn für junge Leute ist noch eine gewisse Unordnung und Verwirrung durchaus angemessen, für alte Leute aber paßt in allem Ruhe und Ausgeglichenheit; für sie kommt Geschäftigkeit zu spät, Ehrgeiz ist erniedrigend.

(3) Diese Regel hält Spurinna sehr gewissenhaft ein; ja sogar diese Kleinigkeiten – Kleinigkeiten, wenn sie nicht täglich geschehen – vollzieht er in einer gewissen Ordnung und gleichsam in einem festen Kreislauf. (4) Frühmorgens bleibt er noch im Bett[2]; um die zweite Stunde[3] fordert er die Sandalen[4], geht drei Meilen[5] spazieren und trainiert ebenso Geist und Körper. Sind Freunde anwesend, entwickeln sich sehr schöne Gespräche; wenn nicht, wird ein Buch vorgelesen, bisweilen auch in Anwesenheit der Freunde, wenn sie keinen Anstoß daran nehmen. (5) Dann setzt er sich nieder, und es wird wieder ein Buch vorgelesen, oder noch lieber als dies führt man ein Gespräch; darauf besteigt er einen Wagen und nimmt seine Frau mit, ein einzigartiges Muster einer Frau, oder einen seiner Freunde, wie kürzlich mich. (6) Wie schön und wie angenehm ist jene Vertrautheit! Wieviel erinnert an die alte Zeit! Von welchen Taten, von welchen Männern kann man hören! Welche Lehren kann man in sich aufnehmen! Obwohl er sich in seiner Bescheidenheit weise Zurückhaltung auferlegt hat, um nicht den Anschein zu erwecken, als wolle er Vorschriften machen. (7) Hat er sieben Meilen

tem milibus passuum iterum ambulat mille, iterum residit vel se cubiculo ac stilo reddit. scribit enim, et quidem utraque lingua, lyrica doctissime; mira illis dulcedo, mira suavitas, mira hilaritas, cuius gratiam cumulat sanctitas scribentis. (8) ubi hora balinei nuntiata est (est autem hieme nona, aestate octava), in sole, si caret vento, ambulat nudus. deinde movetur pila vehementer et diu; nam hoc quoque exercitationis genere pugnat cum senectute. lotus accubat et paulisper cibum differt; interim audit legentem remissius aliquid et dulcius. per hoc omne tempus liberum est amicis vel eadem facere vel alia, si malint. (9) apponitur cena non minus nitida quam frugi in argento puro et antiquo; sunt in usu et Corinthia, quibus delectatur nec adficitur. frequenter comoedis cena distinguitur, ut voluptates quoque studiis condiantur. sumit aliquid de nocte et aestate: nemini hoc longum est; tanta comitate convivium trahitur. (10) inde illi post septimum et septuagensimum annum aurium, oculorum vigor integer, inde agile et vividum corpus solaque ex senectute prudentia.

(11) Hanc ego vitam voto et cogitatione praesumo, ingressurus avidissime, ut primum ratio aetatis receptui canere permiserit. interim mille laboribus conteror, quorum mihi et solacium et exemplum est idem Spurinna. (12) nam ille quoque, quoad honestum fuit, obiit officia, gessit magistratus, provincias rexit multoque labore hoc otium me-

zurückgelegt, geht er wiederum eine zu Fuß, oder er rastet, oder aber er kehrt in sein Zimmer oder zu seiner Schriftstellerei zurück. Er schreibt nämlich ganz ausgezeichnete lyrische Gedichte, und zwar in beiden Sprachen; seine Verse haben eine wunderbare Anmut, Lieblichkeit und Heiterkeit; ihren Reiz erhöht noch die Verehrungswürdigkeit des Autors. (8) Sobald die Stunde des Bades angesagt ist[6] – es ist aber im Winter die neunte, im Sommer die achte Stunde –, spaziert er, wenn es windstill ist, unbekleidet in der Sonne. Dann bewegt er sich kräftig und lange beim Ballspiel; denn auch mit dieser Art von Übung bekämpft er das Alter. Nach dem Baden setzt er sich zu Tisch und schiebt das Essen noch ein wenig hinaus; inzwischen läßt er etwas Heiteres und Angenehmeres vorlesen. Während dieser ganzen Zeit steht es den Freunden frei, dasselbe zu tun oder, wenn sie es vorziehen, etwas anderes. (9) Dann wird das Essen[7], ebenso köstlich wie einfach, in reinem, alten Silbergeschirr aufgetragen. Es sind auch korinthische[8] Gefäße im Gebrauch, an denen er seine Freude hat, ohne sein Herz daran zu hängen. Häufig bringen Schauspieler[9] etwas Abwechslung in eine Mahlzeit, um die leiblichen Genüsse auch durch literarische zu würzen. Sie zieht sich noch bis in die Nacht hin, auch im Sommer; für niemanden ist die Zeit lang; so gesellig verläuft das Mahl. (10) Daher besitzt er nach dem 77. Lebensjahr noch eine ungeschwächte Kraft seiner Augen und Ohren, daher noch einen beweglichen und frischen Körper und vom Alter selbst nur kluge Erfahrung.

(11) Ein solches Leben stelle ich mir in Wünschen und Gedanken vor. Ich bin sehr begierig darauf, es zu beginnen, sobald nur mein Alter erlaubt, zum Rückzug zu blasen. Inzwischen reibe ich mich bei tausend Mühen auf, für die mir wieder jener Spurinna Trost und Vorbild ist; (12) denn auch er hat, solange es ehrenvoll geschehen konnte, seine Pflichten erfüllt, seine Ämter ausgeübt, seine Provinzen geführt und durch viel Arbeit sich diese Ruhe ver-

ruit. igitur eundem mihi cursum, eundem terminum statuo, idque iam nunc apud te subsigno, ut, si me longius evehi videris, in ius voces ad hanc epistulam meam et quiescere iubeas, cum inertiae crimen effugero. vale.

II

C. Plinius [Vibio] Maximo suo s.

(1) Quod ipse amicis tuis obtulissem, si mihi eadem materia suppeteret, id nunc iure videor a te meis petiturus.

(2) Arrianus Maturus Altinatium est princeps; cum dico princeps, non de facultatibus loquor, quae illi large supersunt, sed de castitate, iustitia, gravitate, prudentia. (3) huius ego consilio in negotiis, iudicio in studiis utor; nam plurimum fide, plurimum veritate, plurimum intellegentia praestat. (4) amat me (nihil possum ardentius dicere) ut tu.

Caret ambitu: ideo se in equestri gradu tenuit, cum facile posset adscendere altissimum. mihi tamen ornandus excolendusque est. (5) itaque magni aestimo dignitati eius aliquid adstruere inopinantis, nescientis, immo etiam fortasse nolentis, adstruere autem, quod sit splendidum nec molestum. (6) cuius generis, quae prima occasio tibi, conferas in eum rogo; habebis me, habebis ipsum gratissimum debitorem. quamvis enim ista non appetat, tam grate tamen excipit, quam si concupiscat. vale.

dient. Also habe ich mir dieselbe Laufbahn, dasselbe als Ziel gesetzt. Das unterschreibe ich schon jetzt bei Dir, damit Du mich, wenn Du siehst, daß ich die Grenzen überschreite, aufgrund dieses Briefes zur Verantwortung rufst und mir auszuruhen befiehlst, wenn ich über den Vorwurf der Trägheit hinweg bin. Lebe wohl!

2

C. Plinius grüßt seinen Vibius Maximus[10]

(1) Was ich selber Deinen Freunden angeboten hätte, wenn mir dieselbe Möglichkeit zur Verfügung stünde, das glaube ich jetzt mit Recht von Dir für meine Freunde erbitten zu dürfen.

(2) Arrianus Maturus[11] ist unter den Bürgern von Altinum der erste Mann; wenn ich sage, der erste, dann spreche ich nicht von seinem Vermögen, das er reichlich besitzt, sondern von seiner Integrität, Gerechtigkeit, Charakterfestigkeit und Klugheit. (3) Seinem Rat folge ich bei meinen Geschäften, seinem Urteil bei meinen literarischen Studien; denn er zeichnet sich besonders durch Zuverlässigkeit, Wahrheitsliebe und Einsicht aus. (4) Er liebt mich, stärker kann ich es nicht zum Ausdruck bringen, wie Du.

Er ist frei von Ehrgeiz; deshalb begnügt er sich mit dem Ritterstand, obwohl er leicht zur höchsten Stufe emporsteigen könnte. Doch ich möchte ihn zu Rang und Ansehen bringen. (5) Daher liegt mir viel daran, seiner Würde, ohne daß er es ahnt, ohne daß er es weiß, ja vielleicht auch ohne daß er es wünscht, etwas hinzuzufügen, was für ihn glanzvoll, aber nicht lästig ist. (6) Etwas Derartiges laß ihm doch bitte bei nächster Gelegenheit zukommen; Du wirst in mir und in ihm selbst einen sehr dankbaren Schuldner haben. Denn wenn er auch nach solchen Ehren nicht strebt, so nimmt er sie doch so dankbar auf, wie wenn er sie wünschte. Lebe wohl!

III

C. Plinius Corelliae [Hispullae] suae s.

(1) Cum patrem tuum, gravissimum et sanctissimum virum, suspexerim magis an amaverim dubitem teque et in memoriam eius et in honorem tuum unice diligam, cupiam necesse est atque etiam, quantum in me fuerit, enitar, ut filius tuus avo similis exsistat, equidem malo materno: quamquam illi paternus etiam clarus spectatusque contigerit, pater quoque et patruus inlustri laude conspicui. (2) quibus omnibus ita demum similis adolescet, si imbutus honestis artibus fuerit, quas plurimum refert a quo potissimum accipiat.

(3) Adhuc illum pueritiae ratio intra contubernium tuum tenuit, praeceptores domi habuit, ubi est erroribus modica vel etiam nulla materia. iam studia eius extra limen proferenda sunt, iam circumspiciendus rhetor Latinus, cuius scholae severitas, pudor, in primis castitas constet. (4) adest enim adulescenti nostro cum ceteris naturae fortunaeque dotibus eximia corporis pulchritudo, cui in hoc lubrico aetatis non praeceptor modo, sed custos etiam rectorque quaerendus est.

(5) Videor ergo demonstrare tibi posse Iulium Genitorem. amatur a me; iudicio tamen meo non obstat caritas hominis, quae ex iudicio nata est. vir est emendatus et gravis, paulo etiam horridior et durior, ut in hac licentia temporum. (6) quantum eloquentia valeat, pluribus credere potes; nam dicendi facultas aperta et exposita statim

3

C. Plinius grüßt seine Corellia Hispulla[12]

(1) Da ich im Zweifel bin, ob ich Deinen Vater, einen sehr charakterfesten und gewissenhaften Mann, mehr verehrt oder geliebt habe, und ich Dich im Andenken an ihn und Dir zu Ehren ungemein schätze, muß ich wohl wünschen, nach Kräften dazu beizutragen, daß Dein Sohn seinem Großvater ähnlich wird, vorzugsweise dem Großvater mütterlicherseits, obwohl sein Großvater väterlicherseits auch bekannt und angesehen war. Auch sein Vater und Onkel väterlicherseits zeichneten sich durch glänzenden Ruhm aus. (2) All diesen Männern ähnlich wird er erst dann heranwachsen, wenn er in den schönen Künsten unterrichtet wird, wobei es von großer Wichtigkeit ist, von wem er in erster Linie diesen Unterricht bekommt.

(3) Bisher ist er noch mit Rücksicht auf sein jugendliches Alter in Deiner Obhut geblieben; er hatte seine Lehrer zu Hause,[13] wo es für Fehltritte nur wenig oder keinen Anlaß gibt. Nun muß seine Ausbildung nach draußen verlegt werden, nun muß man sich nach einem lateinischen Lehrer der Redekunst[14] umsehen, dessen Schule für Strenge, Anstand und besonders für Sittenreinheit bürgt. (4) Unser junger Mann besitzt nämlich neben den übrigen Gaben der Natur und des Glücks eine außergewöhnliche körperliche Schönheit, für die man in diesem kritischen Alter nicht nur einen Lehrer, sondern auch einen Hüter und Lenker suchen muß.

(5) Ich glaube also, den Julius Genitor[15] empfehlen zu können. Ich schätze ihn außerordentlich; doch steht meinem Urteil die Zuneigung zu ihm nicht im Wege, die ja aus diesem Urteil entstanden ist. Er ist ein untadeliger und ehrenwerter Mann, sogar ein wenig zu schroff und streng angesichts der Zügellosigkeit unserer Zeit. (6) Wieviel er in der Beredsamkeit leistet, das kannst Du von vielen erfahren; denn die Fähigkeit als Redner tritt offen und deut-

cernitur. vita hominum altos recessus magnasque latebras habet; cuius pro Genitore me sponsorem accipe! nihil ex hoc viro filius tuus audiet nisi profuturum, nihil discet, quod nescisse rectius fuerit, nec minus saepe ab illo quam a te meque admonebitur, quibus imaginibus oneretur, quae nomina et quanta sustineat.

(7) Proinde faventibus dis trade eum praeceptori, a quo mores primum, mox eloquentiam discat, quae male sine moribus discitur. vale.

IV

C. Plinius [Caecilio] Macrino suo s.

(1) Quamvis et amici, quos praesentes habebam, et sermones hominum factum meum comprobasse videantur, magni tamen aestimo scire, quid sentias tu. (2) nam, cuius integra re consilium exquirere optassem, huius etiam peracta iudicium nosse mire concupisco.

Cum publicum opus mea pecunia incohaturus in Tuscos excucurrissem accepto, ut praefectus aerari, commeatu, legati provinciae Baeticae questuri de proconsulatu Caecili Classici advocatum me a senatu petierunt. (3) collegae optimi meique amantissimi de communis officii necessitatibus praelocuti excusare me et eximere temptarunt. factum

lich zutage und wird sofort erkannt; das Leben der Menschen hat tiefe Abgründe und verborgene Schlupfwinkel; in dieser Beziehung nimm mich für Genitor als Bürgen. Nichts wird Dein Sohn von diesem Mann hören, außer was ihm nützt, nichts wird er lernen, was besser für ihn wäre, nicht zu wissen, und nicht weniger oft als von Dir und mir wird er von ihm daran erinnert werden, welche Ahnenreihe auf ihm lastet, welch bedeutende Namen er vertritt.

(7) Deshalb übergib ihn unter dem Beistand der Götter diesem Lehrer, von dem er erstens Moral, dann Beredsamkeit lernen mag, welche ohne Moral schlecht zu erlernen ist. Lebe wohl!

4

C. Plinius grüßt seinen Caecilius Macrinus[16]

(1) Zwar scheinen meine Freunde, die ich bei mir hatte, wie auch die Äußerungen der Menschen mein Verhalten gebilligt zu haben, dennoch liegt mir viel daran zu wissen, was Du dazu meinst. (2) Denn wessen Rat ich gern erbeten hätte, als die Sache noch nicht entschieden war, dessen Urteil möchte ich auch ganz besonders kennenlernen, da nun die Entscheidung gefallen ist.

Ich reiste in das Gebiet der Tusker, um dort den Grundstein für ein öffentliches Gebäude zu legen,[17] das auf meine Kosten erbaut werden sollte; ich hatte als Verwalter des Staatsschatzes[18] Urlaub bekommen, und da erbaten die Gesandten der Provinz Baetica[19], die sich über das Prokonsulat des Caecilius Classicus[20] beschweren wollten, vom Senat mich als Rechtsbeistand. (3) Meine sehr tüchtigen, mir sehr freundschaftlich verbundenen Kollegen schickten einige Worte über die gemeinsamen Pflichten unseres Amtes voraus und suchten mich zu entschuldigen und der Aufgabe zu entziehen. Darauf wurde ein für mich

est senatus consultum perquam honorificum, ut darer provincialibus patronus, si ab ipso me impetrassent. (4) legati rursus inducti iterum me iam praesentem advocatum postulaverunt implorantes fidem meam, quam essent contra Massam Baebium experti, adlegantes patrocini foedus. secuta est senatus clarissima adsensio, quae solet decreta praecurrere. tum ego 'desino', inquam, 'patres conscripti, putare me iustas excusationis causas attulisse'. placuit et modestia sermonis et ratio.

(5) Compulit autem me ad hoc consilium non solum consensus senatus, quamquam hic maxime, verum et alii quidam minores, sed tamen numeri. veniebat in mentem priores nostros etiam singulorum hospitum iniurias voluntariis accusationibus executos; quo deformius arbitrabar publici hospitii iura neglegere. (6) praeterea cum recordarer, quanta pro isdem Baeticis superiore advocatione etiam pericula subissem, conservandum veteris officii meritum novo videbatur. est enim ita comparatum, ut antiquiora beneficia subvertas, nisi illa posterioribus cumules. nam quamlibet saepe obligati, si quid unum neges, hoc solum meminerunt, quod negatum est.

(7) Ducebar etiam, quod decesserat Classicus, amotumque erat, quod in eius modi causis solet esse tristissimum, periculum senatoris. videbam ergo advocationi meae non minorem gratiam, quam si viveret ille, propositam, invidiam nullam. (8) in summa computabam, si munere hoc iam

überaus ehrenvoller Senatsbeschluß gefaßt; ich solle den Provinzialen als Anwalt gegeben werden, wenn sie von mir selbst die Einwilligung bekämen. (4) Die Gesandten wurden wieder in den Senat geführt, forderten erneut, jetzt in meiner Gegenwart, mich als ihren Rechtsbeistand, indem sie sich auf meine Gewissenhaftigkeit beriefen, die sie schon gegen Baebius Massa[21] erfahren hätten, und indem sie das Patronatsverhältnis geltend machten. Es folgte eine lautstarke Zustimmung des Senats, wie sie gewöhnlich Beschlüssen vorausgeht. Da nun sagte ich: »Senatoren, jetzt bin ich nicht mehr der Meinung, triftige Entschuldigungsgründe angeführt zu haben.« Die Bescheidenheit und die Klugheit meiner Worte gefielen.

(5) Zu diesem Entschluß veranlaßte mich aber nicht nur die Einmütigkeit des Senates, wenngleich diese vor allem. Es gab freilich auch noch andere weniger wichtige Beweggründe, aber immerhin Beweggründe. Mir fiel ein, daß unsere Vorfahren auch Ungerechtigkeiten, die einzelnen Gastfreunden zugefügt wurden, durch freiwillige Anklagen verfolgt haben; für um so schimpflicher hielt ich es, die Rechte staatlicher Schutzherrschaft zu mißachten. (6) Wenn ich außerdem daran dachte, welch große Gefahren ich bei der früheren Verteidigung für dieselben Baeticer auf mich genommen hatte,[22] so schien es mir, ich müsse das Verdienst der früheren Verpflichtung durch ein neues bestätigen. Es ist nämlich von der Natur so eingerichtet, daß man frühere Wohltaten auslöscht, wenn man sie nicht durch spätere kumuliert. Denn wenn man sich die Menschen auch noch so oft verpflichtet hat: sie erinnern sich, wenn man eine Bitte abschlägt, allein nur daran.

(7) Ich ließ mich auch davon leiten, daß Classicus[23] schon tot war und somit das entfiel, was bei derartigen Prozessen gewöhnlich das Unangenehmste ist, die Gefährdung eines Senators.[24] Ich sah also, daß ich für diese Prozeßvertretung genauso viel Dank erwarten würde, wie wenn er noch lebte, aber keinen Haß. (8) Kurz und gut,

tertio fungerer, faciliorem mihi excusationem fore, si quis incidisset, quem non deberem accusare. nam, cum est omnium officiorum finis aliquis, tum optime libertati venia obsequio praeparatur.

(9) Audisti consilii mei motus: superest alterutra ex parte iudicium tuum, in quo mihi aeque iucunda erit simplicitas dissentientis quam comprobantis auctoritas. vale.

V

C. Plinius [Baebio] Macro suo s.

(1) Pergratum est mihi, quod tam diligenter libros avunculi mei lectitas, ut habere omnes velis quaerasque, qui sint omnes. (2) fungar indicis partibus atque etiam, quo sint ordine scripti, notum tibi faciam; est enim haec quoque studiosis non iniucunda cognitio.

(3) ›DE IACULATIONE EQUESTRI UNUS‹; hunc, cum praefectus alae militaret, pari ingenio curaque composuit. ›DE VITA POMPONI SECUNDI DUO‹; a quo singulariter amatus hoc memoriae amici quasi debitum munus exsolvit. (4) ›BELLORUM GERMANIAE VIGINTI‹, quibus omnia, quae cum Germanis gessimus bella, collegit. incohavit, cum in Germania militaret, somnio monitus: adstitit ei quiescenti Drusi Neronis effigies, qui Germaniae latissime victor ibi perit; commendabat memoriam suam orabatque, ut se ab

ich rechnete mir aus, sollte ich diese Aufgabe jetzt zum drittenmal[25] übernehmen, dann würde mir eine Entschuldigung leichter sein, wenn ein Fall einträte, bei dem ich die Anklage nicht übernehmen dürfte; denn alle diese Verpflichtungen haben eine Grenze, und so wird die freie Entscheidung am besten durch vorhergehende Gefälligkeit vorbereitet.

(9) Du hast nun die Beweggründe für meinen Entschluß gehört; es bleibt noch Dein zustimmendes oder ablehnendes Urteil, wobei die Offenheit Deines Widerspruches ebenso angenehm sein wird wie das Gewicht Deiner Zustimmung. Lebe wohl!

5

C. Plinius grüßt seinen Baebius Macer[26]

(1) Es ist mir sehr angenehm, daß Du die Schriften meines Onkels so aufmerksam liest, daß Du sie alle haben möchtest und fragst, welche es alle sind. (2) Ich will die Rolle eines Bibliographen übernehmen und Dir sogar bekannt machen, in welcher Reihenfolge sie geschrieben sind; denn auch diese Kenntnis ist für literarisch interessierte Leser immer sehr erfreulich.

(3) »Das Speerwerfen vom Pferd aus« in einem Buch; dieses hat er mit ebenso viel Talent wie Sorgfalt verfaßt, als er eine Reiterabteilung führte.[27] »Das Leben des Pomponius Secundus«[28] in zwei Büchern; von diesem außerordentlich geschätzt, hat er die Bücher gleichsam als ein pflichtschuldiges Geschenk dem Andenken des Freundes gewidmet. (4) »Zwanzig Bücher über die Kriege mit den Germanen«[29]; hierin hat er alle Kriege, die wir mit den Germanen geführt haben, gesammelt. Er begann damit während seiner Militärzeit in Germanien, durch einen Traum gemahnt. Es erschien ihm während des Schlafes das Bild des Drusus Nero[30], der nach Unterwerfung weiter Teile Germaniens dort starb. Er empfahl ihm sein Anden-

iniuria oblivionis adsereret. (5) 'STUDIOSI TRES', in sex volumina propter amplitudinem divisi, quibus oratorem ab incunabulis instituit et perficit. 'DUBII SERMONIS OCTO' scripsit sub Nerone novissimis annis, cum omne studiorum genus paulo liberius et erectius periculosum servitus fecisset. (6) 'A FINE AUFIDI BASSI TRIGINTA UNUS'. 'NATURAE HISTORIARUM TRIGINTA SEPTEM', opus diffusum, eruditum nec minus varium quam ipsa natura.

(7) Miraris, quod tot volumina multaque in his tamen scrupulosa homo occupatus absolverit; magis miraberis, si scieris illum aliquamdiu causas actitasse, decessisse anno sexto et quinquagensimo, medium tempus distentum impeditumque qua officiis maximis qua amicitia principum egisse. (8) sed erat acre ingenium, incredibile studium, summa vigilantia.

Lucubrare Vulcanalibus incipiebat, non auspicandi causa, sed studendi, statim a nocte multa, hieme vero ab hora septima vel, cum tardissime, octava, saepe sexta. erat sane somni paratissimi, non numquam etiam inter ipsa studia instantis et deserentis. (9) ante lucem ibat ad Vespasianum imperatorem (nam ille quoque noctibus utebatur), inde ad delegatum sibi officium. reversus domum, quod reliquum temporis, studiis reddebat. (10) post cibum saepe, quem interdiu levem et facilem veterum more sumebat, aestate, si quid otii, iacebat in sole, liber legebatur, adnotabat ex-

ken und bat, er möge seinen Namen vor unverdienter Vergessenheit schützen. (5) »Drei Bücher für den Studierenden der Beredsamkeit«, die wegen ihres Umfanges auf sechs Bände verteilt sind, worin er den Redner von den Anfängen an unterweist und zur Vollendung bringt. »Acht Bücher über den zweifelhaften Sprachgebrauch«.[31] Er schrieb diese unter Nero in den letzten Jahren, als die Unfreiheit jede etwas freiere und mutigere Art literarischer Tätigkeit gefährlich gemacht hätte. (6) »Vom Tod des Aufidius Bassus« in 31 Büchern.[32] »37 Bücher Naturgeschichte«,[33] ein umfassendes, gelehrtes Werk, nicht weniger mannigfaltig als die Natur selbst.

(7) Du wunderst Dich, daß ein so beschäftigter Mann so viele Bücher geschrieben hat, und in ihnen soviel Schwieriges? Du wirst Dich noch mehr wundern, wenn Du weißt, daß er eine Zeitlang Prozesse geführt hat, im sechsundfünfzigsten Lebensjahr gestorben ist und daß er in der dazwischenliegenden Zeit teils durch sehr wichtige Pflichten,[34] teils durch die Freundschaft der Kaiser[35] in Anspruch genommen und aufgehalten worden ist. (8) Aber er besaß einen scharfen Verstand, einen unglaublichen Fleiß und größte Wachsamkeit.

Am Vulkanfest[36] begann er bei Licht zu arbeiten, nicht wegen der guten Vorbedeutung, sondern wegen der literarischen Studien, und zwar noch mitten in der Nacht, im Winter um die siebente oder spätestens achte, oft auch um die sechste Stunde. Er konnte freilich jederzeit schlafen, bisweilen befiel ihn der Schlaf auch gerade bei seinen Studien und verließ ihn dann wieder. (9) Vor Tagesanbruch ging er zu Kaiser Vespasian – denn auch der arbeitete nachts –, von dort zu dem ihm aufgetragenen Amt. Dann kehrte er nach Hause zurück und widmete die übrige Zeit seinen Studien. (10) Nach dem Essen – er nahm tagsüber nach Art seiner Vorfahren eine leichte und einfache Speise zu sich – lag er im Sommer, wenn er Zeit hatte, oft in der Sonne, ließ sich ein Buch vorlesen, machte Notizen und

cerpebatque. nihil enim legit, quod non excerperet; dicere etiam solebat nullum esse librum tam malum, ut non aliqua parte prodesset. (11) post solem plerumque frigida lavabatur; deinde gustabat dormiebatque minimum; mox quasi alio die studebat in cenae tempus. super hanc liber legebatur, adnotabatur, et quidem cursim. (12) memini quendam ex amicis, cum lector quaedam perperam pronuntiasset, revocasse et repeti coegisse; huic avunculum meum dixisse: 'intellexeras nempe?' cum ille adnuisset, 'cur ergo revocabas? decem amplius versus hac tua interpellatione perdidimus.' tanta erat parsimonia temporis. (13) surgebat aestate a cena luce, hieme intra primam noctis et tamquam aliqua lege cogente.

(14) Haec inter medios labores urbisque fremitum. in secessu solum balinei tempus studiis eximebatur: cum dico balinei, de interioribus loquor; nam, dum destringitur tergiturque, audiebat aliquid aut dictabat. (15) in itinere quasi solutus ceteris curis huic uni vacabat: ad latus notarius cum libro et pugillaribus, cuius manus hieme manicis muniebantur, ut ne caeli quidem asperitas ullum studii tempus eriperet; qua ex causa Romae quoque sella vehebatur. (16) repeto me correptum ab eo, cur ambularem: 'poteras', inquit, 'has horas non perdere'; nam perire omne tempus arbitrabatur, quod studiis non impenderetur.

(17) Hac intentione tot ista volumina peregit electorumque commentarios centum sexaginta mihi reliquit, opistho-

exzerpierte. Denn er las nichts, ohne sich Auszüge zu machen; er pflegte nämlich zu sagen, kein Buch sei so schlecht, daß es nicht irgendwie nützen könne. (11) Nach dem Sonnen badete er meistens kalt, nahm dann einen Imbiß und schlief ein wenig; dann trieb er seine Studien bis zur Hauptmahlzeit, als ob ein neuer Tag begonnen hätte. Während der Mahlzeit ließ er ein Buch vorlesen und Notizen machen, und zwar kursorisch. (12) Ich erinnere mich, daß einer seiner Freunde, als ein Vorleser etwas falsch vortrug, ihn unterbrach und zu wiederholen zwang; da sagte mein Onkel zu ihm: »Du hattest es doch wohl verstanden?« Als er nickte, fragte er ihn: »Warum ließest du ihn dann wiederholen? Durch deine Unterbrechung haben wir mehr als zehn Zeilen verloren.« (13) So sparsam war er mit seiner Zeit. Im Sommer stand er noch bei Tageslicht vom Tisch auf, im Winter während der ersten Nachtstunde, als ob ihn ein Gesetz dazu zwänge.

(14) Das tat er inmitten seiner Arbeiten und des Lärms der Stadt. Während seines Landaufenthaltes wurde nur die Zeit des Bades von den Studien ausgenommen. Wenn ich sage »die Zeit des Bades«, spreche ich von den inneren Baderäumen;[37] denn während er sich frottieren und abtrocknen ließ, hörte er sich etwas an oder diktierte. (15) Auf Reisen, gleichsam frei von den übrigen Sorgen, hatte er nur für dies *eine* Zeit. An seiner Seite saß ein Schnellschreiber mit Buch und Schreibtafel, dessen Hände im Winter durch Handschuhe geschützt waren, damit die rauhe Witterung ihm keine Zeit für seine literarischen Arbeiten nehmen konnte; deshalb ließ er sich auch in Rom in einer Sänfte tragen. (16) Ich erinnere mich, daß er mich tadelte und fragte, warum ich zu Fuß ginge: »Du hättest diese Stunden nicht zu verlieren brauchen«; denn er hielt alle Zeit für verloren, die er nicht auf seine literarischen Studien verwendete.

(17) Durch solche Anstrengung hat er so viele Bücher vollendet und mir 160 Hefte mit Auszügen hinterlassen,

graphos quidem et minutissimis scriptos; qua ratione multiplicatur hic numerus. referebat ipse potuisse se, cum procuraret in Hispania, vendere hos commentarios Larcio Licino quadringentis milibus nummum, et tunc aliquanto pauciores erant.

(18) Nonne videtur tibi recordanti, quantum legerit, quantum scripserit, nec in officiis ullis nec in amicitia principis fuisse, rursus, cum audis, quid studiis laboris impenderit, nec scripsisse satis nec legisse? quid est enim, quod non aut illae occupationes impedire aut haec instantia non possit efficere? (19) itaque soleo ridere, cum me quidam studiosum vocant, qui, si comparer illi, sum desidiosissimus. ego autem tantum, quem partim publica, partim amicorum officia distringunt? quis ex istis, qui tota vita litteris adsident, collatus illi non quasi somno et inertiae deditus erubescat?

(20) Extendi epistulam, cum hoc solum, quod requirebas, scribere destinassem, quos libros reliquisset; confido tamen haec quoque tibi non minus grata quam ipsos libros futura, quae te non tantum ad legendos eos, verum etiam ad simile aliquid elaborandum possunt aemulationis stimulis excitare. vale.

und zwar auch auf der Rückseite[38] und mit sehr kleinen Buchstaben beschrieben; durch dieses Verfahren vervielfacht sich diese Zahl noch. Er selbst berichtete, als er Prokurator in Spanien war, hätte er diese Hefte dem Larcius Licinus[39] für 400000 Sesterze verkaufen können; und damals waren es noch viel weniger.

(18) Wenn Du überlegst, wieviel er gelesen, wieviel er geschrieben hat, hast Du da nicht den Eindruck, er habe weder irgendwelche Verpflichtungen erfüllt noch sei er mit dem Kaiser befreundet gewesen? Andererseits, wenn Du hörst, wieviel Mühe er auf seine Studien verwandt hat, kommt es Dir nicht so vor, er habe nicht genug geschrieben und gelesen? Denn was können jene Beschäftigungen nicht verhindern oder was könnte dieser Eifer nicht alles bewirken? (19) Deshalb muß ich immer lachen, wenn mich manche fleißig nennen, der ich im Vergleich zu ihm ein Faulpelz bin. Doch etwa nur ich, den teils öffentliche Pflichten, teils solche gegenüber den Freunden in Anspruch nehmen? Wer von denen, die ihr ganzes Leben hinter ihren Büchern sitzen, muß, mit ihm verglichen, nicht erröten, als ob er seine Zeit mit Schlafen und Nichtstun zugebracht hätte?

(20) Ich habe den Brief in die Länge gezogen, obwohl ich mir nur vorgenommen hatte, Deine Anfrage zu beantworten, nämlich welche Bücher er hinterlassen habe; ich bin jedoch überzeugt, daß auch dies Dir nicht weniger willkommen sein dürfte als die Bücher selbst; es kann Dich nicht nur zur Lektüre dieser Bücher anspornen, sondern auch ein Ansporn zur Nacheiferung sein, der Dich antreibt, etwas Ähnliches vorzulegen. Lebe wohl!

VI

C. Plinius [Annio] Severo suo s.

(1) Ex hereditate, quae mihi obvenit, emi proxime Corinthium signum, modicum quidem, sed festivum et expressum, quantum ego sapio, qui fortasse in omni re, in hac certe perquam exiguum sapio: hoc tamen signum ego quoque intellego. (2) est enim nudum nec aut vitia, si qua sunt, celat aut laudes parum ostentat. effingit senem stantem; ossa, musculi, nervi, venae, rugae etiam ut spirantis apparent, rari et cedentes capilli, lata frons, contracta facies, exile collum, pendent lacerti, papillae iacent, venter recessit. (3) a tergo quoque eadem aetas ut a tergo. aes ipsum, quantum verus color indicat, vetus et antiquum. talia denique omnia, ut possint artificum oculos tenere, delectare imperitorum.

(4) Quod me quamquam tirunculum sollicitavit ad emendum. emi autem, non ut haberem domi (neque enim ullum adhuc Corinthium domi habeo), verum ut in patria nostra celebri loco ponerem, ac potissimum in Iovis templo: (5) videtur enim dignum templo, dignum deo donum. Tu ergo, ut soles omnia, quae a me tibi iniunguntur, suscipe hanc curam et iam nunc iube basim fieri, ex quo voles marmore, quae nomen meum honoresque capiat, si hos quoque putabis addendos. (6) ego signum ipsum, ut pri-

6

C. Plinius grüßt seinen Annius Severus[40]

(1) Von der mir zugefallenen Erbschaft habe ich kürzlich eine korinthische[41] Statue erstanden, die zwar nicht besonders groß, aber doch gefällig und ausdrucksvoll ist, soviel ich davon verstehe, der ich vielleicht von jeder anderen Sache etwas verstehe, hiervon aber sicher nur sehr wenig. Doch diese Statue kann auch ich beurteilen. (2) Sie ist nämlich unbekleidet, und so verbirgt sie ihre Mängel nicht, sofern sie welche besitzt, noch zeigt sie ihre Vorzüge zu wenig. Sie stellt einen stehenden alten Mann dar; Knochen, Muskeln, Sehnen, Adern und auch Runzeln erscheinen wie bei einem Lebenden; das Haar ist dünn und zurückweichend, die Stirn breit, das Gesicht eingeschrumpft, der Hals dünn; die Arme hängen herab, die Brust ist schlaff, der Bauch ist eingefallen. (3) Auch im Rücken dieselben Merkmale des Alters, soweit man das von hinten erkennen kann. Die Bronze selbst ist, wie die echte Farbe zeigt, alt und antik; alles ist schließlich derart, daß es die Augen eines Künstlers fesseln, die eines Laien erfreuen kann.

(4) Das hat auch mich, obwohl ich ein Anfänger bin, zum Kauf verleitet. Ich habe sie aber nicht gekauft, um sie in meinem Hause zu behalten – bisher habe ich nämlich zu Hause noch kein korinthisches Kunstwerk –, sondern um sie in meiner Heimatstadt an einem öffentlichen Platz aufzustellen, und zwar am liebsten im Iuppitertempel. (5) Sie scheint mir nämlich ein Geschenk zu sein, das eines Tempels und eines Gottes würdig ist.

Übernimm Du also, wie gewöhnlich alles, was ich Dir auftrage, auch diese Mühe, und laß schon jetzt einen Sockel aus Marmor nach Deinem Geschmack herstellen, der meinen Namen und meine Ehrenämter tragen soll, wenn Du glaubst, auch diese müßten hinzugefügt werden. (6) Die Statue selbst werde ich Dir schicken, sobald ich je-

mum invenero aliquem, qui non gravetur, mittam tibi vel ipse, quod mavis, adferam mecum. destino enim, si tamen officii ratio permiserit, excurrere isto. (7) gaudes, quod me venturum esse polliceor, sed contrahes frontem, cum adiecero 'ad paucos dies': neque enim diutius abesse me eadem haec quae nondum exire patiuntur. vale.

VII

C. Plinius Caninio [Rufo] suo s.

(1) Modo nuntiatus est Silius Italicus in Neapolitano suo inedia finisse vitam. causa mortis valetudo. (2) erat illi natus insanabilis clavus, cuius taedio ad mortem inrevocabili constantia decucurrit, usque ad supremum diem beatus et felix, nisi quod minorem ex liberis duobus amisit; sed maiorem melioremque florentem atque etiam consularem reliquit. (3) laeserat famam suam sub Nerone (credebatur sponte accusasse), sed in Vitelli amicitia sapienter se et comiter gesserat, ex proconsulatu Asiae gloriam reportaverat, maculam veteris industriae laudabili otio abluerat. (4) fuit inter principes civitatis sine potentia, sine invidia: salutabatur, colebatur multumque in lectulo iacens, cubiculo semper non ex fortuna frequenti, doctissimis sermonibus dies transigebat, cum a scribendo vacaret. (5) scribebat carmina maiore cura quam ingenio, non numquam iu-

manden gefunden habe, dem es nicht lästig ist, oder ich werde sie persönlich überbringen, was Du ja lieber willst. Ich habe nämlich vor, einen Ausflug dorthin zu machen, wenn es meine Amtsgeschäfte zulassen. (7) Du freust Dich, weil ich zu kommen verspreche, aber Du wirst die Stirn in Falten ziehen, wenn ich hinzufüge: »für wenige Tage«. Denn dieselben Gründe, die keine längere Abwesenheit zulassen, erlauben mir jetzt noch nicht die Abreise. Lebe wohl!

7

C. Plinius grüßt seinen Caninius Rufus[42]

(1) Gerade eben meldete man mir, Silius Italicus[43] habe auf seinem Landgut bei Neapel seinem Leben durch Hungern ein Ende gemacht. Die Todesursache war eine Krankheit. (2) Es hatte sich bei ihm ein unheilbares Geschwür gebildet; aus Ekel davor ging er mit unerschütterlicher Standhaftigkeit dem Tode entgegen, vollkommen glücklich bis zu seinem letzten Tag, nur daß er den jüngeren seiner beiden Söhne verlor; den älteren und besser veranlagten jedoch ließ er in glänzenden Verhältnissen und sogar als Konsular zurück. (3) Unter Nero hatte er seinem Ruf geschadet – man glaubte, er habe freiwillig Anklagen erhoben –, aber als Freund des Vitellius hatte er sich weise[44] und freundlich gezeigt, war aus seinem Prokonsulat in Asien mit Ruhm heimgekehrt und hatte den Makel seiner früheren Geschäftigkeit durch lobenswerte Zurückgezogenheit wiedergutgemacht. (4) Er lebte unter den führenden Männern des Staates ohne Macht und ohne Neid. Man machte ihm Morgenbesuche, verehrte ihn. Obwohl er häufig zu Bett lag und immer in seinem Zimmer war, wo man ihn – nicht seines Reichtums wegen – häufig besuchte, verbrachte er seine Tage in geistreichen Gesprächen, wenn er nicht schrieb. (5) Er schrieb Gedichte mehr

dicia hominum recitationibus experiebatur. (6) novissime ita suadentibus annis ab urbe secessit seque in Campania tenuit ac ne adventu quidem novi principis inde commotus est. (7) magna Caesaris laus, sub quo hoc liberum fuit, magna illius, qui hac libertate ausus est uti. erat φιλόκαλος usque ad emacitatis reprehensionem. (8) plures isdem in locis villas possidebat adamatisque novis priores neglegebat. multum ubique librorum, multum statuarum, multum imaginum, quas non habebat modo, verum etiam venerabatur, Vergili ante omnes, cuius natalem religiosius quam suum celebrabat, Neapoli maxime, ubi monimentum eius adire ut templum solebat.

(9) In hac tranquillitate annum quintum et septuagensimum excessit delicato magis corpore quam infirmo; utque novissimus a Nerone factus est consul, ita postremus ex omnibus, quos Nero consules fecerat, decessit. (10) illud etiam notabile: ultimus ex Neronianis consularibus obiit, quo consule Nero perit.

Quod me recordantem fragilitatis humanae miseratio subit. (11) quid enim tam circumcisum, tam breve quam hominis vita longissima? an non videtur tibi Nero modo modo fuisse? cum interim ex his, qui sub illo gesserant consulatum, nemo iam superest. quamquam quid hoc miror? (12) nuper L. Piso, pater Pisonis illius, qui a Valerio Festo per summum facinus in Africa occisus est, dicere solebat neminem se videre in senatu, quem consul ipse sententiam rogavisset. (13) tam angustis terminis tantae

mit Sorgfalt als mit Talent; manchmal suchte er durch Rezitationen das Urteil der Leute zu erfahren. (6) Zuletzt zog er sich, wozu ihm die Jahre rieten, aus der Stadt zurück und lebte in Kampanien; und nicht einmal die Ankunft des neuen Kaisers[45] brachte ihn von dort weg. Ein großes Lob für den Kaiser, unter dem dies möglich war, ein großes Lob aber auch für den, der diese Freiheit zu nutzen wagte. Er war so sehr ein Freund alles Schönen, daß er sich den Vorwurf der Kaufsucht zuzog. (8) Er besaß mehrere Landhäuser in derselben Gegend, und wenn er an den neuen Geschmack gefunden hatte, vernachlässigte er die früheren. Überall gab es eine Menge Bücher, Statuen und Gemälde, die er nicht nur besaß, sondern auch verehrte, vor allem die des Vergil, dessen Geburtstag er gewissenhafter beging als seinen eigenen, besonders in Neapel, wo er dessen Grabmal wie einen Tempel zu besuchen pflegte.

(9) In dieser Ruhe überschritt er das 75. Lebensjahr, er hatte eher einen zartgliedrigen als schwächlichen Körper; und wie er der letzte von Nero ernannte Konsul war, so starb er auch als letzter von allen, die Nero zu Konsuln ernannt hatte. (10) Auch das ist bemerkenswert: als letzter von den neronischen Konsuln starb der, unter dessen Konsulat[46] Nero umkam.

Wenn ich daran denke, so überkommt mich Bedauern über die menschliche Hinfälligkeit. (11) Denn was ist so beschränkt und kurz wie ein Menschenleben, mag es noch so lang sein? Oder hast Du nicht den Eindruck, Nero habe eben noch gelebt? Dennoch ist inzwischen von denen, die unter ihm das Konsulat bekleidet haben, keiner mehr übrig. Und doch, was wundere ich mich darüber? (12) L. Piso, der Vater jenes Piso[47], der von Valerius Festus durch ein äußerst schändliches Verbrechen in Afrika ermordet wurde, pflegte neulich zu sagen, er sehe keinen mehr im Senat, den er als Konsul noch selbst um seine Meinung gefragt habe. (13) So eng sind die Grenzen, die selbst der

multitudinis vivacitas ipsa concluditur, ut mihi non venia solum dignae, verum etiam laude videantur illae regiae lacrimae. nam ferunt Xersen, cum immensum exercitum oculis obisset, inlacrimasse, quod tot milibus tam brevis immineret occasus.

(14) Sed tanto magis hoc, quidquid est temporis futtilis et caduci, si non datur factis (nam horum materia in aliena manu), certe studiis proferamus et, quatenus nobis denegatur diu vivere, relinquamus aliquid, quo nos vixisse testemur! (15) scio te stimulis non egere; me tamen tui caritas evocat, ut currentem quoque instigem, sicut tu soles me. ἀγαθὴ δ' ἔρις, cum invicem se mutuis exhortationibus amici ad amorem immortalitatis exacuunt. vale.

VIII

C. Plinius [Suetonio] Tranquillo suo s.

(1) Facis pro cetera reverentia, quam mihi praestas, quod tam sollicite petis, ut tribunatum, quem a Neratio Marcello, clarissimo viro, impetravi tibi, in Caesennium Silvanum, propinquum tuum, transferam. (2) mihi autem sicut iucundissimum ipsum te tribunum, ita non minus gratum alium per te videre. neque enim esse congruens arbitror, quem augere honoribus cupias, huic pietatis titulis invidere, qui sunt omnibus honoribus pulchriores. (3) video etiam, cum sit egregium et mereri beneficia et dare,

langen Lebensdauer einer so großen Menge gegeben sind,[48] daß mir die bekannten Tränen eines Königs nicht nur verzeihlich, sondern auch lobenswert erscheinen; denn als Xerxes sein riesiges Heer betrachtete,[49] soll er darüber geweint haben, daß von so vielen Tausend Menschen in so kurzer Zeit keiner mehr leben werde.

(14) Aber um so mehr wollen wir das, was von der nichtigen und flüchtigen Zeit noch übrigbleibt, wenn nicht durch Taten (– denn dazu liegt die Möglichkeit in fremder Hand –[50]), so doch wenigstens durch literarische Studien verlängern, und weil es uns doch verweigert wird, lange zu leben, wollen wir etwas hinterlassen, wodurch wir bezeugen können, daß wir gelebt haben. (15) Ich weiß, daß Du keines Ansporns bedarfst. Mich jedoch fordert meine Zuneigung zu Dir auf, Dich in Deinem Lauf noch anzutreiben, wie Du es gewöhnlich bei mir tust. Edel ist der Wettstreit,[51] wenn Freunde sich durch gegenseitige Ermahnungen dazu anspornen, nach Unsterblichkeit zu streben. Lebe wohl!

8

C. Plinius grüßt seinen Suetonius Tranquillus[52]

(1) Du handelst entsprechend Deiner sonstigen Achtung mir gegenüber, daß Du mich so dringend bittest, das Tribunat[53], das ich bei dem sehr angesehenen Neratius Marcellus[54] für Dich erreicht habe, auf Deinen Verwandten Caesennius Silvanus zu übertragen. (2) Wie es für mich aber eine große Freude wäre, Dich als Tribun zu sehen, so ist es mir nicht weniger willkommen, wenn ein anderer es durch Dich wird. Denn ich meine, daß es unpassend ist, jemandem, dem man zu höheren Ehren verhelfen will, den Titel eines besorgten Verwandten nicht zu gönnen, der schöner ist als alle Ehren. (3) Auch sehe ich, daß Du, da es gleich ruhmvoll ist, Wohltaten zu verdienen

utramque te laudem simul adsecuturum, si, quod ipse meruisti, alii tribuas. praeterea intellego mihi quoque gloriae fore, si ex hoc tuo facto non fuerit ignotum amicos meos non gerere tantum tribunatus posse, verum etiam dare.

(4) Quare ego vero honestissimae voluntati tuae pareo. neque enim adhuc nomen in numeros relatum est, ideoque liberum est nobis Silvanum in locum tuum subdere; cui cupio tam gratum esse munus tuum, quam tibi meum est. vale.

IX

C. Plinius [Cornelio] Miniciano suo s.

(1) Possum iam perscribere tibi, quantum in publica provinciae Baeticae causa laboris exhauserim. (2) nam fuit multiplex actaque est saepius cum magna varietate. unde varietas, unde plures actiones?

Caecilius Classicus, homo foedus et aperte malus, proconsulatum in ea non minus violenter quam sordide gesserat eodem anno quo in Africa Marius Priscus. (3) erat autem Priscus ex Baetica, ex Africa Classicus. inde dictum Baeticorum, ut plerumque dolor etiam venustos facit, non inlepidum ferebatur: 'dedi malum et accepi.' (4) sed Marium una civitas publice multique privati reum peregerunt, in Classicum tota provincia incubuit. (5) ille accusationem vel fortuita vel voluntaria morte praevertit. nam fuit mors eius infamis, ambigua tamen: ut enim credibile videbatur voluisse exire de vita, cum defendi non posset, ita mirum

und zu erweisen, zugleich doppeltes Lob erlangen wirst, wenn Du das, was Du selbst verdient hast, einem anderen zuteilst. Außerdem sehe ich ein, daß es auch für mich ruhmvoll ist, wenn durch Dein Verhalten bekannt wird, daß meine Freunde ein Tribunat nicht nur führen, sondern auch verleihen können.

(4) Daher komme ich Deinem aller Ehren werten Wunsch nach. Dein Name ist nämlich noch nicht in das Register eingetragen, und deshalb steht es mir frei, den Namen des Silvanus an Deine Stelle zu setzen; ich wünsche, daß ihm Deine Gefälligkeit ebenso angenehm ist wie Dir die meine. Lebe wohl!

9

C. Plinius grüßt seinen Cornelius Minicianus[55]

(1) Ich kann Dir jetzt ausführlich schreiben, wieviel Mühe ich auf den Staatsprozeß der Provinz Baetica[56] verwendet habe. (2) Denn er war kompliziert, und viele verschiedene Reden wurden gehalten. Woher diese Verschiedenheit? Woher diese mehrfachen Reden?

Caecilius Classicus[57], ein gemeiner Mensch und offenkundiger Bösewicht, hatte das Prokonsulat in dieser Provinz mit ebenso großer Grausamkeit wie Habgier geführt, in demselben Jahr, wie Marius Priscus[58] in Afrika. (3) Priscus aber stammte aus Baetica, Classicus aus Afrika. Daher erzählte man einen recht netten Ausspruch der Baeticer – wie ja meistens Verbitterung witzig macht –: »Ich habe einen Bösewicht gegeben und dafür einen bekommen.« (4) Aber gegen Marius führten nur eine einzige Stadt und viele Privatleute eine öffentliche Anklage durch, gegen Classicus ging eine ganze Provinz vor. (5) Er kam der Anklage durch einen zufälligen oder freiwilligen Tod zuvor. Denn sein Tod brachte ihn in Verruf, blieb aber umstritten. Wie es glaubhaft erschien, daß er aus dem Leben scheiden

pudorem damnationis morte fugisse, quem non puduisset damnanda committere.

(6) Nihilo minus Baetica etiam in defuncti accusatione perstabat. provisum hoc legibus, intermissum tamen et post longam intercapedinem tunc reductum. addiderunt Baetici, quod simul socios ministrosque Classici detulerunt nominatimque in eos inquisitionem postulaverunt.

(7) Aderam Baeticis mecumque Lucceius Albinus, vir in dicendo copiosus, ornatus; quem ego cum olim mutuo diligerem, ex hac officii societate amare ardentius coepi. (8) habet quidem gloria, in studiis praesertim, quiddam ἀκοινώνητον, nobis tamen nullum certamen, nulla contentio, cum uterque pari iugo non pro se, sed pro causa niteretur; cuius et magnitudo et utilitas visa est postulare, ne tantum oneris singulis actionibus subiremus. (9) verebamur, ne nos dies, ne vox, ne latera deficerent, si tot crimina, tot reos uno velut fasce complecteremur; deinde ne iudicum intentio multis nominibus multisque causis non lassaretur modo, verum etiam confunderetur; mox ne gratia singulorum collata atque permixta pro singulis quoque vires omnium acciperet; postremo ne potentissimi vilissimo quoque quasi piaculari dato alienis poenis elaberentur. (10) etenim tum maxime favor et ambitio dominatur, cum

wollte, weil er sich nicht verteidigen konnte, so schien es doch merkwürdig, daß er sich der Schande einer Verurteilung durch den Tod entzog, der sich nicht geschämt hatte, verurteilungswürdige Handlungen zu begehen.

(6) Nichtsdestoweniger bestand die Provinz Baetica auch auf der Anklage gegen den Verstorbenen.[59] Dieses Verfahren ist zwar durch Gesetz vorgesehen, es wurde aber nicht angewendet und erst jetzt nach langer Unterbrechung wieder eingeführt. Die Baeticer gingen noch einen Schritt weiter, indem sie zugleich die Genossen und Helfer des Classicus anzeigten und ausdrücklich eine gerichtliche Untersuchung gegen sie forderten.

(7) Ich vertrat die Baeticer und mit mir zusammen Lucceius Albinus,[60] ein wortgewandter, glänzender Redner; zwar achteten wir einander seit langem, aber aufgrund dieser gemeinsamen Tätigkeit begann ich, ihn noch mehr zu schätzen. (8) Der Ruhm ist zwar, zumal in der Wissenschaft, unteilbar; doch zwischen uns gab es keinen Streit und keine Eifersucht, da wir beide mit vereinten Kräften nicht jeder für sich, sondern für die Sache kämpften; ihre Wichtigkeit und ihr allgemeines Interesse schienen zu fordern, daß wir eine so schwierige Aufgabe nicht in einer einzigen Rede unternähmen. (9) Wir fürchteten, unsere Zeit, Stimme und Kräfte würden nicht ausreichen, wenn wir so viele Verbrechen und Angeklagte gleichsam zu einem Bündel zusammenfaßten;[61] es könnte ferner die Aufmerksamkeit der Richter durch die vielen Namen und Einzelfälle nicht nur ermüden, sondern auch abgelenkt werden; weiter könnte das Ansehen, das jeder einzelne genoß, zusammengenommen und miteinander vermengt auch den Kräften eines jeden einzelnen zugute kommen; schließlich befürchteten wir, die Mächtigsten könnten, wenn ganz unbedeutende Angeklagte sich gleichsam als Opfer anböten, mit der Bestrafung anderer davonkommen.[62] (10) Denn dann herrschen Begünstigung und Parteilichkeit am meisten, wenn sie sich unter dem Schein der

sub aliqua specie severitatis delitescere potest. (11) erat in consilio Sertorianum illud exemplum, qui robustissimum et infirmissimum militem iussit caudam equi – reliqua nosti. nam nos quoque tam numerosum agmen reorum ita demum videbamus posse superari, si per singulos carperetur.

(12) Placuit in primis ipsum Classicum ostendere nocentem: hic aptissimus ad socios eius et ministros transitus erat, quia socii ministrique probari nisi illo nocente non poterant. ex quibus duos statim Classico iunximus, Baebium Probum et Fabium Hispanum, utrumque gratia, Hispanum etiam facundia validum. et circa Classicum quidem brevis et expeditus labor. (13) sua manu reliquerat scriptum, quid ex quaque re, quid ex quaque causa accepisset; miserat etiam epistulas Romam ad amiculam quandam iactantes et gloriosas his quidem verbis: ‘io io, liber ad te venio; iam sestertium quadragiens redegi parte vendita Baeticorum.’

(14) Circa Hispanum et Probum multum sudoris. horum antequam crimina ingrederer, necessarium credidi elaborare, ut constaret ministerium crimen esse: quod nisi fecissem, frustra ministros probassem. (15) neque enim ita defendebantur, ut negarent, sed ut necessitati veniam precarentur: esse enim se provinciales et ad omne proconsulum imperium metu cogi. (16) solet dicere Claudius Restitutus, qui mihi respondit, vir exercitatus et vigilans et quamlibet subitis paratus, numquam sibi tantum caliginis, tantum perturbationis offusum, quam cum praerepta et

Strenge verbergen können. (11) Bei der Beratung hatten wir jenes Beispiel des Sertorius vor Augen, der einem sehr starken und einem sehr schwachen Soldaten befahl, den Schweif eines Pferdes – Du kennst ja den Rest der Geschichte.[63] Denn auch wir sahen ein, daß man mit einer so großen Schar von Angeklagten erst dann fertig werden könne, wenn wir jeden einzeln herausnähmen.

(12) Wir beschlossen, vor allem Classicus selbst als schuldig hinzustellen; so konnte man am besten zu seinen Genossen und Helfern übergehen, weil diese als Genossen und Helfer nur überführt werden konnten, wenn jener selbst schuldig war. Zwei von ihnen nahmen wir sofort zusammen mit Classicus vor, Baebius Probus und Fabius Hispanus, beide einflußreich durch ihr Ansehen, Hispanus noch durch seine Beredsamkeit. Mit Classicus hatten wir nur kurze und leichte Arbeit. (13) Er hatte ein eigenhändig verfaßtes Schriftstück hinterlassen, woraus hervorging, was er bei jeder Sache, bei jedem Prozeß erhalten hatte; er hatte auch einen prahlerischen und ruhmredigen Brief an seine Freundin nach Rom geschickt, in dem folgende Worte standen: »Hurra, hurra, ich komme schuldenfrei zu Dir;[64] ich habe durch den Verkauf von halb Baetica schon vier Millionen Sesterze eingenommen.«

(14) Mit Hispanus und Probus hatten wir viel Mühe. Bevor ich auf ihre Verbrechen einging, hielt ich es für nötig darzulegen, daß Beihilfe ein Verbrechen sei. Hätte ich das nicht getan, hätte ich sie vergeblich als Helfer zu überführen versucht. (15) Denn sie verteidigten sich nicht so, daß sie leugneten, sondern daß sie wegen ihrer Zwangslage um Nachsicht baten; sie seien nämlich Provinzbewohner und würden durch Einschüchterung gezwungen, jedem Befehl der Statthalter zu folgen. (16) Claudius Restitutus, mein Gegenanwalt, ein geübter und wachsamer Mann, auf jede unerwartete Situation gefaßt, pflegte zu sagen, niemals habe ihn soviel Dunkelheit, niemals soviel Verwirrung aus der Fassung gebracht wie damals, als er

extorta defensioni suae cerneret, in quibus omnem fiduciam reponebat. (17) consilii nostri exitus fuit: bona Classici, quae habuisset ante provinciam, placuit senatui a reliquis separari, illa filiae, haec spoliatis relinqui. additum est, ut pecuniae, quas creditoribus solverat, revocarentur. Hispanus et Probus in quinquennium relegati. adeo grave visum est, quod initio dubitabatur an omnino crimen esset.

(18) Post paucos dies Claudium Fuscum, Classici generum, et Stilonium Priscum, qui tribunus cohortis sub Classico fuerat, accusavimus dispari eventu: Prisco in biennium Italia interdictum, absolutus est Fuscus.

(19) Actione tertia commodissimum putavimus plures congregare, ne, si longius esset extracta cognitio, satietate et taedio quodam iustitia cognoscentium severitasque languesceret; alioqui supererant minores rei data opera hunc in locum reservati, excepta tamen Classici uxore, quae sicut implicita suspicionibus ita non satis convinci probationibus visa est. (20) nam Classici filia, quae et ipsa inter reos erat, ne suspicionibus quidem haerebat. itaque, cum ad nomen eius in extrema actione venissem (neque enim ut initio sic etiam in fine verendum erat, ne per hoc totius accusationis auctoritas minueretur), honestissimum credidi non premere immerentem, idque ipsum dixi et li-

sah, daß seiner Verteidigung alle Argumente, worauf er sein Vertrauen gesetzt habe, entzogen und entrissen worden seien. (17) Das Resultat unseres Vorgehens war folgendes: der Senat beschloß, daß das Vermögen des Classicus, das er vor seiner Tätigkeit in der Provinz besessen habe, von dem übrigen getrennt und seiner Tochter, das andere den Geschädigten überlassen werde. Man fügte noch hinzu, daß die Gelder, die er seinen Gläubigern gezahlt hatte, zurückgefordert werden sollten. Hispanus und Probus wurden für fünf Jahre verbannt; so schlimm erschien jetzt, woran man anfangs zweifelte, ob es überhaupt ein Verbrechen sei.

(18) Nach wenigen Tagen klagten wir Claudius Fuscus an, den Schwiegersohn des Classicus, und Stilonius Priscus, der unter Classicus Tribun einer Kohorte gewesen war, aber mit unterschiedlichem Erfolg: Priscus wurde für zwei Jahre aus Italien verbannt, Fuscus dagegen freigesprochen.

(19) Bei der dritten Verhandlung hielten wir es für das Zweckmäßigste, mehrere Fälle zusammenzunehmen, damit, wenn die Untersuchung sich zu lange hinziehe, nicht durch Übersättigung und einen gewissen Überdruß der Gerechtigkeitssinn und die Strenge der Richter nachließen; und überhaupt waren nur noch die unbedeutenderen Angeklagten übrig, die absichtlich für diesen Zeitpunkt aufgespart worden waren. Eine Ausnahme jedoch machte die Frau des Classicus, die zwar verdächtig war, aber offensichtlich nicht durch Beweise völlig überführt werden konnte. (20) Denn gegen die Tochter des Classicus, die selbst unter den Angeklagten war, lagen nicht einmal Verdachtsgründe vor. Als ich sie daher am Schluß der Verhandlung erwähnte – es war nämlich nicht wie am Anfang auch am Schluß zu befürchten, daß dadurch das Gewicht der ganzen Anklage vermindert werde –, hielt ich es für das Anständigste, eine Unschuldige nicht in Bedrängnis zu bringen, und ich sprach das auch offen und mehrfach

bere et varie. (21) nam modo legatos interrogabam, docuissentne me aliquid, quod re probari posse confiderent, modo consilium a senatu petebam, putaretne debere me, si quam haberem in dicendo facultatem, in iugulum innocentis quasi telum aliquod intendere; postremo totum locum hoc fine conclusi: 'dicet aliquis „iudicas ergo?"; ego vero non iudico, memini tamen me advocatum ex iudicibus datum.'

(22) Hic numerosissimae causae terminus fuit quibusdam absolutis, pluribus damnatis atque etiam relegatis, aliis in tempus, aliis in perpetuum. (23) eodem senatus consulto industria, fides, constantia nostra plenissimo testimonio comprobata est, dignum solumque par pretium tanti laboris. (24) concipere animo potes, quam simus fatigati, quibus totiens agendum, totiens altercandum, tam multi testes interrogandi, sublevandi, refutandi. (25) iam illa quam ardua, quam molesta, tot reorum amicis secreto rogantibus negare, adversantibus palam obsistere! referam unum aliquid ex iis, quae dixi. cum mihi quidam e iudicibus ipsis pro reo gratiosissimo reclamarent, 'non minus', inquam, 'hic innocens erit, si ego omnia dixero.' (26) coniectabis ex hoc, quantas contentiones, quantas etiam offensas subierimus, dumtaxat ad breve tempus; nam fides in praesentia eos, quibus resistit, offendit, deinde ab illis ipsis suspicitur laudaturque. non potui magis te in rem praesentem perducere.

(27) Dices: 'non fuit tanti; quid enim mihi cum tam longa epistula?' nolito ergo identidem quaerere, quid Romae geratur. et tamen memento non esse epistulam longam,

aus. (21) Denn einmal fragte ich die Gesandten, ob sie mir etwas mitgeteilt hätten, was nach ihrer Überzeugung durch Tatsachen bewiesen werden könne; bald fragte ich den Senat um Rat, ob er glaube, wenn ich einige Beredsamkeit besäße, daß ich diese wie ein Geschoß auf die Kehle der Unschuldigen richten dürfe; schließlich beschloß ich die ganze Stelle mit den Worten: »Vielleicht wird jemand sagen: Du machst dich also zum Richter? Ich bin kein Richter, doch weiß ich, daß ich aus den Reihen der Richter zum Anwalt berufen worden bin.«

(22) Das war das Ende eines Massenprozesses, in dem man einige freigesprochen, die Mehrzahl verurteilt oder sogar verbannt hatte, die einen auf Zeit, die anderen für immer. (23) In demselben Senatsbeschluß wurden unser Fleiß, unsere Gewissenhaftigkeit und Standhaftigkeit mit höchster Anerkennung bestätigt, eine Belohnung, die allein einer solchen Mühe wert und angemessen war. (24) Du kannst Dir vorstellen, wie erschöpft wir sind, die wir so oft reden, einen Wortwechsel führen, so viele Zeugen befragen, unterstützen und widerlegen mußten. (25) Und wie schwierig und unangenehm ist es dann, die geheimen Bitten der Freunde so vieler Angeklagter abzulehnen und ihrem offenen Widerstand sich entgegenzustellen! Ich will eines von dem berichten, was ich ihnen gesagt habe. Als mir einige Richter selbst zugunsten eines sehr einflußreichen Angeklagten laut widersprachen, sagte ich: »Dieser Mann wird nicht weniger unschuldig sein, wenn ich alles gesagt habe.« (26) Hieraus wirst Du schließen, welche Angriffe, auch welche Kränkungen wir erduldeten, wenigstens für kurze Zeit, denn Gewissenhaftigkeit beleidigt nur im Augenblick die, denen sie widersteht, dann aber wird sie gerade von diesen geachtet und gelobt. Anschaulicher konnte ich Dir die Sache nicht schildern.

(27) Du wirst sagen: »Soviel war die Sache nicht wert; denn was soll ich mit einem so langen Brief?« Frage also nicht immer wieder, was in Rom geschieht. Und bedenke

quae tot dies, tot cognitiones, tot denique reos causasque complexa sit. (28) quae omnia videor mihi non minus breviter quam diligenter persecutus. temere dixi ‘diligenter’: succurrit, quod praeterieram, et quidem sero; sed, quamquam praepostere, reddetur. facit hoc Homerus multique illius exemplo: est alioqui perdecorum, a me tamen non ideo fiet.

(29) E testibus quidam sive iratus, quod evocatus esset invitus, sive subornatus ab aliquo reorum, ut accusationem exarmaret, Norbanum Licinianum, legatum et inquisitorem, reum postulavit, tamquam in causa Castae (uxor haec Classici) praevaricaretur. (30) est lege cautum, ut reus ante peragatur, tunc de praevaricatore quaeratur, videlicet quia optime ex accusatione ipsa accusatoris fides aestimatur. (31) Norbano tamen non ordo legis, non legati nomen, non inquisitionis officium praesidio fuit: tanta conflagravit invidia homo alioqui flagitiosus et Domitiani temporibus usus, ut multi, electusque tunc a provincia ad inquirendum, non tamquam bonus et fidelis, sed tamquam Classici inimicus. erat ab illo relegatus. (32) dari sibi diem, edi crimina postulabat: neutrum impetravit, coactus est statim respondere. respondit, malum pravumque ingenium hominis facit ut dubitem, confidenter an constanter, certe paratissime. (33) obiecta sunt multa, quae magis quam praevaricatio nocuerunt; quin etiam duo consulares, Pomponius Rufus et Libo Frugi, laeserunt eum testimo-

doch, daß ein Brief nicht lang ist, der so viele Tage, so viele Untersuchungen und schließlich so viele Angeklagte und Fälle umfaßt. (28) Dies alles glaube ich ebenso kurz wie sorgfältig dargestellt zu haben. Unvorsichtig habe ich »sorgfältig« gesagt; es fällt mir etwas ein, was ich vergessen habe, zwar spät, aber wenn auch nachträglich, so will ich es Dir doch mitteilen. Homer macht es und viele andere nach seinem Beispiel;[65] überhaupt ist es sehr nett, wird aber nicht deshalb von mir verwendet.

(29) Einer der Zeugen, entweder erzürnt darüber, daß er gegen seinen Willen vorgeladen war, oder auch von einem der Angeklagten angestiftet, die Anklage zu entkräften, belangte den Norbanus Licinianus, einen Gesandten der Provinz und Untersuchungsrichter, gerichtlich, weil er im Fall der Casta, der Frau des Classicus, seine Pflicht verletzt habe.[66] (30) Es ist durch Gesetz bestimmt, daß man zuerst die Anklage durchführen, dann die Pflichtverletzung untersuchen soll, weil man natürlich aus der Anklage selbst die Zuverlässigkeit des Anklägers am besten beurteilen kann. (31) Den Norbanus jedoch schützte nicht die gesetzliche Bestimmung, nicht der Name eines Gesandten, nicht das Amt eines Anklägers; so sehr war der Mann verhaßt, der auch sonst Schande auf sich geladen hatte und die Zeit des Domitian, wie so viele Menschen, ausgenutzt hatte; damals hatte die Provinz ihn als Untersuchungsrichter gewählt, nicht weil er rechtschaffen und zuverlässig war, sondern als Feind des Classicus – er war nämlich von ihm verbannt worden. (32) Norbanus forderte, man solle ihm Aufschub gewähren und ihm die Anklagepunkte bekanntgeben; keines von beiden erreichte er; man zwang ihn, sich sofort zu verantworten. Er verteidigte sich, ob verwegen oder mutig, kann ich bei dem schlechten und verdorbenen Charakter des Mannes nicht sagen, sicherlich sehr schlagfertig. (33) Es wurde ihm vieles vorgeworfen, was ihm mehr schadete als die Pflichtverletzung; ja auch zwei Konsulare, Pomponius Rufus und Libo Frugi, sagten

nio, tamquam apud iudicem sub Domitiano Salvi Liberalis accusatoribus adfuisset. (34) damnatus et in insulam relegatus est. itaque, cum Castam accusarem, nihil magis pressi, quam quod accusator eius praevaricationis crimine corruisset. pressi tamen frustra; accidit enim res contraria et nova, ut accusatore praevaricationis damnato rea absolveretur.

(35) Quaeris, quid nos, dum haec aguntur? indicavimus senatui ex Norbano didicisse nos publicam causam rursusque debere ex integro discere, si ille praevaricator probaretur, atque ita, dum ille peragitur reus, sedimus. postea Norbanus omnibus diebus cognitionis interfuit eandemque usque ad extremum vel constantiam vel audaciam pertulit.

(36) Interrogo ipse me, an aliquid omiserim rursus, et rursus paene omisi. summo die Salvius Liberalis reliquos legatos graviter increpuit, tamquam non omnes, quos mandasset provincia, reos peregissent, atque, ut est vehemens et disertus, in discrimen adduxit. protexi viros optimos eosdemque gratissimos: mihi certe debere se praedicant, quod illum turbinem evaserint.

(37) Hic erit epistulae finis, re vera finis; litteram non addam, etiamsi adhuc aliquid praeterisse me sensero. vale.

zu seinen Ungunsten aus, daß er unter Domitian die Ankläger des Salvius Liberalis[67] vor Gericht unterstützt habe. (34) Er wurde verurteilt und auf eine Insel verbannt.[68] Als ich daher die Casta anklagte, habe ich auf nichts mehr gepocht, als daß ihr Ankläger wegen des Vorwurfs der Pflichtverletzung verurteilt worden sei; aber ich pochte vergebens darauf; denn es geschah etwas Widersinniges und Neues, daß der Ankläger wegen Pflichtverletzung verurteilt, die Angeklagte aber freigesprochen wurde.

(35) Du fragst, wie wir uns bei diesem Vorfall verhielten? Wir erklärten dem Senat, wir hätten uns von Norbanus in diesem Prozeß unterrichten lassen und müßten uns von neuem instruieren lassen, wenn jener der Pflichtverletzung überführt werde; und so blieben wir sitzen, während die Anklage durchgeführt wurde; später nahm Norbanus an allen Tagen an der gerichtlichen Untersuchung teil und zeigte bis zum Schluß die gleiche Selbstsicherheit oder Dreistigkeit.

(36) Ich frage mich selbst, ob ich wieder etwas ausgelassen habe, und beinahe hätte ich wieder etwas ausgelassen. Am letzten Tag fuhr Salvius Liberalis die übrigen Gesandten heftig an, weil sie angeblich nicht alle Angeklagten zur Verantwortung gezogen hätten, wie es die Provinz ihnen aufgetragen habe; und heftig und redegewandt, wie er ist, brachte er sie in Gefahr. Ich nahm diese sehr rechtschaffenen und auch dankbaren Leute in Schutz; sie erklärten offen, mir verdankten sie es, daß sie diesem Sturm entkommen seien.

(37) Dies wird das Ende des Briefes sein, wirklich das Ende; keinen Buchstaben will ich mehr hinzufügen, auch wenn ich merke, daß ich noch etwas ausgelassen habe. Lebe wohl!

X

C. Plinius [Vestricio] Spurinnae suo et Cottiae s.

(1) Composuisse me quaedam de filio vestro non dixi vobis, cum proxime apud vos fui, primum quia non ideo scripseram, ut dicerem, sed ut meo amori, meo dolori satisfacerem; deinde quia te, Spurinna, cum audisses recitasse me, ut mihi ipse dixisti, quid recitassem, simul audisse credebam. (2) praeterea veritus sum, ne vos festis diebus confunderem, si in memoriam gravissimi luctus reduxissem.

Nunc quoque paulisper haesitavi, id solum, quod recitavi, mitterem exigentibus vobis an adicerem, quae in aliud volumen cogito reservare. (3) neque enim adfectibus meis uno libello carissimam mihi et sanctissimam memoriam prosequi satis est, cuius famae latius consuletur, si dispensata et digesta fuerit. (4) verum haesitanti mihi, omnia, quae iam composui, vobis exhiberem an adhuc aliqua differrem, simplicius et amicius visum est omnia, praecipue cum adfirmetis intra vos futura, donec placeat emittere.

(5) Quod superest, rogo, ut pari simplicitate, si qua existimabitis addenda, commutanda, omittenda, indicetis mihi. (6) difficile est huc usque intendere animum in dolore; difficile, sed tamen, ut scalptorem, ut pictorem, qui filii vestri imaginem faceret, admoneretis, quid exprimere quid emendare deberet, ita me quoque formate, regite, qui non

10

C. Plinius grüßt seinen Vestricius Spurinna und seine Cottia[69]

(1) Als ich kürzlich bei Euch war, habe ich Euch nichts davon gesagt, daß ich etwas über Euren Sohn geschrieben habe, einmal, weil ich es nicht deshalb geschrieben habe, um es Euch zu sagen, sondern um meine Liebe und meinen Schmerz zu rechtfertigen; dann, weil Du, Spurinna, wie Du mir selbst sagtest, gehört hattest, ich hätte etwas vorgetragen, und ich daher glaubte, daß Du auch zugleich das Thema gehört hättest. (2) Außerdem fürchtete ich, Eure Festtage zu stören, wenn ich das Andenken an den so schweren Verlust wieder erneuert hätte.

Auch jetzt war ich noch eine Weile unschlüssig, ob ich auf Euren Wunsch hin nur das schicken sollte, was ich vorgetragen habe, oder ob ich noch das hinzufügen sollte, was ich für ein anderes Buch aufzusparen gedenke. (3) Denn meinen Gefühlen genügt es nicht, das mir so teure und heilige Andenken nur in einer einzigen kleinen Schrift zu schildern; für die Verbreitung seines Ruhms wird es günstiger sein, wenn dieser auf mehrere Schriften verteilt wird. (4) Aber während ich noch unschlüssig war, ob ich Euch alles, was ich schon verfaßt habe, schicken oder noch einiges zurückbehalten solle, schien es mir doch ehrlicher und freundschaftlicher, alles zu schicken, vor allem, da Ihr versichertet, alles werde unter Euch bleiben, bis ich mich zur Herausgabe entschlösse.

(5) Es bleibt nur noch, Euch zu bitten, mir mit gleicher Aufrichtigkeit mitzuteilen, ob etwas nach Eurer Meinung hinzugefügt, verändert oder weggelassen werden soll. (6) Bei diesem Schmerz ist es schwierig, jetzt seine Gedanken darauf zu richten; sicherlich schwierig, aber wie Ihr doch einem Bildhauer, oder einem Maler, der ein Bild Eures Sohnes schaffen soll, daran erinnern würdet, was er ausdrücken, was er verbessern müßte, so leitet und lenkt

fragilem et caducam, sed immortalem, ut vos putatis, effigiem conor efficere: quae hoc diuturnior erit, quo verior, melior, absolutior fuerit. valete.

XI

C. Plinius [Iulio] Genitori suo s.

(1) Est omnino Artemidori nostri tam benigna natura, ut officia amicorum in maius extollat. inde etiam meum meritum ut vera ita supra meritum praedicatione circumfert.

(2) Equidem, cum essent philosophi ab urbe summoti, fui apud illum in suburbano et, quo notabilius, hoc est periculosius, esset, fui praetor. pecuniam etiam, qua tunc illi ampliore opus erat, ut aes alienum exsolveret contractum ex pulcherrimis causis, mussantibus magnis quibusdam et locupletibus amicis mutuatus ipse gratuitam dedi. (3) atque haec feci, cum septem amicis meis aut occisis aut relegatis, occisis Senecione, Rustico, Helvidio, relegatis Maurico, Gratilla, Arria, Fannia, tot circa me iactis fulminibus quasi ambustus mihi quoque impendere idem exitium certis quisbusdam notis augurarer.

(4) Non ideo tamen eximiam gloriam meruisse me, ut ille praedicat, credo, sed tantum effugisse flagitium. (5) nam et C. Musonium, socerum eius, quantum licitum est per aetatem, cum admiratione dilexi et Artemidorum ipsum iam

mich, der ich versuche, kein zerbrechliches und vergängliches, sondern, wie Ihr glaubt, ein unsterbliches Bild zu schaffen; dies wird um so länger dauern, je wahrheitsgetreuer, besser und vollendeter es sein wird. Lebt wohl!

11

C. Plinius grüßt seinen Iulius Genitor[70]

(1) Unser Artemidor[71] besitzt ein so gutes Herz, daß er die von seinen Freunden erwiesenen Dienste allzusehr in den Himmel hebt. Daher rühmt er auch mein Verdienst zwar der Wahrheit gemäß, aber doch weit über mein Verdienst.

(2) Als die Philosophen aus der Stadt verwiesen worden waren,[72] befand ich mich bei ihm auf seinem Landgut in der Nähe der Stadt, und zwar, wodurch die Sache noch bemerkenswerter, d. h. gefährlicher, wurde, ich war gerade Prätor. Er brauchte damals auch eine größere Geldsumme, um seine Schulden zu bezahlen, die er aus durchaus ehrbaren Gründen aufgenommen hatte. Während manche seiner mächtigen und reichen Freunde zögerten, borgte ich mir selbst Geld und gab es ihm zinslos. (3) Und ich tat das, obwohl sieben meiner Freunde entweder hingerichtet oder verbannt worden waren, Senecio,[73] Rusticus und Helvidius hingerichtet, Mauricus, Gratilla, Arria und Fannia[74] verbannt worden waren, obwohl so viele Blitze neben mir eingeschlagen hatten und ich, gleichsam schon angesengt, aus manchen sicheren Anzeichen vermuten konnte, daß mir dasselbe Verderben bevorstehe.

(4) Doch glaube ich nicht, deshalb einen so außerordentlichen Ruhm verdient zu haben, wie er erklärt, sondern nur einem schändlichen Verhalten mich entzogen zu haben. (5) Denn auch seinen Schwiegervater C. Musonius[75] habe ich, soweit das bei dem Altersunterschied möglich war, bewundert und geschätzt. Und mit Artemidorus

tum, cum in Syria tribunus militarem, arta familiaritate complexus sum, idque primum non nullius indolis dedi specimen, quod virum aut sapientem aut proximum simillimumque sapienti intellegere sum visus. (6) nam ex omnibus, qui nunc se philosophos vocant, vix unum aut alterum invenies tanta sinceritate, tanta veritate. mitto, qua patientia corporis hiemes iuxta et aestates ferat, ut nullis laboribus cedat, ut nihil in cibo, in potu voluptatibus tribuat, ut oculos animumque contineat. (7) sunt haec magna, sed in alio; in hoc vero minima, si ceteris virtutibus comparentur, quibus meruit, ut a C. Musonio ex omnibus omnium ordinum adsectatoribus gener adsumeretur.

(8) Quae mihi recordanti est quidem iucundum, quod me cum apud alios tum apud te tantis laudibus cumulat, vereor tamen, ne modum excedat, quem benignitas eius (illuc enim, unde coepi, revertor) solet non tenere. (9) nam in hoc uno interdum vir alioqui prudentissimus honesto quidem, sed tamen errore versatur, quod pluris amicos suos, quam sunt, arbitratur. vale.

XII

C. Plinius Catilio [Severo] suo s.

(1) Veniam ad cenam, sed iam nunc paciscor, sit expedita, sit parca, Socraticis tantum sermonibus abundet, in his

selbst war ich schon damals, als ich als Militärtribun in Syrien diente,[76] in enger Freundschaft verbunden; und damit habe ich ein erstes Anzeichen gegeben, daß ich doch einige gute Anlagen besitze, weil ich offenbar merkte, daß der Mann ein Weiser war oder einem Weisen sehr nahe kam und sehr ähnlich war. (6) Denn von allen, die sich jetzt Philosophen nennen, wirst Du kaum den einen oder anderen finden, der eine solche Aufrichtigkeit und Wahrheitsliebe besitzt. Ich erwähne nicht, mit welcher körperlichen Ausdauer er gleichermaßen Kälte und Hitze erträgt, wie er keinen Strapazen ausweicht, wie er bei Speise und Trank keinen Wert auf Genüsse legt, daß er Augen und Sinne beherrscht. (7) Das sind glänzende Eigenschaften, aber nur für einen andern; bei ihm aber sehr unbedeutende, wenn man sie mit den übrigen Tugenden vergleicht, durch die er es verdient hat, von C. Musonius unter allen Bewerbern aus allen Ständen als Schwiegersohn ausgewählt zu werden.

(8) Wenn ich daran denke, ist es mir freilich angenehm, daß er mich bei anderen, besonders aber bei Dir, mit so großem Lob überhäuft; ich fürchte jedoch, daß er das rechte Maß überschreitet, das er in seiner Gutmütigkeit – ich kehre nämlich dorthin zurück, wo ich begonnen habe – nicht einzuhalten pflegt. (9) Denn in diesem einen Punkt befindet sich der sonst äußerst kluge Mann bisweilen in einem zwar ehrenwerten Irrtum, aber dennoch in einem Irrtum, daß er seine Freunde höher einschätzt, als sie es verdienen. Lebe wohl!

12

C. Plinius grüßt seinen Catilius Severus[77]

(1) Ich werde zum Essen kommen, aber ich stelle schon jetzt die Bedingung, daß es leicht und einfach sei, nur an sokratischen Gesprächen[78] reich, aber auch das mit Ma-

quoque teneat modum. (2) erunt officia antelucana, in quae incidere impune ne Catoni quidem licuit, quem tamen C. Caesar ita reprehendit, ut laudet. (3) describit enim eos, quibus obvius fuerit, cum caput ebrii retexissent, erubuisse; deinde adicit: ‘putares non ab illis Catonem, sed illos a Catone deprehensos.’ potuitne plus auctoritatis tribui Catoni, quam si ebrius quoque tam venerabilis erat? (4) nostrae tamen cenae ut apparatus et impendii sic temporis modus constet. neque enim ii sumus, quos vituperare ne inimici quidem possint, nisi ut simul laudent. vale.

XIII

C. Plinius [Voconio] Romano suo s.

(1) Librum, quo nuper optimo principi consul gratias egi, misi exigenti tibi missurus, etsi non exegisses. (2) in hoc consideres velim ut pulchritudinem materiae ita difficultatem. in ceteris enim lectorem novitas ipsa intentum habet, in hac nota, vulgata, dicta sunt omnia; quo fit, ut quasi otiosus securusque lector tantum elocutioni vacet, in qua satisfacere difficilius est, cum sola aestimatur. (3) atque utinam ordo saltem et transitus et figurae simul spectarentur! nam invenire praeclare, enuntiare magnifice interdum etiam barbari solent, disponere apte, figurare varie nisi eruditis negatum est. (4) nec vero adfectanda sunt

ßen. (2) Es wird die offiziellen Morgenbesuche der Klienten geben, auf die nicht einmal Cato ungestraft stoßen durfte.[79] C. Caesar jedoch tadelt ihn so, daß er ihn eigentlich lobt.[80] (3) Denn er beschreibt, wie diejenigen, denen er begegnete, errötet seien, als sie dem Betrunkenen die Toga vom Kopf zogen;[81] dann fügt er noch hinzu: »Man hätte glauben können, nicht Cato sei von ihnen, sondern sie von Cato ertappt worden.« Könnte man Cato mehr Achtung erweisen, als daß er auch betrunken noch verehrungswürdig war? (4) Doch für unser Essen soll wie bei der Vorbereitung und dem Aufwand, so auch bei der Zeit ein bestimmtes Maß gelten. Denn wir sind doch nicht so, daß uns nicht einmal unsere Feinde tadeln können, ohne uns zugleich zu loben. Lebe wohl!

13

C. Plinius grüßt seinen Voconius Romanus[82]

(1) Die Rede, mit der ich neulich als Konsul unserem besten Kaiser Dank ausgesprochen habe,[83] schicke ich Dir auf Dein Verlangen hin; ich hätte sie Dir auch geschickt, wenn Du mich nicht darum gebeten hättest. (2) Beachte bitte ebenso die Schönheit des Themas wie die Schwierigkeit. Denn bei den übrigen Stoffen hält schon die Neuheit selbst den Leser in Spannung, bei diesem aber ist alles bekannt, verbreitet und schon gesagt; so geschieht es, daß der Leser, gleichsam unbeschäftigt und gleichgültig, seine Aufmerksamkeit nur auf den Stil richtet; den Leser hiermit zufriedenzustellen, ist ziemlich schwierig, wenn allein der Stil gewürdigt wird. (3) Und wenn man doch wenigstens noch auf Anordnung, Übergänge und zugleich auch Redefiguren sehen würde! Denn schöne Einfälle und prächtige Ausdrücke bringen bisweilen auch Ungebildete vor; geschickt einzuteilen und mannigfache Figuren anzuwenden, verstehen nur Gebildete. (4) Auch darf man nicht

semper elata et excelsa. nam, ut in pictura lumen non alia res magis quam umbra commendat, ita orationem tam summittere quam attollere decet.

(5) Sed quid ego haec doctissimo viro? quin potius illud: adnota, quae putaveris corrigenda! ita enim magis credam cetera tibi placere, si quaedam displicuisse cognovero. vale.

XIV

C. Plinius Acilio suo s.

(1) Rem atrocem nec tantum epistula dignam Larcius Macedo, vir praetorius, a servis suis passus est, superbus alioqui dominus et saevus, et qui servisse patrem suum parum, immo nimium meminisset.

(2) Lavabatur in villa Formiana: repente eum servi circumsistunt; alius fauces invadit, alius os verberat, alius pectus et ventrem atque etiam, foedum dictu, verenda contundit; et, cum exanimem putarent, abiciunt in fervens pavimentum, ut experirentur, an viveret. ille, sive quia non sentiebat, sive quia se non sentire simulabat, immobilis et extentus fidem peractae mortis implevit. tum demum quasi aestu solutus effertur: (3) excipiunt servi fideliores, concubinae cum ululatu et clamore concurrunt. ita et vocibus excitatus et recreatus loci frigore sublatis oculis agitatoque corpore vivere se (et iam tutum erat) confitetur. (4) diffu-

immer nach Hohem und Erhabenem suchen. Denn wie bei einem Gemälde nichts das Licht mehr hervortreten läßt als der Schatten, so gehört es sich, bei der Rede die Stimme ebenso zu senken wie zu heben.

(5) Aber warum sage ich das einem so gelehrten Mann? Lieber will ich das Folgende sagen: Schreibe auf, was nach Deiner Meinung verbessert werden soll. So nämlich werde ich Dir eher glauben, das übrige gefalle Dir, wenn ich weiß, daß Dir manches mißfällt. Lebe wohl!

14

C. Plinius grüßt seinen Acilius

(1) Eine grausame Behandlung, die nicht nur einen Brief verdiente, hat Larcius Macedo, ein Mann prätorischen Ranges, von seinen Sklaven erfahren; er war überhaupt ein hochmütiger und grausamer Herr, der sich zu wenig oder vielmehr zu sehr daran erinnerte, daß sein Vater ein Sklave gewesen war.

(2) Er badete gerade auf seinem Landgut bei Formiae[84]. Plötzlich umringten ihn seine Sklaven. Einer packte ihn an der Kehle, ein anderer schlug ihm ins Gesicht, ein dritter stieß ihn heftig auf Brust und Bauch und, scheußlich zu sagen, sogar auf die Schamteile; und als sie ihn für tot hielten, warfen sie ihn auf den heißen Fußboden,[85] um zu prüfen, ob er noch lebte. Er lag unbeweglich und ausgestreckt da und erweckte den sicheren Eindruck eines Toten, sei es, weil er nichts fühlte, sei es, weil er so tat. (3) Da erst wurde er hinausgetragen, so als sei er von der Hitze erstickt; die treueren Sklaven nahmen ihn auf, seine Konkubinen liefen unter Heulen und Schreien zusammen. So wurde er durch die Stimmen aufgeweckt, und durch die Kühle des Ortes erfrischt, schlug er die Augen auf, bewegte seinen Körper und gab dadurch zu erkennen – und zwar jetzt gefahrlos –, daß er noch lebte.

giunt servi; quorum magna pars comprehensa est, ceteri requiruntur. ipse paucis diebus aegre focilatus non sine ultionis solacio decessit, ita vivus vindicatus, ut occisi solent.

(5) Vides, quot periculis, quot contumeliis, quot ludibriis simus obnoxii; nec est, quod quisquam possit esse securus, quia sit remissus et mitis: non enim iudicio domini, sed scelere perimuntur.

(6) Verum haec hactenus. quid praeterea novi? quid? nihil; alioqui subiungerem: nam et charta adhuc superest, et dies feriatus patitur plura contexi. addam, quod opportune de eodem Macedone succurrit. cum in publico Romae lavaretur, notabilis atque etiam, ut exitus docuit, ominosa res accidit. (7) eques Romanus a servo eius, ut transitum daret, manu leviter admonitus convertit se, nec servum, a quo erat tactus, sed ipsum Macedonem tam graviter palma percussit, ut paene concideret. (8) ita balineum illi quasi per gradus quosdam primum contumeliae locus, deinde exitii fuit. vale.

XV

C. Plinius [Silio] Proculo suo s.

(1) Petis, ut libellos tuos in secessu legam, examinem, an editione sint digni; adhibes preces, adlegas exemplum: ro-

(4) Die Sklaven flohen in alle Richtungen; ein großer Teil von ihnen wurde ergriffen, die übrigen wurden gesucht. Er selbst wurde für wenige Tage mit Mühe ins Leben zurückgerufen und starb dann nicht ohne den Trost der Rache, da er noch lebend so gerächt wurde wie sonst nur Ermordete.

(5) Du siehst, wie vielen Gefahren, wie vielen Beschimpfungen, wie vielen Verspottungen wir ausgesetzt sind; und es gibt keinen Grund, daß jemand sicher sein kann, weil er ein nachsichtiger und milder Herr ist; denn nicht aufgrund einer Überlegung werden Herren umgebracht, sondern aus Bosheit.

(6) Aber genug davon. Was gibt es außerdem Neues? Was? Nichts, sonst würde ich es hinzufügen; denn ich habe noch Papier übrig, und der Feiertag läßt es zu, noch mehr anzufügen. Ich will berichten, was mir noch rechtzeitig von demselben Macedo einfällt. Als er sich in einem öffentlichen Bad in Rom befand, passierte ihm eine bemerkenswerte und, wie der Ausgang gezeigt hat, auch eine unheilvolle Sache. (7) Ein Sklave des Macedo gab einem römischen Ritter durch eine leichte Bewegung mit der Hand zu verstehen, daß er Platz machen solle; dieser wandte sich um und schlug nicht den Sklaven, der ihn berührt hatte, sondern den Macedo selbst mit der flachen Hand so heftig, daß dieser beinahe hinfiel. (8) So wurde das Bad für ihn gleichsam schrittweise zuerst der Ort der Beschimpfung, dann des Todes. Lebe wohl!

15

C. Plinius grüßt seinen Silius Proculus[86]

(1) Du bittest mich, Deine Bücher in der Abgeschiedenheit meines Landgutes zu lesen und zu prüfen, ob sie für eine Publikation geeignet sind; Du fügst Bitten hinzu, Du führst ein Beispiel an. Du bittest mich nämlich, etwas von

gas enim, ut aliquid subsicivi temporis studiis meis subtraham, impertiam tuis, adicis M. Tullium mira benignitate poetarum ingenia fovisse.

(2) Sed ego nec rogandus sum nec hortandus; nam et poeticen ipsam religiosissime veneror et te valdissime diligo. faciam ergo, quod desideras, tam diligenter quam libenter. (3) videor autem iam nunc posse rescribere esse opus pulchrum nec supprimendum, quantum aestimare licuit ex his, quae me praesente recitasti, si modo mihi non imposuit recitatio tua: legis enim suavissime et peritissime. confido tamen me non sic auribus duci, ut omnes aculei iudicii mei illarum delenimentis refringantur; (4) hebetentur fortasse et paulum retundantur, evelli quidem extorquerique non possunt.

(5) Igitur non temere iam nunc de universitate pronuntio, de partibus experiar legendo. vale.

XVI

C. Plinius Nepoti suo s.

(1) Adnotasse videor facta dictaque virorum feminarumque alia clariora esse, alia maiora. (2) confirmata est opinio mea hesterno Fanniae sermone. neptis haec Arriae illius, quae marito et solacium mortis et exemplum fuit. multa referebat aviae suae non minora hoc, sed obscuriora; quae tibi existimo tam mirabilia legenti fore, quam mihi audienti fuerunt.

meiner freien Zeit meinen Studien zu entziehen und für Deine zu verwenden; Du fügst auch hinzu, M. Tullius [Cicero] habe mit außerordentlichem Wohlwollen dichterische Talente gefördert.

(2) Aber mich braucht man weder zu bitten noch zu mahnen; denn ich verehre gerade die Dichtkunst von ganzem Herzen, und Dich schätze ich sehr. Ich will also Deinem Wunsch nachkommen, und zwar ebenso sorgfältig wie gern. (3) Ich glaube aber, schon jetzt schreiben zu können, daß es ein schönes Werk ist und es nicht zurückgehalten werden darf, soviel ich das aus dem beurteilen kann, was Du in meiner Gegenwart vorgetragen hast, sofern mich Dein Vortrag nicht getäuscht hat; denn Du liest sehr anmutig und gewandt vor. Doch glaube ich nicht, daß meine Ohren mich so verführen, daß ihre Schmeicheleien mir die ganze Schärfe meines Urteils nehmen. (4) Sie mag vielleicht stumpf und ein wenig abgeschwächt werden, aber völlig genommen werden kann sie mir nicht.

(5) Also nicht aufs Geratewohl spreche ich schon jetzt über das Ganze, die einzelnen Teile werde ich durch die Lektüre prüfen. Lebe wohl!

16

C. Plinius grüßt seinen Nepos[87]

(1) Ich habe wohl die Bemerkung gemacht, von den Taten und Worten der Männer und Frauen seien einige berühmter, andere großartiger. (2) In dieser Meinung wurde ich gestern durch ein Gespräch mit Fannia bestärkt. Sie ist die Enkelin jener berühmten Arria[88], die ihrem Mann Trost und Beispiel im Sterben war. Sie erzählte mir noch vieles von ihrer Großmutter, was ebenso bedeutend, aber weniger bekannt ist als dieses; Du wirst es wohl ebenso bewundern, wenn Du es liest, wie ich, als ich davon hörte.

(3) Aegrotabat Caecina Paetus, maritus eius, aegrotabat et filius, uterque mortifere, ut videbatur. filius decessit eximia pulchritudine, pari verecundia, et parentibus non minus ob alia carus, quam quod filius erat. (4) huic illa ita funus paravit, ita duxit exsequias, ut ignoraret maritus; quin immo, quotiens cubiculum eius intraret, vivere filium atque etiam commodiorem esse simulabat ac persaepe interroganti, quid ageret puer, respondebat: 'bene quievit, libenter cibum sumpsit.' (5) deinde, cum diu cohibitae lacrimae vincerent prorumperentque, egrediebatur: tunc se dolori dabat; satiata siccis oculis, composito vultu redibat, tamquam orbitatem foris reliquisset. (6) praeclarum quidem illud eiusdem, ferrum stringere, perfodere pectus, extrahere pugionem, porrigere marito, addere vocem immortalem ac paene divinam: 'Paete, non dolet.' sed tamen ista facienti, ista dicenti gloria et aeternitas ante oculos erant; quo maius est sine praemio aeternitatis, sine praemio gloriae abdere lacrimas, operire luctum amissoque filio matrem adhuc agere.

(7) Scribonianus arma in Illyrico contra Claudium moverat; fuerat Paetus in partibus et occiso Scriboniano Romam trahebatur. (8) erat ascensurus navem; Arria milites orabat, ut simul imponeretur. 'nempe enim', inquit, 'daturi estis consulari viro servulos aliquos, quorum e manu cibum capiat, a quibus vestiatur, a quibus calcietur; omnia

(3) Ihr Mann, Caecina Paetus, und ihr Sohn waren krank, beide, wie es schien, lebensgefährlich. Der Sohn starb; er war ein Mensch von außergewöhnlicher Schönheit und ebensolchem Ehrgefühl, seinen Eltern wegen seiner anderen Eigenschaften nicht weniger teuer, als weil er ihr Sohn war. (4) Sie besorgte für ihn die Bestattung und hielt das Leichenbegängnis so ab, daß ihr Mann nichts merkte; ja sooft sie sein Schlafzimmer betrat, tat sie so, als lebe der Sohn noch und es gehe ihm sogar besser; und sehr oft antwortete sie, wenn er sich nach dem Befinden des Jungen erkundigte: »Er hat gut geschlafen, er hat mit großem Appetit gegessen.« (5) Wenn dann die lange zurückgehaltenen Tränen die Oberhand gewannen und hervorstürzten, ging sie hinaus; erst dann überließ sie sich ihrem Schmerz; hatte sie sich ausgeweint, trocknete sie die Augen und kehrte mit gefaßter Miene zurück, als ob sie ihren Verlust draußen zurückgelassen hätte. (6) Großartig ist gewiß die Tat derselben Frau, wie sie den Dolch zog, ihn in die Brust stieß, ihn wieder herauszog, ihrem Mann reichte und die unsterblichen, beinahe göttlichen Worte hinzufügte: »Paetus, es tut nicht weh.« Aber als sie das tat und sagte, hatte sie Ruhm und Unsterblichkeit vor Augen; um so größer ist es, ohne den Lohn der Unsterblichkeit, ohne den Preis des Ruhmes, die Tränen zu verbergen, die Trauer zu verheimlichen und nach Verlust des Sohnes noch die Mutter zu spielen.

(7) Scribonianus[89] hatte in Illyrien die Waffen gegen Claudius erhoben; Paetus hatte auf seiner Seite gestanden und wurde nach der Ermordung des Scribonianus nach Rom geschleppt. (8) Er wollte gerade das Schiff besteigen; da bat Arria die Soldaten, sie mit an Bord zu nehmen. »Ihr werdet doch wohl«, sagte sie, »einem Konsular einige Sklaven mitgeben, aus deren Hand er das Essen bekommt, die ihm die Kleider und Schuhe anziehen; all dies will ich allein besorgen.«

sola praestabo.' (9) non impetravit: conduxit piscatoriam nauculam ingensque navigium minimo secuta est.

Eadem apud Claudium uxori Scriboniani, cum illa profiteretur indicium, 'ego', inquit, 'te audiam, cuius in gremio Scribonianus occisus est, et vivis?' ex quo manifestum est ei consilium pulcherrimae mortis non subitum fuisse. (10) quin etiam, cum Thrasea, gener eius, deprecaretur, ne mori pergeret, interque alia dixisset: 'vis ergo filiam tuam, si mihi pereundum fuerit, mori mecum?', respondit: 'si tam diu tantaque concordia vixerit tecum, quam ego cum Paeto, volo.' (11) auxerat hoc responso curam suorum, attentius custodiebatur: sensit et 'nihil agitis' inquit; 'potestis enim efficere, ut male moriar; ut non moriar, non potestis.' (12) dum haec dicit, exsiluit cathedra adversoque parieti caput ingenti impetu impegit et corruit. focilata 'dixeram' inquit 'vobis inventuram me quamlibet duram ad mortem viam, si vos facilem negassetis.'

(13) Videnturne haec tibi maiora illo 'Paete, non dolet', ad quod per haec perventum est? cum interim illud quidem ingens fama, haec nulla circumfert. unde colligitur, quod initio dixi, alia esse clariora, alia maiora. vale.

(9) Sie erreichte nichts; sie mietete ein kleines Fischerboot und folgte mit diesem winzigen Fahrzeug dem großen Schiff. Sie sagte zu der Frau des Scribonianus, als diese vor Claudius ein Geständnis ablegen wollte: »Dich soll ich anhören, in deren Armen Scribonianus ermordet worden ist, und du lebst?« Hieraus geht hervor, daß für sie der Entschluß zu ihrem schönen Tod nicht plötzlich kam. (10) Ja, als ihr Schwiegersohn Thrasea[90] sie beschwor, nicht auf ihrem Tod zu beharren, und unter anderem auch sagte: »Wenn ich sterben müßte, willst du dann, daß deine Tochter mit mir zusammen stirbt?«, da antwortete sie: »Wenn sie so lange und in solcher Eintracht mit dir gelebt hätte, wie ich mit Paetus, dann möchte ich es.« (11) Durch diese Antwort hatte sie die Besorgnis der Ihren noch vermehrt; man bewachte sie aufmerksamer; sie merkte es und sagte: »Ihr erreicht nichts; ihr könnt nämlich meinen Tod erschweren, verhindern aber könnt ihr ihn nicht.« (12) Mit diesen Worten sprang sie aus ihrem Sessel, stieß ihren Kopf mit großer Wucht an die gegenüberliegende Wand und brach zusammen. Als sie wieder zu Bewußtsein gekommen war, sagte sie: »Ich hatte euch gesagt, daß ich schon einen Weg zum Tode finden würde, und wenn er noch so schwer wäre, falls ihr mir einen leichten verweigern solltet.«

(13) Scheint Dir dieses nicht großartiger als jener Ausspruch »Paetus, es tut nicht weh«, der durch solche Ereignisse erst verbreitet wurde? Doch inzwischen ist jener Ausspruch in aller Munde, von diesem spricht niemand. Daraus folgt, was ich zu Anfang gesagt habe, daß einige Taten berühmter, andere großartiger seien. Lebe wohl!

XVII

C. Plinius [Iulio] Serviano suo s.

(1) Rectene omnia, quod iam pridem epistulae tuae cessant? an omnia recte, sed occupatus es tu? an tu non occupatus, sed occasio scribendi vel rara vel nulla? (2) exime hunc mihi scrupulum, cui par esse non possum, exime autem vel data opera tabellario misso! ego viaticum, ego etiam praemium dabo, nuntiet modo, quod opto. (3) ipse valeo, si valere est suspensum et anxium vivere, exspectantem in horas timentemque pro capite amicissimo, quidquid accidere homini potest. vale.

XVIII

C. Plinius [Vibio] Severo suo s.

(1) Officium consulatus iniunxit mihi, ut rei publicae nomine principi gratias agerem. quod ego in senatu cum ad rationem et loci et temporis ex more fecissem, bono civi convenientissimum credidi eadem illa spatiosius et uberius volumine amplecti, (2) primum ut imperatori nostro virtutes suae veris laudibus commendarentur, deinde ut futuri principes non quasi a magistro, sed tamen sub exemplo praemonerentur, qua potissimum via possent ad eandem gloriam niti. (3) nam praecipere, qualis esse debeat princeps, pulchrum quidem, sed onerosum ac prope superbum est; laudare vero optimum principem ac per hoc posteris velut e specula lumen, quod sequantur, ostendere

17

C. Plinius grüßt seinen Iulius Servianus[91]

(1) Ist alles in Ordnung? Deine Briefe bleiben nämlich schon so lange aus. Oder ist alles in Ordnung, aber Du bist sehr beschäftigt? Oder bist Du nicht sehr beschäftigt, hast aber keine oder nur selten Gelegenheit zu schreiben? (2) Befreie mich von dieser Unruhe, der ich mich nicht gewachsen fühle, befreie mich aber davon, selbst wenn Du mir eigens einen Briefboten schickst. Ich werde ihm das Reisegeld, ich werde ihm sogar eine Belohnung geben, er soll mir nur melden, was ich wünsche. (3) Mir selbst geht es gut, wenn »gutgehen« heißt, in Unruhe und Angst leben, stündlich Ausschau halten und besorgt sein um den besten Freund, was alles einem Menschen zustoßen kann. Lebe wohl!

18

C. Plinius grüßt seinen Vibius Severus[92]

(1) Mein Konsulat hat mir die Pflicht auferlegt, im Namen des Staates dem Kaiser Dank auszusprechen. Obwohl ich das unter Berücksichtigung des Ortes und der Zeit der Sitte gemäß im Senat getan hatte, glaubte ich, es sei für einen guten Bürger besonders passend, dasselbe Thema ausführlicher und reicher in einem Buch darzustellen;[93] (2) erstens, um durch ehrliches Lob die Vorzüge unserem Kaiser besonders ans Herz zu legen, dann auch, damit zukünftige Fürsten nicht sozusagen durch Schulmeister, aber doch an Hand eines Beispiels ermahnt würden, auf welchem Wege sie am besten nach gleichem Ruhm streben könnten. (3) Denn zu lehren, wie ein Kaiser beschaffen sein muß, ist zwar schön, aber schwierig und beinahe anmaßend; aber den besten Kaiser zu loben und dadurch den Nachfolgern gleichsam von einer Warte aus ein

idem utilitatis habet, adrogantiae nihil. (4) Cepi autem non mediocrem voluptatem, quod, hunc librum cum amicis recitare voluissem, non per codicillos, non per libellos, sed ‘si commodum’ et ‘si valde vacaret’ admoniti (numquam porro aut valde vacat Romae aut commodum est audire recitantem) foedissimis insuper tempestatibus per biduum convenerunt, cumque modestia mea finem recitationi facere voluisset, ut adicerem tertium diem, exegerunt. (5) mihi hunc honorem habitum putem an studiis? studiis malo, quae prope exstincta refoventur. (6) at cui materiae hanc sedulitatem praestiterunt? nempe quam in senatu quoque, ubi perpeti necesse erat, gravari tamen vel puncto temporis solebamus, eandem nunc et qui recitare et qui audire triduo velint, inveniuntur, non quia eloquentius quam prius, sed quia liberius ideoque etiam libentius scribitur. (7) accedet ergo hoc quoque laudibus principis nostri, quod res antea tam invisa quam falsa nunc ut vera, ita amabilis facta est.

(8) Sed ego cum studium audientium tum iudicium mire probavi; animadverti enim severissima quaeque vel maxime satisfacere. (9) memini quidem me non multis recitasse, quod omnibus scripsi, nihilo minus tamen, tamquam sit eadem omnium futura sententia, hac severitate aurium laetor ac, sicut olim theatra male musicos canere docuerunt, ita nunc in spem adducor posse fieri, ut eadem theatra bene canere musicos doceant. (10) omnes enim, qui

Licht zu zeigen, dem sie folgen sollen, ist nützlich, keineswegs anmaßend. (4) Es hat mir aber kein geringes Vergnügen gemacht, daß meine Freunde, als ich ihnen dieses Buch vortragen wollte, nicht durch schriftliche Einladungen, nicht durch Programme, sondern mit »wenn es Dir paßt« und »wenn Du viel Zeit hast« aufgefordert waren; niemals aber hat man in Rom viel Zeit oder paßt es, eine Vorlesung anzuhören. Dennoch kamen sie, dazu noch bei sehr schlechtem Wetter, an zwei Tagen zusammen, und als ich in meiner Bescheidenheit die Vorlesung schließen wollte, forderten sie, ich solle noch einen dritten Tag hinzufügen. (5) Soll ich glauben, man habe diese Ehre mir oder meinen literarischen Studien erwiesen? Mir wäre lieber, meinen literarischen Studien, die, beinahe erloschen, jetzt wieder aufleben. (6) Aber welchem Thema haben sie eine solche Aufmerksamkeit geschenkt? Natürlich war es dasselbe, über das wir uns auch im Senat, wo wir aushalten mußten, doch vom ersten Augenblick zu grämen pflegten; und jetzt finden sich Leute, die dasselbe Thema drei Tage lang vortragen und hören wollen, nicht weil es gewandter als früher, sondern freier und daher auch mit größerer Freude behandelt wird.[94] (7) Es wird also auch das noch den Ruhm unseres Kaisers vermehren, daß eine früher so verhaßte und unaufrichtige Angelegenheit jetzt ebenso wahr wie liebenswert geworden ist.[95]

(8) Aber mir gefallen der Eifer und das Urteil der Zuhörer außerordentlich; denn ich bemerkte, daß gerade die ernstesten Stellen wohl am besten gefielen. (9) Ich weiß freilich wohl, daß ich wenigen das vortrug, was ich für alle geschrieben habe; doch ich freue mich nichtsdestoweniger, als ob es die zukünftige Meinung aller sei, über das strenge Urteil der Zuhörer; und wie einst die Zuschauer im Theater schlechte Sänger heranbildeten, lasse ich mich jetzt von der Hoffnung leiten, es könne geschehen, daß dieselben Zuschauer im Theater auch wieder gute Sänger heranbilden. (10) Denn alle, die nur, um zu gefallen, schreiben,

placendi causa scribunt, qualia placere viderint, scribent. ac mihi quidem confido in hoc genere materiae laetioris stili constare rationem, cum ea potius, quae pressius et adstrictius, quam illa, quae hilarius et quasi exsultantius scripsi, possint videri accersita et inducta. non ideo tamen segnius precor, ut quandoque veniat dies (utinamque iam venerit!), quo austeris illis severisque dulcia haec blandaque vel iusta possessione decedant.

(11) Habes acta mea tridui; quibus cognitis volui tantum te voluptatis absentem et studiorum nomine et meo capere, quantum praesens percipere potuisses. vale.

XIX

C. Plinius Calvisio [Rufo] suo s.

(1) Adsumo te in consilium rei familiaris, ut soleo. praedia agris meis vicina atque etiam inserta venalia sunt. in his me multa sollicitant, aliqua nec minora deterrent. (2) sollicitat primum ipsa pulchritudo iungendi, deinde, quod non minus utile quam voluptuosum posse utraque eadem opera, eodem viatico invisere, sub eodem procuratore ac paene isdem actoribus habere, unam villam colere et ornare, alteram tantum tueri. (3) inest huic computationi sumptus supellectilis, sumptus atriensium, topiariorum, fabrorum atque etiam venatorii instrumenti; quae plurimum refert unum in locum conferas, an in diversa dispergas. (4) con-

werden das schreiben, was zu gefallen scheint. Ich vertraue freilich darauf, daß bei einem derartigen Thema ein blühender Stil passend sei, während Stellen, die ich kürzer und knapper geschrieben habe, eher gesucht und weithergeholt erscheinen können als jene, die ich heiter und gleichsam ausgelassener geschrieben habe. Dennoch wünsche ich nichts sehnlicher, als daß einmal der Tag kommt – wenn er doch schon käme –, an dem die süßlich schmeichelnde Ausdrucksweise jener herben und strengen sogar aus ihrem rechtmäßigen Besitz weichen muß.

(11) Hier hast Du meine Tätigkeiten in den drei Tagen; ich wollte, Du empfändest, wenn Du diese kennengelernt hast, in Deiner Abwesenheit ebensoviel Freude für mich und die Literatur, wie Du empfunden hättest, wenn Du dabeigewesen wärest. Lebe wohl!

19

C. Plinius grüßt seinen Calvisius Rufus[96]

(1) Nach meiner Gewohnheit ziehe ich Dich wieder in einer Vermögenssache zu Rate. Landgüter, die meinen Besitzungen benachbart sind und auch darin liegen, werden zum Verkauf angeboten. An ihnen reizt mich vieles; anderes, und zwar nicht weniger Wichtiges, schreckt mich ab. (2) Es reizt das schöne Gefühl, meine Ländereien abzurunden; dann, was ebenso nützlich wie angenehm ist, beide mit derselben Mühe und demselben Reisegeld zu besuchen, beide unter demselben Oberaufseher und beinahe denselben Verwaltern zu haben, das eine Landhaus zu bewohnen und auszuschmücken, das andere nur unterhalten zu können. (3) In dieser Rechnung sind auch die Kosten für das Geschirr, für Hausmeister, Gärtner, Handwerker und auch für das Jagdgerät; es kommt sehr darauf an, ob man dies alles an einem Ort beisammen hat oder auf verschiedene verteilt. (4) Andererseits fürchte ich, es könnte

tra vereor, ne sit incautum rem tam magnam isdem tempestatibus, isdem casibus subdere; tutius videtur incerta fortunae possessionum varietatibus experiri. habet etiam multum iucunditatis soli caelique mutatio ipsaque illa peregrinatio inter sua.

(5) Iam, quod deliberationis nostrae caput est, agri sunt fertiles, pingues, aquosi, constant campis, vineis, silvis, quae materiam et ex ea reditum sicut modicum ita statum praestant. (6) sed haec felicitas terrae imbecillis cultoribus fatigatur. nam possessor prior saepius vendidit pignora et, dum reliqua colonorum minuit ad tempus, vires in posterum exhausit, quarum defectione rursus reliqua creverunt. (7) sunt ergo instruendi eo pluris, quod frugi mancipiis; nam nec ipse usquam vinctos habeo nec ibi quisquam.

Superest, ut scias, quanti videantur posse emi: sestertio triciens, non quia non aliquando quinquagiens fuerint, verum et hac penuria colonorum et communi temporis iniquitate ut reditus agrorum sic etiam pretium retro abiit. (8) quaeris, an hoc ipsum triciens facile colligere possimus: sum quidem prope totus in praediis, aliquid tamen fenero, nec molestum erit mutuari; accipiam a socru, cuius arca non secus ac mea utor. (9) proinde hoc te non moveat, si cetera non refragantur, quae velim quam diligentissime ex-

unbesonnen sein, einen so großen Besitz denselben Witterungsbedingungen und denselben Zufällen auszusetzen; es erscheint sicherer, der Unbeständigkeit des Schicksals durch unterschiedliche Örtlichkeiten der Güter zu begegnen. Auch ein Wechsel von Landschaft und Klima und gerade das Hin- und Herreisen zwischen den eigenen Gütern ist mit viel Annehmlichkeit verbunden.

(5) Nun sind aber, was der Hauptpunkt meiner Überlegungen ist, die Ländereien fruchtbar, haben einen fetten Boden und sind gut bewässert; sie bestehen aus Feldern, Weinbergen und Wäldern, die Bauholz und damit ein mäßiges, aber doch festes Einkommen gewährleisten. (6) Aber diese Fruchtbarkeit des Bodens wird durch untüchtige Pächter gemindert. Denn der frühere Besitzer hat öfter die Pfänder[97] verkauft, und während er die Rückstände der Pächter für den Augenblick verringerte, erschöpfte er für die Zukunft ihre Kräfte, durch deren Fehlen die Rückstände wieder wuchsen. (7) Sie müssen aber mit Sklaven ausgestattet werden, was um so teurer ist, weil es tüchtige Sklaven sein müssen; denn weder ich selbst habe irgendwo Zwangsarbeiter noch irgendeiner dort.

Nun sollst Du noch wissen, für welchen Preis man die Güter wahrscheinlich kaufen kann. Drei Millionen Sesterze; nicht, weil sie nicht irgendwann einmal fünf Millionen wert gewesen wären, aber durch den Mangel an Pächtern und die ungünstigen Zeiten ist mit dem Ertrag der Ländereien auch der Preis gefallen. (8) Du fragst, ob ich diese drei Millionen leicht aufbringen kann. Freilich habe ich mein Vermögen fast ganz in Ländereien angelegt, einiges Geld jedoch habe ich mit Zinsen angelegt, und es wird mir nicht schwerfallen, Geld zu leihen; ich werde es von meiner Schwiegermutter bekommen, deren Kasse ich genauso wie meine eigene in Anspruch nehmen darf. (9) Daher laß Dich nicht beunruhigen, wenn Dir das übrige nicht widerstrebt, welches Du, wie ich möchte, möglichst

amines. nam cum in omnibus rebus tum in disponendis facultatibus plurimum tibi et usus et providentiae superest. vale.

XX

C. Plinius [Maesio] Maximo suo s.

(1) Meministine te saepe legisse, quantas contentiones excitarit lex tabellaria quantumque ipsi latori vel gloriae vel reprehensionis attulerit? (2) at nunc in senatu sine ulla dissensione hoc idem ut optimum placuit: omnes comitiorum die tabellas postulaverunt. (3) excesseramus sane manifestis illis apertisque suffragiis licentiam contionum. non tempus loquendi, non tacendi modestia, non denique sedendi dignitas custodiebatur. (4) magni undique dissonique clamores, procurrebant omnes cum suis candidatis, multa agmina in medio multique circuli et indecora confusio: adeo desciveramus a consuetudine parentum, apud quos omnia disposita, moderata, tranquilla maiestatem loci pudoremque retinebant.

(5) Supersunt senes, ex quibus audire soleo hunc ordinem comitiorum: citato nomine candidati silentium summum; dicebat ipse pro se, explicabat vitam suam, testes et laudatores dabat vel eum, sub quo militaverat, vel eum, cui quaestor fuerat, vel utrumque, si poterat, addebat quosdam ex suffragatoribus; illi graviter et paucis loquebantur. plus hoc quam preces proderat. (6) non numquam candidatus aut natales competitoris aut annos aut etiam mores

sorgfältig prüfen sollst. Denn wie in allen Dingen besitzt Du auch in Vermögensangelegenheiten sehr viel Erfahrung und Klugheit. Lebe wohl!

20

C. Plinius grüßt seinen Maesius Maximus[98]

(1) Erinnerst Du Dich, daß Du oft gelesen hast, wie große Streitigkeiten die Lex Tabularia[99] verursacht, und wieviel Ruhm oder Tadel sie dem Antragsteller selbst eingebracht hat? (2) Und jetzt hat man im Senat ohne jeden Widerspruch gerade dieses Gesetz für das beste erklärt, alle forderten am Wahltag Stimmtäfelchen. (3) Wir waren freilich bei jenen offenen, mündlichen Abstimmungen über die Zügellosigkeit der Volksversammlungen hinausgegangen. Man beachtete keine Redezeit, kein bescheidenes Schweigen, und schließlich auch kein würdevolles Sitzenbleiben. (4) Von allen Seiten hörte man ein lautes, mißtönendes Geschrei, alle liefen mit ihren Kandidaten nach vorn, mitten im Senat gab es viele Gruppen und Einzelgruppen und ein häßliches Durcheinander. So sehr waren wir von der Gewohnheit unserer Väter abgewichen, bei denen alles geordnet, maßvoll und ruhig war und die Würde und Achtung des Ortes bewahrte.

(5) Es leben noch alte Leute, von denen ich oft folgenden Verlauf des Wahltages hörte: nachdem der Name des Kandidaten aufgerufen worden war, trat größte Stille ein; er sprach selbst für sich; er erzählte sein bisheriges Leben, gab als Zeugen und Bürgen entweder den an, unter dem er Militärdienst geleistet hatte, oder den, unter dem er Quästor gewesen war, oder womöglich beide; er fügte auch noch, wenn er konnte, einige hinzu, die seine Wahl unterstützten; diese sprachen eindringlich und kurz. Das nützte mehr als alle Bitten. (6) Manchmal rügte ein Kandidat Herkunft, Alter[100] und auch den Lebenswandel des Bewerbers. Der

arguebat. audiebat senatus gravitate censoria. ita saepius digni quam gratiosi praevalebant.

(7) Quae nunc immodico favore corrupta ad tacita suffragia quasi ad remedium decucurrerunt; quod interim plane remedium fuit; erat enim novum et subitum. (8) sed vereor, ne procedente tempore ex ipso remedio vitia nascantur. est enim periculum, ne tacitis suffragiis impudentia inrepat. nam quoto cuique eadem honestatis cura secreto quae palam? multi famam, conscientiam pauci verentur. (9) sed nimis cito de futuris: interim beneficio tabellarum habebimus magistratus, qui maxime fieri debuerunt. nam ut in reciperatoriis iudiciis sic nos in his comitiis quasi repente adprehensi sinceri iudices fuimus.

(10) Haec tibi scripsi, primum ut aliquid novi scriberem, deinde ut non numquam de re publica loquerer, cuius materiae nobis quanto rarior quam veteribus occasio tanto minus omittenda est. (11) et hercule quousque illa vulgaria 'quid agis? ecquid commode vales?' habeant nostrae quoque litterae aliquid non humile nec sordidum nec privatis rebus inclusum. (12) sunt quidem cuncta sub unius arbitrio, qui pro utilitate communi solus omnium curas laboresque suscepit; quidam tamen salubri temperamento ad nos quoque velut rivi ex illo benignissimo fonte decurrunt, quos et haurire ipsi et absentibus amicis quasi ministrare epistulis possumus. vale.

Senat hörte mit zensorischer Strenge[101] zu. So setzten sich häufiger Leute durch, die es verdienten, als solche, die beliebt waren.

(7) Dieses Verfahren wurde jetzt durch maßlose Begünstigung verfälscht, und so nahm man zur geheimen Abstimmung wie zu einem Heilmittel seine Zuflucht; und ein Heilmittel ist sie inzwischen wirklich gewesen; denn sie war neu und überraschend. (8) Aber ich fürchte, daß im Laufe der Zeit aus dem Heilmittel selbst Nachteile erwachsen können.[102] Es besteht nämlich die Gefahr, daß bei der geheimen Abstimmung sich Unverschämtheit einschleicht. Denn wie wenige legen im Geheimen ebensoviel Wert auf Anstand wie in der Öffentlichkeit? Viele sind um ihren guten Ruf besorgt, nur wenige um ihr Gewissen. (9) Doch ich urteile allzu schnell über die Zukunft: inzwischen werden wir dank der Stimmtafeln die Beamten haben, die es am ehesten verdienen. Denn wie die Richter in den Rekuperatorengerichten[103], so wurden auch wir bei den Komitien sozusagen plötzlich ernannt und waren unbestechliche Richter.

(10) Dies schreibe ich Dir, erstens, um etwas Neues mitzuteilen, dann, um gelegentlich über Politik zu reden; je seltener wir im Vergleich zu unseren Vorfahren die Möglichkeit haben, dieses Thema zu behandeln, desto weniger dürfen wir sie auslassen. (11) Und wahrlich, was sollen diese abgedroschenen Redensarten: »Wie geht's? Es geht Dir doch wohl gut?« Auch unsere Briefe sollten etwas enthalten, was nicht gewöhnlich und nicht alltäglich und nicht auf Privatangelegenheiten beschränkt ist. (12) Alles unterliegt zwar der Entscheidung eines einzigen, der für den gemeinsamen Nutzen Sorgen und Mühen aller allein auf sich genommen hat; doch mit weiser Mäßigung fließen auch auf uns gleichsam manche Bäche aus einer so freigebigen Quelle herab, die wir selbst schöpfen und mit der wir unseren abwesenden Freunden gleichsam brieflich etwas zukommen lassen können. Lebe wohl!

XXI

C. Plinius [Cornelio] Prisco suo s.

(1) Audio Valerium Martialem decessisse et moleste fero. erat homo ingeniosus, acutus, acer, et qui plurimum in scribendo et salis haberet et fellis nec candoris minus. (2) prosecutus eram viatico secedentem: dederam hoc amicitiae, dederam etiam versiculis, quos de me composuit. (3) fuit moris antiqui eos, qui vel singulorum laudes vel urbium scripserant, aut honoribus aut pecunia ornare; nostris vero temporibus ut alia speciosa et egregia ita hoc in primis exolevit. nam, postquam desimus facere laudanda, laudari quoque ineptum putamus.

(4) Quaeris, qui sint versiculi, quibus gratiam rettuli. remitterem te ad ipsum volumen, nisi quosdam tenerem; (5) tu, si placuerint hi, ceteros in libro requires. adloquitur Musam, mandat, ut domum meam Esquiliis quaerat, adeat reverenter:

Sed ne tempore non tuo disertam
pulses ebria ianuam, videto:
totos dat tetricae dies Minervae,
dum centum studet auribus virorum
hoc, quod saecula posterique possint
Arpinis quoque comparare chartis.
seras tutior ibis ad lucernas;
haec hora est tua, cum furit Lyaeus,
cum regnat rosa, cum madent capilli:
tunc me vel rigidi legant Catones!

21

C. Plinius grüßt seinen Cornelius Priscus[104]

(1) Wie ich höre, ist Martial[105] gestorben, und das betrübt mich. Er war ein geistreicher, scharfsinniger und leidenschaftlicher Mann, der sehr viel Witz und Bitterkeit beim Schreiben zeigte, aber nicht weniger Aufrichtigkeit. (2) Ich hatte ihn mit Reisegeld beschenkt, als er sich aus Rom zurückzog;[106] ich hatte es ihm unserer Freundschaft zuliebe geschenkt, ich hatte es auch der Verse wegen getan, die er auf mich gedichtet hat. (3) Es war früher Sitte, diejenigen, die auf einzelne Personen oder auf Städte Lobschriften verfaßt hatten, durch Ehrungen oder Geld auszuzeichnen; in unserer Zeit aber ist, wie viele andere schöne und hervorragende Gewohnheiten, auch besonders diese aus der Mode gekommen. Denn nachdem wir aufgehört haben, lobenswerte Dinge zu tun, halten wir es auch für unpassend, uns loben zu lassen.

(4) Du fragst, welche Verse es sind, für die ich mich dankbar erwiesen habe? Ich würde Dich auf das Buch selbst verweisen, wenn ich nicht einige auswendig wüßte; gefallen Dir diese, kannst Du die übrigen in dem Buch nachsehen. (5) Er redet die Muse an und trägt ihr auf, mein Haus auf dem Esquilin aufzusuchen und sich ihm ehrfürchtig zu nähern:[107]

> »Aber siehe, daß du nicht zur unrechten Zeit trunken an die Tür des beredten Mannes klopfst. Denn er widmet den Tag ganz der ernsten Minerva, während er für die Ohren der Hundertmänner[108] das ausarbeitet, was Jahrhunderte und die Nachkommen auch mit Ciceros Werken vergleichen können. Sicherer wirst du bei spätem Lampenschein gehen. Diese Stunde gehört dir, wenn Bacchus[109] rast, wenn die Rose herrscht, das Haar vom Salböl feucht ist. Dann mag mich selbst ein strenger Cato lesen.«

(6) Meritone eum, qui haec de me scripsit, et tunc dimisi amicissime et nunc ut amicissimum defunctum esse doleo? dedit enim mihi, quantum maximum potuit, daturus amplius, si potuisset. tametsi quid homini potest dari maius quam gloria et laus et aeternitas? 'at non erunt aeterna, quae scripsit'; non erunt fortasse, ille tamen scripsit, tamquam essent futura. vale.

(6) Ist es nicht richtig, den Mann, der dieses über mich schrieb und den ich damals sehr freundschaftlich verabschiedete, auch jetzt im Tode wie einen sehr guten Freund zu betrauern? Er hat mir nämlich das Beste gegeben, was er mir geben konnte, er hätte mir noch mehr gegeben, wenn er es vermocht hätte. Doch was kann man einem Menschen Größeres geben als Ruhm, Lob und Unsterblichkeit? »Aber was er geschrieben hat, wird nicht unsterblich sein.« Vielleicht nicht, aber dennoch hat er es geschrieben, als ob es ewig bestehen werde. Lebe wohl!

Liber quartus

Viertes Buch

I

C. Plinius Fabato Prosocero suo s.

(1) Cupis post longum tempus neptem tuam meque una videre. gratum est utrique nostrum, quod cupis, mutuo mehercule. (2) nam invicem nos incredibili quodam desiderio vestri tenemur, quod non ultra differemus; atque adeo iam sarcinulas adligamus festinaturi, quantum itineris ratio permiserit. (3) erit una, sed brevis mora: deflectemus in Tuscos, non ut agros remque familiarem oculis subiciamus (id enim postponi potest), sed ut fungamur necessario officio.

(4) Oppidum est praediis nostris vicinum (nomen Tiferni Tiberini), quod me paene adhuc puerum patronum cooptavit tanto maiore studio quanto minore iudicio. adventus meos celebrat, profectionibus angitur, honoribus gaudet. (5) in hoc ego, ut referrem gratiam (nam vinci in amore turpissimum est), templum pecunia mea exstruxi, cuius dedicationem, cum sit paratum, differre longius inreligiosum est. (6) erimus ergo ibi dedicationis die, quem epulo celebrare constitui. subsistemus fortasse et sequenti; sed tanto magis viam ipsam corripiemus.

(7) Contingat modo te filiamque tuam fortes invenire! nam continget hilares, si nos incolumes receperitis. vale.

1

C. Plinius grüßt seinen Schwiegergroßvater Fabatus[1]

(1) Du wünschst, nach langer Zeit Deine Enkelin und mich zusammen mit ihr zu sehen. Dein Wunsch ist uns beiden angenehm, gewiß ebenso wie Dir. (2) Denn auch uns erfüllt eine unglaubliche Sehnsucht nach Euch, die wir nicht länger unerfüllt lassen möchten; und daher wollen wir nun unser kleines Bündel schnüren und werden uns beeilen, wie es unser Reiseplan erlaubt. (3) Nur einmal werden wir uns aufhalten, aber nur kurz: wir werden einen Abstecher nach Etrurien[2] machen, nicht um einen Blick auf unsere Ländereien und unseren Besitz zu werfen – das kann man nämlich aufschieben –, sondern um uns einer notwendigen Pflicht zu unterziehen.

(4) In der Nähe meiner Landgüter liegt eine Stadt mit Namen Tifernum Tiberinum[3], die mich, als ich fast noch ein Kind war, zu ihrem Schutzherrn wählte; das geschah mit großem Eifer, aber mit wenig Überlegung. Die Stadt feiert meine Ankunft, über meine Abreise ist sie betrübt, über meine Ehrungen freut sie sich. (5) In dieser Stadt habe ich, um mich dankbar zu erweisen – denn in der Zuneigung sich übertreffen zu lassen ist sehr beschämend –, auf meine Kosten einen Tempel erbauen lassen; seine Einweihung weiter hinauszuschieben wäre unfromm, da er jetzt fertiggestellt ist. (6) Am Einweihungstag, den ich mit einem Festessen feiern will, werden wir also dort sein. Wir werden vielleicht auch den folgenden Tag dort bleiben; aber um so mehr werden wir die eigentliche Reise beschleunigen.

(7) Wenn wir nur das Glück haben, Dich und Deine Tochter gesund anzutreffen! Denn vergnügt sicher, wenn Ihr uns wohlbehalten empfangt. Lebe wohl!

II

C. Plinius [Attio] Clementi suo s.

(1) Regulus filium amisit, hoc uno malo indignus, quod nescio an malum putet. erat puer acris ingenii, sed ambigui, qui tamen posset recta sectari, si patrem non referret. (2) hunc Regulus emancipavit, ut heres matris exsisteret; mancipatum (ita vulgo ex moribus hominis loquebantur) foeda et insolita parentibus indulgentiae simulatione captabat. incredibile, sed Regulum cogita!

(3) Amissum tamen luget insane. habebat puer mannulos multos et iunctos et solutos, habebat canes maiores minoresque, habebat luscinias, psittacos, merulas: omnis Regulus circa rogum trucidavit. (4) nec dolor erat ille, sed ostentatio doloris. convenitur ad eum mira celebritate. cuncti detestantur, oderunt et, quasi probent, quasi diligant, cursant, frequentant; utque breviter, quod sentio, enuntiem: in Regulo demerendo Regulum imitantur.

(5) Tenet se trans Tiberim in hortis, in quibus latissimum solum porticibus immensis, ripam statuis suis occupavit, ut est in summa avaritia sumptuosus, in summa infamia gloriosus. (6) vexat ergo civitatem insaluberrimo tempore et, quod vexat, solacium putat.

Dicit se velle ducere uxorem; hoc quoque, sicut alia, perverse. (7) audies brevi nuptias lugentis, nuptias senis;

2

C. Plinius grüßt seinen Attius Clemens[4]

(1) Regulus[5] hat seinen Sohn verloren; das einzige Unglück, das er nicht verdient hat, wobei ich nicht weiß, ob er es für ein Unglück hält. Der Junge hatte einen lebhaften, aber unzuverlässigen Charakter; doch hätte er auf den rechten Weg gelangen können, wenn er nicht völlig seinem Vater geglichen hätte. (2) Regulus erklärte ihn für mündig, damit er als Erbe seiner Mutter auftreten konnte; den »mancipatus«[6] – so nannte man ihn allgemein entsprechend dem Charakter des Mannes – suchte er durch eine für Eltern schändliche und ungewöhnliche Heuchelei von Zärtlichkeit zu gewinnen. Unglaublich, aber denk daran, daß es Regulus war.

(3) Den Verstorbenen jedoch betrauert er ganz unsinnig. Der Junge besaß viele Ponys, zum Fahren und Reiten, er besaß auch große und kleine Hunde, besaß Nachtigallen, Papageien und Amseln; alle diese Tiere ließ Regulus an seinem Scheiterhaufen abschlachten. (4) Aber das war kein wirklicher Schmerz, es war das Zurschaustellen des Schmerzes. Eine erstaunliche Menge kommt bei ihm zusammen. Alle verabscheuen ihn, hassen ihn; und doch rennen sie zu ihm und besuchen ihn, als ob sie ihn schätzten und liebten; und um kurz zu sagen, was ich denke: indem sie sich dem Regulus gefällig erweisen, ahmen sie ihn nach.[7]

(5) Er hält sich in seinem Park jenseits des Tibers auf, wo er eine sehr weite Fläche mit riesigen Säulenhallen und das Ufer mit Statuen, die ihn selbst darstellen, besetzt hat; und wie er trotz seiner sehr großen Habgier verschwenderisch ist, so ist er trotz seines äußerst schlechten Rufes ruhmsüchtig. (6) Er belästigt also die Bürger zu einer äußerst ungesunden Jahreszeit, und daß er sie belästigt, hält er für einen Trost.

Er sagt, er wolle wieder heiraten; und auch dies ist, wie alles andere, widersinnig. (7) Bald wirst Du von der

quorum alterum immaturum, alterum serum est. unde hoc augurer, quaeris. (8) non quia adfirmat ipse, quo mendacius nihil est, sed quia certum est Regulum esse facturum, quidquid fieri non oportet. vale.

III

C. Plinius [Arrio] Antonino suo s.

(1) Quod semel atque iterum consul fuisti similis antiquis, quod proconsul Asiae, qualis ante te, qualis post te vix unus aut alter (non sinit enim me verecundia tua dicere: nemo), quod sanctitate, quod auctoritate, aetate quoque princeps civitatis, est quidem venerabile et pulchrum; ego tamen te vel magis in remissionibus miror. (2) nam severitatem istam pari iucunditate condire summaeque gravitati tantum comitatis adiungere non minus difficile quam magnum est. id tu cum incredibili quadam suavitate sermonum tum vel praecipue stilo adsequeris. (3) nam et loquenti tibi illa Homerici senis mella profluere et, quae scribis, complere apes floribus et innectere videntur. ita certe sum adfectus ipse, cum Graeca epigrammata tua, cum mimiambos proxime legerem. (4) quantum ibi humanitatis, venustatis, quam dulcia illa, quam amantia, quam arguta, quam recta! Callimachum me vel Heroden vel si quid his melius, tenere credebam; quorum tamen neuter

Hochzeit eines Trauernden, von der Hochzeit eines Greises hören; das eine ist zu früh, das andere zu spät. Du fragst, wieso ich das vermute? (8) Nicht, weil er es selbst versichert – denn es gibt keinen größeren Lügner als ihn –, sondern weil es sicher ist, daß Regulus das tun wird, was man nicht tun darf. Lebe wohl!

3

C. Plinius grüßt seinen Arrius Antoninus[8]

(1) Daß Du zweimal Konsul gewesen bist, und zwar den Alten ähnlich, daß Du Prokonsul von Asien gewesen bist, wie vor Dir und nach Dir kaum einer – denn Deine Bescheidenheit erlaubt es mir nicht zu sagen »keiner« –, daß Du durch Deine Rechtschaffenheit, Dein Ansehen und auch Dein Alter der führende Mann der Bürgerschaft bist, ist zwar verehrungswürdig und schön; aber dennoch bewundere ich Dich sogar mehr in Deinen Erholungsstunden. (2) Denn diese Strenge mit gleicher Freundlichkeit zu würzen und mit höchster Würde soviel Höflichkeit zu verbinden, das ist ebenso schwierig wie groß. Denn das erreichst Du sowohl durch die unglaubliche Anmut Deiner Unterhaltung, dann aber besonders durch Deine Schriften. (3) Denn wenn Du sprichst, scheint Dir Honig von den Lippen zu fließen, wie jenem Greis bei Homer,[9] und was du schreibst, scheinen die Bienen mit Blüten zu füllen und zu verknüpfen. So empfand ich jedenfalls, als ich kürzlich Deine griechischen Epigramme[10] und Deine Jamben las.

(4) Wieviel Feinheit, wieviel Anmut ist in ihnen enthalten, wie reizend, wie liebenswert, wie geistvoll, wie richtig ist das alles! Ich glaubte Kallimachos oder Herondas oder sogar noch etwas Besseres als diese, wenn es das gibt, in Händen zu halten; und doch hat von diesen beiden keiner in beiden Dichtungsarten etwas Vollendetes geleistet oder

utrumque aut absolvit aut attigit. (5) hominemne Romanum tam Graece loqui? non medius fidius ipsas Athenas tam Atticas dixerim. quid multa? invideo Graecis, quod illorum lingua scribere maluisti. neque enim coniectura eget, quid sermone patrio exprimere possis, cum hoc insiticio et inducto tam praeclara opera perfeceris. vale.

IV

C. Plinius Sosio [Senecioni] suo s.

(1) Varisidium Nepotem valdissime diligo, virum industrium, rectum, disertum, quod apud me vel potentissimum est. idem C. Calvisium, contubernalem meum, amicum tuum, arta propinquitate complectitur; est enim filius sororis. (2) hunc rogo semestri tribunatu splendidiorem et sibi et avunculo suo facias. obligabis me, obligabis Calvisium nostrum, obligabis ipsum, non minus idoneum debitorem, quam nos putas. (3) multa beneficia in multos contulisti: ausim contendere nullum te melius, aeque bene unum aut alterum collocasse. vale.

V

C. Plinius [Iulio] Sparso suo s.

(1) Aeschinen aiunt petentibus Rhodiis legisse orationem suam, deinde Demosthenis, summis utramque clamoribus. (2) quod tantorum virorum scriptis contigisse non miror, cum orationem meam proxime doctissimi homines

versucht. (5) Ist es möglich, daß ein Römer so Griechisch spricht? Bei Gott, ich möchte behaupten, daß man in Athen nicht solches Attisch spricht. Was soll ich noch viel sagen? Ich beneide die Griechen, daß Du lieber in ihrer Sprache schreiben wolltest. Und man kann leicht vermuten, was Du in Deiner Muttersprache ausdrücken könntest, wenn Du in dieser fremden und eingeführten so hervorragende Werke geschaffen hast. Lebe wohl!

4

C. Plinius grüßt seinen Sosius Senecio[11]

(1) Den Varisidius Nepos schätze ich ganz außerordentlich; er ist ein fleißiger, rechtschaffener und redegewandter Mann, was bei mir vielleicht das Wichtigste ist. Mit C. Calvisius, meinem Kameraden und Deinem Freund, ist er eng verwandt; denn er ist der Sohn seiner Schwester. (2) Verleihe ihm doch bitte durch das halbjährige Tribunat[12] mehr Ansehen, sowohl vor sich selbst als auch vor seinem Onkel. Du wirst mich, Du wirst unseren Calvisius, Du wirst ihn selbst verpflichten, wenn Du ihn für einen ebenso zahlungsfähigen Schuldner halten wirst wie mich. (3) Viele Gefälligkeiten hast du vielen Menschen erwiesen: ich möchte behaupten, daß Du keine besser, gleich gut nur die eine oder andere angelegt hast. Lebe wohl!

5

C. Plinius grüßt seinen Iulius Sparsus[13]

(1) Es wird erzählt, Aischines habe den Rhodiern[14] auf ihre Bitten zuerst seine Rede vorgetragen, dann die des Demosthenes, beide unter größtem Beifall. (2) Daß dieses den Schriften so bedeutender Männer zuteil geworden ist, darüber wundere ich mich nicht; denn erst kürzlich haben

hoc studio, hoc adsensu, hoc etiam labore per biduum audierint, quamvis intentionem eorum nulla hinc et inde collatio, nullum quasi certamen accenderet. (3) nam Rhodii cum ipsis orationum virtutibus tum etiam comparationis aculeis excitabantur; nostra oratio sine aemulationis gratia probabatur. an merito, scies, cum legeris librum, cuius amplitudo non sinit me longiore epistula praeloqui. (4) oportet enim nos in hac certe, in qua possumus, breves esse, quo sit excusatius, quod librum ipsum, non tamen ultra causae amplitudinem, extendimus. vale.

VI

C. Plinius [Iulio] Nasoni suo s.

(1) Tusci grandine excussi, in regione Transpadana summa abundantia, sed par vilitas nuntiatur; solum mihi Laurentinum meum in reditu. (2) nihil quidem ibi possideo praeter tectum et hortum statimque harenas, solum tamen mihi in reditu. ibi enim plurimum scribo, nec agrum, quem non habeo, sed ipsum me studiis excolo; ac iam possum tibi ut aliis in locis horreum plenum sic ibi scrinium ostendere.

(3) Igitur tu quoque, si certa et fructuosa praedia concupiscis, aliquid in hoc litore para! vale.

hochgebildete Männer eine meiner Reden mit solchem Eifer, mit solcher Zustimmung und auch mit solcher Ausdauer zwei Tage lang angehört, obwohl kein gegenseitiger Vergleich, kein Wettstreit ihre Aufmerksamkeit anregte. (3) Denn die Rhodier ließen sich durch die Vorzüge der Reden selbst, dann auch durch den Ansporn des Vergleichs bewegen; meine Rede fand auch ohne den Reiz des Vergleichs Anklang. Ob mit Recht, wirst Du wissen, wenn Du das Buch gelesen hast, dessen Umfang es nicht zuläßt, einen längeren Brief als Vorwort vorauszuschikken. (4) Denn ich muß wenigstens in dem Brief, in dem ich es kann, kurz sein, damit eher entschuldigt wird, daß ich das Buch selbst ausgedehnt habe, allerdings nicht mehr, als es der Umfang des Themas erfordert. Lebe wohl!

6

C. Plinius grüßt seinen Iulius Naso[15]

(1) Mein Landgut in Etrurien[16] ist vom Hagel heimgesucht worden, aus der Gegend jenseits des Po wird größter Überfluß, aber auch ein entsprechend niedriger Preis gemeldet; allein mein Laurentinum[17] bringt Ertrag. (2) Ich besitze zwar nichts dort als Haus und Garten, und gleich daneben den Strand, und dennoch bringt dieses allein mir Ertrag. Dort nämlich schreibe ich am meisten, und nicht das Land, das ich nicht habe, pflege[18] ich, sondern mich selbst durch meine Studien; und wie ich Dir schon an anderen Orten eine volle Scheune zeigen kann, so dort einen vollen Schrank.[19]

(3) Wenn Du also sichere und einträgliche Güter haben willst, so schaffe auch Du Dir etwas an dieser Küste an. Lebe wohl!

VII

C. Plinius [Catio] Lepido suo s.

(1) Saepe tibi dico inesse vim Regulo. mirum est, quam efficiat, in quod incubuit. placuit ei lugere filium; luget ut nemo: placuit statuas eius et imagines quam plurimas facere; hoc omnibus officinis agit, illum coloribus, illum cera, illum aere, illum argento, illum auro, ebore, marmore effingit. (2) ipse vero nuper adhibito ingenti auditorio librum de vita eius recitavit, de vita pueri: recitavit tamen; eundem in exemplaria mille transcriptum per totam Italiam provinciasque dimisit. scripsit publice, ut a decurionibus eligeretur vocalissimus aliquis ex ipsis, qui legeret eum populo: factum est.

(3) Hanc ille vim, seu quo alio nomine vocanda est intentio, quidquid velis, obtinendi, si ad potiora vertisset, quantum boni efficere potuisset! quamquam minor vis bonis quam malis inest, ac, sicut ἀμαθία μὲν θράσος, λογισμὸς δὲ ὄκνον φέρει, ita recta ingenia debilitat verecundia, perversa confirmat audacia. (4) exemplo est Regulus. imbecillum latus, os confusum, haesitans lingua, tardissima inventio, memoria nulla, nihil denique praeter ingenium insanum; et tamen eo impudentia ipsoque illo furore pervenit, ut orator habeatur. (5) itaque Herennius Senecio mirifice Catonis illud de oratore in hunc e contrario vertit: 'orator est vir malus dicendi imperitus.' non me-

7

C. Plinius grüßt seinen Catius Lepidus[20]

(1) Ich sage Dir oft, daß Energie in Regulus[21] steckt. Es ist erstaunlich, wie er das durchsetzt, was er sich vorgenommen hat. Er nahm sich vor, seinen Sohn zu betrauern;[22] er trauert wie sonst niemand. Er nahm sich vor, möglichst viele Statuen und Bilder von ihm anfertigen zu lassen; das tut er in allen Werkstätten; er läßt ihn in Farben, Wachs, Erz, Silber, Gold, Elfenbein und Marmor abbilden. (2) Er selbst aber hat kürzlich vor einem zahlreich geladenen Publikum eine Schrift über das Leben seines Sohnes vorgelesen, über das Leben eines Jungen; dennoch hat er sie vorgelesen; dieselbe Schrift hat er in 1000 Exemplaren abschreiben lassen und über ganz Italien und die Provinzen verteilt. Er schrieb einen offiziellen Brief, die Gemeinderäte[23] sollten jemanden aus ihrer Mitte auswählen, der die beste Stimme hätte, um die Schrift dem Volke vorzulesen: so geschah es.

(3) Wenn er diese Energie, oder mit welchem anderen Wort man dieses Bestreben, seine Absicht zu erreichen, bezeichnen will, auf etwas Besseres gerichtet hätte, wieviel Gutes hätte er erreichen können! Doch in den Guten steckt weniger Energie als in den Schlechten, und wie Unwissenheit dreist, Überlegung aber bedenklich macht,[24] so schwächt Bescheidenheit aufrechte Menschen, Dreistigkeit stärkt die schlechten. (4) Ein Beispiel dafür ist Regulus. Er hat eine schwache Lunge, eine undeutliche Aussprache, er stottert, hat eine sehr schwerfällige Erfindungsgabe, kein Gedächtnis, schließlich nichts außer einem krankhaften Charakter; und doch hat er es mit seiner Unverschämtheit und eben jener Verrücktheit so weit gebracht, daß man ihn für einen Redner hält. (5) Deshalb hat Herennius Senecio sehr nett den bekannten Ausspruch Catos[25] über den Redner, nur umgekehrt, auf ihn angewandt: »Ein Redner ist ein schlechter Mensch, der nicht reden kann.«

hercule Cato ipse tam bene verum oratorem quam hic Regulum expressit.

(6) Habesne, quo tali epistulae parem gratiam referas? habes, si scripseris, num aliquis in municipio vestro ex sodalibus meis, num etiam ipse tu hunc luctuosum Reguli librum ut circulator in foro legeris, ἐπάρας scilicet, ut ait Demosthenes, τὴν φωνὴν καὶ γεγηθὼς καὶ λαρυγγίζων. (7) est enim tam ineptus, ut risum magis possit exprimere quam gemitum: credas non de puero scriptum, sed a puero. vale.

VIII

C. Plinius [Maturo] Arriano suo s.

(1) Gratularis mihi, quod acceperim auguratum: iure gratularis, primum quod gravissimi principis iudicium in minoribus etiam rebus consequi pulchrum est, deinde quod sacerdotium ipsum cum priscum et religiosum tum hoc quoque sacrum plane et insigne est, quod non adimitur viventi. (2) nam alia quamquam dignitate propemodum paria ut tribuuntur sic auferuntur, in hoc fortunae hactenus licet, ut dari possit.

(3) Mihi vero illud etiam gratulatione dignum videtur, quod successi Iulio Frontino, principi viro, qui me nominationis die per hos continuos annos inter sacerdotes nominabat, tamquam in locum suum cooptaret; quod nunc eventus ita comprobavit, ut non fortuitum videretur.

Wahrlich, Cato selbst hat den wahren Redner nicht so treffend bezeichnet wie Senecio den Regulus.

(6) Hast Du etwas, womit Du Dich für einen solchen Brief entsprechend bedanken kannst? Du hast etwas, wenn Du mir schreibst, ob einer von meinen Freunden in Eurer Stadt, ob sogar Du selbst diese klägliche Schrift des Regulus wie ein Ausrufer auf dem Markt vorgelesen hast, natürlich, wie Demosthenes sagt, »mit erhobener Stimme, fröhlich und aus vollem Halse«.[26] (7) Denn das Buch ist so albern, daß es eher Lachen als Weinen erregen kann; man könnte glauben, es sei nicht über ein Kind, sondern von einem Kind geschrieben worden. Lebe wohl!

8

C. Plinius grüßt seinen Arrianus Maturus[27]

(1) Du beglückwünschst mich, daß ich das Augurat erhalten habe;[28] mit Recht; erstens, weil es schön ist, ein günstiges Urteil des sehr strengen Kaisers auch in weniger wichtigen Dingen zu erlangen; dann, weil das Priesteramt selbst alt und ehrwürdig, auch besonders dadurch heilig und ausgezeichnet ist, daß es zu Lebzeiten nicht entzogen wird.

(2) Denn obwohl die anderen Priesterämter an Würde fast gleich sind, werden sie ebenso zugeteilt wie genommen; hierbei hat das Schicksal nur insofern Macht, daß es sie geben kann.

(3) Mir aber scheint auch das eines Glückwunsches wert, daß ich der Nachfolger des Iulius Frontinus geworden bin, eines hervorragenden Mannes, der während all dieser Jahre am Tag der Nominierung immer wieder mich für das Priesteramt vorschlug, gleichsam als ob er mich an seine Stelle wählen wollte; das hat jetzt der Ausgang der Wahl so bestätigt, daß es offenbar nicht zufällig geschehen ist.

(4) Te quidem, ut scribis, ob hoc maxime delectat auguratus meus, quod M. Tullius augur fuit. laetaris enim, quod honoribus eius insistam, quem aemulari studiis cupio. (5) sed utinam, ut sacerdotium idem, ut consulatum multo etiam iuvenior quam ille sum consecutus, ita senex saltem ingenium eius aliqua ex parte adsequi possim! (6) sed nimirum, quae sunt in manu hominum, et mihi et multis contigerunt, illud vero ut adipisci arduum, sic etiam sperare nimium est, quod dari non nisi a dis potest. vale.

IX

C. Plinius [Cornelio] Urso suo s.

(1) Causam per hos dies dixit Iulius Bassus, homo laboriosus et adversis suis clarus. accusatus est sub Vespasiano a privatis duobus; ad senatum remissus diu pependit, tandem absolutus vindicatusque. (2) Titum timuit ut Domitiani amicus, a Domitiano relegatus est; revocatus a Nerva sortitusque Bithyniam rediit reus, accusatus non minus acriter quam fideliter defensus. varias sententias habuit, plures tamen quasi mitiores.

(3) Egit contra eum Pomponius Rufus, vir paratus et vehemens; Rufo successit Theophanes, unus ex legatis, fax accusationis et origo. (4) respondi ego; nam mihi Bassus iniunxerat, totius defensionis fundamenta iacerem, dice-

(4) Dir macht freilich, wie Du schreibst, deswegen mein Augurat am meisten Freude, weil M. Tullius Augur war.[29] Du freust Dich nämlich, daß ich in die Ehrenstellen desjenigen eintrete, den ich auch in den Studien nachahmen möchte. (5) Wie ich das Priesteramt und das Konsulat sogar in viel jüngeren Jahren erlangt habe als er, so möchte ich im Alter wenigstens zum Teil sein Talent erreichen können! (6) Aber freilich, was in die Hand der Menschen gegeben ist, ist mir und vielen zuteil geworden; was nur die Götter verleihen können, das ist schwierig zu erreichen und auch nur zu erhoffen. Lebe wohl!

9

C. Plinius grüßt seinen Cornelius Ursus[30]

(1) In diesen Tagen mußte Iulius Bassus[31] sich vor Gericht verteidigen, ein vielgeplagter Mann, und bekannt durch sein Mißgeschick. Er wurde unter Vespasian von zwei Privatleuten angeklagt; sein Fall wurde an den Senat verwiesen, und er schwebte lange Zeit in Ungewißheit, schließlich wurde er freigesprochen und rehabilitiert. (2) Er fürchtete den Titus, da er ein Freund des Domitian war; von Domitian wurde er verbannt; von Nerva zurückgerufen, erhielt er durch das Los Bithynien als Provinz, kehrte aber als Angeklagter zurück und wurde ebenso heftig beschuldigt wie gewissenhaft verteidigt. Es gab verschiedene Anträge gegen ihn, die Mehrzahl jedoch war wohl ziemlich milde.

(3) Gegen ihn trat Pomponius Rufus auf, ein schlagfertiger und hitziger Mann; auf Rufus folgte Theophanes, einer von den Gesandten, der Anstifter und Urheber der Anklage. (4) Ich antwortete ihm; denn Bassus hatte mir aufgetragen, die grundlegenden Argumente für seine Verteidigung vorzubringen; ich sollte über seine Vorzüge

rem de ornamentis suis, quae illi et ex generis claritate et ex periculis ipsis magna erant, (5) dicerem de conspiratione delatorum, quam in quaestu habebant, dicerem causas, quibus factiosissimum quemque, ut illum ipsum Theophanen, offendisset. eundem me voluerat occurrere crimini, quo maxime premebatur. in aliis enim quamvis auditu gravioribus non absolutionem modo, verum etiam laudem merebatur; (6) hoc illum onerabat, quod homo simplex et incautus quaedam a provincialibus ut amicus acceperat; nam fuerat in eadem provincia quaestor. haec accusatores furta et rapinas, ipse munera vocabat.

(7) Sed lex munera quoque accipi vetat. hic ego quid agerem, quod iter defensionis ingrederer? negarem? verebar, ne plane furtum videretur, quod confiteri timerem. praeterea rem manifestam infitiari augentis erat crimen, non diluentis, praesertim cum reus ipse nihil integrum advocatis reliquisset. multis enim atque etiam principi dixerat sola se munuscula dumtaxat natali suo aut Saturnalibus accepisse et plerisque misisse. (8) veniam ergo peterem? iugulassem reum, quem ita deliquisse concederem, ut servari nisi venia non posset. tamquam recte factum tuerer? (9) non illi profuissem, sed ipse impudens exstitissem. in hac difficultate placuit medium quiddam tenere: videor tenuisse.

sprechen, die er wegen seiner vornehmen Herkunft und gerade wegen seiner Gefährdungen in großer Zahl besaß; (5) ich sollte über die Verschwörung der Denunzianten sprechen, die sie wegen des Gewinns eingegangen waren;[32] ich sollte die Gründe nennen, aus denen heraus er gerade die eifrigsten Parteileute, wie jenen Theophanes selbst, gekränkt hatte. Auch wollte er, daß ich der Beschuldigung entgegentrete, die ihn am meisten drückte. Denn in den anderen Anklagepunkten verdiente er, auch wenn sie sich schlimmer anhörten, nicht nur Freispruch, sondern sogar Lob; (6) das belastete ihn, daß er als argloser und unvorsichtiger Mensch von den Provinzbewohnern etwas wie ein Freund angenommen hatte; er war nämlich in derselben Provinz Quästor gewesen. Das nannten seine Ankläger Diebstahl und Raub, er selbst aber nannte es Geschenke.

(7) Doch das Gesetz verbietet auch die Annahme von Geschenken. Was sollte ich hier tun? Welchen Weg der Verteidigung sollte ich einschlagen? Sollte ich leugnen? Ich fürchtete, daß das wirklich als Diebstahl erschiene, was einzugestehen ich mich scheute. Außerdem, eine klare Tatsache zu leugnen, hieß, den Vorwurf zu vergrößern, nicht ihn zu widerlegen, zumal der Angeklagte selbst den Anwälten in nichts freie Hand gelassen hatte. Denn vielen und auch dem Kaiser hatte er gesagt, er habe nur ganz kleine Geschenke an seinem Geburtstag oder an den Saturnalien angenommen und auch den meisten solche geschickt. (8) Sollte ich also um Nachsicht bitten? Ich hätte dem Angeklagten den Strick um den Hals gelegt, hätte ich zugegeben, daß er sich so vergangen habe, daß er nur durch Begnadigung gerettet werden könne. Sollte ich sein Verhalten als richtig verteidigen? (9) Ich hätte ihm nicht genützt, aber ich selbst hätte als unverschämt dagestanden. In dieser schwierigen Lage hielt ich es für richtig, sozusagen einen Mittelweg einzuschlagen; ich glaube, ihn eingeschlagen zu haben.

Actionem meam, ut proelia solet, nox diremit. egeram horis tribus et dimidia, supererat sesquihora. nam, cum e lege accusator sex horas, novem reus accepisset, ita diviserat tempora reus inter me et eum, qui dicturus post erat, ut ego quinque horis, ille reliquis uteretur. (10) mihi successus actionis silentium finemque suadebat. temerarium est enim secundis non esse contentum. ad hoc verebar, ne me corporis vires iterato labore desererent, quem difficilius est repetere quam iungere. (11) erat etiam periculum, ne reliqua actio mea et frigus ut deposita et taedium ut resumpta pateretur. ut enim faces ignem adsidua concussione custodiunt, dimissum aegerrime reparant. sic et dicentis calor et audientis intentio continuatione servatur, intercapedine et quasi remissione languescit. (12) sed Bassus multis precibus, paene etiam lacrimis, obsecrabat implerem meum tempus. parui utilitatemque eius praetuli meae. bene cessit: inveni ita erectos animos senatus, ita recentes, ut priore actione incitati magis quam satiati viderentur.

(13) Successit mihi Lucceius Albinus tam apte, ut orationes nostrae varietatem duarum, contextum unius habuisse credantur. (14) respondit Herennius Pollio instanter et graviter, deinde Theophanes rursus. fecit enim hoc quoque, ut cetera, impudentissime, quod post duos et

Meine Rede unterbrach, wie es bei einer Schlacht zu geschehen pflegt, die Nacht. Ich hatte dreieinhalb Stunden plädiert, es blieben mir noch anderthalb Stunden übrig. Denn da nach dem Gesetz der Ankläger sechs, der Angeklagte neun Stunden erhalten hatte, so hatte der Angeklagte die Zeit zwischen mir und dem, der nach mir sprechen sollte, so aufgeteilt, daß ich fünf Stunden, jener die übrigen bekommen sollte. (10) Der Erfolg meiner Rede riet mir zu schweigen und aufzuhören; es ist nämlich unbesonnen, sich mit einem Erfolg nicht zufriedenzugeben. Außerdem fürchtete ich, meine Körperkräfte könnten mich verlassen, wenn ich meine Arbeit wiederaufnähme; denn es ist schwieriger, eine Arbeit von neuem aufzunehmen als sie ohne Unterbrechung fortzusetzen. (11) Es bestand nämlich die Gefahr, daß meine restliche Rede, da sie einmal abgebrochen war, frostige Aufnahme, und da sie wiederaufgenommen war, Überdruß erzeugen könnte. Wie nämlich Fackeln durch dauernde Bewegung ihr Feuer erhalten – ist es aber ausgegangen, bedarf es größter Mühe, es wieder anzuzünden –, so werden auch die Leidenschaft des Redners und die Aufmerksamkeit des Zuhörers durch ununterbrochenen Vortrag aufrechterhalten, während durch Unterbrechung und sozusagen durch Erschlaffung beide nachlassen. (12) Aber Bassus beschwor mich unter vielen Bitten, fast auch unter Tränen, meine Zeit vollständig auszunutzen. Ich gab nach und zog seinen Vorteil dem meinigen vor. Die Sache ging gut; ich fand den Senat so erwartungsvoll, so frisch, daß er durch meine erste Rede eher angeregt als gesättigt schien.

(13) Nach mir folgte Lucceius Albinus; er sprach so passend, daß man glauben konnte, unsere Darlegungen hätten die Verschiedenheit zweier Reden, aber den gedanklichen Zusammenhang einer einzigen gehabt. (14) Es antwortete Herennius Pollio mit großer Heftigkeit und mit Nachdruck; darauf sprach wieder Theophanes. Er handelte nämlich hierbei, wie auch sonst, sehr unver-

consulares et disertos tempus sibi et quidem laxius vindicavit. dixit in noctem atque etiam nocte inlatis lucernis. (15) postero die egerunt pro Basso Homullus et Fronto mirifice: quartum diem probationes occuparunt.

(16) Censuit Baebius Macer, consul designatus, lege repetundarum Bassum teneri, Caepio Hispo, salva dignitate iudices dandos; uterque recte. ‘qui fieri potest’, inquis. ‘cum tam diversa censuerint?’ (17) quia scilicet et Macro legem intuenti consentaneum fuit damnare eum, qui contra legem munera acceperat, et Caepio, cum putaret licere senatui, sicut licet, et mitigare leges et intendere, non sine ratione veniam dedit facto vetito quidem, non tamen insitato.

(18) Praevaluit sententia Caepionis, quin immo consurgenti ad censendum acclamatum est, quod solet residentibus. ex quo potes aestimare, quanto consensu sit exceptum, cum diceret, quod tam favorabile fuit, cum dicturus videretur. (19) sunt tamen ut in senatu ita in civitate in duas partes hominum iudicia divisa. nam, quibus sententia Caepionis placuit, sententiam Macri ut rigidam duramque reprehendunt; quibus Macri, illam alteram dissolutam atque etiam incongruentem vocant; negant enim congruens esse retinere in senatu, cui iudices dederis.

schämt, indem er nach zwei Konsularen und dazu noch gewandten Rednern noch Zeit für sich, und zwar ziemlich viel, beanspruchte. Er sprach bis in die Dunkelheit und sogar noch nachts, als man schon die Lichter hereingebracht hatte. (15) Am folgenden Tage sprachen Homullus und Fronto in großartiger Weise für Bassus; den vierten Tag nahm die Beweisaufnahme in Anspruch.

(16) Der designierte Konsul Baebius Macer beantragte, Bassus falle unter das Repetundengesetz, Caepio Hispo, er müsse unbeschadet seines senatorischen Ranges vor eine richterliche Kommission gestellt werden;[33] beide hatten recht. »Wie konnte das geschehen«, fragst Du, »da doch beide so entgegengesetzte Ansichten vertreten haben?« (17) Weil es natürlich für Macer, der nur das Gesetz vor Augen hatte, folgerichtig war, den zu verurteilen, der gesetzeswidrig Geschenke angenommen hatte, während Caepio in dem Glauben, dem Senat sei erlaubt – wie es ja wirklich zutrifft –, Gesetze zu mildern und zu verschärfen, nicht ohne Grund für eine zwar verbotene, aber doch nicht unübliche Handlung Nachsicht zubilligte.

(18) Der Antrag des Caepio gewann die Oberhand; ja, als er sich erhob, um seinen Antrag zu stellen, erhielt er sogar Beifall, was nur zu geschehen pflegt, wenn sich der Redner wieder setzt. Daraus kann man schließen, mit welcher Einmütigkeit seine Worte aufgenommen wurden, da sie schon so willkommen waren, als er sich erst anschickte zu reden. (19) Es sind jedoch wie im Senat, so auch in der Bürgerschaft die Meinungen der Menschen in zwei Parteien geteilt. Denn diejenigen, denen der Antrag des Caepio gefiel, tadelten den Antrag des Macer als zu streng und zu hart; diejenigen, denen der Antrag des Macer zusagte, nannten den anderen haltlos und sogar inkonsequent; denn sie sagten, es sei nicht konsequent, jemanden im Senat zu behalten, den man vor eine richterliche Kommission gestellt habe.

(20) Fuit et tertia sententia: Valerius Paulinus adsensus Caepioni hoc amplius censuit referendum de Theophane, cum legationem renuntiasset. arguebatur enim multa in accusatione fecisse, quae illa ipsa lege, qua Bassum accusaverat, tenerentur. (21) sed hanc sententiam consules, quamquam maximae parti senatus mire probabatur, non sunt persecuti. Paulinus tamen et iustitiae famam et constantiae tulit. (22) misso senatu Bassus magna hominum frequentia, magno clamore, magno gaudio exceptus est. fecerat eum favorabilem renovata discriminum vetus fama notumque periculis nomen et in procero corpore maesta et squalida senectus.

(23) Habebis hanc interim epistulam ut πρόδρομον, exspectabis orationem plenam onustamque, exspectabis diu: neque enim leviter et cursim, ut de re tanta, retractanda est. vale.

X

C. Plinius [Statio] Sabino suo s.

(1) Scribis mihi Sabinam, quae nos reliquit heredes, Modestum, servum suum, nusquam liberum esse iussisse, eidem tamen sic adscripsisse legatum: 'Modesto, quem liberum esse iussi.' quaeris, quid sentiam. contuli cum prudentibus: (2) convenit inter omnes nec libertatem deberi,

(20) Es gab auch noch einen dritten Antrag: Valerius Paulinus, der dem Caepio zustimmte, ging darüber hinaus und beantragte eine gerichtliche Untersuchung gegen Theophanes, sobald er vom Amt des Legaten zurückgetreten sei.[34] Er wurde nämlich beschuldigt, vieles während der Anklage getan zu haben, was gerade unter das Gesetz fiel, nach dem er Bassus angeklagt hatte. (21) Aber obwohl dieser Antrag vom größten Teil des Senates erstaunlicherweise gebilligt wurde, ließen ihn die Konsuln doch nicht zu. Paulinus jedoch erwarb sich den Ruf der Gerechtigkeit und Standhaftigkeit. (22) Nach Beendigung der Senatssitzung wurde Bassus von einer großen Menschenmenge mit lautem Beifall und großem Jubel empfangen. Zu seinen Gunsten wirkte sich aus der wieder erneuerte alte Ruhm seiner entscheidenden Kämpfe, sein durch Gefahren bekanntgewordener Name und die hohe Gestalt des alten Mannes, der bedrückt und von Trauer gezeichnet war.

(23) Diesen Brief erhältst Du inzwischen als Vorläufer; auf meine volle, schwer beladene Rede wirst Du noch warten müssen; Du wirst noch lange warten müssen, denn sie darf nicht so leicht und flüchtig überarbeitet werden, da es sich ja um einen so wichtigen Gegenstand handelt. Lebe wohl!

10

C. Plinius grüßt seinen [Statius] Sabinus[35]

(1) Du schreibst mir, Sabina, die uns testamentarisch als Erben eingesetzt hat, habe nirgends bestimmt, daß ihr Sklave Modestus frei sei; dennoch habe sie ihm ein Legat mit folgenden Worten vermacht: »Für Modestus, dessen Freilassung ich bestimmt habe.« Du fragst nach meiner Meinung. Ich habe mich mit Fachleuten beraten. (2) Alle stimmen darin überein, daß ihm weder die Freiheit zuste-

quia non sit data, nec legatum, quia servo suo dederit. sed mihi manifestus error videtur, ideoque puto nobis, quasi scripserit Sabina, faciendum, quod ipsa scripsisse se credidit.

(3) Confido accessurum te sententiae meae, cum religiosissime soleas custodire defunctorum voluntatem, quam bonis heredibus intellexisse pro iure est. neque enim minus apud nos honestas quam apud alios necessitas valet. (4) moretur ergo in libertate sinentibus nobis, fruatur legato, quasi omnia diligentissime caverit. cavit enim, quae heredes bene elegit. vale.

XI

C. Plinius [Cornelio] Miniciano suo s.

(1) Audistine Valerium Licinianum in Sicilia profiteri? nondum te puto audisse: est enim recens nuntius. (2) praetorius modo hic inter eloquentissimos causarum actores habebatur; nunc eo decidit, ut exsul de senatore, rhetor de oratore fieret.

(3) Itaque ipse in praefatione dixit dolenter et graviter: ‘quos tibi, Fortuna, ludos facis? facis enim ex senatoribus professores, ex professoribus senatores.’ cui sententiae tantum bilis, tantum amaritudinis inest, ut mihi videatur ideo professus, ut hoc diceret. idem, cum Graeco pallio

he, da sie ihm nicht ausdrücklich geschenkt worden sei, noch das Legat, weil sie es ihm als ihrem Sklaven vermacht habe.[36] Aber mir scheint ein offensichtlicher Irrtum vorzuliegen; und deshalb meine ich, wir müßten so verfahren, als ob Sabina geschrieben habe, was sie selbst glaubte, geschrieben zu haben.

(3) Ich vertraue darauf, daß Du Dich meiner Meinung anschließen wirst, da Du sehr gewissenhaft den Willen Verstorbener zu beachten pflegst, der anständigen Erben als verbindlich gilt, wenn sie ihn richtig verstanden haben. Denn bei uns vermag Rechtschaffenheit nicht weniger als bei anderen der Zwang. (4) Modestus soll also mit unserer Zustimmung frei bleiben, er soll auch in den Genuß seines Legates kommen, als ob sie alle gesetzlichen Vorschriften genau beachtet hätte. Sie hat sie nämlich beachtet, da sie die Erben gut ausgewählt hat. Lebe wohl!

11

C. Plinius grüßt seinen Cornelius Minicianus[37]

(1) Hast Du schon gehört, daß Valerius Licinianus in Sizilien als Lehrer der Beredsamkeit auftritt? Du hast es wohl noch nicht gehört; denn die Nachricht ist neu. (2) Vor kurzem noch wurde dieser Prätorier zu den redegewandtesten Anwälten gezählt; nun ist er so heruntergekommen, daß er vom Senator zum Verbannten, vom Redner zum Redelehrer wurde.

(3) Deshalb sagte er selbst bei der Einleitung seiner Vorträge in einem wehmütigen und pathetischen Ton: »Welches Spiel treibst du mit uns, Fortuna? Du machst nämlich aus Senatoren Lehrer und aus Lehrern Senatoren.« In diesem Ausspruch ist so viel Galle, so viel Bitterkeit enthalten, daß ich glaube, er ist deshalb Lehrer der Beredsamkeit geworden, um dieses sagen zu können. Als er mit einem griechischen Mantel bekleidet den Hörsaal betreten

amictus intrasset (carent enim togae iure, quibus aqua et igni interdictum est), postquam se composuit circumspexitque habitum suum, 'Latine', inquit, 'declamaturus sum'.

(4) Dices tristia et miseranda, dignum tamen illum, qui haec ipsa studia incesti scelere macularit. (5) confessus est quidem incestum, sed incertum, utrum quia verum erat, an quia graviora metuebat, si negasset. fremebat enim Domitianus aestuabatque in ingenti invidia destitutus. (6) nam cum Corneliam, Vestalium maximam, defodere vivam concupisset, ut qui inlustrari saeculum suum eius modi exemplis arbitraretur, pontificis maximi iure seu potius immanitate tyranni, licentia domini reliquos pontifices non in Regiam, sed in Albanam villam convocavit. nec minore scelere, quam quod ulcisci videbatur, absentem inauditamque damnavit incesti, cum ipse fratris filiam incesto non polluisset solum, verum etiam occidisset; nam vidua abortu perit.

(7) Missi statim pontifices, qui defodiendam necandamque curarent. illa nunc ad Vestam, nunc ad ceteros deos manus tendens, multa, sed hoc frequentissime clamitabat: 'me Caesar incestam putat, qua sacra faciente vicit, triumphavit!' (8) blandiens haec an inridens, ex fiducia sui an ex contemptu principis dixerit, dubium est; dixit, donec ad supplicium, nescio an innocens, certe tamquam innocens, ducta est. (9) quin etiam, cum in illud subterraneum demitteretur haesissetque descendenti stola, vertit se ac recollegit, cumque ei manum carnifex daret, aversata est et

hatte – Verbannte haben nämlich nicht das Recht, eine Toga zu tragen –, sich in Positur gestellt und seine Kleidung betrachtet hatte, sagte er: »Ich werde lateinisch vortragen.«

(4) Du wirst sagen: traurig und bemitleidenswert; und doch hat er es verdient, weil er unsere Studien durch das Verbrechen des Inzestes entehrt hat.[38] (5) Er hat zwar den Inzest gestanden, aber es ist ungewiß, ob deshalb, weil es wahr war, oder weil er eine schwerere Strafe befürchtete, wenn er es geleugnet hätte. Denn Domitian tobte und kochte vor Wut, alleingelassen in seinem gewaltigen Haß. (6) Denn als er die oberste Vestalin Cornelia[39] lebendig begraben lassen wollte, in der Überzeugung, er könne seiner Zeit durch derartige Beispiele Glanz verleihen, rief er mit dem Recht des Oberpriesters[40] oder vielmehr mit der Grausamkeit des Tyrannen und der Willkür des Herrschers die übrigen Priester nicht in die Regia[41], sondern in sein Albaner Landhaus. Er verurteilte sie in Abwesenheit und ohne Anhörung wegen Inzests – kein geringeres Verbrechen als das, welches er zu bestrafen schien –, obwohl er selbst die Tochter seines Bruders durch Inzest nicht nur geschändet, sondern auch getötet hatte; denn sie starb als Witwe an den Folgen einer Abtreibung.

(7) Sofort wurden die Priester geschickt, um sie eingraben und töten zu lassen. Sie erhob ihre Hände bald zur Vesta, bald zu den übrigen Göttern und rief unter vielem anderen immer wieder folgendes: »Mich hält der Kaiser für unzüchtig, mich, durch deren Opfer er siegte und Triumphe feierte!« (8) Ob sie das aus Schmeichelei oder aus Spott,[42] aus Selbstvertrauen oder Verachtung gegen den Kaiser gesagt hat, ist unklar. Sie rief es, bis sie zur Hinrichtung geführt wurde, vielleicht unschuldig, sicherlich wie eine Unschuldige. (9) Ja, als sie in die unterirdische Kammer geführt wurde und ihr beim Hinabsteigen die Stola hängenblieb, wandte sie sich um und raffte sie zusammen; und als ihr der Henker die Hand reichte,

resiluit foedumque contactum quasi plane a casto puroque corpore novissima sanctitate reiecit omnibusque numeris pudoris πολλὴν πρόνοιαν ἔσχεν εὐσχήμων πεσεῖν. (10) praeterea Celer, eques Romanus. cui Cornelia obiciebatur, cum in comitio virgis caederetur, in hac voce persliterat: 'quid feci? nihil feci.'

(11) Ardebat ergo Domitianus et crudelitatis et iniquitatis infamia. arripit Licinianum, quod in agris suis occultasset Corneliae libertam. ille ab his, quibus erat curae, praemonetur, si comitium et virgas pati nollet, ad confessionem confugeret quasi ad veniam: fecit. (12) locutus est pro absente Herennius Senecio tale quiddam, quale est illud: κεῖται Πάτροκλος. ait enim: 'ex advocato nuntius factus sum; Licinianus recessit.' (13) gratum hoc Domitiano adeo quidem, ut gaudio proderetur diceretque: 'absolvit nos Licinianus.' adiecit etiam non esse verecundiae eius instandum; ipsi vero permisit, si qua posset, ex rebus suis rapere, antequam bona publicarentur, exiliumque molle velut praemium dedit. (14) ex quo tamen postea clementia divi Nervae translatus est in Siciliam, ubi nunc profitetur seque de fortuna praefationibus vindicat.

(15) Vides, quam obsequenter paream tibi, qui non solum res urbanas, verum etiam peregrinas tam sedulo scribo, ut altius repetam. et sane putabam te, quia tunc afuisti,

wandte sie sich ab, sprang zurück und wies die schändliche Berührung von ihrem gleichsam ganz unberührten und reinen Körper mit höchster Frömmigkeit zurück und nach allen Regeln des Anstands »war sie sorgfältig darauf bedacht, mit Anstand zu fallen.«[43] (10) Außerdem hatte der römische Ritter Celer, dem man das Vergehen an Cornelia vorwarf, immer wieder die Worte ausgerufen, als man ihn auf dem Comitium[44] mit Ruten auspeitschte: »Was habe ich getan? Nichts habe ich getan!«

(11) Auf Domitian also lastete schwer die Schmach der Grausamkeit und Ungerechtigkeit. Er ließ Licinianus anklagen, weil er auf seinen Landgütern eine Freigelassene der Cornelia versteckt habe. Diejenigen, die sich Sorge um ihn machten, rieten ihm vorher, er solle seine Zuflucht zum Geständnis nehmen wie zu einer Begnadigung, wenn er nicht die Auspeitschung auf dem Comitium erleiden wolle. Er tat es. (12) In seiner Abwesenheit sprach für ihn Herennius Senecio[45] etwa in dem Sinne wie jenes berühmte Wort: »Patroklos ist gefallen.«[46] Denn er sagte: »Aus einem Anwalt bin ich zum Boten geworden; Licinianus hat sich von seiner Verteidigung zurückgezogen.« (13) Das war Domitian so angenehm, daß er sich in seiner Freude verriet und sagte: »Licinianus hat uns freigesprochen.« Er fügte noch hinzu, man dürfe seinem Schamgefühl nicht zu nahe treten; er erlaubte ihm sogar, von seinem Vermögen zusammenzuraffen, soviel er könne, bevor sein Hab und Gut versteigert werde; und er gab ihm gleichsam zur Belohnung eine milde Verbannung.[47] (14) Aus dieser jedoch ist er später durch die Milde des göttlichen Nerva nach Sizilien gebracht worden, wo er jetzt rhetorische Vorlesungen hält und sich in seinen Einleitungen am Schicksal rächt.

(15) Du siehst, wie bereitwillig ich Dir gehorche; ich schreibe nicht nur Ereignisse aus der Stadt, sondern auch auswärtige so fleißig, daß ich sogar weiter aushole; und ich glaubte wirklich, daß Du, weil Du damals nicht da

nihil aliud de Liciniano audisse, quam relegatum ob incestum. summam enim rerum nuntiat fama, non ordinem. (16) mereor, ut vicissim, quid in oppido tuo, quid in finitimis agatur (solent enim quaedam notabilia incidere), perscribas; denique quidquid voles, dum modo non minus longa epistula, nuntia! ego non paginas tantum, sed versus etiam syllabasque numerabo. vale.

XII

C. Plinius [Maturo] Arriano suo s.

(1) Amas Egnatium Marcellinum atque etiam mihi saepe commendas: amabis magis commendabisque, si cognoveris eius recens factum.

(2) Cum in provinciam quaestor exisset scribamque, qui sorte obtigerat, ante legitimum salarii tempus amisisset, quod acceperat, scribae daturus, intellexit et statuit subsidere apud se non oportere. (3) itaque reversus Caesarem, deinde Caesare auctore senatum consuluit, quid fieri de salario vellet. parva quaestio, sed tamen quaestio. heredes scribae sibi, praefecti aerari populo vindicabant. (4) acta causa est; dixit heredum advocatus, deinde populi, uterque percommode. Caecilius Strabo aerario censuit inferendum, Baebius Macer heredibus dandum; obtinuit Strabo.

(5) Tu lauda Marcellinum, ut ego statim feci! quamvis enim abunde sufficiat illi, quod est et a principe et a senatu

warst, nichts anderes über Licinianus gehört habest, als daß er wegen Inzests verbannt worden sei. Denn ein Gerücht berichtet nur die Hauptsache des Geschehens, nicht den genauen Verlauf. (16) Ich verdiene, daß Du mir umgekehrt genau berichtest, was in Deiner Stadt, was in Deiner Nachbarschaft geschieht – denn irgend etwas Bemerkenswertes ereignet sich ja immer –, kurz, berichte mir, was Du willst, wenn nur Dein Brief nicht weniger lang ist. Ich werde nicht nur die Seiten, sondern auch die Zeilen und Silben zählen. Lebe wohl!

12

C. Plinius grüßt seinen Arrianus Maturus[48]

(1) Du liebst den Egnatius Marcellinus und empfiehlst ihn mir auch häufig; Du wirst ihn noch mehr lieben und empfehlen, wenn Du von seiner jüngsten Tat erfährst.

(2) Er war als Quästor in seine Provinz gegangen und hatte seinen Schreiber, den er durchs Los erhalten hatte, vor der gesetzlichen Zeit der Lohnauszahlung verloren. Da erkannte er sofort, daß das Geld, das er bekommen hatte, um es dem Schreiber zu geben, nicht bei ihm bleiben dürfe. (3) Deshalb fragte er nach seiner Rückkehr den Kaiser, darauf auf dessen Veranlassung den Senat um Rat, was mit dem Geld geschehen solle. Eine unbedeutende Frage, aber doch eine Frage. Die Erben des Schreibers beanspruchten es für sich, die Präfekten des Staatsschatzes für das Volk. (4) Es kam zum Prozeß; es sprach der Anwalt der Erben, dann der des Volkes, beide sehr gut. Caecilius Strabo beantragte, das Geld müsse in den Staatsschatz eingezahlt werden, Baebius Macer, es müsse den Erben gegeben werden; Strabo behielt die Oberhand.

(5) Lobe den Marcellinus, wie ich es sofort getan habe. Zwar dürfte es ihm nämlich völlig genügen, daß Kaiser

probatus, gaudebit tamen testimonio tuo. (6) omnes enim, qui gloria famaque ducuntur, mirum in modum adsensio et laus a minoribus etiam profecta delectat. te vero Marcellinus ita veretur, ut iudicio tuo plurimum tribuat. (7) accedit his, quod, si cognoverit factum suum isto usque penetrasse, necesse est laudis suae spatio et cursu et peregrinatione laetetur. etenim nescio quo pacto vel magis homines iuvat gloria lata quam magna. vale.

XIII

C. Plinius [Cornelio] Tacito suo s.

(1) Salvum in urbem venisse gaudeo. venisti autem, si quando alias, nunc maxime mihi desideratus. ipse pauculis adhuc diebus in Tusculano commorabor, ut opusculum, quod est in manibus, absolvam. (2) vereor enim, ne, si hanc intentionem iam in fine laxavero, aegre resumam. interim, ne quid festinationi meae pereat, quod sum praesens petiturus, hac quasi praecursoria epistula rogo. sed prius accipe causas rogandi!

(3) Proxime cum in patria mea fui, venit ad me salutandum municipis mei filius praetextatus. huic ego 'studes?' inquam. respondit: 'etiam.' – 'ubi?' – 'Mediolani.' – 'cur non hic?' et pater eius (erat enim una atque etiam ipse adduxerat puerum): 'quia nullos hic praeceptores habemus.' – 'quare nullos? (4) nam vehementer intererat vestra, qui patres estis' (et opportune complures patres audiebant),

und Senat ihn gelobt haben, aber dennoch wird er sich über Dein Zeugnis freuen. (6) Denn alle, die sich von Ruhm und Ehre leiten lassen, sind in erstaunlicher Weise empfänglich für Zustimmung und Lob, auch von unbedeutenderen Menschen. Dich aber verehrt Marcellinus so, daß er auf Dein Urteil sehr großen Wert legt. (7) Dazu kommt noch folgendes: Wenn er erfährt, daß seine Tat bis zu Dir gedrungen ist, dann muß er sich auch über die weite und schnelle Verbreitung seiner Anerkennung freuen. Denn irgendwie freuen sich die Menschen sogar mehr über weitverbreiteten als über großen Ruhm. Lebe wohl!

13

C. Plinius grüßt seinen Cornelius Tacitus[49]

(1) Ich freue mich, daß Du wohlbehalten in die Stadt gekommen bist; wenn überhaupt jemals, so ist Deine Ankunft mir jetzt ganz besonders willkommen. Ich selbst werde mich noch wenige Tage auf meinem Landgut bei Tusculum[50] aufhalten, um ein kleines Werk, das ich in Arbeit habe, zu vollenden. (2) Ich fürchte nämlich, wenn ich, schon fast am Ende, in meinem Eifer nachlasse, werde ich die Arbeit nur mit Mühe wieder aufnehmen. Damit mir meine Ungeduld nichts verdirbt, bitte ich Dich inzwischen in diesem Brief gleichsam als einem Vorläufer, um was ich Dich noch persönlich bitten werde. Aber höre zuerst die Beweggründe meiner Bitte.

(3) Als ich kürzlich in meiner Heimatstadt war, kam der jugendliche Sohn eines Mitbürgers zu mir, um mir seine Aufwartung zu machen.[51] Ich fragte ihn: »Studierst du?« Er antwortete: »Ja.« »Wo?« »In Mailand.« »Warum nicht hier?« Und sein Vater – er war nämlich dabei und hatte auch selbst den Jungen mitgebracht – sagte: »Weil wir hier keine Lehrer haben.« »Warum habt ihr keine? (4) Denn ihr hättet, die ihr Väter seid« – und glücklicherweise hör-

'liberos vestros hic potissimum discere. ubi enim aut iucundius morarentur quam in patria, aut pudicius continerentur quam sub oculis parentum, aut minore sumptu quam domi? (5) quantulum est ergo collata pecunia conducere praeceptores, quodque nunc in habitationes, in viatica, in ea, quae peregre emuntur (omnia autem peregre emuntur), impenditis, adicere mercedibus?

Atque adeo ego, qui nondum liberos habeo, paratus sum pro re publica nostra, quasi pro filia vel parente, tertiam partem eius, quod conferre vobis placebit, dare. (6) totum etiam pollicerer, nisi timerem, ne hoc munus meum quandoque ambitu corrumperetur, ut accidere multis in locis video, in quibus praeceptores publice conducuntur. (7) huic vitio occurri uno remedio potest, si parentibus solis ius conducendi relinquatur, isdemque religio recte iudicandi necessitate collationis addatur. (8) nam, qui fortasse de alieno neglegentes, certe de suo diligentes erunt dabuntque operam, ne a me pecuniam non nisi dignus accipiat, si accepturus et ab ipsis erit. (9) proinde consentite, conspirate maioremque animum ex meo sumite, qui cupio esse quam plurimum, quod debeam conferre.

Nihil honestius praestare liberis vestris, nihil gratius patriae potestis. educentur hic, qui hic nascuntur, statimque ab infantia natale solum amare, frequentare consuescant.

ten mehrere Väter zu –, »doch ein großes Interesse daran haben müssen, daß eure Kinder am liebsten hier studieren. Wo nämlich könnten sie angenehmer leben als in ihrer Heimatstadt oder in besserer Zucht gehalten werden als unter den Augen der Eltern oder weniger kosten als zu Hause?

(5) Es wäre doch eine Kleinigkeit, Geld zu sammeln und Lehrer anzustellen und das, was ihr jetzt für Wohnung, Reisegeld und für Dinge, die man in der Fremde kauft – in der Fremde aber wird alles gekauft –, aufwendet, der Besoldung hinzuzufügen?

Ja sogar ich, der ich noch keine Kinder habe, bin bereit, für unsere Gemeinde wie für eine Tochter oder eine Mutter ein Drittel der Summe zu geben, die ihr zusammenbringen wollt. (6) Ich würde auch den ganzen Betrag versprechen, wenn ich nicht fürchtete, meine Spende könnte irgendeinmal zur Bestechung mißbraucht werden, was, wie ich sehe, an vielen Orten geschieht, an denen Lehrer auf Gemeindekosten angestellt werden. (7) Diesem Übel kann man nur mit einem Mittel begegnen, wenn man den Eltern allein das Anstellungsrecht überläßt und ihnen zugleich mit dem Zwang des Kostenbeitrags die Verpflichtung, die richtige Wahl zu treffen, auferlegt. (8) Denn, mag einer vielleicht mit fremdem Geld nachlässig umgehen, bei seinem eigenen wird er sicher Sorgfalt walten lassen. Er wird sich Mühe geben, daß nur ein Würdiger das Geld von mir bekommt, wenn er auch von ihnen selbst etwas bekommen wird. (9) Deshalb seid einig, handelt gemeinsam und faßt noch größeren Mut aus meinem Beispiel; denn ich wünsche, daß der Betrag, den ich beisteuern muß, möglichst groß sei.

Nichts Ehrenvolleres könnt ihr euren Kindern, nichts Willkommeneres eurer Heimatstadt erweisen. Es sollen hier erzogen werden, die hier geboren werden; und sofort von Kindheit an sollen sie sich gewöhnen, ihren Geburtsort zu lieben und gern dort zu wohnen. Und möchtet ihr

atque utinam tam claros praeceptores inducatis, ut in finitimis oppidis studia hinc petantur, utque nunc liberi vestri aliena in loca, ita mox alieni in hunc locum confluant!'

(10) Haec putavi altius et quasi a fonte repetenda, quo magis scires, quam gratum mihi foret, si susciperes, quod iniungo. iniungo autem et pro rei magnitudine rogo, ut ex copia studiosorum, quae ad te ex admiratione ingenii tui convenit, circumspicias praeceptores, quos sollicitare possimus, sub ea tamen condicione, ne cui fidem meam obstringam. omnia enim libera parentibus servo: illi iudicent, illi eligant; ego mihi curam tantum et impendium vindico. (11) proinde, si quis fuerit repertus, qui ingenio suo fidat, eat illuc ea lege, ut hinc nihil aliud certum quam fiduciam suam ferat! vale.

XIV

C. Plinius Paterno suo s.

(1) Tu fortasse orationem, ut soles, et flagitas et exspectas; at ego quasi ex aliqua peregrina delicataque merce lusus meos tibi prodo. (2) accipies cum hac epistula hendecasyllabos nostros, quibus nos in vehiculo, in balineo, inter cenam oblectamus otium temporis. (3) his iocamur, ludimus, amamus, dolemus, querimur, irascimur, describimus aliquid modo pressius, modo elatius, atque ipsa varietate temptamus efficere, ut alia aliis, quaedam fortasse omnibus placeant. (4) ex quibus tamen si non nulla tibi

doch so berühmte Lehrer gewinnen, daß die Nachbarstädte hierher ihre Kinder zum Studium schicken, und, wie jetzt eure Kinder in fremde Städte, so mögen fremde Kinder bald in unsere Stadt strömen!«

(10) Ich glaubte, dies weiter und gleichsam von Grund auf ausführen zu müssen, damit Du um so besser weißt, wie angenehm es mir wäre, wenn Du meinen Auftrag übernähmst. Ich trage Dir aber auf und bitte Dich der Wichtigkeit der Sache entsprechend, daß Du aus der Menge der Studenten, die aus Bewunderung für Dein Talent bei Dir zusammenkommt, Lehrer auswählst, die wir zur Meldung veranlassen können, doch unter der Bedingung, daß ich keinem ein sicheres Versprechen geben kann. In allem lasse ich nämlich den Eltern freie Hand: sie sollen urteilen, sie sollen auswählen; ich beanspruche für mich nur die Aufsicht und die Kosten. (11) Wenn sich daher jemand findet, der seiner Begabung vertraut, so soll er unter der Bedingung dorthin gehen, daß er von hier keine andere Sicherheit mitnimmt als sein Selbstvertrauen. Lebe wohl!

14

C. Plinius grüßt seinen Paternus[52]

(1) Du verlangst und erwartest vielleicht wie gewöhnlich eine Rede; aber ich hole für Dich gleichsam wie aus einer fremden und feinen Warenkiste meine Spielereien hervor. (2) Du wirst zugleich mit diesem Brief meine Elfsilbler erhalten, mit denen ich im Reisewagen, im Bad und während des Essens die Mußezeit angenehm ausfülle. (3) In ihnen scherze, spiele, liebe, trauere, klage und zürne ich; ich beschreibe irgend etwas bald in einem schlichteren, bald in einem erhabeneren Ton; und ich versuche, gerade durch diese Mannigfaltigkeit zu erreichen, daß dem einen dies, dem anderen das, manches vielleicht allen gefällt. (4) Wenn Dir einiges

petulantiora paulo videbuntur, erit eruditionis tuae cogitare summos illos et gravissimos viros, qui talia scripserunt, non modo lascivia rerum, sed ne verbis quidem nudis abstinuisse; quae nos refugimus, non quia severiores (unde enim?), sed quia timidiores sumus. (5) scimus alioqui huius opusculi illam esse verissimam legem, quam Catullus expressit:

Nam castum esse decet pium poetam
ipsum, versiculos nihil necesse est,
qui tunc denique habent salem et leporem,
si sunt molliculi et parum pudici.

(6) Ego quanti faciam iudicium tuum, vel ex hoc potes aestimare, quod malui omnia a te pensitari quam electa laudari. et sane, quae sunt commodissima, desinunt videri, cum paria esse coeperunt. (7) praeterea sapiens subtilisque lector debet non diversis conferre diversa, sed singula expendere nec deterius alio putare, quod est in suo genere perfectum.

(8) Sed quid ego plura? nam longa praefatione vel excusare vel commendare ineptias ineptissimum est. unum illud praedicendum videtur, cogitare me has meas nugas ita inscribere 'hendecasyllabi', qui titulus sola metri lege constringitur. (9) proinde, sive epigrammata sive idyllia sive eclogas sive, ut multi, poematia seu quod aliud vocare malueris, licebit voces, ego tantum hendecasyllabos praesto. (10) a simplicitate tua peto, quod de libello meo dicturus es alii, mihi dicas; neque est difficile, quod postulo. nam, si

hiervon etwas zu ausgelassen erscheint, so wird es an Deiner Bildung liegen, daran zu denken, daß jene sehr bedeutenden und würdigen Männer, die solches geschrieben haben, nicht nur schlüpfrige Gegenstände, sondern obszöne Wörter durchaus nicht gemieden haben; diesem bin ich ausgewichen, nicht weil ich strenger – woher auch? –, sondern weil ich schüchterner bin. (5) Ich weiß übrigens, daß für dieses kleine Werk der Grundsatz, den Catull aufgestellt hat,[53] sehr richtig ist:

Denn rein soll der fromme Dichter selbst sein,
die Verse brauchen es nicht zu sein;
diese haben dann erst Witz und Anmut,
wenn sie sinnlich und wenig züchtig sind.

(6) Wie hoch ich Dein Urteil schätze, kannst Du schon daraus ersehen, daß ich lieber wollte, das ganze Werk werde von Dir begutachtet, als daß ausgewählte Stücke gelobt werden. Und wirklich, die besten Gedichte verlieren ihren Reiz, wenn sie beginnen, einander zu gleichen. (7) Außerdem darf ein kluger und einfühlsamer Leser nicht Verschiedenartiges miteinander vergleichen, sondern muß jedes für sich auf die Waagschale legen und es nicht für schlechter als ein anderes halten, was in seiner Art vollkommen ist.

(8) Aber was soll ich noch mehr sagen? Denn durch eine lange Vorrede Albernheiten zu entschuldigen oder zu empfehlen, wäre die größte Albernheit. Nur das eine glaube ich noch vorher sagen zu müssen, daß ich daran denke, diesen meinen Spielereien die Überschrift »Elfsilbler« zu geben, ein Titel, für den allein das Metrum bestimmend ist. (9) Willst Du sie daher lieber »Epigramme«, »Idyllen«, »Eklogen« oder, wie viele es tun, »Gedichtchen« oder sonstwie nennen, so kannst Du das tun; ich bin nur für »Elfsilbler« verantwortlich. (10) Von Deiner Aufrichtigkeit verlange ich, daß Du das, was Du einem anderen über mein Büchlein sagen wirst, auch mir sagst; es ist ja nicht

hoc opusculum nostrum aut potissimum esset aut solum, fortasse posset durum videri dicere: 'quaere, quod agas'; molle et humanum est: 'habes, quod agas.' vale.

XV

C. Plinius [Minicio] Fundano suo s.

(1) Si quid omnino, hoc certe iudicio facio, quod Asinium Rufum singulariter amo. est homo eximius et bonorum amantissimus. cur enim non me quoque inter bonos numerem? idem Cornelium Tacitum (scis, quem virum) arta familiaritate complexus est. (2) proinde, si utrumque nostrum probas, de Rufo quoque necesse est idem sentias, cum sit ad conectendas amicitias vel tenacissimum vinculum morum similitudo. (3) sunt ei liberi plures. nam in hoc quoque functus est optimi civis officio, quod fecunditate uxoris large frui voluit eo saeculo, quo plerisque etiam singulos filios orbitatis praemia graves faciunt; quibus ille despectis avi quoque nomen adsumpsit. est enim avus, et quidem ex Saturio Firmo, quem diliges ut ego, si ut ego propius inspexeris.

(4) Haec eo pertinent, ut scias, quam copiosam, quam numerosam domum uno beneficio sis obligaturus; ad quod petendum voto primum, deinde bono quodam omine adducimur. (5) optamus enim tibi ominamurque in proximum annum consulatum: ita nos virtutes tuae, ita iu-

schwierig, was ich fordere; denn wenn dieses kleine Werk mein bestes oder mein einziges wäre, könnte es vielleicht hart erscheinen zu sagen: »Suche Dir eine andere Beschäftigung«; so aber klingt es sanft und freundlich: »Du hast ja noch eine andere Beschäftigung.« Lebe wohl!

15

C. Plinius grüßt seinen [Minicius] Fundanus[54]

(1) Wenn ich überhaupt etwas mit vernünftiger Überlegung tue, so sicher das, daß ich den Asinius Rufus außerordentlich schätze. Er ist ein ausgezeichneter Mann, der alle Guten sehr liebt. Denn warum sollte auch ich mich nicht zu den Guten zählen? Ebenso ist er mit Cornelius Tacitus – Du weißt, was das für ein Mann ist – durch enge Freundschaft verbunden. (2) Wenn Du uns beide hoch einschätzt, so mußt Du daher auch für Rufus dasselbe empfinden, weil die Ähnlichkeit der Charaktere das stärkste Band ist, Freundschaften zu schließen. (3) Er hat mehrere Kinder. Denn auch hierin hat er die Pflicht eines guten Bürgers erfüllt, daß er die Fruchtbarkeit seiner Frau voll ausnützen wollte, in einer Zeit, in der die Belohnungen für Kinderlosigkeit den meisten schon ein einziges Kind lästig werden lassen; solche Vorteile verachtete er und erwarb sich den Namen »Großvater«. Er ist nämlich Großvater, und zwar durch Saturius Firmus, den Du schätzen wirst wie ich, wenn Du ihn, wie ich, genauer kennenlernst.

(4) Das alles läuft darauf hinaus, daß Du weißt, welch große und zahlreiche Familie Du durch einen einzigen Gefallen Dir verpflichten kannst; Dich darum zu bitten, veranlaßt mich zuerst mein Wunsch, dann eine sozusagen gute Vorahnung. (5) Denn ich wünsche und prophezeie Dir für das nächste Jahr das Konsulat; Deine Leistungen und das anerkennende Urteil des Kaisers legen mir diese

dicia principis augurari volunt. (6) concurrit autem, ut sit eodem anno quaestor maximus ex liberis Rufi, Asinius Bassus, iuvenis (nescio, an dicam, quod me pater et sentire et dicere cupit, adulescentis verecundia vetat) ipso patre melior. (7) difficile est, ut mihi de absente credas (quamquam credere soles omnia), tantum in illo industriae, probitatis, eruditionis, ingenii, studii, memoriae denique esse, quantum expertus invenies. (8) vellem tam ferax saeculum bonis artibus haberemus, ut aliquos Basso praeferre deberes: tum ego te primus hortarer moneremque circumferres oculos ac diu pensitares, quem potissimum eligeres. (9) nunc vero – sed nihil volo de amico meo arrogantius dicere, hoc solum dico dignum esse iuvenem, quem more maiorum in filii locum adsumas. (10) debent autem sapientes viri, ut tu, tales quasi liberos a re publica accipere, quales a natura solemus optare. decorus erit tibi consuli quaestor patre praetorio, propinquis consularibus, quibus iudicio ipsorum, quamquam adulescentulus adhuc, iam tamen invicem ornamento est.

(11) Proinde indulge precibus meis, obsequere consilio et ante omnia, si festinare videor, ignosce; primum quia votis suis amor plerumque praecurrit; deinde quod in ea civitate, in qua omnia quasi ab occupantibus aguntur, quae legitimum tempus exspectant, non matura, sed sera sunt; in summa quod rerum, quas adsequi cupias, praesumptio ipsa iucunda est. (12) revereatur iam te Bassus ut consulem, tu dilige illum ut quaestorem, nos denique utriusque

Prophezeiung nahe. (6) Dazu paßt aber, daß in demselben Jahr der älteste Sohn des Rufus, Asinius Bassus, Quästor wird: ein junger Mann – ich weiß nicht, ob ich sagen soll, was ich nach dem Wunsch des Vaters denken und sagen soll; die Bescheidenheit des jungen Mannes aber verbietet es – besser als sein Vater selbst. (7) Es ist schwierig, mir zu glauben, wenn es um einen Abwesenden geht – obwohl Du mir gewöhnlich alles glaubst –, daß er so viel Fleiß, Rechtschaffenheit, Bildung, Begabung, Eifer und schließlich dankbare Erinnerung besitzt, wie Du bei näherer Bekanntschaft finden wirst. (8) Ich wollte, wir hätten ein Zeitalter, das so reich an guten Anlagen ist, daß Du noch manchen dem Bassus vorziehen dürftest; dann würde ich Dich als erster auffordern und ermahnen, Dich umzusehen und sorgfältig zu überlegen, wen Du am ehesten auswählen sollst. (9) Jetzt aber – doch ich will über meinen Freund nichts Anmaßendes sagen; nur das eine sage ich, daß der junge Mann es verdient, daß Du ihn nach Sitte der Vorfahren an Sohnes Statt annimmst[55].

(10) Weise Männer wie Du müssen aber solche jungen Männer gleichsam als »Kinder« vom Staat annehmen, wie wir sie uns von der Natur in der Regel wünschen. Es wird für Dich als Konsul ehrenvoll sein, als Quästor den Sohn eines Prätors, den Verwandten von Konsularen zu haben, denen er nach ihrem eigenen Urteil, obwohl er noch sehr jung ist, dennoch jetzt schon Ehre macht.

(11) Daher schenke meinen Bitten Gehör, folge meinem Rat und vor allen Dingen verzeih mir, wenn ich zu voreilig erscheine; einmal, weil die Liebe ihren Wünschen meist vorauseilt; dann, weil in einem Staat, in dem alles gleichsam von denen, die sich vordrängen, getan wird, alles, was die gesetzlich vorgeschriebene Zeit abwartet, nicht rechtzeitig, sondern zu spät kommt; schließlich ist bei Dingen, die man erreichen möchte, schon der Vorgeschmack angenehm. (12) Bassus mag Dich schon jetzt als Konsul verehren, liebe Du ihn als Deinen Quästor; und schließlich

vestrum amantissimi laetitia duplici perfruamur! (13) etenim, cum sic te, sic Bassum diligamus, ut et illum cuiuscumque et tuum quemcumque quaestorem in petendis honoribus omni ope, labore, gratia simus iuvaturi, perquam iucundum nobis erit, si in eundem iuvenem studium nostrum et amicitiae meae et consulatus tui ratio contulerit, si denique precibus meis tu potissimum adiutor accesseris, cuius et suffragio senatus libentissime indulgeat et testimonio plurimum credat. vale.

XVI

C. Plinius [Valerio] Paulino suo s.

(1) Gaude meo, gaude tuo. gaude etiam publico nomine: adhuc honor studiis durat. proxime cum dicturus apud centumviros essem, adeundi mihi locus nisi a tribunali, nisi per ipsos iudices non fuit: tanta stipatione cetera tenebantur. (2) ad hoc quidam ornatus adulescens scissis tunicis, ut in frequentia solet, sola velatus toga perstitit, et quidem horis septem. (3) nam tam diu dixi magno cum labore, maiore cum fructu. studeamus ergo nec desidiae nostrae praetendamus alienam! sunt, qui audiant, sunt, qui legant; nos modo dignum aliquid auribus, dignum chartis elaboremus! vale.

lasse auch mich, der ich Euch beide sehr liebe, die doppelte Freude genießen. (13) Denn da ich Dich und auch Bassus so hoch schätze, daß ich ihn, bei wem er auch Quästor wird, und jeden, der es bei Dir sein würde, bei ihren Bewerbungen um ein Amt mit allen Mitteln, mit aller Kraft und mit all meinem Einfluß unterstützen werde, so wird es mir sehr angenehm sein, wenn für denselben jungen Mann unser Bemühen und die Möglichkeiten meiner Freundschaft und Deines Konsulats zusammenwirken, wenn schließlich besonders Du als Helfer meinen Bitten zur Seite trittst, auf dessen Stimme der Senat am liebsten hört und auf dessen Urteil er am meisten vertraut. Lebe wohl!

16

C. Plinius grüßt seinen Valerius Paulinus[56]

(1) Freue Dich für mich, freue Dich für Dich; freue Dich auch für den Staat: das Ansehen, das die literarischen Studien haben, besteht noch immer. Als ich kürzlich vor dem Zentumviralgericht sprechen wollte, hatte ich nur vom Tribunal aus, nur durch die Reihen der Richter selbst einen Zugang; eine so dichte Menschenmenge nahm alles ein.

(2) Mehr noch: Ein gutgekleideter junger Mann, dem, wie es bei einem Gedränge zu gehen pflegt, die Tunika zerrissen wurde, blieb, nur in die Toga gehüllt, da stehen, und zwar sieben Stunden. (3) Denn so lange sprach ich mit großer Anstrengung, aber mit noch größerem Erfolg. Wir wollen uns also mit unseren Studien beschäftigen und wollen nicht unsere Trägheit mit der anderer beschönigen! Es gibt noch Leute, die zuhören; es gibt noch Leute, die lesen; wir müssen nur etwas ausarbeiten, das wert ist, gehört und gelesen zu werden. Lebe wohl!

XVII

C. Plinius [Clusinio] Gallo suo s.

(1) Et admones et rogas, ut suscipiam causam Corelliae absentis contra C. Caecilium, consulem designatum. quod admones, gratias ago; quod rogas, queror. admoneri enim debeo, ut sciam, rogari non debeo, ut faciam, quod mihi non facere turpissimum est. (2) an ego tueri Corelli filiam dubitem? est quidem mihi cum isto, contra quem me advocas, non plane familiaris, sed tamen amicitia. (3) accedit huc dignitas hominis atque hic ipse, cui destinatus est, honor; cuius nobis hoc maior agenda reverentia est, quod iam illo functi sumus. naturale est enim, ut ea, quae quis adeptus est ipse, quam amplissima existimari velit. (4) sed mihi cogitanti adfuturum me Corelli filiae omnia ista frigida et inania videntur.

Obversatur oculis ille vir, quo neminem aetas nostra graviorem, sanctiorem, subtiliorem tulit. quem ego cum ex admiratione diligere coepissem, quod evenire contra solet, magis admiratus sum, postquam penitus inspexi. (5) inspexi enim penitus: nihil a me ille secretum, non ioculare, non serium, non triste, non laetum. (6) adulescentulus eram, et iam mihi ab illo honor atque etiam (audebo dicere) reverentia ut aequali habebatur. ille meus in petendis honoribus suffragator et testis, ille in incohandis deductor et comes, ille in gerendis consiliator et rector, ille denique in omnibus officiis nostris, quamquam et imbecillus et se-

17
C. Plinius grüßt seinen Clusinius Gallus[57]

(1) Du ermahnst und bittest mich, den Fall der Corellia[58] in ihrer Abwesenheit gegen den designierten Konsul C. Caecilius zu übernehmen. Daß Du mich mahnst, dafür danke ich Dir; daß Du mich bittest, darüber beklage ich mich. Denn ermahnt werden muß ich, damit ich Bescheid weiß; gebeten werden muß ich nicht, daß ich etwas tue, was nicht zu tun die größte Schande für mich wäre. (2) Oder sollte ich zögern, die Tochter des Corellius vor Gericht zu vertreten? Ich bin zwar mit dem Mann, gegen den Du mich zum Anwalt bestellst, nicht eng befreundet, aber immerhin befreundet. (3) Dazu kommt noch sein Ansehen und das Amt selbst, für das er bestimmt ist; davor muß ich um so größere Achtung haben, weil ich es schon bekleidet habe. Es ist nämlich natürlich, daß man das, was man selbst erreicht hat, möglichst hoch eingeschätzt wissen will. (4) Aber wenn ich bedenke, daß ich der Tochter des Corellius vor Gericht beistehen soll, erscheint mir all dieses unwichtig und nichtig.

Mir steht jener Mann vor Augen, der der würdigste, rechtschaffenste und feinsinnigste ist, den unsere Zeit hervorgebracht hat. Aus Bewunderung habe ich ihn zu schätzen begonnen, was meist umgekehrt geschieht, und noch mehr habe ich ihn bewundert, nachdem ich ihn näher kennengelernt hatte. (5) Denn ich habe ihn durch und durch kennengelernt; er hatte kein Geheimnis vor mir, weder im Scherz noch im Ernst, weder im Leid noch in der Freude. (6) Ich war noch ein ganz junger Mann, und schon erwies er mir Ehre und auch – ich wage es zu sagen – dieselbe Achtung wie einem Gleichaltrigen. Er war bei meiner Bewerbung um Ämter mein Befürworter und Zeuge, beim Amtsantritt mein Begleiter und Gefährte,[59] bei der Amtsführung mein Berater und Lenker, er zeigte sich schließlich so bei all meinen Verpflichtungen, obwohl er schon

nior, quasi iuvenis et validus conspiciebatur. (7) quantum ille famae meae domi, in publico, quantum etiam apud principem adstruxit! (8) nam, cum forte de bonis iuvenibus apud Nervam imperatorem sermo incidisset et plerique me laudibus ferrent, paulisper se intra silentium tenuit, quod illi plurimum auctoritatis addebat; deinde gravitate, quam noras: 'necesse est', inquit, 'parcius laudem Secundum, quia nihil nisi ex consilio meo facit.' (9) qua voce tribuit mihi, quantum petere voto immodicum erat, nihil me facere non sapientissime, cum omnia ex consilio sapientissimi viri facerem. quin etiam moriens filiae suae (ipsa solet praedicare): 'multos quidem amicos tibi ut longiore vita paravi, praecipuos tamen Secundum et Cornutum.'

(10) Quod cum recordor, intellego mihi laborandum, ne qua parte videar hanc de me fiduciam providentissimi viri destituisse. (11) quare ego vero Corelliae adero promptissime nec subire offensas recusabo; quamquam non solum veniam me, verum etiam laudem apud istum ipsum, a quo, ut ais, nova lis fortasse ut feminae intenditur, arbitror consecuturum, si haec eadem in actione, latius scilicet et uberius, quam epistularum angustiae sinunt, vel in excusationem vel etiam commendationem meam dixero. vale.

schwach und ziemlich alt war, als wäre er noch jung und kräftig. (7) Wie sehr hat er meinen guten Ruf zu Hause und in der Öffentlichkeit, wie sehr auch beim Kaiser gefördert! (8) Denn als zufällig bei Kaiser Nerva die Rede auf tüchtige junge Männer kam und die meisten mich lobend erwähnten, verhielt er sich eine Zeitlang schweigend, was ihm sehr viel Ansehen verlieh; darauf sagte er mit der Dir bekannten Würde: »Ich muß den Secundus etwas sparsamer loben, weil er alles nur auf meinen Rat tut!« (9) Mit diesen Worten erteilte er mir ein solches Lob, das auch nur zu wünschen unbescheiden gewesen wäre, nämlich, daß ich alles sehr weise täte, da ich alles nach dem Rat des weisesten Mannes täte. Ja, als er starb, sagte er zu seiner Tochter – sie selbst erzählt es oft: »Ich habe dir während meines ziemlich langen Lebens zwar viele Freunde erworben, vor allem jedoch Secundus und Cornutus[60].«

(10) Wenn ich mich daran erinnere, so sehe ich ein, daß ich mich bemühen muß, nicht den Anschein zu erwecken, als hätte ich in irgendeinem Punkt das Vertrauen, das dieser überaus weitblickende Mann in mich gesetzt hat, enttäuscht. (11) Deshalb werde ich also Corellia sehr bereitwillig unterstützen und mich nicht weigern, Unannehmlichkeiten auf mich zu nehmen; doch ich glaube, nicht nur Verzeihung, sondern auch Lob bei dem Mann selbst zu erreichen, der gegen sie – wie Du sagst – vielleicht nur, weil sie eine Frau ist, diesen unerhörten Prozeß führt; dann nämlich, wenn ich all dieses in einer Prozeßrede, natürlich breiter und ausführlicher, als es die bescheidenen Möglichkeiten eines Briefes zulassen, zu meiner Entschuldigung oder sogar zu meiner Empfehlung anführen darf. Lebe wohl!

XVIII

C. Plinius [Arrio] Antonino suo s.

(1) Quemadmodum magis approbare tibi possum, quanto opere mirer epigrammata tua Graeca, quam quod quaedam Latine aemulari et exprimere temptavi? in deterius tamen. accidit hoc primum imbecillitate ingenii mei, deinde inopia ac potius, ut Lucretius ait, ‘egestate patrii sermonis’. (2) quodsi haec, quae sunt et Latina et mea, habere tibi aliquid venustatis videbuntur, quantum putas inesse iis gratiae, quae et a te et Graece proferuntur! vale.

XIX

C. Plinius [Calpurniae] Hispullae suae s.

(1) Cum sis pietatis exemplum fratremque optimum et amantissimum tui pari caritate dilexeris filiamque eius ut tuam diligas nec tantum amitae ei adfectum, verum etiam patris amissi repraesentes, non dubito maximo tibi gaudio fore, cum cognoveris dignam patre, dignam te, dignam avo evadere. (2) summum est acumen, summa frugalitas: amat me, quod castitatis indicium est.

Accedit his studium litterarum, quod ex mei caritate concepit. meos libellos habet, lectitat, ediscit etiam. (3) qua illa sollicitudine, cum videor acturus, quanto, cum egi, gaudio adficitur! disponit, qui nuntient sibi, quem adsensum, quos clamores excitarim, quem eventum iudicii tulerim. eadem, si quando recito, in proximo discreta velo sedet lau-

18

C. Plinius grüßt seinen Arrius Antoninus[61]

(1) Auf welche Weise könnte ich Dir besser beweisen, wie sehr ich Deine griechischen Epigramme bewundere, als daß ich versucht habe, einige nachzubilden und ins Lateinische zu übersetzen? Ziemlich schlecht freilich. Das kommt erstens von meiner schwachen Begabung, dann auch von dem Mangel oder besser, wie Lucrez sagt, von der Dürftigkeit unserer Muttersprache.[62] (2) Scheint Dir das, was lateinisch und von mir ist, doch einigen Reiz zu haben, wieviel mehr Anmut besitzt wohl das, was von Dir ist und auf Griechisch vorgelegt wird! Lebe wohl!

19

C. Plinius grüßt seine Calpurnia Hispulla[63]

(1) Da Du ein Muster an Verwandtenliebe bist und Deinem vortrefflichen Bruder mit gleicher Zuneigung verbunden warst wie er Dir, und da Du seine Tochter wie Deine eigene liebst und ihr nicht nur die Zuneigung einer Tante erweist, sondern auch die ihres verstorbenen Vaters, wirst Du ohne Zweifel mit großer Freude hören, daß sie sich ihres Vaters, Deiner und ihres Großvaters würdig entwickelt. (2) Sie besitzt einen sehr großen Scharfsinn und ist sehr sparsam; sie liebt mich, was ein Zeichen für Unverdorbenheit ist.

Hinzu kommt ihr Interesse für Literatur, das sie aus Liebe zu mir gewonnen hat. Sie besitzt meine Schriften, liest sie eifrig und lernt sie sogar auswendig. (3) Wie besorgt ist sie, wenn ich als Redner vor Gericht auftreten soll, wie sehr freut sie sich, wenn es vorbei ist! Sie beauftragt Leute, die ihr melden sollen, welche Zustimmung, welchen Beifall ich hervorgerufen, welchen Erfolg ich bei Gericht erreicht habe. Wenn ich einmal rezitiere, sitzt sie

desque nostras avidissimis auribus excipit. (4) versus quidem meos cantat etiam formatque cithara, non artifice aliquo docente, sed amore, qui magister est optimus.

(5) His ex causis in spem certissimam adducor perpetuam nobis maioremque in dies futuram esse concordiam. non enim aetatem meam aut corpus, quae paulatim occidunt ac senescunt, sed gloriam diligit. (6) nec aliud decet tuis manibus educatam, tuis praeceptis institutam, quae nihil in contubernio tuo viderit nisi sanctum honestumque, quae denique amare me ex tua praedicatione consueverit. (7) nam, cum matrem meam parentis vice vererere, me a pueritia statim formare, laudare talemque, qualis nunc uxori meae videor, ominari solebas. (8) certatim ergo tibi gratias agimus, ego, quod illam mihi, illa, quod me sibi dederis, quasi invicem elegeris. vale.

XX

C. Plinius [Novio] Maximo suo s.

(1) Quid senserim de singulis tuis libris, notum tibi, ut quemque perlegeram, feci; accipe nunc, quid de universis generaliter iudicem!

(2) Est opus pulchrum, validum, acre, sublime, varium, elegans, purum, figuratum, spatiosum etiam et cum magna tua laude diffusum, in quo tu ingenii simul dolorisque velis latissime vectus es; et horum utrumque invicem adiu-

auch in nächster Nähe hinter einem Vorhang verborgen und hört mit begierigen Ohren mein Lob. (4) Meine Verse singt sie sogar und begleitet sie auf der Harfe, ohne von einem Künstler unterrichtet worden zu sein, sondern aus Liebe, die ja die beste Lehrmeisterin ist.

(5) Aus diesen Gründen hoffe ich ganz zuversichtlich, daß unsere Eintracht beständig ist und von Tag zu Tag zunehmen wird. Denn sie liebt nicht meine Jugend oder meine Gestalt, die ja allmählich vergeht und altert, sondern meinen Ruhm. (6) Denn nichts anderes ziemt sich auch für ein Mädchen, das unter Deinen Händen erzogen, durch Deine Lehren unterwiesen worden ist, das in Deinem Umgang nichts anderes gesehen hat als Anstand und Ehrbarkeit, das schließlich aufgrund Deiner Empfehlung mich zu lieben gelernt hat. (7) Denn da Du meine Mutter wie Deine eigene verehrtest, so pflegtest Du auch mich sogleich von Kindheit an zu bilden, zu loben und mich als den Mann anzukündigen, als der ich nun meiner Frau erscheine. (8) Wir danken Dir also um die Wette, ich, daß Du sie mir, sie, daß Du mich ihr gegeben hast, als hättest Du uns füreinander ausgewählt. Lebe wohl!

20

C. Plinius grüßt seinen Novius Maximus[64]

(1) Was ich von Deinen einzelnen Büchern halte, habe ich Dir mitgeteilt, sobald ich jedes durchgelesen hatte; höre nun, wie ich über das Ganze überhaupt urteile.

(2) Es ist ein schönes, bedeutendes, geistreiches, erhabenes, abwechslungsreiches, geschmackvolles, natürliches, gefälliges, auch umfassendes und – was Dir großes Lob bringt – ausgedehntes Werk, in dem Du unter den Segeln Deiner Begabung und des Schmerzes zugleich sehr weit gefahren bist; und beide haben sich gegenseitig unter-

mento fuit. (3) nam dolori sublimitatem et magnificentiam ingenium, ingenio vim et amaritudinem dolor addidit. vale.

XXI

C. Plinius [Velio] Ceriali suo s.

(1) Tristem et acerbum casum Helvidiarum sororum! utraque a partu, utraque filiam enixa decessit.

(2) Adficior dolore nec tamen supra modum doleo: ita mihi luctuosum videtur, quod puellas honestissimas in flore primo fecunditas abstulit. angor infantium sorte, quae sunt parentibus statim, et dum nascuntur, orbatae, angor optimorum maritorum, angor etiam meo nomine. (3) nam patrem illarum defunctum quoque perseverantissime diligo, ut actione mea librisque testatum est; cui nunc unus ex tribus liberis superest domumque pluribus adminiculis paulo ante fundatam desolatus fulcit ac sustinet.

(4) Magno tamen fomento dolor meus adquiescet, si hunc saltem fortem et incolumem paremque illi patri, illi avo fortuna servaverit. cuius ego pro salute, pro moribus hoc sum magis anxius, quod unicus factus est. nosti in amore mollitiam animi mei, nosti metus; (5) quo minus te mirari oportebit, quod plurimum timeam, de quo plurimum spero. vale.

stützt. (3) Denn dem Schmerz hat Deine Begabung Erhabenheit und Größe, der Begabung der Schmerz Kraft und Bitterkeit verliehen. Lebe wohl!

21

C. Plinius grüßt seinen Velius Cerialis[65]

(1) Welch trauriges und bitteres Schicksal hat die beiden Schwestern Helvidia[66] getroffen! Beide sind bei der Niederkunft gestorben, beide nach der Geburt einer Tochter.

(2) Ich bin schmerzlich betroffen, und doch ist mein Schmerz nicht maßlos: es erscheint mir traurig, daß die Mutterschaft zwei sehr ehrbare junge Frauen in ihrer ersten Blüte dahingerafft hat. Mich bedrückt das Los der kleinen Mädchen, die sofort bei der Geburt ihre Mütter verloren haben, mich bedrückt das Los der tüchtigen Gatten, ich bin auch bedrückt um meiner selbst willen. (3) Denn ich liebe ihren Vater auch noch nach seinem Tode sehr beharrlich, wie meine Rede und meine Bücher bezeugen;[67] ihm ist jetzt nur der eine Sohn von seinen drei Kindern geblieben, welcher das kurz vorher noch auf mehreren Säulen ruhende Haus allein stützt und trägt.

(4) Doch wird es eine große Linderung meines Schmerzes sein, wenn das Schicksal wenigstens diesen gesund am Leben erhält als einen würdigen Nachkommen eines solchen Vaters und Großvaters[68]. Für sein Leben und seinen Charakter bin ich um so besorgter, weil er der einzige geworden ist. Du kennst meine Empfindsamkeit in der Liebe. Du kennst meine Ängste; (5) um so weniger darfst Du Dich wundern, daß ich für den am meisten besorgt bin, von dem ich am meisten erhoffe. Lebe wohl!

XXII

C. Plinius [Sempronio] Rufo suo s.

(1) Interfui principis optimi cognitioni in consilium adsumptus. gymnicus agon apud Viennenses ex cuiusdam testamento celebrabatur. hunc Trebonius Rufinus, vir egregius nobisque amicus, in duumviratu tollendum abolendumque curavit. negabatur ex auctoritate publica fecisse. (2) egit ipse causam non minus feliciter quam diserte. commendabat actionem, quod tamquam homo Romanus et bonus civis in negotio suo mature et graviter loquebatur. (3) cum sententiae perrogarentur, dixit Iunius Mauricus, quo viro nihil firmius, nihil verius, non esse restituendum Viennensibus agona; adiecit: 'vellem etiam Romae tolli posset!'

(4) 'Constanter', inquis, 'et fortiter.' quidni? sed hoc a Maurico novum non est. idem apud imperatorem Nervam non minus fortiter. cenabat Nerva cum paucis; Veiento proximus atque etiam in sinu recumbebat: dixi omnia, cum hominem nominavi. (5) incidit sermo de Catullo Messalino, qui luminibus orbus ingenio saevo mala caecitatis addiderat: non verebatur, non erubescebat, non miserebatur; quo saepius a Domitiano non secus ac tela, quae et ipsa caeca et improvida feruntur, in optimum quemque contorquebatur. (6) de huius nequitia sanguinariisque sententiis in commune omnes super cenam loquebantur, cum ipse imperator: 'quid putamus passurum fuisse, si viveret?' et Mauricus: 'nobiscum cenaret.'

22

C. Plinius grüßt seinen Sempronius Rufus[69]

(1) Ich habe an einer gerichtlichen Untersuchung unseres besten Kaisers teilgenommen, zu der ich als Berater hinzugezogen worden war. Bei den Bewohnern von Vienna[70] wurde aufgrund irgendeines Testamentes ein Sportwettkampf gefeiert. Diesen hatte Trebonius Rufinus, ein hervorragender Mann und mein Freund, während seines Duumvirats[71] einstellen und abschaffen lassen. Man behauptete, er habe dies ohne offizielle Erlaubnis getan. (2) Er vertrat seine Sache selbst, und zwar ebenso glücklich wie redegewandt. Es kam seiner Rede zugute, daß er als Römer und guter Bürger in seiner eigenen Sache würdig und eindrucksvoll sprach. (3) Als man nach den Meinungen fragte, sagte Iunius Mauricus, ein Mann von höchster Festigkeit und Aufrichtigkeit, das Sportfest dürfe von den Viennensern nicht wieder eingeführt werden; er fügte hinzu: »Ich wollte, daß man es auch in Rom abschaffen könnte.«

(4) »Folgerichtig und mutig«, sagst Du; warum nicht? Aber bei Mauricus ist das nichts Neues. Er sprach bei Kaiser Nerva ebenso mutig. Nerva speiste mit wenigen Leuten. Veiento[72] saß in seiner Nähe, sogar ganz dicht bei ihm: ich habe alles gesagt, wenn ich den Menschen beim Namen nenne. (5) Das Gespräch kam auf Catullus Messalinus[73], der sein Augenlicht verloren hatte und bei dem das Unglück der Blindheit den grausamen Charakter noch verschlimmert hatte; er kannte keine Scheu, kein Schamgefühl, kein Mitleid; um so häufiger wurde er von Domitian wie ein Geschoß, das blindlings und wahllos geworfen wird, gerade gegen die Besten geschleudert. (6) Von seiner Schlechtigkeit und seinen blutrünstigen Urteilen sprachen alle ganz allgemein bei Tisch, als der Kaiser selbst fragte: »Was würde wohl mit ihm geschehen, wenn er noch lebte?« Und Mauricus sagte: »Er würde mit uns speisen.«

(7) Longius abii, libens tamen. placuit agona tolli, qui mores Viennensium infecerat, ut noster hic omnium. nam Viennensium vitia intra ipsos residunt, nostra late vagantur, utque in corporibus sic in imperio gravissimus est morbus, qui a capite diffunditur. vale.

XXIII

C. Plinius [Pomponio] Basso suo s.

(1) Magnam cepi voluptatem, cum ex communibus amicis cognovi te, ut sapientia tua dignum est, et disponere otium et ferre, habitare amoenissime et nunc terra, nunc mari corpus agitare, multum disputare, multum audire, multum lectitare, cumque plurimum scias, cottidie tamen aliquid addiscere.

(2) Ita senescere oportet virum, qui magistratus amplissimos gesserit, exercitus rexerit totumque se rei publicae, quamdiu decebat, obtulerit. (3) nam et prima vitae tempora et media patriae, extrema nobis impertire debemus, ut ipsae leges monent, quae maiorem annis otio reddunt. (4) quando mihi licebit, quando per aetatem honestum erit imitari istud pulcherrimae quietis exemplum? quando secessus mei non desidiae nomen, sed tranquillitatis accipient? vale.

(7) Ich bin etwas zu weit vom Thema abgekommen, doch nur zu gern. Man beschloß, die Wettspiele abzuschaffen, die die Sitten der Viennenser verdorben hatten,[74] wie unsere hier die der ganzen Welt. Denn die Laster der Viennenser bleiben auf sie selbst beschränkt, unsere aber verbreiten sich weit; und wie im Körper die Krankheit am schlimmsten ist, die sich vom Kopf her ausbreitet, so auch im Staat. Lebe wohl!

23

C. Plinius grüßt seinen Pomponius Bassus[75]

(1) Mit großem Vergnügen erfuhr ich von unseren gemeinsamen Freunden, daß Du, wie es Deiner Weisheit entspricht, Deine Mußezeit richtig einteilst[76] und genießt; daß Du sehr schön wohnst, daß Du bald auf dem Lande, bald auf dem Meer Deinem Körper Bewegung verschaffst, Dich viel unterhältst, viel hörst, viel liest und täglich etwas hinzulernst, obwohl Du schon sehr viel weißt.

(2) So muß ein Mann alt werden, der die höchsten Ämter geführt, Heere befehligt und sich, solange es passend war, ganz dem Staat gewidmet hat. (3) Denn die erste und mittlere Zeit des Lebens müssen wir dem Vaterland, die letzte uns selbst widmen, wie es auch die Gesetze selbst raten, die einen älteren Menschen der Ruhe überlassen. (4) Wann wird es mir erlaubt sein, wann wird es vom Alter her ehrenvoll sein, dieses Beispiel schönster Ruhe nachzuahmen? Wann wird meine Zurückgezogenheit nicht mehr Trägheit, sondern Ruhe heißen? Lebe wohl!

XXIV

C. Plinius [Fabio] Valenti suo s.

(1) Proxime cum apud centumviros in quadruplici iudicio dixissem, subiit recordatio egisse me iuvenem aeque in quadruplici. (2) processit animus, ut solet, longius: coepi reputare, quos in hoc iudicio, quos in illo socios laboris habuissem. solus eram, qui in utroque dixissem; tantas conversiones aut fragilitas mortalitatis aut fortunae mobilitas facit.

(3) Quidam ex his, qui tunc egerant, decesserunt, exulant alii, huic aetas et valetudo silentium suasit, hic sponte beatissimo otio fruitur, alius exercitum regit, illum civilibus officiis principis amicitia exemit. (4) circa nos ipsos quam multa mutata sunt! studiis processimus, studiis periclitati sumus rursusque processimus: (5) profuerunt nobis bonorum amicitiae, bonorum obfuerunt iterumque prosunt. si computes annos, exiguum tempus, si vices rerum, aevum putes. (6) quod potest esse documento nihil desperare, nulli rei fidere, cum videamus tot varietates tam volubili orbe circumagi.

(7) Mihi autem familiare est omnes cogitationes meas tecum communicare isdemque te vel praeceptis vel exemplis monere, quibus ipse me moneo; quae ratio huius epistulae fuit. vale.

24

C. Plinius grüßt seinen Fabius Valens[77]

(1) Als ich kürzlich bei den Zentumvirn[78] vor den vier Kammern des Gerichts sprach, kam mir die Erinnerung, daß ich als junger Mann ebenso vor den vier Kammern gesprochen hatte. (2) Meine Gedanken gingen, wie gewöhnlich, weiter: ich begann zu überlegen, was für Mitanwälte ich in diesem, welche ich in jenem Prozeß gehabt hatte. Ich war jetzt der einzige, der in beiden gesprochen hatte; solche Veränderungen bewirkt die Hinfälligkeit der menschlichen Natur oder die Unbeständigkeit des Schicksals.

(3) Manche von denen, die damals als Anwälte aufgetreten waren, sind tot, andere verbannt; dem einen haben Alter und Krankheit zum Schweigen geraten, ein anderer genießt freiwillig die glücklichste Mußezeit; wieder ein anderer führt ein Heer, jenen hat die Freundschaft des Kaisers von bürgerlichen Pflichten befreit. (4) Wie viel hat sich rings um mich selbst verändert! Durch meine literarische Tätigkeit bin ich vorwärtsgekommen, durch sie bin ich in Gefahr geraten und wiederum vorwärtsgekommen: (5) die Freundschaft mit Guten hat mir Nutzen gebracht, hat mir auch geschadet und nützt mir jetzt wieder. Rechnet man die Jahre zusammen, ist es eine kurze Zeit; denkt man an den Wechsel der Dinge, kommt es einem wie eine Ewigkeit vor. (6) Das kann uns als Lehre dienen, an nichts zu verzweifeln, keiner Sache zu trauen, wenn wir so viele Veränderungen in einem so raschen Kreislauf aufeinander folgen sehen.

(7) Es ist aber meine Gewohnheit, alle meine Gedanken mit Dir zu teilen und Dich durch dieselben Lehren oder Beispiele zu ermahnen, durch die ich mich selbst ermahne; das war auch der Zweck dieses Briefes. Lebe wohl!

XXV

C. Plinius [Maesio] Maximo suo s.

(1) Scripseram tibi verendum esse, ne ex tacitis suffragiis vitium aliquod exsisteret. factum est.

Proximis comitiis in quibusdam tabellis multa iocularia atque etiam foeda dictu, in una vero pro candidatorum nominibus suffragatorum nomina inventa sunt. (2) excanduit senatus magnoque clamore ei, qui scripsisset, iratum principem est comprecatus. ille tamen fefellit et latuit, fortasse etiam inter indignantes fuit. (3) quid hunc putamus domi facere, qui in tanta re tam serio tempore tam scurriliter ludat, qui denique omnino in senatu dicax et urbanus et bellus est? (4) tantum licentiae pravis ingeniis adicit illa fiducia: 'quis enim sciet?' poposcit tabellas, stilum accepit, demisit caput, neminem veretur, se contemnit. inde ista ludibria scaena et pulpito digna.

(5) Quo te vertas? quae remedia conquiras? ubique vitia remediis fortiora. ἀλλὰ ταῦτα τῷ ὑπὲρ ἡμᾶς μελήσει, cui multum cotidie vigiliarum, multum laboris adicit haec nostra iners et tamen effrenata petulantia. vale.

25

C. Plinius grüßt seinen Maesius Maximus[79]

(1) Ich hatte Dir geschrieben,[80] es sei zu befürchten, daß aus den geheimen Abstimmungen irgendein Mißbrauch entstehen könne. Das ist jetzt geschehen.

Bei den letzten Wahlen fand man auf einigen Stimmtafeln viele Späße und sogar abscheuliche Wörter, auf einer aber anstelle der Namen der Kandidaten die Namen derer, die sie vorgeschlagen hatten. (2) Der Senat wurde zornig und wünschte laut auf den, der solches geschrieben hatte, den Zorn des Kaisers herab. Jener jedoch führte uns hinters Licht und blieb verborgen; vielleicht befand er sich auch unter denen, die entrüstet waren. (3) Was mag wohl so einer erst zu Hause tun, der bei einer so wichtigen Sache, bei einem so ernsten Zeitpunkt solche Possen treibt, ja der überhaupt im Senat als Spötter, Witzbold und Spaßvogel auftritt? (4) Soviel Frechheit gibt verdorbenen Menschen die Zuversicht: »Wer wird es denn erfahren?« Er forderte die Stimmtäfelchen, nahm den Griffel, senkte den Kopf; niemanden fürchtet er, vor sich selbst hat er keine Achtung. Daher diese Späße, die auf die Bühne und in den Zirkus gehören.

(5) Wohin soll man sich wenden? Welche Heilmittel soll man suchen? Überall sind die Übel stärker als die Heilmittel. Aber das ist die Aufgabe dessen, der über uns steht,[81] dem unser träger und doch zügelloser Mutwille täglich viel Schlaflosigkeit und viel Mühe bereitet. Lebe wohl!

XXVI

C. Plinius [Maecilio] Nepoti suo s.

(1) Petis, ut libellos meos, quos studiosissime comparasti, recognoscendos emendandosque curem. faciam. quid enim suscipere libentius debeo, te praesertim exigente? (2) nam, cum vir gravissimus, doctissimus, disertissimus, super haec occupatissimus, maximae provinciae praefuturus, tanti putes scripta nostra circumferre tecum, quanto opere mihi providendum est, ne te haec pars sarcinarum tamquam supervacua offendat!

(3) Adnitar ergo, primum ut comites istos quam commodissimos habeas, deinde ut reversus invenias, quos istis addere velis. neque enim mediocriter me ad nova opera tu lector hortaris. vale.

XXVII

C. Plinius [Pompeio] Falconi suo s.

(1) Tertius dies est, quod audivi recitantem Sentium Augurinum cum summa mea voluptate, immo etiam admiratione. poematia appellat. multa tenuiter, multa sublimiter, multa venuste, multa tenere, multa dulciter, multa cum bile. (2) aliquot annis puto nihil generis eiusdem absolutius scriptum, nisi forte me fallit aut amor eius aut quod ipsum me laudibus vexit. (3) nam lemma sibi sumpsit, quod ego interdum versibus ludo. atque adeo iudicii mei te iudicem faciam, si mihi ex hoc ipso lemmate secundus versus occurrerit; nam ceteros teneo et iam explicui.

26

C. Plinius grüßt seinen Maecilius Nepos[82]

(1) Du bittest mich, meine Schriften, die Du mit großem Fleiß angeschafft hast, durchsehen und verbessern zu lassen. Das will ich tun. Denn was sollte ich lieber auf mich nehmen, zumal Du es verlangst? (2) Denn wenn Du, ein sehr angesehener, gebildeter und redegewandter Mann, der außerdem sehr beschäftigt ist und die größte Provinz verwalten soll, es für so wichtig hältst, meine Schriften mit Dir herumzutragen, wie sehr muß ich dafür sorgen, daß dieser Teil Deines Gepäcks Dir nicht als überflüssig zur Last fällt.

(3) Ich will mich also bemühen, daß Du erstens an ihnen möglichst gute Begleiter hast, dann, daß Du bei Deiner Rückkehr andere findest, die Du jenen hinzufügen möchtest. Denn nicht wenig ermuntert mich ein Leser wie Du zu neuen Werken. Lebe wohl!

27

C. Plinius grüßt seinen Pompeius Falco[83]

(1) Dies ist der dritte Tag, seitdem ich mit größtem Vergnügen, ja sogar mit Bewunderung den Sentius Augurinus[84] habe vortragen hören. Er nennt seine Werke »Gedichtchen«. Viele sind einfach, viele erhaben, viele anmutig, viele zart, viele lieblich und viele bitter. (2) Seit einigen Jahren ist, wie ich glaube, nichts Vollkommeneres in dieser Art geschrieben worden, wenn mich nicht meine Liebe zu ihm täuscht oder die Tatsache, daß er mich selbst sehr gelobt hat. (3) Denn er hat sich als Stoff eines Gedichtes gewählt, daß ich bisweilen mit Versen scherze. Doch ich will Dich zum Richter meines Urteils machen, wenn mir gerade von diesem Gedicht der zweite Vers einfällt, denn die übrigen weiß ich und habe sie schon aufgeschrieben:

(4) Canto carmina versibus minutis,
his olim quibus et meus Catullus
et Calvus veteresque. sed quid ad me?
unus Plinius est mihi priores:
mavolt versiculos foro relicto
et quaerit, quod amet, putatque amari.
ille o Plinius, ille quot Catones!
i nunc, quisquis amas, amare noli!

(5) Vides, quam acuta omnia, quam apta, quam expressa. ad hunc gustum totum librum repromitto, quem tibi, ut primum publicaverit, exhibebo.

Interim ama iuvenem et temporibus nostris gratulare pro ingenio tali, quod ille moribus adornat! vivit cum Spurinna, vivit cum Antonino, quorum alteri adfinis, utrique contubernalis est. (6) possis ex hoc facere coniecturam, quam sit emendatus adulescens, qui a gravissimis senibus sic amatur. est enim illud verissimum:

γινώσκων, ὅτι
τοιοῦτός ἐστιν, οἷσπερ ἥδεται συνών.

vale.

XXVIII

C. Plinius [Vibio] Severo suo s.

(1) Herennius Severus, vir doctissimus, magni aestimat in bybliotheca sua ponere imagines municipum tuorum, Corneli Nepotis et Titi Cati, petitque, si sunt istic, ut esse credibile est, exscribendas pingendasque delegem.

(4) Ich singe Lieder in kurzen Versen,
wie einst mein Catull,
Calvus und die alten Dichter. Doch was gehen mich diese an?
Der eine Plinius gilt mir so viel wie die Früheren:
er verläßt das Forum und dichtet lieber Verse,
er sucht, was er lieben kann, und glaubt auch, selbst geliebt zu werden.
Jener Plinius, wie viele Catos wiegt er auf!
Geh nun, der Du liebst, höre auf zu lieben!

(5) Du siehst, wie geistreich alles ist, wie passend, wie ausdrucksvoll. Nach dieser Probe verspreche ich Dir das ganze Buch, das ich Dir schicken werde, sobald er es veröffentlicht hat.

Einstweilen liebe du diesen jungen Mann und beglückwünsche unsere Zeit zu einem solchen Talent, das er noch durch seinen Charakter verschönt. Er lebt mit Spurinna[85], er lebt mit Antoninus[86] zusammen; mit dem einen ist er verwandt, mit beiden eng befreundet. (6) Daraus kannst Du schließen, wie tadellos der junge Mann ist, der von den ehrwürdigsten Greisen so geliebt wird. Denn sehr wahr ist jener Ausspruch:

»Ich habe erkannt, daß jeder soviel wert ist wie die mit denen er gern zusammenlebt.«[87] Lebe wohl!

28

C. Plinius grüßt seinen Vibius Severus[88]

(1) Herennius Severus, ein sehr gebildeter Mann, legt großen Wert darauf, in seiner Bibliothek die Bilder Deiner Landsleute Cornelius Nepos und Titus Catius aufzustellen;[89] er bittet mich, falls sie sich dort befinden, wie es ja wahrscheinlich ist, sie abzeichnen und abmalen zu lassen.

(2) Quam curam tibi potissimum iniungo, primum quia desideriis meis amicissime obsequeris, deinde quia tibi studiorum summa reverentia, summus amor studiosorum, postremo quod patriam tuam omnesque, qui nomen eius auxerunt, ut patriam ipsam veneraris et diligis. peto autem, ut pictorem quam diligentissimum adsumas. (3) nam cum est arduum similitudinem effingere ex vero, tum longe difficillima est imitationis imitatio. a qua rogo ut artificem, quem elegeris, ne in melius quidem sinas aberrare. vale.

XXIX

C. Plinius Romatio [Firmo] suo s.

(1) Heia tu! cum proxime res agentur, quoque modo ad iudicandum veni: nihil est, quod in dextram aurem fiducia mei dormias. (2) non impune cessatur. ecce Licinius Nepos praetor acer et fortis! et praetor multam dixit etiam senatori! egit ille in senatu causam suam, egit autem sic, ut deprecaretur. remissa est multa; sed timuit, sed rogavit, sed opus venia fuit.

(3) Dices: ‘non omnes praetores tam severi.’ falleris: nam vel instituere vel reducere eius modi exemplum non nisi severi, institutum reductumve exercere etiam lenissimi possunt. vale.

(2) Diese Aufgabe übertrage ich am besten Dir, erstens, weil Du meinen Wünschen sehr freundlich nachkommst, dann, weil Du die größte Hochachtung für die Wissenschaften, eine sehr große Liebe für die Gelehrten empfindest; schließlich, weil Du Deine Heimat und alle, die ihren Ruhm vergrößert haben, wie die Heimat selbst verehrst und liebst. Ich bitte Dich aber, einen möglichst sorgfältigen Maler zu nehmen. (3) Denn wenn es schon schwierig ist, Ähnlichkeit nach der Natur zu erreichen, dann ist die Kopie einer Kopie bei weitem schwieriger; laß, ich bitte Dich, den Künstler, den Du auswählst, nicht einmal zum Besseren hin von der Vorlage abweichen! Lebe wohl!

29

C. Plinius grüßt seinen Romatius Firmus[90]

(1) He Du! Wenn nächstens wieder Gerichtsverhandlungen stattfinden, dann komm auf jeden Fall zur Gerichtssitzung! Es besteht kein Grund, daß Du Dich im Vertrauen auf mich auf das rechte Ohr legst und schläfst.[91] (2) Man bleibt nicht ungestraft weg. Schau, der Prätor Licinius Nepos ist ein strenger und energischer Mann; als Prätor hat er sogar einem Senator eine Geldstrafe auferlegt. Dieser vertrat seine Sache im Senat; er sprach aber so, als ob er um Verzeihung bäte. Die Strafe wurde ihm erlassen; aber er fürchtete sich, er bettelte, er brauchte doch Nachsicht.

(3) Du wirst sagen: »Nicht alle Prätoren sind so streng.« Du täuschst Dich; denn ein solches Beispiel einführen oder erneuern kann nur ein strenger Prätor; ist es einmal eingeführt oder erneuert, können es auch die mildesten anwenden. Lebe wohl!

XXX

C. Plinius [Licinio] Surae suo s.

(1) Attuli tibi ex patria mea pro munusculo quaestionem altissima ista eruditione dignissimam. (2) fons oritur in monte, per saxa decurrit, excipitur cenatiuncula manu facta; ibi paulum retentus in Larium lacum decidit. huius mira natura: ter in die statis auctibus ac diminutionibus crescit decrescitque. (3) cernitur id palam et cum summa voluptate deprehenditur. iuxta recumbis et vesceris atque etiam ex ipso fonte (nam est frigidissimus) potas; interim ille certis dimensisque momentis vel subtrahitur vel adsurgit. (4) anulum seu quid aliud ponis in sicco, adluitur sensim ac novissime operitur, detegitur rursus paulatimque deseritur. si diutius observes, utrumque iterum ac tertio videas.

(5) Spiritusne aliquis occultior os fontis et fauces modo laxat, modo includit, prout inlatus occurrit aut decessit expulsus? (6) quod in ampullis ceterisque generis eiusdem videmus accidere, quibus non hians nec statim patens exitus. nam illa quoque, quamquam prona atque vergentia, per quasdam obluctantis animae moras crebris quasi singultibus sistunt, quod effundunt. (7) an, quae oceano natura, fonti quoque, quaque ille ratione aut impellitur aut resorbetur, hac modicus hic umor vicibus alternis supprimitur vel egeritur? (8) an, ut flumina, quae in mare deferuntur, adversantibus ventis obvioque aestu retorquentur,

30

C. Plinius grüßt seinen Licinius Sura[92]

(1) Ich habe Dir aus meiner Heimat statt eines kleinen Geschenkes eine Frage mitgebracht, die Deiner hohen Gelehrsamkeit würdig ist. (2) Eine Quelle entspringt auf einem Berg, rinnt durch Felsen herab, wird in einem künstlich hergestellten Speisezimmer aufgefangen; dort wird sie ein wenig aufgehalten und fließt in den Lariner See.[93] Sie hat eine wunderbare Natur: dreimal während des Tages steigt und fällt sie bei regelmäßig zu- und abnehmendem Wasser. (3) Das sieht man deutlich und kann es mit dem größten Vergnügen beobachten. Man setzt sich daneben zu Tisch und trinkt auch aus der Quelle selbst (denn sie ist sehr kühl); inzwischen nimmt sie in bestimmten, abgemessenen Zeiträumen zu oder ab. (4) Legt man einen Ring oder einen anderen Gegenstand ins Trockene, wird er allmählich bespült und schließlich ganz zugedeckt, taucht wieder auf und wird allmählich wieder freigelegt. Wenn man länger beobachtet, kann man beides zwei- oder dreimal sehen.

(5) Schließt oder öffnet irgendeine verborgene Luft die Mündung der Quelle, je nachdem sie beim Einströmen den Weg versperrt oder beim Ausströmen ihn freimacht? (6) Das sehen wir auch bei Flaschen und anderen derartigen Gefäßen, die keinen großen und sofort sich öffnenden Hals haben. Denn selbst wenn man diese schräg nach unten hält, halten auch sie während gewisser Zeiträume der eindringenden Luft gleichsam durch wiederholtes Schlukken die ausströmende Flüssigkeit zurück. (7) Oder hat auch die Quelle die gleiche Natur wie der Ozean? Wie jener vorwärtsgetrieben wird oder sich zurückzieht, wird auch dieses bescheidene Gewässer im jeweiligen Wechsel niedergesenkt und emporgehoben? (8) Oder ist es wie bei Flüssen, die ins Meer fließen und durch widrige Winde und entgegenkommende Flut zurückgetrieben werden,

ita est aliquid, quod huius fontis excursum repercutiat? (9) an latentibus venis certa mensura, quae dum colligit, quod exhauserat, minor rivus et pigrior, cum collegit, agilior maiorque profertur? (10) an nescio quod libramentum abditum et caecum, quod cum exinanitum est, suscitat et elicit fontem, cum repletum, moratur et strangulat?

(11) Scrutare tu causas (potes enim), quae tantum miraculum efficiunt: mihi abunde est, si satis expressi, quod efficitur. vale.

daß es etwas gibt, das den Ausfluß dieser Quelle zurückstößt? (9) Oder haben die verborgenen Adern ein bestimmtes Fassungsvermögen, das, während es sammelt, was abgeflossen ist, den Bach kleiner und träger macht, ihn nach der Sammlung schneller und größer hervortreten läßt? (10) Oder ist eine verborgene und unsichtbare Waage da, die, wenn sie leer ist, die Quelle emportreibt und hervorlockt, wenn sie aber gefüllt ist, sie hemmt und drosselt?

(11) Untersuche die Ursachen – Du kannst es nämlich –, die eine so wunderbare Erscheinung hervorrufen;[94] mir genügt vollständig, wenn ich Dir deutlich genug dargestellt habe, was da vor sich geht. Lebe wohl!

Liber quintus

Fünftes Buch

I

C. Plinius [Annio] Severo suo s.

(1) Legatum mihi obvenit modicum, sed amplissimo gratius. cur amplissimo gratius? Pomponia Galla exheredato filio Asudio Curiano heredem reliquerat me, dederat coheredes Sertorium Severum, praetorium virum, aliosque splendidos equites Romanos. (2) Curianus orabat, ut sibi donarem portionem meam seque praeiudicio iuvarem; eandem tacita conventione salvam mihi pollicebatur. (3) respondebam non convenire moribus meis aliud palam, aliud agere secreto, praeterea non esse satis honestum donare et locupleti et orbo; in summa non profuturum ei, si donassem, profuturum, si cessissem, esse autem me paratum cedere, si inique exheredatum mihi liqueret. (4) ad hoc ille: 'rogo cognoscas.' cunctatus paulum 'faciam' inquam; 'neque enim video, cur ipse me minorem putem, quam tibi videor. sed iam nunc memento non defuturam mihi constantiam, si ita fides duxerit, secundum matrem tuam pronuntiandi.' (5) 'ut voles' ait; 'voles enim, quod aequissimum.'

Adhibui in consilium duos, quos tunc civitas nostra spectatissimos habuit, Corellium et Frontinum. his circumdatus in cubiculo meo sedi. dixit Curianus, quae pro se putabat. (6) respondi paucis ego (neque enim aderat alius, qui defunctae pudorem tueretur); deinde secessi et ex

1

C. Plinius grüßt seinen Annius Severus[1]

(1) Ich erhielt eine kleine Erbschaft, die mir aber willkommener ist als eine sehr große. Warum willkommener als eine sehr große? Pomponia Galla[2] hatte ihren Sohn Asudius Curianus enterbt und mich testamentarisch zum Erben bestimmt; zu Miterben hatte sie den ehemaligen Prätor Sertorius Severus und andere angesehene römische Ritter eingesetzt. (2) Curianus bat mich, ihm meinen Anteil zu schenken und ihn so durch meine Vorentscheidung zu unterstützen[3]; er versprach in einer geheimen Übereinkunft, mir den Anteil vollständig zurückzugeben. (3) Ich antwortete, es sei mit meinem Charakter unvereinbar, öffentlich so und insgeheim anders zu handeln; außerdem sei es nicht ganz ehrenhaft, einem reichen und kinderlosen Mann etwas zu schenken; kurz, es werde ihm nichts nützen, wenn ich ihm den Anteil schenken würde, es werde ihm aber Nutzen bringen, wenn ich von der Erbschaft zurückträte; ich sei aber bereit zurückzutreten, wenn mir klar sei, daß er zu Unrecht enterbt worden sei. (4) Darauf sagte jener: »Ich bitte, die Sache zu prüfen.« Ich zögerte ein wenig und sagte: »Das will ich tun, denn ich sehe nicht ein, warum ich mich selbst für geringer einschätzen soll, als ich dir erscheine. Aber denke schon jetzt daran, daß es mir nicht an Charakterfestigkeit fehlt, daß ich, wenn meine Überzeugung mich dahin führt, zugunsten deiner Mutter ein Urteil fälle.« (5) »Wie du willst«, sagte er; »denn du wirst nur wollen, was völlig gerecht ist.«

Ich zog zwei Männer zu Rate, die damals in unserer Stadt sehr angesehen waren, Corellius und Frontinus.[4] Zwischen diesen saß ich in meinem Zimmer. Curianus sagte, was nach seiner Meinung für ihn sprach. (6) Ich antwortete kurz; denn es war niemand anders da, der die Ehre der Verstorbenen in Schutz genommen hätte; dann zog ich mich zurück und sagte ihm aufgrund der bei un-

consilii sententia 'videtur', inquam, 'Curiane, mater tua iustas habuisse causas irascendi tibi.'

Post hoc ille cum ceteris subscripsit centumvirale indicium, non subscripsit mecum. (7) adpetebat iudicii dies coheredes mei componere et transigere cupiebant, non diffidentia causae, sed metu temporum. verebantur, quod videbant multis accidisse, ne ex centumvirali iudicio capitis rei exirent. (8) et erant quidam in illis, quibus obici et Gratillae amicitia et Rustici posset. rogant me, ut cum Curiano loquar.

(9) Convenimus in aedem Concordiae. ibi ego 'si mater', inquam, 'te ex parte quarta scripsisset heredem, num queri posses? quid si heredem quidem instituisset ex asse, sed legatis ita exhausisset, ut non amplius apud te quam quarta remaneret? igitur sufficere tibi debet, si exheredatus a matre quartam partem ab heredibus eius accipias, quam tamen ego augebo. (10) scis te non subscripsisse mecum et iam biennium transisse omniaque me usu cepisse. sed ut te coheredes mei tractabiliorem experiantur, utque tibi nihil abstulerit reverentia mei, offero pro mea parte tantundem.' tuli fructum non conscientiae modo, verum etiam famae. (11) ille ergo Curianus legatum mihi reliquit et factum meum, nisi forte blandior mihi, antiquum notabili honore signavit.

(12) Haec tibi scripsi, quia de omnibus, quae me vel delectant vel angunt, non aliter tecum quam mecum loqui

serer Beratung gefaßten Entscheidung: »Curianus, deine Mutter scheint triftige Gründe gehabt zu haben, dir zu zürnen.«

Hierauf reichte er gegen die übrigen Erben eine Klage beim Zentumviralgericht ein,[5] gegen mich aber nicht. (7) Es kam der Termin der Verhandlung; meine Miterben wünschten, die Sache durch einen gütlichen Vergleich beizulegen, nicht, weil sie ihrer Sache mißtrauten, sondern aus Furcht vor den Zeitumständen.[6] Sie fürchteten, aus dem Prozeß vor dem Zentumviralgericht als Angeklagte eines Kapitalverbrechens hervorzugehen, was, wie sie gesehen hatten, schon vielen passiert war. (8) Und es waren auch einige darunter, denen man die Freundschaft zu Gratilla[7] und Rusticus hätte vorwerfen können. Sie baten mich, mit Curianus zu sprechen.

(9) Wir kamen im Tempel der Concordia zusammen. Dort sagte ich zu ihm: »Wenn deine Mutter dir ein Viertel ihres Vermögens vermacht hätte, könntest du dich dann beklagen? Was wäre, wenn sie dich zwar als Gesamterben eingesetzt, aber das Erbe durch Legate so erschöpft hätte, daß dir nicht mehr als ein Viertel übrigbliebe? Also müßte es dir genügen, wenn du, obwohl von deiner Mutter enterbt, den vierten Teil ihres Erbes erhältst, den ich jedoch noch vermehren will. (10) Du weißt, daß du gegen mich keine Klage eingereicht hast, daß schon zwei Jahre vergangen sind und daß alles durch Verjährung mein Eigentum geworden ist. Aber damit meine Miterben dich zugänglicher finden und die Rücksicht auf mich dir keinen Nachteil bringt, biete ich dir für meinen Teil ebensoviel an.« Das brachte mir Vorteil, nicht nur für mein Gewissen, sondern auch für mein Ansehen. (11) Jener Curianus hat mir also ein Legat ausgesetzt und mein Verhalten, wenn ich mir damit nicht selbst schmeichle, mit bemerkenswerter Ehrerbietung als altrömisch bezeichnet.

(12) Das habe ich Dir geschrieben, weil ich über alles, was mich erfreut oder bedrückt, mit Dir nicht anders als

soleo; deinde quod durum existimabam te amantissimum mei fraudare voluptate, quam ipse capiebam. (13) neque enim sum tam sapiens, ut nihil mea intersit, an iis, quae honeste fecisse me credo, testificatio quaedam et quasi praemium accedat. vale.

II

C. Plinius [Calpurnio] Flacco suo s.

(1) Accepi pulcherrimos turdos, cum quibus parem calculum ponere nec urbis copiis ex Laurentino nec maris tam turbidis tempestatibus possum. (2) recipies ergo epistulas steriles et simpliciter ingratas ac ne illam quidem sollertiam Diomedis in permutando munere imitantis; sed, quae facilitas tua, hoc magis dabis veniam, quod se non mereri fatentur. vale.

III

C. Plinius [Titio] Aristoni suo s.

(1) Cum plurima officia tua mihi grata et iucunda sunt, tum vel maxime, quod me celandum non putasti fuisse apud te de versiculis meis multum copiosumque sermonem eumque diversitate iudiciorum longius processisse, exstitisse etiam quosdam, qui scripta quidem ipsa non improbarent, me tamen amice simpliciterque reprehenderent, quod haec scriberem recitaremque.

mit mir selbst zu sprechen pflege; dann auch, weil ich es für hartherzig hielt, Dich, meinen besten Freund, um ein Vergnügen zu bringen, das ich selbst empfand. (13) Ich bin nämlich nicht so weise,[8] daß mir nichts daran läge, ob das, worin ich nach meiner Meinung recht gehandelt habe, sozusagen eine Anerkennung und gleichsam eine Belohnung findet. Lebe wohl!

2

C. Plinius grüßt seinen Calpurnius Flaccus[9]

(1) Die wunderbaren Krammetsvögel habe ich erhalten; für sie kann ich weder von meinem Laurentinum[10] aus mit den Vorräten der Stadt noch bei diesem stürmischen Wetter mit denen des Meeres ein gleichwertiges Geschenk machen. (2) Du wirst also nur einen leeren, einfach undankbaren Brief bekommen, der nicht einmal jene List des Diomedes[11] beim Austausch der Geschenke nachahmt; aber bei Deiner bekannten Großzügigkeit wirst Du ihm um so eher verzeihen, als er offen zugibt, sie nicht zu verdienen. Lebe wohl!

3

C. Plinius grüßt seinen Titius Aristo[12]

(1) Wie Deine sehr zahlreichen Freundschaftsdienste mir angenehm und willkommen sind, so besonders, daß Du glaubtest, mir nicht verheimlichen zu dürfen, man habe sich bei Dir viel und ausführlich über meine Verschen unterhalten, und wegen der Verschiedenheit der Urteile habe sich das Gespräch ziemlich lange hingezogen; es habe auch einige gegeben, die meine Schriften an und für sich nicht billigten, mich jedoch freundschaftlich und aufrichtig tadelten, daß ich etwas Derartiges schriebe und vorläse.

(2) Quibus ego, ut augeam meam culpam, ita respondeo: 'facio non numquam versiculos severos parum, facio, nam et comoedias audio et specto mimos et lyricos lego et Sotadicos intellego; aliquando praeterea rideo, iocor, ludo, utque omnia innoxiae remissionis genera breviter amplectar: „homo sum".'

(3) Nec vero moleste fero hanc esse de moribus meis existimationem, ut, qui nesciunt talia doctissimos, gravissimos, sanctissimos homines scriptitasse, me scribere mirentur. (4) ab illis autem, quibus notum est, quos quantosque auctores sequar, facile impetrari posse confido, ut errare me, sed cum illis sinant, quorum non seria modo, verum etiam lusus exprimere laudabile est. (5) an ego verear (neminem viventium, ne quam in speciem adulationis incidam, nominabo), sed ego verear, ne me non satis deceat, quod decuit M. Tullium, C. Calvum, Asinium Pollionem, M. Messalam, Q. Hortensium, M. Brutum, L. Sullam, Q. Catulum, Q. Scaevolam, Servium Sulpicium, Varronem, Torquatum, immo Torquatos, C. Memmium, Lentulum Gaetulicum, Annaeum Senecam et proxime Verginium Rufum et, si non sufficiunt exempla privata, divum Iulium, divum Augustum, divum Nervam, Tiberium Caesarem? (6) Neronem enim transeo, quamvis sciam non corrumpi in deterius, quae aliquando etiam a malis, sed honesta manere, quae saepius a bonis fiunt; inter quos vel praecipue numerandus est P. Vergilius, Cornelius Nepos et prius Accius Enniusque. non quidem hi senatores, sed sanctitas morum non distat ordinibus. (7) Recito tamen, quod illi an fecerint

(2) Diesen antworte ich, um meine Schuld noch zu vergrößern, folgendes: »Ich mache bisweilen Verse, die nicht sehr ernst sind, ja, die mache ich; denn ich höre mir auch Komödien an, sehe Possenspielen zu, lese lyrische Gedichte und kenne die Sotadiker[13]; außerdem lache ich bisweilen, scherze, spiele, und, um alle Arten unschuldiger Entspannung kurz zusammenzufassen, ich bin ein Mensch.

(3) Aber ich ärgere mich nicht darüber, daß – so ist nämlich die Meinung über mein Verhalten – diejenigen, die nicht wissen, daß höchst gelehrte, ernsthafte und unbescholtene Männer dergleichen geschrieben haben, sich wundern, daß ich es tue. (4) Die aber, die wissen, welchen und wie bedeutenden Schriftstellern ich folge, hoffe ich sicher leicht dazu zu bringen, daß sie mich mit *den* Männern in die Irre gehen lassen, deren ernsthafte Beschäftigungen, aber auch deren Spielereien nachzuahmen lobenswert ist. (5) Oder sollte ich mich etwa fürchten – ich werde keinen Lebenden nennen, um nicht etwa in den Verdacht der Schmeichelei zu geraten –, sollte ich mich fürchten, es schicke sich nicht recht für mich, was sich für einen M. Tullius schickte, für C. Calvus, Asinius Pollio, M. Messala, Q. Hortensius, M. Brutus, L. Sulla, Q. Catulus, Q. Scaevola, Servus Sulpicius, Varro, Torquatus, ja für beide Torquati, für C. Memmius, Lentulus Gaetulicus, Annaeus Seneca, und zuletzt für Verginius Rufus und, wenn Beispiele von Privatpersonen nicht genügen, für einen Divus Iulius, Divus Augustus, Divus Nerva und Tiberius Caesar?[14] (6) Den Nero nämlich übergehe ich, obwohl ich weiß, daß das, was bisweilen auch schlechte Menschen tun, dadurch nicht schlechter wird, sondern ehrenwert bleibt, was häufiger von guten getan wird. Zu diesen muß man besonders P. Vergilius, Cornelius Nepos und aus früherer Zeit Accius und Ennius zählen. Sie waren zwar keine Senatoren, aber hinsichtlich der Sittlichkeit gibt es keinen Unterschied der Stände. (7) Ich lese jedoch meine Ge-

nescio. etiam; sed illi iudicio suo poterant esse contenti, mihi modestior constantia est, quam ut satis absolutum putem, quod a me probetur. (8) itaque has recitandi causas sequor, primum quod ipse, qui recitat, aliquanto acrius scriptis suis auditorum reverentia intendit, deinde quod, de quibus dubitat, quasi ex consilii sententia statuit.

(9) Multa etiam a multis admonetur et, si non admoneatur, quid quisque sentiat, perspicit ex voltu oculis, nutu manu, murmure silentio; quae satis apertis notis iudicium ab humanitate discernunt. (10) atque adeo, si cui forte eorum, qui interfuerunt, curae fuerit eadem illa legere, intelleget me quaedam aut commutasse aut praeterisse, fortasse etiam ex suo iudicio, quamvis ipse nihil dixerit mihi. (11) atque haec ita disputo, quasi populum in auditorium, non in cubiculum amicos advocarim, quos plures habere multis gloriosum, reprehensioni nemini fuit. vale.

IV

C. Plinius [Iulio] Valeriano suo s.

(1) Res parva, sed initium non parvae. vir praetorius Sollers a senatu petiit, ut sibi instituere nundinas in agris suis permitteretur. contra dixerunt legati Vicetinorum; adfuit Tuscilius Nominatus. dilata causa est. (2) alio senatu

dichte vor; ob jene das getan haben, weiß ich nicht. Ja, jene konnten mit ihrem eigenen Urteil zufrieden sein, mein Selbstbewußtsein ist zu gering, als daß ich für vollkommen genug halten könnte, was nur von mir gutgeheißen wird. (8) Ich habe daher folgende Gründe, meine Gedichte vorzulesen. Erstens widmet der, der vorliest, aus Achtung vor seinen Zuhörern eine viel größere Aufmerksamkeit seinem Werk; dann, weil er das, worüber er im Zweifel ist, gleichsam aufgrund der Meinung der Versammlung entscheidet.

(9) Auch bekommt er von vielen zahlreiche Ermahnungen, und wenn es nicht so ist, sieht er doch aus der Miene, den Blicken, dem Nicken, der Handbewegung, aus dem Gemurmel und dem Schweigen, was ein jeder denkt; dies alles sind deutliche Merkmale, die ein wirkliches Urteil von einer nachsichtigen Beurteilung unterscheiden.[15] (10) Und wenn dann sogar jemand, der dabeigewesen ist, sich die Mühe machen sollte, dasselbe nachzulesen, dann wird er erkennen, daß ich manches verändert oder ausgelassen habe, vielleicht sogar aufgrund seines Urteils, obgleich er selbst mir nichts gesagt hat. (11) Und das alles sage ich so, als ob ich ein Publikum in einen Hörsaal und nicht meine Freunde in mein Zimmer geladen habe; von denen eine große Zahl zu haben, das hat vielen Ruhm, keinem aber Tadel gebracht. Lebe wohl!

4

C. Plinius grüßt seinen Iulius Valerianus[16]

(1) Ich erzähle dir eine unwichtige Sache, die aber der Anfang einer nicht unwichtigen ist. Der Prätor Sollers bat den Senat, er möge ihm erlauben, auf seinen Gütern einen Wochenmarkt einzurichten.[17] Die Gesandten der Vicetiner sprachen sich dagegen aus[18]; ihr Anwalt war Tuscilius Nominatus. Die Sache wurde aufgeschoben. (2) In einer fol-

Vicetini sine advocato intraverunt, dixerunt se deceptos, lapsine verbo, an quia ita sentiebant. interrogati a Nepote praetore, quem docuissent, responderunt, quem prius; interrogati, an tunc gratis adfuisset, responderunt sex milibus nummum; an rursus aliquid dedissent, dixerunt mille denarios. Nepos postulavit, ut Nominatus induceretur. (3) hactenus illo die. sed, quantum auguror, longius res procedit. nam pleraque tacta tantum et omnino commota latissime serpunt.

(4) Erexi aures tuas. quam diu nunc oportet, quam blande roges, ut reliqua cognoscas! si tamen non ante ob haec ipsa veneris Romam spectatorque malueris esse quam lector. vale.

V

C. Plinius [Novio] Maximo suo s.

(1) Nuntiatum mihi C. Fannium decessisse; qui nuntius me gravi dolore confudit, primum quod amavi hominem elegantem, disertum, deinde quod iudicio eius uti solebam. erat enim acutus natura, usu exercitatus, veritate promptissimus. (2) angit me super ista casus ipsius: decessit veteri testamento, omisit, quos maxime diligebat, prosecutus est, quibus offensior erat. sed hoc utcumque tolerabile, gravius illud, quod pulcherrimum opus imperfectum reliquit.

genden Senatssitzung erschienen die Vicetiner ohne Rechtsbeistand; sie erklärten, man habe sie getäuscht; hatten sie sich im Wort vergriffen oder meinten sie es wirklich so? Der Prätor Nepos fragte sie, wen sie als Anwalt gehabt hätten, sie antworteten, denselben wie früher. Auf die Frage, ob er sie damals unentgeltlich vertreten habe, entgegneten sie: »Für 6000 Sesterze.«[19] Ob sie ihm noch einmal etwas gegeben hätten? Sie sagten: »1000 Denare.« Nepos forderte, Nominatus sollte hereingeführt werden. (3) So weit an diesem Tag. Aber nach meiner Vermutung wird uns die Sache noch weiter beschäftigen. Denn vieles, was nur angerührt und auch nur in Bewegung gesetzt worden ist, greift sehr weit um sich.

(4) Nun habe ich Dir die Ohren gespitzt. Wie lange und wie freundlich wirst Du jetzt mich bitten müssen, um das übrige zu erfahren! Wenn Du nicht doch vorher eben deswegen nach Rom kommst und lieber Augenzeuge als nur Leser sein willst. Lebe wohl!

5

C. Plinius grüßt seinen Novius Maximus[20]

(1) Man hat mir berichtet, C. Fannius sei gestorben; diese Nachricht hat mich mit großem Schmerz erfüllt und mich ganz aus der Fassung gebracht, einmal, weil ich diesen gebildeten und redegewandten Mann geliebt habe, dann, weil ich mich häufig nach seinem Urteil richtete. Denn er war von Natur scharfsinnig, durch Erfahrung geübt und in seiner Wahrheitsliebe immer bereit, Auskunft zu geben. (2) Außerdem beunruhigt mich sein persönliches Mißgeschick: Er verstarb mit einem veralteten Testament,[21] er überging die, die er am meisten schätzte, und beschenkte die, denen er jetzt verhaßt war. Aber irgendwie wäre das noch erträglich; schwerwiegender ist freilich, daß er ein ganz ausgezeichnetes Werk unvollendet hinterlassen hat.

(3) quamvis enim agendis causis distringeretur, scribebat tamen exitus occisorum aut relegatorum a Nerone, et iam tres libros absolverat, subtiles et diligentes et Latinos atque inter sermonem historiamque medios, ac tanto magis reliquos perficere cupiebat, quanto frequentius hi lectitabantur. (4) mihi autem videtur acerba semper et immatura mors eorum, qui immortale aliquid parant. nam, qui voluptatibus dediti quasi in diem vivunt, vivendi causas cotidie finiunt; qui vero posteros cogitant et memoriam sui operibus extendunt, his nulla mors non repentina est, ut quae semper incohatum aliquid abrumpat.

(5) C. quidem Fannius, quod accidit, multo ante praesensit. visus est sibi per nocturnam quietem iacere in lectulo suo compositus in habitum studentis, habere ante se scrinium (ita solebat): mox imaginatus est venisse Neronem, in toro resedisse prompsisse primum librum, quem de sceleribus eius ediderat, eumque ad extremum revolvisse, idem in secundo ac tertio fecisse, tunc abisse. (6) expavit et sic interpretatus est, tamquam idem sibi futurus esset scribendi finis, qui fuisset illi legendi: et fuit idem.

(7) Quod me recordantem miseratio subit, quantum vigiliarum, quantum laboris exhauserit frustra. occursant animo mea mortalitas, mea scripta. nec dubito te quoque eadem cogitatione terreri pro istis, quae inter manus habes. (8) proinde, dum suppetit vita, enitamur, ut mors quam paucissima, quae abolere possit, inveniat! vale.

(3) Wenn er auch durch seine Tätigkeit vor Gericht stark beansprucht wurde, schrieb er dennoch »Das Ende der von Nero Getöteten oder Verbannten« und hatte schon drei Bücher vollendet, mit Geschmack und Sorgfalt verfaßt, in klassischem Latein, das die Mitte hielt zwischen Rede und geschichtlicher Darstellung; und um so mehr wünschte er, die übrigen noch zu beenden, je häufiger diese gelesen wurden. (4) Mir aber erscheint der Tod der Menschen, die etwas Unsterbliches schaffen, immer bitter und verfrüht. Denn wer sinnlichen Genüssen ergeben gleichsam in den Tag hineinlebt, erfüllt auch täglich den Zweck seines Lebens; wer aber an die Nachwelt denkt und die Erinnerung an sich durch seine Werke zu verlängern sucht, für den kommt der Tod immer zu plötzlich, da er immer etwas Begonnenes abbricht.

(5) C. Fannius freilich hat schon lange vorhergeahnt, was jetzt geschehen ist. Er träumte, er liege in der Stille der Nacht auf seinem Bett nach vorn gebeugt, in der Stellung eines Studierenden, und habe, wie gewöhnlich, seinen Bücherschrank neben sich; darauf träumte er, Nero sei gekommen, habe sich auf sein Bett gesetzt, das erste Buch, in dem er seine Verbrechen veröffentlicht hatte, genommen und es bis zum Ende durchgelesen; dasselbe habe er beim zweiten und dritten getan, dann sei er weggegangen. (6) Fannius erschrak und deutete den Traum so, als ob er ebendort aufhören werde zu schreiben, wo jener aufgehört habe zu lesen: und so war es dann auch.

(7) Wenn ich daran denke, erfaßt mich Mitgefühl, wie viele durchwachte Nächte, wieviel Mühe er vergeblich aufgewendet hat. Meine eigene Vergänglichkeit, meine eigenen Schriften fallen mir ein. Und ich zweifle nicht, daß auch Dich derselbe Gedanke erschreckt für die Arbeiten, die Du jetzt in Händen hast. (8) Sorgen wir also, solange unser Leben dauert, mit aller Kraft dafür, daß der Tod bei uns möglichst wenig finde, was er vernichten kann. Lebe wohl!

VI

C. Plinius [Domitio] Apollinari suo s.

(1) Amavi curam et sollicitudinem tuam, quod, cum audisses me aestate Tuscos meos petiturum, ne facerem, suasisti, dum putas insalubres. (2) est sane gravis et pestilens ora Tuscorum, quae per litus extenditur; sed hi procul a mari recesserunt, quin etiam Appennino, saluberrimo montium, subiacent. (3) atque adeo ut omnem pro me metum ponas, accipe temperiem caeli, regionis situm, villae amoenitatem; quae et tibi auditu et mihi relatu iucunda erunt.

(4) Caelum est hieme frigidum et gelidum: myrtos, oleas, quaeque alia adsiduo tepore laetantur, aspernatur ac respuit; laurum tamen patitur atque etiam nitidissimam profert, interdum, sed non saepius quam sub urbe nostra, necat. (5) aestatis mira clementia: semper aer spiritu aliquo movetur; frequentius tamen auras quam ventos habet. (6) hinc senes multi: videas avos proavosque iam iuvenum, audias fabulas veteres sermonesque maiorum, cumque veneris illo, putes alio te saeculo natum.

(7) Regionis forma pulcherrima: imaginare amphitheatrum aliquod immensum et quale sola rerum natura possit effingere. lata et diffusa planities montibus cingitur, montes summa sui parte procera nemora et antiqua habent. (8) frequens ibi et varia venatio. inde caeduae silvae cum ipso monte descendunt. has inter pingues terrenique colles

6

C. Plinius grüßt seinen Domitius Apollinaris[22]

(1) Ich bin ganz gerührt über Deine Besorgnis und Aufregung, daß Du mir auf die Nachricht hin, ich wollte im Sommer auf mein Landgut nach Etrurien reisen,[23] davon abrietest, solange Du es dort für ungesund hältst. (2) Gewiß ist das Gebiet der Tusker, das sich an der Küste erstreckt, ungesund und verseucht; aber mein Landgut liegt weit vom Meer entfernt, ja sogar am Fuße des Apennin, des gesündesten aller Gebirge. (3) Und damit Du alle Besorgnis um mich ablegst, laß Dir von dem milden Klima, der Lage der Gegend und der Schönheit des Landhauses berichten, was für Dich angenehm sein wird zu hören, für mich, es zu schildern.

(4) Das Klima ist im Winter kalt und frostig; Myrten, Olivenbäume und was sonst noch beständige Wärme liebt, vertragen das Klima nicht und können nicht gedeihen; den Lorbeerbaum jedoch duldet es und läßt ihn sehr üppig wachsen, bisweilen, aber nicht häufiger als in der Nähe unserer Stadt, vernichtet es ihn. (5) Der Sommer ist erstaunlich mild: immer wird die Luft durch irgendeinen Hauch bewegt, doch häufiger herrscht ein Lüftchen als ein wirklicher Wind. (6) Daher gibt es hier viele alte Leute: man kann Großväter und Urgroßväter von Leuten sehen, die selbst nicht mehr jung sind; man kann alte Geschichten und Erzählungen der Vorfahren hören, und wenn man hierherkommt, so könnte man glauben, man sei in einem anderen Jahrhundert geboren.

(7) Die Gegend ist sehr schön. Stelle Dir ein unermeßliches Amphitheater vor, wie es nur die Natur schaffen kann. Eine weite und ausgedehnte Ebene wird von Bergen eingeschlossen, die Berge haben auf ihrem Gipfel hohe, alte Wälder. (8) Der Wildbestand ist hier zahlreich und mannigfaltig. Von dort senken sich Wälder mit schlagbarem Holz den Hang hinab. Zwischen diesen liegen

(neque enim facile usquam saxum. etiam si quaeratur, occurrit) planissimis campis fertilitate non cedunt opimamque messem serius tantum, sed non minus percoquunt. (9) sub his per latus omne vineae porriguntur unamque faciem longe lateque contexunt; quarum a fine imoque quasi margine arbusta nascuntur. (10) prata inde campique, campi, quos non nisi ingentes boves et fortissima aratra perfringunt: tantis glaebis tenacissimum solum, cum primum prosecatur, adsurgit, ut nono demum sulco perdometur. (11) prata florida et gemmea trifolium aliasque herbas teneras semper et molles et quasi novas alunt; cuncta enim perennibus rivis nutriuntur. sed, ubi aquae plurimum, palus nulla, quia devexa terra, quidquid liquoris accepit nec absorbuit, effundit in Tiberim. (12) medios ille agros secat, navium patiens, omnisque fruges devehit in urbem, hieme dumtaxat et vere; aestate summittitur immensique fluminis nomen arenti alveo deserit, autumno resumit. (13) magnam capies voluptatem, si hunc regionis situm ex monte prospexeris. neque enim terras tibi, sed formam aliquam ad eximiam pulchritudinem pictam videberis cernere: ea varietate, ea descriptione, quocumque inciderint oculi, reficientur.

(14) Villa in colle imo sita prospicit quasi ex summo: ita leviter et sensim clivo fallente consurgit, ut, cum adscendere te non putes, sentias adscendisse. a tergo Appenni-

fette, erdreiche Hügel – denn nicht leicht trifft man irgendwo auf Felsen, auch wenn man danach sucht –, welche den Feldern unten in der Ebene an Fruchtbarkeit nicht nachstehen und eine ebenso reiche Ernte, nur erst ziemlich spät, reifen lassen. (9) Unterhalb der Wälder dehnen sich auf der ganzen Seite Weinberge aus und geben der Gegend weit und breit ein einheitliches Aussehen; an ihrem Ende und gleichsam an ihrem untersten Rand beginnen Baumpflanzungen. (10) Dann kommen Wiesen und Felder, Felder, die nur gewaltige Ochsen und sehr starke Pflüge umbrechen: der sehr feste Boden wirft beim ersten Pflügen so große Erdschollen auf, daß er höchstens beim neunten Pflügen bezwungen wird. (11) Die blumenreichen, wie mit Edelsteinen übersäten Wiesen lassen Klee und andere Kräuter wachsen, immer zart und weich und wie neu. Alles nämlich wird von nie versiegenden Bächen bewässert; aber auch da, wo sehr viel Wasser ist, bildet sich kein Sumpf, weil der Boden abschüssig ist und alle Feuchtigkeit, die er empfangen und nicht eingesaugt hat, in den Tiber fließen läßt. (12) Dieser durchschneidet die Felder in der Mitte, ist schiffbar und bringt alle Feldfrüchte in die Stadt, jedenfalls im Winter und im Frühling; im Sommer fällt er und legt bei ausgetrocknetem Flußbett den Namen »großer Fluß« ab, im Herbst nimmt er ihn wieder an. (13) Du wirst ein großes Vergnügen empfinden, wenn Du die Lage dieser Gegend von einem Berg aus betrachtest. Denn Du wirst glauben, kein wirkliches Land zu sehen, sondern ein außergewöhnlich schönes Gemälde einer Landschaft: an einer solchen Mannigfaltigkeit, an einer solchen Gliederung werden sich Deine Augen, wohin sie sich auch wenden, erfreuen.

(14) Das Landhaus liegt am Fuß eines Hügels und schaut gleichsam doch von der Höhe herab: So sanft und allmählich, in kaum merklicher Neigung erhebt sich der Hügel, daß, obwohl man nicht zu steigen meint, man schließlich doch merkt, daß man gestiegen ist. Im Rücken

num, sed longius habet; accipit ab hoc auras quamlibet sereno et placido die, non tamen acres et immodicas, sed spatio ipso lassas et infractas. (15) magna sui parte meridiem spectat aestivumque solem ab hora sexta, hibernum aliquanto maturius quasi invitat in porticum latam et prominulam. multa in hac membra, atrium etiam ex more veterum.

(16) Ante porticum xystus in plurimas species distinctus concisusque buxo; demissus inde pronusque pulvinus, cui bestiarum effigies invicem adversas buxus inscripsit; acanthus in plano mollis et paene dixerim liquidus. (17) ambit hunc ambulatio pressis varieque tonsis viridibus inclusa; ab his gestatio in modum circi, quae buxum multiformem humilesque et retentas manu arbusculas circumit. omnia maceria muniuntur: hanc gradata buxus operit et subtrahit. (18) pratum inde non minus natura quam superiora illa arte visendum; campi deinde porro multaque alia prata et arbusta.

(19) A capite porticus triclinium excurrit; valvis xystum desinentem et protinus pratum multumque ruris videt, fenestris hac latus xysti, et quod prosilit villae, hac adiacentis hippodromi nemus comasque prospectat. (20) contra mediam fere porticum diaeta paulum recedit, cingit areolam, quae quattuor platanis inumbratur. inter has marmo-

des Landhauses liegt der Apennin, aber ziemlich weit entfernt, von dort bekommt es, selbst bei ganz heiterem und ruhigem Wetter, einen Wind, der nicht scharf und ungestüm, sondern durch die Entfernung gemildert und geschwächt ist. (15) Der größte Teil des Landhauses liegt nach Süden und lädt gleichsam die Sonne im Sommer von der sechsten Stunde an, im Winter noch etwas früher, in eine breite, verhältnismäßig lange Säulenhalle ein. Darin befinden sich viele Räume, auch ein Empfangsraum nach Art der Vorfahren.

(16) Vor der Säulenhalle befindet sich eine Terrasse, die in sehr viele Beete von verschiedener Gestalt unterteilt und mit Buchsbäumen eingefaßt ist; dann kommt ein niedrig gelegenes und abschüssiges Rasenstück, in das der Buchsbaum abwechselnd einander gegenüberstehende Tierfiguren eingezeichnet hat; in der Ebene steht weicher, fast möchte ich sagen wogender Akanthus[24]. (17) Um diesen führt ein Spazierweg, von niedrigen, mannigfach zugeschnittenen grünen Hecken eingeschlossen; daran schließt sich eine kreisförmige Allee an, die um vielgestaltigen Buchsbaum und künstlich niedriggehaltene Bäumchen herumläuft. Alles wird durch eine Lehmmauer geschützt; diese verdeckt eine stufenartige Buchsbaumhecke und entzieht sie so den Blikken. (18) Dann kommt eine Wiese, nicht weniger sehenswert wegen ihrer natürlichen Schönheit als die vorher genannten Dinge in ihrer Künstlichkeit; hierauf folgen weiter Felder, viele andere Wiesen und Baumpflanzungen.

(19) Am Anfang der Säulenhalle springt ein Speisezimmer vor; durch die Flügeltüren sieht man auf das Ende der Terrasse und weiterhin auf Wiesen und viel Land; hier erblickt man aus den Fenstern hier die Längsseite der Terrasse und dort den vorspringenden Erker des Hauses und die dicht belaubten Bäume der sich anschließenden Reitbahn. (20) Ungefähr der Mitte der Säulenhalle gegenüber liegt etwas zurück ein Pavillon, er umschließt einen kleinen freien Platz, der von vier Platanen beschattet wird. Zwischen diesen sprudelt Wasser aus einem Mar-

reo labro aqua exundat circumiectasque platanos et subiecta platanis leni adspergine fovet. (21) est in hac diaeta dormitorium cubiculum, quod diem, clamorem, sonum excludit, iunctaque ei cotidiana amicorumque cenatio: areolam illam, porticum aliam eademque omnia, quae porticus, adspicit. (22) est et aliud cubiculum a proxima platano viride et umbrosum, marmore excultum podio tenus, nec cedit gratiae marmoris ramos insidentesque ramis aves imitata pictura. (23) fonticulus in hoc, in fonte crater; circa sipunculi plures miscent iucundissimum murmur.

In cornu porticus amplissimum cubiculum triclinio occurrit; aliis fenestris xystum, aliis despicit pratum, sed ante piscinam, quae fenestris servit ac subiacet, strepitu visuque iucundam: (24) nam ex edito desiliens aqua suscepta marmore albescit. idem cubiculum hieme tepidissimum, quia plurimo sole perfunditur. (25) cohaeret hypocauston et, si dies nubilus, immisso vapore solis vicem supplet. inde apodyterium balinei laxum et hilare excipit cella frigidaria, in qua baptisterium amplum atque opacum. si natare latius aut tepidius velis, in area piscina est, in proximo puteus, ex quo possis rursus adstringi, si paeniteat teporis. (26) frigidariae cellae conectitur media, cui sol benignissime praesto est; caldariae magis: prominet enim. in hac tres descen-

morbecken, das die umstehenden Platanen und den Boden unter den Platanen mit feinem Sprühregen erfrischt. (21) In diesem Pavillon befindet sich ein Schlafraum, der Tageslicht, Geschrei und Geräusch fernhält, und mit ihm verbunden ist noch ein Speisezimmer für den täglichen Gebrauch und für die Freunde: Es blickt auf jenen kleinen Hof, die andere Säulenhalle und alles, was man von dieser Säulenhalle aus sieht. (22) Es ist dort auch noch ein anderer Raum, grün und schattig von der nächststehenden Platane, und mit Marmor verziert, soweit der Sockel reicht; und der Schönheit des Marmors steht auch ein Gemälde nicht nach, das Zweige mit darauf sitzenden Vögeln darstellt. (23) In diesem Zimmer befindet sich eine kleine Quelle, darin ein Wasserbecken; ringsum erfüllen mehrere Wasserröhrchen alles mit einem höchst angenehmen Geplätscher.

An der anderen Ecke der Säulenhalle grenzt ein Speisesaal an ein sehr geräumiges Zimmer; aus dem Fenster schaut man teils auf die Terrasse, teils auf Wiesen, aber zunächst auf den Teich, der unter den Fenstern liegt und ihnen zugute kommt, angenehm für Auge und Ohr: (24) denn das aus der Höhe herabspringende Wasser wird in einem Marmorbecken aufgefangen und schäumt dort. Gerade dieses Zimmer ist im Winter sehr warm, weil es der starken Sonne ganz ausgesetzt ist. (25) Damit eng verbunden ist ein Heizraum; er ersetzt bei trüber Witterung durch hinübergeleitete Wärme die Sonne. Von hier gelangt man durch einen geräumigen und freundlichen Bad-Umkleideraum in den Kaltwasserraum, in dem sich ein großes, schattiges Schwimmbad befindet. Will man mehr Raum oder wärmeres Wasser zum Schwimmen, so ist im Hof ein Teich und gleich dabei ein Brunnen, bei dem man sich wieder abkühlen kann, wenn man das warme Wasser leid ist. (26) An das Kaltwasserbad schließt sich ein mäßig temperiertes Bad an, welches die Sonne sehr freundlich bescheint; mehr noch das warme Bad: denn es springt vor. In diesem befinden sich drei Badewannen, zwei in der

siones, duae in sole, tertia a sole longius, a luce non longius. (27) apodyterio superpositum est sphaeristerium, quod plura genera exercitationis pluresque circulos capit. non procul a balineo scalae, quae in cryptoporticum ferunt, prius ad diaetas tres. harum alia areolae illi, in qua platani quattuor, alia prato, alia vineis imminet diversasque caeli partes ut prospectus habet.

(28) In summa cryptoporticu cubiculum ex ipsa cryptoporticu excisum, quod hippodromum, vineas, montes intuetur. iungitur cubiculum obvium soli, maxime hiberno. hinc oritur diaeta, quae villae hippodromum adnectit. haec facies, hic usus a fronte.

(29) A latere aestiva cryptoporticus in edito posita, quae non adspicere vineas, sed tangere videtur: in media triclinium saluberrimum adflatum ex Appenninis vallibus recipit; post latissimis fenestris vineas, valvis aeque vineas, sed per cryptoporticum, quasi admittit. (30) a latere triclinii, quod fenestris caret, scalae convivio utilia secretiore ambitu suggerunt. in fine cubiculum, cui non minus iucundum prospectum cryptoporticus ipsa quam vineae praebent. subest cryptoporticus subterraneae similis; aestate incluso frigore riget contentaque aere suo nec desiderat auras nec admittit. (31) post utramque cryptoporticum, unde triclinium desinit, incipit porticus ante medium diem hiberna,

Sonne, eine dritte etwas aus der Sonne entfernt, aber ebenso hell. (27) Über dem Ankleidezimmer liegt der Ballspielsaal, der für mehrere Arten von Spielen und für mehrere Mannschaften Platz hat. Nicht weit vom Bad ist eine Treppe, die in eine gedeckte Wandelhalle, vorher aber zu drei Zimmern führt. Das eine von ihnen grenzt an jenen kleinen Hof, auf dem vier Platanen stehen, ein anderes an die Wiese und das dritte an die Weinberge, und so hat jedes Ausblick in verschiedene Himmelsrichtungen.

(28) Am Ende der überdachten Wandelhalle befindet sich ein aus der Wandelhalle selbst herausgeschnittenes Zimmer, das auf die Reitbahn, Weingärten und Berge schaut. Daran schließt sich ein Zimmer an, das der Sonne ausgesetzt ist, besonders im Winter. Von dort beginnt ein Raum, der die Reitbahn mit dem Landhaus verbindet. Das ist die Ansicht des Hauses von vorn, das seine Zweckbestimmung.

(29) Auf der Seite, etwas höher, liegt eine überdachte Wandelhalle für den Sommer, welche nicht nur auf die Weinberge zu blicken, sondern sie gar zu berühren scheint. In der Mitte ist ein Speisesaal, der die äußerst gesunde Luft aus den Tälern des Apennin aufnimmt. Hinten läßt er durch die sehr breiten Fenster Weingärten, durch die Flügeltüren ebenfalls Weingärten gleichsam herein, aber durch die Wandelhalle hindurch. (30) Auf der Seite des Speisesaales, der keine Fenster hat, schafft man über eine verborgene Wendeltreppe alles für die Mahlzeit Notwendige herauf. Am Ende ist ein Zimmer, das einen ebenso angenehmen Ausblick auf die Wandelhalle selbst wie auf die Weinberge gewährt. Darunter liegt eine überdachte Wandelhalle, die einem unterirdischen Gang gleicht; während des Sommers ist sie wegen der eingeschlossenen Kälte sehr kühl, und zufrieden mit ihrer eigenen Luft, vermißt sie keinen Luftzug und läßt auch keinen herein. (31) Nach diesen beiden Wandelhallen beginnt, wo der Speisesaal aufhört, eine Säulenhalle, die vormittags winterlich, wenn

inclinato die aestiva. hac adeuntur diaetae duae, quarum in altera cubicula quattuor, altera tria, ut circumit sol, aut sole utuntur aut umbra.

(32) Hanc dispositionem amoenitatemque tectorum ⟨vincit⟩ longeque praecedit hippodromus. medius patescit statimque intrantium oculis totus offertur, platanis circumitur; illae hedera vestiuntur utque summae suis ita imae alienis frondibus virent. hedera truncum et ramos pererrat vicinasque platanos transitu suo copulat. has buxus interiacet; exteriores buxos circumvenit laurus umbraeque platanorum suam confert. (33) rectus hippodromi limes in extrema parte hemicyclio frangitur mutatque faciem: cupressis ambitur et tegitur densiore umbra opacior nigriorque; interioribus circulis (sunt enim plures) purissimum diem recipit. (34) inde etiam rosas effert umbrarumque frigus non ingrato sole distinguit. finito vario illo multiplicique curvamine recto limiti redditur, nec huic uni: nam viae plures intercedentibus buxis dividuntur. (35) alibi pratulum, alibi ipsa buxus intervenit in formas mille discripta, litteras interdum, quae modo nomen domini dicunt, modo artificis: alternis metulae surgunt, alternis inserta sunt poma, et in opere urbanissimo subita velut inlati ruris imitatio. medium spatium brevioribus utrimque platanis

der Tag sich neigt, sommerlich ist. Durch sie hat man Zugang zu zwei Wohnungen, von denen in der einen vier, in der anderen drei Zimmer, je nach dem Lauf der Sonne, Sonnenschein haben oder Schatten.

(32) Aber bei weitem übertrifft die Reitbahn diese Anordnung und Annehmlichkeit der Gebäude. Sie ist in der Mitte offen und bietet sich sofort beim Eintritt den Blikken ganz dar; sie ist von Platanen umgeben. Diese sind mit Efeu bewachsen, und wie sie oben mit eigenem, so grünen sie unten mit fremdem Laub. Der Efeu windet sich um Stamm und Äste und vermählt durch seine Ranken die benachbarten Platanen miteinander. Zwischen ihnen wächst Buchsbaum; Lorbeer umgibt die äußeren Buchsbäume und vermischt seinen Schatten mit dem der Platanen. (33) Der gerade Kurs der Reitbahn biegt am Ende in einen Halbkreis ein und verändert sein Aussehen. Sie wird von Zypressen umgeben und bedeckt und ist infolge ihres dichteren Schattens dunkler und schwärzer; in den inneren Kreisen – es gibt nämlich mehrere – empfängt sie das reinste Tageslicht. (34) Daher wachsen dort auch Rosen, und die Kühle des Schattens wechselt mit dem recht angenehmen Sonnenschein ab. Ist diese mannigfache und vielfache Krümmung zu Ende, kommt man wieder in einen geraden Weg, aber nicht nur in einen einzigen: denn mehrere Wege teilen sich durch den dazwischen stehenden Buchsbaum. (35) Dort stößt man auf eine kleine Wiese, hier auf den Buchsbaum selbst, der in tausenderlei Formen geschnitten ist, bisweilen in Buchstaben, die bald den Namen des Herrn, bald den Namen des Künstlers angeben: Abwechselnd erheben sich kleine Pyramiden, abwechselnd sind Obstbäume eingefügt, und in dieser ganz großstädtischen Anlage findet sich plötzlich eine Nachbildung eines gleichsam hierhin verpflanzten ländlichen Bildes. Der Raum in der Mitte wird auf beiden Seiten durch ziemlich niedrig gehaltene Platanen verschönert. (36) Hinter diesen wächst hier und da weicher und biegsamer

adornatur. (36) post has acanthus hinc inde lubricus et flexuosus, deinde plures figurae pluraque nomina.

In capite stibadium candido marmore vite protegitur; vitem quattuor columellae Carystiae subeunt. ex stibadio aqua, velut expressa cubantium pondere, sipunculis effluit, cavato lapide suscipitur, gracili marmore continetur atque ita occulte temperatur, ut impleat nec redundet. (37) gustatorium graviorque cena margini imponitur, levior naucularum et avium figuris innatans circumit. contra fons egerit aquam et recipit; nam expulsa in altum in se cadit iunctisque hiatibus et absorbetur et tollitur. e regione stibadii adversum cubiculum tantum stibadio reddit ornatus, quantum accipit ab illo. (38) marmore splendet, valvis in viridia prominet et exit, alia viridia superioribus inferioribusque fenestris suspicit despicitque. mox zothecula refugit quasi in cubiculum idem atque aliud. lectus hic et undique fenestrae, et tamen lumen obscurum umbra premente. (39) nam laetissima vitis per omne tectum in culmen nititur et adscendit. non secus ibi quam in nemore iaceas, imbrem tantum tamquam in nemore non sentias. (40) hic quoque fons nascitur simulque subducitur. sunt locis pluribus disposita sedilia e marmore, quae ambulatione fessos ut cubiculum ipsum iuvant. fonticuli sedilibus adiacent. per totum hippodromum inducti stre-

Akanthus, dann kommen mehrere Figuren und mehrere Namen.

Am oberen Ende wird eine halbkreisförmige Bank aus weißem Marmor von Weinreben bedeckt; vier kleine karystische[25] Säulen stützen die Reben. Aus der Bank fließt Wasser in kleinen Röhren hervor, als würde es durch das Gewicht der darauf Liegenden herausgepreßt; es wird in einem gehöhlten Stein aufgefangen, in einem zierlichen Marmorbecken festgehalten und auf verborgene Weise so reguliert, daß es das Becken füllt, aber nicht überlaufen läßt. (37) Das Geschirr mit den Vorspeisen und die schweren Gerichte werden auf den Rand gestellt, leichtere schwimmen in Gefäßen in Gestalt kleiner Schiffe und Vögel umher. Gegenüber spritzt eine Fontäne Wasser und fängt es wieder auf; denn nachdem das Wasser in die Höhe getrieben worden ist, fällt es in sich zurück, und durch verbundene Öffnungen wird es eingesogen und wieder in die Höhe getrieben. Der Bank gegenüber ist ein Zimmer, das ihr ebensoviel Reiz zurückgibt, wie es von ihr empfängt. (38) Es glänzt von Marmor, mit Flügeltüren öffnet es sich und führt hinaus ins Grüne; auf anderes Grün schaut man von den oberen und unteren Fenstern hinauf und hinab. Dann springt eine kleine Veranda vor, gleichsam dasselbe Zimmer und doch wieder ein anderer Raum. Hier steht ein Bett, und an allen Seiten sind Fenster, und doch herrscht gedämpftes Licht, da Schatten darauf liegt. (39) Denn ein sehr üppiger Weinstock rankt sich um das ganze Gebäude und klettert bis zum Dach empor. Man liegt dort nicht anders als in einem Wald, nur spürt man nicht, wie in einem Wald, den Regen. (40) Hier entspringt auch eine Quelle und verschwindet zugleich wieder unter der Erde. An mehreren Stellen sind Marmorsitze angebracht, welche die vom Spaziergang Ermüdeten ebenso wie das Zimmer selbst erfreuen. Neben den Sitzen befinden sich kleine Quellen. Durch die ganze Reitbahn rauschen Bäche heran und fließen, wohin die Hand sie führt:

punt rivi et, qua manus duxit, sequuntur: his nunc illa viridia, nunc haec, interdum simul omnia lavantur.

Vitassem iam dudum, ne viderer argutior, nisi proposuissem omnis angulos tecum epistula circumire. (41) neque enim verebar, ne laboriosum esset legenti tibi, quod visenti non fuisset, praesertim cum interquiescere, si liberet, depositaque epistula quasi residere saepius posses. praeterea indulsi amori meo: amo enim, quae maxima ex parte ipse incohavi aut incohata percolui. (42) in summa (cur enim non aperiam tibi vel iudicium meum vel errorem?) primum ego officium scriptoris existimo, titulum suum legat atque identidem interroget se, quid coeperit scribere, sciatque, si materiae immoratur, non esse longum, longissimum, si aliquid arcessit atque attrahit. (43) vides, quot versibus Homerus, quot Vergilius arma, hic Aeneae, Achillis ille, describat: brevis tamen uterque est, quia facit, quod instituit. vides, ut Aratus minutissima etiam sidera consectetur et colligat; modum tamen servat: non enim excursus hic eius, sed opus ipsum est. (44) similiter nos, ut 'parva magnis', cum totam villam oculis tuis subicere conamur, si nihil inductum et quasi devium loquimur, non epistula, quae describit, sed villa, quae describitur, magna est.

Verum illuc, unde coepi, ne secundum legem meam iure reprehendar, si longior fuero in hoc, in quod excessi.

Von diesen werden bald jene, bald diese Grünflächen, bisweilen alle zugleich, bewässert.

Ich hätte schon längst vermieden, allzu geschwätzig zu erscheinen, hätte ich mir nicht vorgenommen, mit Dir in meinem Brief alle Winkel zu besichtigen. (41) Denn ich fürchtete nicht, daß Dir bei der Lektüre lästig würde, was Dir beim Betrachten gefallen hätte, zumal Du ja nach Belieben ausruhen, den Brief weglegen und Dich des öfteren gleichsam hinsetzen kannst. Außerdem bin ich meiner Liebhaberei nachgegangen: denn ich liebe das, was ich größtenteils selbst begonnen habe oder, wenn es schon begonnen war, zu Ende geführt habe. (42) Kurz und gut – denn warum sollte ich Dir meine Ansicht oder meinen Irrtum nicht offen darlegen? –, ich halte es für die erste Pflicht eines Schriftstellers, den Titel seines Buches zu lesen und sich immer wieder zu fragen, was er zu schreiben begonnen hat; und er soll wissen, daß es nicht langweilig ist, wenn er beim Thema bleibt, sehr langweilig aber, wenn er etwas Sachfremdes gewaltsam herbeizieht. (43) Du siehst, in wie vielen Versen Homer,[26] in wie vielen Vergil[27] die Waffen, dieser des Äneas, jener des Achill, beschreibt; dennoch sind beide kurzweilig, weil sie nur das tun, was sie sich vorgenommen haben. Du siehst, wie Arat[28] auch den kleinsten Sternen nachgeht und sie aufzählt; und doch hält er das rechte Maß ein; das ist nämlich bei ihm keine Abschweifung, sondern das Werk selbst. (44) Ähnlich ist es bei mir, um Kleines mit Großem zu vergleichen;[29] wenn ich bei dem Versuch, das ganze Landhaus Dir vor Augen zu stellen, sonst nichts Fremdes und gleichsam Abwegiges erzähle, so ist nicht der Brief, der beschreibt, sondern das Landhaus, das beschrieben wird, so umfangreich.

Aber ich komme wieder zu dem zurück, wovon ich ausgegangen bin, um nicht nach meinem Grundsatz zu Recht getadelt zu werden, wenn ich noch länger bei einer Sache verweile, zu der ich abgeschweift bin. (45) Hier hast

(45) habes causas, cur ego Tuscos meos Tusculanis, Tiburtinis Praenestinisque praeponam. nam super illa, quae rettuli, altius ibi otium et pinguius eoque securius: nulla necessitas togae, nemo accersitor ex proximo; placida omnia et quiescentia, quod ipsum salubritati regionis ut purius caelum, ut aer liquidior accedit. (46) ibi animo, ibi corpore maxime valeo. nam studiis animum, venatu corpus exerceo. mei quoque nusquam salubrius degunt; usque adhuc certe neminem ex iis, quos eduxeram mecum, (venia sit dicto) ibi amisi. di modo in posterum hoc mihi gaudium, hanc gloriam loco servent! vale.

VII

C. Plinius Calvisio [Rufo] suo s.

(1) Nec heredem institui nec praecipere posse rem publicam constat; Saturninus autem, qui nos reliquit heredes, quadrantem rei publicae nostrae, deinde pro quadrante praeceptionem quadringentorum milium dedit. hoc, si ius adspicias, inritum, si defuncti voluntatem, ratum et firmum est. (2) mihi autem defuncti voluntas (vereor, quam in partem iuris consulti, quod sum dicturus, accipiant) antiquior iure est, utique in eo, quod ad communem patriam voluit pervenire. (3) an, cui de meo sestertium sedeciens contuli, huic quadringentorum milium paulo amplius tertiam partem ex adventicio denegem?

Du nun die Gründe, weshalb ich mein tuskisches Landgut meinen Gütern in Tusculum, Tibur und Praeneste vorziehe. Denn außer den schon berichteten Vorzügen herrscht dort eine tiefere und behaglichere und deshalb ungestörtere Ruhe: kein Zwang, die Toga anzulegen, kein Mensch in der Nähe, der mich stört; alles ist friedlich und still, was an sich schon zur Gesundheit der Gegend ebenso beiträgt wie der klarere Himmel und die reinere Luft. (46) Dort befinde ich mich in einer sehr guten körperlichen und geistigen Verfassung. Denn meinen Geist übe ich durch Studieren, meinen Körper durch die Jagd. Auch meine Leute leben nirgends gesünder; bis jetzt habe ich wenigstens niemanden von denen, die ich mit mir hinausgenommen habe – unberufen! –, dort verloren. Mögen nur die Götter auch für die Zukunft mir diese Freude und dem Ort diesen Ruhm bewahren! Lebe wohl!

7

C. Plinius grüßt seinen Calvisius Rufus[30]

(1) Bekanntlich kann eine Gemeinde weder als Erbe eingesetzt werden noch ein Legat im voraus erhalten;[31] Saturninus aber, der mich zum Erben eingesetzt hat, hat zunächst ein Viertel seines Vermögens unserer Vaterstadt hinterlassen, dann aber statt dieses Viertels ein Vorauserbe von 400 000 Sesterzen gegeben. Das ist, wenn man nur das Recht berücksichtigt, ungültig, wenn aber auch den Willen des Verstorbenen, gültig und unumstößlich. (2) Für mich aber ist der Wille des Verstorbenen – ich bin besorgt, wie die Rechtsgelehrten meine Worte aufnehmen – heiliger als das Recht, jedenfalls bei dem, was er unserer gemeinsamen Vaterstadt schenken wollte. (3) Sollte ich ihr, der ich aus meinem Vermögen 1 600 000 Sesterze habe zukommen lassen, die 400 000 Sesterze, etwas mehr als ein Drittel, und noch aus fremdem Vermögen, verweigern?

Scio te quoque a iudicio meo non abhorrere, cum eandem rem publicam ut civis optimus diligas. (4) velim ergo, cum proxime decuriones contrahentur, quid sit iuris, indices, parce tamen et modeste; deinde subiungas nos quadringenta milia offerre, sicut praeceperit Saturninus. illius hoc munus, illius liberalitas; nostrum tantum obsequium vocetur.

(5) Haec ego scribere publice supersedi, primum quod memineram pro necessitudine amicitiae nostrae, pro facultate prudentiae tuae et debere te et posse perinde meis ac tuis partibus fungi; deinde quia verebar, ne modum, quem tibi in sermone custodire facile est, tenuisse in epistula non viderer. (6) nam sermonem vultus, gestus, vox ipsa moderatur; epistula omnibus commendationibus destituta malignitati interpretantium exponitur. vale.

VIII

C. Plinius [Titinio] Capitoni suo s.

(1) Suades, ut historiam scribam, et suades non solus: multi hoc me saepe monuerunt, et ego volo, non quia commode facturum esse confidam (id enim temere credas nisi expertus), sed quia mihi pulchrum in primis videtur non pati occidere, quibus aeternitas debeatur, aliorumque famam cum sua extendere. (2) me autem nihil aeque ac diuturnitatis amor et cupido sollicitat, res homine dignissima, eo praesertim, qui nullius sibi conscius culpae poste-

Ich weiß, daß auch Du derselben Auffassung bist wie ich, da Du als guter Bürger dieselbe Gemeinde liebst. (4) Ich möchte also, Du legtest bei der nächsten Versammlung der Dekurionen die Rechtslage dar, doch zurückhaltend und bescheiden; dann füge hinzu, daß ich ihnen die 400 000 Sesterze, wie es Saturninus verfügt habe, anböte. *Sein* Geschenk, *seine* Freigebigkeit ist es; *mein* Verdienst soll nur Erfüllung seines Letzten Willens genannt werden.

(5) Ich habe es mir erspart, Dir dieses offiziell mitzuteilen; einmal, weil ich wußte, daß Du bei unserer Freundschaft und bei Deiner großen Klugheit ebenso für meine wie für Deine Angelegenheiten eintreten dürftest und könntest; dann, weil ich besorgt war, es könnte der Eindruck entstehen, ich hätte das rechte Maß, das für Dich in einer Rede einzuhalten leicht ist, in meinem Brief nicht gewahrt. (6) Denn Miene, Gebärde und die Stimme selbst mäßigen die Rede; ein Brief aber, aller dieser Empfehlungen ledig, ist böswilliger Deutung der Interpreten ausgesetzt. Lebe wohl!

8

C. Plinius grüßt seinen Titinius Capito[32]

(1) Du rätst mir, Geschichte zu schreiben, und nicht Du allein gibst diesen Rat; viele haben mich schon oft dazu ermuntert, und ich will es auch, nicht weil ich es mir zutraute, es zufriedenstellend zu leisten – denn das zu glauben, ohne es versucht zu haben, wäre leichtsinnig –, sondern, weil es mir besonders schön erscheint, Menschen nicht untergehen zu lassen, denen Unsterblichkeit gebührt, und den Ruhm anderer mit seinem eigenen zu verbreiten.[33] (2) Mich aber reizt nichts so sehr wie die Sehnsucht und das Verlangen nach Unsterblichkeit,[34] ein Verlangen, das dem Menschen sehr angemessen ist, zumal für den, der sich keiner Schuld bewußt ist und das Andenken

ritatis memoriam non reformidet. (3) itaque diebus ac noctibus cogito, si ‘qua me quoque possim tollere humo’; id enim voto meo sufficit, illud supra votum ‘victorque virum volitare per ora …; quamquam o …!’ sed hoc satis est, quod prope sola historia polliceri videtur. (4) orationi enim et carmini parva gratia, nisi eloquentia est summa: historia quoquo modo scripta delectat. sunt enim homines natura curiosi et quamlibet nuda rerum cognitione capiuntur, ut qui sermunculis etiam fabellisque ducantur.

Me vero ad hoc studium impellit domesticum quoque exemplum. (5) avunculus meus idemque per adoptionem pater historias et quidem religiosissime scripsit. invenio autem apud sapientis honestissimum esse maiorum vestigia sequi, si modo recto itinere praecesserint. (6) cur ergo cunctor? egi magnas et graves causas; has, etiamsi mihi tenuis ex his spes, destino retractare, ne tantus ille labor meus, nisi hoc, quod reliquum est studii, addidero, mecum pariter intercidat. (7) nam, si rationem posteritatis habeas, quidquid non est peractum, pro non incohato est. dices: ‘potes simul et rescribere actiones et componere historiam.’ utinam! sed utrumque tam magnum est, ut abunde sit alterum efficere.

(8) Unodevicensimo aetatis anno dicere in foro coepi et nunc demum, quid praestare debeat orator, adhuc tamen per caliginem video. (9) quid, si huic oneri novum accesse-

der Nachwelt nicht zu fürchten braucht. (3) Daher denke ich Tag und Nacht darüber nach, »ob auch ich mich irgendwie vom Boden erheben könnte«[35]; denn das genügt meinem Wunsch, das folgende aber ginge darüber hinaus: »siegreich durch den Mund der Menschen weiterzuleben ...; freilich, oh, wenn es möglich wäre!« Aber das genügt, was die Geschichtsschreibung beinahe allein zu versprechen scheint. (4) Gerichtsrede und Dichtung finden nur wenig Dank, wenn sie nicht höchste Ausdrucksfähigkeit besitzen. Geschichte aber erfreut, mag sie geschrieben sein, wie sie will. Die Menschen sind nämlich von Natur neugierig und lassen sich durch eine noch so einfache Darstellung der Ereignisse fesseln; ja, auch Klatschgeschichten und Märchen sprechen sie an.

Mich aber treibt zu dieser wissenschaftlichen Beschäftigung auch ein Beispiel aus meiner Familie. (5) Mein Onkel, und durch Adoption zugleich mein Vater, hat Geschichte geschrieben,[36] und zwar sehr gewissenhaft. Bei den Weisen aber finde ich die Meinung, es sei höchst ehrenvoll, den Spuren der Vorfahren zu folgen, wenn sie nur auf dem rechten Wege vorangegangen sind. (6) Warum zögere ich also? Ich habe große und schwierige Prozeßreden gehalten; wenn ich mir auch nicht soviel davon verspreche, so nehme ich mir doch fest vor, sie zu überarbeiten, damit nicht jene mühsame Arbeit mit mir zugleich untergehe, wenn ich nicht die Mühe, die noch nötig ist, hinzufüge. (7) Denn wenn man Rücksicht auf die Nachwelt nimmt: was nicht vollendet ist, gilt als nicht begonnen. Du wirst sagen: »Du kannst doch zugleich Deine Prozeßreden überarbeiten und Geschichte schreiben.« Könnte ich es doch! Aber beides ist eine so schwierige Aufgabe, daß es mehr als genug ist, nur eines zu Ende zu führen.

(8) In meinem neunzehnten Lebensjahr begann ich, auf dem Forum als Redner aufzutreten; und jetzt erst sehe ich, und auch jetzt noch wie durch einen Nebel, was ein Redner leisten muß. (9) Wie, wenn zu dieser Belastung

rit? habet quidem oratio et historia multa communia, sed plura diversa in his ipsis, quae communia videntur. narrat illa, narrat haec, sed aliter: huic pleraque humilia et sordida et ex medio petita, illi omnia recondita, splendida, excelsa conveniunt; (10) hanc saepius ossa, musculi, nervi, illam tori quidam et quasi iubae decent; haec vel maxime vi, amaritudine, instantia, illa tractu et suavitate atque etiam dulcedine placet; postremo alia verba, alius sonus, alia constructio. (11) nam plurimum refert, ut Thucydides ait, *κτῆμα* sit an *ἀγώνισμα*: quorum alterum oratio, alterum historia est.

His ex causis non adducor, ut duo dissimilia et hoc ipso diversa, quod maxima, confundam misceamque, ne tanta quasi colluvione turbatus ibi faciam, quod hic debeo; ideoque interim veniam, ut ne a meis verbis recedam, advocandi peto.

(12) Tu tamen iam nunc cogita, quae potissimum tempora adgrediar. vetera et scripta aliis? parata inquisitio, sed onerosa collatio. intacta et nova? graves offensae, levis gratia. (13) nam praeter id, quod in tantis vitiis hominum plura culpanda sunt quam laudanda, tum, si laudaveris, parcus, si culpaveris, nimius fuisse dicaris, quamvis illud plenissime, hoc restrictissime feceris. (14) sed haec me non retardant: est enim mihi pro fide satis animi.

noch eine neue hinzukäme? Rede und Geschichtsschreibung haben zwar vieles gemeinsam, aber noch viel mehr Gegensätzliches, besonders in dem, was gemeinsam erscheint. Die Geschichte erzählt, die Rede erzählt auch, aber jede anders; zu dieser passen meist niedrige, gewöhnliche und aus dem Alltagsleben genommene Dinge; zu jener alle außergewöhnlichen, glänzenden und erhabenen. (10) Zur Rede gehören öfter Knochen, Muskeln und Sehnen, zur Geschichte eine gewisse Fülle und sozusagen eine Löwenmähne; die Rede gefällt ganz besonders durch Kraft, Herbheit und Leidenschaftlichkeit, die Geschichte durch ruhige Darstellung, Liebenswürdigkeit, ja durch Anmut; schließlich sind die Worte anders, anders auch der Ton, anders der Satzbau. (11) Denn es kommt sehr viel darauf an, wie Thukydides sagt, ob es sich um einen dauernden Besitz oder um ein vergängliches Prunkstück handelt;[37] dieses gilt für die Rede, jenes für die Geschichte.

Deshalb lasse ich mich nicht dazu verleiten, zwei verschiedene und gerade wegen ihrer Bedeutung entgegengesetzte Dinge durcheinanderzubringen und zu vermischen, damit ich nicht, sozusagen durch ein solches Gemisch verwirrt, dort tue, was ich hier tun müßte; darum bitte ich, um bei meinen Worten zu bleiben, inzwischen um Aufschub für eine Beratung.[38]

(12) Überlege doch schon jetzt, welche Zeiten ich besonders behandeln könnte. Alte und schon von anderen beschriebene? Die Erforschung ist abgeschlossen, aber der Vergleich ist lästig. Soll ich noch nicht behandelte, neue Zeiten wählen? Da gibt es großen Ärger, aber nur geringen Dank. (13) Denn außer daß bei so großen Lastern der Menschen mehr zu tadeln als zu loben ist, wird man, wenn man lobt, zu sparsam, wenn man tadelt, zu streng genannt, selbst wenn man das eine sehr reichlich, das andere äußerst zurückhaltend getan hat. (14) Aber das hält mich nicht ab; denn ich habe genug Mut für meine Überzeugung.

Illud peto, praesternas, ad quod hortaris, eligasque materiam, ne mihi iam scribere parato alia rursus cunctationis et morae iusta ratio nascatur. vale.

IX

C. Plinius [Sempronio] Rufo suo s.

(1) Descenderam in basilicam Iuliam auditurus, quibus proxima comperendinatione respondere debebam.

(2) Sedebant iudices, decemviri venerant, obversabantur advocati; silentium longum, tandem a praetore nuntius. dimittuntur centumviri, eximitur dies me gaudente, qui numquam ita paratus sum, ut non mora laeter. (3) causa dilationis Nepos praetor, qui legibus quaerit. proposuerat breve edictum: admonebat accusatores, admonebat reos executurum se, quae senatus consulto continerentur. (4) suberat edicto senatus consultum: hoc omnes, qui quid negotii haberent, iurare, priusquam agerent, iubebantur nihil se ob advocationem cuiquam dedisse, promisisse, cavisse.

His enim verbis ac mille praeterea et venire advocationes et emi vetabantur. peractis tamen negotiis permittebatur pecuniam dumtaxat decem milium dare. (5) hoc facto Nepotis commotus praetor, qui centumviralibus praesidet, deliberaturus, an sequeretur exemplum, inopinatum nobis otium dedit.

Nur um das bitte ich Dich, mir den Weg zu bahnen, zu dem Du mich aufforderst, und einen Stoff auszuwählen, damit nur nicht wieder ein anderer triftiger Grund zum Zögern und Aufschub entsteht, wenn ich bereit bin, zu schreiben. Lebe wohl!

9

C. Plinius grüßt seinen Sempronius Rufus[39]

(1) Ich war in die Basilica Iulia[40] hinabgegangen, um diejenigen zu hören, denen ich beim nächsten Gerichtstermin antworten mußte.

(2) Die Richter saßen bereits, die Decemvirn[41] waren gekommen, die Anwälte eilten hin und her; es herrschte langes Schweigen; endlich kam ein Bote vom Prätor. Die Zentumvirn wurden entlassen, die Sitzung wurde zu meiner Freude aufgehoben; ich bin niemals so vorbereitet, daß ich mich nicht über einen Aufschub freute. (3) Der Grund für den Aufschub war der Prätor Nepos, der gesetzmäßig die Untersuchung leitet. Er hatte ein kurzes Edikt erlassen;[42] er kündigte den Anklägern und Beklagten an, er werde den Inhalt des Senatsbeschlusses durchsetzen. (4) Dem Edikt war der Senatsbeschluß beigefügt: durch diesen wurden alle, die irgendeinen Rechtsstreit hätten, aufgefordert, vor Prozeßbeginn zu schwören, daß sie keinem wegen seiner Anwaltschaft etwas gegeben, versprochen oder verbürgt hätten.

Denn mit diesen und noch tausend anderen Worten wurde der Verkauf und Kauf der Anwaltstätigkeit verboten. Nach Abschluß eines Prozesses jedoch wurde es erlaubt, einen Geldbetrag von höchstens 10000 Sesterzen zu geben. (5) Infolge dieses Verhaltens des Nepos wollte der Prätor, der die oberste Leitung des Zentumviralgerichtes hatte, überlegen, ob er dem Beispiel folgen solle, und gab uns eine unverhoffte Atempause.

(6) Interim tota civitate Nepotis edictum carpitur, laudatur. multi: 'invenimus, qui curva corrigeret. quid? ante hunc praetores non fuerunt? quis autem hic est, qui emendet publicos mores?' alii contra: 'rectissime fecit; initurus magistratum iura cognovit, senatus consulta legit, reprimit foedissimas pactiones, rem pulcherrimam turpissime venire non patitur. (7) tales ubique sermones, qui tamen alterutram in partem ex eventu praevalebunt. est omnino iniquum, sed usu receptum, quod honesta consilia vel turpia, prout male aut prospere cedunt, ita vel probantur vel reprehenduntur. inde plerumque eadem facta modo diligentiae, modo vanitatis, modo libertatis, modo furoris nomen accipiunt. vale.

X

C. Plinius [Suetonio] Tranquillo suo s.

(1) Libera tandem hendecasyllaborum meorum fidem, qui scripta tua communibus amicis spoponderunt! appellantur cotidie, efflagitantur, ac iam periculum est, ne cogantur ad exhibendum formulam accipere. (2) sum et ipse in edendo haesitator, tu tamen meam quoque cunctationem tarditatemque vicisti. proinde aut rumpe iam moras aut cave, ne eosdem istos libellos, quos tibi hendecasyllabi nostri blanditiis elicere non possunt, convicio scazontes

(6) Inzwischen wurde in der ganzen Stadt das Edikt des Nepos kritisiert und gelobt. Viele sagten: »Wir haben jemanden gefunden, der Krummes geradebiegen will. Wie? Gab es vor diesem keine Prätoren? Wer ist er denn, daß er die öffentlichen Sitten bessern will?« Andere dagegen sagten: »Er hat sehr richtig gehandelt; weil er ein öffentliches Amt antreten wollte, hat er sich über die rechtlichen Bestimmungen unterrichtet, hat die Senatsbeschlüsse gelesen und unterbindet jetzt die äußerst schändlichen Abmachungen und läßt nicht zu, daß eine sehr schöne Sache auf äußerst schändliche Weise verkauft wird.«[43] (7) Überall hört man solche Reden; welche jedoch nach der einen oder anderen Seite die Oberhand behalten werden, wird sich je nach Ausgang des Prozesses ergeben. Es ist durchaus ungerecht, aber nun einmal üblich geworden, daß edle oder schimpfliche Absichten, je nachdem, ob sie schlecht oder gut ausgehen, entweder gutgeheißen oder getadelt werden. Daher erhalten meist dieselben Handlungen bald die Bezeichnung »Sorgfalt«, bald »Leichtsinn«, bald »Freiheit«, bald »Tollkühnheit«. Lebe wohl!

10

C. Plinius grüßt seinen Suetonius Tranquillus[44]

(1) Erfülle endlich das Versprechen meiner Elfsilbler, die unseren gemeinsamen Freunden Deine Schriften zugesagt haben.[45] Sie werden täglich angefordert und dringend verlangt, und es besteht schon die Gefahr, daß sie gerichtlich gezwungen werden, den widerrechtlich zurückgehaltenen Gegenstand herauszugeben. (2) Ich bin auch selbst ein Zauderer bei der Veröffentlichung meiner Schriften, Du aber hast sogar mein Zögern und meine Langsamkeit übertroffen. Deshalb reiß Dich entweder von Deiner Unentschlossenheit los oder hüte Dich, daß nicht dieselben Bücher, die meine Elfsilbler Dir mit Schmeicheleien nicht

extorqueant! (3) perfectum opus absolutumque est nec iam splendescit lima, sed atteritur. patere me videre titulum tuum, patere audire describi, legi, venire volumina Tranquilli mei! aequum est nos in amore tam mutuo eandem percipere ex te voluptatem, qua tu perfrueris ex nobis. vale.

XI

C. Plinius [Calpurnio] Fabato prosocero suo s.

(1) Recepi litteras tuas, ex quibus cognovi speciosissimam te porticum sub tuo filiique tui nomine dedicasse, sequenti die in portarum ornatum pecuniam promisisse, ut initium novae liberalitatis esset consummatio prioris.

(2) Gaudeo primum tua gloria, cuius ad me pars aliqua pro necessitudine nostra redundat; deinde quod memoriam soceri mei pulcherrimis operibus video proferri; postremo quod patria nostra florescit, quam mihi a quocumque excoli iucundum, a te vero laetissimum est.

(3) Quod superest, deos precor, ut animum istum tibi, animo isti tempus quam longissimum tribuant. nam liquet mihi futurum, ut peracto, quod proxime promisisti, incohes aliud. nescit enim semel incitata liberalitas stare, cuius pulchritudinem usus ipse commendat. vale.

herauslocken konnten, nun Hinkjamben[46] mit Schimpfworten entwinden. (3) Das Werk ist fertig und vollendet und gewinnt durch die Feile nicht mehr Glanz, sondern wird nur abgerieben. Laß mich Deinen Namen auf dem Buchtitel sehen, laß mich hören, daß die Werke meines Tranquillus abgeschrieben, gelesen und verkauft werden. Bei unserer so wechselseitigen Zuneigung ist es recht und billig, daß ich dieselbe Freude an Dir habe, wie Du an mir. Lebe wohl!

11

C. Plinius grüßt seinen Schwiegergroßvater Calpurnius Fabatus[47]

(1) Ich habe Deinen Brief erhalten, aus dem ich ersehe, daß Du in Deinem und Deines Sohnes Namen eine sehr ansehnliche Säulenhalle eingeweiht und am folgenden Tage zur Ausschmückung der Stadttore eine Geldsumme versprochen hast, so daß der Anfang dieser neuen Freigebigkeit die Vollendung Deiner früheren ist.

(2) Ich freue mich zuerst über Deinen Ruhm, von dem ein Teil wegen unserer Verwandtschaft auch auf mich zurückfällt; sodann, weil ich das Andenken meines Schwiegervaters durch so herrliche Bauwerke verewigt sehe; schließlich, weil unsere Vaterstadt aufblüht; ihre Verschönerung durch jeden ist mir willkommen, durch Dich sehr erfreulich.

(3) Im übrigen bitte ich die Götter, daß sie Dir diese Gesinnung erhalten und dieser Deiner Gesinnung eine möglichst lange Dauer geben mögen. Denn es ist mir klar, daß Du nach Erfüllung Deines kürzlich gegebenen Versprechens wieder etwas anderes beginnen wirst. Denn Freigebigkeit, die sich einmal in Bewegung gesetzt hat, kennt kein Halten; gerade ihre Ausübung lehrt uns ihre Schönheit erst recht kennen. Lebe wohl!

XII

C. Plinius [Terentio] Scauro suo s.

(1) Recitaturus oratiunculam, quam publicare cogito, advocavi aliquos, ut vererer, paucos, ut verum audirem. nam mihi duplex ratio recitandi, una, ut sollicitudine intendar, altera, ut admonear, si quid forte me ut meum fallit.

(2) Tuli, quod petebam, inveni, qui mihi copiam consilii sui facerent; ipse praeterea quaedam emendanda adnotavi. emendavi librum, quem misi tibi. (3) materiam ex titulo cognosces, cetera liber explicabit, quem iam nunc oportet ita consuescere, ut sine praefatione intellegatur. (4) tu velim, quid de universo, quid de partibus sentias, scribas mihi. ero enim vel cautior in continendo vel constantior in edendo, si huc vel illuc auctoritas tua accesserit. vale.

XIII

C. Plinius Valeriano suo s.

(1) Et tu rogas et ego promisi, si rogasses, scripturum me tibi, quem habuisset eventum postulatio Nepotis circa Tuscilium Nominatum.

Inductus est Nominatus, egit ipse pro se nullo accusante. nam legati Vicetinorum non modo non presserunt eum,

12

C. Plinius grüßt seinen Terentius Scaurus[48]

(1) Um eine kleine Rede vorzulesen, die ich zu veröffentlichen gedenke, habe ich einige Freunde zu mir gebeten, genug, um mir eine gewisse Scheu einzuflößen, und wenige, um die Wahrheit zu hören.[49] Denn ich habe zwei Gründe für diese Rezitation: erstens, um mich durch die Aufregung zur Konzentration zu zwingen, zweitens, um mich belehren zu lassen, wenn mir zufällig, da es ja meine Arbeit ist, etwas entgeht.

(2) Ich habe erreicht, was ich beabsichtigte; ich habe Freunde gefunden, die mir ihren Rat zukommen ließen; außerdem habe ich selbst einiges vorgemerkt, das verbesserungswürdig war. Ich habe das Buch, das ich Dir übersende, verbessert. (3) Das Thema wirst Du aus dem Titel ersehen, das übrige wird das Buch selbst erklären, welches sich schon daran gewöhnen muß, ohne Vorrede verstanden zu werden.[50] (4) Ich möchte, daß Du mir schreibst, was Du von dem Ganzen, was Du von den einzelnen Teilen hältst. Denn ich werde entweder vorsichtiger beim Zurückhalten oder entschlossener beim Veröffentlichen sein, wenn Dein gewichtiges Urteil in dieser oder jener Richtung hinzukommt. Lebe wohl!

13

C. Plinius grüßt seinen Valerianus[51]

(1) Du bittest mich, und ich habe versprochen,[52] falls Du mich darum bätest, Dir zu schreiben, wie die Forderung des Nepos gegen Tuscilius Nominatus ausgegangen sei.

Nominatus wurde in den Senat geführt; er verteidigte sich selbst, ohne daß jemand ihn anklagte. Denn die Gesandten der Vicetiner belasteten ihn nicht nur nicht, son-

verum etiam sublevarunt. (2) summa defensionis, non fidem sibi in advocatione, sed constantiam defuisse; descendisse ut acturum atque etiam in curia visum, deinde sermonibus amicorum perterritum recessisse: monitum enim, ne desiderio senatoris non iam quasi de nundinis, sed quasi de gratia, fama, dignitate certantis tam pertinaciter, praesertim in senatu, repugnaret, alioqui maiorem invidiam quam proxime passurum. (3) erat sane prius, a paucis tamen, acclamatum exeunti. subiunxit preces multumque lacrimarum; quin etiam tota actione homo in dicendo exercitatus operam dedit, ut deprecari magis (id enim et favorabilius et tutius) quam defendi videretur.

(4) Absolutus est sententia designati consulis Afrani Dextri, cuius haec summa: melius quidem Nominatum fuisse facturum, si causam Vicetinorum eodem animo, quo susceperat, pertulisset; quia tamen in hoc genus culpae non fraude incidisset nihilque dignum animadversione admisisse convinceretur, liberandum, ita ut Vicetinis, quod acceperat, redderet. (5) adsenserunt omnes praeter Flavium Aprum. is interdicendum ei advocationibus in quinquennium censuit et, quamvis neminem auctoritate traxisset, constanter in sententia mansit; quin etiam Dextrum, qui primus diversum censuerat, prolata lege de senatu habendo iurare coegit e re publica esse, quod censuisset. (6) cui quamquam legitimae postulationi a quibusdam re-

dern unterstützten ihn sogar. (2) Seine Verteidigung bestand in der Hauptsache darin, bei seiner Anwaltstätigkeit habe es ihm nicht an Pflichtgefühl, sondern an Mut gefehlt; er sei in der Absicht von zu Hause weggegangen, die Sache zu vertreten, und sei auch in der Kurie erschienen, dann aber habe er sich, durch das Gerede seiner Freunde erschreckt, zurückgezogen; denn diese hätten ihn gewarnt, er solle sich nicht dem Willen eines Senators, der nicht nur sozusagen um das Marktrecht, sondern vielmehr um Einfluß, guten Ruf und Ansehen kämpfte, zumal im Senat, so hartnäckig widersetzen; sonst werde er sich noch größeren Haß als kürzlich zuziehen. (3) Er hatte immerhin beim Hinausgehen zunächst, jedoch nur von wenigen, Beifall erhalten. Darauf fügte er Bitten hinzu, die er mit vielen Tränen begleitete; ja sogar bei seinem ganzen Vortrag gab er sich als geübter Redner Mühe, eher so zu erscheinen, als leiste er Abbitte – denn das war willkommener und sicherer –, als daß er sich verteidige.

(4) Er wurde freigesprochen auf Antrag des designierten Konsuls Afranius Dexter, dessen Hauptgesichtspunkt folgender war: Nominatus hätte wohl besser gehandelt, wenn er die Sache der Vicetiner ebenso mutig weitergeführt, wie er sie begonnen hätte; weil er sich jedoch dieses Vergehens nicht in betrügerischer Weise schuldig gemacht habe, und auch sonst keines strafwürdigen Vergehens überführt werden könne, müsse man ihn freisprechen, doch unter der Bedingung, den Vicetinern das zurückzugeben, was er erhalten hatte. (5) Alle stimmten zu, außer Flavius Aper. Er stellte den Antrag, man solle ihm die Anwaltstätigkeit für fünf Jahre verbieten, und obwohl er niemanden durch sein Ansehen auf seine Seite zog, blieb er fest bei seiner Meinung; ja sogar den Dexter, der zuerst einen entgegengesetzten Antrag gestellt hatte, zwang er unter Berufung auf das Gesetz über die Abhaltung von Senatssitzungen zu schwören, sein Antrag sei im Interesse des Staates. (6) Gegen diese durchaus gesetzmäßige Forde-

clamatum est. exprobrare enim censenti ambitionem videbatur.

Sed, priusquam sententiae dicerentur, Nigrinus, tribunus plebis, recitavit libellum disertum et gravem, quo questus est venire advocationes, venire etiam praevaricationes, in lites coiri et gloriae loco poni ex spoliis civium magnos et statos reditus. (7) recitavit capita legum, admonuit senatus consultorum; in fine dixit petendum ab optimo principe, ut, quia leges, quia senatus consulta contemnerentur, ipse tantis vitiis mederetur. (8) pauci dies, et liber principis severus et tamen moderatus: leges ipsum; est in publicis actis.

Quam me iuvat, quod in causis agendis non modo pactione, dono, munere, verum etiam xeniis semper abstinui! (9) oportet quidem, quae sunt inhonesta, non quasi inlicita, sed quasi pudenda vitare; iucundum tamen, si prohiberi publice videas, quod numquam tibi ipse permiseris. (10) erit fortasse, immo non dubie huius propositi mei et minor laus et obscurior fama, cum omnes ex necessitate facient, quod ego sponte faciebam. interim fruor voluptate, cum alii divinum me, alii meis rapinis, meae avaritiae occursum per ludum ac iocum dictitant. vale.

rung erhoben einige Einspruch. Es schien, als ob sie dem Antragsteller Parteilichkeit vorwarf.

Aber bevor darüber abgestimmt wurde, las der Volkstribun Nigrinus eine beredte und eindringliche Schrift vor, in der er sich beklagte, daß Anwaltstätigkeit und auch Prävarikationen[53] käuflich seien, daß man über den Prozeßverlauf Abmachungen treffe und es für ehrenvoll halte, durch die Ausplünderung der Mitbürger große und sichere Einkünfte zu erhalten. (7) Er las die Hauptabschnitte der Gesetze vor, er erinnerte an die Senatsbeschlüsse; am Schluß sagte er, weil die Gesetze, weil die Senatsbeschlüsse mißachtet würden, müsse man den besten Kaiser[54] bitten, persönlich solchen Übeln abzuhelfen. (8) Nur wenige Tage vergingen, und es erschien eine strenge und doch gemäßigte Verordnung des Kaisers. Du wirst sie selbst lesen; sie steht im Amtsblatt[55].

Wie freut es mich, daß ich bei meiner Prozeßführung immer nicht nur jede Abmachung, jedes Geschenk, jede Spende, sondern auch alle kleinen Gefälligkeiten zurückgewiesen habe! (9) Man muß freilich das, was unehrenhaft ist, nicht als unerlaubt, sondern als beschämend meiden; doch ist es angenehm, wenn man sieht, daß öffentlich verboten wird, was man sich selbst niemals erlaubt hätte. (10) Vielleicht, nein, ohne Zweifel wird diese meine Einstellung weniger Lob und geringere Anerkennung finden, wenn alle aus Zwang tun, was ich freiwillig tat. Inzwischen genieße ich es mit Freuden, wenn andere mich einen Hellseher nennen, andere im Scherz sagen, man sei meinen Raubzügen und meiner Habsucht entgegengetreten. Lebe wohl!

XIV

C. Plinius Pontio [Allifano] suo s.

(1) Secesseram in municipium, cum mihi nuntiatum est Cornutum Tertullum accepisse Aemiliae viae curam. (2) exprimere non possum, quanto sim gaudio adfectus et ipsius et meo nomine; ipsius, quod, sit licet, sicut est, ab omni ambitione longe remotus, debet tamen ei iucundus honor esse ultro datus; meo, quod aliquanto magis me delectat mandatum mihi officium, postquam par Cornuto datum video. (3) neque enim augeri dignitate quam aequari bonis gratius.

Cornuto autem quid melius, quid sanctius, quid in omni genere laudis ad exemplar antiquitatis expressius? quod mihi cognitum est non fama, qua alioqui optima et meritissima fruitur, sed longis magnisque experimentis. (4) una diligimus, una deleximus omnes fere, quos aetas nostra in utroque sexu aemulandos tulit; quae societas amicitiarum artissima nos familiaritate coniunxit. (5) accessit vinculum necessitudinis publicae; idem enim mihi, ut scis, collega quasi voto petitus in praefectura aerari fuit, fuit et in consulatu. tum ego, qui vir et quantus esset, altissime inspexi, cum sequerer ut magistrum, ut parentem vererer: quod non tam aetatis maturitate quam vitae merebatur. (6) his ex causis ut illi sic mihi gratulor, nec privatim

14

C. Plinius grüßt seinen Pontius Allifanus[56]

(1) Ich hatte mich in meine Heimatstadt zurückgezogen, als ich die Nachricht bekam, Cornutus Tertullus habe die Aufsicht über die Via Aemilia[57] erhalten. (2) Ich kann nicht ausdrücken, welche Freude ich seinet- und meinetwegen empfand; seinetwegen, weil ihm, mag er auch, wie es wirklich ist, von jedem Ehrgeiz weit entfernt sein, doch dieses Ehrenamt willkommen sein muß, das ihm wider Erwarten verliehen worden ist; meinetwegen, weil das mir übertragene Amt[58] noch viel mehr Freude macht, seitdem ich sehe, daß Cornutus das gleiche Amt erhalten hat. (3) Denn es ist ebenso angenehm, befördert zu werden, wie mit tüchtigen Männern auf eine Stufe gestellt zu werden.

Welcher Mann aber ist besser und untadeliger als Cornutus, wer in jeder Art von Ruhm ein ausgeprägteres Muster altrömischer Größe? Dieses weiß ich nicht aufgrund des in jeder Hinsicht sehr guten, wohlverdienten Rufes, den er genießt, sondern aus einer langen, vielfältigen Erfahrung. (4) Gemeinsam lieben und liebten wir fast alle diejenigen, die unsere Zeit als Vorbilder in beiden Geschlechtern hervorgebracht hat. Diese Gemeinsamkeit unserer Freundschaften hat uns zu einer sehr engen Vertraulichkeit verbunden. (5) Hinzu kam noch die Verbindung der freundschaftlichen Beziehung in unserem Amt; denn er war, wie Du weißt, bei der Verwaltung des Staatsschatzes mein gleichsam erwünschter Amtsgenosse, er war es auch in meinem Konsulat. Damals habe ich sehr genau erfahren, was für ein Mann er war und wie bedeutend, als ich ihm wie einem Lehrer folgte, ihn wie einen Vater verehrte; das verdiente er nicht so sehr wegen seines reifen Alters als wegen seiner Lebenserfahrung. (6) Aus diesen Gründen beglückwünsche ich ihn ebenso wie mich, nicht so sehr wegen unserer Freundschaft als wegen des Staates,

magis publice, quod tandem homines non ad pericula, ut prius, verum ad honores virtute perveniunt.

(7) In infinitum epistulam extendam, si gaudio meo indulgeam. praevertor ad ea, quae me agentem hic nuntius deprehendit. (8) eram cum prosocero meo, eram cum amita uxoris, eram cum amicis diu desideratis, circumibam agellos, audiebam multum rusticarum querelarum, rationes legebam invitus et cursim (aliis enim chartis, aliis sum litteris initiatus), coeperam etiam itineri me praeparare. (9) nam includor angustiis commeatus eoque ipso, quod delegatum Cornuto audio officium, mei admoneor.

Cupio te quoque sub idem tempus Campania tua remittat, ne quis, cum in urbem rediero, contubernio nostro dies pereat. vale.

XV

C. Plinius [Arrio] Antonino suo s.

(1) Cum versus tuos aemulor, tum maxime, quam sint boni, experior. ut enim pictores pulchram absolutamque faciem raro nisi in peius effingunt, ita ego ab hoc archetypo labor et decido. (2) quo magis hortor, ut quam plurima proferas, quae imitari omnes concupiscant, nemo aut paucissimi possint. vale.

weil endlich einmal Männer durch ihre Tüchtigkeit nicht in Gefahren kommen, wie früher, sondern zu Ehren.

(7) Ich würde meinen Brief unendlich ausdehnen, wenn ich mich meiner Freude überließe. Ich wende mich lieber den Dingen zu, bei denen mich diese Nachricht überraschte. (8) Ich war mit dem Großvater meiner Frau, mit der Tante meiner Frau und mit lange entbehrten Freunden zusammen; ich musterte meine Felder, hörte mir viele Klagen meiner Bauern an, las, nur ungern und flüchtig, ihre Rechnungen – denn ich bin in ganz andere Papiere und Schriften eingeweiht – und hatte schon Vorbereitungen für meine Rückreise getroffen. (9) Denn ich werde durch meinen kurzen Urlaub zeitlich eingeschränkt und eben dadurch, daß ich von der Übergabe des Amtes an Cornutus höre, werde ich auch an mein eigenes erinnert.

Ich wünsche, daß auch Dich zur gleichen Zeit Dein Campanien entließe, damit nach meiner Rückkehr in die Stadt kein Tag unserem Zusammensein verlorengehe. Lebe wohl!

15

C. Plinius grüßt seinen Arrius Antoninus[59]

(1) Wenn ich Deine Verse nachahme, dann erst empfinde ich, wie gut sie sind. Denn wie ein Maler ein schönes und vollkommenes Gesicht selten anders als schlechter wiedergibt, so habe ich wenig Erfolg und bleibe hinter dem Original zurück. (2) Um so mehr ermuntere ich Dich, möglichst viel zu veröffentlichen, was alle nachahmen möchten, aber niemand oder nur sehr wenige können. Lebe wohl!

XVI

C. Plinius [Aefulano] Marcellino suo s.

(1) Tristissimus haec tibi scribo Fundani nostri filia minore defuncta. qua puella nihil umquam festivius, amabilius nec modo longiore vita, sed prope immortalitate dignius vidi.

(2) Nondum annos XIIII impleverat, et iam illi anilis prudentia, matronalis gravitas erat et tamen suavitas puellaris cum virginali verecundia. (3) ut illa patris cervicibus inhaerebat! ut nos amicos paternos et amanter et modeste complectebatur! ut nutrices, ut paedagogos, ut praeceptores pro suo quemque officio diligebat! quam studiose, quam intellegenter lectitabat! ut parce custoditeque ludebat!

Qua illa temperantia, qua patientia, qua etiam constantia novissimam valetudinem tulit! (4) medicis obsequebatur, sororem, patrem adhortabatur ipsamque se destitutam corporis viribus vigore animi sustinebat. (5) duravit hic illi usque ad extremum nec aut spatio valetudinis aut metu mortis infractus est, quo plures gravioresque nobis causas relinqueret et desiderii et doloris. (6) o triste plane acerbumque funus! o morte ipsa mortis tempus indignius! iam destinata erat egregio iuveni, iam electus nuptiarum dies, iam nos vocati. (7) quod gaudium quo maerore mutatum est!

Non possum exprimere verbis, quantum animo vulnus acceperim, cum audivi Fundanum ipsum, ut multa luctuosa dolor invenit, praecipientem, quod in vestes, margarita,

16

C. Plinius grüßt seinen Aefulanus Marcellinus[60]

(1) In tiefer Trauer schreibe ich Dir diesen Brief. Die jüngere Tochter unseres Fundanus ist gestorben.[61] Niemals habe ich ein fröhlicheres, liebenswerteres Mädchen gesehen, das nicht nur ein längeres Leben, sondern beinahe Unsterblichkeit verdient hätte.

(2) Noch hatte sie nicht das vierzehnte Lebensjahr vollendet, und schon besaß sie die Klugheit einer Greisin, die Würde einer reifen Frau und trotzdem mädchenhafte Anmut, verbunden mit jungfräulicher Zurückhaltung. (3) Wie hing sie am Hals ihres Vaters! Wie freundlich und zurückhaltend umarmte sie uns, die Freunde ihres Vaters! Wie liebte sie ihre Ammen, ihre Erzieher, ihre Lehrer, jeden nach seiner Stellung! Wie eifrig, wie verständig las sie! Wie sparsam und behutsam vergnügte sie sich!

Mit welcher Gelassenheit, mit welcher Geduld, mit welcher Standhaftigkeit auch ertrug sie ihre letzte Krankheit! (4) Sie folgte den Ärzten, sie ermutigte ihre Schwester und ihren Vater, und als ihre Körperkräfte sie schon verlassen hatten, hielt sie sich durch ihre seelische Kraft aufrecht. (5) Diese behielt sie bis zu ihrem Ende, und sie wurde auch nicht durch die Länge der Krankheit oder die Furcht vor dem Tode entmutigt, wodurch sie uns noch mehr und gewichtigere Gründe für unsere Sehnsucht und unseren Schmerz hinterließ. (6) Was für ein wirklich trauriger und bitterer Todesfall! Was für ein Zeitpunkt des Todes, grausamer als der Tod selbst! Schon war sie mit einem tüchtigen jungen Mann verlobt, schon war der Tag für die Hochzeit festgesetzt, schon waren wir eingeladen. (7) Aber in welche Trauer hat sich diese Freude verwandelt!

Ich kann nicht mit Worten ausdrücken, wie tief meine Seele verwundet wurde, als ich hörte, daß Fundanus selbst – der Schmerz erfindet ja viele traurige Dinge – befahl, das Geld, das er für Kleider, Perlen und Edelsteine ausgeben

gemmas fuerat erogaturus, hoc in tus et unguenta et odores impenderetur. (8) est quidem ille eruditus et sapiens, ut qui se ab ineunte aetate altioribus studiis artibusque dediderit; sed nunc omnia, quae audiit saepe, quae dixit, aspernatur expulsisque virtutibus aliis pietatis est totus. (9) ignosces, laudabis etiam, si cogitaveris, quid amiserit. amisit enim filiam, quae non minus mores eius quam os vultumque referebat totumque patrem mira similitudine exscripserat.

(10) Proinde, si quas ad eum de dolore tam iusto litteras mittes, memento adhibere solacium, non quasi castigatorium et nimis forte, sed molle et humanum. quod ut facilius admittat, multum faciet medii temporis spatium. (11) ut enim crudum adhuc vulnus medentium manus reformidat, deinde patitur atque ultro requirit, sic recens animi dolor consolationes reicit ac refugit, mox desiderat et clementer admotis adquiescit. vale.

XVII

C. Plinius [Vestricio] Spurinnae suo s.

(1) Scio, quanto opere bonis artibus faveas, quantum gaudium capias, si nobiles iuvenes dignum aliquid maioribus suis faciant. quo festinantius nuntio tibi fuisse me hodie in auditorio Calpurni Pisonis.

(2) Recitabat *καταστερισμῶν* eruditam sane luculentamque materiam. scripta elegis erat fluentibus et teneris et

wollte, solle jetzt für Weihrauch, Salben und Räucherwerk verwendet werden. (8) Er ist zwar ein gebildeter und weiser Mann, der sich von Jugend an höheren Künsten und Studien gewidmet hat; aber nun will er von all dem, was er oft gehört, oft gesagt hat, nichts mehr wissen. Alle anderen Tugenden verbannt er und gibt sich ganz der Kindesliebe hin. (9) Du wirst ihm verzeihen, Du wirst ihn sogar loben, wenn Du bedenkst, was er verloren hat. Denn er hat eine Tochter verloren, die nicht weniger seinen Charakter als sein Gesicht und seine Mienen widerspiegelte und die in allem mit dem Vater eine erstaunliche Ähnlichkeit besaß.

(10) Wenn Du also wegen seines so berechtigten Schmerzes an ihn schreibst, dann denke daran, Trost zu spenden, aber nicht einen sozusagen zurechtweisenden und allzu strengen, sondern einen sanften und freundlichen. Daß er den Trost leichter an sich heranläßt, dazu wird die dazwischenliegende Zeit viel beitragen. (11) Denn wie eine noch frische Wunde die Hand des Arztes scheut, dann sie duldet und freiwillig danach verlangt, so stößt ein frischer Seelenschmerz die Tröstungen zurück und flieht sie, bald aber sehnt er sich danach und findet Ruhe, wenn man sie sanft an ihn heranträgt. Lebe wohl!

17

C. Plinius grüßt seinen Vestricius Spurinna[62]

(1) Ich weiß, wie sehr Du die Wissenschaften schätzt, wie sehr Du Dich freust, wenn junge Männer von adeliger Herkunft etwas leisten, was ihrer Vorfahren würdig ist. Um so eiliger berichte ich Dir, daß ich heute bei einer Vorlesung des Calpurnius Piso gewesen bin.

(2) Er trug »Versetzung unter die Sterne« vor, eine sehr gelehrte und durchaus glänzende Abhandlung. Sie war verfaßt in flüssigen, zarten, glatten und auch erhabenen

enodibus, sublimibus etiam, ut poposcit locus. apte enim et varie nunc attollebatur, nunc residebat; excelsa depressis, exilia plenis, severis iucunda mutabat, omnia ingenio pari. (3) commendabat haec voce suavissima, vocem verecundia: multum sanguinis, multum sollicitudinis in ore, magna ornamenta recitantis. etenim nescio quo pacto magis in studiis homines timor quam fiducia decet. (4) ne plura (quamquam libet plura, quo sunt pulchriora de iuvene, rariora de nobili), recitatione finita multum ac diu exosculatus adulescentem, qui est acerrimus stimulus monendi, laudibus incitavi, pergeret, qua coepisset, lumenque, quod sibi maiores sui praetulissent, posteris ipse praeferret. (5) gratulatus sum optimae matri, gratulatus et fratri, qui ex auditorio illo non minorem pietatis gloriam quam ille alter eloquentiae tulit: tam notabiliter pro fratre recitante primum metus eius, mox gaudium eminuit.

(6) Di faciant, ut talia tibi saepius nuntiem! faveo enim saeculo, ne sit sterile et effetum, mireque cupio, ne nobiles nostri nihil in domibus suis pulchrum nisi imagines habeant; quae nunc mihi hos adulescentes tacitae laudare, adhortari et, quod amborum gloriae satis magnum est, agnoscere videntur. vale.

Distichen, je nachdem der Inhalt es erforderte. Denn angemessen und abwechslungsreich hob sich bald der Ton, bald senkte er sich; Erhabenes wechselte mit Schlichtem, Schwaches mit Starkem, Ernstes mit Heiterem, alles mit gleichem Talent. (3) Diese Abhandlung empfahl er durch eine sehr angenehme Stimme, seine Stimme durch Zurückhaltung. Sein Gesicht zeigte eine tiefe Röte und eine ziemliche Aufregung, keine geringen Vorzüge für einen Vortragenden. Denn – ich weiß nicht, wie es kommt – bei literarischen Studien ziemt dem Menschen Schüchternheit mehr als Selbstvertrauen. (4) Um nicht noch mehr zu sagen – obwohl ich noch mehr sagen möchte, je schöner es ist, über einen jungen Mann, je seltener ist es, über einen jungen Mann aus dem Adel reden zu dürfen –; nach beendigter Vorlesung küßte ich den jungen Mann oft und lange, und – was der stärkste Ansporn der Ermahnung ist – ich spornte ihn durch Lob an, so fortzufahren, wie er begonnen habe, und das Licht, das seine Vorfahren ihm vorangetragen hätten, seinen Nachfahren selbst voranzutragen. (5) Ich beglückwünschte seine vortreffliche Mutter, ich beglückwünschte auch seinen Bruder, der aus jener Vorlesung nicht weniger Ruhm für seine Bruderliebe erwarb als jener für seine Beredsamkeit: so deutlich zeigte sich zuerst seine Angst für den vorlesenden Bruder, dann seine Freude.

(6) Die Götter mögen geben, daß ich Dir solches öfter berichten kann! Denn ich gönne es unserem Jahrhundert, daß es nicht erschöpft und unfruchtbar sei; und ich wünsche sehnlich, daß unsere Adeligen in ihren Häusern noch mehr Schönes haben als nur ihre Ahnenbilder; sie scheinen mir jetzt schweigend diese jungen Leute zu loben, anzuspornen und, was für den Ruhm beider wichtig genug ist, als echte Nachkommen anzuerkennen. Lebe wohl!

XVIII

C. Plinius [Calpurnio] Macro suo s.

(1) Bene est mihi, quia tibi bene est. habes uxorem tecum, habes filium; frueris mari, fontibus, viridibus, agro, villa amoenissima. neque enim dubito esse amoenissimam, in qua se composuerat homo felicior, antequam felicissimus fieret. (2) ego in Tuscis et venor et studeo, quae interdum alternis, interdum simul facio; nec tamen adhuc possum pronuntiare, utrum sit difficilius capere aliquid an scribere. vale.

XIX

C. Plinius [Valerio] Paulino suo s.

(1) Video, quam molliter tuos habeas; quo simplicius tibi confitebor, qua indulgentia meos tractem. (2) est mihi semper in animo et Homericum illud *πατὴρ δ' ὣς ἤπιος ἦεν* et hoc nostrum 'pater familiae'. quodsi essem natura asperior et durior, frangeret me tamen infirmitas liberti mei Zosimi, cui tanto maior humanitas exhibenda est, quanto nunc illa magis eget. (3) homo probus, officiosus, litteratus; et ars quidem eius et quasi inscriptio comoedus, in qua plurimum facit. nam pronuntiat acriter, sapienter, apte, decenter etiam; utitur et cithara perite, ultra quam comoedo necesse est. idem tam commode orationes et historias et carmina legit, ut hoc solum didicisse videatur.

(4) Haec tibi sedulo exposui, quo magis scires, quam

18

C. Plinius grüßt seinen Calpurnius Macer[63]

(1) Es geht mir gut, weil es Dir gutgeht. Du hast Deine Frau, Du hast Deinen Sohn bei Dir; Du genießt das Meer, die Quellen, die Wiesen, das Feld und Dein wunderschönes Landhaus. Denn ohne Zweifel ist das Landhaus wunderschön, wohin sich ein recht glücklicher Mensch zurückgezogen hatte, bevor er der glücklichste wurde.[64] (2) Ich jage und studiere auf meinem Landgut in Etrurien, was ich bisweilen abwechselnd, bisweilen zugleich tue; und doch kann ich bis jetzt nicht mit Gewißheit sagen, ob es schwieriger ist, etwas zu fangen oder etwas zu schreiben. Lebe wohl!

19

C. Plinius grüßt seinen Valerius Paulinus[65]

(1) Ich sehe, wie gütig Du Deine Leute behandelst; um so aufrichtiger will ich Dir bekennen, mit welcher Milde ich die meinen behandle. (2) Ich habe immer den folgenden Vers Homers[66] »Er war milde wie ein Vater« und unser »pater familiae« im Sinn. Wäre ich von Natur aus rauher und härter, würde mich dennoch die Krankheit meines Freigelassenen Zosimus erschüttern, dem man um so mehr Milde erweisen muß, je mehr er ihrer jetzt bedarf. (3) Er ist ein rechtschaffener, pflichtbewußter und gebildeter Mann; und zwar ist sein Beruf und sozusagen sein Etikett[67]: Schauspieler; hierin leistet er sehr viel. Denn er trägt deutlich, verständnisvoll, geschickt und auch geschmackvoll vor; er spielt auch geschickt die Zither, besser als es für einen Schauspieler nötig ist. Er trägt Reden, Geschichtswerke und Gedichte so gut vor, daß man glauben könnte, er habe nur dieses gelernt.

(4) Ich habe Dir das ausführlich dargelegt, damit Du um

multa unus mihi et quam iucunda ministeria praestaret. accedit longa iam caritas hominis, quam ipsa pericula auxerunt. (5) est enim ita natura comparatum, ut nihil aeque amorem incitet et accendat quam carendi metus; (6) quem ego pro hoc non semel patior. nam ante aliquot annos, dum intente instanterque pronuntiat, sanguinem reiecit atque ob hoc in Aegyptum missus a me post longam peregrinationem confirmatus rediit nuper; deinde, dum per continuos dies nimis imperat voci, veteris infirmitatis tussicula admonitus rursus sanguinem reddidit.

(7) Qua ex causa destinavi eum mittere in praedia tua, quae Foro Iuli possides. audivi enim te saepe referentem esse ibi et aera salubrem et lac eius modi curationibus accommodatissimum. (8) rogo ergo scribas tuis, ut illi villa, ut domus pateat, offerant etiam sumptibus eius, si quid opus erit; erit autem opus modico. (9) est enim tam parcus et continens, ut non solum delicias, verum etiam necessitates valetudinis frugalitate restringat. ego proficiscenti tantum viatici dabo, quantum sufficiat eunti in tua. vale.

XX

C. Plinius [Cornelio] Urso suo s.

(1) Iterum Bithyni: breve tempus a Iulio Basso, et Rufum Varenum proconsulem detulerunt, Varenum, quem nuper adversus Bassum advocatum et postularant et acceperant.

so besser weißt, wie viele angenehme Dienste mir dieser eine Mann leistet. Dazu kommt eine schon lange bestehende Zuneigung zu ihm, welche seine Gefährdung selbst noch erhöht hat. (5) Es ist nämlich von Natur so eingerichtet, daß nichts in gleicher Weise die Zuneigung weckt und entzündet wie die Furcht vor dem Verlust; und sie erleide ich bei ihm nicht zum ersten Mal! (6) Denn als er vor einigen Jahren angestrengt und leidenschaftlich vortrug, erlitt er einen Blutsturz und wurde deswegen von mir nach Ägypten geschickt; erst kürzlich ist er nach langem Auslandsaufenthalt geheilt zurückgekehrt; während er dann einige Tage ununterbrochen seine Stimme überanstrengte, wurde er durch einen leichten Husten an seine alte Krankheit erinnert und warf wieder Blut aus.

(7) Deshalb habe ich mir vorgenommen, ihn auf Deine Landgüter zu schicken, die Du bei Forum Iulii besitzt. Ich habe Dich nämlich oft erzählen hören, daß die Luft dort gesund und die Milch für derartige Kuren sehr geeignet sei. (8) Schreibe bitte Deinen Leuten, daß ihm Dein Landgut und Dein Haus offenstehen und daß sie auch für seinen Unterhalt geben, was nötig ist; er wird aber nur wenig brauchen. (9) Er ist nämlich so sparsam und maßvoll, daß er nicht nur die Genüsse, sondern auch die für seine Gesundheit notwendigen Bedürfnisse aus Sparsamkeit einschränkt. Ich werde ihm bei seiner Abreise soviel Reisegeld mitgeben, wie er für die Fahrt zu Deinen Landgütern braucht. Lebe wohl!

20

C. Plinius grüßt seinen Cornelius Ursus[68]

(1) Wieder die Bithynier! Es ist erst kurze Zeit her seit der Sache mit Iulius Bassus[69], und jetzt haben sie den Prokonsul Varenus Rufus[70] angeklagt, den sie kürzlich als Anwalt gegen Bassus gefordert und erhalten hatten.

(2) Inducti in senatum inquisitionem postulaverunt. Varenus petit, ut sibi quoque defensionis causa evocare testes liceret; recusantibus Bithynis cognitio suscepta est. egi pro Vareno non sine eventu; nam, bene an male, liber indicabit. (3) in actionibus enim utramque in partem fortuna dominatur: multum commendationis et detrahit et adfert memoria, vox, gestus, tempus ipsum, postremo vel amor vel odium rei; liber offensis, liber gratia, liber et secundis casibus et adversis caret.

(4) Respondit mihi Fonteius Magnus, unus ex Bithynis, plurimis verbis, paucissimis rebus. est plerisque Graecorum, ut illi, pro copia volubilitas: tam longas tamque frigidas perihodos uno spiritu quasi torrente contorquent. (5) itaque Iulius Candidus non invenuste solet dicere aliud esse eloquentiam, aliud loquentiam. nam eloquentia vix uni aut alteri, immo, si M. Antonio credimus, nemini, haec vero, quam Candidus loquentiam appellat, multis atque etiam impudentissimo cuique maxime contingit.

(6) Postero die dixit pro Vareno Homullus callide, acriter, culte, contra Nigrinus presse, graviter, ornate. censuit Acilius Rufus, consul designatus, inquisitionem Bithynis dandam; postulationem Vareni silentio praeterit. haec forma negandi fuit. (7) Cornelius Priscus consularis et accusatoribus, quae petebant, et reo tribuit vicitque numero. impetravimus rem nec lege comprehensam nec satis usita-

(2) Sie wurden in den Senat geführt und forderten eine gerichtliche Untersuchung. Varenus bat auch um die Erlaubnis, Zeugen vorladen zu dürfen, um sich zu verteidigen; da die Bithynier sich widersetzten, wurde die gerichtliche Untersuchung eingeleitet. Ich sprach für Varenus, nicht ohne Erfolg; denn, ob gut oder schlecht, wird die schriftlich ausgearbeitete Rede zeigen. (3) Denn bei Reden vor Gericht dominiert der Zufall nach beiden Seiten hin; Gedächtnis, Stimme, Gestik, die Zeit selbst, schließlich die Sympathie oder Abneigung gegenüber dem Angeklagten mindern oder fördern den Erfolg sehr; eine geschriebene Rede dagegen ist frei von Feindseligkeit, Zuneigung, von glücklichen oder unglücklichen Zufällen.

(4) Es antwortete mir Fonteius Magnus, einer von den Bithyniern, mit sehr vielen Worten, aber sehr wenig Tatsachen. Die meisten Griechen besitzen, ebenso wie er, statt rednerischer Fülle Zungenfertigkeit: so lange nichtssagende Perioden schleudern sie in einem Atemzug wie in einem Gießbach heraus. (5) Deshalb pflegte Iulius Candidus nicht unwitzig zu bemerken, Beredsamkeit und Redefertigkeit seien zweierlei Dinge. Denn Beredsamkeit besitzt kaum der eine oder andere, ja, wenn wir M. Antonius Glauben schenken,[71] niemand; das aber, was Candidus Redefertigkeit nennt, besitzen viele und gerade die Unverschämtesten besonders.

(6) Am folgenden Tage sprach Homullus für Varenus, geschickt, energisch und gewählt; gegen ihn Nigrinus, knapp, eindringlich und ansprechend. Der designierte Konsul Acilius Rufus beantragte, den Bithyniern eine gerichtliche Untersuchung zu gewähren; die Forderung des Varenus überging er mit Stillschweigen. Das war eine Form der Ablehnung. (7) Der Konsular Cornelius Priscus gewährte auch den Anklägern und Angeklagten, was sie forderten; und er siegte durch Stimmenmehrheit. Wir haben eine Sache erreicht, die weder durch ein Gesetz geregelt noch sehr gebräuchlich, aber doch gerecht war.

tam, iustam tamen. (8) quare iustam, non sum epistula exsecuturus, ut desideres actionem. nam, si verum est Homericum illud

> τὴν γὰρ ἀοιδὴν μᾶλλον ἐπικλείουσ' ἄνθρωποι,
> ἥ τις ἀκουόντεσσι νεωτάτη ἀμφιπέληται,

providendum est mihi, ne gratiam novitatis et florem, quae oratiunculam illam vel maxime commendat, epistulae loquacitate praecerpam. vale.

XXI

C. Plinius [Pompeio] Saturnino suo s.

(1) Varie me adfecerunt litterae tuae. nam partim laeta, partim tristia continebant: laeta, quod te in urbe teneri nuntiabant ('nollem' inquis, sed ego volo); praeterea quod recitaturum, statim ut venissem, pollicebantur; ago gratias, quod exspector. (2) triste illud, quod Iulius Valens graviter iacet; quamquam ne hoc quidem triste, si illius utilitatibus aestimetur, cuius interest quam maturissime inexplicabili morbo liberari. (3) illud plane non triste solum, verum etiam luctuosum, quod Iulius Avitus decessit, dum ex quaestura redit, decessit in nave, procul a fratre amantissimo, procul a matre, a sororibus. (4) nihil ista ad mortuum pertinent, sed pertinuerunt, cum moreretur, pertinent ad hos, qui supersunt; iam quod in flore primo tantae indolis iuvenis exstinctus est summa consecuturus, si virtutes eius

(8) Warum gerecht, will ich in diesem Brief nicht ausführen, damit Du meine Rede verlangst. Denn wenn jenes Wort Homers wahr ist:

»Am lautesten preisen vor allen Gesängen die Menschen immer den neuesten Gesang, der die Hörer umtönt«,[72]

muß ich mich vorsehen, den Reiz und die Blüte der Neuheit, die meine kleine Rede am meisten empfiehlt, nicht durch die Geschwätzigkeit des Briefes vorzeitig zu vermindern. Lebe wohl!

21

C. Plinius grüßt seinen Pompeius Saturninus[73]

(1) Dein Brief hat mich auf verschiedene Weise berührt. Denn er enthielt teils frohe, teils traurige Nachrichten: frohe, weil er mir meldete, Du werdest in Rom aufgehalten – »ich wollte nicht«, sagst Du, aber mir ist es recht –; außerdem, weil er versprach, Du werdest gleich nach meiner Ankunft eine Vorlesung halten; ich danke Dir, daß Du auf mich wartest. (2) Traurig ist, daß Iulius Valens so schwer krank darniederliegt; freilich ist auch nicht einmal das traurig, wenn man seinen Vorteil abwägt, dem es ja daran liegt, möglichst schnell von seiner unheilbaren Krankheit befreit zu werden. (3) Das aber ist sicherlich nicht nur traurig, sondern auch beklagenswert, daß Iulius Avitus gestorben ist, als er von seiner Quästur zurückkehrte, daß er auf dem Schiff starb, fern von seinem innig geliebten Bruder, fern von seiner Mutter und seinen Schwestern. (4) Das berührt zwar den Toten nicht mehr, sondern hat ihn berührt, als er starb, und berührt die, die ihn überlebten; auch, daß ein so begabter junger Mann in der Blüte seines Lebens starb, der das Höchste erreicht hätte, wenn seine Vorzüge sich vollkommen entwickelt

maturuissent. (5) quo ille studiorum amore flagrabat! quantum legit, quantum etiam scripsit! quae nunc omnia cum ipso sine fructu posteritatis abierunt.

(6) Sed quid ego indulgeo dolori? cui si frenos remittas, nulla materia non maxima est. finem epistulae faciam, ut facere possim etiam lacrimis, quas epistula expressit. vale.

hätten. (5) Von welcher Liebe für die Wissenschaft war er entflammt! Wieviel las er, wieviel schrieb er auch! Das alles ist jetzt mit ihm zusammen ohne Nutzen für die Nachwelt dahingegangen.

(6) Doch was überlasse ich mich dem Schmerz? Läßt man ihm die Zügel schießen, dann ist jeder Gegenstand äußerst wichtig. Ich will den Brief beenden, um auch meinen Tränen, die der Brief mir abgenötigt hat, ein Ende zu machen. Lebe wohl!

Liber sextus

Sechstes Buch

I

C. Plinius Tironi suo s.

(1) Quamdiu ego trans Padum, tu in Piceno, minus te requirebam; postquam ego in urbe, tu adhuc in Piceno, multo magis, seu quod ipsa loca, in quibus esse una solemus, acrius me tui commonent, seu quod desiderium absentium nihil perinde ac vicinitas acuit, quoque propius accesseris ad spem fruendi, hoc impatientius careas. (2) quidquid in causa, eripe me huic tormento!

Veni, aut ego illuc, unde inconsulte properavi, revertar vel ob hoc solum, ut experiar, an mihi, cum sine me Romae coeperis esse, similes his epistulas mittas. vale.

II

C. Plinius Arriano suo s.

(1) Soleo non numquam in iudiciis quaerere M. Regulum, nolo enim dicere desiderare. cur ergo quaero? (2) habebat studiis honorem, timebat, pallebat, scribebat, quamvis non posset ediscere. illud ipsum, quod oculum modo dextrum, modo sinistrum circumlinebat, dextrum, si a petitore, alterum, si a possessore esset acturus, quod candidum splenium in hoc aut in illud supercilium transferebat, quod semper haruspices consulebat de actionis eventu, a nimia superstitione, sed tamen et a magno studiorum honore veniebat. (3) iam illa perquam iucunda una dicenti-

1

C. Plinius grüßt seinen [Calestrius] Tiro[1]

(1) Solange *ich* mich jenseits des Po[2] aufhielt, *Du* in Picenum[3], vermißte ich Dich weniger; seitdem *ich* wieder in der Stadt bin, *Du* aber noch in Picenum bist, viel mehr; entweder, weil die Orte selbst, an denen wir gewöhnlich zusammen sind, mich lebhafter an Dich erinnern, oder weil nichts so sehr die Sehnsucht nach abwesenden Freunden steigert wie die Nähe, und weil man, je mehr man sich dem erhofften Wiedersehen nähert, dieses um so ungeduldiger entbehrt. (2) Welcher Grund auch vorliegt, entreiße mich diesem qualvollen Zustand!

Komm, oder ich werde dorthin zurückkehren, von wo ich so unüberlegt weggeeilt bin; und wäre es auch nur, um zu erfahren, ob Du mir einen ebensolchen Brief[4] schreibst, wenn Du erst einmal ohne mich in Rom bist. Lebe wohl!

2

C. Plinius grüßt seinen Arrianus[5]

(1) Manchmal vermisse ich vor Gericht den M. Regulus[6]; denn daß ich mich nach ihm sehne, will ich nicht sagen. Warum also vermisse ich ihn? (2) Er hatte noch Achtung vor der Beredsamkeit, er hatte Lampenfieber, er wurde blaß, schrieb seine Reden nieder, obwohl er sie nicht auswendig lernen konnte. Sogar das, daß er bald das rechte Auge, bald das linke mit Farbe bestrich, das rechte, wenn er für den Kläger, das andere, wenn er für den Beklagten sprechen wollte, daß er ein weißes Schönheitspflaster[7] bald auf die eine oder andere Augenbraue klebte, daß er immer die Haruspices[8] nach dem Ausgang des Prozesses befragte – all das kam von seinem allzu großen Aberglauben, aber doch auch von seiner großen Achtung vor der Beredsamkeit. (3) Zudem war dies für seine Mitredner

bus, quod libera tempora petebat, quod audituros corrogabat. quid enim iucundius quam sub alterius invidia, quam diu velis, et in alieno auditorio quasi deprehensum commode dicere?

(4) Sed utcumque se habent ista, bene fecit Regulus, quod est mortuus: melius, si ante. nunc enim sane poterat sine malo publico vivere sub eo principe, sub quo nocere non poterat. (5) ideo fas est non numquam eum quaerere. nam, postquam obiit ille, increbruit passim et invaluit consuetudo binas vel singulas clepsydras, interdum etiam dimidias et dandi et petendi. nam et qui dicunt, egisse malunt quam agere, et qui audiunt, finire quam iudicare. tanta neglegentia, tanta desidia, tanta denique inreverentia studiorum periculorumque est. (6) an nos sapientiores maioribus nostris, nos legibus ipsis iustiores, quae tot horas, tot dies, tot comperendinationes largiuntur? hebetes illi et supra modum tardi, nos apertius dicimus, celerius intellegimus, religiosius iudicamus, qui paucioribus clepsydris praecipitamus causas, quam diebus explicari solebant? o Regule, qui ambitione ab omnibus obtinebas, quod fidei paucissimi praestant!

(7) Equidem quotiens iudico, quod vel saepius facio quam dico, quantum quis plurimum postulat aquae, do. (8) etenim temerarium existimo divinare, quam spatiosa sit causa inaudita, tempusque negotio finire, cuius modum ignores, praesertim cum primam religioni suae iudex pa-

recht angenehm, daß er unbeschränkte Redezeit[9] forderte und daß er Zuhörer zusammenbat[10]. Denn was ist angenehmer, als zum Ärger eines anderen, solange man will und gleichsam unerwartet[11], vor einer fremden Zuhörerschaft ungehindert zu sprechen[12]?

(4) Aber wie sich dies auch verhält, Regulus hat gut daran getan, daß er gestorben ist; noch besser wäre es gewesen, wenn er eher gestorben wäre. Denn jetzt konnte er freilich ohne Schaden für den Staat unter einem Kaiser leben[13], unter dem er keinen Schaden anrichten konnte. (5) Daher ist es erlaubt, ihn manchmal zu vermissen. Denn nach seinem Tode ist es hier und da Mode geworden, zwei oder eine Klepsydra[14], manchmal auch eine halbe, zu bewilligen und zu verlangen. Die Redner nämlich wollen lieber ihren Vortrag hinter sich haben, als ihn noch halten, und die Zuhörer wollen lieber zum Ende kommen, als sich eine Meinung bilden. So groß ist ihre Nachlässigkeit, so groß ihre Trägheit, so groß schließlich die Geringschätzung der Beredsamkeit und der Prozesse. (6) Oder sind *wir* weiser als unsere Vorfahren, gerechter als selbst die Gesetze, die so viele Stunden, so viele Tage, so viele Aufschübe bewilligen? Waren *jene* schwerfällig und außergewöhnlich langsam? Und sprechen *wir* deutlicher, begreifen wir schneller, urteilen wir gewissenhafter, die wir die Prozesse in weniger Stunden überstürzt hinter uns bringen, als sie sonst in Tagen abgewickelt werden? O Regulus, der du durch deinen Ehrgeiz von allen Richtern erhalten hast, was jetzt nur sehr wenige aus Gewissenhaftigkeit zugestehen!

(7) Sooft ich freilich zu Gericht sitze, was ich häufiger tue, als zu plädieren, gewähre ich jedem soviel Redezeit, wie er fordert. (8) Denn ich halte es für unbesonnen, Vermutungen anzustellen, wie umfangreich eine Rechtssache ist, die man noch nicht angehört hat, und die Zeit für eine Verhandlung zu bestimmen, deren Ausmaß man noch nicht kennt, zumal ein Richter für seine gewissenhafte

tientiam debeat, quae pars magna iustitiae est. at quaedam supervacua dicuntur. etiam: sed satius est et haec dici quam non dici necessaria. (9) praeterea, an sint supervacua, nisi cum audieris, scire non possis. sed de his melius coram, ut de pluribus vitiis civitatis. nam tu quoque amore communium soles emendari cupere, quae iam corrigere difficile est.

(10) Nunc respiciamus domos nostras! ecquid omnia in tua recte? in mea novi nihil. mihi autem et gratiora sunt bona, quod perseverant, et leviora incommoda, quod adsuevi. vale.

III

C. Plinius Vero suo s.

(1) Gratias ago, quod agellum, quem nutrici meae donaveram, colendum suscepisti. erat, cum donarem, centum milium nummum; postea decrescente reditu etiam pretium minuit, quod nunc te curante reparabit. (2) tu modo memineris commendari tibi a me non arbores et terram, quamquam haec quoque, sed munusculum meum; quod esse quam fructuosissimum non illius magis interest, quae accepit, quam mea, qui dedi. vale.

Sorgfalt zuerst Geduld braucht, die ein wichtiger Teil der Gerechtigkeit ist. »Aber es wird manches Überflüssige gesagt.« Ja; aber es ist besser, daß auch dieses gesagt wird, als daß Notwendiges nicht erwähnt wird. (9) Außerdem kann man nicht wissen, ob etwas überflüssig ist, wenn man es nicht gehört hat. Aber hierüber wie auch über weitere Mißstände in unserem Staat werde ich Dir besser mündlich Mitteilung machen. Denn auch Du wünschst aus Liebe zu den öffentlichen Einrichtungen stets, daß verbessert wird, was jetzt zu berichtigen schwierig ist.

(10) Nun wollen wir uns noch um unsere häuslichen Angelegenheiten kümmern! Ist in Deiner Familie alles in Ordnung? Bei mir gibt es nichts Neues. Das Gute ist mir um so willkommener, weil es andauert, und das Unangenehme weniger unbequem, weil ich daran gewöhnt bin. Lebe wohl!

3

C. Plinius grüßt seinen Verus[15]

(1) Ich danke Dir, daß Du es übernommen hast, das kleine Landgut zu bewirtschaften, das ich meiner Amme geschenkt habe. Als ich es schenkte, war es 1000000 Sesterze wert; später verminderte sich bei abnehmendem Ertrag auch sein Wert, den es jetzt unter Deiner Aufsicht wieder erreichen wird. (2) Denke nur daran, daß ich Dir nicht nur Bäume und Land – obwohl auch diese –, sondern ein kleines Geschenk von mir anvertraue! Daß dieses möglichst reichen Erfolg bringt, daran ist der Empfängerin ebensoviel gelegen wie mir, der ich es geschenkt habe. Lebe wohl!

IV

C. Plinius Calpurniae suae s.

(1) Numquam sum magis de occupationibus meis questus, quae me non sunt passae aut proficiscentem te valetudinis causa in Campaniam prosequi aut profectam e vestigio subsequi. (2) nunc enim praecipue simul esse cupiebam, ut oculis meis crederem, quid viribus, quid corpusculo apparares, ecquid denique secessus voluptates regionisque abundantiam inoffensa transmitteres.

(3) Equidem etiam fortem te non sine cura desiderarem: est enim suspensum et anxium de eo, quem ardentissime diligas, interdum nihil scire; (4) nunc vero me cum absentiae tum infirmitatis tuae ratio incerta et varia sollicitudine exterret. vereor omnia, imaginor omnia, quaeque natura metuentium est, ea maxime mihi, quae maxime abominor, fingo. (5) quo impensius rogo, ut timori meo cotidie singulis vel etiam binis epistulis consulas. ero enim securior, dum lego, statimque timebo, cum legero. vale.

V

C. Plinius Urso suo s.

(1) Scripseram tenuisse Varenum, ut sibi evocare testes liceret; quod pluribus aequum, quibusdam iniquum et quidem pertinaciter visum, maxime Licinio Nepoti, qui sequenti senatu, cum de rebus aliis referretur, de proximo

4

C. Plinius grüßt seine Calpurnia[16]

(1) Niemals habe ich mich mehr über meine Beschäftigungen beklagt, die nicht zuließen, Dich zu begleiten, als Du Deiner Gesundheit wegen nach Campanien reistest, oder nach Deiner Abreise Dir unmittelbar zu folgen. (2) Denn jetzt[17] wünsche ich besonders, bei Dir zu sein, um mich mit eigenen Augen zu überzeugen, wie sich Deine Kräfte, wie sich Dein Körper erholt, ob Du schließlich die Vergnügungen des Kurortes und das Luxusleben der Gegend ohne Schaden überstehst.

(3) Auch wenn Du wieder gekräftigt bist, würde ich Dich nicht ohne Sorge vermissen. Denn es ist immer ein beunruhigendes und beängstigendes Gefühl, von dem, den man am glühendsten liebt, bisweilen nichts zu wissen. (4) Nun aber quält mich sowohl die Sorge wegen Deiner Abwesenheit, besonders aber wegen Deiner Krankheit mit unbestimmter, mannigfacher Ungewißheit. Ich befürchte alles, ich bilde mir alles ein, und, wie es in der Natur furchtsamer Menschen liegt, bilde ich mir das am meisten ein, was ich am meisten hinwegwünsche. (5) Desto inständiger bitte ich Dich, mich von meiner Angst durch einen oder auch zwei Briefe am Tag zu befreien. Denn ich werde ruhiger sein, während ich sie lese, und sofort wieder voller Furcht, wenn ich sie gelesen habe. Lebe wohl!

5

C. Plinius grüßt seinen Ursus[18]

(1) Ich hatte Dir schon geschrieben[19], daß Varenus die Erlaubnis erhalten habe, Zeugen vorzuladen[20]. Das schien der Mehrheit billig, einigen aber unbillig, und beide blieben hartnäckig bei ihrem Standpunkt, besonders Licinius Nepos[21]. Dieser diskutierte in der folgenden Senatssit-

senatus consulto disseruit finitamque causam retractavit. (2) addidit etiam petendum a consulibus, ut referrent sub exemplo legis ambitus de lege repetundarum, an placeret in futurum ad eam legem adici, ut sicut accusatoribus inquirendi testibusque denuntiandi potestas ex ea lege esset, ita reis quoque fieret. (3) fuerunt, quibus haec eius oratio ut sera et intempestiva et praepostera displiceret, quae omisso contra dicendi tempore castigaret peractum, cui potuisset occurrere. (4) Iuventius quidem Celsus praetor tamquam emendatorem senatus et multis et vehementer increpuit. respondit Nepos rursusque Celsus; neuter contumeliis temperavit.

(5) Nolo referre, quae dici ab ipsis moleste tuli. quo magis quosdam e numero nostro improbavi, qui modo ad Celsum, modo ad Nepotem, prout hic vel ille diceret, cupiditate audiendi cursitabant et nunc, quasi stimularent et accenderent, nunc, quasi reconciliarent ac recomponerent, frequentius singulis, ambobus interdum propitium Caesarem, ut in ludicro aliquo, precabantur.

(6) Mihi quidem illud etiam peracerbum fuit, quod sunt alter alteri, quid pararent, indicati. nam et Celsus Nepoti ex libello respondit et Celso Nepos ex pugillaribus. (7) tanta loquacitas amicorum, ut homines iurgaturi id ipsum invicem scierint, tamquam convenisset. vale.

zung, als ganz andere Dinge erörtert wurden, über den letzten Senatsbeschluß und brachte einen schon erledigten Fall noch einmal zur Sprache. (2) Er fügte noch hinzu, man müsse die Konsuln bitten, nach dem Beispiel des Gesetzes über rechtswidrige Ämterbewerbung auch für das Repetundengesetz zu beantragen, ob man in Zukunft diesem Gesetz noch hinzufügen wolle, daß, wie der Ankläger, so auch der Angeklagte nach diesem Gesetz die Möglichkeit erhalten solle, Beweismittel zu beschaffen und Zeugen vorzuladen. (3) Einigen mißfiel seine Rede als verspätet, unzeitgemäß und verkehrt; er habe die Frist zum Einspruch versäumt und tadele eine schon abgeschlossene Sache, der er hätte vorher entgegentreten können. (4) Der Prätor Iuventius Celsus freilich griff ihn mit vielen Worten heftig an, daß er als Sittenrichter des Senats auftrete. Nepos antwortete, und darauf wieder Celsus. Beide ließen es nicht an Beleidigungen fehlen.

(5) Ich will nicht berichten, welche Worte ich zu meinem Ärger von ihnen hören mußte. Um so mehr tadelte ich das Verhalten einiger Leute aus unseren Reihen, die voller Neugierde bald zu Celsus, bald zu Nepos liefen, je nachdem der eine oder andere sprach; bald wünschten sie, als ob sie die beiden antreiben und anfeuern, bald, als ob sie sie besänftigen und versöhnen wollten, öfter jedem einzelnen, bisweilen beiden, wie bei einem Fechterspiel, die Gunst des Kaisers.

(6) Auch das war mir höchst schmerzlich, daß der eine den anderen unterrichtete, was der andere vorbringen würde. Denn Celsus antwortete dem Nepos aus seinem Manuskript und Nepos dem Celsus mit seiner Schreibtafel. (7) So groß war die Schwatzhaftigkeit ihrer Freunde, daß die Menschen, die miteinander streiten wollten, das voneinander wußten, als ob sie sich darüber verabredet hätten. Lebe wohl!

VI

C. Plinius Fundano suo s.

(1) Si quando, nunc praecipue cuperem esse te Romae, et sis rogo. opus est mihi voti, laboris, sollicitudinis socio. petit honores Iulius Naso, petit cum multis, cum bonis, quos ut gloriosum, sic est difficile superare. (2) pendeo ergo et exerceor spe, adficior metu et me consularem esse non sentio; nam rursus mihi videor omnium, quae decucurri, candidatus.

(3) Meretur hanc curam longa mei caritate. est mihi cum illo non sane paterna amicitia (neque enim esse potuit per meam aetatem); solebat tamen vixdum adulescentulo mihi pater eius cum magna laude monstrari. erat non studiorum tantum, verum etiam studiosorum amantissimus ac prope cotidie ad audiendos, quos tunc ego frequentabam, Quintilianum, Niceten Sacerdotem ventitabat, vir alioqui clarus et gravis, et qui prodesse filio memoria sui debeat.

(4) Sed multi nunc in senatu, quibus ignotus ille, multi, quibus notus, sed non nisi viventis reverentur. quo magis huic omissa gloria patris, in qua magnum ornamentum, gratia infirma, ipsi enitendum, ipsi elaborandum est. (5) quod quidem semper, quasi provideret hoc tempus, sedulo fecit: paravit amicos, quos paraverat, coluit, me certe, ut primum sibi iudicare permisit, ad amorem imitationemque delegit.

6

C. Plinius grüßt seinen Fundanus[22]

(1) Wenn jemals, dann wünschte ich jetzt Deine Anwesenheit in Rom, und ich bitte Dich darum. Ich brauche jemanden, der an meinen Wünschen, Mühen und Sorgen Anteil nimmt. Iulius Naso bewirbt sich um Ehrenämter, er bewirbt sich mit vielen, mit tüchtigen Männern, die zu übertreffen ebenso ruhmvoll wie schwierig ist. (2) Ich bin also besorgt, Hoffnung treibt mich um, Furcht erfüllt mich, und ich denke nicht daran, daß ich Konsul gewesen bin. Denn es kommt mir so vor, als sei ich wieder Bewerber für all die Ämter, die ich bereits durchlaufen habe.

(3) Er verdient diese Teilnahme wegen seiner mir lange erwiesenen Zuneigung. Seine Freundschaft zu mir kommt freilich nicht schon von seinem Vater her – das war nämlich auch wegen meines Alters nicht möglich; doch pflegte man mir, als ich kaum erwachsen war, seinen Vater nur mit großem Lob zu zeigen. Er war nicht nur ein großer Freund der Wissenschaften, sondern auch der Wissenschaftler und kam fast täglich, um die zu hören, die auch ich damals besuchte, Quintilian[23] und Nicetes Sacerdos[24]; er war überhaupt ein berühmter und würdevoller Mann, der durch sein Andenken seinem Sohn Vorteile bringen müßte.

(4) Aber jetzt sind viele im Senat, denen er unbekannt war, viele auch, die ihn noch kannten, aber die nur die Lebenden verehren. Um so mehr muß er, ohne auf den Ruhm seines Vaters zu rechnen, der zwar große Ehre, aber nur geringen Einfluß bringt, sich selbst anstrengen, sich selbst Mühe geben. (5) Dies hat er freilich immer eifrig getan, als hätte er diesen Zeitpunkt vorausgesehen. Er hat sich Freunde erworben, er achtete die, die er sich erworben hatte; mich wenigstens hat er, sobald er sich ein eigenes Urteil erlauben konnte, zum Gegenstand seiner Zuneigung und Nachahmung erwählt. (6) Sooft ich vor Ge-

(6) dicenti mihi sollicitus adsistit, adsidet recitanti; primis etiam et cum maxime nascentibus opusculis meis interest, nunc solus, ante cum fratre, cuius nuper amissi ego suscipere partes, ego vicem debeo implere. (7) doleo enim et illum immatura morte indignissime raptum et hunc optimi fratris adiumento destitutum solisque amicis relictum.

(8) Quibus ex causis exigo, ut venias et suffragio meo tuum iungas. permultum interest mea te ostentare, tecum circumire. ea est auctoritas tua, ut putem me efficacius tecum etiam meos amicos rogaturum. abrumpe, si qua te retinent: (9) hoc tempus meum, hoc fides, hoc etiam dignitas postulat. suscepi candidatum, et suscepisse me notum est: ego ambio, ego periclitor; in summa, si datur Nasoni, quod petit, illius honor; si negatur, mea repulsa est. vale.

VII

C. Plinius Calpurniae suae s.

(1) Scribis te absentia mea non mediocriter adfici unumque habere solacium, quod pro me libellos meos teneas, saepe etiam in vestigio meo colloces. (2) gratum est, quod nos requiris, gratum, quod his fomentis adquiescis: invicem ego epistulas tuas lectito atque identidem in manus quasi novas sumo; sed eo magis ad desiderium tui accendor. (3) nam, cuius litterae tantum habent suavitatis, huius

richt spreche, steht er aufgeregt neben mir; lese ich vor, sitzt er neben mir. Auch an den ersten Anfängen und besonders am Entstehen meiner Werke nimmt er Anteil, jetzt allein, vorher mit seinem Bruder, dessen Rolle ich nach seinem kürzlichen Tod einnehmen und dessen Stelle ich ausfüllen muß. (7) Denn ich empfinde Schmerz, daß den Bruder ein zu früher Tod so unverdient dahingerafft hat und daß er, der Unterstützung durch seinen hervorragenden Bruder beraubt, sich allein auf seine Freunde verlassen muß.

(8) Deshalb fordere ich Dich auf, zu kommen und Deine Stimme mit der meinigen zu vereinigen. Es liegt mir sehr viel daran, Dich vorzuzeigen, mit Dir herumzugehen. Dein Ansehen ist so groß, daß ich glaube, mit Dir auch wirksamer meine Freunde bitten zu können. Reiße Dich los, wenn Dich etwas festhält. (9) Das erfordert meine Lage, mein gegebenes Wort und auch meine Ehre. Ich habe mich des Kandidaten angenommen, und es ist bekannt, daß ich es getan habe. *Ich* bewerbe mich also, *ich* gehe das Risiko ein. Kurz und gut, erreicht Naso, worum er sich bewirbt, gehört ihm die Ehre; wird es ihm abgeschlagen, trifft mich die Zurückweisung. Lebe wohl!

7

C. Plinius grüßt seine Calpurnia[25]

(1) Du schreibst, die Trennung von mir gehe Dir sehr nahe und Du habest nur den einen Trost, daß Du statt meiner meine Schriften besitzt und sie oft auf meinen Platz legst. (2) Es ist angenehm, daß Du mich vermißt, angenehm, daß Du bei diesen Trostmitteln Ruhe findest; auch ich lese Deine Briefe immer wieder und nehme sie immer wieder zur Hand, als wären sie neu; aber um so brennender wird meine Sehnsucht nach Dir. (3) Denn wessen Briefe schon so viel Reiz besitzen, wieviel Anmut

sermonibus quantum dulcedinis inest! tu tamen quam frequentissime scribe, licet hoc ita me delectet, ut torqueat. vale.

VIII

C. Plinius Prisco suo s.

(1) Atilium Crescentum et nosti et amas. quis enim illum spectatior paulo aut non novit aut non amat? hunc ego non ut multi, sed artissime diligo. (2) oppida nostra unius diei itinere dirimuntur; ipsi amare invicem, qui est flagrantissimus amor, adulescentuli coepimus. mansit hic postea nec refrixit iudicio, sed invaluit. sciunt, qui alterutrum nostrum familiarius intuentur. nam et ille amicitiam meam latissima praedicatione circumfert, et ego prae me fero, quantae sit mihi curae modestia, quies, securitas eius. (3) quin etiam, cum insolentiam cuiusdam tribunatum plebis inituri vereretur idque indicasset mihi, respondi: οὔ τις ἐμεῦ ζῶντος. quorsus haec? ut scias non posse Atilium me incolumi iniuriam accipere.

(4) Iterum dices: 'quorsus haec?' debuit ei pecuniam Valerius Varus. huius est heres Maximus noster, quem et ipse amo, sed coniunctius tu. (5) rogo ergo, exigo etiam pro iure amicitiae cures, ut Atilio meo salva sit non sors modo, verum etiam usura plurium annorum. homo est alieni abstinentissimus, sui diligens, nullis quaestibus sustinetur,

müssen dann erst dessen Gespräche haben! Schreibe Du mir dennoch möglichst oft, mag es mich auch ebenso erfreuen wie quälen! Lebe wohl!

8

C. Plinius grüßt seinen Priscus[26]

(1) Du kennst Atilius Crescens[27] und schätzt ihn. Denn welcher auch nur halbwegs bedeutende Mann kennt oder schätzt ihn nicht? Ihm fühle ich mich nicht so wie die vielen, sondern sehr eng verbunden. (2) Unsere Heimatstädte liegen nur eine Tagesreise voneinander entfernt; wir begannen uns schon in jungen Jahren gegenseitig zu schätzen, denn dann ist die Zuneigung am größten. Sie dauerte auch später an und erkaltete nicht mit zunehmender Urteilsfähigkeit, sondern wurde noch stärker. Das wissen die, welche den einen oder anderen von uns näher kennen. Denn er rühmt weit und breit meine Freundschaft, und auch ich zeige es deutlich, wie sehr mir seine Bescheidenheit, Ruhe und Sicherheit am Herzen liegen. (3) Ja, als er die Überheblichkeit eines Mannes, der gerade das Volkstribunat übernehmen wollte, fürchtete und mir das anzeigte, anwortete ich ihm: »Keiner, solange ich lebe.«[28] Wozu das? Damit Du weißt, daß dem Atilius, solange ich lebe, kein Unrecht geschehen kann.

(4) Wieder wirst Du sagen: »Wozu dies?« Valerius Varus schuldete ihm Geld. Sein Erbe ist unser Maximus, den auch ich selbst sehr schätze; doch Du bist noch enger mit ihm verbunden. (5) Ich bitte Dich also, ja, ich fordere sogar im Namen unserer Freundschaft, Du mögest dafür sorgen, daß mein Atilius nicht nur sein Kapital ungeschmälert erhält, sondern auch die Zinsen für mehrere Jahre. Er ist ein Mann, der überhaupt nicht nach fremdem Besitz strebt, mit seinem eigenen sparsam umgeht, nicht

nullus illi nisi ex frugalitate reditus. (6) nam studia, quibus plurimum praestat, ad voluptatem tantum et gloriam exercet. gravis est ei vel minima iactura, quia reparare, quod amiseris, gravius est.

(7) Exime hunc illi, exime hunc mihi scrupulum: sine me suavitate eius, sine leporibus perfrui! neque enim possum tristem videre, cuius hilaritas me tristem esse non patitur. (8) in summa nosti facetias hominis; quas velim attendas ne in bilem et amaritudinem vertat iniuria. quam vim habeat offensus, crede ei, quam in amore habet. non feret magnum et liberum ingenium cum contumelia damnum. (9) verum, ut ferat ille, ego meum damnum, meam contumeliam iudicabo, sed non tamquam pro mea, hoc est gravius, irascar.

Quamquam quid denuntiationibus et quasi minis ago? quin potius, ut coeperam, rogo, oro des operam, ne ille se, quod valdissime vereor, a me, ego me neglectum a te putem. dabis autem, si hoc perinde curae est tibi quam illud mihi. vale.

IX

C. Plinius Tacito suo s.

(1) Commendas mihi Iulium Nasonem candidatum. Nasonem mihi? quid si me ipsum? fero tamen et ignosco. eundem enim commendassem tibi, si te Romae morante ipse afuissem. habet hoc sollicitudo, quod omnia necessa-

vom Gewinn lebt und keine Einkünfte hat, außer aus seiner sparsamen Lebenshaltung. (6) Denn die Studien, in denen er sehr viel leistet, übt er nur zu seinem Vergnügen und zu seiner Ehre aus. Selbst der geringste Verlust trifft ihn schwer, weil es für ihn noch schwerer ist, das wiederzugewinnen, was man einmal verloren hat.

(7) Nimm ihm, nimm mir diese Sorge; laß mich seine Liebenswürdigkeit, seinen geistreichen Humor genießen! Denn ich kann *den* nicht traurig sehen, dessen Heiterkeit mich nicht traurig sein läßt. (8) Kurz und gut, Du kennst ja die witzigen Einfälle dieses Mannes; achte bitte darauf, daß Ungerechtigkeit sie nicht in Zorn und Bitterkeit verwandelt. Wie heftig er eine Kränkung empfindet, das schließe daraus, wie sehr er lieben kann. Ein großer und freier Charakter wird einen schimpflichen Verlust nicht ertragen. (9) Aber gesetzt den Fall, er ertrüge ihn, so werde ich ihn als meinen Verlust, als meine Schande ansehen; aber ich werde nicht zürnen, als ginge es um meinen Verlust, das heißt: noch heftiger.

Doch wozu gehe ich mit Ankündigungen und gleichsam Drohungen zu Werke? Lieber bitte ich Dich, wie ich es anfangs getan, inständig, Dich zu bemühen, daß er nicht, was ich am meisten fürchte, sich von mir und ich mich nicht von Dir vernachlässigt fühle. Du wirst Dir aber Mühe geben, wenn dieses Dir ebenso am Herzen liegt wie mir jenes. Lebe wohl!

9

C. Plinius grüßt seinen Tacitus[29]

(1) Du empfiehlst mir den Iulius Naso bei seiner Amtsbewerbung. Den Naso mir? Warum nicht mich selbst? Doch ich nehme es hin und verzeihe Dir. Denn ich hätte ihn Dir auch empfohlen, wenn Du in Rom gewesen wärest und ich abwesend. Das hat die Besorgnis so an sich,

ria putat. (2) tu tamen censeo alios roges; ego precum tuarum minister, adiutor, particeps ero. vale.

X

C. Plinius Albino suo s.

(1) Cum venissem in socrus meae villam Alsiensem, quae aliquamdiu Rufi Vergini fuit, ipse mihi locus optimi illius et maximi viri desiderium non sine dolore renovavit. hunc enim colere secessum atque etiam senectutis suae nidulum vocare consueverat. (2) quocumque me contulissem, illum animus, illum oculi requirebant. libuit etiam monimentum eius videre, et vidisse paenituit. (3) est enim adhuc imperfectum, nec difficultas operis in causa, modici ac potius exigui, sed inertia eius, cui cura mandata est. subit indignatio cum miseratione post decimum mortis annum reliquias neglectumque cinerem sine titulo, sine nomine iacere, cuius memoria orbem terrarum gloria pervagetur. (4) at ille mandaverat caveratque, ut divinum illud et immortale factum versibus inscriberetur:

Hic situs est Rufus, pulso qui Vindice quondam
imperium adseruit non sibi, sed patriae.

(5) tam rara in amicitiis fides, tam parata oblivio mortuorum, ut ipsi nobis debeamus etiam conditoria exstruere

daß sie alles für notwendig hält. (2) Ich bin jedoch der Meinung, Du solltest andere darum bitten; ich werde dann der Diener, Helfer und Teilhaber Deiner Bitten sein. Lebe wohl!

10

C. Plinius grüßt seinen Albinus[30]

(1) Als ich zum Landhaus meiner Schwiegermutter[31] bei Alsium[32] kam, das eine Zeitlang dem Verginius Rufus[33] gehört hatte, erneuerte schon der Ort selbst in mir die schmerzliche Sehnsucht nach jenem vortrefflichen und bedeutenden Mann. An diesem abgelegenen Ort pflegte er zu wohnen und ihn auch das »Nest seines Alters« zu nennen. (2) Wohin ich mich auch begab, ihn suchten mein Herz und meine Augen. Ich hatte auch den Wunsch, sein Grabmal zu sehen, und ich bereute, es gesehen zu haben. (3) Denn es ist noch unvollendet; der Grund liegt nicht in der Schwierigkeit des Werkes, das nur bescheiden und eher mittelmäßig ist, sondern in der Trägheit dessen, der damit beauftragt wurde. Unwille und Mitleid überkommen mich, daß zehn Jahre nach dem Tod die sterblichen Überreste und die Asche des Mannes, dessen ruhmreiches Andenken sich über den ganzen Erdkreis verbreitet, ohne Inschrift, ohne Namen unbeachtet daliegen. (4) Und dabei hatte er doch angeordnet und dafür gesorgt, daß jene göttliche und unsterbliche Tat[34] mit folgenden Versen auf sein Grabmal geschrieben werde:

Hier liegt Rufus, der einst den Vindex besiegte,
und die Herrschaft nicht sich selbst lieh, sondern dem Vaterland.

(5) So selten ist in der Freundschaft Treue, so schnell sind die Toten vergessen, daß wir selbst für uns sogar unsere Grabmäler errichten und alle Pflichten der Erben im

omniaque heredum officia praesumere. (6) nam cui non est verendum, quod videmus accidisse Verginio? cuius iniuriam ut indigniorem, sic etiam notiorem ipsius claritas facit. vale.

XI

C. Plinius Maximo suo s.

(1) O diem laetum! adhibitus in consilium a praefecto urbis audii ex diverso agentes summae spei, summae indolis iuvenes, Fuscum Salinatorem et Ummidium Quadratum, egregium par nec modo temporibus nostris, sed litteris ipsis ornamento futurum. (2) mira utrique probitas, constantia salva, decorus habitus, os Latinum, vox virilis, tenax memoria, magnum ingenium, iudicium aequale. quae singula mihi voluptati fuerunt atque inter haec illud, quod et ipsi me ut rectorem, ut magistrum intuebantur et his, qui audiebant, me aemulari, meis instare vestigiis videbantur.

(3) O diem (repetam enim) laetum notandumque mihi candidissimo calculo! quid enim aut publice laetius quam clarissimos iuvenes nomen et famam ex studiis petere aut mihi optatius quam me ad recta tendentibus quasi exemplar esse propositum? (4) quod gaudium ut perpetuo capiam, deos oro; ab isdem teste te peto, ut omnis, qui me imitari tanti putabunt, meliores esse quam me velint. vale.

voraus erfüllen müssen. (6) Denn wer muß nicht fürchten, was – wie wir sehen – dem Verginius geschehen ist? Seine Berühmtheit macht das ihm zugefügte Unrecht nur noch empörender und offenkundiger. Lebe wohl!

11

C. Plinius grüßt seinen Maximus[35]

(1) Was für ein glücklicher Tag! Vom Stadtpräfekten[36] wurde ich zur Beratung hinzugezogen und hörte zwei sehr hoffnungsvolle, hochbegabte junge Männer gegeneinander vor Gericht plädieren, Fuscus Salinator[37] und Ummidius Quadratus[38]: ein glänzendes Paar, das nicht nur unserer Zeit, sondern auch den Wissenschaften selbst Ehre machen wird. (2) Beide besitzen seltene Rechtschaffenheit, gesunde Standhaftigkeit, anständige Haltung, reines Latein, männliche Stimme, gutes Gedächtnis, großes Talent und ein entsprechendes Urteilsvermögen. Jede dieser Eigenschaften für sich bereitete mir Vergnügen und besonders auch dieses, daß sie selbst mich als ihren Führer, ihren Lehrer ansahen und daß meine Zuhörer glaubten, sie ahmten mich nach und folgten meinen Spuren.

(3) Was für ein glücklicher Tag – ich möchte es wiederholen – und für mich ein Tag, den ich mir im Kalender dick anstreichen muß![39] Denn was ist im öffentlichen Leben erfreulicher, als daß die angesehensten jungen Männer Namen und Ruhm in den Studien zu erreichen suchen, oder was ist für mich wünschenswerter, als daß man mich Leuten, die nach dem Guten streben, gleichsam als leuchtendes Beispiel vor Augen stellt? (4) Ich bitte die Götter, daß ich diese Freude dauernd genießen kann; sie bitte ich auch – Du bist mein Zeuge –, darauf hinzuwirken, daß alle, die mich nachzuahmen für wert halten, besser sind als ich. Lebe wohl!

XII

C. Plinius Fabato Prosocero suo s.

(1) Tu vero non debes suspensa manu commendare mihi, quos tuendos putas. nam et te decet multis prodesse et me suscipere, quidquid ad curam tuam pertinet. (2) itaque Bittio Prisco, quantum plurimum potuero, praestabo, praesertim in harena mea, hoc est apud centumviros.

(3) Epistularum, quas mihi, ut ais, 'aperto pectore' scripsisti, oblivisci me iubes: at ego nullarum libentius memini. ex illis enim vel praecipue sentio, quanto opere me diligas, cum sic exegeris mecum, ut solebas cum tuo filio. (4) nec dissimulo hoc mihi iucundiores eas fuisse, quod habebam bonam causam, cum summo studio curassem, quod tu curari volebas. (5) proinde etiam atque etiam rogo, ut mihi semper eadem simplicitate, quotiens cessare videbor (videbor dico, numquam enim cessabo), convicium facias, quod et ego intellegam a summo amore proficisci et tu non meruisse me gaudeas. vale.

XIII

C. Plinius Urso suo s.

(1) Umquamne vidisti quemquam tam laboriosum et exercitum quam Varenum meum? cui, quod summa contentione impetraverat, defendendum et quasi rursus petendum fuit.

12

C. Plinius grüßt seinen Schwiegergroßvater Fabatus[40]

(1) Du brauchst mir wirklich nicht diejenigen so zurückhaltend[41] zu empfehlen, die Du Deines Schutzes für würdig hältst. Denn es ziemt sich für Dich, vielen zu nützen, für mich, alles zu übernehmen, was Dir Sorge macht. (2) Daher werde ich den Bittius Priscus unterstützen, so gut ich kann, besonders in meiner Arena[42], das heißt, vor den Zentumvirn[43].

(3) Du forderst mich auf, den Brief[44] zu vergessen, den Du mir, wie Du sagst, mit »offenem Herzen« geschrieben hast; aber an keinen erinnere ich mich lieber. Denn aus ihm spüre ich ganz besonders, wie sehr Du mich schätzt, da Du mich so behandelt hast, wie Du es bei Deinem Sohn zu tun pflegtest. (4) Ich leugne nicht, daß er mir deshalb um so willkommener war, weil ich guten Grund hatte, insofern ich mit größtem Eifer schon besorgt hatte, was nach Deinem Willen besorgt werden sollte. (5) Deshalb bitte ich Dich inständig, mich immer mit derselben Aufrichtigkeit zu tadeln, wenn ich nachlässig zu sein scheine – »scheine« sage ich, denn nachlässig werde ich nie sein –; ich sehe nämlich ein, daß Dein Tadel Deiner überaus großen Zuneigung entspringt und daß Du Dich freust, daß ich ihn nicht verdient habe. Lebe wohl!

13

C. Plinius grüßt seinen Ursus[45]

(1) Hast Du jemals einen so vielgeplagten und hartgeprüften Mann gesehen wie meinen Varenus[46]? Was er mit größter Mühe erreicht hatte,[47] mußte er verteidigen und gleichsam von neuem erbitten.

(2) Bithyni senatus consultum apud consules carpere ac labefactare sunt ausi atque etiam absenti principi criminari: ab illo ad senatum remissi non destiterunt. egit Claudius Capito irreverenter magis quam constanter, ut qui senatus consultum apud senatum accusaret. respondit Fronto Catius graviter et firme. (3) senatus ipse mirificus; nam ille quoque, qui prius negarant Vareno, quae petebat, eadem danda, postquam erant data, censuerunt; (4) singulos enim integra re dissentire fas esse, peracta, quod pluribus placuisset, cunctis tuendum. (5) Acilius tantum Rufus et cum eo septem an octo, septem immo, in priore sententia perseverarunt. erant in hac paucitate non nulli, quorum temporaria gravitas vel potius gravitatis imitatio ridebatur.

(6) Tu tamen aestima, quantum nos in ipsa pugna certaminis maneat, cuius quasi praelusio atque praecursio has contentiones excitavit. vale.

XIV

C. Plinius Maurico suo s.

(1) Sollicitas me in Formianum. veniam ea condicione, ne quid contra commodum tuum facias; qua pactione invicem mihi caveo. neque enim mare et litus, sed te, otium, libertatem sequor: alioqui satius est in urbe remanere. (2) oportet enim omnia aut ad alienum arbitrium aut

(2) Die Bithynier wagten es, den Senatsbeschluß vor den Konsuln zu kritisieren und anzufechten und sich auch bei dem abwesenden Kaiser zu beklagen; von ihm wurden sie an den Senat zurückverwiesen und gaben dennoch nicht auf. Claudius Capito trat als ihr Anwalt auf, mehr unverschämt als mutig, da er sich ja über den Senatsbeschluß bei dem Senat selbst beklagte. Es antwortete Catius Fronto[48], würdig und bestimmt. (3) Der Senat selbst verhielt sich bewundernswert; denn auch diejenigen, die vorher die Bitte des Varenus abgelehnt hatten, setzten sich nun dafür ein, daß man ihm dasselbe geben müsse, nachdem es einmal gewährt worden sei. (4) Jeder einzelne nämlich habe das Recht, anderer Meinung zu sein, solange die Sache unentschieden sei; sobald sie aber entschieden sei, müßten alle sich nach dem Beschluß der Mehrheit richten. (5) Nur Acilius Rufus und mit ihm sieben oder acht – nein sieben – beharrten auf ihrer früheren Meinung. Bei dieser kleinen Zahl waren einige, deren zeitweilige Festigkeit oder vielmehr deren nur vorgetäuschte Charakterfestigkeit belächelt wurde.

(6) Beurteile Du jedoch, wieviel Kampf mir in der eigentlichen Schlacht noch bleibt, deren Vorspiel und Geplänkel[49] schon solche Auseinandersetzungen ausgelöst hat. Lebe wohl!

14

C. Plinius grüßt seinen Junius Mauricus[50]

(1) Du lädst mich auf Dein Formianum[51] ein. Ich werde unter der Bedingung kommen, daß Du keine Umstände machst. Durch dieses Übereinkommen sorge ich andererseits auch für mich. Denn nicht Meer und Strand suche ich, sondern Dich und Muße und Unabhängigkeit; sonst wäre es besser, in der Stadt zu bleiben. (2) Denn man muß alles entweder nach fremdem oder

ad suum facere. mei certe stomachi haec natura est, ut nihil nisi totum et merum velit. vale.

XV

C. Plinius Romano suo s.

(1) Mirificae rei non interfuisti, ne ego quidem; sed me recens fabula excepit. Passennus Paulus, splendidus eques Romanus et in primis eruditus, scribit elegos. gentilicium hoc illi: est enim municeps Properti atque etiam inter maiores suos Propertium numerat. (2) is cum recitaret, ita coepit dicere: 'Prisce, iubes …' ad hoc Iavolenus Priscus (aderat enim ut Paulo amicissimus): 'ego vero non iubeo.' cogita, qui risus hominum, qui ioci! (3) est omnino Priscus dubiae sanitatis, interest tamen officiis, adhibetur consiliis atque etiam ius civile publice respondet: quo magis, quod tunc fecit, et ridiculum et notabile fuit.

(4) Interim Paulo aliena deliratio aliquantum frigoris attulit. tam sollicite recitaturis providendum est, non solum ut sint ipsi sani, verum etiam ut sanos adhibeant. vale.

XVI

C. Plinius Tacito suo s.

(1) Petis, ut tibi avunculi mei exitum scribam, quo verius tradere posteris possis. gratias ago; nam video morti

eigenem Willen tun. Meinem Geschmack wenigstens entspricht es, alles ganz und unvermischt zu wollen. Lebe wohl!

15

C. Plinius grüßt seinen Romanus[52]

(1) Du hast einen komischen Vorfall versäumt, ich freilich auch; aber mir wurde die Geschichte noch ganz frisch erzählt. Passennus Paulus, ein bedeutender und außerordentlich gebildeter römischer Ritter, schreibt Elegien. Das ist bei ihm Familientradition. Er ist nämlich ein Landsmann des Properz[53] und zählt auch den Properz zu seinen Vorfahren. (2) Als er aus seinen Werken las, begann er mit folgenden Worten: »Befiehlst du, Priscus?« Darauf sagte Iavolenus Priscus[54] – er war nämlich als guter Freund des Paulus anwesend –: »Nein, ich befehle nichts.« Stell Dir das Gelächter und die Witzeleien der Leute vor! (3) Überhaupt ist Priscus sehr zerstreut, kommt jedoch seinen Verpflichtungen nach, wird zu Beratungen hinzugezogen und erteilt sogar öffentlich Rat in Fragen des bürgerlichen Rechts. Um so lächerlicher und auffallender war sein damaliges Verhalten.

(4) Inzwischen brachte die Zerstreutheit dieses Menschen dem Paulus eine ziemlich kühle Aufnahme. So sorgfältig müssen die, die vortragen wollen, darauf achten, daß nicht nur sie selbst konzentriert sind, sondern auch die Leute, die sie einladen. Lebe wohl!

16

C. Plinius grüßt seinen Tacitus[55]

(1) Du bittest mich, Dir vom Lebensende meines Onkels zu berichten, damit Du es um so wahrheitsgetreuer der Nachwelt überliefern kannst.[56] Ich danke Dir. Ich sehe

eius, si celebretur a te, immortalem gloriam esse propositam. (2) quamvis enim pulcherrimarum clade terrarum, ut populi, ut urbes, memorabili casu quasi semper victurus occiderit, quamvis ipse plurima opera et mansura condiderit, multum tamen perpetuitati eius scriptorum tuorum aeternitas addet. (3) equidem beatos puto, quibus deorum munere datum est aut facere scribenda aut scribere legenda, beatissimos vero, quibus utrumque. horum in numero avunculus meus et suis libris et tuis erit. quo libentius suscipio, deposco etiam, quod iniungis.

(4) Erat Miseni classemque imperio praesens regebat. nonum Kal. Septembres hora fere septima mater mea indicat ei apparere nubem inusitata et magnitudine et specie. (5) usus ille sole, mox frigida, gustaverat iacens studebatque; poscit soleas, ascendit locum, ex quo maxime miraculum illud conspici poterat. nubes, incertum procul intuentibus, ex quo monte (Vesuvium fuisse postea cognitum est), oriebatur, cuius similitudinem et formam non alia magis arbor quam pinus expresserit. (6) nam longissimo velut trunco elata in altum quibusdam ramis diffundebatur, credo, quia recenti spiritu evecta, dein senescente eo destituta aut etiam pondere suo victa in latitudinem vanescebat, candida interdum, interdum sordida et maculosa, prout terram cineremve sustulerat.

(7) Magnum propiusque noscendum, ut eruditissimo

nämlich, daß seinen Tod unsterblicher Ruhm erwartet, wenn er von Dir feierlich besprochen wird. (2) Denn er ist zwar bei der Zerstörung der herrlichsten Landschaften, ebenso wie die Völker und Städte, bei einem denkwürdigen Untergang ums Leben gekommen, um gleichsam ewig fortzuleben; zwar hat er selbst sehr viele unsterbliche Werke[57] verfaßt, dennoch werden Deine unvergänglichen Schriften viel zu seinem Fortleben beitragen. (3) Ich freilich halte die für glücklich, die von den Göttern die Gabe erhalten haben, entweder beschreibenswerte Taten zu vollbringen oder lesenswerte zu beschreiben; für die glücklichsten aber halte ich die, welche beides erhalten haben. Zu diesen wird mein Onkel durch seine und Deine Werke gehören. Um so bereitwilliger übernehme, ja verlange ich mit Nachdruck, was Du mir aufträgst.
(4) Er befand sich in Misenum[58] und befehligte persönlich die Flotte. Am 24. August[59], ungefähr um die siebente Stunde, meldete ihm meine Mutter, es zeige sich eine Wolke von ungewöhnlicher Größe und Gestalt. (5) Jener hatte ein Sonnenbad genommen, dann ein kaltes Bad, hatte im Liegen gespeist und widmete sich nun seinen Studien. Er forderte seine Sandalen und stieg zu einem Punkt empor, von dem aus man diese wunderbare Erscheinung am besten betrachten konnte. Eine Wolke erhob sich, für die, welche aus der Ferne schauten, war es unsicher, von welchem Berg – daß es der Vesuv war, erkannte man später –; ihre Gestalt dürfte wohl am ehesten einer Pinie ähnlich gewesen sein. (6) Denn sie wuchs wie mit einem Riesenstamm empor und teilte sich dann in mehrere Äste, wohl deshalb, weil sie von einem frischen Luftstrom emporgehoben wurde, dann aber, wenn dieser nachließ, den Auftrieb verlor, oder auch weil sie sich wegen ihres Eigengewichtes in die Breite verflüchtigte. Bisweilen war sie weiß, bisweilen schmutzig und fleckig, je nachdem sie Erde oder Asche emporgeworfen hatte.

(7) Als Gelehrtem schien ihm die Sache wichtig und ei-

viro, visum. iubet liburnicam aptari: mihi, si venire una vellem, facit copiam; respondi studere me malle, et forte ipse, quod scriberem, dederat. (8) egrediebatur domo: accipit codicillos Rectinae Casci imminenti periculo exterritae (nam villa eius subiacebat, nec ulla nisi navibus fuga); ut se tanto discrimini eriperet, orabat. (9) vertit ille consilium et, quod studioso animo incohaverat, obit maximo. deducit quadriremes, ascendit ipse non Rectinae modo, sed multis (erat enim frequens amoenitas orae) laturus auxilium. (10) properat illuc, unde alii fugiunt, rectumque cursum, recta gubernacula in periculum tenet adeo solutus metu, ut omnis illius mali motus, omnis figuras, ut deprenderat oculis, dictaret enotaretque.

(11) Iam navibus cinis incidebat, quo propius accederent, calidior et densior, iam pumices etiam nigrique et ambusti et fracti igne lapides, iam vadum subitum ruinaque montis litora obstantia. cunctatus paulum, an retro flecteret, mox gubernatori, ut ita faceret, monenti 'fortes', inquit, 'fortuna iuvat, Pomponianum pete!' (12) Stabiis erat, diremptus sinu medio (nam sensim circumactis curvatisque litoribus mare infunditur); ibi, quamquam nondum periculo appropinquante, conspicuo tamen et, cum cresceret, proximo, sarcinas contulerat in naves certus fugae, si contrarius ventus resedisset. quo tunc avunculus

ner näheren Untersuchung wert zu sein. Er ließ einen Schnellsegler bereitmachen. Mir stellte er frei, ob ich mitkommen wolle. Ich erwiderte, ich wolle lieber bei meinen Studien bleiben, und zufällig hatte er selbst mir etwas zum Schreiben gegeben. (8) Er wollte gerade das Haus verlassen; da erhielt er ein Schreiben der Rectina, der Frau des Cascus, die wegen der drohenden Gefahr sehr beunruhigt war – ihr Haus lag nämlich am Fuße des Vesuvs, und ein Entkommen war nur zu Schiff möglich –; sie bat ihn, er möge sie aus einer so großen Gefahr retten. (9) Er änderte seinen Plan und, was er im Wissensdrang begonnen hatte, verfolgte er nun mit Heldenmut. Er ließ Vierruderer in See stechen, bestieg selbst ein Schiff, um nicht nur Rectina, sondern vielen Menschen – die Küste war nämlich wegen ihrer anmutigen Lage dicht besiedelt – Hilfe zu bringen. (10) Er eilte dorthin, von wo andere flohen, und steuerte geradewegs auf die Gefahr zu, so ganz ohne jede Furcht, daß er tatsächlich alle Phasen und Erscheinungsformen dieses Unglücks, wie er sie mit seinen Augen wahrnahm, diktierte und aufschreiben ließ.

(11) Schon fiel Asche auf die Schiffe, desto heißer und dichter, je näher sie herankamen. Schon fielen auch Bimssteine und schwarzes, vom Feuer verbranntes und geborstenes Gestein; schon entstand eine plötzliche Untiefe, und das Gestade war durch Trümmerbrocken vom Vesuv unzugänglich geworden. Er zögerte einen Moment, ob er umkehren solle, sagte dann aber zum Steuermann, der dazu riet: »Dem Mutigen hilft das Glück, fahre zu Pomponianus!«[60] (12) Dieser befand sich in Stabiae, getrennt durch die dazwischenliegende Bucht[61] – denn das Meer strömt in einem sanft gekrümmten Bogen zum Land hin –; zwar war hier die Gefahr noch etwas fern, doch schon sichtbar, und wenn sie zunahm, war sie ganz rasch da; daher hatte Pomponianus sein Gepäck auf die Schiffe bringen lassen, fest entschlossen zur Flucht, wenn sich der Gegenwind[62] gelegt hätte. Dorthin fuhr nun mein Onkel

meus secundissimo invectus complectitur trepidantem, consolatur, hortatur, utque timorem eius sua securitate leniret, deferri in balineum iubet: lotus accubat, cenat aut hilaris aut, quod aeque magnum, similis hilari.

(13) Interim e Vesuvio monte pluribus locis latissimae flammae altaque incendia relucebant, quorum fulgor et claritas tenebris noctis excitabatur. ille agrestium trepidatione ignes relictos desertasque villas per solitudinem ardere in remedium formidinis dictitabat. tum se quieti dedit et quievit verissimo quidem somno. nam meatus animae, qui illi propter amplitudinem corporis gravior et sonantior erat, ab iis, qui limini obversabantur, audiebatur. (14) sed area, ex qua diaeta adibatur, ita iam cinere mixtisque pumicibus oppleta surrexerat, ut, si longior in cubiculo mora, exitus negaretur. excitatus procedit seque Pomponiano ceterisque, qui pervigilaverant, reddit. (15) in commune consultant, intra tecta subsistant an in aperto vagentur. nam crebris vastisque tremoribus tecta nutabant et quasi emota sedibus suis nunc huc, nunc illuc abire aut referri videbantur. (16) sub dio rursus quamquam levium exesorumque pumicum casus metuebatur; quod tamen periculorum collatio elegit. et apud illum quidem ratio rationem, apud alios timorem timor vicit. cervicalia capitibus imposita linteis constringunt; id munimentum adversus incidentia fuit.

mit dem für ihn äußerst günstigen Wind, umarmte den Verängstigten, tröstete und ermunterte ihn, und um dessen Angst durch seine eigene Unbesorgtheit zu lindern, ließ er sich ins Bad tragen. Nach dem Bad setzte er sich zu Tisch und speiste gelassen oder, was ebenso großartig ist, anscheinend gelassen.

(13) Inzwischen leuchteten aus dem Vesuv an mehreren Stellen gewaltige Flammenstreifen und hohe Brände auf, deren strahlende Helligkeit durch die Dunkelheit der Nacht noch gesteigert wurde. Um die Furcht zu beschwichtigen, erklärte mein Onkel immer wieder, die Bauern hätten in ihrer Bestürzung ihre Herdfeuer im Stich gelassen und die verlassenen Gehöfte stünden nun brennend in der Einsamkeit. Dann begab er sich zur Ruhe und schlief wirklich ganz fest. Denn seine Atemzüge, die bei ihm wegen seiner Körperfülle ziemlich schwer und laut waren, hörten diejenigen, die sich vor der Schwelle aufhielten. (14) Aber der Hof, durch den man Zugang zu seinem Zimmer hatte, war schon mit einem Gemisch von Asche und Bimsstein so hoch angefüllt, daß bei einem längeren Aufenthalt im Schlafzimmer ein Entkommen nicht mehr möglich gewesen wäre. Er wurde also aufgeweckt, ging ins Freie und begab sich zu Pomponianus und den übrigen, welche die Nacht durchwacht hatten. (15) Gemeinsam überlegten sie, ob sie im Hause bleiben oder im Freien auf und ab gehen sollten. Denn durch häufige, starke Beben schwankten die Häuser und schienen, gleichsam aus ihren Fundamenten gehoben, sich bald hierhin, bald dorthin zu neigen. (16) Andererseits fürchtete man unter freiem Himmel das Herabfallen von Bimssteinen, wenn diese auch leicht ausgeglüht waren. Doch zog man bei einem Vergleich der Gefahren das letztere vor. Bei ihm besiegte eine vernünftige Überlegung, bei den anderen eine Befürchtung die andere. Sie legten Kopfkissen auf ihren Kopf und banden sie mit Leinentüchern fest; das diente als Schutz gegen herabfallende Steine.

(17) Iam dies alibi, illic nox omnibus noctibus nigrior densiorque, quam tamen faces multae variaque lumina solabantur. placuit egredi in litus et ex proximo adspicere, ecquid iam mare admitteret, quod adhuc vastum et adversum permanebat. (18) ibi super abiectum linteum recubans semel atque iterum frigidam poposcit hausitque. deinde flammae flammarumque praenuntius odor sulpuris alios in fugam vertunt, excitant illum. (19) innitens servolis duobus adsurrexit et statim concidit, ut ego colligo, crassiore caligine spiritu obstructo clausoque stomacho, qui illi natura invalidus et angustus et frequenter interaestuans erat. (20) ubi dies redditus (is ab eo, quem novissime viderat, tertius), corpus inventum integrum, inlaesum opertumque, ut fuerat indutus: habitus corporis quiescenti quam defuncto similior.

(21) Interim Miseni ego et mater – sed nihil ad historiam, nec tu aliud quam de exitu eius scire voluisti. finem ergo faciam. (22) unum adiciam: omnia me, quibus interfueram, quaeque statim, cum maxime vera memorantur, audieram, persecutum. tu potissima excerpes: aliud est enim epistulam, aliud historiam, aliud amico, aliud omnibus scribere. vale.

(17) Schon war es anderswo Tag[63], dort aber Nacht, schwärzer und dichter als alle Nächte, doch machten viele Fackeln und verschiedene Lichter sie erträglich. Man beschloß, zum Strand zu gehen und aus nächster Nähe zu schauen, ob das Meer schon die Ausfahrt zuließe; das aber blieb immer noch wild und stürmisch. (18) Dort legte sich mein Onkel auf ein hingebreitetes Tuch, verlangte wiederholt kaltes Wasser und trank es. Dann trieben Flammen und der Vorbote der Flammen, der Schwefelgeruch, die anderen in die Flucht, ihn veranlaßten sie aufzustehen. (19) Gestützt auf zwei Sklaven erhob er sich, brach aber sofort zusammen, weil, wie ich vermute, der ziemlich dikke Qualm seinen Atem hemmte und seine Luftröhre verschloß, die bei ihm von Natur schwach, eng und häufig asthmatisch war. (20) Nachdem es wieder Tag geworden war – es war der dritte nach dem, den er zuletzt gesehen hatte –, fand man seinen Körper unversehrt, ohne Verletzung, mit derselben Kleidung wie zuletzt. Er glich in seiner äußeren Erscheinung eher einem Schlafenden als einem Toten.

(21) Inzwischen waren meine Mutter und ich in Misenum[64] – aber das gehört nicht zur Geschichte, und Du hast ja nur etwas über sein Lebensende wissen wollen. Also will ich schließen. (22) Das eine möchte ich noch hinzufügen: daß ich alles berichtet habe, was ich selbst erlebt und was ich gleich anfangs erfahren habe, wo man die wirklichen Ereignisse noch ganz wahrheitsgetreu erzählt. Du wirst das Wichtigste auswählen. Es ist nämlich etwas anderes, einen Brief, etwas anderes, Geschichte, etwas anderes, für einen Freund, und wieder etwas anderes, für die Allgemeinheit zu schreiben. Lebe wohl!

XVII

C. Plinius Restituto suo s.

(1) Indignatiunculam, quam in cuiusdam amici auditorio cepi, non possum mihi temperare, quominus apud te, quia non contigit coram, per epistulam effundam.

(2) Recitabatur liber absolutissimus. hunc duo aut tres, ut sibi et paucis videntur, diserti surdis mutisque similes audiebant. non labra diduxerunt, non moverunt manum, non denique adsurrexerunt, saltem lassitudine sedendi. quae tanta gravitas? (3) quae tanta sapientia? quae immo pigritia, adrogantia, sinisteritas ac potius amentia, in hoc totum diem impendere, ut offendas, ut inimicum relinquas, ad quem tamquam amicissimum veneris? (4) disertior ipse es? tanto magis ne invideris: nam, qui invidet, minor est. denique, sive plus sive minus sive idem praestas, lauda vel inferiorem vel superiorem vel parem: superiorem, quia, nisi laudandus ille, non potes ipse laudari; inferiorem aut parem, quia pertinet ad tuam gloriam quam maximum videri, quem praecedis vel exaequas.

(5) Equidem omnes, qui aliquid in studiis faciunt, venerari etiam mirarique soleo. est enim res difficilis, ardua, fastidiosa, et quae eos, a quibus contemnitur, invicem contemnat. nisi forte aliud iudicas tu. quamquam quis uno te reverentior huius operis, quis benignior aestimator? (6) qua ratione ductus tibi potissimum indignationem meam prodidi, quem habere socium maxime poteram. vale.

17

C. Plinius grüßt seinen Restitutus[65]

(1) Ich kann mich nicht enthalten, meinen kleinen Ärger, den ich bei der Vorlesung eines Freundes gehabt habe, bei Dir wenigstens brieflich abzuladen, da es mir persönlich nicht möglich war.

(2) Es wurde ein ganz vollkommenes Werk vorgelesen. Dieses hörten zwei oder drei – nach ihrer eigenen Meinung und der weniger Leute – große Literaten an, als ob sie taub und stumm wären. Sie verzogen ihre Lippen nicht, rührten keine Hand, ja sie standen nicht einmal auf, sei es nur, weil sie vom Sitzen ermüdet waren. Welch große Würde! (3) Welch große Weisheit! Nein, welche Trägheit, welche Anmaßung, welche Taktlosigkeit oder besser: welche Verrücktheit, einen ganzen Tag damit zu verbringen, um jemanden zu beleidigen und als Feind zurückzulassen, zu dem man wie zu einem guten Freund gekommen ist? (4) Bist Du selbst etwa redegewandter? Um so weniger brauchst Du ihn zu beneiden; denn wer jemanden beneidet, ist der schwächere. Kurz, magst Du mehr oder weniger oder dasselbe leisten, so lobe den Unterlegenen, den Überlegenen oder den Gleichwertigen. Den Überlegenen, weil Du nicht selbst gelobt werden kannst, wenn *er* kein Lob verdient; den Unterlegenen oder Gleichwertigen, weil es Deinem Ruhm dient, wenn *der* möglichst bedeutend erscheint, den Du übertriffst oder erreichst.

(5) Ich wenigstens pflege die, die in der Literatur etwas leisten, zu verehren und auch zu bewundern. Denn sie ist eine schwierige, mühevolle und heikle Sache, welche die, die sie verachten, ebenfalls verachtet. Vielleicht urteilst Du darüber anders. Doch wer beurteilt diese Beschäftigung ehrfürchtiger, wer wohlwollender als gerade Du? (6) Dies hat mich bewogen, gerade Dir meinen Ärger anzuvertrauen, den ich am ehesten als Verbündeten hätte haben können. Lebe wohl!

XVIII

C. Plinius Sabino suo s.

(1) Rogas, ut agam Firmanorum publicam causam; quod ego, quamquam plurimis occupationibus distentus, adnitar. cupio enim et ornatissimam coloniam advocationis officio et te gratissimo tibi munere obstringere. (2) nam, cum familiaritatem nostram, ut soles praedicare, ad praesidium ornamentumque tibi sumpseris, nihil est, quod negare debeam, praesertim pro patria petenti. quid enim precibus aut honestius pii aut efficacius amantis?

(3) Proinde Firmanis tuis ac iam potius nostris obliga fidem meam; quos labore et studio meo dignos cum splendor ipsorum tum hoc maxime pollicetur, quod credibile est optimos esse, inter quos tu talis exstiteris. vale.

XIX

C. Plinius Nepoti suo s.

(1) Scis tu accessisse pretium agris, praecipue suburbanis? causa subitae caritatis res multis agitata sermonibus; proximis comitiis honestissimas voces senatus expressit: 'candidati ne conviventur, ne mittant munera, ne pecunias deponant.' (2) ex quibus duo priora tam aperte quam immodice fiebant, hoc tertium, quamquam occultaretur, pro comperto habebatur.

(3) Homullus deinde noster, vigilanter usus hoc con-

18

C. Plinius grüßt seinen Sabinus[66]

(1) Du bittest mich, den öffentlichen Prozeß der Firmaner zu übernehmen; zwar bin ich durch sehr viele Beschäftigungen in Anspruch genommen, aber dennoch will ich mich bemühen. Ich wünsche mir nämlich eine so berühmte Stadt durch meinen gerichtlichen Beistand und Dich durch eine so willkommene Gefälligkeit zu verpflichten. (2) Denn da Du meine Freundschaft, wie Du immer nachdrücklich hervorhebst, als Schutz und Ehre für Dich in Anspruch nimmst, so darf ich Dir nichts abschlagen, zumal Du für Deine Vaterstadt bittest. Was ist nämlich ehrenvoller als die Bitten eines treuen Bürgers, was wirksamer als die eines Freundes?

(3) Gib also Deinen, oder jetzt besser unseren Firmanern Dein Wort; daß sie meine Mühe und meinen Einsatz verdienen, das läßt ihr eigenes Ansehen als auch ganz besonders der Umstand erwarten, daß man glauben kann, *die* sind die besten Menschen, unter denen ein Mann wie Du lebt. Lebe wohl!

19

C. Plinius grüßt seinen Nepos[67]

(1) Weißt Du, daß der Preis für Ländereien gestiegen ist, besonders für die in der Nähe der Stadt? Der Grund für diese plötzliche Teuerung ist ein Thema, das in vielen Gesprächen diskutiert wird. Bei den letzten Wahlen hat der Senat folgende sehr ehrenvolle Verordnung erlassen: »Die Kandidaten sollen keine Gelage veranstalten, keine Geschenke machen, keine Gelder hinterlegen.«[68] (2) Die ersten beiden dieser Mißstände traten ebenso offen wie maßlos zutage, der dritte wurde zwar heimlich praktiziert, galt aber als bekannt.

(3) Unser Homullus nutzte darauf geschickt diese Ein-

sensu senatus, sententiae loco postulavit, ut consules desiderium universorum notum principi facerent peterentque, sicut aliis vitiis huic quoque providentia sua occurreret. occurrit: (4) nam sumptus candidatorum, foedos illos et infames, ambitus lege restrinxit; eosdem patrimonii tertiam partem conferre iussit in ea, quae solo continerentur, deforme arbitratus (et erat), honorem petituros urbem Italiamque non pro patria, sed pro hospitio aut stabulo quasi peregrinantes habere. (5) concursant ergo candidati: certatim, quidquid venale audiunt, emptitant, quoque sint plura venalia, efficiunt.

(6) Proinde, si paenitet te Italicorum praediorum, hoc vendendi tempus tam hercule quam in provinciis comparandi, dum idem candidati illic vendunt, ut hic emant. vale.

XX

C. Plinius Tacito suo s.

(1) Ais te adductum litteris, quas exigenti tibi de morte avunculi mei scripsi, cupere cognoscere, quos ego Miseni relictus (id enim ingressus abruperam) non solum metus, verum etiam casus pertulerim. ‘quamquam animus meminisse horret …, incipiam.’

(2) Profecto avunculo ipse reliquum tempus studiis (ideo enim remanseram) impendi; mox balineum, cena, somnus inquietus et brevis. (3) praecesserat per multos

mütigkeit des Senates und forderte in seinem Antrag, die Konsuln sollten den allgemeinen Wunsch dem Kaiser mitteilen und ihn bitten, auch diesen Mißstand durch seine Fürsorge zu beseitigen, so wie er es auch bei anderen getan habe. (4) Denn er beschränkte jenen schändlichen, unrühmlichen Aufwand der Kandidaten durch ein Gesetz gegen Wahlbestechung. Denselben Leuten befahl er, ein Drittel ihres Vermögens in Grundbesitz anzulegen, weil er es für schimpflich hielt – und das war es ja auch –, daß die, welche sich um Ehrenämter bewarben, die Hauptstadt und Italien nicht als ihr Vaterland, sondern wie Reisende als Gasthof oder Absteigequartier ansahen. (5) Also rennen die Kandidaten hin und her. Um die Wette kaufen sie alles auf, was – wie sie hören – verkäuflich ist, und sie erreichen damit, daß immer mehr zum Kauf angeboten wird.

(6) Wenn Du daher mit Deinen Landgütern in Italien unzufrieden bist, so ist jetzt wahrlich ein günstiger Zeitpunkt, sie zu verkaufen, wie auch in den Provinzen Güter zu erwerben, solange ebendiese Kandidaten dort verkaufen, um hier kaufen zu können. Lebe wohl!

20

C. Plinius grüßt seinen Tacitus[69]

(1) Der Brief, den ich Dir auf Dein Verlangen hin über den Tod meines Onkels schrieb, habe Dich, wie Du sagst, neugierig gemacht zu erfahren, welche Ängste und auch welche Gefahren ich, in Misenum zurückgeblieben[70], ertragen habe; denn als ich darüber zu berichten begann, habe ich abgebrochen. »Zwar schreckt mein Herz bei der Erinnerung zurück, aber dennoch will ich beginnen.«[71]

(2) Nach der Abfahrt meines Onkels verbrachte ich selbst die übrige Zeit mit meinen Studien – denn deshalb war ich ja dageblieben –; dann nahm ich ein Bad, speiste und schlief, aber unruhig und kurz. (3) Vorausgegangen

dies tremor terrae minus formidolosus, quia Campaniae solitus; illa vero nocte ita invaluit, ut non moveri omnia, sed verti crederentur. (4) inrumpit cubiculum meum mater: surgebam invicem, si quiesceret, excitaturus. resedimus in area domus, quae mare a tectis modico spatio dividebat. (5) dubito, constantiam vocare an imprudentiam debeam (agebam enim duodevicensimum annum): posco librum Titi Livi et quasi per otium lego atque etiam, ut coeperam, excerpo. ecce amicus avunculi, qui nuper ad eum ex Hispania venerat; ut me et matrem sedentes, me vero etiam legentem videt, illius patientiam, securitatem meam corripit. nihilo segnius ego intentus in librum.

(6) Iam hora diei prima, et adhuc dubius et quasi languidus dies. iam quassatis circumiacentibus tectis, quamquam in aperto loco, angusto tamen, magnus et certus ruinae metus. (7) tum demum excedere oppido visum; sequitur vulgus attonitum, quodque in pavore simile prudentiae, alienum consilium suo praefert ingentique agmine abeuntis premit et impellit. (8) egressi tecta consistimus. multa ibi miranda, multas formidines patimur. nam vehicula, quae produci iusseramus, quamquam in planissimo campo, in contrarias partes agebantur ac ne lapidibus quidem fulta in eodem vestigio quiescebant. (9) praeterea mare in se resorberi et tremore terrae quasi repelli videbamus. cer-

war schon viele Tage lang ein Erdbeben, das nicht so sehr beunruhigte, weil es in Campanien üblich war. In jener Nacht aber nahm es so zu, daß man glauben konnte, alles bewege sich nicht, sondern stürze ein. (4) Meine Mutter kam aufgeregt in mein Schlafzimmer; ich meinerseits wollte gerade aufstehen, um sie zu wecken, falls sie noch schliefe. Wir setzten uns im Hof des Hauses nieder, der das Meer von den Gebäuden in mäßigem Abstand trennte. (5) Ich bin unschlüssig, ob ich es Unerschrockenheit oder Unvorsichtigkeit nennen soll – ich war nämlich erst 18 Jahre alt –: ich verlangte nach einem Buch des Titus Livius und las darin sozusagen in aller Ruhe und machte mir auch, wie ich begonnen hatte, Auszüge. Da erschien ein Freund meines Onkels, der kürzlich aus Spanien zu ihm gekommen war. Wie er meine Mutter und mich so dasitzen sah, mich sogar lesend, tadelte er heftig ihre Gleichgültigkeit und meine Sorglosigkeit. Ich beschäftigte mich mit meinem Buch darum nicht weniger eifrig.

(6) Es war schon die erste Stunde des Tages, und das Tageslicht erschien uns noch dämmrig und sozusagen müde. Schon wurden die umliegenden Häuser heftig erschüttert, und wir hatten, obwohl wir uns auf einem freien, jedoch beengten Platz aufhielten, große und berechtigte Furcht vor einem Einsturz. (7) Da endlich faßten wir den Entschluß, die Stadt zu verlassen. Es folgte uns eine bestürzte Menge, und was in der Angst der Klugheit ähnelt: sie zog fremden Rat dem eigenen vor, und man drückte und stieß uns beim Weggehen in einem gewaltigen Zug vorwärts. (8) Nachdem wir die Häuser hinter uns gelassen hatten, machten wir halt. Hier mußten wir viel Seltsames, viel Schreckliches erleben. Denn die Wagen, die wir hatten hinausfahren lassen, rollten hin und her, obwohl sie sich auf völlig ebenem Gelände befanden, und blieben nicht einmal dann an Ort und Stelle stehen, wenn Steine untergelegt wurden. (9) Außerdem sahen wir, daß das Meer zurückflutete und durch das Erdbeben gleichsam zurückge-

te processerat litus multaque animalia maris siccis harenis detinebat. ab altero latere nubes atra et horrenda ignei spiritus tortis vibratisque discursibus rupta in longas flammarum figuras dehiscebat: fulguribus illae et similes et maiores erant.

(10) Tum vero idem ille ex Hispania amicus acrius et instantius 'si frater', inquit, 'tuus, tuus avunculus vivit, vult esse vos salvos; si periit, superstites voluit. proinde quid cessatis evadere?' respondimus non commissuros nos, ut de salute illius incerti nostrae consuleremus. (11) non moratus ultra proripit se effusoque cursu periculo aufertur.

Nec multo post illa nubes descendere in terras, operire maria: cinxerat Capreas et absconderat, Miseni quod procurrit, abstulerat. (12) tum mater orare, hortari, iubere, quoquo modo fugerem; posse enim iuvenem, se et annis et corpore gravem bene morituram, si mihi causa mortis non fuisset. ego contra: salvum me nisi una non futurum; dein manum eius amplexus addere gradum cogo. (13) paret aegre incusatque se, quod me moretur.

Iam cinis, adhuc tamen rarus. respicio: densa caligo tergis imminebat, quae nos torrentis modo infusa terrae sequebatur. 'deflectamus', inquam, 'dum videmus, ne in via strati comitantium turba in tenebris obteramur'. (14) vix consideramus, et nox, non qualis inlunis aut nubila, sed

trieben wurde. Jedenfalls hatte sich der Strand erweitert und hielt viele Meerestiere im trockenen Sand fest. Auf der anderen Seite wurde eine schauerliche schwarze Wolke von feurig-zuckenden Schlangenlinien zerrissen und spaltete sich immer wieder in lange Feuergarben: sie glichen Blitzen, waren aber größer.

(10) Darauf aber sagte jener Freund aus Spanien heftiger und eindringlicher: »Wenn dein Bruder, wenn dein Onkel noch lebt, dann will er, daß ihr gerettet werdet. Ist er aber umgekommen, so wünschte er, daß ihr überlebt. Was zögert ihr also, der Gefahr zu entfliehen?« Wir erwiderten, wir würden es nicht fertigbringen, an unsere Rettung zu denken, während wir wegen seiner im Ungewissen seien. (11) Er blieb nicht länger, stürzte davon und entzog sich im schnellen Lauf der Gefahr.

Nicht viel später senkte sich jene Wolke auf die Erde herab und bedeckte das Meer. Schon hatte sie Capri rings umschlossen und verhüllt, das Vorgebirge von Misenum unseren Blicken entzogen. (12) Da bat, mahnte und befahl mir meine Mutter, ich solle auf irgendeine Weise fliehen; denn ich sei noch jung und könne es, sie dagegen, altersschwach und schwerfällig, werde ruhig sterben, wenn sie nur nicht schuld würde an meinem Tode. Ich entgegnete: ich wolle nur zusammen mit ihr gerettet werden. Darauf faßte ich sie bei der Hand und zwang sie so, ihre Schritte zu beschleunigen. (13) Sie fügte sich nur widerwillig und machte sich Vorwürfe, daß sie mich aufhalte.

Schon fiel Asche, aber zunächst noch wenig. Ich schaute zurück. Hinter uns drohte dichter Qualm, der sich über die Erde ergoß und uns wie ein Gießbach folgte. »Wir wollen vom Wege abbiegen«, sagte ich, »solange wir noch etwas sehen, damit wir nicht auf der Straße niedergestoßen und in der Dunkelheit von der Masse der mit uns Flüchtenden zertreten werden.« (14) Kaum hatten wir uns niedergesetzt, da war es auch schon Nacht, aber nicht so wie eine mondlose und bewölkte, sondern wie in einem

qualis in locis clausis lumine exstincto. audires ululatus feminarum, infantum quiritatus, clamores virorum: alii parentes, alii liberos, alii coniuges vocibus requirebant, vocibus noscitabant; (15) hi suum casum, illi suorum miserabantur; erant, qui metu mortis mortem precarentur; multi ad deos manus tollere, plures nusquam iam deos ullos aeternamque illam et novissimam noctem mundo interpretabantur. nec defuerunt, qui fictis mentitisque terroribus vera pericula augerent. aderant, qui Miseni illud ruisse, illud ardere falso, sed credentibus nuntiabant. (16) paulum reluxit, quod non dies nobis, sed adventantis ignis indicium videbatur. et ignis quidem longius substitit, tenebrae rursus, cinis rursus multus et gravis. hunc identidem adsurgentes excutiebamus; operti alioqui atque etiam oblisi pondere essemus. (17) possem gloriari non gemitum mihi, non vocem parum fortem in tantis periculis excidisse, nisi me cum omnibus, omnia mecum perire misero, magno tamen mortalitatis solacio credidissem.

(18) Tandem illa caligo tenuata quasi in fumum nebulamve discessit; mox dies verus, sol etiam effulsit, luridus tamen, qualis esse, cum deficit, solet. occursabant trepidantibus adhuc oculis mutata omnia altoque cinere tamquam nive obducta. (19) regressi Misenum curatis utcumque corporibus suspensam dubiamque noctem spe ac

geschlossenen Raum, wenn das Licht gelöscht ist. Man hörte das Wehklagen der Frauen, das Wimmern der Kinder, das Geschrei der Männer. Die einen riefen nach ihren Eltern, andere nach ihren Kindern, wieder andere nach ihren Ehepartnern und suchten sie an ihrer Stimme zu erkennen. (15) Diese beklagten ihr eigenes Schicksal, jene das ihrer Angehörigen. Es gab auch Leute, die aus Furcht vor dem Tode den Tod herbeiwünschten. Viele erhoben die Hände zu den Göttern, noch mehr erklärten, nirgends gebe es mehr Götter, und die ewige und letzte Nacht sei über die Welt gekommen. Es fehlte nicht an Leuten, die mit erfundenen und erlogenen Schauergeschichten die wirklichen Gefahren noch vergrößerten. Auch gab es Leute, die fälschlicherweise berichteten, in Misenum sei dieses eingestürzt, jenes stehe in Flammen, doch man glaubte ihnen. (16) Es wurde wieder ein wenig hell, aber das schien uns nicht das Tageslicht, sondern das Anzeichen eines herannahenden Feuers zu sein. Das Feuer freilich kam in größerer Entfernung zum Stillstand, wieder wurde es dunkel, wieder fiel dichte und schwere Asche. Immer wieder erhoben wir uns und schüttelten diese von uns ab; andernfalls wären wir zugedeckt und auch von ihrem Gewicht erdrückt worden. (17) Ich könnte mich rühmen, daß ich keinen Seufzer, kein zaghaftes Wort trotz solch drohender Gefahren von mir gegeben habe, wenn ich nicht geglaubt hätte, ich ginge zugleich mit allem und alles mit mir zugrunde, ein kümmerlicher, aber doch im Tode auch großer Trost für uns Menschen.

(18) Endlich wurde jener Qualm dünner und verflüchtigte sich gleichsam in Rauch und Nebel. Bald wurde es wirklich Tag, sogar die Sonne leuchtete hervor, jedoch nur fahl, wie bei einer Sonnenfinsternis. Alles erschien unseren verängstigten Augen noch verändert und hoch mit Asche wie mit Schnee bedeckt. (19) Wir kehrten nach Misenum zurück, richteten uns ein, so gut es ging, und verbrachten eine unruhige Nacht, zwischen Hoffnung und Furcht

metu exegimus. metus praevalebat; nam et tremor terrae perseverabat, et plerique lymphati terrificis vaticinationibus et sua et aliena mala ludificabantur. (20) nobis tamen ne tunc quidem, quamquam et expertis periculum et exspectantibus, abeundi consilium, donec de avunculo nuntius.

Haec nequaquam historia digna non scripturus leges et tibi, scilicet qui requisisti, imputabis, si digna ne epistula quidem videbuntur. vale.

XXI

C. Plinius Caninio suo s.

(1) Sum ex iis, qui mirer antiquos, non tamen, ut quidam, temporum nostrorum ingenia despicio. neque enim quasi lassa et effeta natura nihil iam laudabile parit.

(2) Atque adeo nuper audii Vergilium Romanum paucis legentem comoediam ad exemplar veteris comoediae scriptam tam bene, ut esse quandoque possit exemplar. (3) nescio an noris hominem. quamquam nosse debes; est enim probitate morum, ingenii elegantia, operum varietate monstrabilis. (4) scripsit mimiambos tenuiter, argute, venuste atque in hoc genere eloquentissime (nullum est enim genus, quod absolutum non possit eloquentissimum dici); scripsit comoedias Menandrum aliosque aetatis eiusdem aemulatus: licet has inter Plautinas Terentianasque numeres.

schwankend. Die Furcht überwog; denn das Erdbeben dauerte an, und sehr viele Menschen, außer sich durch schreckenerregende Prophezeiungen, spotteten über ihr eigenes Unglück und das der anderen. (20) Zwar kannten wir die Gefahr und erwarteten sie weiterhin, aber dennoch faßten wir auch jetzt nicht den Entschluß wegzugehen, bis wir eine Nachricht vom Onkel hätten.

Du wirst diese Erlebnisse, die keineswegs eines Geschichtswerkes würdig sind, lesen, ohne sie in Deinem Werk niederzuschreiben; Du wirst es *Dir* zuschreiben – denn es war *Deine* Bitte –, wenn sie nicht einmal einen Brief zu verdienen scheinen. Lebe wohl!

21

C. Plinius grüßt seinen Caninius[72]

(1) Ich gehöre zwar zu denen, die die Alten bewundern, verachte aber dennoch nicht die talentierten Männer unserer Zeit[73], wie es manche tun. Denn die Natur ist ja nicht gleichsam müde und erschöpft, als könne sie nichts Lobenswertes mehr hervorbringen.

(2) So habe ich kürzlich gehört, wie Vergilius Romanus[74] vor einem kleinen Publikum eine Komödie vorlas, die nach dem Muster der alten Komödie so gut geschrieben war, daß sie selbst einmal als Muster dienen kann. (3) Ich weiß nicht, ob Du den Mann kennst. Freilich müßtest Du ihn kennen. Denn er zeichnet sich durch seinen rechtschaffenen Charakter, seine glanzvolle Begabung und seine vielfältigen Werke aus. (4) Er hat Mimiamben verfaßt, einfach, scharfsinnig, anmutig und in ihrer Art Meisterwerke der Beredsamkeit – denn es gibt keine Gattung, die nicht in ihrer Vollkommenheit ein Meisterwerk der Beredsamkeit darstellen kann –; er hat Komödien geschrieben, indem er Menander[75] und andere Dichter jener Zeit nachahmte. Man darf sie den Komödien eines Plautus und Terenz an die Sei-

(5) nunc primum se in vetere comoedia, sed non tamquam inciperet, ostendit. non illi vis, non granditas, non subtilitas, non amaritudo, non dulcedo, non lepos defuit: ornavit virtutes, insectatus est vitia, fictis nominibus decenter, veris usus est apte. (6) circa me tantum benignitate nimia modum excessit, nisi quod tamen poetis mentiri licet.

(7) In summa extorquebo ei librum legendumque, immo ediscendum, mittam tibi; neque enim dubito futurum, ut non deponas, si semel sumpseris. vale.

XXII

C. Plinius Tironi suo s.

(1) Magna res acta est omnium, qui sunt provinciis praefuturi, magna omnium, qui se simpliciter credunt amicis. (2) Lustricius Bruttianus cum Montanium Atticinum, comitem suum, in multis flagitiis deprendisset, Caesari scripsit. Atticinus flagitiis addidit, ut quem deceperat, accusaret.

Recepta cognitio est: fui in consilio. egit uterque pro se, egit autem carptim et κατὰ κεφάλαιον, quo genere veritas statim ostenditur. (3) protulit Bruttianus testamentum suum, quod Atticini manu scriptum esse dicebat; hoc enim et arcana familiaritas et querendi de eo, quem sic amasset, necessitas indicabatur. (4) enumeravit crimina foeda, manifesta; quae ille cum diluere non posset, ita regessit, ut, dum defenditur, turpis, dum accusat, sceleratus

te stellen. (5) Jetzt hat er sich zum ersten Mal im Stil der alten Komödie geäußert, aber nicht wie ein Anfänger. Es fehlt ihm nicht an Kraft, Erhabenheit, Feinheit, Schärfe, Anmut und geistreichem Witz. Die Tugenden hat er verherrlicht, die Laster verfolgt, die erfundenen Namen taktvoll, die wirklichen geschickt verwendet. (6) Nur bei mir hat er aus allzu großer Güte das Maß überschritten – doch dürfen Dichter die Unwahrheit sagen.

(7) Kurz und gut, ich werde ihm sein Manuskript entwinden und Dir zum Lesen oder vielmehr zum Auswendiglernen schicken; denn ohne Zweifel wirst Du es nicht beiseite legen, wenn Du es einmal in die Hand genommen hast. Lebe wohl!

22

C. Plinius grüßt seinen Tiro[76]

(1) Eine wichtige Sache ist geschehen, wichtig für alle zukünftigen Provinzstatthalter, wichtig für alle, die sich ihren Freunden ehrlich anvertrauen. (2) Als Lustricius Bruttianus den Montanius Atticinus, einen Mann aus seinem Gefolge, bei vielen Vergehen überrascht hatte, schrieb er dem Kaiser. Atticinus fügte seinen Vergehen noch hinzu, den, den er getäuscht hatte, anzuklagen.

Die Klage wurde zugelassen. Ich war unter den Richtern. Beide führten ihre Sache selbst, jedoch nur summarisch und nur mit Beschränkung auf die Hauptpunkte, ein Verfahren, durch das die Wahrheit sofort an den Tag kommt. (3) Bruttianus zeigte sein Testament vor, das, wie er sagte, Atticinus eigenhändig verfaßt habe. Dadurch nämlich wurde ihre enge Vertrautheit und auch die Notwendigkeit bewiesen, sich über den, den er so hoch geschätzt hatte, zu beklagen. (4) Nun zählte er dessen klar zutage liegenden schändlichen Verbrechen auf. Als Atticinus sie nicht widerlegen konnte, lenkte er so von sich ab,

probaretur. corrupto enim scribae servo interceperat commentarios intercideratque ac per summum nefas utebatur adversus amicum crimine suo. (5) fecit pulcherrime Caesar: non enim de Bruttiano, sed statim de Atticino perrogavit. damnatus et in insulam relegatus; Bruttiano iustissimum integritatis testimonium redditum, quem quidem etiam constantiae gloria secuta est. (6) nam defensus expeditissime accusavit vehementer nec minus acer quam bonus et sincerus apparuit.

(7) Quod tibi scripsi, ut te sortitum provinciam praemonerem. plurimum tibi credas nec cuiquam satis fidas, deinde scias, si quis forte te, quod abominor, fallat, paratam ultionem; (8) qua tamen ne sit opus, etiam atque etiam attende! neque enim tam iucundum est vindicari, quam decipi miserum. vale.

XXIII

C. Plinius Triario suo s.

(1) Impense petis, ut agam causam pertinentem ad curam tuam, pulchram alioqui et famosam. faciam, sed non gratis. ‘qui fieri potest’, inquis, ‘ut non gratis tu?’ potest: exigam enim mercedem honestiorem gratuito patrocinio. (2) peto atque etiam paciscor, ut simul agat Cremutius Ruso. solitum hoc mihi et iam in pluribus claris adules-

daß er sich bei seiner Verteidigung als Schurke, bei seiner Anklage als Verbrecher erwies. Er hatte nämlich den Sklaven eines Schreibers bestochen, so die Tagebücher[77] an sich genommen und Teile herausgeschnitten; und als Gipfel seiner Ruchlosigkeit benutzte er das eigene Verbrechen gegen seinen Freund. (5) Der Kaiser verhielt sich ganz hervorragend. Denn er befragte nicht den Bruttianus, sondern sofort den Atticinus. Dieser wurde verurteilt und auf eine Insel verbannt. Bruttianus erhielt völlig verdient das Zeugnis seiner Unschuld, und ihm folgte auch noch der Ruhm für seine Charakterfestigkeit. (6) Denn nachdem er sich äußerst geschickt verteidigt hatte, führte er sehr heftig Anklage und zeigte sich ebenso energisch wie rechtschaffen und aufrichtig.

(7) Dies habe ich Dir geschrieben, um Dich, der Du eine Provinz durchs Los erhalten hast, zu warnen. Verlaß Dich am meisten auf Dich selbst und vertraue niemandem zu sehr! Weiter sollst Du wissen, daß die Strafe auf dem Fuß folgt, wenn Dich jemand betrügt, was der Himmel verhüten möge. (8) Doch paß immer wieder auf, daß Du sie nicht brauchst! Denn Rache ist nicht so angenehm wie Täuschung bitter. Lebe wohl!

23

C. Plinius grüßt seinen Triarius[78]

(1) Du bittest mich dringend, einen Prozeß zu führen, der Dir am Herzen liegt und der auch sonst schön ist und Ruhm verspricht. Ich will es tun, aber nicht umsonst. »Wie ist das möglich«, fragst Du, »Du nicht umsonst?« Denn ich werde einen Lohn fordern, der mir mehr Ehre machen wird als eine unentgeltliche Verteidigung. (2) Ich bitte, ja mache es sogar zur Bedingung, daß Cremutius Ruso zusammen mit mir als Anwalt auftritt. Das ist so meine Gewohnheit, und ich habe es schon bei mehreren

centibus factitatum. nam mire concupisco bonos iuvenes ostendere foro, adsignare famae. (3) quod si cui, praestare Rusoni meo debeo vel propter natales ipsius vel propter eximiam mei caritatem; quem magni aestimo in isdem iudiciis, ex isdem etiam partibus conspici, audiri. (4) obliga me, obliga, antequam dicat: nam, cum dixerit, gratias ages. spondeo sollicitudini tuae, spei meae, magnitudini causae suffecturum. est indolis optimae, brevi producturus alios, si interim productus fuerit a nobis. (5) neque enim cuiquam tam clarum statim ingenium, ut possit emergere, nisi illi materia, occasio, fautor etiam commendatorque contingat. vale.

XXIV

C. Plinius Macro suo s.

(1) Quam multum interest, quid a quoque fiat! eadem enim facta claritate vel obscuritate facientium aut tolluntur altissime aut humillime deprimuntur.

(2) Navigabam per Larium nostrum, cum senior amicus ostendit mihi villam atque etiam cubiculum, quod in lacum prominet: ‘ex hoc’, inquit, ‘aliquando municeps nostra cum marito se praecipitavit.’ causam requisivi. (3) maritus ex diutino morbo circa velanda corporis ulceribus putrescebat: uxor, ut inspiceret, exegit; neque enim quemquam fidelius indicaturum, possetne sanari. vidit, despe-

angesehenen jungen Männern getan. Denn ich wünsche inständig, tüchtige junge Männer dem Forum vorzustellen und sie bekannt zu machen. (3) Wenn jemandem, so muß ich meinem Ruso einen Dienst erweisen, teils wegen seiner Herkunft, teils wegen seiner außergewöhnlichen Zuneigung zu mir. Ich lege großen Wert darauf, daß man ihn bei denselben Gerichtsverhandlungen, auf derselben Seite sieht und hört. (4) Verpflichte mich, verpflichte mich Dir, bevor er spricht. Denn wenn er gesprochen hat, wirst Du Dich bei mir bedanken. Ich verbürge mich dafür, daß er Deiner Besorgnis, meiner Erwartung und der Bedeutung des Prozesses genügen wird. Er hat die besten geistigen Anlagen, bald wird er andere ebenso ins öffentliche Leben einführen, wenn wir ihn einmal eingeführt haben. (5) Keiner besitzt von vornherein eine so glänzende Begabung, daß er emporsteigen könnte, wenn er nicht Stoff, Gelegenheit und auch einen Gönner und Förderer findet. Lebe wohl!

24

C. Plinius grüßt seinen Macer[79]

(1) Von wie großer Wichtigkeit ist es doch, *wer* etwas macht! Denn dieselben Taten werden, je nachdem ob die Urheber berühmt oder unbekannt sind, in den Himmel erhoben oder aufs tiefste herabgesetzt.

(2) Ich fuhr auf meinem Lariner See[80], als mir ein älterer Freund ein Landhaus und auch ein Zimmer zeigte, das auf den See hinausragte. »Hieraus«, sagte er, »hat sich einmal eine Landsmännin von uns zusammen mit ihrem Mann in die Tiefe gestürzt.« Ich fragte nach dem Grund. (3) Ihr Mann bekam nach einer langwierigen Krankheit an den Schamteilen eiternde Geschwüre. Seine Frau verlangte, sie zu sehen. Denn niemand werde aufrichtiger sagen, ob er geheilt werden könne. Sie sah die Geschwüre und gab alle

ravit. (4) hortata est, ut moreretur, comesque ipsa mortis, dux immo et exemplum et necessitas fuit. nam se cum marito ligavit abiecitque in lacum.

(5) Quod factum ne mihi quidem, qui municeps, nisi proxime auditum est, non quia minus illo clarissimo Arriae facto, sed quia minor ipsa. vale.

XXV

C. Plinius Hispano suo s.

(1) Scribis Robustum, splendidum equitem Romanum, cum Atilio Scauro, amico meo Ocriculum usque commune iter peregisse, deinde nusquam comparuisse; petis, ut Scaurus veniat nosque, si potest, in aliqua inquisitionis vestigia inducat.

(2) Veniet; vereor, ne frustra. suspicor enim tale nescio quid Robusto accidisse, quale aliquando Metilio Crispo, municipi meo. (3) huic ego ordinem impetraveram atque etiam proficiscenti quadraginta milia nummum ad instruendum se ornandumque donaveram, nec postea aut epistulas eius aut aliquem de exitu nuntium accepi. (4) interceptusne sit a suis an cum suis, dubium; certe non ipse, non quisquam ex servis eius apparuit, ut ne Robusti quidem.

(5) Experiamur tamen, accersamus Scaurum; demus hoc tuis, demus optimi adulescentis honestissimis precibus,

Hoffnung auf. (4) Sie forderte ihn auf zu sterben und war selbst seine Begleiterin, ja sogar seine Führerin im Tode; sie gab ihm ein Beispiel und überzeugte ihn von der Notwendigkeit. Denn sie band sich mit ihrem Mann zusammen und stürzte sich so in den See.

(5) Von dieser Tat habe ich, der ich ihr Landsmann war, erst kürzlich gehört, nicht weil sie unbedeutender war als jene hochberühmte Tat der Arria[81], sondern weil die handelnde Person selbst unbedeutender war. Lebe wohl!

25

C. Plinius grüßt seinen Hispanus[82]

(1) Du schreibst, Robustus, ein angesehener römischer Ritter, sei gemeinsam mit meinem Freund Atilius Scaurus bis nach Ocriculum[83] gereist; darauf habe er sich nirgends mehr sehen lassen. Du bittest mich, den Scaurus kommen zu lassen, damit er uns womöglich auf irgendwelche Spuren bei einer Nachforschung führe.

(2) Er wird kommen; aber ich fürchte, vergeblich. Denn ich vermute, daß dem Robustus vielleicht etwas Ähnliches zugestoßen ist wie einst meinem Landsmann Metilius Crispus. (3) Ihm hatte ich die Stelle eines Centurio[84] verschafft und ihm auch bei seiner Abreise 40000 Sesterze geschenkt, damit er sich dafür ausstatten und einrichten könne. Ich habe später weder einen Brief[85] von ihm erhalten noch irgendeine Nachricht von seinem Tode. (4) Ob er von seinen Sklaven oder mit ihnen zusammen beseitigt worden ist, bleibt ungewiß. Jedenfalls ist weder er selbst noch einer von seinen Sklaven je wieder zum Vorschein gekommen wie auch keiner des Robustus.

(5) Wir wollen dennoch einen Versuch machen; lassen wir den Scaurus kommen. Wir wollen dies Deiner Bitten wegen, wir wollen es der höchst ehrenwerten Bitten des ausgezeichneten jungen Mannes wegen tun, der mit be-

qui pietate mira, mira etiam sagacitate patrem quaerit. di faveant, ut sic inveniat ipsum, quemadmodum iam, cum quo fuisset, invenit! vale.

XXVI

C. Plinius Serviano suo s.

(1) Gaudeo et gratulor, quod Fusco Salinatori filiam tuam destinasti. domus patricia, pater honestissimus, mater pari laude; ipse studiosus, litteratus, etiam disertus, puer simplicitate, comitate iuvenis, senex gravitate. (2) neque enim amore decipior. amo quidem effuse (ita officiis, ita reverentia meruit), iudico tamen, et quidem tanto acrius, quanto magis amo, tibique, ut qui exploraverim, spondeo habiturum te generum, quo melior fingi ne voto quidem potuit.

(3) Superest, ut avum te quam maturissime similium sui faciat. quam felix tempus illud, quo mihi liberos illius, nepotes tuos, ut meos vel liberos vel nepotes, ex vestro sinu sumere et quasi pari iure tenere continget! vale.

wundernswerter Zuneigung, auch mit bewundernswertem Scharfsinn seinen Vater sucht. Der Himmel möge es geben, daß er ihn ebenso wiederfindet, wie er schon seinen Reisebegleiter gefunden hat. Lebe wohl!

26

C. Plinius grüßt seinen Servianus[86]

(1) Ich freue mich und beglückwünsche Dich, daß Du Deine Tochter dem Fuscus Salinator[87] zur Frau bestimmt hast. Er stammt aus einer Patrizierfamilie; sein Vater ist sehr angesehen, seine Mutter ebenso; er selbst ist wissenschaftlich interessiert, gebildet, sogar redegewandt. Er besitzt die Natürlichkeit eines Kindes, die Höflichkeit eines jungen Mannes und die Würde eines alten Mannes. (2) Ich täusche mich nämlich nicht in meiner Zuneigung. Ich liebe ihn außerordentlich – das hat er wegen seiner Gefälligkeiten, wegen seiner Ehrfurcht verdient –; ich beurteile ihn jedoch um so strenger, je mehr ich ihn liebe; und ich, der ich ihn genau kenne, bürge Dir dafür, daß Du einen Schwiegersohn bekommen wirst, wie man ihn sich besser nicht hätte wünschen können.

(3) Jetzt bleibt nur noch, daß er Dich möglichst schnell zum Großvater von Enkeln macht, die ihm ähnlich sind. Welch eine glückliche Zeit wird das sein, wo ich seine Kinder, Deine Enkelkinder wie meine eigenen Kinder oder Enkel aus Euren Armen nehmen und sozusagen mit gleichem Recht in meinen halten darf. Lebe wohl!

XXVII

C. Plinius Severo suo s.

(1) Rogas, ut cogitem, quid designatus consul in honorem principis censeas. facilis inventio, non facilis electio; est enim ex virtutibus eius larga materia. scribam tamen vel, quod malo, coram indicabo, si prius haesitationem meam ostendero.

Dubito, num idem tibi suadere quod mihi debeam. (2) designatus ego consul omni hac, etsi non adulatione, specie tamen adulationis abstinui; non tamquam liber et constans, sed tamquam intellegens principis nostri, cuius videbam hanc esse praecipuam laudem, si nihil quasi ex necessitate decernerem. (3) recordabar etiam plurimos honores pessimo cuique delatos, a quibus hic optimus separari non alio magis poterat quam diversitate censendi; quod ipsum non dissimulatione et silentio praeterii, ne forte non iudicium illud meum, sed oblivio videretur.

(4) Hoc tunc ego; sed non omnibus eadem placent, nec conveniunt quidem. praeterea faciendi aliquid non faciendive ratio cum hominum ipsorum tum rerum etiam ac temporum condicione mutatur. (5) nam recentia opera maximi principis praebent facultatem nova, magna, vera censendi. quibus ex causis, ut supra scripsi, dubito, an idem nunc tibi quod tunc mihi suadeam. illud non dubito debuisse me in parte consilii tui ponere, quid ipse fecissem. vale.

27

C. Plinius grüßt seinen Severus[88]

(1) Du bittest mich zu überlegen, was Du als designierter Konsul zur Ehre des Kaisers beantragen sollst.[89] Es ist leicht, etwas zu finden, schwierig dagegen, richtig auszuwählen. Denn seine Vorzüge geben reichen Stoff. Doch ich will Dir schreiben, oder, was mir lieber ist, es Dir mündlich mitteilen, wenn ich zuvor meine Bedenken geäußert habe.

Ich zweifle, ob ich Dir denselben Rat geben soll wie mir. (2) Als designierter Konsul habe ich mich allem, was den Anschein einer Schmeichelei hatte, wenn es auch keine Schmeichelei ist, enthalten. Nicht um mich gleichsam als selbständig und standhaft zu zeigen, sondern weil ich unseren Kaiser kannte und sah, daß es für ihn ein außerordentliches Lob bedeutete, wenn ich keine Entscheidung gleichsam unter Zwang träfe. (3) Ich erinnere mich auch, daß die größten Ehren gerade den schlechtesten Kaisern erwiesen wurden, von denen dieser ganz vorzügliche Kaiser durch nichts besser unterschieden werden kann als durch die Verschiedenheit der Antragstellung. Gerade dies habe ich nicht verheimlicht und verschwiegen, damit nicht der Eindruck entstehe, es sei nicht meine Überzeugung, sondern Vergeßlichkeit.

(4) So handelte ich damals. Aber nicht allen gefällt ein und dasselbe, und es kommt ja auch nicht allen zu. Außerdem verändert sich der wahre Grund, etwas zu tun oder nicht zu tun, sowohl mit der Lage der Menschen selbst als auch besonders mit den Umständen und Zeiten. (5) Denn die neuen Taten[90] des erhabenen Kaisers geben Gelegenheit, Neues, Großes und Aufrichtiges zu beantragen. Aus diesen Gründen bin ich, wie ich eben schrieb, im Zweifel, ob ich Dir nun dasselbe raten soll wie damals mir. Das weiß ich wohl, daß ich Dir wenigstens teilweise raten mußte, was ich selbst getan habe. Lebe wohl!

XXVIII

C. Plinius Pontio suo s.

(1) Scio, quae tibi causa fuerit impedimento, quominus praecurrere adventum meum in Campaniam posses. sed, quamquam absens, totus huc migrasti: tantum mihi copiarum qua urbanarum qua rusticarum nomine tuo oblatum est, quas omnis improbe, accepi tamen. (2) nam me tui, ut ita facerem, rogabant, et verebar, ne et mihi et illis irascereris, si non fecissem.

In posterum, nisi adhibueritis modum, ego adhibebo; et iam tuis denuntiavi, si rursus tam multa attulissent, omnia relaturos. (3) dices oportere me tuis rebus ut meis uti: etiam; sed perinde illis ac meis parco. vale.

XXIX

C. Plinius Quadrato suo s.

(1) Avidius Quietus, qui me unice dilexit et, quo non minus gaudeo, probavit, ut multa alia Thraseae (fuit enim familiaris) ita hoc saepe referebat, praecipere solitum suscipiendas esse causas aut amicorum aut destitutas aut ad exemplum pertinentis. (2) cur amicorum, non eget interpretatione; cur destitutas? quod in illis maxime et constantia agentis et humanitas cerneretur; cur pertinentis ad exemplum? quia plurimum referret, bonum an malum in

28

C. Plinius grüßt seinen Pontius[91]

(1) Ich weiß, welcher Grund Dich daran gehindert hat, vor meiner Ankunft in Campanien einzutreffen. Aber, obwohl abwesend, bist Du mit ganzer Seele doch hierhin gereist. Eine solche Fülle an Nahrungsmitteln aus der Stadt und vom Lande wurde mir in Deinem Namen angeboten, die ich zwar unberechtigt, aber dennoch angenommen habe. (2) Denn Deine Leute baten mich, es zu tun, und ich fürchtete, Du würdest mir und ihnen zürnen, wenn ich es nicht täte.

In Zukunft werde, wenn Ihr nicht maßhaltet, ich es tun. Auch habe ich Deinen Leuten schon angekündigt, wenn sie wieder so viel herbeibrächten, könnten sie alles wieder zurücktragen. (3) Du wirst sagen, ich müßte von Deinem Besitz ebenso Gebrauch machen wie Du von meinem. Ja! Aber ich gehe mit ihm auch genauso sparsam um wie mit meinem. Lebe wohl!

29

C. Plinius grüßt seinen [Ummidius] Quadratus[92]

(1) Avidius Quietus, der mich außerordentlich schätzte und der mir, worüber ich mich ebenso freute, seinen Beifall schenkte, erzählte mir von Thrasea[93] – er war nämlich sein enger Freund – unter vielem anderem oft folgendes: dieser habe gewöhnlich den Rat gegeben, man müsse entweder die Prozesse von Freunden übernehmen oder aussichtslose, oder solche, die als Beispiel dienen könnten. (2) Warum die von Freunden? Das bedarf keiner näheren Erklärung. Warum aussichtslose? Weil bei diesen am meisten die Beharrlichkeit und Menschlichkeit eines Anwalts sich zeige. Warum die beispielhaften? Weil sehr viel darauf ankommt, ob ein gutes oder schlechtes Beispiel gegeben

duceretur. (3) ad haec ego genera causarum, ambitiose fortasse, addam tamen claras et inlustres. aequum est enim agere non numquam gloriae et famae, id est suam causam. hos terminos, quia me consuluisti, dignitati ac verecundiae tuae statuo.

(4) Nec me praeterit usum et esse et haberi optimum dicendi magistrum; video etiam multos parvo ingenio, litteris nullis, ut bene agerent, agendo consecutos. (5) sed et illud, quod vel Pollionis vel tamquam Pollionis accepi, verissimum experior: 'commode agendo factum est, ut saepe agerem, saepe agendo, ut minus commode', quia scilicet adsiduitate nimia facilitas magis quam facultas nec fiducia, sed temeritas paratur. (6) nec vero Isocrati, quominus haberetur summus orator, offecit, quod infirmitate vocis, mollitia frontis, ne in publico diceret, impediebatur. proinde multum lege, scribe, meditare, ut possis, cum voles, dicere; dices, cum velle debebis.

(7) Hoc fere temperamentum ipse servavi. non numquam necessitati, quae pars rationis est, parui. egi enim quasdam a senatu iussus, quo tamen in numero fuerunt ex illa Thraseae divisione, hoc est ad exemplum pertinentes. (8) adfui Baeticis contra Baebium Massam: quaesitum est, an danda esset inquisitio; data est. adfui rursus isdem querentibus de Caecilio Classico: quaesitum est, an provinciales ut socios ministrosque proconsulis plecti oporteret;

werde. (3) Zu diesen Arten von Prozessen will ich, vielleicht aus Ehrgeiz, noch die berühmten und glänzenden hinzufügen. Denn es ist nur gerecht, bisweilen die Sache des Ruhmes und der Ehre, das heißt, seine eigene Sache, in die Hand zu nehmen. Diese Grenzen setze ich, da Du mich um Rat gefragt hast, Deiner Würde und Selbstachtung.

(4) Ich weiß wohl, daß Übung die beste Lehrmeisterin der Redekunst ist und auch dafür gilt. Zudem sehe ich, daß viele Menschen mit geringer Begabung und ganz ohne Bildung durch viele Auftritte vor Gericht schließlich gute Redner geworden sind. (5) Aber ich erfahre auch, daß der Ausspruch des Pollio[94], oder der, den man ihm zugeschrieben hat, sehr wahr ist: »Durch gutes Reden kam es, daß ich oft vor Gericht redete, durch häufiges Reden vor Gericht, daß ich weniger gut redete«; denn durch allzu häufige Wiederholung erwirbt man eher Gewandtheit als echte Befähigung und nicht Selbstvertrauen, sondern Leichtsinn. (6) Isokrates aber schadete es in seiner Geltung als größter Redner nicht, daß seine schwache Stimme und sein schüchternes Wesen ihn davon abhielten, öffentlich aufzutreten. Daher lies, schreibe und studiere eifrig, damit Du, wenn Du willst, reden kannst. Du wirst aber reden, wenn Du gezwungen wirst zu wollen.

(7) Das ist etwa der Mittelweg, den ich eingehalten habe. Bisweilen bin ich der Notwendigkeit gefolgt, die ja ein Teil der Vernunft ist. Manche Prozesse habe ich auf Befehl des Senates geführt, von denen jedoch einige zu jener Einteilung des Thrasea gehörten, das heißt zu denen, die als Beispiel dienen konnten. (8) Ich habe die Baeticer als Anwalt gegen Baebius Massa vertreten.[95] Es ging um die Frage, ob ihnen die Einleitung einer gerichtlichen Untersuchung[96] erlaubt werden solle. Sie wurde erlaubt. Ich habe die Baeticer ein zweites Mal bei ihrer Klage gegen Caecilius Classicus[97] vertreten. Es ging um die Frage, ob Provinzbewohner als Komplizen und Gehilfen des Statt-

poenas luerunt. (9) accusavi Marium Priscum, qui lege repetundarum damnatus utebatur clementia legis, cuius severitatem immanitate criminum excesserat; relegatus est. (10) tuitus sum Iulium Bassum ut incustoditum nimis et incautum ita minime malum; iudicibus acceptis in senatu remansit. (11) dixi proxime pro Vareno postulante, ut sibi invicem evocare testes liceret; impetratum est.

In posterum opto, ut ea potissimum iubear, quae me deceat vel sponte fecisse. vale.

XXX

C. Plinius Fabato prosocero suo s.

(1) Debemus mehercule natales tuos perinde ac nostros celebrare, cum laetitia nostrorum ex tuis pendeat, cuius diligentia et cura hic hilares, istic securi sumus.

(2) Villa Camilliana, quam in Campania possides, est quidem vetustate vexata; et tamen, quae sunt pretiosiora, aut integra manent aut levissime laesa sunt. (3) attendemus ergo, ut quam saluberrime reficiantur. ego videor habere multos amicos, sed huius generis, cuius et tu quaeris et res exigit, prope neminem. (4) sunt enim omnes togati et urbani. rusticorum autem praediorum administratio poscit durum aliquem et agrestem, cui nec labor ille gravis nec

halters bestraft werden dürfen. Sie wurden bestraft. (9) Ich habe den Marius Priscus[98] angeklagt, der, nach dem Repetundengesetz[99] verurteilt, die Milde des Gesetzes ausnutzte, dessen strengste Auslegung in keinem Verhältnis zu seinen ungeheuerlichen Verbrechen gestanden hatte. Er wurde verbannt.[100] (10) Ich habe den Iulius Bassus[101] verteidigt, der zwar allzu unvorsichtig und arglos gewesen war, aber keineswegs schlecht. Er kam vor eine Untersuchungskommission[102] und blieb im Senat. (11) Kürzlich habe ich für Varenus[103] gesprochen, der forderte, daß er auch seinerseits Zeugen vorladen dürfe.[104] Er setzte seine Forderung durch.

Für die Zukunft wünsche ich, daß man mich besonders mit solchen Prozessen beauftragt, die ich mit Anstand auch freiwillig übernehmen würde. Lebe wohl!

30

C. Plinius grüßt seinen Schwiegergroßvater Fabatus[105]

(1) Wir müssen, bei Gott, Deinen Geburtstag so feiern wie den meinen, da die Freude über meinen Geburtstag von Deinem abhängt; denn durch Deine Aufmerksamkeit und Fürsorge sind wir hier heiter, dort sorgenfrei.

(2) Das Landhaus des Camillus, das Du in Campanien besitzt, ist zwar durch sein Alter stark in Mitleidenschaft gezogen; doch die wertvolleren Teile sind entweder noch unversehrt oder nur sehr leicht beschädigt. (3) Wir werden also aufmerksam darauf achten, daß es mit möglichst geringen Kosten wiederhergestellt wird. Ich habe zwar offensichtlich viele Freunde, aber solche, wie Du sie suchst und wie die Sache es erfordert, fast keinen. (4) Denn alle sind Bürger und Städter. Die Verwaltung von Landgütern verlangt jedoch einen abgehärteten und mit dem Landleben vertrauten Mann, dem die Arbeit nicht schwer, die

cura sordida nec tristis solitudo videatur. (5) tu de Rufo honestissime cogitas: fuit enim filio tuo familiaris. quid tamen nobis ibi praestare possit, ignoro, velle plurimum credo. vale.

XXXI

C. Plinius Corneliano suo s.

(1) Evocatus in consilium a Caesare nostro ad Centum Cellas (hoc loco nomen) magnam cepi voluptatem. (2) quid enim iucundius quam principis iustitiam, gravitatem, comitatem in secessu quoque, ubi maxime recluduntur, inspicere? fuerunt variae cognitiones, et quae virtutes iudicis per plures species experirentur.

(3) Dixit causam Claudius Aristion, princeps Ephesiorum, homo munificus et innoxie popularis: inde invidia et ab dissimillimis delator immissus; itaque absolutus vindicatusque est.

(4) Sequenti die audita est Gallitta adulterii rea. nupta haec tribuno militum honores petituro et suam et mariti dignitatem centurionis amore maculaverat. maritus legato consulari, ille Caesari scripserat. (5) Caesar excussis probationibus centurionem exauctoravit atque etiam relegavit. supererat crimini, quod nisi duorum esse non poterat, reliqua pars ultionis; sed maritum non sine aliqua reprehen-

Verwaltung nicht unwichtig, die Einsamkeit nicht traurig erscheint. (5) Du hast eine sehr ehrenvolle Meinung von Rufus. Denn er war ein vertrauter Freund Deines Sohnes. Doch weiß ich nicht, was er für uns dort leisten kann, glaube aber, daß er den besten Willen hat. Lebe wohl!

31

C. Plinius grüßt seinen Cornelianus[106]

(1) Unser Kaiser hat mich in seinen Beirat[107] nach Centumcellae[108] – so heißt der Ort – berufen und darüber empfand ich große Freude. (2) Denn was ist angenehmer, als die Gerechtigkeitsliebe, Würde und Freundlichkeit des Kaisers auch in der Abgeschiedenheit kennenzulernen, wo diese Eigenschaften am besten sichtbar werden? Es gab verschiedene gerichtliche Untersuchungen und auch solche, welche die Tugenden eines Richters auf mancherlei Art und Weise auf die Probe stellten.

(3) Zu verteidigen hatte sich Claudius Aristion, einer der angesehensten Männer aus Ephesus, ein freigebiger Mann, der auf rechtschaffene Weise beim Volk beliebt war: Daraus entstand Mißgunst, und Leute, die ihm ganz unähnlich waren, schickten einen Denunzianten gegen ihn vor; und so wurde er freigesprochen und erhielt Genugtuung.

(4) Am folgenden Tage wurde Gallitta verhört, angeklagt wegen Ehebruchs. Sie war mit einem Militärtribunen verheiratet, der am Anfang seiner Laufbahn stand, und hatte durch eine Liebschaft mit einem Centurio die Ehre ihres Mannes befleckt. Ihr Mann hatte es dem Konsularlegaten[109], dieser dem Kaiser geschrieben. (5) Der Kaiser entließ nach Prüfung der Beweise den Centurio aus dem Dienst und schickte ihn sogar in die Verbannung. Nun blieb bei diesem Vergehen, zu dem ja zwei gehörten, noch der Rest der Strafe übrig.[110] Aber den Mann, dessen Nach-

sione patientiae amor uxoris retardabat, quam quidem etiam post delatum adulterium domi habuerat, quasi contentus aemulum removisse. (6) admonitus, ut perageret accusationem, peregit invitus. sed illam damnari etiam invito accusatore necesse erat: damnata et Iuliae legis poenis relicta est. Caesar et nomen centurionis et commemorationem disciplinae militaris sententiae adiecit, ne omnis eius modi causas revocare ad se videretur.

(7) Tertio die inducta cognitio est multis sermonibus et vario rumore iactata, Iuli Tironis codicilli, quos ex parte veros esse constabat, ex parte falsi dicebantur. (8) substituebantur crimini Sempronius Senecio, eques Romanus, et Eurythmus, Caesaris libertus et procurator. heredes, cum Caesar esset in Dacia, communiter epistula scripta petierant, ut susciperet cognitionem. (9) susceperat; reversus diem dederat et, cum ex heredibus quidam quasi reverentia Eurythmi omitterent accusationem, pulcherrime dixerat: 'nec ille Polyclitus est nec ego Nero.' indulserat tamen petentibus dilationem, cuius tempore exacto consederat auditurus. (10) a parte heredum intraverunt duo omnino; postulaverunt, omnes heredes agere cogerentur, cum detulissent omnes, aut sibi quoque desistere permitteretur. (11) locutus est Caesar summa gravitate, summa moderatione, cumque advocatus Senecionis et Eurythmi

sicht nicht ohne Tadel blieb, lähmte die Liebe zu seiner Frau; er hatte sie sogar nach Anzeige des Ehebruchs in seinem Hause behalten, gleichsam als ob er sich damit begnügen wollte, den Nebenbuhler zu entfernen. (6) Aufgefordert, die Anklage zu Ende zu führen, tat er es nur widerwillig. Seine Frau mußte, auch gegen den Willen des Anklägers, verurteilt werden. Sie wurde verurteilt und den Strafen der Lex Iulia[111] überantwortet. Der Kaiser fügte der Entscheidung den Namen des Centurio und eine Belehrung über das militärische Disziplinarverfahren hinzu, um nicht den Anschein zu erwecken, er wolle alle derartigen Fälle an sich ziehen.

(7) Am dritten Tage wurde eine gerichtliche Untersuchung geführt, die schon durch viel Gerede und verschiedene Gerüchte verbreitet worden war, nämlich über den Nachtrag[112] im Testament des Iulius Tiro, der zum Teil als echt angesehen, zum Teil als falsch bezeichnet wurde. (8) Der römische Ritter Sempronius Senecio und Eurythmus, ein kaiserlicher Freigelassener und Finanzbeamter, wurden dieses Verbrechens beschuldigt. Als der Kaiser in Dakien war, hatten die Erben ihn in einem gemeinsam verfaßten Brief gebeten, die Untersuchung zu übernehmen. (9) Und er hatte sie übernommen. Nach seiner Rückkehr hatte er einen Gerichtstermin festgesetzt, und als einige der Erben sozusagen aus Rücksicht auf Eurythmus auf die Anklage verzichten wollten, hatte der Kaiser sehr schön geantwortet: »Weder ist er ein Polyclit, noch bin ich ein Nero.«[113] Er hatte ihnen jedoch auf ihre Bitten hin einen Aufschub bewilligt, nach dessen Ablauf er Platz genommen hatte, um das Verhör vorzunehmen. (10) Von seiten der Erben traten überhaupt nur zwei auf. Sie verlangten, man solle alle Erben zwingen zu prozessieren, da sie ja alle die Klage eingereicht hätten, oder es solle auch ihnen erlaubt werden, davon abzulassen. (11) Der Kaiser sprach mit größter Würde und Mäßigung, und auf die Äußerung des Anwaltes des Senecio und des Eurythmus, die Ange-

dixisset suspicionibus relinqui reos, nisi audirentur, 'non curo', inquit, 'an isti suspicionibus relinquantur, ego relinquor'. (12) dein conversus ad nos: 'ἐπιστήσατε, quid facere debeamus: isti enim queri volunt, quod sibi licuerit non accusare.' tum ex consilii sententia iussit denuntiari heredibus omnibus, aut agerent aut singuli approbarent causas non agendi; alioqui se vel de calumnia pronuntiaturum.

(13) Vides, quam honesti, quam severi dies; quos iucundissimae remissiones sequebantur. adhibebamur cotidie cenae; erat modica, si principem cogitares. interdum acroamata audiebamus, interdum iucundissimis sermonibus nox ducebatur. (14) summo die abeuntibus nobis (tam diligens in Caesare humanitas) xenia sunt missa. sed mihi ut gravitas cognitionum, consilii honor, suavitas simplicitasque convictus, ita locus ipse periucundus fuit.

(15) Villa pulcherrima cingitur viridissimis agris, imminet litori, cuius in sinu fit cum maxime portus. huius sinistrum brachium firmissimo opere munitum est, dextrum elaboratur. (16) in ore portus insula adsurgit, quae inlatum vento mare obiacens frangat tutumque ab utroque latere decursum navibus praestet. adsurgit autem arte visenda: ingentia saxa latissima navis provehit contra; haec alia super alia deiecta ipso pondere manent ac sensim quodam

klagten wären weiter dem Verdacht ausgesetzt, wenn sie nicht verhört würden, sagte er: »Ich kümmere mich nicht darum, ob *sie* weiter dem Verdacht ausgesetzt sind, aber *ich* setze mich dem Verdacht aus.« (12) Darauf wandte er sich zu uns: »Überlegt, was wir tun müssen. Denn diese Leute wollen sich beklagen, daß es ihnen erlaubt ist, nicht anzuklagen.« Darauf befahl er nach Befragung des Beirates, allen Erben zu erklären, sie sollten entweder prozessieren, oder jeder einzelne solle Gründe nennen für seinen Rücktritt von der Klage, andernfalls werde er sie sogar wegen Verleumdung verklagen.

(13) Du siehst, was für ehrenvolle, was für ernsthafte Tage das waren; ihnen folgten überaus angenehme Erholungsstunden. Wir wurden täglich zu Tisch geladen. Er war bescheiden, wenn man bedenkt, daß es die Tafel des Kaisers war. Manchmal hörten wir musikalische Darbietungen, manchmal verbrachten wir die Nacht bei sehr angenehmen Gesprächen. (14) Am letzten Tag vor unserer Abreise – so aufmerksam war der Kaiser in seiner Menschenfreundlichkeit – wurden uns Gastgeschenke überreicht. Aber mir war neben der Wichtigkeit der gerichtlichen Untersuchungen, neben der Ehre, dem Beirat anzugehören, und der Liebenswürdigkeit und Ungezwungenheit des Umgangs auch der Ort als solcher sehr angenehm.

(15) Das herrliche Landhaus ist von sehr schönen grünen Feldern umgeben, es liegt unmittelbar an der Küste, in deren Bucht gerade jetzt ein Hafen angelegt wird. Seine linke Mole ist auf einem sehr starken Fundament erbaut und an der rechten wird noch gearbeitet. (16) An der Hafenausfahrt erhebt sich eine Insel, welche ein Hindernis bildet und die vom Sturm herangetriebenen Meereswellen bricht und den Schiffen auf beiden Seiten ein sicheres Einlaufen ermöglicht. Sie erhebt sich aber infolge einer Technik, die man gesehen haben muß. Ein sehr breites Schiff fährt gewaltige Felsblöcke heran; diese werden dann einer

velut aggere construuntur. (17) eminet iam et apparet saxeum dorsum impactosque fluctus in immensum elidit et tollit. vastus illic fragor canumque circa mare. saxis deinde pilae adicientur, quae procedente tempore enatam insulam imitentur. habebit hic portus et iam habet nomen auctoris eritque vel maxime salutaris. nam per longissimum spatium litus importuosum hoc receptaculo utetur. vale.

XXXII

C. Plinius Quintiliano suo s.

(1) Quamvis et ipse sis continentissimus et filiam tuam ita institueris, ut decebat tuam filiam, Tutili neptem, cum tamen sit nuptura honestissimo viro, Nonio Celeri, cui ratio civilium officiorum necessitatem quandam nitoris imponit, debet secundum condicionem mariti augeri veste, comitatu, quibus non quidem augetur dignitas, ornatur tamen et instruitur.

(2) Te porro animo beatissimum, modicum facultatibus scio. itaque partem oneris tui mihi vindico et tamquam parens alter puellae nostrae confero quinquaginta milia nummum, plus collaturus, nisi a verecundia tua sola mediocritate munusculi impetrari posse confiderem, ne recusares. vale.

über den anderen ins Meer gestürzt, bleiben durch ihr Eigengewicht auf der Stelle und werden allmählich zu einer Art Damm aufgeschichtet. (17) Schon ragt ein steinerner Rücken sichtbar aus dem Wasser und bricht die brandenden Fluten und wirft sie außerordentlich weit empor. Gewaltig ist hier das Getöse, und das Meer ist ringsum weiß von Schaum. Auf diesen Felsbrocken werden später noch Pfeiler errichtet, die im Laufe der Zeit wie eine natürlich gewachsene Insel wirken. Dieser Hafen wird den Namen seines Erbauers tragen und trägt ihn jetzt schon, und er wird von größtem Nutzen sein. Denn über eine sehr weite Strecke besitzt die Küste keinen Hafen und wird an ihm einen Zufluchtsort haben. Lebe wohl!

32

C. Plinius grüßt seinen Quintilianus[114]

(1) Du bist zwar selbst sehr anspruchslos und hast Deine Tochter so erzogen, wie es sich für Deine Tochter, die Enkelin des Tutilius, gehörte; da sie jedoch jetzt vorhat, einen höchst angesehenen Mann, Nonius Celer, zu heiraten, den die Rücksicht auf seine öffentlichen Ämter zu einer gewissen Eleganz zwingt, so muß sie, entsprechend der Stellung ihres Mannes, mit Kleidung und Dienerschaft reichlich ausgestattet werden, wodurch ihr Ansehen zwar nicht vergrößert, aber doch gehoben und gefestigt wird.

(2) Ferner weiß ich, daß du mit geistigen Gaben reich, mit finanziellen Mitteln aber nur mäßig ausgestattet bist. Daher beanspruche ich einen Teil Deiner Belastung für mich und steuere gleichsam als zweiter Vater unseres Mädchens 50 000 Sesterze bei; ich würde noch mehr beitragen, wenn ich nicht überzeugt wäre, daß nur der geringe Wert meines Geschenkes allein Deine Bescheidenheit veranlassen könnte, es nicht abzulehnen. Lebe wohl!

XXXIII

C. Plinius Romano suo s.

(1) 'Tollite cuncta', inquit, 'coeptosque auferte labores!' seu scribis aliquid seu legis, tolli, auferri iube et accipe orationem meam, ut illa arma, divinam (num superbius potui?), re vera ut inter meas pulchram; nam mihi satis est certare mecum.

(2) Est haec pro Attia Viriola, et dignitate personae et exempli raritate et iudicii magnitudine insignis. nam femina splendide nata, nupta praetorio viro, exheredata ab octogenario patre intra undecim dies, quam illi novercam amore captus induxerat, quadruplici iudicio bona paterna repetebat. (3) sedebant centum et octoginta iudices (tot enim quattuor consiliis colliguntur): ingens utrimque advocatio et numerosa subsellia, praeterea densa circumstantium corona latissimum iudicium multiplici circulo ambibat. (4) ad hoc stipatum tribunal, atque etiam ex superiore basilicae parte qua feminae qua viri et audiendi, quod difficile, et, quod facile, visendi studio imminebant. magna exspectatio patrum, magna filiarum, magna etiam novercarum. (5) secutus est varius eventus. nam duobus consiliis vicimus, totidem victi sumus. notabilis prorsus et mira eadem in causa, isdem iudicibus, isdem advocatis, eodem tempore tanta diversitas. accidit casu, quod non casus videretur: (6) victa est noverca, ipsa heres ex parte sexta, vic-

33

C. Plinius grüßt seinen Romanus[115]

(1) »Nehmt alles weg«, sagte er, »entfernt die begonnene Arbeit!«[116] Du magst etwas schreiben oder lesen, laß es wegnehmen, entfernen und nimm meine Rede, göttlich wie jene Waffen – hätte ich etwa stolzer reden können? – Wirklich, gemessen an meinen übrigen Reden ist sie schön; denn mir genügt es, mit mir selbst zu wetteifern.

(2) Es ist eine Verteidigungsrede für Attia Viriola, auffallend wegen der hohen Stellung der Frau, der Seltenheit des Falles und der Größe des Gerichtshofes. Denn diese Frau von glänzender Herkunft, verheiratet mit einem ehemaligen Prätor, wurde von ihrem achtzigjährigen Vater enterbt und forderte vor den vier Kammern des Zentumviralgerichtes[117] ihr väterliches Vermögen zurück, elf Tage nachdem dieser ihr in seiner Verliebtheit eine Stiefmutter ins Haus gebracht hatte. (3) Es saßen 180 Richter zu Gericht – denn so viele sind in den vier Kammern versammelt –; auf beiden Seiten befand sich eine gewaltige Zahl von Anwälten, die Sitzbänke waren gefüllt, außerdem umgab eine dichte Schar von Zuhörern in mehrfachen Kreisen den geräumigen Gerichtssaal. (4) Dazu war die Richtertribüne dicht gefüllt, und sogar aus dem oberen Teil der Basilica lehnten sich hier Frauen, dort Männer vor, um etwas zu hören, was allerdings schwierig, und um etwas zu sehen, was leicht war. Groß war die Erwartung der Väter, groß die der Töchter, groß auch die der Stiefmütter. (5) Es folgte ein unterschiedlicher Ausgang des Prozesses. Denn in zwei Kammern siegten wir, in ebenso vielen unterlagen wir. In der Tat ein bemerkenswerter und seltsamer Fall! In derselben Rechtssache, vor denselben Richtern, denselben Anwälten, zur gleichen Zeit ein solcher Unterschied! Es geschah durch Zufall, was kein Zufall zu sein schien. (6) Es verlor die Stiefmutter, sie selbst wurde Erbin zu einem Sechstel; es verlor

tus Suburanus, qui exheredatus a patre singulari impudentia alieni patris bona vindicabat, non ausus sui petere.

(7) Haec tibi exposui, primum ut ex epistula scires, quae ex oratione non poteras; deinde (nam detegam artes) ut orationem libentius legeres, si non legere tibi, sed interesse iudicio videreris; quam, sit licet magna, non despero gratiam brevissimae impetraturam. (8) nam et copia rerum et arguta divisione et narratiunculis pluribus et eloquendi varietate renovatur. sunt multa (non auderem nisi tibi dicere) elata, multa pugnacia, multa subtilia. (9) intervenit enim acribus illis et erectis frequens necessitas computandi ac paene calculos tabulamque poscendi, ut repente in privati iudicii formam centumvirale vertatur.

(10) Dedimus vela indignationi, dedimus irae, dedimus dolori et in amplissima causa, quasi magno mari, pluribus ventis sumus vecti. (11) in summa solent quidam ex contubernalibus nostris existimare hanc orationem (iterum dicam) ut inter meas ὑπὲρ Κτησιφῶντος esse: an vere, tu facillime iudicabis, qui tam memoriter tenes omnes, ut conferre cum hac, dum hanc solam legis, possis. vale.

auch Suburanus, der, von seinem Vater enterbt, mit einmaliger Schamlosigkeit auf das Vermögen eines fremden Vaters Anspruch erhob, weil er nicht wagte, das seines eigenen zu fordern.

(7) Dieses habe ich Dir dargelegt, erstens, damit Du aus meinem Brief erführest, was Du aus meiner Rede nicht wissen konntest. Zweitens – ich will Dir meine Kunstgriffe verraten –, damit Du die Rede lieber liest, durch die Vorstellung, sie nicht nur zu lesen, sondern an der Gerichtsverhandlung teilzunehmen. Mag sie auch umfangreich sein, so gebe ich die Hoffnung nicht auf, sie werde Dir ebenso gefallen wie eine ganz kurze. (8) Denn durch den Reichtum des Stoffes, durch ihre geistreiche Gliederung, durch mehrere Anekdoten und durch die Mannigfaltigkeit des Ausdrucks erscheint sie immer neu. Viele Stellen sind erhaben – nur Dir wage ich es zu sagen –, viele kämpferisch und viele schlicht. (9) Denn zu jenen scharfen und erhabenen Passagen gesellten sich notwendigerweise häufig solche, wo man zusammenrechnen und beinahe Rechensteine und Rechentafel fordern mußte, so daß sich plötzlich das Zentumviralgericht in die Gestalt eines Privatgerichtes verwandelte.[118]

(10) Ich habe die Segel des Unwillens, des Zorns und der Erbitterung aufgespannt[119] und bin in dem höchst umfangreichen Prozeß, wie auf einem weiten Meer, mit wechselnden Winden gefahren. (11) Kurz und gut, einige meiner Freunde erklärten immer wieder, diese Rede – ich will es noch einmal sagen – sei unter meinen übrigen Reden meine »Kranzrede«[120]. Ob mit Recht, wirst Du am besten beurteilen, der Du ja alle meine Reden im Gedächtnis hast, so daß Du sie mit dieser, wenn Du sie allein liest, vergleichen kannst. Lebe wohl!

XXXIV

C. Plinius Maximo suo s.

(1) Recte fecisti, quod gladiatorium munus Veronensibus nostris promisisti, a quibus olim amaris, suspiceris, ornaris. inde etiam uxorem carissimam tibi et probatissimam habuisti, cuius memoriae aut opus aliquod aut spectaculum atque hoc potissimum, quod maxime funeri debebatur. (2) praeterea tanto consensu rogabaris, ut negare non constans, sed durum videretur. illud quoque egregie, quod tam facilis, tam liberalis in edendo fuisti. nam per haec etiam magnus animus ostenditur.

(3) Vellem Africanae, quas coemeras plurimas, ad praefinitum diem occurrissent: sed, licet cessaverint illae tempestate detentae, tu tamen meruisti, ut acceptum tibi fieret, quod quominus exhiberes, non per te stetit. vale.

34

C. Plinius grüßt seinen Maximus[121]

(1) Du hast richtig gehandelt, unseren Veronesern, von denen Du schon seit langem geliebt, geachtet und verehrt wirst, ein Gladiatorenspiel zu versprechen. Von dort bekamst Du ja auch Deine so liebe und tüchtige Frau, deren Andenken Du irgendein Bauwerk oder Schauspiel schuldig warst, besonders eines, das in erster Linie zu einem Leichenbegängnis gehört.[122] (2) Außerdem bat man Dich so einmütig darum, daß eine Weigerung nicht als Charakterfestigkeit, sondern als Halsstarrigkeit erscheinen würde. Auch das war vorzüglich, daß Du bei der Veranstaltung so gefällig, so freigebig gewesen bist. Denn auch darin zeigt sich Deine Seelengröße.

(3) Ich wünschte, daß die afrikanischen Tiere, die Du in so großer Zahl aufgekauft hattest, am festgesetzten Tag eingetroffen wären. Aber mögen sie sich auch, durch einen Sturm aufgehalten, verspätet haben, Du hast es dennoch verdient, daß man Dir als Gewinn anrechnet, was auszuführen nicht in Deiner Macht stand. Lebe wohl!

Liber septimus

Siebtes Buch

I

C. Plinius Gemino suo s.

(1) Terret me haec tua tam pertinax valetudo et, quamquam te temperantissimum noverim, vereor tamen, ne quid illi etiam in mores tuos liceat. (2) proinde moneo, patienter resistas: hoc laudabile, hoc salutare.

(3) Admittit humana natura, quod suadeo. ipse certe sic agere sanus cum meis soleo: ‘spero quidem, si forte in adversam valetudinem incidero, nihil me desideraturum vel pudore vel paenitentia dignum; si tamen superaverit morbus, denuntio, ne quid mihi detis nisi permittentibus medicis sciatisque, si dederitis, ita vindicaturum, ut solent alii, quae negantur.’ (4) quin etiam, cum perustus ardentissima febre, tandem remissus unctusque acciperem a medico potionem, porrexi manum, utque tangeret, dixi admotumque iam labris poculum reddidi. (5) postea cum vicensimo valetudinis die balineo praepararer mussantesque medicos repente vidissem, causam requisivi. responderunt posse me tuto lavari, non tamen omnino sine aliqua suspicione. (6) ‘quid’, inquam, ‘necesse est?’ atque ita spe balinei, cui iam videbar inferri, placide leniterque dimissa ad abstinentiam rursus non secus ac modo ad balineum animum vultumque composui.

(7) Quae tibi scripsi, primum ut te non sine exemplo monerem, deinde ut in posterum ipse ad eandem temperantiam adstringerer, cum me hac epistula quasi pignore obligassem. vale.

1

C. Plinius grüßt seinen Geminus[1]

(1) Mich beunruhigt Deine so hartnäckige Krankheit. Zwar kenne ich Dich als äußerst beherrscht, aber dennoch bin ich besorgt, sie könnte irgendwie auch Deinen Charakter beeinflussen. (2) Daher mahne ich Dich, ihr geduldig Widerstand zu leisten: das wäre ein löbliches und heilsames Mittel.

(3) Was ich Dir rate, geht nicht über die menschliche Natur hinaus. *Ich* jedenfalls pflege, wenn ich gesund bin, so mit meinen Leuten zu reden: »Ich hoffe zwar, wenn ich einmal krank werde, daß ich nichts wünsche, was Scham oder Reue nach sich ziehen könnte. Sollte aber die Krankheit mich überwältigen, so verbiete ich euch ausdrücklich, mir etwas ohne Erlaubnis der Ärzte zu geben; solltet ihr es mir aber dennoch geben, so wisset, daß ich euch so bestrafen werde, wie es andere bei einer Weigerung zu tun pflegen.« (4) Ja, als ich mich von einem sehr heftigen Fieber schließlich erholt hatte, gesalbt worden war und vom Arzt einen Trank erhielt, da streckte ich ihm meine Hand hin und sagte, er solle mir den Puls fühlen. Und sogleich gab ich ihm den Becher, den ich schon an die Lippen gehalten hatte, zurück. (5) Als ich später, am zwanzigsten Tag meiner Krankheit, mich für das Bad vorbereitete und die Ärzte plötzlich leise miteinander sprechen sah, fragte ich sie nach dem Grund. Sie antworteten, ich könne ruhig baden, aber nicht ganz ohne alle Bedenken. (6) »Wie«, fragte ich, »ist es denn nötig?« Und so gab ich die Hoffnung auf das Bad, in das ich mich schon im Geiste gebracht sah, ruhig und gelassen auf und stellte mich, nicht anders als eben auf das Bad, so nun wieder auf den Verzicht ein.

(7) Dies schreibe ich Dir, erstens, um Dich nicht ohne Beispiel zu ermahnen, dann, um mich selbst für die Zukunft zu derselben Selbstbeherrschung anzuhalten, da ich mich durch diesen Brief wie durch ein Pfand verpflichtet habe. Lebe wohl!

II

C. Plinius Iusto suo s.

(1) Quemadmodum congruit, ut simul et adfirmes te adsiduis occupationibus impediri et scripta nostra desideres, quae vix ab otiosis impetrare aliquid perituri temporis possunt? (2) patiar ergo aestatem inquietam vobis exercitamque transcurrere et hieme demum, cum credibile erit noctibus saltem vacare te posse, quaeram, quid potissimum ex nugis meis tibi exhibeam.

(3) Interim abunde est, si epistulae non sunt molestae; sunt autem, et ideo breviores erunt. vale.

III

C. Plinius Praesenti suo s.

(1) Tantane perseverantia tu modo in Lucania, modo in Campania? 'ipse enim', inquis, 'Lucanus, uxor Campana.' iusta causa longioris absentiae, non perpetuae tamen.

(2) Quin ergo aliquando in urbem redis? ubi dignitas, honor, amicitiae tam superiores quam minores. quousque regnabis? quousque vigilabis, cum voles, dormies, quam diu voles? quousque calcei nusquam, toga feriata, liber totus dies? (3) tempus est te revisere molestias nostras vel ob hoc solum, ne voluptates istae satietate languescant. saluta

2

C. Plinius grüßt seinen Iustus[2]

(1) Wie paßt das zusammen, daß Du mir versicherst, Du werdest dauernd durch Beschäftigungen abgehalten, aber zugleich meine Schriften verlangst, denen kaum Müßiggänger etwas von ihrer auf diese Weise dahinschwindenden Zeit abgeben können? (2) Ich will also den für Euch so unruhigen und mühevollen Sommer vorübergehen lassen und erst im Winter, wenn ich glauben kann, daß Du wenigstens in der Nacht Zeit hast, nachfragen, was ich Dir vor allem von meinen Spielereien[3] zukommen lassen soll.

(3) Inzwischen ist es mehr als genug, wenn meine Briefe Dir nicht lästig sind; aber sie sind es, und daher werden sie ziemlich kurz sein. Lebe wohl!

3

C. Plinius grüßt seinen Praesens[4]

(1) Willst Du Dich mit solcher Beharrlichkeit bald in Lukanien, bald in Campanien aufhalten? »Ich selbst stamme nämlich aus Lukanien, meine Frau aus Campanien«, sagst Du. Das ist ein triftiger Grund für eine längere Abwesenheit, aber nicht für eine dauernde.

(2) Warum also kehrst Du nicht wieder einmal in die Stadt zurück, wo Ansehen, Ehre, vornehmere und auch unbedeutendere Freunde[5] Dich erwarten? Wie lange noch willst Du Dich wie ein König fühlen[6], wie lange noch wachen, wenn Du willst, und schlafen, so lange Du willst? Wie lange noch willst Du keine Senatorenschuhe tragen, wie lange keine Toga[7], wie lange noch willst Du den ganzen Tag frei sein? (3) Es ist Zeit, daß Du Dir unsere Mühen wieder einmal aus der Nähe ansiehst, und wäre es nur deshalb, damit Deine dortigen Vergnügungen nicht durch Übersättigung dahinsiechen. Mach ein paar Besuche, da-

paulisper, quo sit tibi iucundius salutari, terere in hac turba, ut te solitudo delectet!

(4) Sed quid imprudens, quem evocare conor, retardo? fortasse enim his ipsis admoneris, ut te magis ac magis otio involvas; quod ego non abrumpi, sed intermitti volo. (5) ut enim, si cenam tibi facerem, dulcibus cibis acres acutosque miscerem, ut obtusus illis et oblitus stomachus his excitaretur, ita nunc hortor, ut iucundissimum genus vitae non nullis interdum quasi acoribus condias. vale.

IV

C. Plinius Pontio suo s.

(1) Ais legisse te hendecasyllabos meos; requiris etiam, quemadmodum coeperim scribere, homo, ut tibi videor, severus, ut ipse fateor, non ineptus.

(2) Numquam a poetice (altius enim repetam) alienus fui; quin etiam quattuordecim natus annos Graecam tragoediam scripsi. 'qualem?' inquis. nescio; tragoedia vocabatur. (3) mox, cum e militia rediens in Icaria insula ventis detinerer, Latinos elegos in illud ipsum mare ipsamque insulam feci. expertus sum me aliquando et heroo, hendecasyllabis nunc primum, quorum hic natalis, haec causa est. legebantur in Laurentino mihi libri Asini Galli de comparatione patris et Ciceronis. incidit epigramma Ciceronis in

mit es für Dich um so angenehmer ist, selbst besucht zu werden; laß Dich in der Menge hin- und herstoßen, damit Dir die Einsamkeit wieder Freude macht!

(4) Aber wie unüberlegt halte ich den zurück, den ich hervorzulocken versuche? Denn vielleicht wirst Du gerade hierdurch veranlaßt, Dich mehr und mehr in die Stille zurückzuziehen; ich möchte, daß sie nicht beendet, sondern nur unterbrochen wird. (5) Denn wie ich, würde ich Dir ein Essen bereiten, süße Speisen mit sauren und pikanten abwechseln ließe, damit der Magen, durch jene gleichsam abgestumpft und überladen, durch diese wieder angeregt würde, so rate ich Dir nun, Deine äußerst angenehme Lebensweise bisweilen durch etwas gleichsam Saures wieder zu würzen. Lebe wohl!

4

C. Plinius grüßt seinen Pontius[8]

(1) Wie Du sagst, hast Du meine Elfsilbler[9] gelesen; Du fragst mich auch, wie ich dazu gekommen bin, so etwas zu schreiben, ich, der ich in Deinen Augen ein ernsthafter, und wie ich selbst zugebe, keineswegs alberner Mensch bin.

(2) Zur Dichtkunst – ich will nämlich weiter ausholen – empfand ich schon immer eine besondere Liebe; ja, schon im Alter von 14 Jahren habe ich eine griechische Tragödie geschrieben. »Was für eine«, fragst Du. Ich weiß es nicht mehr, sie hieß einfach Tragödie. (3) Als ich später bei meiner Rückreise vom Militärdienst[10] auf der Insel Icaria durch Stürme festgehalten wurde, habe ich lateinische Elegien auf jenes Meer und die Insel selbst gedichtet. Versucht habe ich mich auch einmal im heroischen Versmaß[11], in Elfsilblern jetzt zum ersten Mal. Ihre Entstehung hat folgenden Grund. Auf meinem Laurentinum[12] wurden mir die Bücher des Asinius Gallus[13] vorgelesen, in denen er seinen Vater mit Cicero vergleicht. Da stieß ich auf ein

Tironem suum. (4) dein, cum meridie (erat enim aestas) dormiturus me recepissem nec obreperet somnus, coepi reputare maximos oratores hoc studii genus et in oblectationibus habuisse et in laude posuisse. (5) intendi animum contraque opinionem meam post longam desuetudinem perquam exiguo temporis momento id ipsum, quod me ad scribendum sollicitaverat, his versibus exaravi:

(6) Cum libros Galli legerem, quibus ille parenti
ausus de Cicerone dare est palmamque decusque,
lascivum inveni lusum Ciceronis et illo
spectandum ingenio, quo seria condidit et quo
humanis salibus multo varioque lepore
magnorum ostendit mentes gaudere virorum.
nam queritur, quod fraude mala frustratus amantem
paucula cenato sibi debita savia Tiro
tempore nocturno subtraxerit. his ego lectis
'cur post haec', inquam, 'nostros celamus amores
nullumque in medium timidi damus atque fatemur
Tironisque dolos, Tironis nosse fugaces
blanditias et furta novas addentia flammas?'

(7) Transii ad elegos: hos quoque non minus celeriter explicui; addidi alios facilitate corruptus. deinde in urbem reversus sodalibus legi; probaverunt. (8) inde plura metra, si quid otii, ac maxime in itinere, temptavi. postremo placuit exemplo multorum unum separatim hendecasyllaborum volumen absolvere, nec paenitet. (9) legitur, describi-

Epigramm, das Cicero auf seinen Tiro[14] geschrieben hatte. (4) Als ich mich darauf – es war nämlich Sommer – zur Mittagsruhe zurückgezogen hatte und keinen Schlaf finden konnte, kam mir der Gedanke, daß die größten Redner diese Art von Beschäftigung als Zerstreuung betrieben und darin Ruhm gesucht hätten. (5) Ich konzentrierte mich und schrieb wider Erwarten und trotz langer Entwöhnung in ganz kurzer Zeit eben das, was mich zum Schreiben angeregt hatte, in folgenden Versen nieder:

(6) Als ich die Schrift des Gallus las, in der er seinem Vater / vor Cicero Preis und Ruhm zu geben wagte, / fand ich ein recht freies Gedicht des Cicero, / das seiner Begabung wert war, mit der er Ernstes schuf und mit der / er zeigte, wie sich die Herzen großer Männer / oft an mannigfachem Humor und feinem Witz erfreuen.
Denn er beklagt sich darüber, daß Tiro seine Liebe schändlich hintergangen / und die ihm beim Mahl versprochenen wenigen Küsse / in der Nacht verweigert habe. Als ich das las, / sagte ich: »Warum verberge ich meine Liebesgeschichten, / mache sie in meiner Ängstlichkeit nicht offen bekannt und bekenne, / daß ich die Listen des Tiro und seine flüchtigen Schmeicheleien gekannt habe / und die Heimlichkeiten, die stets nur neue Flammen entfachen?«

(7) Ich ging zu den Elegien über: auch diese brachte ich nicht weniger schnell zustande. Durch die Leichtigkeit verführt, fügte ich noch mehr hinzu. Nach meiner Rückkehr in die Stadt las ich sie dann meinen Freunden vor; sie fanden sie gut. (8) Darauf versuchte ich mich, wenn ich etwas Zeit hatte, besonders auf Reisen, noch in anderen Versarten. Schließlich entschloß ich mich nach dem Beispiel vieler anderer einen besonderen Band Elfsilbler herauszugeben, und das bereue ich nicht. (9) Man liest sie, schreibt sie ab und singt sie sogar; und auch die Griechen,

tur, cantatur etiam, et a Graecis quoque, quos Latine huius libelli amor docuit, nunc cithara, nunc lyra personatur.

(10) Sed quid ego tam gloriose? quamquam poetis furere concessum est. et tamen non de meo, sed de aliorum iudicio loquor; qui sive iudicant sive errant, me delectat. unum precor, ut posteri quoque aut errent similiter aut iudicent. vale.

V

C. Plinius Calpurniae suae s.

(1) Incredibile est, quanto desiderio tui tenear. in causa amor primum, deinde quod non consuevimus abesse. inde est, quod magnam noctium partem in imagine tua vigil exigo, inde, quod interdiu, quibus horis te visere solebam, ad diaetam tuam ipsi me, ut verissime dicitur, pedes ducunt, quod denique aeger et maestus ac similis excluso a vacuo limine recedo. unum tempus his tormentis caret, quo in foro et amicorum litibus conteror.

(2) Aestima tu, quae vita mea sit, cui requies in labore, in miseria curisque solacium! vale.

VI

C. Plinius Macrino suo s.

(1) Rara et notabilis res Vareno contigit, sit licet adhuc dubia. Bithyni accusationem eius ut temere incohatam

die aus Liebe zu diesem Büchlein sogar Latein gelernt haben, tragen sie bald zur Zither, bald zur Laute vor.

(10) Aber wozu prahle ich so? Dichtern freilich ist es erlaubt zu schwärmen. Doch spreche ich nicht von meinem Urteil, sondern von dem der anderen; mögen sie richtig urteilen oder sich irren, mir macht es Freude. Nur das eine wünsche ich, daß auch die Nachwelt sich ähnlich irrt oder richtig urteilt. Lebe wohl!

5

C. Plinius grüßt seine Calpurnia[15]

(1) Es ist unglaublich, wie sehr ich mich nach Dir sehne. Der Grund dafür ist zunächst meine Liebe, dann, weil wir es nicht gewohnt sind, voneinander getrennt zu sein. Daher kommt es, daß ich einen großen Teil der Nächte mit Deinem Bild vor Augen wachend zubringe; daher geschieht es, daß mich tagsüber in den Stunden, in denen ich Dich zu besuchen pflegte, wie man sehr zutreffend sagt, von selbst meine Füße zu Deinem Zimmer führen, daß ich schließlich leidend und traurig, als hätte man mich ausgeschlossen[16], Dein leeres Zimmer verlasse. Nur *die* Zeit ist von diesen Qualen frei, in der ich vor Gericht in den Prozessen meiner Freunde mich aufreibe.

(2) Mach Du Dir ein Bild, was für ein Leben ich führe, der ich Ruhe in der Arbeit, Trost in Kummer und Sorgen finde! Lebe wohl!

6

C. Plinius grüßt seinen Macrinus[17]

(1) Eine ungewöhnliche und bemerkenswerte Sache ist dem Varenus[18] passiert, mag sie auch noch nicht entschieden sein. Die Bithynier haben, so wird erzählt, die Ankla-

omisisse narrantur. ‘narrantur’ dico? adest provinciae legatus, attulit decretum concilii ad Caesarem, attulit ad multos principes viros, attulit etiam ad nos, Vareni advocatos. (2) perstat tamen idem ille Magnus; quin etiam Nigrinum, optimum virum, pertinacissime exercet. per hunc a consulibus postulabat, ut Varenus exhibere rationes cogeretur.

(3) Adsistebam Vareno iam tantum ut amicus et tacere decreveram. nihil enim tam contrarium, quam si advocatus a senatu datus defenderem ut reum, cui opus esset, ne reus videretur. (4) cum tamen finita postulatione Nigrini consules ad me oculos retulissent, ‘scietis’, inquam, ‘constare nobis silentii nostri rationem, cum veros legatos provinciae audieritis’. contra Nigrinus: ‘ad quem missi sunt?’ ego: ‘ad me quoque; habeo decretum provinciae.’ (5) rursus ille: ‘potest tibi liquere.’ ad hoc ego: ‘si tibi ex diverso liquet, potest et mihi, quod est melius, liquere.’ (6) tum legatus Polyaenus causas abolitae accusationis exposuit postulavitque, ne cognitioni Caesaris praeiudicium fieret. respondit Magnus iterumque Polyaenus. ipse raro et breviter interlocutus multum me intra silentium tenui. (7) accepi enim non minus interdum oratorium esse tacere quam dicere, atque adeo repeto me quibusdam capitis reis vel magis silentio quam oratione accuratissima profuisse.

(8) Mater amisso filio (quid enim prohibet, quamquam

ge gegen ihn, weil sie unüberlegt begonnen worden sei, aufgegeben. »Wird erzählt«, sage ich? Es ist ein Gesandter der Provinz da, er brachte einen Beschluß des Provinziallandtages zum Kaiser, er brachte ihn zu vielen angesehenen Männern, er brachte ihn auch zu uns, den Anwälten des Varenus. (2) Dennoch besteht eben jener Magnus auf seiner Klage; ja er setzt sogar dem Nigrinus[19], einem sehr angesehenen Mann, äußerst hartnäckig zu. Durch ihn forderte er von den Konsuln, den Varenus zu zwingen, seine Rechnungsbücher vorzulegen.

(3) Ich stand dem Varenus zur Seite, aber jetzt nur als Freund, und ich hatte mir vorgenommen zu schweigen. Denn es schien mir nichts so widersinnig, als wenn ich, als ein vom Senat ernannter Anwalt, ihn wie einen Angeklagten verteidigt hätte, dem daran gelegen war, nicht als Angeklagter angesehen zu werden. (4) Als jedoch Nigrinus seine Klage vorgebracht hatte und die Konsuln ihre Blicke auf mich richteten, sagte ich: »Ihr werdet wissen, daß ich triftige Gründe für mein Schweigen habe, wenn ihr die wahren Gesandten[20] der Provinz gehört habt.« Nigrinus entgegnete: »Zu wem sind sie geschickt worden?« Ich: »Auch zu mir; ich habe einen Beschluß der Provinz.« (5) Darauf wieder jener: »Dann dürfte für dich die Sache klar sein.« Darauf ich: »Wenn dir als Anwalt der Gegenpartei klar ist, dann kann auch mir klar sein, was besser ist.« (6) Darauf trug der Gesandte Polyaenus die Gründe für die Aufhebung der Anklage vor und forderte, man solle der Untersuchung des Kaisers nicht vorgreifen. Es antwortete Magnus, dann wieder Polyaenus. Ich selbst sprach nur selten und kurz zwischendurch und verhielt mich sonst ganz still. (7) Denn ich habe gelernt, daß es bisweilen nicht weniger zu einem Redner gehört, zu schweigen als zu reden, und ich erinnere mich zudem, daß ich einigen Angeklagten in Kapitalprozessen sogar mehr durch Schweigen als durch die sorgfältigste Rede genutzt habe.

(8) Eine Mutter hatte ihren Sohn verloren; denn was

alia ratio scribendae epistulae fuerit, de studiis disputare?) libertos eius eosdemque coheredes suos falsi et veneficii reos detulerat ad principem iudicemque impetraverat Iulium Servianum. (9) defenderam reos ingenti quidem coetu: erat enim causa notissima, praeterea ultrimque ingenia clarissima.

Finem cognitioni quaestio imposuit; quae secundum reos dedit. (10) postea mater adiit principem, adfirmavit se novas probationes invenisse. praeceptum est Suburano, ut vacaret finitam causam retractanti, si quid novi adferret. (11) aderat matri Iulius Africanus, nepos illius oratoris, quo audito Passienus Crispus dixit: 'bene mehercule, bene; sed quo tam bene?' huius nepos, iuvenis ingeniosus, sed non parum callidus, cum multa dixisset adsignatumque tempus implesset, 'rogo', inquit, 'Suburane, permittas mihi unum verbum adicere'. (12) tum ego, cum omnes me ut diu responsurum intuerentur, 'respondissem', inquam, 'si unum illud verbum Africanus adiecisset, in quo non dubito omnia nova fuisse'. (13) non facile me repeto tantum adsensum agendo consecutum, quantum tunc non agendo.

(14) Similiter nunc et probatum et exceptum est, quod pro Vareno hactenus [non] tacui. consules, ut Polyaenus postulabat, omnia integra principi servaverunt, cuius cognitionem suspensus exspecto. nam dies ille nobis pro Vareno aut securitatem et otium dabit aut intermissum laborem renovata sollicitudine iniunget. vale.

hindert mich, obwohl der Grund, diesen Brief zu schreiben, ein anderer war, über meine Tätigkeit zu sprechen? Sie hatte seine Freigelassenen, die zugleich ihre Miterben waren, beim Kaiser wegen Urkundenfälschung und Giftmord angezeigt und Iulius Servianus als Richter erhalten. (9) Ich hatte die Angeklagten vor einer riesigen Versammlung verteidigt; denn der Fall war überall sehr bekanntgeworden; außerdem befanden sich auf beiden Seiten ganz hervorragende Männer.

Am Ende der gerichtlichen Untersuchung stand die Folter[21]; sie ging zugunsten der Angeklagten aus. (10) Danach wandte sich die Mutter an den Kaiser; sie behauptete, neue Beweise gefunden zu haben. Suburanus wurde beauftragt, sich mit der Revision des schon entschiedenen Falles zu befassen, wenn sie etwas Neues vorbrächte. (11) Die Sache der Mutter vertrat Iulius Africanus, ein Enkel jenes Redners, von dem Passienus Crispus, als er ihn gehört hatte, sagte: »Gut, wahrlich gut; aber warum so gut?« Sein Enkel, ein zwar talentierter, aber nicht genügend gewitzter junger Mann, sagte, als er schon viel gesprochen und die ihm zugeteilte Zeit vollständig ausgenutzt hatte: »Suburanus, erlaube mir bitte, noch ein Wort hinzuzufügen.« (12) Als nun alle auf mich blickten, als würde ich eine lange Antwort geben, sagte ich nur: »Ich hätte geantwortet, wenn Africanus jenes eine Wort hinzugefügt hätte, in dem ohne Zweifel alles Neue enthalten gewesen wäre.« (13) Ich kann mich nicht leicht erinnern, durch Reden soviel Beifall erhalten zu haben wie damals durch Nichtreden.

(14) Ähnlich ist jetzt gebilligt und mit Beifall aufgenommen worden, daß ich für Varenus bis dahin geschwiegen habe. Die Konsuln überließen, wie Polyaenus es forderte, alles der Entscheidung des Kaisers, dessen Untersuchungsergebnis ich gespannt erwarte. Denn jener Tag wird mir für Varenus entweder Sicherheit und Ruhe bringen oder mir die unterbrochene Arbeit mit erneuten Aufregungen aufbürden. Lebe wohl.

VII

C. Plinius Saturnino suo s.

(1) Et proxime Prisco nostro et rursus, quia ita iussisti, gratias egi, libentissime quidem. est enim mihi periucundum, quod viri optimi mihique amicissimi adeo cohaesistis, ut invicem vos obligari putetis. (2) nam ille quoque praecipuam se voluptatem ex amicitia tua capere profitetur certatque tecum honestissimo certamine mutuae caritatis, quam ipsum tempus augebit.

Te negotiis distineri ob hoc moleste fero, quod deservire studiis non potes. si tamen alteram litem per iudicem, alteram, ut ais, ipse finieris, incipies primum istic otio frui, deinde satiatus ad nos reverti. vale.

VIII

C. Plinius Prisco suo s.

(1) Exprimere non possum, quam iucundum sit mihi, quod Saturninus noster summas tibi apud me gratias aliis super alias epistulis agit. (2) perge, ut coepisti, virumque optimum quam familiarissime dilige, magnam voluptatem ex amicitia eius percepturus nec ad breve tempus! (3) nam cum omnibus virtutibus abundat tum hac praecipue, quod habet maximam in amore constantiam. vale.

7

C. Plinius grüßt seinen Saturninus[22]

(1) Weil Du es so verlangtest, habe ich erst kürzlich und dann noch einmal[23] unserem Priscus meinen Dank abgestattet, und zwar sehr gern. Denn es ist sehr angenehm, daß Ihr, zwei ganz hervorragende, mit mir befreundete Männer, einander so verbunden seid, daß Ihr Euch gegenseitig verpflichtet fühlt. (2) Denn auch er gesteht, eine besondere Freude an Deiner Freundschaft zu haben, und er streitet mit Dir in einem höchst ehrenvollen Wettstreit um die gegenseitige Zuneigung, welche die Zeit noch vergrößern wird.

Daß Du mit Geschäften überhäuft bist, bedauere ich deshalb, weil Du Dich nicht Deinen Studien widmen kannst. Wenn Du jedoch den einen Prozeß durch den Richter, den anderen, wie Du sagst, persönlich erledigt hast, so wirst Du beginnen, zuerst dort die Muße zu genießen und dann, wenn Du gesättigt bist, zu uns zurückzukehren. Lebe wohl!

8

C. Plinius grüßt seinen Priscus[24]

(1) Ich kann nicht zum Ausdruck bringen, wie angenehm es für mich ist, daß unser Saturninus[25] mir gegenüber immer wieder in seinen Briefen Dir seinen höchsten Dank ausspricht. (2) Fahre fort, wie Du begonnen hast, und liebe diesen tüchtigen Mann so herzlich wie möglich; seine Freundschaft wird Dir große Freude bereiten, und nicht nur für kurze Zeit. (3) Denn wie er alle Vorzüge reichlich besitzt, so besonders den, daß er in der Zuneigung die größte Beständigkeit zeigt. Lebe wohl!

IX

C. Plinius Fusco suo s.

(1) Quaeris, quemadmodum in secessu, quo iam diu frueris, putem te studere oportere. (2) utile in primis, et multi praecipiunt, vel ex Graeco in Latinum vel ex Latino vertere in Graecum. quo genere exercitationis proprietas splendorque verborum, copia figurarum, vis explicandi, praeterea imitatione optimorum similia inveniendi facultas paratur. simul, quae legentem fefellissent, transferentem fugere non possunt. intellegentia ex hoc et iudicium adquiritur.

(3) Nihil offuerit, quae legeris hactenus, ut rem argumentumque teneas, quasi aemulum scribere lectisque conferre ac sedulo pensitare, quid tu, quid ille commodius. magna gratulatio, si non nulla tu, magnus pudor, si cuncta ille melius. licebit interdum et notissima eligere et certare cum electis. (4) audax haec, non tamen improba, quia secreta contentio: quamquam multos videmus eius modi certamina sibi cum multa laude sumpsisse, quosque subsequi satis habebant, dum non desperant, antecessisse.

(5) Poteris et, quae dixeris, post oblivionem retractare, multa retinere, plura transire, alia interscribere, alia rescribere. (6) laboriosum istud et taedio plenum, sed difficultate ipsa fructuosum, recalescere ex integro et resumere im-

9

C. Plinius grüßt seinen Fuscus[26]

(1) Du fragst mich, wie Du Dich meiner Meinung nach in der ländlichen Zurückgezogenheit, die Du schon lange genießt, mit Deinen Studien[27] beschäftigen sollst. (2) Es ist besonders nützlich, und viele raten dazu, entweder aus dem Griechischen ins Lateinische oder aus dem Lateinischen ins Griechische zu übersetzen. Durch diese Art der Übung lernt man die eigentliche Bedeutung und Schönheit der Wörter, den Reichtum der Redefiguren, die Kraft klarer Darstellung, außerdem durch Nachahmung der Besten die Fähigkeit, Ähnliches zu erfinden. Zugleich kann das, was der Leser übersehen hat, dem Übersetzer nicht entgehen. Dadurch erwirbt man Verständnis und Urteilsvermögen.

(3) Es kann auch nicht schaden, wenn Du das, was Du soweit gelesen hast, daß Du Gegenstand und Inhalt kennst, gleichsam als Konkurrent niederschreibst, mit dem Gelesenen vergleichst und sorgfältig bedenkst, was Du, was jener besser gemacht hat. Groß ist die Freude, wenn Du einiges, groß die Beschämung, wenn jener alles besser gemacht hat. Man kann auch bisweilen ganz Bekanntes auswählen und mit ausgesuchten Männern wetteifern. (4) Das ist ein kühner, aber kein tadelnswerter Wettstreit, weil er im verborgenen geschieht. Freilich sehen wir, daß viele einen derartigen Wettstreit mit großem Erfolg für sich begonnen und diejenigen, die sie nur nachzuahmen wünschten, übertroffen haben, wenn sie nur den Mut nicht sinken ließen.

(5) Du kannst auch eine schon gehaltene Rede, die Du vergessen hast, wieder vornehmen, vieles davon beibehalten, mehreres weglassen, anderes durch Zusätze verbessern, wieder anderes ganz umarbeiten. (6) Das ist mühsam und langweilig, aber gerade wegen der Schwierigkeit nützlich, sich wieder von neuem zu erwärmen und den abge-

petum fractum omissumque, postremo nova velut membra peracto corpori intexere nec tamen priora turbare.

(7) Scio nunc tibi esse praecipuum studium orandi; sed non ideo semper pugnacem hunc et quasi bellatorium stilum suaserim. ut enim terrae variis mutatisque seminibus, ita ingenia nostra nunc hac, nunc illa meditatione recoluntur. (8) volo interdum aliquem ex historia locum apprehendas, volo epistulam diligentius scribas. nam saepe in oratione quoque non historica modo, sed prope poetica descriptionum necessitas incidit, et pressus sermo purusque ex epistulis petitur. (9) fas est et carmine remitti, non dico continuo et longo (id enim perfici nisi in otio non potest), sed hoc arguto et brevi, quod apte quantas libet occupationes curasque distinguit. (10) lusus vocantur; sed hi lusus non minorem interdum gloriam quam seria consequuntur. atque adeo (cur enim te ad versus non versibus adhorter?)

(11) ut laus est cerae, mollis cedènsque sequatur
  si doctos digitos iussaque fiat opus
et nunc informet Martem castamve Minervam,
  nunc Venerem effingat, nunc Veneris puerum;
utque sacri fontes non sola incendia sistunt,
  saepe etiam flores vernaque prata iuvant:
sic hominum ingenium flecti ducique per artes
  non rigidas docta mobilitate decet.

schwächten und verlorenen Schwung wieder aufzunehmen, schließlich gleichsam neue Glieder in einen schon vollendeten Körper einzufügen und dabei nicht die früheren durcheinanderzubringen.

(7) Ich weiß, daß Du Dich jetzt hauptsächlich mit der Gerichtsrede beschäftigst; aber deshalb möchte ich Dir nicht immer zu diesem kämpferischen und gleichsam kriegerischen Stil raten. Denn wie die Erde abwechselnd durch verschiedene Samen, so wird unser Geist bald durch diese, bald durch jene geistige Betätigung erneuert. (8) Ich möchte, daß Du bisweilen einen Abschnitt aus der Geschichte behandelst; ich möchte, daß Du recht sorgfältig einen Brief schreibst. Denn oft ergibt sich auch in einer Rede die Notwendigkeit nicht nur historischer, sondern auch fast poetischer Beschreibungen, und eine knappe, natürliche Ausdrucksweise lernt man aus Briefen. (9) Es ist auch erlaubt, sich mit einem Gedicht zu entspannen, ich meine kein zusammenhängendes, langes Gedicht – denn das kann man nur in vollkommener Muße schaffen –, sondern ein geistreiches, kurzes, das in angemessener Weise auch noch so große Beschäftigungen und Sorgen unterbricht. (10) »Spielereien«[28] nennt man das; aber diese Spielereien verschaffen bisweilen nicht geringeren Ruhm als ernsthafte Schriften. Und deshalb – denn warum soll ich Dich zu Versen nicht durch Verse ermuntern?

(11) Wie es ein Lob ist für das Wachs, wenn es weich und geschmeidig / der kunstfertigen Hand des Künstlers folgt und auf Wunsch zum Kunstwerk wird, / bald zum Mars sich formt oder zur jungfräulichen Minerva, / bald die Venus darstellt, bald den Sohn der Venus; / und wie die heiligen Quellen nicht nur Feuersbrände löschen, / oft auch Blumen und Wiesen im Frühling erfreuen, / so muß auch der Geist des Menschen durch heitere Künste gebildet / in kluger Beweglichkeit gelenkt und geführt werden.

(12) itaque summi oratores, summi etiam viri sic se aut exercebant aut delectabant, immo delectabant exercebantque. (13) nam mirum est, ut his opusculis animus intendatur, remittatur. recipiunt enim amores, odia, iras, misericordiam, urbanitatem, omnia denique, quae in vita atque etiam in foro causisque versantur. (14) inest his quoque eadem quae aliis carminibus utilitas, quod metri necessitate devincti soluta oratione laetamur et, quod facilius esse comparatio ostendit, libentius scribimus.

(15) Habes plura etiam fortasse, quam requirebas, unum tamen omisi; non enim dixi, quae legenda arbitrarer: quamquam dixi, cum dicerem, quae scribenda. tu memineris sui cuiusque generis auctores diligenter eligere! aiunt enim multum legendum esse, non multa. (16) qui sint hi, adeo notum probatumque est, ut demonstratione non egeat; et alioqui tam immodice epistulam extendi, ut, dum tibi, quemadmodum studere debeas, suadeo, studendi tempus abstulerim. quin ergo pugillares resumis et aliquid ex his vel istud ipsum, quod coeperas, scribis? vale.

X

C. Plinius Macrino suo s.

(1) Quia ipse, cum prima cognovi, iungere extrema quasi avulsa cupio, te quoque existimo velle de Vareno et Bithynis reliqua cognoscere. acta causa hinc a Polyaeno,

(12) Daher übten und erfreuten sich die bedeutendsten Redner und auch die größten Männer auf diese Weise, oder vielmehr, sie erfreuten und übten sich zugleich. (13) Es ist nämlich auffallend, wie durch solche kleinen Werke der Geist angespannt wird und sich erholt. Denn sie nehmen Liebe, Haß, Zorn, Mitleid, Witz, kurz, alles auf, was im Leben und auch auf dem Forum und in Prozessen eine Rolle spielt. (14) Sie haben auch den gleichen Vorteil wie andere Gedichte, daß wir uns, durch den Zwang des Metrums eingeengt, wieder an der Prosa erfreuen und das um so lieber schreiben, was, wie der Vergleich zeigt, leichter ist.

(15) Da hast Du vielleicht sogar mehr, als Du verlangt hast; doch eines habe ich vergessen. Denn ich habe nicht gesagt, was Du nach meiner Meinung lesen müßtest. Freilich habe ich es gesagt, indem ich Dir erklärte, was man schreiben solle. Denk daran, die Schriftsteller einer jeden Gattung sorgfältig auszuwählen! Denn es heißt ja, man solle viel lesen, nicht vielerlei.[29] (16) Wer aber diese Schriftsteller sind, ist so sehr bekannt und unbestritten[30], daß es einer weiteren Darlegung nicht bedarf; und überhaupt habe ich meinen Brief so maßlos ausgedehnt, daß ich, während ich Dir riet, wie Du studieren müßtest, Dir die Zeit zum Studieren genommen habe. Warum also nimmst Du Deine Schreibtafel nicht wieder zur Hand und schreibst etwas von dem, was ich Dir geraten habe, oder gerade das, was Du schon angefangen hattest? Lebe wohl!

10

C. Plinius grüßt seinen Macrinus[31]

(1) Wenn ich den Anfang einer Sache erfahren habe, so möchte ich selbst auch das Ende wie einen abgetrennten Faden damit verbinden. Und deshalb glaube ich, daß auch Du über Varenus und die Bithynier[32] das Restliche erfah-

inde a Magno. (2) finitis actionibus Caesar 'neutra' inquit 'pars de mora queretur; erit mihi curae explorare provinciae voluntatem'. (3) multum interim Varenus tulit. etenim quam dubium est, an merito accusetur, qui an omnino accusetur, incertum est!

Superest, ne rursus provinciae, quod damnasse dicitur, placeat, agatque paenitentiam paenitentiae suae. vale.

XI

C. Plinius Fabato prosocero suo s.

(1) Miraris, quod Hermes, libertus meus, hereditarios agros, quos ego iusseram proscribi, non exspectata auctione pro meo quincunce ex septingentis milibus Corelliae addixerit. adicis hos nongentis milibus posse venire ac tanto magis quaeris, an, quod gessit, ratum servem. (2) ego vero servo: quibus ex causis, accipe! cupio enim et tibi probatum et coheredibus meis excusatum esse, quod me ab illis maiore officio iubente secerno.

(3) Corelliam cum summa reverentia diligo, primum ut sororem Corelli Rufi, cuius mihi memoria sacrosancta est, deinde ut matri meae familiarissimam. (4) sunt mihi et cum marito eius, Minicio Iusto, optimo viro, vetera iura; fuerunt et cum filio maxima, adeo quidem, ut praetore me

ren möchtest. Die eine Seite vertrat Polyaenus, die andere Magnus. (2) Nach Beendigung der Reden sagte der Kaiser: »Keine der beiden Parteien wird sich über eine Verzögerung beklagen können; ich werde mir Mühe geben, den eigentlichen Willen der Provinz zu erfahren.« (3) Inzwischen hat Varenus viel erreicht. Denn wie zweifelhaft ist es, ob er zu Recht angeklagt wird, da es noch ungewiß ist, ob er überhaupt angeklagt wird!

Es fehlt nur noch, daß die Provinz wieder beschließt, worauf sie, wie man sagt, verzichtet hat, und ihre Reue wieder bereut. Lebe wohl!

11

C. Plinius grüßt seinen Schwiegergroßvater Fabatus[33]

(1) Du wunderst Dich, daß mein Freigelassener Hermes von den vererbten Ländereien, die ich zum Verkauf hatte anbieten lassen, ohne die Versteigerung abzuwarten, der Corellia meinen Anteil von fünf Zwölftel für 700000 Sesterze überlassen hat. Du fügst hinzu, sie hätten für 900000 verkauft werden können, und fragst um so mehr, ob ich sein Verhalten als rechtsgültig ansehe. (2) Ja, ich sehe es als rechtsgültig an. Höre, aus welchen Gründen! Denn ich wünsche, daß von Dir gebilligt und von meinen Miterben entschuldigt wird, daß ich mich unter dem Zwang einer größeren Verpflichtung von jenen Gütern trenne.

(3) Corellia verehre ich mit größter Hochachtung, einmal als die Schwester des Corellius Rufus[34], dessen Andenken mir heilig ist, dann als die beste Freundin meiner Mutter. (4) Auch mit ihrem Mann Minicius Iustus, einem sehr tüchtigen Menschen, unterhalte ich schon lange freundschaftliche Beziehungen; es bestanden auch mit seinem Sohn sehr enge Bande, so enge, daß er während

ludis meis praesederit. (5) haec, cum proxime istic fui, indicavit mihi cupere se aliquid circa Larium nostrum possidere. ego illi ex praediis meis, quod vellet et quanti vellet, obtuli exceptis maternis paternisque; his enim cedere ne Corelliae quidem possum. (6) igitur, cum obvenisset mihi hereditas, in qua praedia ista, scripsi ei venalia futura. has epistulas Hermes tulit exigentique, ut statim portionem meam sibi addiceret, paruit.

Vides, quam ratum habere debeam, quod libertus meus meis moribus gessit. (7) superest, ut coheredes aequo animo ferant separatim me vendidisse, quod mihi licuit omnino non vendere. nec vero coguntur imitari meum exemplum; (8) non enim illis eadem cum Corellia iura. possunt ergo intueri utilitatem suam, pro qua mihi fuit amicitia. vale.

XII

C. Plinius Minicio suo s.

(1) Libellum formatum a me, sicut exegeras, quo amicus tuus, immo noster (quid enim non commune nobis?), si res posceret, uteretur, misi tibi ideo tardius, ne tempus emendandi eum, id est disperdendi, haberes. (2) habebis tamen, an emendandi nescio, utique disperdendi. ὑμεῖς γὰρ οἱ εὔζηλοι optima quaeque detrahitis. quod si feceris, boni consulam. (3) postea enim illis ex aliqua occasione ut

meiner Prätur die von mir veranstalteten Spiele beaufsichtigte.[35] (5) Als ich kürzlich dort war, äußerte Corellia mir gegenüber, sie möchte in der Nähe unseres Lariner Sees einen Besitz haben. Ich bot ihr von meinen Gütern an, was und zu welchem Preis sie wolle, mit Ausnahme der von meiner Mutter und von meinem Vater ererbten; denn auf diese kann ich nicht einmal der Corellia zuliebe verzichten. (6) Da mir also die Erbschaft zugefallen war, bei der sich auch diese Landgüter befanden, schrieb ich ihr, sie seien verkäuflich. Diesen Brief überbrachte Hermes, und ihrer Bitte, ihr sofort meinen Anteil zu verkaufen, kam er nach.

Du siehst, wie ich gutheißen muß, was mein Freigelassener ganz nach meinem Wunsch getan hat. (7) Jetzt bleibt nur noch, daß meine Miterben sich damit zufriedengeben, daß ich getrennt verkauft habe, was ich als Ganzes nicht hätte verkaufen dürfen. Aber sie werden auch nicht gezwungen, mein Beispiel nachzuahmen. (8) Denn sie haben nicht dieselben freundschaftlichen Beziehungen zu Corellia. Sie können also auf ihren Vorteil achten, an dessen Stelle bei mir die Freundschaft trat. Lebe wohl!

12

C. Plinius grüßt seinen Minicius[36]

(1) Die Schrift, die ich auf Deine Bitte hin so verfaßt habe, daß sie Dein, oder vielmehr unser Freund – denn was haben wir nicht gemeinsam? –, falls notwendig, benutzen kann, habe ich Dir deshalb später geschickt, damit Du keine Zeit hast, sie zu verbessern, d.h. zu verderben. (2) Du wirst dennoch Zeit haben, ob zum Verbessern, weiß ich nicht, sicher aber zum Verderben. Denn Ihr Puritaner[37] beseitigt gerade die besten Stellen. Tust Du das, will ich noch zufrieden sein. (3) Denn später werde ich jene Stellen bei erster Gelegenheit als mein Eigentum be-

meis utar et beneficio fastidi tui ipse laudabor, ut in eo, quod adnotatum invenies et suprascripto aliter explicitum. (4) nam, cum suspicarer futurum, ut tibi tumidius videretur, quoniam est sonantius et elatius, non alienum existimavi, ne te torqueres, addere statim pressius quiddam et exilius vel potius humilius et peius, vestro tamen iudicio rectius. (5) cur enim non usquequaque tenuitatem vestram insequar et exagitem?

Haec, ut inter istas occupationes aliquid aliquando rideres; (6) illud serio: vide, ut mihi viaticum reddas, quod impendi data opera cursore dimisso! ne tu, cum hoc legeris, non partes libelli, sed totum libellum improbabis negabisque ullius pretii esse, cuius pretium reposceris. vale.

XIII

C. Plinius Feroci suo s.

(1) Eadem epistula et non studere te et studere significat. aenigmata loquor. ita plane, donec distinctius, quod sentio enuntiem. (2) negat enim te studere, sed est tam polita, quam nisi a studente non potest scribi: aut es tu super omnes beatus, si talia per desidiam et otium perficis. vale.

nutzen und dank Deines wählerischen Geschmacks selber dafür gelobt werden, wie bei dem, was Du angestrichen und durch Darüberschreiben anders ausgedrückt finden wirst. (4) Denn ich vermutete schon, es würde Dir zu überladen erscheinen; es ist nämlich ziemlich volltönend und pathetisch. Daher hielt ich es nicht für unangemessen, um Dich nicht zu beunruhigen, gleich eine einfachere, trockenere oder eher gewöhnlichere, schlechtere, aber nach Eurem Urteil richtigere Fassung hinzuzufügen. (5) Warum sollte ich nicht bei jeder Gelegenheit Deinen einfachen Stil verspotten und tadeln?

Dies nur, damit Du zwischen Deinen Beschäftigungen auch einmal lachen kannst. (6) Aber das folgende meine ich ernst: sorge dafür, daß Du mir das Reisegeld erstattest, das ich absichtlich für die Entsendung eines Boten bezahlt habe! Wenn Du dieses liest, wirst Du nicht einzelne Teile, sondern die ganze Schrift tadeln und behaupten, sie habe keinen Wert, da Dir der Wert wieder abverlangt werde. Lebe wohl!

13

C. Plinius grüßt seinen Ferox[38]

(1) Ein und derselbe Brief besagt, daß Du Dich nicht mit Deinen Studien beschäftigst und Dich doch damit beschäftigst. Ich spreche in Rätseln? Sicher, aber nur so lange, bis ich Dir deutlicher erkläre, was ich meine. (2) Denn Dein Brief sagt, Du beschäftigst Dich nicht mit Deinen Studien; aber er ist so ausgefeilt, wie ihn nur einer schreiben kann, der sich mit rhetorischen Studien beschäftigt; oder aber Du bist glücklicher als alle, wenn Du solches bei Nichtstun und Müßiggang zustande bringst. Lebe wohl!

XIV

C. Plinius Corelliae suae s.

(1) Tu quidem honestissime, quod tam impense et rogas et exigis, ut accipi iubeam a te pretium agrorum non ex septingentis milibus, quanti illos a liberto meo, sed ex nongentis, quanti a publicanis partem vicensimam emisti.

(2) Invicem ego et rogo et exigo, ut non solum quid te, verum etiam quid me deceat, adspicias patiarisque me in hoc uno tibi eodem animo repugnare, quo in omnibus obsequi soleo. vale.

XV

C. Plinius Saturnino suo s.

(1) Requiris, quid agam. quae nosti: distringor officio, amicis deservio, studeo interdum, quod non interdum, sed solum semperque facere, non audeo dicere, rectius, certe beatius erat. (2) te omnia alia, quam quae velis, agere moleste ferrem, nisi ea, quae agis, essent honestissima. nam et rei publicae suae negotia curare et disceptare inter amicos laude dignissimum est.

(3) Prisci nostri contubernium iucundum tibi futurum sciebam. noveram simplicitatem eius, noveram comitatem; eundum esse, quod minus noram, gratissimum experior, cum tam iucunde officiorum nostrorum meminisse eum scribas. vale.

14

C. Plinius grüßt seine Corellia[39]

(1) Es ist sicherlich hochanständig von Dir, daß Du so eindringlich bittest und forderst, ich solle von Dir für die Ländereien nicht einen Preis von 700 000 Sesterzen annehmen, wofür Du sie von meinem Freigelassenen gekauft hast[40], sondern von 900 000 Sesterzen, wofür Du den Steuerpächtern fünf Prozent Erbschaftssteuer bezahlt hast.[41]

(2) Ich meinerseits bitte und verlange, nicht nur das, was sich für Dich, sondern auch, was sich für mich ziemt, zu erwägen und zuzulassen, daß ich Dir in diesem einen Punkt mit derselben Gesinnung Widerstand leiste, mit der ich mich in allem sonst immer nach Dir richte. Lebe wohl!

15

C. Plinius grüßt seinen Saturninus[42]

(1) Du fragst mich, was ich mache? Du weißt es doch: mein öffentliches Amt[43] nimmt mich sehr stark in Anspruch, ich widme mich ganz meinen Freunden, beschäftige mich bisweilen mit meinen Studien, was nicht nur bisweilen, sondern immer zu tun – ich wage es nicht zu sagen – richtiger wäre, gewiß aber beglückender. (2) Daß Du alles andere tust, als was Du möchtest, würde ich bedauern, wenn nicht das, was Du tust, sehr ehrenvoll wäre. Denn sich um die schwierigen Angelegenheiten seiner Heimatstadt zu kümmern und Streitigkeiten unter Freunden zu schlichten ist eine äußerst löbliche Aufgabe.

(3) Daß der nähere Umgang mit unserem Priscus[44] für Dich angenehm sein würde, wußte ich. Ich kannte seine Aufrichtigkeit, kannte seine Freundlichkeit. Nun erfahre ich, daß er auch, was ich weniger wußte, sehr dankbar ist, weil er sich, wie Du schreibst, in so erfreulicher Weise meiner Gefälligkeiten erinnert. Lebe wohl!

XVI

C. Plinius Fabato prosocero suo s.

(1) Calestrium Tironem familiarissime diligo et privatis mihi et publicis necessitudinibus implicitum. (2) simul militavimus, simul quaestores Caesaris fuimus. ille me in tribunatu liberorum iure praecessit, ego illum in praetura sum consecutus, cum mihi Caesar annum remisisset. ego in villas eius saepe secessi, ille in domo mea saepe convaluit.

(3) Hic nunc pro consule provinciam Baeticam per Ticinum est petiturus. (4) spero, immo confido facile me impetraturum, ut ex itinere deflectat ad te, si voles vindicta liberare, quos proxime inter amicos manumisisti. nihil est, quod verearis, ne sit hoc illi molestum, cui orbem terrarum circumire non erit longum mea causa.

(5) Proinde nimiam istam verecundiam pone teque, quid velis, consule! illi tam iucundum, quod ego, quam mihi, quod tu iubes. vale.

XVII

C. Plinius Celeri suo s.

(1) Sua cuique ratio recitandi; mihi, quod saepe iam dixi, ut, si quid me fugit, ut certe fugit, admonear. (2) quo magis miror, quod scribis fuisse quosdam, qui reprehenderent, quod orationes omnino recitarem; nisi vero has solas non putant emendandas. (3) a quibus libenter requisierim,

16

C. Plinius grüßt seinen Schwiegergroßvater Fabatus[45]

(1) Calestrius Tiro[46] schätze ich als vertrauten Freund; er steht mir durch private und dienstliche Verbindungen sehr nahe. (2) Wir leisteten zusammen Militärdienst, waren zusammen kaiserliche Quästoren[47]. Im Tribunat überholte er mich infolge des Dreikinderrechtes[48], in der Prätur holte ich ihn wieder ein, weil der Kaiser mir ein Jahr erlassen hatte.[49] Ich zog mich oft auf seine Landgüter zurück, er erholte sich oft in meinem Hause.

(3) Jetzt ist er im Begriff, als Prokonsul über Ticinum in die Provinz Baetica zu reisen. (4) Ich hoffe, ja ich vertraue darauf, es leicht zu erreichen, daß er auf seiner Reise einen Abstecher zu Dir macht[50], wenn Du den Sklaven offiziell[51] die Freiheit geben willst, die Du kürzlich vor Freunden freigelassen hast. Du brauchst nicht zu fürchten, es könnte ihm lästig sein, für den es nicht langwierig wäre, meinetwegen durch die ganze Welt zu reisen.

(5) Lege also Deine allzu große Bescheidenheit ab und geh mit Dir zu Rate, was Du tun willst! Ihm ist ein Auftrag von mir ebenso angenehm wie mir einer von ihm. Lebe wohl!

17

C. Plinius grüßt seinen Celer[52]

(1) Jeder hat einen persönlichen Grund, seine Werke vorzulesen; ich tue es, wie ich schon oft gesagt habe, damit man mich darauf hinweist, wenn mir etwas entgangen ist, wie es sicher vorkommt. (2) Um so mehr wundere ich mich, daß einige Leute, wie Du schreibst, mich getadelt haben, daß ich überhaupt Reden vorlese, es sei denn, sie wären der Meinung, allein diese brauchten nicht verbes-

cur concedant, si concedunt tamen, historiam debere recitari, quae non ostentationi, sed fidei veritatique componitur, cur tragoediam, quae non auditorium, sed scaenam et actores, cur lyrica, quae non lectorem, sed chorum et lyram poscunt. (4) at horum recitatio usu iam recepta est. num ergo culpandus est ille, qui coepit? quamquam orationes quoque et nostri quidam et Graeci lectitaverunt.

(5) Supervacuum tamen est recitare, quae dixeris. etiam, si eadem omnia, si isdem omnibus, si statim recites. si vero multa inseras, multa commutes, si quosdam novos, quosdam eosdem, sed post tempus adsumas, cur minus probabilis sit causa recitandi, quae dixeris, quam edendi? (6) sed difficile est, ut oratio, dum recitatur, satisfaciat. iam hoc ad laborem recitantis pertinet, non ad rationem non recitandi. (7) nec vero ego, dum recito, laudari, sed dum legor, cupio. itaque nullum emendandi genus omitto. ac primum, quae scripsi, mecum ipse pertracto; deinde duobus aut tribus lego; mox aliis trado adnotanda notasque eorum, si dubito, cum uno rursus aut altero pensito; novissime pluribus recito ac, si quid mihi credis, tunc acerrime emendo. nam tanto diligentius quanto sollicitius intendo. (8) optime autem reverentia, pudor, metus iudicant; idque adeo sic habe: nonne, si locuturus es cum aliquo quamlibet doc-

sert zu werden. (3) Diese würde ich gerne fragen, warum sie zugeben, sofern sie es tun, daß man ein Geschichtswerk vorlesen dürfe, das nicht verfaßt wird, um zu prahlen, sondern der Zuverlässigkeit und Wahrheit wegen. Warum eine Tragödie, die keinen Hörsaal, sondern Bühne und Schauspieler, warum lyrische Gedichte, die keinen Vorleser, sondern Chor und Leier erfordern. (4) »Aber bei diesen ist die Rezitation schon längst üblich geworden.«[53] Dann muß also der getadelt werden, der damit angefangen hat? Freilich, auch Reden haben sowohl manche unserer Landsleute als auch Griechen vorgelesen.

(5) »Aber es ist doch überflüssig, eine Rede vorzutragen, die man schon gehalten hat.« Ja, wenn man ganz dasselbe, wenn man es vor denselben Menschen, wenn man es sofort danach vorliest. Wenn man aber vieles hinzufügt, vieles verändert, wenn man manche neue Zuhörer, einige frühere, aber erst nach einiger Zeit, hinzunimmt, warum sollte man nicht einen ebenso triftigen Grund haben, eine bereits gehaltene Rede vorzulesen, wie sie als Buch herauszugeben? (6) »Aber nur schwer dürfte eine Rede beim Vorlesen Anklang finden.« Doch das hängt von der Mühe des Vorlesers ab, betrifft aber nicht die Gründe gegen das Vorlesen. (7) Ich verlange auch nicht gelobt zu werden, wenn ich vorlese, sondern wenn man mich liest. Deshalb lasse ich keine Möglichkeit aus, Fehler zu verbessern. Und zuerst überdenke ich das, was ich geschrieben habe, bei mir selbst; dann lese ich es zwei oder drei Leuten vor; darauf übergebe ich es anderen, damit sie Anmerkungen machen, und ihre Anmerkungen prüfe ich, wenn ich im Zweifel bin, wieder mit dem einen oder anderen; schließlich lese ich es einem größeren Publikum vor und – das darfst Du mir glauben – verbessere es dann mit größter Sorgfalt. Denn je aufgeregter ich bin, desto mehr bemühe ich mich. (8) Respekt, Befangenheit und Lampenfieber sind die besten Richter; das mußt Du so verstehen: »Bist Du nicht, wenn Du vor einem noch so gebildeten Men-

to, uno tamen, minus commoveris, quam si cum multis vel indoctis? (9) nonne, cum surgis ad agendum, tunc maxime tibi ipse diffidis, tunc commutata, non dico plurima, sed omnia cupis? utique si latior scaena et corona diffusior; nam illos quoque sordidos pullatosque reveremur. (10) nonne, si prima quaeque improbari putas, debilitaris et concidis? opinor, quia in numero ipso est quoddam magnum collatumque consilium, quibusque singulis iudicii parum, omnibus plurimum.

(11) Itaque Pomponius Secundus (hic scriptor tragoediarum), si quid forte familiarior amicus tollendum, ipse retinendum arbitraretur, dicere solebat: 'ad populum provoco' atque ita ex populi vel silentio vel adsensu aut suam aut amici sententiam sequebatur. (12) tantum ille populo dabat. recte an secus, nihil ad me. ego enim non populum advocare, sed certos electosque soleo, quos intuear, quibus credam, quos denique et tamquam singulos observem et tamquam non singulos timeam. (13) nam, quod M. Cicero de stilo, ego de metu sentio. timor est, timor emendator asperrimus. hoc ipsum, quod nos recitaturos cogitamus, emendat; quod auditorium ingredimur, emendat; quod pallemus, horrescimus, circumspicimus, emendat.

(14) Proinde non paenitet me consuetudinis meae, quam utilissimam experior, adeoque non deterreor sermunculis istorum, ut ultro te rogem monstres aliquid, quod his ad-

schen sprechen sollst, aber nur vor einem einzigen, weniger aufgeregt, als wenn Du vor vielen sprichst, auch wenn sie ungebildet sind?« (9) Hast Du nicht gerade dann, wenn Du Dich zum Vortrag erhebst, am wenigsten Zutrauen zu Dir selbst, und wünschst Du dann nicht, ich meine nicht das meiste, sondern alles zu verändern? Besonders, wenn der Schauplatz größer und das Publikum zahlreicher ist. Denn auch vor jenen einfachen Leuten in der schmutzigen Toga[54] haben wir großen Respekt. (10) Verlierst Du nicht, wenn Du gerade am Anfang Ablehnung zu spüren glaubst, Deine Fassung und Deinen Mut? Ich meine, weil schon die Zahl selbst gewissermaßen eine große Urteilskraft besitzt, wobei die einzelnen nur wenig Einsicht haben, alle zusammen aber ein großes Maß.

(11) Deshalb pflegte Pomponius Secundus[55] – ich meine den bekannten Tragödiendichter –, wenn einmal ein guter Freund eine Stelle streichen, er selbst sie beibehalten wollte, zu sagen: »Ich wende mich an das Volk!«[56] Und so folgte er je nach dem Stillschweigen oder der Zustimmung des Volkes entweder seiner Meinung oder der seines Freundes. (12) So viel galt das Urteil des Volkes bei ihm! Ob mit Recht oder Unrecht, geht mich nichts an. Denn ich pflege nicht das Volk zu versammeln, sondern bestimmte ausgewählte Freunde, auf die ich schaue, denen ich vertraue, die ich schließlich als einzelne achte, die ich als Gesamtheit fürchte. (13) Denn, was Cicero[57] über das Schreiben denkt, das denke ich über das Lampenfieber. Die Angst, ja die Angst trägt am stärksten zur Verbesserung bei. Schon der Gedanke, daß wir rezitieren wollen, bringt Verbesserung; daß wir den Hörsaal betreten, bringt Verbesserung; daß wir bleich werden, zittern, um uns blicken – auch das bringt Verbesserung.

(14) Daher bereue ich meine Gewohnheit nicht, die ich als sehr nützlich erfahre; und daher lasse ich mich durch das Gerede dieser Leute so wenig abschrecken, daß ich Dich bitte, mir etwas zu zeigen, was ich diesen meinen

dam. (15) nihil enim curae meae satis est. cogito, quam sit magnum dare aliquid in manus hominum, nec persuadere mihi possum non et cum multis et saepe tractandum, quod placere et semper et omnibus cupias. vale.

XVIII

C. Plinius Caninio suo s.

(1) Deliberas mecum, quemadmodum pecunia, quam municipibus nostris in epulum obtulisti, post te quoque salva sit.

Honesta consultatio, non expedita sententia. numeres rei publicae summam: verendum est, ne dilabatur. des agros: ut publici neglegentur. (2) equidem nihil commodius invenio, quam quod ipse feci. nam pro quingentis milibus nummum, quae in alimenta ingenuorum ingenuarumque promiseram, agrum ex meis longe pluris actori publico mancipavi; eundem vectigali imposito recepi, tricena milia annua daturus. (3) per hoc enim et rei publicae sors in tuto nec reditus incertus, et ager ipse propter id, quod vectigal large supercurrit, semper dominum, a quo exerceatur, inveniet. (4) nec ignoro me plus aliquanto, quam donasse videor, erogavisse, cum pulcherrimi agri pretium necessitas vectigalis infregerit. (5) sed oportet privatis utilitatibus publicas, mortalibus aeternas anteferre multoque diligentius muneri suo consulere quam facultatibus. vale.

Argumenten hinzufügen kann. (15) Denn nichts genügt meiner Gewissenhaftigkeit. Ich überlege, wie wichtig es ist, etwas in die Hände der Menschen zu geben, und ich lasse mich nicht davon abbringen, daß man mit vielen häufig das durcharbeiten muß, was für immer allen gefallen soll. Lebe wohl!

18

C. Plinius grüßt seinen Caninius[58]

(1) Du fragst mich um Rat, wie das Geld, das Du unseren Landsleuten für ein Festessen angeboten hast, auch nach Deinem Tod gesichert werden könne.

Deine Anfrage ist ehrenvoll, aber die Entscheidung ist nicht leicht. Solltest Du die Summe an die Gemeinde zahlen, dann ist zu befürchten, daß sie verschleudert wird. Solltest Du Grundstücke geben, dann werden sie als Gemeindebesitz vernachlässigt. (2) Ich persönlich finde nichts angemessener als das, was ich selbst getan habe. Ich habe für die 500 000 Sesterze, die ich als Unterstützung für freigeborene Jungen und Mädchen versprochen hatte,[59] Land aus meinem Besitz, das einen viel höheren Wert hatte, dem Geschäftsführer[60] der Gemeinde verkauft. Dieses habe ich gegen eine jährliche Rente von 30 000 Sesterzen wieder zurückgenommen. (3) Denn dadurch ist für die Gemeinde das Kapital nicht gefährdet, und auch der Zinsertrag ist gesichert; und das Land selbst wird deshalb, weil es viel mehr als die Rente einbringt, immer einen Herrn finden, der es bewirtschaftet. (4) Ich weiß gut, daß ich viel mehr ausgegeben habe, als ich dem Anschein nach geschenkt habe, da der zu entrichtende Zins den Wert des sehr schönen Landbesitzes vermindert hat. (5) Aber man muß den privaten Vorteilen die öffentlichen, den vergänglichen die bleibenden vorziehen und sich viel sorgfältiger um seine Schenkung als um sein eigenes Vermögen kümmern. Lebe wohl!

XIX

C. Plinius Prisco suo s.

(1) Angit me Fanniae valetudo. contraxit hanc, dum adsidet Iuniae virgini, sponte primum (est enim adfinis), deinde etiam ex auctoritate pontificum. (2) nam virgines, cum vi morbi atrio Vestae coguntur excedere, matronarum curae custodiaeque mandantur. quo munere Fannia dum sedulo fungitur, hoc discrimine implicita est. (3) insident febres, tussis increscit, summa macies, summa defectio: animus tantum et spiritus viget Helvidio marito, Thrasea patre dignissimus; reliqua labuntur meque non metu tantum, verum etiam dolore conficiunt. (4) doleo enim feminam maximam eripi oculis civitatis nescio an aliquid simile visuris.

Quae castitas illi, quae sanctitas, quanta gravitas, quanta constantia! bis maritum secuta in exilium est, tertio ipsa propter maritum relegata. (5) nam, cum Senecio reus esset, quod de vita Helvidi libros composuisset, rogatumque se a Fannia in defensione dixisset, quaerente minaciter Mettio Caro, an rogasset, respondit: ‘rogavi’; an commentarios scripturo dedisset: ‘dedi’; an sciente matre: ‘nesciente’; postremo nullam vocem cedentem periculo emisit. (6) quin etiam illos ipsos libros, quamquam ex necessitate et metu

19

C. Plinius grüßt seinen Priscus[61]

(1) Mich beunruhigt die Krankheit der Fannia[62]. Während sie die Vestalin Iunia pflegte, anfangs freiwillig – sie ist nämlich ihre Schwägerin –, dann nach dem Willen der Priesterschaft, hat sie sich diese Krankheit zugezogen. (2) Denn wenn die Vestalischen Jungfrauen wegen einer gefährlichen Krankheit sich gezwungen sehen, das Atrium der Vesta[63] zu verlassen, so werden sie der Pflege und Obhut verheirateter Frauen anvertraut. Während Fannia eifrig diese Aufgabe erfüllte, wurde sie von dieser gefährlichen Krankheit befallen. (3) Die Fieberanfälle hielten an, der Husten wurde heftiger, eine sehr starke Abmagerung trat ein, ein sehr großer Kräfteverfall. Nur ihr Geist und ihr Mut sind noch stark, würdig ihres Mannes Helvidius[64], ihres Vaters Thrasea[65]. Alles übrige schwindet dahin, und ich verzehre mich nicht nur aus Furcht, sondern auch vor Schmerz. (4) Denn es schmerzt mich, daß diese so bedeutende Frau den Augen der Bürgerschaft entrissen werden soll, die etwas Ähnliches wohl nicht mehr sehen wird.

Welche Lauterkeit des Charakters, welche Reinheit, welch hohe Würde, welch große Standhaftigkeit besaß sie! Zweimal[66] folgte sie ihrem Mann in die Verbannung, beim drittenmal wurde sie selbst ihres Mannes wegen relegiert[67]. (5) Denn als Senecio[68] angeklagt wurde, weil er eine Lebensbeschreibung des Helvidius verfaßt hatte, und bei seiner Verteidigung sagte, er sei von Fannia darum gebeten worden, antwortete sie auf die drohende Frage des Mettius Carus: »Ja.« Ob sie ihm bei der Abfassung schriftliche Aufzeichnungen gegeben habe. »Ja.« Ob mit Wissen ihrer Mutter[69]. »Nein, ohne ihr Wissen.« Schließlich ließ sie kein Wort verlauten, das die Gefahr vermied. (6) Zwar waren diese Bücher unter dem Zwang und dem Schrecken der Verhältnisse durch einen Senatsbeschluß verboten worden[70], aber dennoch rettete sie, nachdem ihr Vermö-

temporum abolitos senatus consulto, publicatis bonis servavit, habuit tulitque in exilium exilii causam.

(7) Eadem quam iucunda, quam comis, quam denique, quod paucis datum est, non minus amabilis quam veneranda! eritne, quam postea uxoribus nostris ostentare possimus? erit, a qua viri quoque fortitudinis exempla sumamus, quam sic cernentes audientesque miremur ut illas, quae leguntur. (8) ac mihi domus ipsa nutare convulsaque sedibus suis ruitura supra videtur, licet adhuc posteros habeat. quantis enim virtutibus quantisque factis adsequentur, ut haec non novissima occiderit?

(9) Me quidem illud etiam adfligit et torquet, quod matrem eius, illam (nihil possum inlustrius dicere) tantae feminae matrem, rursus videor amittere, quam haec, ut reddit ac refert nobis, sic auferet secum meque et novo pariter et rescisso vulnere adficiet. (10) utramque colui, utramque dilexi: utram magis, nescio, nec discerni volebant. habuerunt officia mea in secundis, habuerunt in adversis. ego solacium relegatarum, ego ultor reversarum; non feci tamen paria atque eo magis hanc cupio servari, ut mihi solvendi tempora supersint.

(11) In his eram curis, cum scriberem ad te; quas si deus aliquis in gaudium verterit, de metu non querar. vale.

gen eingezogen worden war, sogar eben diese, behielt sie und nahm sie, die Ursache der Verbannung, mit in die Verbannung.

(7) Wie angenehm, wie freundlich war sie, schließlich – was nur wenigen gegeben ist – ebenso liebenswert wie verehrungswürdig! Wird es eine Frau geben, die wir später unseren Frauen als Beispiel zeigen können? Wird es eine Frau geben, an der auch wir Männer uns ein Beispiel für Tapferkeit nehmen können, die wir, obwohl wir sie noch sehen und hören, so bewundern wie jene Frauen, von denen wir in Büchern lesen. (8) Und mir scheint, als ob ihr Haus selbst schwanke und, gleichsam in den Grundmauern erschüttert, über ihr einstürze, mag sie auch jetzt noch Nachkommen haben[71]. Denn mit welchen Tugenden, mit welchen Taten werden sie Fannia erreichen können, so daß sie nicht als letzte ihrer Familie stirbt?

(9) Mich freilich betrübt und beunruhigt besonders der Gedanke, daß ich ihre Mutter[72], die Mutter – ich kann nichts Ruhmvolleres sagen – einer solchen Frau noch einmal zu verlieren scheine; wie Fannia diese uns wiedergibt und ersetzt, so wird sie diese auch mit sich fortnehmen und mir zugleich eine neue Wunde zufügen, indem sie die alte wieder aufreißt. (10) Beide habe ich verehrt, beide geliebt; welche mehr, weiß ich nicht; auch wollten sie nicht, daß man einen Unterschied mache. Meine Freundschaftsdienste erwies ich ihnen im Glück und Unglück. Ich war ihr Trost in der Verbannung, ihr Rächer bei ihrer Rückkehr. Und doch habe ich meine Rechnung nicht beglichen[73], und um so mehr wünsche ich, daß Fannias Leben gerettet wird, damit mir Zeit übrigbleibt, meine Schuld abzuzahlen.

(11) Das sind meine Sorgen, während ich Dir schreibe; wenn sie ein Gott in Freude verwandelt, dann will ich mich über die ausgestandene Angst nicht mehr beklagen. Lebe wohl!

XX

C. Plinius Tacito suo s.

(1) Librum tuum legi et, quam diligentissime potui, adnotavi, quae commutanda, quae eximenda arbitrarer. nam et ego verum dicere adsuevi et tu libenter audire. neque enim ulli patientius reprehenduntur, quam qui maxime laudari merentur.

(2) Nunc a te librum meum cum adnotationibus tuis exspecto. o iucundas, o pulchras vices! quam me delectat, quod, si qua posteris cura nostri, usquequaque narrabitur, qua concordia, simplicitate, fide vixerimus! (3) erit rarum et insigne duos homines aetate, dignitate propemodum aequales, non nullius in litteris nominis (cogor enim de te quoque parcius dicere, quia de me simul dico), alterum alterius studia fovisse.

(4) Equidem adulescentulus, cum iam tu fama gloriaque floreres, te sequi, tibi ‘longo, sed proximus intervallo’ et esse et haberi concupiscebam. et erant multa clarissima ingenia; sed tu mihi (ita similitudo naturae ferebat) maxime imitabilis, maxime imitandus videbaris. (5) quo magis gaudeo, quod, si quis de studiis sermo, una nominamur, quod de te loquentibus statim occurro. nec desunt, qui utrique nostrum praeferantur. (6) sed nos, nihil interest mea, quo loco, iungimur: nam mihi primus, qui a te proximus. quin etiam in testamentis debes adnotasse: nisi quis forte alter-

20

C. Plinius grüßt seinen Tacitus[74]

(1) Dein Buch[75] habe ich gelesen und möglichst sorgfältig Anmerkungen gemacht, was meiner Meinung nach verändert, was gestrichen werden sollte. Denn ich bin ebenso gewohnt, die Wahrheit zu sagen, wie Du, sie bereitwillig anzuhören. Denn niemand läßt sich geduldiger kritisieren, als wer am meisten Anerkennung verdient.

(2) Jetzt warte ich auf mein Buch mit Deinen Anmerkungen. Welch erfreulicher, welch schöner Austausch! Welche Freude macht es mir, daß man, wenn die Nachwelt sich noch irgendwie um uns kümmern sollte, überall erzählen wird, wie harmonisch, wie offen, wie vertrauensvoll wir miteinander gelebt haben! (3) Es wird etwas Seltenes und Auffallendes sein, daß zwei Männer, an Alter[76] und Stellung beinahe gleich, in der Literatur schon recht bekannt – ich sehe mich nämlich gezwungen, auch über Dich zurückhaltender zu sprechen, weil ich zugleich auch über mich spreche –, sich gegenseitig bei ihren literarischen Arbeiten gefördert haben.

(4) Als ich freilich noch ganz jung war, Du aber schon auf der Höhe Deines Ansehens und Ruhmes standest, wünschte ich sehr, Dir nachzufolgen, »in einem großen Abstand, aber der nächste«[77] zu sein und dafür zu gelten. Und es gab damals viele höchst bedeutende Talente. Aber Du schienst mir – die Ähnlichkeit unseres Charakters brachte es mit sich – am ehesten nachahmbar, am meisten nachahmenswert. (5) Um so mehr freue ich mich, daß man uns, wenn die Rede auf Literatur kommt, zusammen nennt, daß den Menschen, die von Dir sprechen, auch sogleich mein Name einfällt. Auch gibt es Männer, die uns beiden vorgezogen werden können. (6) Aber für mich ist es unwichtig, in welcher Reihenfolge man uns beide miteinander verbindet. Denn für mich ist jener der erste, der als nächster nach Dir kommt. Ja, Du mußt bemerkt ha-

utri nostrum amicissimus, eadem legata et quidem pariter accipimus.

(7) Quae omnia huc spectant, ut invicem ardentius diligamus, cum tot vinculis nos studia, mores, fama, suprema denique hominum iudicia constringant. vale.

XXI

C. Plinius Cornuto suo s.

(1) Pareo, collega carissime, et infirmitati oculorum, ut iubes, consulo. nam et huc tecto vehiculo undique inclusus quasi in cubiculo perveni, et hic non stilo modo, verum etiam lectionibus difficulter, sed abstineo solisque auribus studeo. (2) cubicula obductis velis opaca nec tamen obscura facio. cryptoporticus quoque adopertis inferioribus fenestris tantum umbrae, quantum luminis habet.

(3) Sic paulatim lucem ferre condisco. balineum adsumo, quia prodest, vinum, quia non nocet, parcissime tamen. ita adsuevi, et nunc custos adest.

(4) Gallinam, ut a te missam, libenter accepi; quam satis acribus oculis, quamquam adhuc lippus, pinguissimam vidi. vale.

ben, daß wir selbst in Testamenten zusammen genannt werden: wenn nicht zufällig jemand mit einem von uns sehr gut befreundet ist, erhalten wir die gleichen Legate[78], und zwar ohne Unterschied.

(7) Das alles zielt darauf hin, daß wir uns gegenseitig immer stärker lieben sollen, weil uns literarische Studien, Charakter, Ruhm und schließlich der letzte Wille der Menschen durch so viele Bande eng miteinander verbinden. Lebe wohl!

21

C. Plinius grüßt seinen Cornutus[79]

(1) Ich gehorche Dir, mein lieber Amtskollege, und kümmere mich, wie Du befiehlst, um meine Augenkrankheit. Denn ich bin hierher in einem verdeckten Wagen gekommen, von allen Seiten abgeschlossen wie in einem Zimmer; und hier enthalte ich mich nicht nur des Schreibens, sondern auch der Lektüre, wie schwer es mir auch fällt, und studiere nur mit den Ohren[80]. (2) Meine Zimmer mache ich durch zugezogene Vorhänge zwar schattig, aber dennoch nicht dunkel. Auch der überdeckte Säulengang hat, wenn die unteren Fenster geschlossen sind, ebensoviel Schatten wie Licht.

(3) So lerne ich allmählich, das Tageslicht zu ertragen. Ich nehme ein Bad, weil es nützt; Wein trinke ich, weil er nicht schadet, jedoch äußerst sparsam. So habe ich mich daran gewöhnt, und jetzt ist auch noch ein Aufpasser bei mir.

(4) Das Huhn habe ich, weil Du es mir geschickt hast, gern angenommen; zwar waren meine Augen noch entzündet, aber dennoch scharf; daher sah ich, daß es sehr fett war. Lebe wohl!

XXII

C. Plinius Falconi suo s.

(1) Minus miraberis me tam instanter petisse, ut in amicum meum conferres tribunatum, cum scieris, quis ille qualisque. possum autem iam tibi et nomen indicare et describere ipsum, postquam polliceris.

(2) Est Cornelius Minicianus, ornamentum regionis meae seu dignitate seu moribus. natus splendide abundat facultatibus, amat studia, ut solent pauperes. idem rectissimus iudex, fortissimus advocatus, amicus fidelissimus. (3) accepisse te beneficium credes, cum propius inspexeris hominem omnibus honoribus, omnibus titulis (nihil volo elatius de modestissimo viro dicere) parem. vale.

XXIII

C. Plinius Fabato prosocero suo s.

(1) Gaudeo quidem esse te tam fortem, ut Mediolani occurrere Tironi possis, sed ut perseveres esse tam fortis, rogo, ne tibi contra rationem aetatis tantum laboris iniungas. quin immo denuntio, ut illum et domi et intra domum atque etiam intra cubiculi limen exspectes. (2) etenim, cum a me ut frater diligatur, non debet ab eo, quem ego parentis loco observo, exigere officium, quod parenti suo remisisset. vale.

22

C. Plinius grüßt seinen Falco[81]

(1) Du wirst Dich weniger wundern, daß ich Dich so eindringlich gebeten habe, meinem Freunde das Tribunat[82] zu verschaffen, wenn Du weißt, wer er ist und was für ein Mann. Nachdem Du mir Dein Versprechen gegeben hast, kann ich aber jetzt den Namen angeben und den Mann selbst beschreiben.

(2) Es ist Cornelius Minicianus[83], eine Zierde meiner Gegend hier, sowohl wegen seiner Stellung als auch wegen seines Charakters. Er ist von vornehmer Herkunft, besitzt ein sehr großes Vermögen, liebt die Studien, wie das sonst nur Arme tun. Er ist ein außerordentlich gewissenhafter Richter, ein sehr mutiger Anwalt und ein äußerst treuer Freund. (3) Du wirst glauben, eine Wohltat von mir empfangen zu haben, wenn Du diesen Mann näher kennenlernst, der jedem Ehrenamt, jedem Titel gewachsen ist – ich will nicht zu pathetisch über einen ganz bescheidenen Menschen sprechen. Lebe wohl!

23

C. Plinius grüßt seinen Schwiegergroßvater Fabatus[84]

(1) Zwar freue ich mich, daß Du so gesund bist, daß Du in der Lage bist, dem Tiro nach Mailand entgegenzureisen; aber damit Deine Gesundheit andauert, bitte ich Dich, nicht gegen jegliche Rücksicht auf Dein Alter so große Strapazen auf Dich zu nehmen. Ja ich bestehe sogar darauf, daß Du ihn zu Hause, in Deinem Hause, ja sogar in Deinem Zimmer erwarten sollst. (2) Denn da ich ihn wie einen Bruder liebe, darf er von dem, den ich wie einen Vater verehre, nicht eine Höflichkeit verlangen, die er seinem Vater erlassen hätte. Lebe wohl!

XXIV

C. Plinius Gemino suo s.

(1) Ummidia Quadratilla paulo minus octogensimo aetatis anno decessit, usque ad novissimam valetudinem viridis atque etiam ultra matronalem modum compacto corpore et robusto. (2) decessit honestissimo testamento: reliquit heredes, ex besse nepotem, ex tertia parte neptem.

Neptem parum novi, nepotem familiarissime diligo, adulescentem singularem nec his tantum, quos sanguine attingit, inter propinquos amandum. (3) ac primum conspicuus forma omnis sermones malignorum et puer et iuvenis evasit: intra quartum et vicensimum annum maritus et, si deus adnuisset, pater. vixit in contubernio aviae delicatae severissime et tamen obsequentissime. (4) habebat illa pantomimos fovebatque effusius, quam principi feminae convenit. hos Quadratus non in theatro, non domi spectabat; nec illa exigebat. (5) audivi ipsam, cum mihi commendaret nepotis sui studia, solere se, ut feminam in illo otio sexus, laxare animum lusu calculorum, solere spectare pantomimos suos; sed, cum factura esset alterutrum, semper se nepoti suo praecepisse, abiret studeretque; quod mihi non amore eius magis facere quam reverentia videbatur.

(6) Miraberis, et ego miratus sum. proximis sacerdotalibus ludis productis in commissione pantomimis, cum simul theatro ego et Quadratus egrederemur, ait mihi: ‘scis

24

C. Plinius grüßt seinen Geminus[85]

(1) Ummidia Quadratilla ist im Alter von fast 80 Jahren gestorben; bis zu ihrer letzten Krankheit war sie frisch und in einem kräftigeren und robusteren körperlichen Zustand als bei einer alten Frau üblich. (2) Sie starb mit einem Testament, das ihr die größte Ehre machte: sie hinterließ als Erben ihrem Enkel zwei Drittel, ihrer Enkelin ein Drittel.

Ihre Enkelin kenne ich wenig, den Enkel schätze ich als sehr guten Freund; er ist ein ganz außergewöhnlicher junger Mann und verdient es, nicht nur von denen, mit denen er blutsverwandt ist, wie ein Verwandter geliebt zu werden. (3) Und zunächst ist er, obwohl er sich durch Schönheit auszeichnete, sowohl in seiner Kindheit als auch in seiner Jugend jeder üblen Nachrede entgangen. Mit 24 Jahren heiratete er und wäre, wenn der Himmel es gewollt hätte, jetzt Vater. Er lebte im Haus seiner auf Luxus bedachten Großmutter sehr streng und doch sehr gehorsam. (4) Sie hielt Pantomimen[86] und begünstigte diese maßloser, als es sich für eine vornehme Frau schickte. Quadratus sah ihnen nicht im Theater und nicht in seinem Hause zu; und sie verlangte es auch nicht. (5) Ich habe sie selbst sagen hören, als sie mir die Studien ihres Enkels empfahl, sie pflege sich als Frau in der reichlichen Freizeit ihres Geschlechtes beim Brettspiel zu erholen, sie pflege ihren Pantomimen zuzuschauen; aber, wenn sie eines von beiden tun wollte, habe sie ihren Enkel immer aufgefordert, wegzugehen und sich mit seinen Studien zu beschäftigen. Das tat sie, wie mir schien, weniger aus Liebe zu ihm als aus Achtung vor ihm.

(6) Du wirst Dich wundern, und auch ich habe mich gewundert. Bei den letzten Priesterspielen[87] wetteiferten Pantomimen auf der Bühne miteinander. Als Quadratus und ich zugleich das Theater verließen, sagte er zu mir:

me hodie primum vidisse saltantem aviae meae libertum?' hoc nepos. (7) at hercule alienissimi homines in honorem Quadratillae (pudet me dixisse honorem) per adulationis officium in theatrum cursitabant, exsultabant, plaudebant, mirabantur ac deinde singulos gestus dominae cum canticis reddebant; qui nunc exiguissima legata, theatralis operae corollarium, accipient ab herede, qui non spectabat.

(8) Haec, quia soles, si quid incidit novi, non invitus audire; deinde, quia iucundum est mihi, quod ceperam gaudium, scribendo retractare. gaudeo enim pietate defunctae, honore optimi iuvenis, laetor etiam, quod domus aliquando C. Cassi, huius qui Cassianae scholae princeps et parens fuit, serviet domino non minori. (9) implebit enim illam Quadratus meus et decebit rursusque ei pristinam dignitatem, celebritatem, gloriam reddet, cum tantus orator inde procedet, quantus iuris ille consultus. vale.

XXV

C. Plinius Rufo suo s.

(1) O quantum eruditorum aut modestia ipsorum aut quies operit ac subtrahit famae! at nos eos tantum dicturi aliquid aut lecturi timemus, qui studia sua proferunt, cum illi, qui tacent, hoc amplius praestent, quod maximum opus silentio reverentur. expertus scribo, quod scribo.

»Weißt du, daß ich heute zum ersten Mal den Freigelassenen meiner Großmutter habe tanzen sehen?« So der Enkel. (7) Aber wahrlich, wildfremde Menschen rannten zu Ehren der Quadratilla – ich schäme mich, das Wort Ehre gesagt zu haben – aus unterwürfiger Schmeichelei ins Theater, sprangen auf, klatschten Beifall, staunten und machten dann ihrer Dame noch einmal die einzelnen Gesten unter Gesang vor. Diese werden nun als Abfindung für ihre Bemühungen im Theater ganz kleine Legate vom Erben bekommen, der sie nicht sah.

(8) Dies schreibe ich Dir, weil Du, wenn etwas Neues geschieht, es immer gern hörst; und dann, weil es für mich erfreulich ist, die Freude, die ich empfunden habe, beim Schreiben von neuem zu genießen. Denn ich freue mich über die Zuneigung der Verstorbenen und über die ehrenvolle Auszeichnung des tüchtigen jungen Mannes; ich freue mich auch, daß das ehemalige Haus des C. Cassius, des Stifters und Vaters der Cassianischen Schule[88], einen nicht weniger bedeutenden Herrn bekommen wird. (9) Denn mein Quadratus wird darin leben, sich ihrer würdig erweisen und ihr ihr früheres Ansehen, ihren früheren Glanz und Ruhm wiedergeben, wenn er von dort als ein ebenso bedeutender Redner hervorgehen wird wie jener als Rechtsgelehrter. Lebe wohl!

25

C. Plinius grüßt seinen Rufus[89]

(1) Wie viele Gelehrte läßt ihre eigene Bescheidenheit oder ihre Liebe zur Muße im Verborgenen leben und entzieht sie so dem Ruhm! Aber wenn wir etwas reden oder vorlesen wollen, fürchten wir nur die, die ihre literarischen Werke öffentlich zeigen, während jene, die schweigen, damit mehr leisten, daß sie durch ihr Schweigen eine so wichtige Tätigkeit ehren. Ich schreibe aus Erfahrung, was ich hier schreibe.

(2) Terentius Iunior, equestribus militiis atque etiam procuratione Narbonensis provinciae integerrime functus, recepit se in agros suos paratisque honoribus tranquillissimum otium praetulit. (3) hunc ego invitatus hospitio ut bonum patrem familiae, ut diligentem agricolam intuebar, de his locuturus, in quibus illum versari putabam; et coeperam, cum ille me doctissimo sermone revocavit ad studia. (4) quam tersa omnia, quam Latina, quam Graeca! nam tantum utraque lingua valet, ut ea magis videatur excellere, qua cum maxime loquitur. quantum ille legit, quantum tenet! Athenis vivere hominem, non in villa putes.

(5) Quid multa? auxit sollicitudinem meam effecitque, ut illis, quos doctissimos novi, non minus hos seductos et quasi rusticos verear. (6) idem suadeo tibi: sunt enim ut in castris, sic etiam in litteris nostris plures cultu pagano, quos cinctos et armatos, et quidem ardentissimo ingenio, diligenter scrutatus invenies. vale.

XXVI

C. Plinius Maximo suo s.

(1) Nuper me cuiusdam amici languor admonuit optimos esse nos, dum infirmi sumus. quem enim infirmum aut avaritia aut libido sollicitat? (2) non amoribus servit,

(2) Nachdem Terentius Iunior Kriegsdienst bei der Reiterei geleistet und auch die Verwaltung der Provinz Narbonensis höchst uneigennützig durchgeführt hatte, zog er sich auf seine Landgüter zurück und gab einem ganz ruhigen Leben in Muße den Vorzug vor den Ehrenstellen, die ihm offenstanden. (3) Als er mich als seinen Gast eingeladen hatte, wollte ich, da ich ihn für einen guten Familienvater und sorgfältigen Landwirt hielt, mit ihm über die Dinge sprechen, mit denen er, wie ich glaubte, vertraut war; und ich hatte schon begonnen, als er mich in einem sehr gelehrten Gespräch wieder zu den Wissenschaften zurückrief. (4) Wie nett war alles, wie echt lateinisch, wie echt griechisch! Denn er beherrscht beide Sprachen so gut, daß er sich in *der* mehr auszuzeichnen scheint, die er gerade spricht. Wieviel liest er, wieviel weiß er! Man könnte glauben, der Mann lebe in Athen, nicht in einem Landhaus.

(5) Was soll ich viele Worte machen? Er hat meine Befangenheit vergrößert und erreicht, daß ich diese zurückgezogen lebenden, gleichsam bäuerlichen Menschen nicht weniger ehrfürchtig achte als die, die ich als große Gelehrte kenne. (6) Dasselbe rate ich auch Dir zu tun: denn wie beim Militär, so gibt es auch in unseren Wissenschaften ziemlich viele Leute von bäuerischer Lebensweise, die sich bei sorgfältiger Untersuchung als sehr gut gerüstet und sogar als Menschen von glänzendster Begabung erweisen. Lebe wohl!

26

C. Plinius grüßt seinen Maximus[90]

(1) Neulich brachte mich die Krankheit eines Freundes auf den Gedanken, daß wir die besten Menschen sind, wenn wir krank sind. Denn wen quälen, wenn er krank ist, Habgier oder Leidenschaft? (2) Der Kranke ist nicht

non appetit honores, opes neglegit et quantulumcumque ut relicturus satis habet. tunc deos, tunc hominem esse se meminit, invidet nemini, neminem miratur, neminem despicit ac ne sermonibus quidem malignis aut attendit aut alitur: balinea imaginatur et fontes. (3) haec summa curarum, summa votorum mollemque in posterum et pinguem, si contingat evadere, hoc est innoxiam beatamque destinat vitam.

(4) Possum ergo, quod plurimis verbis, plurimis etiam voluminibus philosophi docere conantur, ipse breviter tibi mihique praecipere, ut tales esse sani perseveremus, quales nos futuros profitemur infirmi. vale.

XXVII

C. Plinius Surae suo s.

(1) Et mihi discendi et tibi docendi facultatem otium praebet. igitur perquam velim scire, esse phantasmata et habere propriam figuram numenque aliquod putes an inania et vana ex metu nostro imaginem accipere.

(2) Ego ut esse credam, in primis eo ducor, quod audio accidisse Curtio Rufo. tenuis adhuc et obscurus obtinenti Africam comes haeserat. inclinato die spatiabatur in porticu; offertur ei mulieris figura humana grandior pulchriorque; perterrito Africam se, futurorum praenuntiam, dixit;

Sklave der Liebe, er strebt nicht nach Ehren, kümmert sich nicht um Reichtum, und er ist zufrieden, wie wenig er auch besitzt, da er es ja doch zurücklassen muß. Jetzt erinnert er sich daran, daß es Götter gibt, daß er ein Mensch ist. Er beneidet niemanden, niemanden bewundert er, niemanden verachtet er, und nicht einmal böses Geschwätz erweckt seine Aufmerksamkeit oder erheitert ihn: er träumt nur von Bädern und Heilquellen. (3) Das ist seine größte Sorge, sein größter Wunsch, und er nimmt sich vor, wenn es ihm gelingen sollte davonzukommen, in Zukunft ein angenehmes und ruhiges, das heißt ein ungefährdetes und glückliches Leben zu führen.

(4) Ich kann also, was die Philosophen mit sehr vielen Worten und in sehr vielen Büchern zu lehren versuchen, selbst kurz für Dich und mich in der Vorschrift zusammenfassen, daß wir fortfahren sollen, in gesunden Tagen so zu sein, wie wir während einer Krankheit versprechen, uns in Zukunft zu verhalten. Lebe wohl!

27

C. Plinius grüßt seinen Sura[91]

(1) Die Muße bietet mir die Möglichkeit, etwas zu lernen, und Dir, mich zu belehren. Ich möchte also sehr gerne wissen, ob es nach Deiner Meinung Gespenster gibt, ob sie eine eigene Gestalt haben[92] und überirdische Wesen sind, oder ob sie leere und wesenlose Gebilde sind, die nur in unserer Furcht[93] Gestalt annehmen.

(2) Daß ich an ihre Existenz glaube, dazu veranlaßt mich besonders ein Erlebnis, das Curtius Rufus[94] gehabt haben soll. Als er noch unbedeutend und ohne Vermögen war, hatte er sich dem Statthalter von Africa als Begleiter angeschlossen. Am Abend ging er in einer Säulenhalle spazieren. Da trat ihm eine Frauengestalt von übernatürlicher Größe und Schönheit entgegen. Er erschrak heftig. Sie

iturum enim Romam honoresque gesturum atque etiam cum summo imperio in eandem provinciam reversurum ibique moriturum. facta sunt omnia. (3) praeterea accedenti Carthaginem egredientique nave eadem figura in litore occurrisse narratur. ipse certe implicitus morbo, futura praeteritis, adversa secundis auguratus, spem salutis nullo suorum desperante proiecit.

(4) Iam illud nonne et magis terribile et non minus mirum est, quod exponam, ut accepi? (5) erat Athenis spatiosa et capax domus, sed infamis et pestilens. per silentium noctis sonus ferri et, si attenderes acrius, strepitus vinculorum longius primo, deinde e proximo reddebatur: mox apparebat idolon, senex macie et squalore confectus, promissa barba, horrenti capillo; cruribus compedes, manibus catenas gerebat quatiebatque. (6) inde inhabitantibus tristes diraeque noctes per metum vigilabantur; vigiliam morbus et crescente formidine mors sequebatur. nam interdiu quoque, quamquam abscesserat imago, memoria imaginis oculis inerrabat, longiorque causis timoris timor erat. deserta inde et damnata solitudine domus totaque illi monstro relicta; proscribebatur tamen, seu quis emere, seu quis conducere ignarus tanti mali vellet.

(7) Venit Athenas philosophus Athenodorus, legit titulum auditoque pretio, quia suspecta vilitas, percunctatus omnia docetur ac nihilo minus, immo tanto magis conducit. ubi coepit advesperascere, iubet sterni sibi in prima

aber sagte, sie sei Africa und künde ihm die Zukunft. Er werde nämlich nach Rom gehen, Ehrenämter bekleiden und dann als Statthalter in diese Provinz zurückkehren und hier sterben. Alles ist so eingetreten. (3) Als er zudem in Karthago gelandet sei und sein Schiff verlassen habe, sei ihm, so wird erzählt, dieselbe Gestalt am Ufer erschienen. Jedenfalls befiel ihn dort eine Krankheit; aus der Vergangenheit schloß er auf die Zukunft und aus dem Glück auf das Unglück; so gab er die Hoffnung auf seine Genesung auf, als noch niemand von den Seinen dran zweifelte.

(4) Ist nicht folgende Geschichte noch schrecklicher und doch ebenso wunderbar? Ich will sie erzählen, wie ich sie gehört habe. (5) In Athen gab es ein sehr geräumiges, aber verrufenes und unheilbringendes Haus. In der Stille der Nacht ertönte das Geräusch von Eisen und, wenn man genauer hinhörte, zunächst aus weiterer Entfernung, dann aus der Nähe das Klirren von Ketten. Darauf erschien ein Gespenst, ein alter Mann, durch Abmagerung und Schmutz heruntergekommen, mit einem langen Bart und struppigem Haar. Er trug an den Beinen Fesseln, an den Händen Ketten und schüttelte sie. (6) Daher durchwachten die Hausbewohner aus Angst traurige, schreckliche Nächte. Der Schlaflosigkeit folgte Krankheit und mit zunehmender Furcht sogar der Tod. Denn auch tagsüber trat ihnen die Erinnerung an das Gespenst vor Augen, obwohl dieses schon längst verschwunden war; und die Furcht blieb länger als die Ursache der Furcht. Daher wurde das Haus verlassen, zur Einsamkeit verdammt und ganz jenem Ungeheuer überlassen. Dennoch bot man es öffentlich zum Verkauf an, falls es jemand in Unkenntnis dieses so großen Nachteiles kaufen oder mieten wollte.

(7) Es kam der Philosoph Athenodorus nach Athen, las die Anzeige, hörte den Preis und erkundigte sich, weil ihm der niedrige Preis verdächtig vorkam, genauer; er erfuhr alles und mietete das Haus trotzdem, ja jetzt erst recht. Als es begann Abend zu werden, ließ er sich im

domus parte, poscit pugillares, stilum, lumen; suos omnes in interiora dimittit, ipse ad scribendum animum, oculos, manum intendit, ne vacua mens audita simulacra et inanes sibi metus fingeret. (8) initio, quale ubique, silentium noctis, dein concuti ferrum, vincula moveri: ille non tollere oculos, non remittere stilum, sed offirmare animum auribusque praetendere. tum crebrescere fragor, adventare et iam ut in limine, iam ut intra limen audiri. respicit, videt agnoscitque narratam sibi effigiem. (9) stabat innuebatque digito similis vocanti; hic contra, ut paulum exspectaret, manu significat rursusque ceris et stilo incumbit. illa scribentis capiti catenis insonabat; respicit rursus idem quod prius innuentem nec moratus tollit lumen et sequitur. (10) ibat illa lento gradu, quasi gravis vinculis; postquam deflexit in aream domus, repente dilapsa deserit comitem. desertus herbas et folia concerpta signum loco ponit. (11) postero die adit magistratus, monet, ut illum locum effodi iubeant. inveniuntur ossa inserta catenis et implicita, quae corpus aevo terraque putrefactum nuda et exesa reliquerat vinculis; collecta publice sepeliuntur. domus postea rite conditis manibus caruit.

(12) Et haec quidem adfirmantibus credo; illud adfirmare aliis possum: est libertus mihi non inlitteratus. cum hoc

vorderen Teil des Hauses ein Lager herrichten, verlangte Schreibtafel, Griffel und Licht. Seine Leute schickte er alle in die inneren Räume; er selbst richtete seine Gedanken, Augen und seine Hand aufs Schreiben, damit nicht sein unbeschäftigter Geist sich die Erscheinungen, von denen er nur gehört hatte, und die unbegründeten Ängste einbilde. (8) Anfangs herrschte, wie überall, die Stille der Nacht; dann klirrte Eisen, Ketten rasselten. Er hob nicht seine Augen, legte den Griffel nicht beiseite, sondern faßte sich ein Herz und ließ sich von dem Gehörten nicht beeindrucken. Der Lärm nahm zu, näherte sich und war schon an der Türschwelle, schon im Zimmer zu hören. Er schaute auf, sah und erkannte das Gespenst, wie man es ihm beschrieben hatte. (9) Es stand und winkte ihm mit dem Finger zu, als wollte es ihn rufen. Er dagegen gab mit der Hand ein Zeichen, es solle noch ein wenig warten, und beschäftigte sich wieder mit der Wachstafel und dem Griffel. Da rasselte das Gespenst über dem Kopf des Schreibenden mit seinen Ketten; er schaute wieder auf, sah das Gespenst wieder wie vorher winken, nahm ohne Zögern das Licht und folgte. (10) Das Gespenst ging mit langsamen Schritten, gleichsam mit Ketten beschwert. Nachdem es in den Hof des Hauses abgebogen war, verschwand es plötzlich und ließ den Begleiter zurück. Alleingelassen, wie er war, rupfte er Gras und Blätter ab und bezeichnete damit die Stelle. (11) Am folgenden Tag ging er zu den Behörden und forderte sie auf, jene Stelle aufgraben zu lassen. Man fand mit Ketten gefesselte und umwickelte Gebeine, die der mit der Zeit in der Erde verweste Körper nackt und zernagt in den Fesseln zurückgelassen hatte. Man sammelte die Gebeine und bestattete sie auf Kosten der Gemeinde. Nachdem die Manen gebührend bestattet worden waren[95], blieb das Haus in der Folgezeit unbehelligt.

(12) Und dieses freilich glaube ich denen, die es bezeugen. Folgende Geschichte kann ich anderen selbst bestätigen. Ich habe einen Freigelassenen, der nicht ohne wissen-

minor frater eodem lecto quiescebat. is visus est sibi cernere quendam in toro residentem admoventemque capiti suo cultros atque etiam ex ipso vertice amputantem capillos. ubi inluxit, ipse circa verticem tonsus, capilli iacentes reperiuntur. (13) exiguum temporis medium, et rursus simile aliud priori fidem fecit. puer in paedagogio mixtus pluribus dormiebat: venerunt per fenestras (ita narrat) in tunicis albis duo cubantemque detonderunt et, qua venerant, recesserunt. hunc quoque tonsum sparsosque circa capillos dies ostendit. (14) nihil notabile secutum, nisi forte quod non fui reus, futurus, si Domitianus, sub quo haec acciderunt, diutius vixisset. nam in scrinio eius datus a Caro de me libellus inventus est; ex quo coniectari potest, quia reis moris est summittere capillum, recisos meorum capillos depulsi, quod imminebat, periculi signum fuisse.

(15) Proinde rogo, eruditionem tuam intendas. digna res est, quam diu multumque consideres, ne ego quidem indignus, cui copiam scientiae tuae facias. (16) licet etiam utramque in partem, ut soles, disputes, ex altera tamen fortius, ne me suspensum incertumque dimittas, cum mihi consulendi causa fuerit, ut dubitare desinerem. vale.

schaftliche Bildung ist. Mit diesem schlief sein jüngerer Bruder in demselben Bett. Dieser glaubte zu sehen, daß sich jemand auf sein Bett setzte, eine Schere an seinen Kopf hielt und ihm sogar die Haare vom Scheitel wegschnitt. Als es Tag wurde, war er wirklich am Scheitel geschoren, und man fand die herumliegenden Haare. (13) Ein kurzer Zeitraum war vergangen, da bestätigte wieder ein ähnlicher Vorfall den früheren. Ein Sklave schlief gemeinsam mit mehreren im Sklavenzimmer. Da kamen durch das Fenster – so erzählte er – zwei Gestalten in weißen Gewändern, schoren ihn im Bett und entfernten sich auf dem Wege, auf dem sie gekommen waren. Auch ihn fand man, als es Tag wurde, geschoren und seine Haare zerstreut umherliegend. (14) Es folgte nichts Bemerkenswertes, außer vielleicht, daß ich nicht angeklagt wurde, was gewiß der Fall gewesen wäre, wenn Domitian, unter dessen Herrschaft dieses geschah, länger gelebt hätte. Denn man fand in seinem Schrank eine von Carus gegen mich eingereichte Anklageschrift. Weil Angeklagte gewöhnlich ihr Haar wachsen lassen, darf man daraus schließen, daß das abgeschnittene Haar meiner Leute ein Zeichen dafür gewesen ist, daß die mir drohende Gefahr vorüber sei.

(15) Daher bitte ich Dich, Dein ganzes Wissen aufzubieten. Die Sache verdient es, lange und gründlich überdacht zu werden; und auch ich bin es wert, daß Du mir etwas von Deinen Erkenntnissen mitteilst. (16) Magst Du auch nach Deiner Gewohnheit für und wider die Sache argumentieren, tue es aber für *eine* Ansicht gründlicher, damit Du mich nicht in Zweifel und Ungewißheit läßt; denn ich habe Dich ja deshalb um Rat gefragt, um meine Zweifel loszuwerden. Lebe wohl!

XXVIII

C. Plinius Septicio suo s.

(1) Ais quosdam apud te reprehendisse, tamquam amicos meos ex omni occasione ultra modum laudem. agnosco crimen, amplector etiam. (2) quid enim honestius culpa benignitatis? qui sunt tamen isti, qui amicos meos melius norint? sed, ut norint, quid invident mihi felicissimo errore? ut enim non sint tales, quales a me praedicantur, ego tamen beatus, quod mihi videntur.

(3) Igitur ad alios hanc sinistram diligentiam conferant; nec sunt parum multi, qui carpere amicos suos iudicium vocant; mihi numquam persuadebunt, ut meos amari a me nimis unquam putem. vale.

XXIX

C. Plinius Montano suo s.

(1) Ridebis, deinde indignaberis, deinde ridebis, si legeris, quod nisi legeris, non potes credere. (2) est via Tiburtina intra primum lapidem (proxime adnotavi) monimentum Pallantis ita inscriptum: 'huic senatus ob fidem pietatemque erga patronos ornamenta praetoria decrevit et sestertium centiens quinquagiens, cuius honore contentus fuit.'

(3) Equidem numquam sum miratus, quae saepius a fortuna quam a iudicio proficiscerentur; maxime tamen hic me titulus admonuit, quam essent mimica et inepta, quae

28

C. Plinius grüßt seinen Septicius[96]

(1) Du sagst, manche Leute hätten mich Dir gegenüber getadelt, weil ich meine Freunde angeblich bei jeder Gelegenheit über alle Maßen lobte. Ich gebe mein Vergehen zu; ja, ich halte sogar gern daran fest. (2) Denn was ist ehrenhafter, als aus Gutmütigkeit einen Fehler zu machen. Wer sind aber die, die meine Freunde besser kennen als ich? Doch wenn sie diese auch besser kennen, warum beneiden sie mich um einen Irrtum, der mich so glücklich macht? Wenn sie auch nicht so sind, wie sie von mir gerühmt werden, so bin ich doch glücklich, daß sie mir so erscheinen.

(3) Mögen diese Leute also ihren widerwärtigen Eifer anderen zuwenden; es sind ja nicht wenige, die es Urteilsfähigkeit nennen, ihre Freunde heftig zu kritisieren. Mich werden sie niemals überreden zu glauben, ich liebte meine Freunde allzu sehr. Lebe wohl!

29

C. Plinius grüßt seinen Montanus[97]

(1) Du wirst lachen, dann empört sein, dann wieder lachen, wenn Du liest, was Du nicht glauben kannst, wenn Du es nicht gelesen hast. (2) An der Via Tiburtina steht noch vor dem ersten Meilenstein – erst kürzlich habe ich es bemerkt – das Grabmal des Pallas[98] mit folgender Aufschrift: »Ihm hat der Senat wegen seiner Treue und Ergebenheit gegen seine Schutzherren die Insignien eines Prätors und fünf Millionen Sesterze zuerkannt, wobei er mit der Ehre zufrieden war.«

(3) Ich habe mich zwar niemals über Dinge gewundert, die öfter auf den Zufall als auf vernünftiges Urteil zurückzuführen sind. Jedoch hat mich diese Inschrift besonders daran erinnert, wie affektiert und unpassend es ist, Ehren

interdum in hoc caenum, in has sordes abicerentur, quae denique ille furcifer et recipere ausus est et recusare atque etiam ut moderationis exemplum posteris prodere.

(4) Sed quid indignor? ridere satius, ne se magnum aliquid adeptos putent, qui huc felicitate perveniunt, ut rideantur. vale.

XXX

C. Plinius Genitori suo s.

(1) Torqueor, quod discipulum, ut scribis, optimae spei amisisti. cuius et valetudine et morte impedita studia tua quidni sciam, cum sis omnium officiorum observantissimus cumque omnes, quos probas, effusissime diligas?

(2) Me huc quoque urbana negotia persequuntur; non desunt enim, qui me iudicem aut arbitrum faciant. (3) accedunt querelae rusticorum, qui auribus meis post longum tempus suo iure abutuntur. instat et necessitas agrorum locandorum perquam molesta: adeo rarum est invenire idoneos conductores.

(4) Quibus ex causis precario studeo, studeo tamen: nam et scribo aliquid et lego; sed, cum lego, ex comparatione sentio, quam male scribam, licet tu mihi bonum animum facias, qui libellos meos de ultione Helvidi orationi Demosthenis κατὰ Μειδίου confers; (5) quam sane, cum componerem illos, habui in manibus, non ut aemularer (improbum enim ac paene furiosum), sed tamen imitarer

bisweilen so in den Schmutz und Dreck zu werfen, und wie dieser Schurke[99] die Dreistigkeit besaß, sie teils anzunehmen, teils abzulehnen und sein Verhalten auch noch der Nachwelt als Beispiel der Mäßigung zu überliefern.

(4) Aber warum ärgere ich mich? Es ist besser zu lachen, damit diejenigen nicht glauben, etwas Großes erreicht zu haben, die es durch Glück so weit bringen, daß man über sie lacht. Lebe wohl!

30

C. Plinius grüßt seinen Genitor[100]

(1) Es schmerzt mich sehr, daß Du, wie Du schreibst, einen sehr hoffnungsvollen Schüler verloren hast. Wie sollte ich nicht wissen, daß seine Krankheit und sein Tod Dich in Deinen Studien behindert haben; denn Du erfüllst sehr gewissenhaft alle Deine Pflichten und liebst alle, die Deine Anerkennung finden, im höchsten Maße.

(2) Mich verfolgen die Geschäfte der Stadt sogar bis hierher; denn immer gibt es Leute, die mich zum Richter oder Vermittler machen. (3) Dazu kommen die Klagen der Bauern, die meine Ohren nach langer Zeit mit gutem Recht in Anspruch nehmen. Ich sehe mich auch gezwungen, in Zukunft meine Ländereien zu verpachten – eine sehr lästige Angelegenheit: denn man findet ja nur sehr selten geeignete Pächter.

(4) Deshalb hänge ich bei meinen Studien von der Willkür anderer ab, aber immerhin studiere ich; denn ich schreibe und lese etwas. Aber, wenn ich lese, merke ich beim Vergleich, wie schlecht ich schreibe. Magst Du mir auch Mut machen, der Du meine Schrift über die Rechtfertigung des Helvidius[101] mit der Rede des Demosthenes gegen Meidias vergleichst. (5) Und in der Tat hatte ich bei ihrer Abfassung jene in Händen, nicht um sie zu erreichen – das wäre verwegen und beinahe wahnsinnig –, sondern um sie nachzu-

et sequerer, quantum aut diversitas ingeniorum, maximi et minimi, aut causae dissimilitudo pateretur. vale.

XXXI

C. Plinius Cornuto suo s.

(1) Claudius Pollio amari a te cupit, dignus hoc ipso, quod cupit, deinde quod ipse te diligit. neque enim fere quisquam exigit istud, nisi qui facit.

Vir alioqui rectus, integer, quietus ac paene ultra modum, si quis tamen ultra modum, verecundus. (2) hunc, cum simul militaremus, non solum ut commilito inspexi. praeerat alae miliariae; ego iussus a legato consulari rationes alarum et cohortium excutere ut magnam quorundam foedamque avaritiam, neglegentiam parem, ita huius summam integritatem, sollicitam diligentiam inveni. (3) postea promotus ad amplissimas procurationes, nulla occasione corruptus ab insito abstinentiae amore deflexit; numquam secundis rebus intumuit, numquam officiorum varietate continuam laudem humanitatis infregit eademque firmitate animi laboribus suffecit, qua nunc otium patitur. (4) quod quidem paulisper cum magna sua laude intermisit et posuit, a Corellio nostro ex liberalitate imperatoris Nervae emendis dividendisque agris adiutor adsumptus. etenim qua gloria dignum est summo viro in tanta eligendi facultate praecipue placuisse!

ahmen und ihr zu folgen, soweit es der Unterschied unserer Begabung, der größten und der kleinsten, oder die Verschiedenheit der Fälle zuließen. Lebe wohl!

31

C. Plinius grüßt seinen Cornutus[102]

(1) Claudius Pollio wünscht Deine Freundschaft; er verdient sie schon deshalb, weil er sie wünscht, dann, weil er selbst Dich schätzt; denn wohl niemand verlangt nach Freundschaft, der sie nicht selbst gibt.

Er ist übrigens ein aufrechter, redlicher, ruhiger und fast über die Maßen bescheidener Mann, wenn es jemand über die Maßen zu sein vermag. (2) Als wir zusammen Soldaten waren, habe ich ihn nicht nur als Kameraden genau kennengelernt. Er führte eine Reiterabteilung von tausend Mann; mich hatte der Konsularlegat[103] beauftragt, die Rechnungsbücher der Abteilungen zu prüfen; und wie ich bei manchen eine große, abscheuliche Habsucht und eine ebensolche Nachlässigkeit antraf, so bei ihm höchste Redlichkeit und gewissenhafte Sorgfalt. (3) Später wurde er zu den bedeutendsten Verwaltungsämtern[104] befördert, ließ sich durch keine Gelegenheit verführen und von seiner angeborenen Liebe zur Uneigennützigkeit abbringen. Niemals wurde er im Glück hochmütig, niemals untergrub er bei den mannigfachen Pflichten den beständigen Ruhm seiner Menschenfreundlichkeit; und mit derselben Standhaftigkeit nahm er die Mühen auf sich, mit der er jetzt die Muße erträgt. (4) Doch auch diese unterbrach er und gab sie eine Zeitlang zu seinem großen Ruhm auf, weil unser Corellius infolge der Großzügigkeit Kaiser Nervas ihn zum Helfer beim Ankauf und bei der Verteilung von Ländereien hinzugezogen hatte[105]; denn wie ruhmvoll ist es, einem so berühmten Mann gefallen zu haben, der noch dazu aus so vielen auswählen konnte!

(5) Idem quam reverenter, quam fideliter amicos colat, multorum supremis iudiciis, in his Anni Bassi, gravissimi civis, credere potes, cuius memoriam tam grata praedicatione prorogat et extendit, ut librum de vita eius (nam studia quoque sicut alias bonas artes veneratur) ediderit. (6) pulchrum istud et raritate ipsa probandum, cum plerique hactenus defunctorum meminerint, ut querantur.

(7) Hunc hominem adpetentissimum tui, mihi crede, complectere, apprehende, immo et invita ac sic ama tamquam gratiam referas! neque enim obligandus, sed remunerandus est in amoris officio, qui prior coepit. vale.

XXXII

C. Plinius Fabato prosocero suo s.

(1) Delector iucundum tibi fuisse Tironis mei adventum; quod vero scribis oblata occasione proconsulis plurimos manumissos, unice laetor. cupio enim patriam nostram omnibus quidem rebus augeri, maxime tamen civium numero; id enim oppidis firmissimum ornamentum.

(2) Illud etiam me, non ut ambitiosum, sed tamen iuvat, quod adicis te meque et gratiarum actione et laude celebratos. est enim, ut Xenophon ait, ἥδιστον ἄκουσμα ἔπαινος, utique si te mereri putes. vale.

(5) Wie rücksichtsvoll, wie treu er sich auch gegenüber seinen Freunden verhält, davon kannst Du Dich aus den Testamenten vieler Menschen, unter ihnen des Annius Bassus[106], eines überaus angesehenen Bürgers, überzeugen; sein Andenken verbreitet und vergrößert er mit so dankbarem Lob, daß er eine Schrift über sein Leben – denn er verehrt auch die Literatur ebenso wie die anderen schönen Künste – herausgegeben hat. (6) Das ist etwas Schönes und gerade wegen seiner Seltenheit des Beifalls wert, da die meisten Menschen sich nur der Verstorbenen erinnern, um sich über sie zu beklagen.

(7) Nimm diesen Mann, der, glaube mir, sich Dir gern anschließen möchte, mit offenen Armen auf, halte ihn fest, ja lade ihn ein und liebe ihn so, als schuldetest Du ihm Dank! Denn, wenn es um Zuneigung geht, darf derjenige, der den Anfang gemacht hat, nicht verpflichtet werden, sondern muß belohnt werden. Lebe wohl!

32

C. Plinius grüßt seinen Schwiegergroßvater Fabatus[107]

(1) Ich freue mich, daß Dir die Ankunft meines Tiro[108] angenehm war; daß aber, wie Du schreibst, die Anwesenheit des Prokonsuls die Gelegenheit bot, sehr vielen Sklaven die Freiheit zu geben, darüber freue ich mich außerordentlich. Denn ich wünsche, daß unsere Vaterstadt in allen Bereichen wachse, besonders aber in der Zahl der Bürger. Das ist nämlich die stärkste Zierde der Städte.

(2) Auch das freut mich, nicht daß ich auf Beifall versessen wäre, aber es freut mich dennoch, daß Du hinzufügst, Du und ich seien mit Danksagungen und Beifall gefeiert worden; denn das Lob ist, wie Xenophon[109] sagt, die süßeste Musik; jedenfalls, wenn man es zu verdienen glaubt. Lebe wohl!

XXXIII

C. Plinius Tacito suo s.

(1) Auguror, nec me fallit augurium, historias tuas immortales futuras; quo magis illis (ingenue fatebor) inseri cupio. (2) nam, si esse nobis curae solet, ut facies nostra ab optimo quoque artifice exprimatur, nonne debemus optare, ut operibus nostris similis tui scriptor praedicatorque contingat? (3) demonstro ergo, quamquam diligentiam tuam fugere non possit, cum sit in publicis actis, demonstro tamen, quo magis credas iucundum mihi futurum, si factum meum, cuius gratia periculo crevit, tuo ingenio, tuo testimonio ornaveris.

(4) Dederat me senatus cum Herennio Senecione advocatum provinciae Baeticae contra Baebium Massam damnatoque Massa censuerat, ut bona eius publice custodirentur. Senecio, cum explorasset consules postulationibus vacaturos, convenit me et 'qua concordia' inquit 'iniunctam nobis accusationem exsecuti sumus, hac adeamus consules petamusque, ne bona dissipari sinant, quorum esse in custodia debent!' (5) respondi: 'cum simus advocati a senatu dati, dispice, num peractas putes partes nostras senatus cognitione finita!' et ille: 'tu, quem voles, tibi terminum statues, cui nulla cum provincia necessitudo nisi ex beneficio tuo, et hoc recenti; ipse et natus ibi et quaestor in ea fui.'

33

C. Plinius grüßt seinen Tacitus[110]

(1) Ich prophezeie es, und meine Prophezeiung täuscht mich nicht, daß Deine Geschichtswerke[111] unsterblich sein werden. Um so stärker ist mein Wunsch – ich will es freimütig gestehen –, Aufnahme in sie zu finden. (2) Denn wenn wir gewöhnlich darauf bedacht sind, daß unser Bild gerade von dem besten Künstler gezeichnet wird, müssen wir da nicht wünschen, daß unsere Taten einen Schriftsteller und Lobredner wie Dich bekommen? (3) Ich weise auf eine Tat von mir hin, obwohl sie Deiner Aufmerksamkeit nicht entgehen kann, da sie in den Senatsprotokollen steht; ich weise aber dennoch darauf hin, damit Du um so eher glaubst, wie angenehm es für mich sein wird, wenn Du mein Verhalten, dessen Bedeutung durch die Gefahr noch vergrößert wurde, durch Deine geistreiche Darstellung und durch Dein Zeugnis ausschmückst.

(4) Der Senat hatte mich zusammen mit Herennius Senecio[112] zum Anwalt der Provinz Baetica gegen Baebius Massa bestimmt und nach Verurteilung des Massa beschlossen, sein Vermögen in staatliche Verwaltung zu geben. Als Senecio erfahren hatte, daß die Konsuln Bittstellern Audienz gewährten, kam er zu mir und sagte: »Wir wollen mit derselben Einigkeit, mit der wir die uns übertragene Anklage durchgeführt haben, uns an die Konsuln wenden und sie bitten, nicht zuzulassen, daß die Güter von denen vergeudet werden, deren Obhut sie anvertraut sein sollten!« (5) Ich antwortete: »Da wir vom Senat als Anwälte bestellt worden sind, überlege, ob du nicht nach Beendigung der Untersuchung durch den Senat unsere Aufgaben für beendigt hältst!« Und jener sagte: »Du kannst nach Belieben ein Ende festsetzen, da du ja keine Verbindung mit der Provinz hast, abgesehen von dem kürzlich erwiesenen Dienst; ich selbst bin da geboren und Quästor dort gewesen.« (6) »Wenn dein Entschluß fest

(6) tum ego: 'si fixum tibi istud ac deliberatum, sequar te, ut, si qua ex hoc invidia, non tantum tua.'

(7) Venimus ad consules; dicit Senecio, quae res ferebat, aliqua subiungo. vixdum conticueramus, et Massa questus Senecionem non advocati fidem, sed inimici amaritudinem implesse impietatis reum postulat. (8) horror omnium; ego autem 'vereor' inquam, 'clarissimi consules, ne mihi Massa silentio suo praevaricationem obiecerit, quod non et me reum postulavit.' quae vox et statim excepta et postea multo sermone celebrata est.

(9) Divus quidem Nerva (nam privatus quoque attendebat his, quae recte in publico fierent) missis ad me gravissimis litteris non mihi solum, verum etiam saeculo est gratulatus, cui exemplum (sic enim scripsit) simile antiquis contigisset.

(10) Haec, utcumque se habent, notiora, clariora, maiora tu facies; quamquam non exigo, ut excedas actae rei modum. nam nec historia debet egredi veritatem, et honeste factis veritas sufficit. vale.

und gut überlegt ist«, sagte ich, »werde ich dir folgen, damit, wenn Anfeindung daraus entsteht, sie dich nicht allein trifft.«

(7) Wir kamen zu den Konsuln; Senecio sprach, was notwendig war; ich fügte noch einiges hinzu. Kaum hatten wir geschwiegen, da beklagte sich Massa, Senecio habe sich nicht als gewissenhafter Anwalt, sondern als gehässiger Feind gezeigt, und belangte ihn wegen Majestätsbeleidigung[113]. (8) Allgemeines Entsetzen; ich aber sagte: »Ehrwürdige Konsuln, ich fürchte, daß mir Massa durch sein Schweigen Pflichtverletzung[114] vorwirft, da er nicht auch mich angeklagt hat.« Dieses Wort wurde sofort aufgegriffen und später in Gesprächen häufig gerühmt.

(9) Der vergöttlichte Nerva wenigstens – denn auch als Privatmann achtete er auf rechtschaffenes Handeln in der Öffentlichkeit – schrieb mir einen höchst eindrucksvollen Brief, in dem er nicht nur mich, sondern auch unsere Zeit beglückwünschte, der ein Beispiel – so schrieb er nämlich –, würdig der Vorfahren, zuteil geworden sei.

(10) Dies alles wirst Du, wie es sich auch verhält, bekannter, berühmter und größer machen; freilich verlange ich nicht, daß Du über das tatsächliche Geschehen hinausgehst. Denn die Geschichtsschreibung darf nicht über die Wahrheit hinausgehen, und für edle Taten genügt die Wahrheit.[115] Lebe wohl!

Liber octavus

Achtes Buch

I

C. Plinius Septicio suo s.

(1) Iter commode explicui, excepto quod quidam ex meis adversam valetudinem ferventissimis aestibus contraxerunt. (2) Encolpius quidem lector, ille seria nostra, ille deliciae, exasperatis faucibus pulvere sanguinem reiecit. quam triste hoc ipsi, quam acerbum mihi, si is, cui omnis ex studiis gratia, inhabilis studiis fuerit! quis deinde libellos meos sic leget, sic amabit? quem aures meae sic sequentur? (3) sed di laetiora promittunt: stetit sanguis, resedit dolor. praeterea continens ipse, nos solliciti, medici diligentes. ad hoc salubritas caeli, secessus, quies tantum salutis quantum otii pollicentur. vale.

II

C. Plinius Calvisio suo s.

(1) Alii in praedia sua proficiscuntur, ut locupletiores revertantur, ego, ut pauperior. vendideram vindemias certatim negotiatoribus ementibus. invitabat pretium, et quod tunc et quod fore videbatur. (2) spes fefellit. erat expeditum omnibus remittere aequaliter, sed non satis aequum. mihi autem egregium in primis videtur ut foris ita domi, ut in magnis ita in parvis, ut in alienis ita in suis agitare iustitiam. nam, si paria peccata, pares etiam laudes. (3) itaque omnibus quidem, ne quis ‘mihi non donatus abiret’, par-

1

C. Plinius grüßt seinen Septicius[1]

(1) Meine Reise[2] habe ich ohne Schwierigkeiten beendet, abgesehen davon, daß einige meiner Leute sich bei der glühenden Hitze eine Krankheit zugezogen haben. (2) Mein Vorleser Encolpius zumal, mein Vertrauter in ernsten und fröhlichen Stunden, bekam durch den Staub eine Halsentzündung und erlitt einen Blutsturz[3]. Wie traurig ist das für ihn selbst, wie bitter für mich, wenn er, der seine ganze Beliebtheit meinen Studien verdankt, für die Studien untauglich wird! Wer wird dann meine Schriften so gut vorlesen, sie so schätzen? Wem werden meine Ohren so aufmerksam zuhören? (3) Aber die Götter versprechen Erfreulicheres. Das Blut ist zum Stehen gekommen, der Schmerz hat sich gelegt. Außerdem lebt er von selbst enthaltsam, wir sind besorgt, die Ärzte gewissenhaft. Dazu versprechen das gesunde Klima, die Zurückgezogenheit und Ruhe ebenso viel Heilung wie Muße. Lebe wohl!

2

C. Plinius grüßt seinen Calvisius[4]

(1) Andere reisen auf ihre Landgüter, um reicher, ich, um ärmer zurückzukehren. Ich hatte meine Weinernte an Händler verkauft, die um die Wette kauften. Der Preis lockte sie, sowohl der damalige wie der zu erwartende. (2) Sie täuschten sich in ihrer Hoffnung. Es wäre am leichtesten gewesen, allen gleich viel nachzulassen, aber nicht ganz gerecht. Mir aber erscheint es vor allem schön, im öffentlichen wie im privaten Leben, im großen wie im kleinen, in fremden wie in eigenen Angelegenheiten Gerechtigkeit zu üben. Denn wenn Fehler gleich sind, so sind es auch die guten Taten.[5] (3) Damit keiner »von mir unbeschenkt weggehen sollte«[6], erließ ich allen also den achten

tem octavam pretii, quo quis emerat, concessi; deinde his, qui amplissimas summas emptionibus occupaverant, separatim consului. nam et me magis iuverant et maius ipsi fecerant damnum. (4) igitur his, qui pluris quam decem milibus emerant, ad illam communem et quasi publicam octavam addidi decumam eius summae, qua decem milia excesserant.

(5) Vereor, ne parum expresserim; apertius calculos ostendam. si qui forte quindecim milibus emerant, hi et quindecim milium octavam et quinque milium decimam tulerunt. (6) praeterea, cum reputarem quosdam ex debito aliquantum, quosdam aliquid, quosdam nihil reposuisse, nequaquam verum arbitrabar, quos non aequasset fides solutionis, hos benignitate remissionis aequari. (7) rursus ergo his, qui solverant, eius, quod solverant, decimam remisi. per hoc enim aptissime et in praeteritum singulis pro cuiusque merito gratia referri, et in futurum omnes cum ad emendum tum etiam ad solvendum allici videbantur. (8) magno mihi seu ratio haec seu facilitas stetit, sed fuit tanti. nam regione tota et novitas remissionis et forma laudatur.

Ex ipsis etiam, quos non una, ut dicitur, pertica, sed distincte gradatimque tractavi, quanto quis melior et probior, tanto mihi obligatior abiit, expertus non esse apud me ἐν δὲ ἰῇ τιμῇ ἠμὲν κακὸς ἠδὲ καὶ ἐσθλός. vale.

Teil des Kaufpreises. Weiterhin habe ich die, die für ihre Käufe sehr große Summen angelegt hatten, noch gesondert unterstützt. Denn sie hatten mir mehr geholfen und selbst einen größeren Verlust erlitten. (4) Also habe ich denen, die für mehr als 10000 Sesterze gekauft hatten, zu jenem allgemeinen, sozusagen amtlichen Achtel noch ein Zehntel der Summe hinzugefügt, um die sie die 10000 Sesterze überschritten hatten.

(5) Ich fürchte, mich nicht deutlich genug ausgedrückt zu haben; ich will daher die Berechnung noch verständlicher darlegen. Wenn zufällig einige für 15000 gekauft hatten, so bekamen sie von den 15000 ein Achtel und von den 5000 Sesterzen ein Zehntel als Nachlaß. (6) Als ich außerdem überlegte, daß einige ziemlich viel, einige etwas und einige nichts als Anzahlung geleistet hatten, hielt ich es für keineswegs gerecht, daß die, die nicht die gleiche Gewissenhaftigkeit bei der Zahlung gezeigt hatten, bei der Großzügigkeit des Nachlasses gleichgestellt würden. (7) Ich erließ also denen, die gezahlt hatten, ein Zehntel ihrer gezahlten Summe. Denn dadurch glaubte ich höchst angemessen einerseits für die Vergangenheit jedem, wie er es verdiente, gedankt zu haben, andererseits für die Zukunft alle sowohl zum Kaufen als auch zum Bezahlen ermuntert zu haben. (8) Dieses Verfahren oder diese Gefälligkeit kam mich teuer zu stehen, war es mir aber wert. Denn in der ganzen Gegend lobt man die neue Art des Nachlasses und auch die Form.

Selbst von denen, die ich nicht, wie man sagt, mit einer Elle gemessen, sondern unterschiedlich und abgestuft behandelt habe, ging jeder, je besser und rechtschaffener er war, desto dankbarer von mir weg. Denn er hatte die Erfahrung gemacht, daß es bei mir nicht hieß: »Gleiche Ehre genießt der Feigling wie der Tapfere.«[7] Lebe wohl!

III

C. Plinius Sparso suo s.

(1) Librum, quem novissime tibi misi, ex omnibus meis vel maxime placere significas. (2) est eadem opinio cuiusdam eruditissimi. quo magis adducor, ut neutrum falli putem, quia non est credibile utrumque falli, et quia tamen blandior mihi. volo enim proxima quaeque absolutissima videri, et ideo iam nunc contra istum librum faveo orationi, quam nuper in publicum dedi communicaturus tecum, ut primum diligentem tabellarium invenero.

(3) Erexi exspectationem tuam, quam vereor ne destituat oratio in manus sumpta. interim tamen tamquam placituram (et fortasse placebit) exspecta! vale.

IV

C. Plinius Caninio suo s.

(1) Optime facis, quod bellum Dacicum scribere paras. nam quae tam recens, tam copiosa, tam lata, quae denique tam poetica et quamquam in verissimis rebus tam fabulosa materia? (2) dices immissa terris nova flumina, novos pontes fluminibus iniectos, insessa castris montium abrupta, pulsum regia, pulsum etiam vita regem nihil desperantem; super haec actos bis triumphos, quorum alter ex invicta gente primus, alter novissimus fuit.

3

C. Plinius grüßt seinen Sparsus[8]

(1) Das Buch, das ich Dir erst kürzlich geschickt habe, gefällt Dir, wie Du mir zu verstehen gibst, von all meinen Schriften wohl am besten. (2) Dieselbe Meinung vertritt auch ein anderer sehr gebildeter Mann. Um so mehr sehe ich mich veranlaßt zu glauben, daß keiner von beiden sich täuscht, weil es unwahrscheinlich ist, daß beide sich täuschen, und weil ich so doch mir selbst schmeichle. Denn ich möchte, daß meine jeweils letzte Schrift auch als meine vollkommenste erscheine; und daher gebe ich schon jetzt gegenüber diesem Buch einer Rede den Vorzug, die ich neulich veröffentlicht habe und die ich Dir zusenden werde, sobald ich einen gewissenhaften Boten finde.

(3) Ich habe Deine Erwartung geweckt, der die Rede, wenn Du sie in die Hand nimmst, nicht entsprechen wird, wie ich fürchte. Inzwischen erwarte sie trotzdem, als ob sie Dir gefallen wird – und vielleicht wird sie Dir auch gefallen! Lebe wohl!

4

C. Plinius grüßt seinen Caninius[9]

(1) Du tust sehr gut daran, daß Du den Krieg gegen die Daker[10] zu beschreiben gedenkst. Denn wo findet sich ein so aktueller, so reicher, so ausgedehnter, schließlich ein so dichterischer und, obwohl es sich um reine Tatsachen handelt, ein so wunderbarer Stoff? (2) Du wirst berichten, wie neue Flüsse in das Land geleitet[11], wie neue Brücken über Flüssen errichtet, wie Kastelle auf Berghängen erbaut wurden, wie der König seine Herrschaft und auch sein Leben verlor, ohne jemals seinen Mut zu verlieren;[12] darüber hinaus wirst Du uns zwei Triumphe beschreiben, von denen der eine der erste über ein noch unbesiegtes Volk, der andere der letzte gewesen ist.

(3) Una, sed maxima difficultas, quod haec aequare dicendo arduum, immensum etiam tuo ingenio, quamquam altissime adsurgat et amplissimis operibus increscat. non nullus et in illo labor, ut barbara et fera nomina, in primis regis ipsius, Graecis versibus non resultent. (4) sed nihil est, quod non arte curaque, si non potest vinci, mitigetur. praeterea, si datur Homero et mollia vocabula et Graeca ad levitatem versus contrahere, extendere, inflectere, cur tibi similis audentia, praesertim non delicata, sed necessaria, non detur? (5) proinde iure vatum invocatis dis et inter deos ipso, cuius res, opera, consilia dicturus es, immitte rudentes, pande vela ac, si quando alias, toto ingenio vehere! cur enim non ego quoque poetice cum poeta?

(6) Illud iam nunc paciscor: prima quaeque, ut absolveris, mittito, immo etiam antequam absolvas, sicut erunt recentia et rudia et adhuc similia nascentibus! (7) respondebis non posse perinde carptim ut contexta, perinde incohata placere ut effecta. scio: itaque et a me aestimabuntur ut coepta, spectabuntur ut membra extremamque limam tuam opperientur in scrinio nostro. patere hoc me super cetera habere amoris tui pignus, ut ea quoque norim, quae nosse neminem velles. (8) in summa potero fortasse scripta tua magis probare, laudare, quanto illa tardius cautiusque, sed ipsum te magis amabo magisque laudabo, quanto celerius et incautius miseris. vale.

(3) Es gibt nur eine, aber sehr große Schwierigkeit: Solche Taten zu schildern ist schwierig, unglaublich schwierig selbst für Dein Talent, obwohl es sich in große Höhen erheben und mit sehr großen Aufgaben wachsen kann. Nicht wenig Mühe bereitet es auch, daß die barbarischen und wilden Namen, besonders der des Königs selbst[13], nicht in die griechischen Verse passen. (4) Aber es gibt nichts, was nicht Geschicklichkeit und Sorgfalt, wenn nicht überwinden, so doch mildern können. Übrigens, wenn es Homer erlaubt ist, weichlich klingende griechische Wörter zur Glättung des Verses zusammenzuziehen, auszudehnen und abzuwandeln[14], warum sollte Dir eine ähnliche Freiheit, zumal wenn sie nicht gesucht, sondern notwendig ist, nicht zugestanden werden? (5) Wenn Du nach Brauch der Dichter die Götter angerufen hast[15] und unter ihnen ihn selbst[16], dessen Taten, Werke und Pläne Du besingen willst, so löse die Haltetaue, breite die Segel aus und fahre – wenn jemals, jetzt – mit Deinem ganzen Talent aufs Meer[17]! Denn warum soll auch ich nicht dichterisch mit einem Dichter reden?

(6) Das bedinge ich mir jetzt schon aus: Du sollst mir immer alles zuerst, sobald Du es beendet hast, schicken, ja auch bevor Du es beendest, so wie es ist, noch frisch, unvollendet und gleichsam noch im Entstehen! (7) Du wirst erwidern: einzelne Stücke könnten nicht ebenso gefallen wie zusammenhängende, Angefangenes nicht ebenso wie Vollendetes. Ich weiß; daher werde ich sie so einschätzen wie Angefangenes, sie so betrachten wie einzelne Glieder, und sie werden Deine letzte Feile an meinem Schreibtisch erwarten. Laß mich außer den anderen auch noch diesen Beweis Deiner Liebe besitzen, damit ich auch das kenne, was Du sonst niemanden wissen lassen willst. (8) Kurz, ich werde vielleicht Deinen Schriften mehr Beifall und Lob spenden können, je langsamer und behutsamer Du sie mir zusendest; aber Dich selbst werde ich mehr lieben und loben, je schneller und sorgloser Du sie mir schickst. Lebe wohl!

V

C. Plinius Gemino suo s.

(1) Grave vulnus Macrinus noster accepit: amisit uxorem singularis exempli, etiam si olim fuisset.

Vixit cum hac triginta novem annis sine iurgio, sine offensa. quam illa reverentiam marito suo praestitit, cum ipsa summam mereretur! quot quantasque virtutes ex diversis aetatibus sumptas collegit et miscuit! (2) habet quidem Macrinus grande solacium, quod tantum bonum tam diu tenuit; sed hinc magis exacerbatur, quod amisit. nam fruendis voluptatibus crescit carendi dolor.

(3) Ero ergo suspensus pro homine amicissimo, dum admittere avocamenta et cicatricem pati possit, quam nihil aeque ac necessitas ipsa et dies longa et satietas doloris inducit. vale.

VI

C. Plinius Montano suo s.

(1) Cognovisse iam ex epistula mea debes adnotasse me nuper monumentum Pallantis sub hac inscriptione: ‘huic senatus ob fidem pietatemque erga patronos ornamenta praetoria decrevit et sestertium centiens quinquagiens, cuius honore contentus fuit.’

(2) Postea mihi visum est pretium operae ipsum senatus consultum quaerere. inveni tam copiosum et effusum, ut ille superbissimus titulus modicus atque etiam demissus

5

C. Plinius grüßt seinen Geminus[18]

(1) Unser Macrinus hat einen schweren Verlust erlitten: er hat seine Frau verloren, ein einzigartiges Vorbild einer Frau, selbst wenn sie in alter Zeit gelebt hätte.

Er lebte mit ihr 39 Jahre ohne Streit, ohne Kränkung. Welche Achtung erwies sie ihrem Mann, während sie doch selbst die höchste verdiente! Wie viele große Tugenden, die zu verschiedenen Altersstufen gehören, machte sie sich zu eigen und vereinte sie in sich! (2) Für Macrinus ist es zwar ein großer Trost, daß er einen so überaus wertvollen Menschen so lange besessen hat; aber daher empfand er auch ihren Verlust um so bitterer. Denn mit dem Genuß des Glückes wächst der Schmerz, darauf verzichten zu müssen.

(3) Ich werde also für meinen besten Freund so lange in ängstlicher Sorge sein, bis er Ablenkungen zulassen und seine Wunde vernarben lassen kann; das bewirken vor allem andern die Unabänderlichkeit selbst, die lange Zeitdauer und die Sättigung des Grams. Lebe wohl!

6

C. Plinius grüßt seinen Montanus[19]

(1) Schon aus meinem letzten Brief[20] mußt Du ersehen haben, daß ich neulich das Grabmal des Pallas[21] mit folgender Inschrift entdeckt habe: »Ihm hat der Senat wegen seiner Treue und Ergebenheit gegenüber seinen Schutzherren die Insignien eines Prätors und fünf Millionen Sesterze zuerkannt, wobei er mit der Ehre zufrieden war.«

(2) Später schien es mir der Mühe wert, den Senatsbeschluß selbst herauszusuchen. Ich fand ihn so wortreich und übertrieben, daß mir jene überaus hochmütige Grab-

videretur. conferant se misceantque, non dico illi veteres, Africani, Achaici, Numantini, sed hi proximi, Marii, Sullae, Pompei, nolo progredi longius; infra Pallantis laudes iacebunt. (3) urbanos, qui illa censuerunt, putem an miseros? dicerem urbanos, si senatum deceret urbanitas; miseros, sed nemo tam miser est, ut illa cogatur. ambitio ergo et procedendi libido? sed quis adeo demens, ut per suum, per publicum dedecus procedere velit in ea civitate, in qua hic esset usus florentissimae dignitatis, ut primus in senatu laudare Pallantem posset?

(4) Mitto, quod Pallanti servo praetoria ornamenta offeruntur (quippe offeruntur a servis), mitto, quod censent non exhortandum modo, verum etiam compellendum ad usum aureorum anulorum; erat enim contra maiestatem senatus, si ferreis praetorius uteretur. (5) levia haec et transeunda; illa memoranda, quod nomine Pallantis senatus (nec expiata postea curia est), Pallantis nomine senatus gratias agit Caesari, quod et ipse cum summo honore mentionem eius prosecutus esset e senatui facultatem fecisset testandi erga eum benevolentiam suam. (6) quid enim senatui pulchrius, quam ut erga Pallantem satis gratus videretur? additur: 'ut Pallas, cui se omnes pro virili parte obligatos fatentur, singularis fidei, singularis industriae fructum meritissimo ferat.' prolatos imperii fines, redditos exercitus rei publicae credas. (7) adstruitur his:

inschrift gemäßigt und sogar bescheiden vorkam. Mögen sich, ich sage nicht, jene alten Römer, ein Africanus, ein Achaicus, ein Numantinus[22], sondern die aus der jüngsten Zeit, ein Marius, ein Sulla, ein Pompeius – ich will nicht noch weiter zurückgehen – mit ihm vergleichen und zusammenbringen; sie werden weit hinter dem Ruhm des Pallas zurückbleiben. (3) Soll ich die, die jenes beschlossen haben, witzig oder erbärmlich nennen? Ich würde sie witzig nennen, wenn Witz für den Senat angebracht wäre; erbärmlich also, aber niemand ist so erbärmlich, daß er dazu gezwungen werden könnte. War es also Ehrgeiz und Streben, höher emporzusteigen? Aber wer ist so verrückt, daß er durch seine Schande und die des Staates emporsteigen möchte in einem Staat, in dem *das* der Vorteil der höchsten Würde[23] wäre, als erster im Senat einen Pallas preisen zu können?

(4) Ich übergehe, daß dem Pallas, einem Sklaven, prätorische Ehrenzeichen angeboten werden – denn sie werden von Sklaven angeboten; ich übergehe, daß sie der Meinung sind, man müsse ihn nicht nur auffordern, sondern sogar zwingen, goldene Ringe zu tragen[24]; denn es wäre gegen das Ansehen des Senates, wenn ein Mann vom Rang eines Prätors eiserne Ringe trüge. (5) Das sind Kleinigkeiten, die man übergehen muß. Aber *das* ist bemerkenswert, daß im Namen des Pallas der Senat – und die Kurie ist später nicht zur Sühne gereinigt worden[25] – dem Kaiser dafür dankt, daß er selbst ihn sehr ehrenvoll erwähnt und dem Senat die Möglichkeit gegeben habe, ihm gegenüber sein Wohlwollen zu bezeugen. (6) Was konnte es für den Senat Schöneres geben, als dankbar genug gegen Pallas zu erscheinen? Es wird hinzugefügt: »Damit Pallas, dem sich jeder für seinen Teil nach seinem Bekenntnis verpflichtet fühlt, die Belohnung für seine einzigartige Treue und seinen einzigartigen Einsatz mit vollem Recht erhalte.« Man könnte glauben, die Grenzen des Reiches seien durch ihn erweitert, die Heere des Staates gerettet worden. (7) Es

'cum senatui populoque Romano liberalitatis gratior repraesentari nulla materia possit, quam si abstinentissimi fidelissimique custodis principalium opum facultates adiuvare contigisset ...' hoc tunc votum senatus, hoc praecipuum gaudium populi, haec liberalitatis materia gratissima, si Pallantis facultates adiuvare publicarum opum egestione contingeret.

(8) Iam quae sequuntur: voluisse quidem senatum censere dandum ex aerario sestertium centiens quinquagiens et, quanto ab eius modi cupiditatibus remotior eius animus esset, tanto impensius petere a publico parente, ut eum compelleret ad cedendum senatui. (9) id vero deerat, ut cum Pallante auctoritate publica ageretur, Pallas rogaretur, ut senatui cederet, ut illi superbissimae abstinentiae Caesar ipse advocatus esset, ne sestertium centiens quinquagiens sperneret. sprevit, quod solum potuit tantis opibus publice oblatis arrogantius facere, quam si accepisset.

(10) Senatus tamen id quoque similis querenti laudibus tulit, his quidem verbis: sed cum princeps optimus parensque publicus rogatus a Pallante eam partem sententiae, quae pertinebat ad dandum ei ex aerario sestertium centiens quinquagiens, remitti voluisset, testari senatum, etsi libenter ac merito hanc summam inter reliquos honores ob fidem diligentiamque Pallanti decernere coepisset, voluntati tamen principis sui, cui in nulla re fas putaret repugnare, in hac quoque re obsequi.

(11) Imaginare Pallantem velut intercedentem senatus consulto moderantemque honores suos et sestertium cen-

wird hinzugefügt: »Da sich dem Senat und römischen Volk kein willkommenerer Anlaß, Freigebigkeit zu beweisen, bieten könne, als wenn sie das Glück hätten, das Vermögen des uneigennützigsten und treuesten Wächters des kaiserlichen Schatzes zu vergrößern ...« *Das* war damals der Wunsch des Senates, *das* die besondere Freude des Volkes, *das* der willkommenste Anlaß für Freigebigkeit, wenn es gelänge, das Vermögen des Pallas durch Plünderung des Staatsschatzes zu vergrößern.

(8) Höre nun, was folgt. Der Senat habe beschließen wollen, ihm aus der Staatskasse 15 Millionen Sesterze zu geben, und je freier von derartigen Begierden der Sinn des Pallas sei, desto inständiger bitte der Senat den Vater des Vaterlandes, er möge ihn zwingen, dem Senat nachzugeben. (9) Das fehlte aber noch, daß man mit Pallas unter Berufung auf die Autorität des Staates verhandele, daß man Pallas bitte, dem Senat nachzugeben, daß gegen diese ganz und gar überhebliche Uneigennützigkeit der Kaiser selbst als Beistand auftrete, damit Pallas ja nicht die 15 Millionen Sesterze ablehne. Er hat sie abgelehnt; denn das war bei dem Angebot einer so großen Summe von seiten des Staates das einzige, wodurch er noch anmaßender handeln konnte, als wenn er sie angenommen hätte.

(10) Der Senat jedoch, indem er so tat, als beklage er sich, lobte ihn überschwenglich, und zwar mit folgenden Worten: »Der beste Kaiser und Vater des Vaterlandes aber wünsche auf Bitten des Pallas, auf *den* Teil des Senatsantrages, der die Anweisung der 15 Millionen aus der Staatskasse betraf, zu verzichten; zwar habe der Senat gern und verdientermaßen diesen Betrag neben den übrigen Ehrungen dem Pallas wegen seiner Zuverlässigkeit und Sorgfalt zuerkennen wollen, bezeuge aber dennoch, auch hierin dem Willen seines Kaisers zu folgen, dem man sich keinesfalls widersetzen dürfe.«

(11) Stelle Dir Pallas vor, wie er gleichsam gegen den Senatsbeschluß Einspruch erhebt[26], wie er seine Ehrungen

tiens quinquagiens ut nimium recusantem, cum praetoria ornamenta tamquam minus recepisset; (12) imaginare Caesarem liberti precibus vel potius imperio coram senatu obtemperantem (imperat enim libertus patrono, quem in senatu rogat); imaginare senatum usquequaque testantem merito libenterque se hanc summam inter reliquos honores Pallanti coepisse decernere et perseveraturum fuisse, nisi obsequeretur principis voluntati, cui non esset fas in ulla re repugnare. ita, ne sestertium centiens quinquagiens Pallas ex aerario ferret, verecundia ipsius, obsequio senatus opus fuit in hoc praecipue non obsecuturi, si in ulla re putasset fas esse non obsequi.

(13) Finem existimas? mane dum et maiora accipe: ‘utique, cum sit utile principis benignitatem promptissimam ad laudem praemiaque merentium inlustrari ubique, et maxime his locis, quibus incitari ad imitationem praepositi rerum eius curae possent, et Pallantis spectatissima fides atque innocentia exemplo provocare studium tam honestae aemulationis posset, ea, quae X Kal. Februarias, quae proximae fuissent, in amplissimo ordine optimus princeps recitasset, senatusque consulta de iis rebus facta in aere inciderentur, idque aes figeretur ad statuam loricatam divi Iulii.’

(14) Parum visum tantorum dedecorum esse curiam testem: delectus est celeberrimus locus, in quo legenda praesentibus, legenda futuris proderentur. placuit aere signari

einschränkt und 15 Millionen Sesterze als zu viel zurückweist, während er die Insignien eines Prätors, als ob sie weniger wert wären, annahm. (12) Stelle Dir den Kaiser vor, der vor dem Senat den Bitten oder vielmehr dem Befehl eines Freigelassenen gehorcht – denn ein Freigelassener, der im Senat seinen Schutzherrn um etwas bittet, erteilt ihm doch einen Befehl; stelle Dir den Senat vor, der immer wieder bezeugt, er habe nach Verdienst und gern dem Pallas diesen Betrag neben den übrigen Ehrungen zuerkennen wollen und würde darauf bestanden haben, wenn er nicht den Willen des Kaisers befolgt hätte, dem man sich keinesfalls widersetzen dürfe. Damit Pallas die 15 Millionen aus der Staatskasse nicht bekam, bedurfte es der Zurückhaltung des Pallas, des Gehorsams des Senates, der besonders darin nicht nachgegeben hätte, wenn er es für rechtens gehalten hätte, in irgendeinem Falle nicht nachzugeben.

(13) Hältst Du das für das Ende? Warte nur und höre das Wichtigste: »Es sei nämlich auf jeden Fall nützlich, die Güte des Kaisers, die immer bereit sei, die zu loben und zu belohnen, die es verdienen, überall bekannt zu machen; das solle besonders an den Stellen geschehen, an denen die Verwalter seiner Schätze zur Nachahmung verleitet werden könnten; und schließlich könnten die bewährte Zuverlässigkeit und Uneigennützigkeit des Pallas durch ihr Beispiel das Interesse an einer ehrenvollen Nachahmung wecken; daher sollten das, was der beste Kaiser kürzlich am 23. Januar vor dem höchst angesehenen Gremium vorgetragen habe, und die über diese Angelegenheiten gefaßten Senatsbeschlüsse in Erz gemeißelt werden; und diese Erztafel solle bei der gepanzerten Statue des göttlichen Iulius Caesar[27] angebracht werden.«

(14) Es schien nicht genug, daß die Kurie Zeuge eines solch schmachvollen Verhaltens war. Man wählte einen äußerst belebten Ort, an dem dies bekanntgemacht wurde, damit die Mitwelt und Nachwelt es lesen sollten. Man be-

omnes honores fastidiosissimi mancipii, quosque repudiasset quosque, quantum ad decernentis pertinet, gessisset. incisa et insculpta sunt publicis aeternisque monumentis praetoria ornamenta Pallantis, sic quasi foedera antiqua, sic quasi sacrae leges.

(15) Tanta principis, tanta senatus, tanta Pallantis ipsius – quid dicam nescio, ut vellent in oculis omnium figi Pallas insolentiam suam, patientiam Caesar, humilitatem senatus! nec puduit rationem turpitudini obtendere, egregiam quidem pulchramque rationem, ut exemplo Pallantis praemiorum ad studium aemulationis ceteri provocarentur. (16) ea honorum vilitas erat, illorum etiam, quos Pallas non dedignabatur. inveniebantur tamen honesto loco nati, qui peterent cuperentque, quod dari liberto, promitti servis videbant.

(17) Quam iuvat, quod in tempora illa non incidi, quorum sic me, tamquam illis vixerim, pudet! non dubito similiter adfici te. scio, quam sit tibi vivus et ingenuus animus: ideo facilius est, ut me, quamquam indignationem quibusdam in locis fortasse ultra epistulae modum extulerim, parum doluisse quam nimis credas. vale.

schloß, alle Ehrenämter dieses ganz abscheulichen Sklaven auf Erz festzuhalten, sowohl die, die er abgelehnt hatte, als auch die, die er alle bekleidet hatte, soweit es an denen lag, welche die Ehrungen zuerkannten. Eingeschnitten und eingehauen sind auf öffentlichen und unvergänglichen Denkmälern die prätorischen Abzeichen des Pallas, so als wären es gleichsam alte Verträge, so als wären es gleichsam heilige Gesetze.

(15) So groß war des Kaisers, so groß des Senates, so groß des Pallas eigene – ich weiß nicht, was ich sagen soll –, daß nämlich Pallas seine Unverschämtheit, der Kaiser seine Schwäche, der Senat seine Unterwürfigkeit vor aller Augen festgehalten sehen wollten. Und man schämte sich auch nicht, einen Vorwand für diese Schändlichkeit zu finden, freilich einen hervorragenden und schönen: damit durch das Beispiel der Belohnungen des Pallas die übrigen zur Nachahmung aufgefordert würden. (16) So wertlos waren damals die Ehrenämter, auch die, welche Pallas nicht verschmähte. Und doch fanden sich Leute von bester Herkunft, die das sehnlichst wünschten, was, wie sie sahen, einem Freigelassenen gegeben und Sklaven versprochen wurde.

(17) Welche Freude macht es mir, daß ich nicht in jene Zeit hineingeraten bin, deren ich mich so schäme, als hätte ich damals gelebt! Ich zweifle nicht, daß Dir ähnlich zumute ist. Ich weiß, wie empfindsam und feinsinnig Du bist. Daher wirst Du mir um so leichter glauben, daß ich, obwohl ich in meiner Entrüstung an manchen Stellen des Briefes vielleicht das Maß überschritten habe, eher zu wenig als zu viel geklagt habe. Lebe wohl!

VII

C. Plinius Tacito suo s.

(1) Neque ut magistro magister neque ut discipulo discipulus (sic enim scribis), sed ut discipulo magister (nam tu magister, ego contra; atque adeo tu in scholam revocas, ego adhuc Saturnalia extendo) librum misisti. (2) num potui longius hyperbaton facere atque hoc ipso probare eum esse me, qui non modo magister tuus, sed ne discipulus quidem debeam dici? sumam tamen personam magistri exseramque in librum tuum ius, quod dedisti, eo liberius, quod nihil ex meis interim missurus sum tibi, in quo te ulciscaris. vale.

VIII

C. Plinius Romano suo s.

(1) Vidistine aliquando Clitumnum fontem? si nondum (et puto nondum: alioqui narrasses mihi), vide, quem ego (paenitet tarditatis) proxime vidi!

(2) Modicus collis adsurgit antiqua cupresso nemorosus et opacus. hunc subter exit fons et exprimitur pluribus venis, sed imparibus, eluctatusque, quem facit gurgitem, lato gremio patescit purus et vitreus, ut numerare iactas stipes et relucentis calculos possis. (3) inde non loci devexitate, sed ipsa sui copia et quasi pondere impellitur. fons adhuc

7

C. Plinius grüßt seinen Tacitus[28]

(1) Du hast mir ein Buch geschickt,[29] nicht wie ein Lehrer einem anderen Lehrer, noch wie ein Schüler einem Schüler – so schreibst Du nämlich –, sondern wie ein Lehrer seinem Schüler; denn Du bist der Lehrer, ich das Gegenteil; und so rufst Du mich in die Schule zurück, ich aber verlängere noch die Saturnalien[30]. (2) Hätte ich etwa ein längeres Hyperbaton[31] machen und eben dadurch beweisen können, daß ich nicht nur nicht Dein Lehrer, sondern nicht einmal Dein Schüler genannt zu werden verdiene? Dennoch will ich die Rolle eines Lehrers spielen und das Recht, das Du mir gegeben hast, über Dein Buch ausüben, und das mit um so größerer Freiheit, weil ich Dir in der Zwischenzeit nichts von meinen Büchern schicken werde, woran Du Dich rächen könntest. Lebe wohl!

8

C. Plinius grüßt seinen Romanus[32]

(1) Hast Du schon einmal die Clitumnus[33]-Quelle gesehen? Wenn noch nicht – und ich glaube nicht, denn sonst hättest Du es mir erzählt –, so sieh sie Dir an! Ich habe sie erst kürzlich – die Verspätung reut mich – gesehen!

(2) Ein sanfter Hügel erhebt sich, dicht bewachsen und beschattet von alten Zypressen. An seinem Fuß entspringt eine Quelle und sprudelt in mehreren, aber ungleichen Adern hervor; und wenn sie sich aus dem Strudel, den sie bildet, herausgearbeitet hat, öffnet sie sich zu einem breiten Becken, glasklar und durchsichtig, so daß man die hineingeworfenen Münzen[34] und reflektierenden Steinchen zählen kann. (3) Von dort wird sie nicht durch die Abschüssigkeit des Bodens, sondern durch ihre eigene Wassermenge und sozusagen durch ihr Eigengewicht weiter-

et iam amplissimum flumen atque etiam navium patiens, quas obvias quoque et contrario nisu in diversa tendentes transmittit et perfert, adeo validus, ut illa, qua properat ipse, quamquam per solum planum, remis non adiuvetur, idem aegerrime remis contisque superetur adversus. (4) iucundum utrumque per iocum ludumque fluitantibus, ut flexerint cursum, laborem otio, otium labore variare.

Ripae fraxino multa, multa populo vestiuntur, quas perspicuus amnis velut mersas viridi imagine adnumerat. rigor aquae certaverit nivibus, nec color cedit. (5) adiacet templum priscum et religiosum: stat Clitumnus ipse amictus ornatusque praetexta; praesens numen atque etiam fatidicum indicant sortes. sparsa sunt circa sacella complura totidemque di. sua cuique veneratio, suum nomen, quibusdam vero etiam fontes. nam praeter illum quasi parentem ceterorum sunt minores capite discreti; sed flumini miscentur, quod ponte transmittitur. (6) is terminus sacri profanique. in superiore parte navigare tantum, infra etiam natare concessum. balineum Hispellates, quibus illum locum divus Augustus dono dedit, publice praebent, praebent et hospitium. nec desunt villae, quae secutae fluminis amoenitatem margini insistunt.

(7) In summa nihil erit, ex quo non capias voluptatem. nam studebis quoque: leges multa multorum omnibus co-

getrieben. Eben noch eine Quelle, ist sie nun schon ein sehr breiter und sogar schiffbarer Fluß, der auch Schiffe, die sich begegnen und mit unterschiedlichem Kurs nach verschiedenen Richtungen fahren, aneinander vorbeiläßt und ans Ziel bringt; seine Strömung ist so stark, daß man stromabwärts, obgleich das Gelände eben ist, keine Ruder braucht; aber gegen den Strom kann man kaum mit Rudern und Ruderstangen vorwärts kommen. (4) Beides ist für die angenehm, die nur zum Spaß und Zeitvertreib auf dem Fluß fahren, so daß sie, je nachdem, wie sie die Fahrtrichtung ändern, Anstrengung mit Ruhe und Ruhe mit Anstrengung abwechseln lassen.

Die Ufer sind reichlich mit Eschen, reichlich mit Pappeln bewachsen, die der klare Fluß, gleichsam als wären sie versenkt, als grünes Abbild widerspiegelt. Das Wasser dürfte so kalt wie Schnee sein und hat auch die gleiche Farbe. (5) In der Nähe liegt ein uralter, ehrwürdiger Tempel. Darin steht Clitumnus selbst, bekleidet und geschmückt mit der Toga praetexta[35]; Orakeltäfelchen weisen darauf hin, daß eine Gottheit anwesend ist und auch weissagt. Ringsum liegen mehrere kleine Kapellen verstreut, jede für einen Gott. Jeder hat seine eigene Verehrung, seinen eigenen Namen, manche auch ihre eigenen Quellen. Denn außer jener Quelle, gleichsam der Mutter der übrigen, gibt es noch kleinere, die von der Hauptquelle getrennt sind; aber sie ergießen sich in den Fluß, den man auf einer Brücke überquert. (6) Sie bildet die Grenze zwischen heiligem und weltlichem Bezirk. Im oberen Bereich darf man nur mit dem Boot fahren, in dem unteren auch schwimmen. Die Einwohner von Hispellum, denen der göttliche Augustus diesen Ort zum Geschenk gemacht hat, bieten Bad und Unterkunft auf Kosten der Gemeinde an. Auch fehlt es nicht an Landhäusern, die wegen der anmutigen Lage des Flusses an seinem Ufer stehen.

(7) Kurz und gut, es wird nichts geben, woran Du nicht Vergnügen findest; denn Du wirst auch Studien betreiben

lumnis, omnibus parietibus inscripta, quibus fons ille deusque celebratur. plura laudabis, non nulla ridebis; quamquam tu vero, quae tua humanitas, nulla ridebis. vale.

IX

C. Plinius Urso suo s.

(1) Olim non librum in manus, non stilum sumpsi; olim nescio, quid sit otium, quid quies, quid denique illud iners quidem, iucundum tamen nihil agere, nihil esse: adeo multa me negotia amicorum nec secedere nec studere patiuntur. (2) nulla enim studia tanti sunt, ut amicitiae officium deseratur, quod religiosissime custodiendum studia ipsa praecipiunt. vale.

X

C. Plinius Fabato Prosocero suo s.

(1) Quo magis cupis ex nobis pronepotes videre, hoc tristior audies neptem tuam abortum fecisse, dum se praegnantem esse puellariter nescit ac per hoc quaedam custodienda praegnantibus omittit, facit omittenda. quem errorem magnis documentis expiavit in summum periculum

können; an allen Säulen, an allen Wänden wirst Du zahlreiche Inschriften vieler Menschen lesen, durch die jene Quelle und ihr Gott gepriesen werden. Mehrere wirst Du loben, über einige wirst Du lachen; aber freilich, in Anbetracht Deiner Menschenfreundlichkeit wirst Du über keine Inschrift lachen. Lebe wohl!

9

C. Plinius grüßt seinen Ursus[36]

(1) Schon lange habe ich kein Buch, keinen Griffel in die Hand genommen; schon lange weiß ich nicht mehr, was Muße, was Ruhe, was endlich dieser zwar träge, aber doch angenehme Zustand, nichts zu tun und nichts zu sein, ist; so viele Aufgaben für meine Freunde lassen es weder zu, mich in die Einsamkeit zurückzuziehen, noch mich wissenschaftlich zu beschäftigen. (2) Keine geistige Beschäftigung ist nämlich so wichtig, daß man die Pflichten der Freundschaft dafür vernachlässigen darf, deren gewissenhafte Beachtung uns gerade die Studien lehren. Lebe wohl!

10

C. Plinius grüßt seinen Schwiegergroßvater Fabatus[37]

(1) Je größer Dein Wunsch ist, von uns Urenkel zu bekommen, mit desto größerer Betrübnis wirst Du hören, daß Deine Enkelin eine Fehlgeburt gehabt hat; denn in ihrer jugendlichen Unkenntnis wußte sie nicht, daß sie schwanger war, und unterließ deswegen manches, was Schwangere beachten müssen, und manches tat sie, was sie hätte unterlassen sollen. Dieses Versehen hat sie durch harte Erfahrungen gesühnt und ist dabei in höchste Ge-

adducta. (2) igitur, ut necesse est graviter accipias senectutem tuam quasi paratis posteris destitutam, sic debes agere dis gratias, quod ita tibi in praesentia pronepotes negaverunt, ut servarent neptem, illos reddituri, quorum nobis spem certiorem haec ipsa quamquam parum prospere explorata fecunditas facit.

(3) Isdem nunc ego te quibus ipsum me hortor, moneo, confirmo. neque enim ardentius tu pronepotes, quam ego liberos cupio, quibus videor a meo tuoque latere pronum ad honores iter et audita latius nomina et non subitas imagines relicturus. nascantur modo et hunc nostrum dolorem gaudio mutent! vale.

XI

C. Plinius Hispullae suae s.

(1) Cum adfectum tuum erga fratris filiam cogito etiam materna indulgentia molliorem, intellego prius tibi, quod est posterius, nuntiandum, ut praesumpta laetitia sollicitudini locum non relinquat. quamquam vereor, ne post gratulationem quoque in metum redeas atque ita gaudeas periculo liberatam, ut simul, quod periclitata sit, perhorrescas. (2) iam hilaris, iam sibi, iam mihi reddita incipit refici transmissumque discrimen convalescendo metiri. fuit alioqui in summo discrimine, impune dixisse liceat, fuit nulla

fahr geraten. (2) Wie Du es nun als sehr bedauerlich empfinden mußt, in Deinem Alter auf den schon fast sicheren Nachwuchs zu verzichten, so mußt Du den Göttern danken, daß sie Dir zwar für den Augenblick Urenkel versagt, Dir aber Deine Enkelin am Leben erhalten haben, um Dir jene Urenkel später zu geben. Darauf läßt uns gerade der – wenn auch nicht glücklich verlaufene – Beweis ihrer Fruchtbarkeit sicher hoffen.

(3) Mit denselben Worten, die ich mir selbst gesagt habe, mahne, ermutige und beruhige ich Dich jetzt. Denn ich wünsche mir genauso sehnsüchtig Kinder wie Du Dir Urenkel, denen ich, wie ich glaube, von meiner und Deiner Seite einen leichten Weg zu Ehrenstellen, einen weit und breit bekannten Namen und unvergängliche Ahnenbilder hinterlassen werde. Mögen sie nur geboren werden und diesen unseren Schmerz in Freude verwandeln. Lebe wohl!

11

C. Plinius grüßt seine Hispulla[38]

(1) Wenn ich an Deine Zuneigung zu Deiner Nichte denke, die noch zärtlicher als die Liebe einer Mutter ist, dann sehe ich ein, daß ich Dir das Spätere zuerst mitteilen muß, damit die vorweggenommene Freude für Kummer keinen Platz läßt. Freilich fürchte ich, daß Du nach der freudigen Nachricht wieder in Furcht gerätst und Dich zwar freust, daß sie aus der Gefahr errettet ist, zugleich aber bei dem Gedanken erzitterst, daß sie sich in Gefahr befunden hat. (2) Schon ist sie wieder heiter, ist schon sich selbst, schon mir wiedergegeben und beginnt sich zu erholen und die überstandene Gefahr an ihrer Wiedergenesung zu messen. Sie war allerdings in höchster Gefahr – ich darf es wohl frei aussprechen; sie war es ohne ihre Schuld, eher wegen ihres jugendlichen Alters. Daher die

sua culpa, aetatis aliqua. inde abortus et ignorati uteri triste experimentum.

(3) Proinde, etsi non contigit tibi desiderium fratris amissi aut nepote eius aut nepte solari, memento tamen dilatum magis istud quam negatum, cum salva sit, ex qua sperari potest. simul excusa patri tuo casum, cui paratior apud feminas venia! vale.

XII

C. Plinius Miniciano suo s.

(1) Hunc solum diem excuso: recitaturus est Titinius Capito, quem ego audire nescio magis debeam an cupiam. vir est optimus et inter praecipua saeculi ornamenta numerandus; colit studia, studiosos amat, fovet, provehit, multorum, qui aliqua componunt, portus, sinus, gremium, omnium exemplum, ipsarum denique litterarum iam senescentium reductor ac reformator.

(2) Domum suam recitantibus praebet, auditoria non apud se tantum benignitate mira frequentat; mihi certe, si modo in urbe, defuit numquam.

Porro tanto turpius gratiam non referre, quanto honestior causa referendae. (3) an, si litibus tererer, obstrictum esse me crederem obeunti vadimonia mea, nunc, quia mihi omne negotium, omnis in studiis cura, minus obligor tanta sedulitate celebranti, in quo obligari ego, ne dicam solo,

Fehlgeburt und die betrübliche Erfahrung einer ihr unbewußten Schwangerschaft.

(3) Wenn es Dir also auch nicht vergönnt war, die Sehnsucht nach dem verlorenen Bruder durch die Geburt eines Enkels von ihm oder einer Enkelin zu lindern, so denke gleichwohl daran, daß es mehr aufgeschoben als aufgehoben ist; denn sie, von der man es erhoffen kann, ist ja gesund. Entschuldige zugleich bei Deinem Vater diesen Unglücksfall, der bei Frauen leichter Verständnis findet. Lebe wohl!

12

C. Plinius grüßt seinen Minicianus[39]

(1) Nur für diesen einzigen Tag entschuldige ich mich: Titinius Capito[40] will nämlich etwas rezitieren; ich weiß nicht, ob es bei mir mehr Pflichtgefühl oder Wunsch ist, ihn zu hören. Er ist ein hervorragender Mann und muß zu den besonderen Zierden unseres Jahrhunderts gezählt werden. Er achtet die Studien, liebt, pflegt und fördert die Wissenschaftler. Er ist Zuflucht, Schutz und Sicherheit für viele Schriftsteller, für alle ein Vorbild, und schließlich ist er ein Wiederhersteller und Erneuerer unserer allmählich dahinsiechenden Literatur selbst.

(2) Sein Haus überläßt er allen für ihre Vorträge; die Hörsäle, nicht nur bei sich zu Hause, besucht er mit bewundernswerter Herzensgüte; bei mir wenigstens hat er, wenn er in der Stadt war, niemals gefehlt.

In der Tat wäre es um so schändlicher, sich nicht dankbar zu erweisen, je ehrenvoller der Anlaß zur Dankbarkeit ist. (3) Oder sollte ich mich, wenn ich mich in Prozessen aufriebe, dem verbunden fühlen, der Bürgschaft für mich leistet? Jetzt aber, wo meine ganze Tätigkeit, meine ganze Sorge auf die Studien gerichtet ist, sollte ich dem weniger verpflichtet sein, der darin so großen Eifer zeigt, womit

certe maxime possum? (4) quodsi illi nullam vicem, nulla quasi mutua officia deberem, sollicitarer tamen vel ingenio hominis pulcherrimo et maximo et in summa severitate dulcissimo vel honestate materiae. scribit exitus inlustrium virorum, in his quorundam mihi carissimorum. (5) videor ergo fungi pio munere, quorumque exsequias celebrare non licuit, horum quasi funebribus laudationibus, seris quidem, sed tanto magis veris interesse. vale.

XIII

C. Plinius Geniali suo s.

(1) Probo, quod libellos meos cum patre legisti. pertinet ad profectum tuum a disertissimo viro discere, quid laudandum, quid reprehendendum, simul ita institui, ut verum dicere adsuescas. vides, quem sequi, cuius debeas implere vestigia. (2) o te beatum, cui contigit unum atque idem optimum et coniunctissimum exemplar, qui denique eum potissimum imitandum habes, cui natura esse te simillimum voluit! vale.

XIV

C. Plinius Aristoni suo s.

(1) Cum sis peritissimus et privati iuris et publici, cuius pars senatorium est, cupio ex te potissimum audire, erra-

man mich, ich will nicht sagen allein, aber doch am meisten verpflichten kann? (4) Wenn ich ihm keine Gegenleistung, sozusagen keine Gegendienste schuldig wäre, würde ich mich dennoch entweder durch das glänzende und höchst bedeutende Talent dieses Mannes, das bei höchster Strenge soviel Anmut zeigt, oder durch die Schönheit des Stoffes angezogen fühlen. Er schreibt über das Lebensende berühmter Männer, darunter einiger, die mir überaus teuer sind. (5) Ich glaube also, eine fromme Pflicht zu erfüllen, wenn ich bei Männern, an deren Beisetzung ich nicht teilnehmen konnte, sozusagen ihren zwar verspäteten, aber um so aufrichtigeren Leichenreden beiwohne. Lebe wohl!

13

C. Plinius grüßt seinen Genialis[41]

(1) Es findet meinen Beifall, daß Du meine Schriften zusammen mit Deinem Vater gelesen hast. Es dient Deinem Fortschritt, von einem so redegewandten Mann zu lernen, was man loben, was man tadeln muß, und so zugleich von ihm unterwiesen zu werden, immer die Wahrheit zu sagen. Du siehst, wem Du folgen, in wessen Fußstapfen Du treten sollst. (2) Wie glücklich bist Du, daß Du ein Vorbild, und zugleich das beste und ein so eng mit Dir verwandtes gefunden hast, daß Du schließlich *den* besonders zur Nachahmung hast, dem Du schon nach dem Willen der Natur ganz ähnlich sein müßtest. Lebe wohl!

14

C. Plinius grüßt seinen Aristo[42]

(1) Da Du sehr bewandert bist im Privat- und Staatsrecht, von dem ja das Recht der Senatoren[43] ein Teil ist, möchte ich gerade von Dir hören, ob ich mich kürzlich im

verim in senatu proxime necne, non ut in praeteritum (serum enim), verum ut in futurum, si quid simile inciderit, erudiar.

(2) Dices: 'cur quaeris, quod nosse debebas?' priorum temporum servitus ut aliarum optimarum artium, sic etiam iuris senatorii oblivionem quandam et ignorantiam induxit. (3) quotus enim quisque tam patiens, ut velit discere, quod in usu non sit habiturus? adde, quod difficile est tenere, quae acceperis, nisi exerceas. itaque reducta libertas rudes nos et imperitos deprehendit; cuius dulcedine accensi cogimur quaedam facere ante, quam nosse.

(4) Erat autem antiquitus institutum, ut a maioribus natu non auribus modo, verum etiam oculis disceremus, quae facienda mox ipsi ac per vices quasdam tradenda minoribus haberemus. (5) inde adulescentuli statim castrensibus stipendiis imbuebantur, ut imperare parendo, duces agere, dum sequuntur, adsuescerent; inde honores petituri adsistebant curiae foribus et consilii publici spectatores ante, quam consortes erant. (6) suus cuique parens pro magistro aut, cui parens non erat, maximus quisque et vetustissimus pro parente. quae potestas referentibus, quod censentibus ius, quae vis magistratibus, quae ceteris libertas, ubi cedendum, ubi resistendum, quod silendi tempus, quis dicendi modus, quae distinctio pugnantium sententiarum, quae exsecutio prioribus aliquid addentium, omnem

Senat geirrt habe oder nicht; nicht um mich für die Vergangenheit – denn dazu wäre es zu spät –, sondern für die Zukunft belehren zu lassen, wenn ein ähnlicher Fall eintritt.

(2) Du wirst sagen: »Warum fragst Du etwas, was Du wissen müßtest?« Die Knechtschaft früherer Zeiten[44] hat bei anderen hervorragenden Einrichtungen ebenso wie beim senatorischen Recht zu einer gewissen Vergessenheit und Unkenntnis geführt. (3) Wie viele nämlich sind so geduldig, daß sie lernen wollen, was sie später nicht gebrauchen können? Außerdem ist es schwierig zu behalten, was man gelernt hat, wenn man sich nicht darin übt. Deshalb hat uns die Rückkehr der Freiheit[45] in unserer Unwissenheit und Unerfahrenheit überrascht; und begeistert von ihrem Zauber sehen wir uns gezwungen, manches zu tun, bevor wir es verstehen.

(4) Es bestand aber von alters her die Einrichtung, daß wir von den Älteren nicht nur mit den Ohren, sondern auch mit den Augen lernten, was wir bald selbst zu tun und dann wiederum den Jüngeren weiterzugeben hatten. (5) Daher lernten die jungen Leute sofort den Militärdienst im Lager, um sich durch Gehorsam an das Befehlen, und indem sie anderen folgten, an die Führung zu gewöhnen. Daher standen die, welche sich um Ehrenämter bewerben wollten, an den Türen der Kurie und waren Zuschauer der Ratsversammlung, bevor sie Teilnehmer wurden. (6) Ein jeder hatte seinen eigenen Vater als Lehrer oder, wer keinen Vater mehr hatte, bei dem traten gerade die angesehensten und ältesten Männer an die Stelle des Vaters. Welche Vollmacht die Vortragenden[46], welches Recht die Abstimmenden, welche Macht die Behörden, welche Freiheit die übrigen hatten, wo man nachgeben, wo man sich widersetzen, wie lange man schweigen, wie lange man reden mußte, wie die sich widersprechenden Anträge unterschieden werden konnten, wie bei denen, die bei früheren Anträgen etwas hinzufügten, zu verfah-

denique senatorium morem, quod fidissimum praecipiendi genus, exemplis docebantur.

(7) At nos iuvenes fuimus quidem in castris; sed cum suspecta virtus, inertia in pretio, cum ducibus auctoritas nulla, nulla militibus verecundia, nusquam imperium, nusquam obsequium. omnia soluta, turbata atque etiam in contrarium versa, postremo obliviscenda magis quam tenenda. (8) iidem prospeximus curiam, sed curiam trepidam et elinguem, cum dicere, quod velles, periculosum, quod nolles, miserum esset. quid tunc disci potuit, quid didicisse iuvit, cum senatus aut ad otium summum aut ad summum nefas vocaretur et modo ludibrio, modo dolori retentus numquam seria, tristia saepe censeret? (9) eadem mala iam senatores, iam participes malorum multos per annos vidimus tulimusque; quibus ingenia nostra in posterum quoque hebetata, fracta, contusa sunt. (10) breve tempus (nam tanto brevius omne quanto felicius tempus), quo libet scire, quid simus, libet exercere, quod scimus.

Quo iustius peto, primum ut errori, si quis est error, tribuas veniam, deinde medearis scientia tua, cui semper fuit curae sic iura publica ut privata, sic antiqua ut recentia, sic rara ut adsidua tractare. (11) atque ego arbitror illis etiam, quibus plurimarum rerum agitatio frequens nihil esse ignotum patiebatur, genus quaestionis, quod adfero ad te,

ren sei, kurz und gut, über die ganze Geschäftsordnung des Senates wurden sie durch Beispiele, die zuverlässigste Art des Unterrichts, informiert.

(7) Ich aber habe in meiner Jugend zwar Militärdienst geleistet, aber in einer Zeit, als Tüchtigkeit verdächtig[47] war, Trägheit jedoch hoch im Kurs stand, die Führer keine Autorität, die Soldaten keine Achtung hatten, man nirgends einen Befehl erteilte, nirgends gehorchte, sich alles in Auflösung, Verwirrung und sogar in sein Gegenteil verwandelt hatte, kurz und gut, in einer Zeit, in der man eher alles hätte vergessen als behalten sollen. (8) Auch ich habe aus der Ferne einen Blick in die Kurie geworfen, freilich in eine verängstigte und sprachlose Kurie, wo es gefährlich war zu sagen, was man wollte, und erbärmlich zu sagen, was man nicht wollte. Was konnte man damals daraus lernen? Oder was nützte es, etwas gelernt zu haben, wenn der Senat entweder zur größten Untätigkeit oder zu schlimmsten Ungerechtigkeiten einberufen wurde und, bald zu seiner Verspottung, bald zu seiner Kränkung versammelt, niemals ernsthafte, oft aber betrübliche Beschlüsse faßte. (9) Die gleichen Mißstände haben wir noch als Senatoren, noch als Beteiligte viele Jahre mit ansehen und ertragen müssen; dadurch wurden unsere geistigen Kräfte auch für die folgende Zeit abgestumpft, entmutigt und gelähmt. (10) Kurz ist die Zeit – denn um so kürzer erscheint jede Zeit, je glücklicher sie ist –, seitdem wir wissen dürfen, was wir sind, und uns mit dem beschäftigen dürfen, was wir wissen.

Mit um so größerer Berechtigung bitte ich Dich, zuerst meinen Irrtum, wenn es einer ist, zu verzeihen, sodann ihn mit Deinem Wissen zu berichtigen, der Du ja immer darum bemüht warst, in gleicher Weise Staatsrecht und Privatrecht, altes und neues, seltenes und oft vorkommendes Recht zu behandeln. (11) Und ich glaube, daß auch denen, die durch die häufige Beschäftigung mit sehr vielen Dingen in allem gut Bescheid wissen, die Art der Frage,

aut non satis tritum aut etiam inexpertum fuisse. hoc et ego excusatior, si forte sum lapsus, et tu dignior laude, si potes id quoque docere, quod in obscuro est an didiceris.

(12) Referebatur de libertis Afrani Dextri consulis, incertum sua an suorum manu, scelere an obsequio perempti. hos alius ('quis?' inquis; ego, sed nihil refert) post quaestionem supplicio liberandos, alius in insulam relegandos, alius morte puniendos arbitrabatur. quarum sententiarum tanta diversitas erat, ut non possent esse nisi singulae. (13) quid enim commune habet occidere et relegare? non hercule magis quam relegare et absolvere; quamquam propior aliquanto est sententiae relegantis, quae absolvit, quam quae occidit (utraque enim ex illis vitam relinquit, haec adimit), cum interim, et qui morte puniebant, et qui relegabant, una sedebant et temporaria simulatione concordiae discordiam differebant.

(14) Ego postulabam, ut tribus sententiis constaret suus numerus, nec se brevibus indutiis duae iungerent. exigebam ergo, ut, qui capitali supplicio adficiendos putabant. discederent a relegante, nec interim contra absolventis mox dissensuri congregarentur, quia parvulum referret, an idem displiceret, quibus non idem placuisset. (15) illud etiam mihi permirum videbatur eum quidem, qui libertos

die ich an Dich richte, entweder nicht genügend bekannt oder sogar in der Praxis noch nicht vorgekommen ist. Um so mehr bin ich entschuldigt, wenn ich etwa einen Fehler begangen habe, und Du verdienst größeres Lob, wenn Du auch das lehren kannst, wovon unsicher ist, ob Du es jemals selbst gelernt hast.

(12) Vor dem Senat sprach man über die Freigelassenen[48] des Konsuls Afranius Dexter, bei dem es ungewiß war, ob er durch eigene Hand oder durch die seiner Sklaven, durch ein Verbrechen oder auf eigenen Befehl[49] hin umgekommen war. Einer nun – »wer?« fragst Du; ich, aber das ist unwichtig – war der Ansicht, man müsse sie nach dem Verhör von der Strafe freisprechen, ein anderer, man müsse sie auf eine Insel verbannen, ein dritter, man müsse sie mit dem Tode bestrafen. Diese Anträge waren so verschieden, daß jeder nur einzeln bestehen konnte. (13) Was nämlich haben Todesstrafe und Verbannung gemeinsam? Wahrlich, ebensowenig wie Verbannung und Freispruch; freilich steht der Antrag auf Freispruch dem auf Verbannung erheblich näher als dem auf Hinrichtung; denn die beiden ersten Anträge lassen das Leben, der letzte nimmt es. Inzwischen saßen die, die für die Todesstrafe, und die, die für die Verbannung eintraten, zusammen und verschoben durch diese zeitweilige Vorspiegelung von Einigkeit ihre wirkliche Uneinigkeit.

(14) Ich forderte nun, daß die drei Anträge einzeln gezählt werden sollten[50] und sich nicht zwei in einem kurzen Waffenstillstand verbinden dürften. Ich bestand also darauf, daß diejenigen, die sich für die Todesstrafe aussprachen, sich von denjenigen trennen sollten, die für die Verbannung stimmten; sie sollten sich nicht inzwischen gegen die Anhänger eines Freispruches zusammentun, um bald wieder anderer Meinung zu sein; denn es käme sehr wenig darauf an, ob denen gemeinsam eine Meinung mißfalle, die untereinander nicht derselben Meinung seien. (15) Auch das kam mir recht sonderbar vor, daß der, der für die

relegandos, servos supplicio adficiendos censuisset, coactum esse dividere sententiam, hunc autem, qui libertos morte multaret, cum relegante numerari. nam, si oportuisset dividi sententiam unius, quia res duas comprehendebat, non reperiebam, quemadmodum posset iungi sententia duorum tam diversa censentium. (16) atque adeo permitte mihi sic apud te tamquam ibi, sic peracta re tamquam adhuc integra, rationem iudicii mei reddere, quaeque tunc carptim multis obstrepentibus dixi, nunc per otium iungere!

(17) Fingamus tres omnino iudices in hanc causam datos esse, horum uni placuisse perire libertos, alteri relegari, tertio absolvi. utrumne sententiae duae collatis viribus novissimam periment, an separatim una quaeque tantundem quantum altera valebit, nec magis poterit cum secunda prima conecti, quam secunda cum tertia? (18) igitur in senatu quoque numerari tamquam contrariae debent, quae tamquam diversae dicuntur. quodsi unus atque idem et perdendos censeret et relegandos, num ex sententia unius et perire possent et relegari? num denique omnino una sententia putaretur, quae tam diversa coniungeret? (19) quemadmodum igitur, cum alter puniendos, alter censeat relegandos, videri potest una sententia, quae dicitur a duobus, quae non videretur una, si ab uno diceretur?

Verbannung der Freigelassenen, jedoch für die Todesstrafe der Sklaven eingetreten war, gezwungen wurde, seinen Antrag zu teilen; daß derjenige aber, der die Freigelassenen mit dem Tode bestrafen wollte, dem zugezählt werden sollte, der für die Verbannung stimmte. Denn wenn der Antrag eines einzigen geteilt werden mußte, weil er zwei Dinge umfaßte, so sah ich nicht ein, wie die Anträge von zwei Gruppen, die so entgegengesetzter Meinung waren, verbunden werden könnten. (16) Und so erlaube mir, jetzt bei Dir – als ob es im Senat geschehe – und nach einer bereits entschiedenen Sache – als ob noch nichts entschieden wäre – Rechenschaft über meine Meinung abzulegen, und die Gedanken, die ich damals nur teilweise und unter häufigen Störungen geäußert habe, ruhig im Zusammenhang vorzutragen.

(17) Nehmen wir an, es seien überhaupt nur drei Richter für diesen Prozeß bestimmt worden, von denen der eine für den Tod der Freigelassenen, der zweite für die Verbannung, der dritte für den Freispruch gestimmt hätten. Sollen da die beiden ersten Anträge, wenn sie ihre Kräfte vereinigen, den letzten unterdrücken, oder wird ein jeder für sich soviel Bedeutung haben wie der andere, und wird nicht der erste mit dem zweiten sich mehr verbinden als der zweite mit dem dritten? (18) Also müssen *die* Anträge auch im Senat als einander entgegengesetzt gezählt werden, die als gegensätzlich bezeichnet werden. Wenn ein und derselbe für die Todesstrafe und die Verbannung stimmte, könnten sie dann aufgrund des Antrages eines einzigen sowohl getötet als auch verbannt werden? Könnte man schließlich *das* für einen einzigen Antrag halten, was zwei so widersprechende Strafen verbände? (19) Wie könnte also, wenn der eine sich für die Todesstrafe[51], der andere sich für die Verbannung ausspräche, das als ein einziger Antrag erscheinen, nur weil er von zwei Personen vorgebracht wird, was auch nicht als einer erschiene, wenn er von einem vorgebracht würde?

Quid? lex non aperte docet dirimi debere sententias occidentis et relegantis, cum ita discessionem fieri iubet: ‘qui haec censetis, in hanc partem, qui alia omnia, in illam partem ite, qua sentitis’? examina singula verba et expende: ‘qui haec censetis’, hoc est qui relegandos putatis; ‘in hanc partem’, id est in eam, in qua sedet, qui censuit relegandos. (20) ex quo manifestum est non posse in eadem parte remanere eos, qui interficiendos arbitrantur. ‘qui alia omnia’: animadvertis, ut non contenta lex dicere ‘alia’ addiderit ‘omnia’. num ergo dubium est alia omnia sentire eos, qui occidunt, quam qui relegant? ‘in illam partem ite, qua sentitis’: nonne videtur ipsa lex eos, qui dissentiunt, in contrariam partem vocare, cogere, impellere? non consul etiam, ubi quisque remanere, quo transgredi debeat, non tantum sollemnibus verbis, sed manu gestuque demonstrat?

(21) At enim futurum est, ut, si dividantur sententiae interficientis et relegantis, praevaleat illa, quae absolvit. quid istud ad censentes? quos certe non decet omnibus artibus, omni ratione pugnare, ne fiat, quod est mitius. oportet tamen eos, qui puniunt, et qui relegant, absolventibus primum, mox inter se comparari. scilicet, ut in spectaculis quibusdam sors aliquem seponit ac servat, qui cum victore contendat, sic in senatu sunt aliqua prima, sunt secunda certamina, et ex duabus sententiis eam, quae superior exstiterit, tertia exspectat. (22) quid, quod prima sententia

Wie? Lehrt das Gesetz nicht deutlich, daß die Anträge auf Todesstrafe und Verbannung getrennt werden müssen, wenn es mit folgenden Worten anordnet, die Abstimmung[52] durchzuführen: »Die ihr dieser Ansicht seid, tretet auf diese Seite, ihr, die ihr für alles andere seid, auf jene, deren Ansicht ihr seid!« Prüfe die einzelnen Worte und wäge sie ab. »Die ihr dieser Ansicht seid«, das heißt: die ihr für die Verbannung stimmt; »auf diese Seite«, das heißt, auf die Seite, auf der derjenige sitzt, der für die Verbannung gestimmt hat. (20) Daraus geht klar hervor, daß *die* nicht auf derselben Seite bleiben können, die für die Todesstrafe eintreten. »Die ihr für alles andere seid«: Du bemerkst, daß das Gesetz nicht damit zufrieden ist, zu sagen »andere«, sondern »alles« hinzufügt. Besteht also etwa noch ein Zweifel, daß *die* für »alles andere« stimmen, die für die Todesstrafe sind, als die, die für die Verbannung eintreten? »Tretet auf *die* Seite, deren Meinung ihr folgt«: Scheint nicht das Gesetz selbst die, die anderer Meinung sind, auf die entgegengesetzte Seite zu rufen, zu zwingen, zu treiben? Zeigt nicht auch der Konsul, nicht nur mit feierlichen Worten, sondern mit seiner Hand und seiner Gebärde, wo ein jeder bleiben, wohin ein jeder gehen soll?

(21) Aber es könnte geschehen, daß jener Antrag auf Freispruch sich durchsetzen würde, wenn man die Anträge auf Todesstrafe und Verbannung trennt. Was geht das die an, die abstimmen? Sie dürfen sicherlich nicht mit allen möglichen Mitteln und auf jede Art und Weise dafür kämpfen, daß der mildere Antrag nicht durchgeht. Doch müssen die Anhänger der Todesstrafe und die Anhänger der Verbannung zuerst mit den Vertretern des Freispruchs verglichen werden. Natürlich – wie bei manchen Schaukämpfen das Los immer einen aussondert und aufspart, der mit dem Sieger kämpfen soll, so gibt es auch im Senat sozusagen einen ersten und zweiten Kampf; und den, der von den beiden Anträgen die Oberhand gewonnen hat, erwartet noch ein dritter. (22) Wie? Wenn der erste Antrag

comprobata ceterae perimuntur? qua ergo ratione potest esse non unus atque idem locus sententiarum, quarum nullus est postea?

(23) Planius repetam. nisi dicente sententiam eo, qui relegat, illi, qui puniunt capite, initio statim in alia discedant, frustra postea dissentient ab eo, cui paulo ante consenserint. (24) sed quid ego similis docenti? cum discere velim, an sententias dividi an iri in singulas oportuerit.

Obtinui quidem, quod postulabam; nihilo minus tamen quaero, an postulare debuerim. quemadmodum obtinui? qui ultimum supplicium sumendum esse censebat, nescio an iure, certe aequitate postulationis meae victus, omissa sententia sua accessit releganti; veritus scilicet, ne, si dividerentur sententiae, quod alioqui fore videbatur, ea, quae absolvendos esse censebat, numero praevaleret. etenim longe plures in hac una quam in duabus singulis erant. (25) tum illi quoque, qui auctoritate eius trahebantur, transeunte illo destituti reliquerunt sententiam ab ipso auctore desertam secutique sunt quasi transfugam, quem ducem sequebantur. (26) sic ex tribus sententiis duae factae, tenuitque ex duabus altera tertia expulsa, quae, cum ambas superare non posset, elegit, ab utra vinceretur. vale.

Beifall gefunden hat, werden die übrigen nicht dadurch aufgehoben? Wie läßt es sich also rechtfertigen, daß auf diese Weise Anträge nicht ein und denselben Rang behaupten, die nachher unberücksichtigt bleiben?

(23) Ich will es noch einmal deutlicher erklären. Wenn nicht diejenigen, die für die Todesstrafe eintreten, sich von Anfang an von dem, der für die Verbannung eintritt, absondern, so werden sie nachher vergeblich anderer Meinung sein als der, dem sie kurz vorher noch zugestimmt haben. (24) Aber was spiele ich selbst den Lehrer, da ich doch lernen möchte, ob man Anträge hätte trennen oder über sie einzeln hätte abstimmen müssen.

Ich habe zwar durchgesetzt, was ich forderte; nichtsdestoweniger frage ich Dich, ob ich es hätte fordern dürfen. Wie ich es durchgesetzt habe? Der dafür eintrat, es müsse die Todesstrafe vollzogen werden, gab – vielleicht durch die Rechtslage, sicherlich aber durch die moralische Berechtigung meiner Forderung überzeugt – seine Meinung auf und pflichtete dem Antrag für die Verbannung bei. Er fürchtete natürlich, daß, wenn die Stimmen, was ohnehin zu erwarten war, getrennt würden, *der* Antrag die Oberhand gewänne, der für den Freispruch eintrat. Denn dieser eine Antrag hatte weit mehr Stimmen auf seiner Seite als jeder einzelne der beiden anderen. (25) Darauf verließen auch jene, die sich durch das Ansehen dieses Mannes hatten bestimmen lassen und sich nun durch seinen Übertritt im Stich gelassen sahen, den von ihren Antragstellern selbst aufgegebenen Antrag und folgten ihm wie einem Überläufer, dem sie vorher als ihrem Führer gefolgt waren. (26) So waren aus drei Anträgen zwei geworden; von den zweien behauptete sich einer, nachdem der dritte hatte weichen müssen; dieser hatte, weil er die beiden anderen nicht überwinden konnte, nun die Wahl, von welchem er sich besiegen lassen wollte. Lebe wohl!

XV

C. Plinius Iuniori suo s.

(1) Oneravi te tot pariter missis voluminibus; sed oneravi, primum quia exegeras, deinde quia scripseras tam graciles istic vindemias esse, ut plane scirem tibi vacaturum, quod vulgo dicitur, librum legere. eadem ex meis agellis nuntiantur. (2) igitur mihi quoque licebit scribere, quae legas, sit modo, unde chartae emi possint; quae si scabrae bibulaeve sint, aut non scribendum, aut necessario, quidquid scripserimus boni malive, delebimus. vale.

XVI

C. Plinius Paterno suo s.

(1) Confecerunt me infirmitates meorum, mortes etiam, et quidem iuvenum. solacia duo nequaquam paria tanto dolori, solacia tamen: unum facilitas manumittendi (videor enim non omnino immaturos perdidisse, quos iam liberos perdidi), alterum, quod permitto servis quoque quasi testamenta facere eaque ut legitima custodio. (2) mandant rogantque, quod visum; pareo ut iussus. dividunt, donant, relinquunt, dumtaxat intra domum; nam servis res publica quaedam et quasi civitas domus est. (3) sed, quamquam

15

C. Plinius grüßt seinen Iunior[53]

(1) Ich habe Dich mit so vielen, gleichzeitig geschickten Büchern belästigt; aber ich habe Dich damit belästigt, erstens, weil Du es verlangt hattest, zweitens, weil Du geschrieben hattest, die Weinlese dort sei so dürftig, daß ich ganz klar wußte, Du würdest, wie man so sagt, Muße haben, ein Buch zu lesen. Dasselbe berichtet man mir von meinen Landgütern. (2) Folglich wird es auch mir möglich sein, etwas zu schreiben, was Du lesen kannst, wenn ich nur wüßte, wo man Papier kaufen könnte; wenn dieses rauh ist oder leicht Feuchtigkeit einsaugt, kann ich entweder nicht schreiben, oder ich muß notgedrungen, was ich Gutes oder Schlechtes geschrieben habe, wieder auslöschen. Lebe wohl!

16

C. Plinius grüßt seinen Paternus[54]

(1) Krankheiten meiner Leute, auch Todesfälle, und zwar von noch jungen Menschen, haben mich tief getroffen[55]. Zwei Tröstungen habe ich, die keinesfalls einem solchen Schmerz angemessen sind, aber immerhin Tröstungen. Erstens die leichte Möglichkeit der Freilassung[56] – denn ich meine, diejenigen überhaupt nicht zu früh verloren zu haben, die ich schon als Freie verloren habe; zweitens, weil ich auch meinen Sklaven erlaube, eine Art Testament[57] zu machen, und es wie ein rechtskräftiges beachte. (2) Sie erlassen Verfügungen und bitten um das, was ihnen gut scheint. Ich folge ihnen wie auf Befehl. Sie verteilen, schenken und hinterlassen, freilich nur im Bereich des Hauses; denn für Sklaven ist das Haus gleichsam der Staat und ihre Gemeinde[58]. (3) Zwar finde ich bei diesen Tröstungen Ruhe, aber dennoch bin ich entmutigt und er-

his solaciis acquiescam, debilitor et frangor eadem illa humanitate, quae me, ut hoc ipsum permitterem, induxit.

Non ideo tamen velim durior fieri. nec ignoro alios eius modi casus nihil amplius vocare quam damnum eoque sibi magnos homines et sapientes videri. qui an magni sapientesque sint, nescio, homines non sunt. (4) hominis est enim adfici dolore, sentire, resistere tamen et solacia admittere, non solaciis non egere.

(5) Verum de his plura fortasse, quam debui, sed pauciora, quam volui. est enim quaedam etiam dolendi voluptas, praesertim si in amici sinu defleas, apud quem lacrimis tuis vel laus sit parata vel venia. vale.

XVII

C. Plinius Macrino suo s.

(1) Num istic quoque immite et turbidum caelum? hic adsiduae tempestates et crebra diluvia.

Tiberis alveum excessit et demissioribus ripis alte superfunditur; (2) quamquam fossa, quam providentissimus imperator fecit, exhaustus premit valles, innatat campis, quaque planum solum, pro solo cernitur. inde, quae solet flumina accipere et permixta devehere, velut obvius retro cogit atque ita alienis aquis operit agros, quos ipse non tangit.

(3) Anio, delicatissimus amnium ideoque adiacentibus villis velut invitatus retentusque, magna ex parte nemora,

schüttert, gerade aufgrund dieser Menschenfreundlichkeit, die mich veranlaßt hat, eben dieses zu erlauben.

Und doch möchte ich darum nicht hartherziger werden. Ich weiß genau, daß andere Menschen derartige Unglücksfälle lediglich als materiellen Verlust bezeichnen und sich daher für große und weise Menschen halten. Vielleicht sind sie groß und weise, Menschen sind sie jedenfalls nicht. (4) Denn es gehört zum Menschen, Schmerz zu empfinden, Gefühle zu haben, dennoch sich zu fassen, Trost anzunehmen, nicht aber, keiner Tröstungen zu bedürfen.

(5) Aber vielleicht habe ich hierüber mehr gesagt, als ich sollte, doch weniger, als ich wollte. Es gibt nämlich sozusagen auch eine Lust am Schmerz, zumal, wenn man sich an der Brust eines Freundes ausweinen kann, bei dem Du für Deine Tränen Lob oder Nachsicht finden kannst. Lebe wohl!

17

C. Plinius grüßt seinen Macrinus[59]

(1) Ist auch bei Euch das Wetter so unfreundlich und stürmisch? Hier gibt es dauernd Stürme und häufig Überschwemmungen.

Der Tiber hat sein Flußbett verlassen und ergießt sich hoch über die niedriger gelegenen Ufer. (2) Obwohl er durch den Kanal, den der weit vorausschauende Kaiser[60] hat errichten lassen, abgeleitet wurde, bedrängt er nun die Täler, überflutet die Felder, und wo der Boden eben ist, sieht man ihn anstelle des Bodens. Deshalb stemmt er sich den Flüssen, die er sonst aufnimmt und mit seinem Wasser vermischt ins Meer führt, gleichsam entgegen und bedeckt so mit fremdem Wasser Äcker, die er selbst nicht berührt.

(3) Der Anio, der reizendste aller Flüsse, den daher die anliegenden Landhäuser gleichsam einladen und festhal-

quibus inumbratur, et fregit et rapuit; subruit montes et decidentium mole pluribus locis clausus, dum amissum iter quaerit, impulit tecta ac se super ruinas ciecit atque extulit.

(4) Viderunt, quos excelsioribus terris illa tempestas deprehendit, alibi divitum apparatus et gravem supellectilem, alibi instrumenta ruris, ibi boves, aratra, rectores, hic soluta et libera armenta atque inter haec arborum truncos aut villarum trabes varie lateque fluitantia. (5) ac ne illa quidem malo vacaverunt, ad quae non ascendit amnis. nam pro amne imber adsiduus et deiecti nubibus turbines, proruta opera, quibus pretiosa rura cinguntur, quassata atque etiam decussa monimenta. multi eius modi casibus debilitati, obruti, obtriti et aucta luctibus damna.

(6) Ne quid simile istic, pro mensura periculi vereor teque rogo, si nihil tale, quam maturissime sollicitudini meae consulas; sed et si tale, id quoque nunties. nam parvulum differt, patiaris adversa an exspectes; nisi quod tamen est dolendi modus, non est timendi. doleas enim, quantum scias accidisse, timeas, quantum possit accidere. vale.

ten, hat die Wälder, die ihn beschatten, größtenteils niedergerissen und mit sich fortgeschwemmt; er hat Berge unterspült, wurde durch die Masse des herabfallenden Schutts an mehreren Stellen gehemmt und hat, während er seinen verlorenen Weg suchte, Häuser umgestürzt, ist über die Trümmer hinweggeflutet und hat sie mit sich fortgetragen.

(4) Diejenigen, die jenes Unwetter in höher gelegenen Gegenden überraschte, sahen hier den Hausrat der Reichen und kostbares Geschirr, dort Ackergerät, hier Ochsen, Pflüge, Pflüger, losgerissenes, sich selbst überlassenes Zugvieh und dazwischen Baumstämme oder Balken von Landhäusern in bunter Abwechslung weit und breit dahintreiben. (5) Und nicht einmal jene Orte, wohin der Fluß nicht anstieg, blieben vom Unglück verschont. Denn anstelle des Flusses gab es hier ununterbrochen Regen und Wolkenbrüche; die Mauern, durch die wertvolle Ländereien[61] eingeschlossen wurden, stürzten ein; beschädigt und sogar umgeworfen wurden Grabdenkmäler. Viele Menschen wurden bei derartigen Unglücksfällen verletzt, verschüttet und zermalmt; und die Trauer vergrößerte noch den Schaden.

(6) Bei dem Ausmaß der Gefahr befürchte ich, daß sich bei Euch etwas Ähnliches ereignet hat, und ich bitte Dich, wenn nichts dergleichen geschehen ist, mir möglichst schnell meine Sorge zu nehmen; aber auch wenn es so ist, melde mir auch das! Denn es besteht nur ein sehr geringer Unterschied, ob man ein Unglück erleidet oder erwartet, nur daß es trotzdem für den Schmerz eine Grenze gibt, für die Furcht aber nicht; denn den Schmerz empfindet man nur insoweit, wie man das Geschehen kennt, Furcht aber vor allem, was geschehen kann. Lebe wohl!

XVIII

C. Plinius Rufino suo s.

(1) Falsum est nimirum, quod creditur vulgo, testamenta hominum speculum esse morum, cum Domitius Tullus longe melior apparuerit morte quam vita. (2) nam, cum se captandum praebuisset, reliquit filiam heredem, quae illi cum fratre communis, quia genitam fratre adoptaverat. prosecutus est nepotes plurimis iucundissimisque legatis, prosecutus etiam pronepotem. in summa omnia pietate plenissima ac tanto magis inexspectata sunt.

(3) Ergo varii tota civitate sermones: alii fictum, ingratum, immemorem loquuntur seque ipsos, dum insectantur illum, turpissimis confessionibus produnt, ut qui de patre, avo, proavo quasi de orbo querantur; alii contra hoc ipsum laudibus ferunt, quod sit frustratus improbas spes hominum, quos sic decipi pro moribus temporum est. addunt etiam non fuisse ei liberum alio testamento mori; neque enim reliquisse opes filiae, sed reddidisse, quibus auctus per filiam fuerat. (4) nam Curtilius Mancia perosus generum suum Domitium Lucanum (frater is Tulli) sub ea condicione filiam eius, neptem suam, instituerat heredem, si esset manu patris emissa. emiserat pater, adoptaverat patruus, atque ita circumscripto testamento consors frater

18

C. Plinius grüßt seinen Rufinus[62]

(1) Es ist natürlich falsch, was man allgemein glaubt, daß die Testamente der Menschen ein Spiegel ihres Charakters seien; so zeigte sich Domitius Tullus im Tode weit besser als in seinem Leben. (2) Denn obwohl er sich mit Erbschleichern abgegeben hatte, bestimmte er dennoch seine Tochter, die zugleich die Tochter seines Bruders war, als Erbin, weil er sie als Kind seines Bruders adoptiert hatte. Seinen Enkeln hinterließ er sehr zahlreiche, erfreuliche Legate, bedachte auch seinen Urenkel. Kurz, alles bewies seine zärtliche Anhänglichkeit und kam daher um so unerwarteter.

(3) Also gibt es in der ganzen Stadt völlig verschiedene Äußerungen. Die einen nennen ihn falsch, undankbar und vergeßlich und, indem sie ihn verunglimpfen, verraten sie sich selbst durch ihre äußerst schändlichen Geständnisse; denn sie beklagen sich über ihren Vater, Großvater und Urgroßvater, als ob er kinderlos wäre; andere dagegen loben ihn deshalb sehr, weil er die maßlosen Erwartungen *der* Menschen enttäuscht habe, die auf solche Weise zu hintergehen dem Zeitgeist entspricht. Sie fügen auch hinzu, es habe ihm nicht freigestanden, mit einem anderen Testament zu sterben; denn er habe seiner Tochter sein Vermögen nicht hinterlassen, sondern nur das zurückgegeben, was er durch seine Tochter erhalten hatte. (4) Denn Curtilius Mancia hatte aus Haß gegen seinen Schwiegersohn Domitius Lucanus – das ist der Bruder des Tullus – dessen Tochter, seine Enkelin, unter der Bedingung als Erbin eingesetzt, daß sie aus der väterlichen Abhängigkeit entlassen würde. Der Vater hatte sie entlassen, der Onkel sie adoptiert; so wurde das Testament umgangen, und der Bruder, der mit seinem Bruder in Gütergemeinschaft lebte, hatte die aus der Obhut des Vaters entlassene Tochter durch Adoptionsbetrug wieder in die Gewalt seines Bru-

in fratris potestatem emancipatam filiam adoptionis fraude revocaverat, et quidem cum opibus amplissimis.

(5) Fuit alioqui fratribus illis quasi fato datum, ut divites fierent invitissimis, a quibus facti sunt. quin etiam Domitius Afer, qui illos in nomen adsumpsit, reliquit testamentum ante decem et octo annos nuncupatum adeoque postea improbatum sibi, ut patris eorum bona proscribenda curaverit. (6) mira illius asperitas, mira felicitas horum: illius asperitas, qui numero civium excidit, quem socium etiam in liberis habuit; felicitas horum, quibus successit in locum patris, qui patrem abstulerat. (7) sed haec quoque hereditas Afri ut reliqua cum fratre quaesita transmittenda erant filiae fratris, a quo Tullus ex asse heres institutus praelatusque filiae fuerat, ut conciliaretur.

Quo laudabilius testamentum est, quod pietas, fides, pudor scripsit, in quo denique omnibus adfinitatibus pro cuiusque officio gratia relata est, relata et uxori. (8) accepit amoenissimas villas, accepit magnam pecuniam uxor optima et patientissima ac tanto melius de viro merita, quanto magis est reprehensa, quod nupsit. nam mulier natalibus clara, moribus proba, aetate declivis, diu vidua, mater olim, parum decore secuta matrimonium videbatur divitis senis ita perditi morbo, ut esse taedio posset uxori, quam iuvenis sanusque duxisset; (9) quippe omnibus membris extortus et fractus tantas opes solis oculis obibat ac ne in

ders gebracht, und zwar mit äußerst beträchtlichem Vermögen.

(5) Überhaupt war es diesen Brüdern gleichsam vom Schicksal bestimmt, ganz gegen den Willen derer reich zu werden, durch die sie es wurden. Sogar Domitius Afer[63], der sie adoptierte, hinterließ ein vor 18 Jahren abgefaßtes Testament, das er später so sehr mißbilligte, daß er die Güter ihres leiblichen Vaters einziehen ließ. (6) Auffallend war seine Härte, auffallend auch das Glück der Brüder; seine Härte bestand darin, einen Mann aus der Zahl der Bürger auszustoßen, mit dem er sogar die Kinder gemeinsam hatte. Ihr Glück bestand darin, daß an die Stelle des Vaters derjenige trat, der ihnen den Vater genommen hatte. (7) Aber auch diese Erbschaft des Afer mußte ebenso wie das mit dem Bruder erworbene übrige Vermögen der Tochter des Bruders überlassen werden; von ihm war Tullus als Universalerbe eingesetzt und der Tochter vorgezogen worden, um ihn für sie zu gewinnen.

Um so mehr Lob verdient dieses Testament, das Anhänglichkeit, Treue und Taktgefühl niedergeschrieben haben, worin schließlich allen Verwandten, einem jeden nach seinem Verdienst, Dank abgestattet wurde; Dank wurde auch seiner Frau abgestattet. (8) Wunderschöne Landhäuser und eine große Geldsumme erhielt diese so vortreffliche und geduldige Frau, die sich um so mehr um ihren Mann verdient gemacht hat, je mehr sie wegen ihrer Heirat getadelt wurde. Denn man fand es nicht ganz angemessen, daß eine Frau von vornehmer Herkunft und untadeligem Charakter, in schon vorgerücktem Alter, schon lange verwitwet, die einst selbst Mutter gewesen war, die Ehe mit einem reichen Greis suchte, der durch Krankheit so ruiniert war, daß eine Frau seiner hätte überdrüssig werden können, auch wenn er sie als junger und gesunder Mann geheiratet hätte. (9) Denn an allen Gliedern krumm und lahm, konnte er seinen unermeßlichen Reichtum nur mit den Augen betrachten und war nicht einmal in der

lectulo quidem nisi ab aliis movebatur. quin etiam (foedum miserandumque dictu) dentes lavandos fricandosque praebebat. auditum frequenter ex ipso, cum quereretur de contumeliis debilitatis suae, digitos se servorum suorum cotidie lingere. (10) vivebat tamen et vivere volebat, sustentante maxime uxore, quae culpam incohati matrimonii in gloriam perseverantia verterat.

(11) Habes omnes fabulas urbis; nam sunt omnes fabulae Tullus. exspectabatur auctio. fuit enim tam copiosus, ut amplissimos hortos eodem, quo emerat, die instruxerit plurimis et antiquissimis statuis: tantum illi pulcherrimorum operum in horreis, quae neglegebat.

(12) Invicem tu, si quid istic epistula dignum, ne gravare! nam cum aures hominum novitate laetantur, tum ad rationem vitae exemplis erudimur. vale.

XIX

C. Plinius Maximo suo s.

(1) Et gaudium mihi et solacium in litteris, nihilque tam laetum, quod his laetius, nihil tam triste, quod non per has minus triste. itaque et infirmitate uxoris et meorum periculo, quorundam vero etiam morte turbatus ad unicum doloris levamentum, studia, confugi, quae praestant, ut adversa magis intellegam, sed patientius feram.

Lage, sich in seinem Bett ohne die Hilfe anderer zu bewegen. Ja sogar seine Zähne – man kann es nur mit Ekel und Mitleid aussprechen – mußte er sich reinigen und bürsten lassen. Häufig hörte man ihn sagen, wenn er sich über den schmachvollen Zustand seiner Gebrechlichkeit beklagte, er lecke täglich die Finger seiner Sklaven. (10) Dennoch lebte er und wollte er leben, wobei ihn hauptsächlich seine Frau unterstützte, die die Vorwürfe wegen ihrer eingegangenen Ehe durch ihre Beharrlichkeit in Ruhm verwandelt hatte.

(11) Nun kennst Du alle Gespräche in der Stadt; denn alle Gespräche betreffen Tullus: Man wartet nur auf die Versteigerung. Er war nämlich so reich, daß er einen wirklich ausgedehnten Park an demselben Tag, an dem er ihn gekauft hatte, mit sehr vielen antiken Statuen ausstatten konnte. So viele herrliche Kunstwerke hatte er in seinen Speichern, die er gar nicht beachtete.

(12) Nun weigere Du Dich Deinerseits nicht, mir zu schreiben, wenn bei Euch etwas geschieht, was einen Brief verdient. Denn einmal freuen sich die Ohren der Menschen über eine Neuigkeit, dann aber lernen wir durch Beispiele für unsere Lebensführung. Lebe wohl!

19

C. Plinius grüßt seinen Maximus[64]

(1) Freude und Trost finde ich in der Literatur; und nichts ist so erfreulich, daß es etwas Erfreulicheres gäbe als sie, nichts so traurig, was nicht durch sie weniger traurig würde. Deshalb habe ich, bestürzt über den schwachen Gesundheitszustand meiner Frau und über die gefährliche Erkrankung meiner Leute, ja sogar den Tod einiger, meine Zuflucht zu den literarischen Studien, dem einzigen Linderungsmittel für meinen Schmerz, genommen. Sie bewirken, daß ich mein Unglück zwar stärker empfinde, aber auch geduldiger ertragen kann.

(2) Est autem mihi moris, quod sum daturus in manus hominum, ante amicorum iudicio examinare, in primis tuo. proinde, si quando, nunc intende libro, quem cum hac epistula accipies, quia vereor, ne ipse ut tristis parum intenderim. imperare enim dolori, ut scriberem, potui, ut vacuo animo laetoque, non potui. porro ut ex studiis gaudium, sic studia hilaritate proveniunt. vale.

XX

C. Plinius Gallo suo s.

(1) Ad quae noscenda iter ingredi, transmittere mare solemus, ea sub oculis posita neglegimus, seu quia ita natura comparatum, ut proximorum incuriosi longinqua sectemur, seu quod omnium rerum cupido languescit, cum facilis occasio, seu quod differimus tamquam saepe visuri, quod datur videre, quotiens velis cernere. (2) quacumque de causa permulta in urbe nostra iuxtaque urbem non oculis modo, sed ne auribus quidem novimus, quae si tulisset Achaia, Aegyptos, Asia aliave quaelibet miraculorum ferax commendatrixque terra, audita, perlecta, lustrata haberemus.

(3) Ipse certe nuper, quod nec audieram ante nec videram, audivi pariter et vidi. exegerat prosocer meus, ut

(2) Ich habe aber die Gewohnheit, das, was ich veröffentlichen will, vorher durch das Urteil meiner Freunde, besonders durch Deines, prüfen zu lassen. Richte daher, wenn überhaupt jemals, jetzt Deine Aufmerksamkeit auf das Buch, das Du zusammen mit diesem Brief erhalten wirst; denn ich befürchte, daß ich selbst mich in meiner Trauer zu wenig darum gekümmert habe. Meinem Schmerz nämlich konnte ich so weit gebieten, daß ich Dir schrieb, aber in unbeschwerter und heiterer Stimmung konnte ich es nicht. Wie ferner aus den Studien Freude entsteht, so gelingen durch Heiterkeit die Studien. Lebe wohl!

20

C. Plinius grüßt seinen Gallus[65]

(1) Wir pflegen Reisen zu machen und das Meer zu durchfahren, um Dinge kennenzulernen, die wir nicht beachten, wenn wir sie vor Augen haben. Entweder, weil es uns von Natur gegeben ist, daß wir, ohne Interesse für unsere nächste Umgebung, weit entfernte Gegenden aufsuchen; oder weil das Verlangen nach allen Dingen nachläßt, wenn die Gelegenheit dazu sich zu leicht bietet, oder weil wir *das* aufschieben, als könnten wir es noch oft sehen, was man sehen kann, so oft man es sehen will. (2) Wie dem auch sei: in unserer Stadt und in ihrer Nähe haben wir sehr viele Sehenswürdigkeiten nicht nur niemals gesehen, sondern von ihnen nicht einmal gehört. Hätten Achaia, Ägypten, Asien oder sonst ein beliebiges Land, das an Naturwundern reich ist und sie anzupreisen versteht, sie hervorgebracht, dann hätten wir längst davon gehört, gelesen und sie besichtigt.

(3) Ich selbst habe jedenfalls kürzlich etwas in gleicher Weise gehört und gesehen, was ich vorher weder gehört noch gesehen habe. Der Großvater meiner Frau hatte

Amerina praedia sua inspicerem. haec perambulanti mihi ostenditur subiacens lacus nomine Vadimonis; simul quaedam incredibilia narrantur. (4) perveni ad ipsum. lacus est in similitudinem iacentis rotae circumscriptus et undique aequalis: nullus sinus, obliquitas nulla, omnia dimensa, paria et quasi artificis manu cavata et excisa. color caerulo albidior, viridi ora pressior, sulpuris odor saporque medicatus, vis, qua fracta solidantur. (5) spatium modicum, quod tamen sentiat ventos et fluctibus intumescat. nulla in hoc navis (sacer enim), sed innatant insulae, herbidae omnes harundine et iunco, quaeque alia fecundior palus ipsaque illa extremitas lacus effert. sua cuique figura ut modus: cunctis margo derasus, quia frequenter vel litori vel sibi inlisae terunt teruntur que. par omnibus altitudo, par levitas; quippe in speciem carinae humili radice descendunt. (6) haec ab omni latere perspicitur eademque suspensa pariter et mersa. interdum iunctae copulataeque et continenti similes sunt, interdum discordantibus ventis digeruntur, non numquam destitutae tranquillitate singulae fluitant. (7) saepe minores maioribus velut cumbulae onerariis adhaerescunt, saepe inter se maiores minoresque quasi cursum certamenque desumunt; rursus omnes in eundem locum appulsae, qua steterunt, promovent terram et modo hac, modo illa lacum reddunt auferuntque ac tum demum,

mich gebeten, seinen Landbesitz in Ameria[66] zu inspizieren. Als ich ihn durchwanderte, zeigte man mir einen tief gelegenen See mit Namen Vadimo[67]; und zugleich erzählte man mir einige unglaubliche Dinge. (4) Ich kam zum See selbst. Er hat Ähnlichkeit mit einem liegenden Rad, kreisrund und völlig gleichmäßig; keine Bucht, keine Ecke, alles abgezirkelt, gleich groß und gleichsam wie von Künstlerhand ausgehöhlt und ausgeschnitten. Die Farbe ist heller als dunkelblau, dunkler als grün; er riecht nach Schwefel, er schmeckt nach Mineralien; er hat auch die Kraft, Knochenbrüche zu heilen. (5) Seine Ausdehnung ist nur mäßig, doch so, daß er die Winde spürt und Wellen bildet. Kein Schiff fährt darauf – denn er ist heilig –, aber Inseln schwimmen in ihm, alle reich bewachsen mit Schilfrohr und Binsen, und mit dem, was sonst noch ein ziemlich fruchtbarer Sumpf und das Seeufer selbst dort hervorbringen. Eine jede Insel hat ihre besondere Form und Größe. Bei allen ist der Rand kahl, weil sie oft ans Ufer oder aneinander stoßen und sich so gegenseitig abreiben und abgerieben werden. Gleich ist bei allen die Höhe, gleich das geringe Gewicht; denn wie ein Schiffskiel tauchen sie mit ihrer Grundfläche nur ganz seicht ins Wasser ein. (6) Diese sieht man deutlich auf allen Seiten, da sie gleich hoch über dem Wasser wie unter dem Wasser schwimmt. Manchmal sind die Inseln verbunden, hängen zusammen und gleichen dem Festland, manchmal werden sie durch wechselnde Winde auseinandergetrieben, manchmal, wenn sie von den Winden im Stich gelassen werden, schwimmen sie einzeln umher. (7) Oft hängen auch die kleineren an den größeren wie Beiboote an Lastschiffen, oft nehmen die größeren und kleineren miteinander sozusagen eine Wettfahrt und einen Wettkampf auf. Wenn ein andermal alle an dieselbe Stelle getrieben werden, vergrößern sie dort, wo sie zum Stehen gekommen sind, das Land und machen bald hier, bald dort den See sichtbar und entziehen ihn wieder den Blicken, und erst dann,

cum medium tenuere, non contrahunt. (8) constat pecora herbas secuta sic in insulas illas ut in extremam ripam procedere solere nec prius intellegere mobile solum, quam litori abrepta quasi inlata et imposita circumfusum undique lacum paveant; mox, quo tulerit ventus, egressa non magis se descendisse sentire, quam senserint ascendisse. (9) idem lacus in flumen egeritur, quod, ubi se paulisper oculis dedit, specu mergitur alteque conditum meat ac, si quid, antequam subduceretur, accepit, servat et profert.

(10) Haec tibi scripsi, quia nec minus ignota quam mihi nec minus grata credebam. nam te quoque, ut me, nihil aeque ac naturae opera delectant. vale.

XXI

C. Plinius Arriano suo s.

(1) Ut in vita, sic in studiis pulcherrimum et humanissimum existimo severitatem comitatemque miscere, ne illa in tristitiam, haec in petulantiam excedat.

(2) Qua ratione ductus graviora opera lusibus iocisque distinguo. ad hos proferendos et tempus et locum opportunissimum elegi, utque iam nunc adsuescerent et ab otiosis et in triclinio audiri, Iulio mense, quo maxime lites interquiescunt, positis ante lectos cathedris amicos collocavi. (3) forte accidit, ut eodem die mane in advocationem su-

wenn sie sich in der Mitte halten, engen sie ihn nicht ein. (8) Es ist bekannt, daß das Vieh auf der Suche nach Futter die Inseln so zu betreten pflegt, als wären sie der Uferrand. Und es merkt nicht eher, daß sich der Boden bewegt, als bis es, vom Ufer weggetragen, sozusagen verladen und eingeschifft, Furcht bekommt vor dem See, der es von allen Seiten umgibt. Und wenn es dann dort, wohin es der Wind treibt, an Land geht, merkt es ebensowenig, daß es herabgestiegen, wie daß es hinaufgestiegen ist. (9) Derselbe See mündet in einen Fluß, der, nachdem er nur kurze Zeit sich den Blicken gezeigt hat, in einer Höhle versickert und tief unter der Erde verborgen weiterfließt. Und wenn er etwas aufgenommen hat, bevor er entschwindet, so behält er es und bringt es wieder zum Vorschein.

(10) Dies habe ich dir geschrieben, weil ich glaubte, es sei Dir nicht weniger unbekannt als mir und nicht weniger angenehm. Denn auch Dir macht genau so wie mir nichts so große Freude wie die Werke der Natur. Lebe wohl!

21

C. Plinius grüßt seinen Arrianus[68]

(1) Wie im Leben, so halte ich es auch bei den Studien für das Schönste und Menschlichste, Ernst und Heiterkeit miteinander zu vermischen, damit nicht das eine in Traurigkeit, das andere in Ausgelassenheit ausarte.[69]

(2) Daher schiebe ich zwischen meine wichtigeren Arbeiten Spielereien und Scherze ein. Um diese bekanntzumachen, habe ich mir einen sehr günstigen Zeitpunkt und Ort ausgewählt; und damit sie sich schon jetzt daran gewöhnen, von untätigen Zuhörern und bei Tisch gehört zu werden, ließ ich im Monat Juli, wo meist Gerichtsferien sind,[70] Sessel vor die Speisesofas stellen und meine Freunde Platz nehmen. (3) Zufällig geschah es, daß ich an demselben Tag in aller Frühe plötzlich als Rechtsbeistand ver-

bitam rogarer, quod mihi causam praeloquendi dedit. sum enim deprecatus, ne quis ut inreverentem operis argueret, quod recitaturus, quamquam et amicis et paucis, id est iterum amicis, foro et negotiis non abstinuissem. addidi hunc ordinem me et in scribendo sequi, ut necessitates voluptatibus, seria iucundis anteferrem ac primum amicis, tum mihi scriberem.

(4) Liber fuit et opusculis varius et metris. ita solemus, qui ingenio parum fidimus, satietatis periculum fugere. recitavi biduo: hoc adsensus audientium exegit; et tamen, ut alii transeunt quaedam imputantque, quod transeant, sic ego nihil praetereo atque etiam non praeterire me dico. lego enim omnia, ut omnia emendem, quod contingere non potest electa recitantibus. (5) at illud modestius et fortasse reverentius; sed hoc simplicius et amantius. amat enim, qui se sic amari putat, ut taedium non pertimescat. et alioqui quid praestant sodales, si conveniunt voluptatis suae causa? delicatus ac similis ignoto est, qui amici librum bonum mavult audire quam facere.

(6) Non dubito cupere te pro cetera mei caritate quam maturissime legere hunc adhuc musteum librum. leges, sed retractatum, quae causa recitandi fuit; et tamen non nulla iam ex eo nosti. haec vel emendata postea vel, quod interdum longiore mora solet, deteriora facta quasi nova rursus

langt wurde, was mir Gelegenheit gab, einige einführende Worte vorauszuschicken. Ich bat nämlich, niemand solle mir Gleichgültigkeit gegenüber meinem Werk vorwerfen, weil ich, im Begriff vorzulesen – freilich nur meinen Freunden, und zwar wenigen –, mich dem Forum und meinen Verpflichtungen, d.h. wiederum den Freunden, nicht entzogen hätte. Ich fügte hinzu, daß ich diese Reihenfolge auch beim Schreiben einhielte: ich zöge notwendige Geschäfte den Vergnügungen, ernste Angelegenheiten den Annehmlichkeiten vor und schriebe zuerst für meine Freunde, dann für mich.

(4) Mein Buch war durch Inhalt und Versmaß abwechslungsreich. So pflege ich, der ich meinem Talent zu wenig traue, der Gefahr der Langeweile zu entgehen. Zwei Tage habe ich vorgetragen: das forderte der Beifall meiner Zuhörer. Wie andere manches übergehen und es sich noch als Verdienst anrechnen, daß sie es übergehen, so übergehe ich jedoch nichts und sage auch, daß ich nichts übergehe. Denn ich lese alles, um alles zu verbessern, was bei denen nicht geschehen kann, die nur ausgewählte Abschnitte vorlesen. (5) »Aber jenes Vorgehen ist doch bescheidener, vielleicht auch rücksichtsvoller.« Doch meines ist aufrichtiger und herzlicher! Nur der liebt nämlich, der glaubt, so geliebt zu werden, daß er den Überdruß nicht fürchtet. Und welche Vorzüge haben Freunde denn sonst, wenn sie nur zusammenkommen, um sich zu vergnügen? Ein verwöhnter Genießer und einem Ignoranten vergleichbar ist der, der lieber das gute Buch eines Freundes anhören als seinen Beitrag dazu leisten will.

(6) Ohne Zweifel hast Du bei Deiner sonstigen Liebe zu mir den Wunsch, möglichst bald dieses noch neue[71] Buch zu lesen. Du wirst es lesen, aber schon überarbeitet, was ja der Anlaß für die Vorlesung war; und doch kennst Du schon einige Abschnitte daraus. Dies wirst Du entweder nachher verbessert oder, wie es manchmal bei längerer Verzögerung geschieht, auch verschlechtert, gleichsam

et rescripta cognosces. nam plerisque mutatis ea quoque mutata videntur, quae manent. vale.

XXII

C. Plinius Gemino suo s.

(1) Nostine hos, qui omnium libidinum servi sic aliorum vitiis irascuntur, quasi invideant, et gravissime puniunt, quos maxime imitantur? cum eos etiam, qui non indigent clementia ullius, nihil magis quam lenitas deceat. (2) atque ego optimum et emendatissimum existimo, qui ceteris ita ignoscit, tamquam ipse cotidie peccet, ita peccatis abstinet, tamquam nemini ignoscat. (3) proinde hoc domi, hoc foris, hoc in omni vitae genere teneamus, ut nobis implacabiles simus, exorabiles istis etiam, qui dare veniam nisi sibi nesciunt, mandemusque memoriae, quod vir mitissimus et ob hoc quoque maximus, Thrasea, crebro dicere solebat: 'qui vitia odit, homines odit.'

(4) Quaeris fortasse, quo commotus haec scribam. nuper quidam – sed melius coram; quamquam ne tunc quidem. vereor enim, ne id, quod improbo eis, insectari, carpere, referre huic, quod cum maxime praecipimus, repugnet. quisquis ille, qualiscumque, sileatur, quem insignire exempli nihil, non insignire humanitatis plurimum refert. vale.

wieder als etwas Neues und neu Geschriebenes kennenlernen. Denn wenn das meiste verändert ist, erscheint auch das verändert, was bleibt. Lebe wohl!

22

C. Plinius grüßt seinen Geminus[72]

(1) Kennst Du die Menschen, die, selbst Sklaven aller Leidenschaften, so über die Fehler anderer in Zorn geraten, als ob sie diese darum beneideten, und die diejenigen am strengsten bestrafen, die sie am meisten nachahmen? Und doch schickt sich auch für jene, die niemandes Nachsicht brauchen, nichts mehr als Milde. (2) Und ich halte den für den besten und vollkommensten Menschen, der den übrigen so verzeiht, als ob er selbst täglich Fehler mache, und der sich so von Fehlern fernhält, als ob er niemandem verzeihe. (3) Daher laßt uns zu Hause, in der Öffentlichkeit, in jeder Lebenslage an dieser Regel festhalten, daß wir uns gegenüber unerbittlich sind, nachsichtig aber gegen die, die nur sich selbst zu verzeihen wissen. Deshalb wollen wir uns das gut merken, was ein überaus milder und deswegen auch sehr bedeutender Mann, Thrasea Paetus[73], oft zu sagen pflegte: »Wer die menschlichen Fehler haßt, haßt die Menschen.«

(4) Du fragst vielleicht, was mich veranlaßt hat, dies zu schreiben. Neulich hat jemand – aber besser darüber mündlich; freilich, auch nicht einmal dann. Denn ich fürchte, daß das, was ich zum Vorwurf mache, nämlich das Verfolgen, Kritisieren und Weitertragen, mit meinen wichtigsten Grundsätzen im Widerspruch steht. Wer er und was er auch immer sein mag, es soll verschwiegen werden. Nenne ich ihn namentlich, ist für das Beispiel nichts gewonnen; nenne ich ihn nicht, aber sehr viel für die Menschlichkeit. Lebe wohl!

XXIII

C. Plinius Marcellino suo s.

(1) Omnia mihi studia, omnes curas, omnia avocamenta exemit, excussit, eripuit dolor, quem ex morte Iuni Aviti gravissimum cepi. (2) latum clavum in domo mea induerat, suffragio meo adiutus in petendis honoribus fuerat, ad hoc ita me diligebat, ita verebatur, ut me formatore morum, me quasi magistro uteretur. (3) rarum hoc in adulescentibus nostris. nam quotus quisque vel aetati alterius vel auctoritati ut minor cedit? statim sapiunt, statim sciunt omnia, neminem verentur, imitantur neminem atque ipsi sibi exempla sunt.

Sed non Avitus, cuius haec praecipua prudentia, quod alios prudentiores arbitrabatur, haec praecipua eruditio, quod discere volebat. (4) semper ille aut de studiis aliquid aut de officiis vitae consulebat, semper ita recedebat ut melior factus, et erat factus vel eo, quod audierat, vel quod omnino quaesierat. (5) quod ille obsequium Serviano, exactissimo viro, praestitit! quem legatum tribunus ita et intellexit et cepit, ut ex Germania in Pannoniam transeuntem non ut commilito, sed ut comes adsectatorque sequeretur. qua industria, qua modestia quaestor consulibus suis (et plures habuit) non minus iucundus et gratus quam utilis fuit! quo discursu, qua vigilantia hanc ipsam aedilitatem, cui praereptus est, petiit! quod vel maxime dolorem meum exulcerat. (6) obversantur oculis cassi labores et in-

23

C. Plinius grüßt seinen Marcellinus[74]

(1) Alle meine Studien, alle Sorgen, alle Zerstreuungen hat mir der tiefe Schmerz über den Tod des Avitus genommen, entrissen und geraubt. (2) In meinem Hause hatte er das Senatorengewand[75] angelegt; mit meiner Stimme hatte ich ihn bei der Bewerbung um Ehrenämter unterstützt; außerdem schätzte und verehrte er mich so, daß er mich als Erzieher seines Charakters und gleichsam als seinen Lehrer betrachtete. (3) Das ist selten bei unseren jungen Leuten. Denn wie wenige ordnen sich als Jüngere dem Alter oder Ansehen eines andern unter? Sogleich sind sie weise, sogleich wissen sie alles, haben vor niemandem Achtung, niemandem eifern sie nach und sind sich nur selbst Vorbild.

Aber nicht Avitus! Darin bestand seine besondere Klugheit, daß er andere für klüger hielt, darin seine besondere Bildung, daß er lernen wollte. (4) Immer fragte er um Rat, entweder betreffs seiner Studien oder der Pflichten seines Lebens, immer ging er so weg, als sei er besser geworden; und er war es geworden, entweder durch das, was er gehört hatte, oder dadurch, daß er überhaupt gefragt hatte. (5) Welchen Gehorsam bewies er dem Servianus, einem höchst gewissenhaften Mann! Als *er* Tribun, *jener* Legat war, wußte er ihn so richtig einzuschätzen und für sich einzunehmen, daß er ihm bei seinem Weggang von Germanien nach Pannonien[76] nicht als Kriegskameraden, sondern als Begleiter und Freund folgte. Mit welcher Energie, mit welcher Uneigennützigkeit war er als Quästor bei seinen Konsuln – und er diente mehreren – ebenso beliebt und angenehm wie nützlich! Mit welchem Eifer, mit welcher Wachsamkeit bewarb er sich um eben diese Ädilität, der er vor der Zeit entrissen wurde! Das verschlimmert ganz besonders meinen Schmerz. (6) Vor Augen schweben mir seine vergeblichen Mühen, seine erfolg-

fructuosae preces et honor, quem meruit tantum; redit animo ille latus clavus in penatibus meis sumptus, redeunt illa prima, illa postrema suffragia mea, illi sermones, illae consultationes.

(7) Adficior adulescentia ipsius, adficior necessitudinum casu. erat illi grandis natu parens, erat uxor, quam ante annum virginem acceperat, erat filia, quam paulo ante sustulerat. tot spes, tot gaudia dies unus in adversa convertit. (8) modo designatus aedilis, recens maritus, recens pater intactum honorem, orbam matrem, viduam uxorem, filiam pupillam ignaramque patris reliquit. accedit lacrimis meis, quod absens et impendentis mali nescius pariter aegrum, pariter decessisse cognovi, ne gravissimo dolori tempore consuescerem.

(9) In tantis tormentis eram, cum scriberem haec, scriberem sola: neque enim nunc aliud aut cogitare aut loqui possum. vale.

XXIV

C. Plinius Maximo suo s.

(1) Amor in te meus cogit, non ut praecipiam (neque enim praeceptore eges), admoneam tamen, ut, quae scis, teneas et observes [aut nescire melius].

(2) Cogita te missum in provinciam Achaiam, illam veram et meram Graeciam, in qua primum humanitas, litte-

losen Bitten und das Ehrenamt, das er sich in hohem Maße verdient hat; ich denke wieder an das Senatorengewand, das er in meinem Hause angelegt hat; ich erinnere mich an meine erste, an meine letzte Stimmabgabe für ihn, an jene Reden und jene Beratungen.

(7) Mich rührt seine Jugend, mich rührt das Unglück seiner Angehörigen. Er hatte eine sehr alte Mutter, er hatte eine Frau, die er erst vor einem Jahr als junges Mädchen geheiratet hatte; er hatte eine Tochter, die ihm erst vor kurzem geboren worden war. So viele Erwartungen, so viele Freuden hat ein einziger Tag ins Gegenteil verkehrt. (8) Eben erst als Ädil bestimmt, erst kurze Zeit Ehemann, seit kurzem erst Vater, hat er ein Ehrenamt, das er noch nicht angetreten hatte, eine verwaiste Mutter, eine verwitwete Frau, eine unmündige Tochter, die ihren Vater nicht kennt, zurückgelassen. Und es vermehrte noch meine Tränen, daß ich abwesend war, von dem drohenden Unglück nichts wußte und gleichzeitig von seiner Krankheit und seinem Tod erfuhr und deshalb mich nicht mit der Zeit an den ganz furchtbaren Schmerz gewöhnen konnte.

(9) In solcher qualvollen Lage befand ich mich, als ich Dir dies schrieb, allein dies schrieb; denn ich kann jetzt nichts anders denken oder sagen. Lebe wohl!

24

C. Plinius grüßt seinen Maximus[77]

(1) Meine Zuneigung zu Dir veranlaßt mich, nicht etwa Dich zu belehren – Du brauchst nämlich keinen Lehrer –, aber Dich doch zu ermahnen, das, was Du schon weißt, im Gedächtnis zu behalten und zu beachten [andernfalls wäre es besser, es nicht zu wissen].

(2) Denke daran, daß Du in die Provinz Achaia[78] geschickt bist, in jenes wahre und echte[79] Griechenland, in dem, wie man glaubt, zuerst Bildung, Wissenschaft und

rae, etiam fruges inventae esse creduntur; missum ad ordinandum statum liberarum civitatum, id est ad homines maxime homines, ad liberos maxime liberos, qui ius a natura datum virtute, meritis, amicitia, foedere denique et religione tenuerunt! (3) reverere conditores deos et nomina deorum, reverere gloriam veterem et hanc ipsam senectutem, quae in homine venerabilis, in urbibus sacra! sit apud te honor antiquitati, sit ingentibus factis, sit fabulis quoque!

Nihil ex cuiusquam dignitate, nihil ex libertate, nihil etiam ex iactatione decerpseris! (4) habe ante oculos hanc esse terram, quae nobis miserit iura, quae leges non victis, sed petentibus dederit, Athenas esse, quas adeas, Lacedaemonem esse, quam regas; quibus reliquam umbram et residuum libertatis nomen eripere durum, ferum, barbarum est. (5) vides a medicis, quamquam in adversa valetudine nihil servi ac liberi differant, mollius tamen liberos clementiusque tractari. recordare, quid quaeque civitas fuerit, non ut despicias, quod esse desierit; absit superbia, asperitas! (6) nec timueris contemptum! an contemnitur, qui imperium, qui fasces habet, nisi humilis et sordidus, et qui se primus ipse contemnit? male vim suam potestas aliorum contumeliis experitur, male terrore veneratio adquiritur, longeque valentior amor ad obtinendum, quod velis, quam timor. nam timor abit, si recedas; manet amor, ac sicut ille in odium, hic in reverentiam vertitur.

selbst der Ackerbau[80] erfunden worden sind; daß Du geschickt worden bist, um die Verfassung freier Städte zu ordnen,[81] das heißt zu Menschen, die in erster Linie Menschen[82], zu Freien, die in erster Linie frei sind, die das von der Natur gegebene Recht[83] durch Tüchtigkeit, Verdienste[84], Freundschaft und schließlich durch gewissenhafte Einhaltung der Verträge bewahrt haben. (3) Empfinde Ehrfurcht vor den göttlichen Städtegründern und den Namen der Götter, empfinde Ehrfurcht vor dem alten Ruhm und vor dem Alter selbst, das bei Menschen verehrungswürdig, bei Städten heilig ist! Ehre die Vergangenheit, ehre die gewaltigen Taten, ehre auch ihre Mythen!

Nimm keinem etwas von seiner Würde, keinem von seiner Freiheit, keinem auch etwas von seiner Eitelkeit! (4) Halte Dir vor Augen, daß dieses das Land ist, das uns das Recht[85] geschickt hat, das uns Gesetze gegeben hat, nicht nach einer Niederlage, sondern auf unsere Bitten hin, daß es Athen ist, das Du betrittst, daß es Sparta ist, das Du verwaltest; ihnen den letzten Schein und Namen der Freiheit, der allein noch übriggeblieben ist, zu rauben wäre hart, unmenschlich und barbarisch. (5) Zwar unterscheiden Ärzte bei einer Krankheit nicht zwischen Sklaven und Freien, aber Du siehst, daß dennoch die Freien sanfter und rücksichtsvoller behandelt werden. Erinnere Dich, was eine jede Stadt einmal gewesen ist, nicht um sie zu verachten, weil sie aufgehört hat, es zu sein; fern seien von Dir Hochmut und Strenge! (6) Fürchte auch nicht die Verachtung! Oder wird der verachtet, der die Befehlsgewalt, der die Amtsgewalt[86] innehat, wenn er nicht eine gemeine und niederträchtige Gesinnung besitzt, und der sich selbst zuerst verachtet? Schlimm ist es, wenn die Amtsgewalt ihre Macht an der Erniedrigung anderer versucht; schlimm ist es, wenn man sich Achtung durch Schrecken erwirbt. Weit stärker als die Furcht ist die Liebe, um das zu erreichen, was man will. Denn die Furcht schwindet, wenn man weggeht, die Liebe aber bleibt; und wie jene sich in Haß verwandelt, so die Liebe in Verehrung.

(7) Te vero etiam atque etiam (repetam enim) meminisse oportet officii tui titulum ac tibi ipsum interpretari, quale quantumque sit ordinare statum liberarum civitatum. nam quid ordinatione civilius, quid libertate pretiosius? (8) porro quam turpe, si ordinatio eversione, libertas servitute mutetur!

Accedit, quod tibi certamen est tecum: onerat te quaesturae tuae fama, quam ex Bithynia optimam revexisti, onerat testimonium principis, onerat tribunatus, praetura atque haec ipsa legatio quasi praemium data. (9) quo magis nitendum est, ne in longinqua provincia quam suburbana, ne inter servientes quam liberos, ne sorte quam iudicio missus, ne rudis et incognitus quam exploratus probatusque humanior, melior, peritior fuisse videaris; cum sit alioqui, ut saepe audisti, saepe legisti, multo deformius amittere quam non adsequi laudem.

(10) Haec velim credas, quod initio dixi, scripsisse me admonentem, non praecipientem; quamquam praecipientem quoque. quippe non vereor, in amore ne modum excesserim. neque enim periculum est, ne sit nimium, quod esse maximum debet. vale.

(7) Du mußt immer wieder – ich will es nämlich wiederholen – an die Bestimmung Deines Amtes[87] denken und Dir selbst klarmachen, was es und wieviel es bedeutet, die Verfassung freier Städte zu ordnen. Denn was liegt mehr im Interesse des Bürgers als die Ordnung, was ist kostbarer als die Freiheit? (8) Wie schändlich ist es ferner, wenn Ordnung mit Unordnung, Freiheit mit Knechtschaft vertauscht werden!

Hinzu kommt noch, daß Du mit Dir selbst einen Wettkampf auszutragen hast; auf Dir lastet der vorzügliche Ruf Deiner Quästur[88], den Du aus Bithynien mitgebracht hast, auf Dir lastet das Zeugnis des Kaisers, auf Dir lasten Dein Tribunat, Deine Prätur und gerade dieses Amt als Statthalter, das Dir gleichsam als Belohnung übertragen wurde. (9) Um so mehr mußt Du Dich anstrengen, damit es nicht den Anschein hat, Du hättest in einer weit entfernten Provinz[89] mehr Menschlichkeit, Güte und Erfahrung gezeigt als in einer nahe bei Rom gelegenen[90], unter Sklaven mehr als unter Freien, mehr, als Du durch das Los erwählt wurdest, als jetzt durch das Urteil des Kaisers[91], mehr als Anfänger und Unbekannter denn als erfahrener und erprobter Mann. Es ist nämlich überhaupt, wie Du oft gehört, oft gelesen hast, viel schimpflicher, den Ruhm wieder zu verlieren, als ihn gar nicht zu gewinnen.

(10) Ich möchte, daß Du mir glaubst, was ich Dir anfangs gesagt habe, daß ich Dir dies nur geschrieben habe, um Dich zu ermahnen, nicht zu belehren; freilich auch, um Dich zu belehren. Denn ich fürchte nicht, in meiner Zuneigung das richtige Maß zu überschreiten. Und es besteht ja auch keine Gefahr, daß etwas allzu groß ist, was möglichst groß sein muß. Lebe wohl!

Liber nonus

Neuntes Buch

I

C. Plinius Maximo suo s.

(1) Saepe te monui, ut libros, quos vel pro te vel in Plantam, immo et pro te et in illum (ita enim materia cogebat) composuisti, quam maturissime emitteres: quod nunc praecipue morte eius audita et hortor et moneo. (2) quamvis enim legeris multis legendosque dederis, nolo tamen quemquam opinari defuncto demum incohatos, quos incolumi eo peregisti. (3) salva sit tibi constantiae fama! erit autem, si notum aequis iniquisque fuerit non post inimici mortem scribendi tibi natam esse fiduciam, sed iam paratam editionem morte praeventam. et simul vitabis illud οὐχ ὁσίη φϑιμένοισι ... (4) nam, quod de vivente scriptum, de vivente recitatum est, in defunctum quoque tamquam viventem adhuc editur, si editur statim.

Igitur, si quid aliud in manibus, interim differ; hoc perfice, quod nobis, qui legimus, olim absolutum videtur! sed iam videatur et tibi, cuius cunctationem nec res ipsa desiderat et temporis ratio praecidit. vale.

1

C. Plinius grüßt seinen Maximus[1]

(1) Häufig habe ich Dir geraten, die Schriften, die Du zu Deiner Verteidigung oder gegen Planta[2], oder vielmehr zugleich für Dich und gegen ihn – denn so verlangte es die Sache –, verfaßt hast, bald zu publizieren. Besonders jetzt fordere ich Dich, da ich von seinem Tod gehört habe, dringend dazu auf. (2) Denn wenn Du sie auch vielen vorgelesen und zur Lektüre gegeben hast, so möchte ich doch nicht, daß jemand glaubt, Du habest sie erst nach seinem Tod begonnen, während Du sie ja schon zu seinen Lebzeiten beendet hattest. (3) Der Ruf Deiner Beständigkeit soll Dir erhalten bleiben! Er wird Dir aber erhalten bleiben, wenn Freunden und Feinden bekannt ist, daß Du nicht erst nach dem Tode Deines Gegners Mut zum Schreiben gefaßt hast, sondern daß sein Tod der schon vorbereiteten Publikation zuvorgekommen ist. Zugleich wirst Du jenem bekannten Vorwurf entgehen: »Gottlos ist es, über Tote zu jubeln.«[3] (4) Denn was man gegen einen Lebenden geschrieben, was man gegen einen Lebenden vorgelesen hat, das wird auch gegen den Toten wie gegen einen noch Lebenden veröffentlicht, wenn man es sofort nach seinem Tode tut.

Wenn Du also etwas anderes in Arbeit hast, so schiebe es inzwischen auf; beende erst *die* Arbeit, welche uns, die wir sie gelesen haben, schon seit langem als vollendet erscheint. Aber so solltest auch Du sie einschätzen, dessen Zögern die Sache an sich nicht erfordert und die Zeitumstände auch nicht erlauben. Lebe wohl!

II

C. Plinius Sabino suo s.

(1) Facis iucunde, quod non solum plurimas epistulas meas, verum etiam longissimas flagitas; in quibus parcior fui, partim quia tuas occupationes verebar, partim quia ipse multum distringebar plerumque frigidis negotiis, quae simul et avocant animum et comminuunt. praeterea nec materia plura scribendi dabatur. (2) neque enim eadem nostra condicio quae M. Tulli, ad cuius exemplum nos vocas. illi enim et copiosissimum ingenium et par ingenio qua varietas rerum qua magnitudo largissime suppetebat; (3) nos quam angustis terminis claudamur, etiam tacente me perspicis, nisi forte volumus scholasticas tibi atque, ut ita dicam, umbraticas litteras mittere. (4) sed nihil minus aptum arbitramur, cum arma vestra, cum castra, cum denique cornua, tubas, sudorem, pulverem, soles cogitamus.

(5) Habes, ut puto, iustam excusationem, quam tamen dubito an tibi probari velim. est enim summi amoris negare veniam brevibus epistulis amicorum, quamvis scias illis constare rationem. vale.

III

C. Plinius Paulino suo s.

(1) Alius alium, ego beatissimum existimo, qui bonae mansuraeque famae praesumptione perfruitur certusque posteritatis cum futura gloria vivit. ac mihi nisi praemium

2

C. Plinius grüßt seinen Sabinus[4]

(1) Es ist liebenswürdig von Dir, daß Du nicht nur sehr viele, sondern auch sehr ausführliche Briefe von mir verlangst. Bisher war ich damit ziemlich sparsam, teils weil ich Rücksicht auf Deine Beschäftigungen nehmen wollte, teils weil ich selbst durch meist unwichtige Tätigkeiten stark in Anspruch genommen war, die den Geist zugleich zerstreuen und schwächen. Außerdem bot sich mir kein Stoff, mehr zu schreiben. (2) Denn meine Lage ist nicht dieselbe wie die des M. Tullius, auf dessen Beispiel Du mich hinweist. Er besaß nämlich eine riesige Begabung, und es bot sich ihm in reichem Maße eine seiner Begabung entsprechende Fülle von vielfältigen, bedeutenden Ereignissen.[5] (3) In wie enge Grenzen ich eingeschlossen bin, erkennst Du, auch wenn ich hier darüber schweige, es sei denn, ich wollte etwa nur schulmäßige Briefe, sozusagen aus der Studierstube[6], schreiben. (4) Aber ich halte nichts für unpassender, wenn ich an Eure Waffen, an Euer Lager, wenn ich schließlich an Hörner, Trompeten, Schweiß, Staub und Sonnenhitze denke.

(5) Nun hast Du[7], wie ich glaube, eine triftige Entschuldigung; und doch bin ich unsicher, ob ich wünschen soll, daß sie Deinen Beifall findet. Denn es ist ein Beweis größter Liebe, seinen Freunden wegen der Kürze ihrer Briefe nicht zu verzeihen, auch wenn man weiß, daß ihre Begründung stimmt. Lebe wohl!

3

C. Plinius grüßt seinen Paulinus[8]

(1) Jeder hält einen anderen für den glücklichsten Menschen, ich den, der seinen guten und beständigen Ruf schon im voraus genießt, des Beifalls der Nachwelt sicher ist und mit seinem zukünftigen Ruhm schon jetzt lebt.

aeternitatis ante oculos, pingue illud altumque otium placeat. (2) etenim omnes homines arbitror oportere aut immortalitatem suam aut mortalitatem cogitare, et illos quidem contendere, eniti, hos quiescere, remitti nec brevem vitam caducis laboribus fatigare, ut video multos misera simul et ingrata imagine industriae ad vilitatem sui pervenire.

(3) Haec ego tecum, quae cotidie mecum, ut desinam mecum, si dissenties tu; quamquam non dissenties, ut qui semper clarum aliquid et immortale meditere. vale.

IV

C. Plinius Macrino suo s.

(1) Vererer, ne immodicam orationem putares, quam cum hac epistula accipies, nisi esset generis eius, ut saepe incipere, saepe desinere videatur. nam singulis criminibus singulae velut causae continentur. (2) poteris ergo, undecumque coeperis, ubicumque desieris, quae deinceps sequentur, et quasi incipientia legere et quasi cohaerentia, meque in universitate longissimum, brevissimum in partibus iudicare. vale.

Und hätte ich nicht den Preis der Unsterblichkeit vor Augen, könnte mir diese ungestörte, tiefe Ruhe schon gefallen. (2) Denn meiner Meinung nach müssen alle Menschen entweder über ihre Unsterblichkeit oder ihre Sterblichkeit nachdenken, die einen müssen sich anstrengen und alle Kräfte einsetzen, die anderen sich ausruhen, sich erholen und dürfen ihr kurzes Leben nicht mit unnützen Mühen belasten, wie ich es bei vielen sehe, die bei ihrer zugleich erbärmlichen und unbefriedigenden Scheintätigkeit nur ihre eigene Bedeutungslosigkeit erkennen.

(3) Ich sage Dir das, was ich täglich zu mir selbst sage, um damit aufzuhören, wenn Du anderer Meinung bist; freilich wirst Du nicht anderer Meinung sein, da Du immer auf etwas Berühmtes und Unsterbliches Deine Gedanken richtest. Lebe wohl!

4

C. Plinius grüßt seinen Macrinus[9]

(1) Ich würde befürchten, Du könntest die Rede, die Du mit diesem Brief erhältst, für allzu umfangreich halten, wäre sie nicht von der Art, daß sie oft anzufangen, oft aufzuhören scheint. Denn den einzelnen Anklagepunkten entsprechen gleichsam einzelne Gerichtsverfahren. (2) Du wirst also, Du magst anfangen oder aufhören, wo Du willst, das, was folgt, sozusagen als Anfang lesen können und sozusagen als Fortsetzung; und Du wirst mich im Ganzen als sehr lang, in den einzelnen Teilen der Rede aber sehr kurz finden. Lebe wohl!

V

C. Plinius Tironi suo s.

(1) Egregie facis (inquiro enim), et persevera, quod iustitiam tuam provincialibus multa humanitate commendas; cuius praecipua pars est honestissimum quemque complecti atque ita a minoribus amari, ut simul a principibus diligare. (2) plerique autem, dum verentur, ne gratiae potentium nimium impertire videantur, sinisteritatis atque etiam malignitatis famam consequuntur.

(3) A quo vitio tu longe recessisti: scio; sed temperare mihi non possum, quominus laudem similis monenti, quod eum modum tenes, ut discrimina ordinum dignitatumque custodias; quae si confusa, turbata, permixta sunt, nihil est ipsa aequalitate inaequalius. vale.

VI

C. Plinius Calvisio suo s.

(1) Omne hoc tempus inter pugillares ac libellos iucundissima quiete transmisi. ‘quemadmodum’, inquis, ‘in urbe potuisti?’

Circenses erant, quo genere spectaculi ne levissime quidem teneor. nihil novum, nihil varium, nihil, quod non semel spectasse sufficiat. (2) quo magis miror tot milia virorum tam pueriliter identidem cupere currentes equos, insistentes curribus homines videre. si tamen aut velocitate equorum aut hominum arte traherentur, esset ratio non

5

C. Plinius grüßt seinen Tiro[10]

(1) Du verhältst Dich vorbildlich[11] – ich ziehe nämlich Erkundigungen ein; mach weiter so und empfiehl den Provinzbewohnern Deine Gerechtigkeit durch Deine große Menschenfreundlichkeit. Ihre wichtigste Aufgabe ist es, gerade für alle angesehenen Leute sich zu interessieren und bei den kleinen Leuten sich so beliebt zu machen, daß man auch zugleich von den Vornehmsten geschätzt wird. (2) Aber während die meisten fürchten, sie könnten den Eindruck erwecken, allzu großen Wert auf die Beliebtheit bei den Mächtigen zu legen, geraten sie in den Ruf der Unfreundlichkeit und sogar der Böswilligkeit.

(3) Von diesem Fehler bist Du weit entfernt, ich weiß es; aber ich kann mich nicht zurückhalten, Dir, verbunden mit einer Mahnung, ein Lob dafür auszusprechen, daß Du das richtige Maß einhältst, damit Du die Unterschiede der Stände und Ränge beachtest. Denn wenn diese verwischt, in Unordnung gebracht und vermischt werden, dann ist nichts ungleicher als gerade diese Gleichheit. Lebe wohl!

6

C. Plinius grüßt seinen Calvisius[12]

(1) Diese ganze Zeit habe ich bei Schreibtafeln und Büchern in äußerst angenehmer Muße verbracht. »Wie hast Du das in der Stadt gekonnt?« fragst Du.

Es waren Zirkusspiele[13], und diese Art Schauspiel fesselt mich nicht im geringsten. Es gibt nichts Neues, keine Abwechslung, nichts, was *einmal* gesehen zu haben nicht ausreichte. (2) Um so mehr wundere ich mich, daß so viele tausend Männer so kindisch immer wieder rennende Pferde und Wagenlenker[14] sehen möchten. Wenn sie die Schnelligkeit der Pferde oder die Geschicklichkeit der Wagenlen-

nulla: nunc favent panno, pannum amant, et, si in ipso cursu medioque certamine hic color illuc, ille huc transferatur, studium favorque transibit et repente agitatores illos, equos illos, quos procul noscitant, quorum clamitant nomina, relinquent. (3) tanta gratia, tanta auctoritas in una vilissima tunica, mitto apud vulgus, quod vilius tunica, sed apud quosdam graves homines; quos ego cum recordor in re inani, frigida, adsidua tam insatiabiliter desidere, capio aliquam voluptatem, quod hac voluptate non capior.

(4) Ac per hos dies libentissime otium meum in litteris colloco, quos alii otiosissimis occupationibus perdunt. vale.

VII

C. Plinius Romano suo s.

(1) Aedificare te scribis. bene est: inveni patrocinium; aedifico enim iam ratione, quia tecum. nam hoc quoque non dissimile, quod ad mare tu, ego ad Larium lacum. (2) huius in litore plures villae meae, sed duae maxime ut delectant, ita exercent. (3) altera imposita saxis more Baiano lacum prospicit, altera aeque more Baiano lacum tangit. itaque illam tragoediam, hanc appellare comoediam soleo; illam, quod quasi cothurnis, hanc, quod quasi socculis sustinetur. sua utrique amoenitas, et utraque possi-

ker begeistern würden, dann läge noch ein Sinn darin. Jetzt aber spenden sie nur einem Stück Tuch[15] Beifall, sie lieben ein Stück Tuch; und wenn während des Laufes und mitten im Wettkampf diese Farbe dorthin, jene hierhin wechseln würde,[16] so werden ihr Interesse und ihr lauter Beifall ebenfalls wechseln,[17] und sie werden plötzlich jene Wagenlenker, jene Pferde, die sie schon von weitem erkennen, deren Namen sie laut rufen, im Stich lassen. (3) So viel Gunst, so viel Ansehen besitzt die billigste Tunika, ich will nicht sagen bei der Masse, die noch weniger wert ist als eine Tunika, sondern bei manchen ernsthaften Menschen. Wenn ich überlege, daß sie bei einer so unnützen, geistlosen und eintönigen Sache so unersättlich dasitzen, dann empfinde ich einiges Vergnügen, daß mir dieses kein Vergnügen bereitet.[18]

(4) Und so widme ich in diesen Tagen, die andere Menschen mit den müßiggängerischsten Beschäftigungen[19] verschwenden, meine Muße am liebsten den Wissenschaften. Lebe wohl!

7

C. Plinius grüßt seinen Romanus[20]

(1) Du schreibst, daß Du baust. Wie gut! So habe ich einen Verteidiger[21] gefunden; denn nun baue ich mit gutem Grund, weil ich mit Dir baue. Denn auch darin besteht eine Ähnlichkeit zwischen uns, daß Du am Meer, ich am Lariner See[22] baue. (2) An seinem Ufer besitze ich mehrere Landhäuser, aber zwei machen mir besondere Freude, wie auch besondere Mühe. (3) Das eine ist wie in Baiae[23] auf Felsen errichtet und bietet Aussicht auf den See, das andere reicht bis an den See, gleichfalls wie in Baiae. Deshalb pflege ich jenes meine »Tragödie«[24] und dieses meine »Komödie« zu nennen, weil jenes wie auf Kothurnen, dieses wie auf Sandalen steht. Jedes hat seine besondere Schönheit, und jedes ist für seinen Besitzer gerade wegen seiner

denti ipsa diversitate iucundior. (4) haec lacu propius, illa latius utitur; haec unum sinum molli curvamine amplectitur, illa editissimo dorso duos dirimit; illic recta gestatio longo limite super litus extenditur, hic spatiosissimo xysto leviter inflectitur; illa fluctus non sentit, haec frangit; ex illa possis despicere piscantes, ex hac ipse piscari hamumque de cubiculo ac paene etiam de lectulo ut e naucula iacere.

Hae mihi causae utrique, quae desunt, adstruendi ob ea, quae supersunt. (5) sed quid ego rationem tibi? apud quem pro ratione erit idem facere. vale.

VIII

C. Plinius Augurino suo s.

(1) Si laudatus a te laudare te coepero, vereor, ne non tam proferre iudicium meum quam referre gratiam videar. sed, licet videar, omnia scripta tua pulcherrima existimo, maxime tamen illa de nobis. (2) accidit hoc una eademque de causa. nam et tu, quae de amicis, optime scribis, et ego, quae de me, ut optima lego. vale.

Verschiedenheit noch reizvoller. (4) Bei diesem blickt man aus größerer Nähe auf den See, bei jenem aus weiterer Entfernung; dieses umschließt eine einzige Bucht in sanfter Krümmung, jenes trennt durch einen hohen Bergrükken zwei Buchten; dort erstreckt sich schnurgerade ein langer Spazierweg am Ufer entlang, hier bildet er durch eine sehr ausgedehnte Terrasse eine sanfte Biegung; jenes Landhaus spürt die Wellen nicht, an diesem brechen sie sich. Von jenem aus kann man auf die Fischer hinunterblicken, von diesem aus selbst fischen und die Angel aus dem Schlafzimmer, ja fast sogar aus dem Bett, wie aus einem Boot, auswerfen.[25]

Dieses sind meine Gründe, an beiden Landhäusern das, was noch fehlt, anzubauen, besonders wegen der Vorzüge, die sie in reichem Maße besitzen. (5) Aber weshalb soll ich Dir Rechenschaft ablegen, Dir, dem es wie eine Rechenschaft sein wird, dasselbe zu tun. Lebe wohl!

8

C. Plinius grüßt seinen Augurinus[26]

(1) Wenn ich beginne, Dich zu loben, nachdem Du mich gelobt hast, fürchte ich den Anschein zu erwecken, nicht so sehr mein eigenes Urteil abzugeben, als meinen Dank abzustatten. Aber mag es auch so scheinen, alle Deine Schriften halte ich für sehr schön, besonders jedoch die, die mich betreffen. (2) Das geschieht aus ein und demselben Grund. Denn was Du über Deine Freunde schreibst, schreibst Du glänzend, und was Du über mich schreibst, kommt mir beim Lesen glänzend vor. Lebe wohl!

IX

C. Plinius Colono suo s.

(1) Unice probo, quod Pompei Quintiani morte tam dolenter adficeris, ut amissi caritatem desiderio extendas, non ut plerique, qui tantum viventes amant seu potius amare se simulant ac ne simulant quidem, nisi quos florentes vident. nam miserorum non secus ac defunctorum obliviscuntur. sed tibi perennis fides tantaque in amore constantia, ut finiri nisi tua morte non possit. (2) et hercule is fuit Quintianus, quem diligi deceat ipsius exemplo. felices amabat, miseros tuebatur, desiderabat amissos. iam illa quanta probitas in ore, quanta in sermone cunctatio, quam pari libra gravitas comitasque! quod studium litterarum, quod iudicium! qua pietate cum dissimillimo patre vivebat! quam non obstabat illi, quominus vir optimus videretur, quod erat optimus filius!

(3) Sed quid dolorem tuum exulcero? quamquam sic amasti iuvenem, ut hoc potius quam de illo sileri velis; a me praesertim, cuius praedicatione putas vitam eius ornari, memoriam prorogari ipsamque illam qua est raptus aetatem posse restitui. vale.

9

C. Plinius grüßt seinen Colonus[27]

(1) Ich verstehe es sehr wohl, daß Dich der Tod des Pompeius Quintianus[28] so schmerzlich berührt hat, daß Du die Liebe zu dem Verstorbenen durch die Sehnsucht nach ihm noch fortsetzt, nicht wie die meisten Menschen, die nur die Lebenden lieben oder vielmehr so tun, als ob sie diese liebten, und nicht einmal so tun, wenn sie diese nicht in glücklichen Verhältnissen sehen. Denn Unglückliche vergessen sie ebenso schnell wie Verstorbene. Aber Deine Treue ist beständig und Deine Zuverlässigkeit in der Liebe so groß, daß nur Dein Tod sie beenden kann. (2) Und wahrlich, Quintianus war ein Mann, der es verdient, nach seinem eigenen Beispiel geliebt zu werden. Die Glücklichen liebte er, für die Unglücklichen sorgte er, nach den Verstorbenen sehnte er sich. Welche Redlichkeit zeigte sich schon in seiner Miene, welche Zurückhaltung in seinen Worten; wie ausgewogen waren bei ihm Ernst und Freundlichkeit! Welches Interesse für die Wissenschaften, welche Urteilskraft besaß er! In welcher Anhänglichkeit lebte er mit seinem Vater, der ihm doch ganz unähnlich war! Wie wenig war ihm die Tatsache, daß er ein hervorragender Sohn war, hinderlich, auch als hervorragender Mann zu gelten!

(3) Aber warum stachle ich Deinen Schmerz neu an? Freilich hast Du den jungen Mann so geliebt, daß Du das eher willst, als daß man über ihn schweigt; besonders ich, durch dessen Lob – wie Du meinst – sein Leben verherrlicht, sein Andenken verlängert und ihm selbst das jugendliche Alter, in dem er dahingerafft wurde, wiedergegeben werden kann. Lebe wohl!

X

C. Plinius Tacito suo s.

(1) Cupio praeceptis tuis parere. sed aprorum tanta penuria est, ut Minervae et Dianae, quas ais pariter colendas, convenire non possit. (2) itaque Minervae tantum serviendum est, delicate tamen, ut in secessu et aestate.

In via plane non nulla leviora statimque delenda ea garrulitate, qua sermones in vehiculo seruntur, extendi. his quaedam addidi in villa, cum aliud non liberet. itaque poemata quiescunt, quae tu inter nemora et lucos commodissime perfici putas. (3) oratiunculam unam, alteram retractavi; quamquam id genus operis inamabile, inamoenum magisque laboribus ruris quam voluptatibus simile. vale.

XI

C. Plinius Gemino suo s.

(1) Epistulam tuam iucundissimam accepi, eo maxime, quod aliquid ad te scribi volebas, quod libris inseri posset. obveniet materia, vel haec ipsa, quam monstras, vel potior alia. sunt enim in hac offendicula non nulla: circumfer oculos, et occurrent!

(2) Bybliopolas Lugduni esse non putabam, ac tanto libentius ex litteris tuis cognovi venditari libellos meos, qui-

10

C. Plinius grüßt seinen Tacitus[29]

(1) Ich habe den Wunsch, Deinen Ratschlägen zu folgen. Aber hier ist der Mangel an Wildschweinen so groß, daß Minerva und Diana,[30] die man nach Deiner Meinung gleichzeitig verehren muß, nicht zusammenpassen können. (2) Deshalb brauche ich nur der Minerva zu dienen, jedoch mit Zurückhaltung, wie man es auf dem Lande und im Sommer tun soll.

Unterwegs habe ich einige ganz unwichtige Dinge, die man sofort wieder tilgen sollte, mit der Geschwätzigkeit, mit der man eben Gespräche im Reisewagen führt, ausführlich niedergeschrieben. Hierzu habe ich auf meinem Landgut noch einiges hinzugefügt, weil ich zu etwas anderem keine Lust hatte. Und so ruhen die Gedichte, die nach Deiner Ansicht in Wald und Hain am besten vollendet werden. (3) Die eine und andere kleine Rede habe ich überarbeitet; freilich ist diese Art der Arbeit unerfreulich, ohne allen Reiz und gleicht mehr den Mühen als den Vergnügungen des Landlebens. Lebe wohl!

11

C. Plinius grüßt seinen Geminus[31]

(1) Ich habe Deinen höchst erfreulichen Brief erhalten; er ist deshalb besonders erfreulich, weil Du wolltest, daß ich Dir etwas schriebe, was in Deine Schriften aufgenommen werden könne. Es wird sich schon ein Stoff finden, entweder eben der, auf den Du hinweist, oder ein anderer, noch besserer. Es gibt nämlich hierbei einige kleine Bedenken. Sieh Dich nur um, und sie werden sich zeigen!

(2) Ich glaubte nicht, daß es in Lugdunum[32] Buchhändler gibt; aber mit um so größerer Freude habe ich aus Dei-

bus peregre manere gratiam, quam in urbe collegerint, delector. incipio enim satis absolutum existimare, de quo tanta diversitate regionum discreta hominum iudicia consentiunt. vale.

XII

C. Plinius Iuniori suo s.

(1) Castigabat quidam filium suum, quod paulo sumptuosius equos et canes emeret. huic ego iuvene digresso: 'heus tu, numquamne fecisti, quod a patre corripi posset? fecisti dico? non interdum facis, quod filius tuus, si repente pater ille, tu filius, pari gravitate reprehendat? non omnes homines aliquo errore ducuntur? non hic in illo sibi, in hoc alius indulget?'

(2) Haec tibi admonitus immodicae severitatis exemplo pro amore mutuo scripsi, ne quando tu quoque filium tuum acerbius duriusque tractares. cogita et illum puerum esse et te fuisse atque ita hoc, quod es pater, utere, ut memineris et hominem esse te et hominis patrem! vale.

XIII

C. Plinius Quadrato suo s.

(1) Quanto studiosius intentiusque legisti libros, quos de Helvidi ultione composui, tanto impensius postulas, ut

nem Brief erfahren, daß dort meine Schriften verkauft werden. Es freut mich, daß sie auch im Ausland ihre Beliebtheit behalten, die sie in Rom erlangt haben. Ich beginne nämlich *das* für vollendet genug zu halten, worüber das Urteil von Menschen übereinstimmt, die in so weit voneinander entfernten Gegenden wohnen. Lebe wohl!

12

C. Plinius grüßt seinen Iunior[33]

(1) Jemand tadelte seinen Sohn, daß er etwas zu verschwenderisch Pferde und Hunde kaufe. Als der junge Mann weggegangen war, sagte ich zu seinem Vater: »Hör mal, hast du niemals etwas getan, was dein Vater hätte kritisieren können? Hast getan, sage ich? Tust du nicht bisweilen etwas, was dein Sohn, wenn er plötzlich der Vater wäre und du der Sohn, mit gleicher Strenge tadeln könnte? Machen nicht alle Menschen einmal irgendeinen Fehler? Läßt sich nicht der eine in diesem Punkt, der andere in jenem etwas durchgehen?«

(2) Durch dieses Beispiel einer übermäßigen Strenge gewarnt, schreibe ich Dir dies wegen unserer gegenseitigen Zuneigung, damit nicht auch Du einmal mit Deinem Sohn allzu streng und hart umgehst. Bedenke, daß er noch ein Kind ist und Du einmal eines gewesen bist! Gebrauche Deine Stellung als Vater so, daß Du stets daran denkst, ein Mensch und Vater eines Menschen zu sein! Lebe wohl!

13

C. Plinius grüßt seinen Quadratus[34]

(1) Je eifriger und aufmerksamer Du meine Schrift gelesen hast, die ich zur Rechtfertigung des Helvidius[35] verfaßt habe, desto dringender forderst Du, Dir alles genau

perscribam tibi, quaeque extra libros quaeque circa libros, totum denique ordinem rei, cui per aetatem non interfuisti.

(2) Occiso Domitiano statui mecum ac deliberavi esse magnam pulchramque materiam insectandi nocentes, miseros vindicandi, se proferendi. porro inter multa scelera multorum nullum atrocius videbatur, quam quod in senatu senator senatori, praetorius consulari, reo iudex manus intulisset. (3) fuerat alioqui mihi cum Helvidio amicitia, quanta potuerat esse cum eo, qui metu temporum nomen ingens paresque virtutes secessu tegebat, fuerat cum Arria et Fannia, quarum altera Helvidi noverca, altera mater novercae. sed non ita me iura privata ut publicum fas et indignitas facti et exempli ratio incitabat.

(4) Ac primis quidem diebus redditae libertatis pro se quisque inimicos suos, dumtaxat minores, incondito turbidoque clamore postulaverat simul et oppresserat. ego et modestius et constantius arbitratus immanissimum reum non communi temporum invidia, sed proprio crimine urgere, cum iam satis primus ille impetus defremuisset et languidior in dies ira ad iustitiam redisset, quamquam tum maxime tristis amissa nuper uxore, mitto ad Anteiam (nupta haec Helvidio fuerat), rogo, ut veniat, quia me re-

zu berichten, was in der Schrift nicht enthalten ist, was sich aber auf sie bezieht; schließlich möchtest Du den ganzen Hergang der Verhandlung erfahren, an der Du wegen Deines jugendlichen Alters nicht teilnehmen konntest.

(2) Nach der Ermordung Domitians kam ich nach reiflicher Überlegung zu der Ansicht, es sei eine große und schöne Aufgabe, die Schuldigen zu verfolgen, die Unglücklichen zu rächen und sich selbst einen Namen zu machen. Ferner schien mir unter den zahlreichen Schandtaten so vieler Menschen keine abscheulicher, als daß im Senat ein Senator einen anderen Senator, ein ehemaliger Prätor einen ehemaligen Konsul[36], ein Richter einen Angeklagten tätlich angegriffen hatte. (3) Außerdem war ich mit Helvidius befreundet – soweit es bei einem Manne möglich war, der aus Furcht vor den Zeitumständen seinen großen Namen und seine ebenso großen Tugenden in ländlicher Zurückgezogenheit verbarg. Befreundet war ich mit Arria und Fannia, von denen die eine die Stiefmutter des Helvidius, die andere die Mutter seiner Stiefmutter war. Aber mich bewegten nicht so sehr private Rücksichten als vielmehr das Recht der Öffentlichkeit, das Empörende der Tat und der Gedanke an das warnende Beispiel.

(4) In den ersten Tagen der wiedergewonnenen Freiheit[37] freilich hatte jeder für sich seine persönlichen Feinde, jedoch nur die unbedeutenderen, mit unüberlegtem, stürmischem Geschrei zugleich angeklagt und beseitigt. Ich hielt es für besonnener und für eher konsequent, dem ungeheuerlichsten Angeklagten nicht durch den allgemeinen Haß der Zeit[38], sondern durch sein begangenes Verbrechen hart zuzusetzen. Und als nun jener erste Sturm sich ausgetobt hatte, die Erbitterung von Tag zu Tag schwächer wurde und die Menschen zur Gerechtigkeit zurückkehrten, da schickte ich, obwohl ich gerade damals den kürzlich erlittenen Verlust meiner Frau[39] betrauerte, zu Anteia – sie war die Frau des Helvidius gewesen; ich bat sie, zu mir zu kommen, weil mich die noch frische

cens adhuc luctus limine contineret. (5) ut venit, 'destinatum est', inquam, 'mihi maritum tuum non inultum pati. nuntia Arriae et Fanniae' (ab exilio redierant), 'consule te, consule illas, an velitis adscribi facto, in quo ego comite non egeo; sed non ita gloriae meae faverim, ut vobis societate eius invideam'. perfert Anteia mandata, nec illae morantur.

(6) Opportune senatus intra diem tertium. omnia ego semper ad Corellium rettuli, quem providentissimum aetatis nostrae sapientissimumque cognovi: in hoc tamen contentus consilio meo fui, veritus, ne vetaret; erat enim cunctantior cautiorque. sed non sustinui inducere in animum, quominus illi eodem die facturum me indicarem, quod an facerem, non deliberabam, expertus usu de eo, quod destinaveris, non esse consulendos, quibus consultis obsequi debeas. (7) venio in senatum, ius dicendi peto, dico paulisper maximo adsensu. ubi coepi crimen attingere, reum destinare, adhuc tamen sine nomine, undique mihi reclamari. alius: 'sciamus, quis sit, de quo extra ordinem referas'; alius: 'quis est ante relationem reus?'; alius: 'salvi simus, qui supersumus.' (8) audio inperturbatus, interritus: tantum susceptae rei honestas valet, tantumque ad fiduciam vel metum differt, nolint homines, quod facias, an non probent.

Longum est omnia, quae tunc hinc inde iacta sunt, re-

Trauer zu Hause zurückhalte. (5) Als sie kam, sagte ich: »Ich habe beschlossen, deinen Mann nicht ungerächt zu lassen. Melde dies Arria und Fannia (sie waren aus der Verbannung zurückgekehrt). Überlege bei dir, überlege mit ihnen, ob ihr euch an meiner Tat beteiligen wollt, bei der ich keinen Helfer brauche. Aber ich bin nicht so eifersüchtig auf meinen Ruhm bedacht, daß ich euch die Teilnahme daran nicht gönne.« Anteia überbrachte meinen Auftrag, und jene zögerten nicht.

(6) Es traf sich günstig, daß innerhalb von drei Tagen eine Senatssitzung stattfand. Alles habe ich immer dem Corellius[40] berichtet, den ich als den klügsten und weisesten Mann unserer Zeit kennengelernt habe. In dieser Angelegenheit jedoch folgte ich meinem eigenen Rat, aus Furcht, er riete mir ab; denn er war ziemlich zurückhaltend und vorsichtig. Und doch wagte ich es nicht, ihm an ebendemselben Tag mein Vorhaben mitzuteilen, bei dem ich nicht zu überlegen brauchte, ob ich es tun solle; ich wußte nämlich aus Erfahrung, daß man über einen einmal gefaßten Entschluß nicht Leute um Rat fragen dürfe, deren Ratschläge man dann befolgen muß. (7) Ich kam in den Senat, bat um die Erlaubnis zu reden und sprach nur kurze Zeit, aber unter größtem Beifall. Sobald ich begann, das Verbrechen zu erwähnen und auf den Schuldigen hinzuweisen, jedoch noch ohne Namensnennung, gab es von allen Seiten Zwischenrufe. »Wir wollen wissen«, sagte einer, »wer es ist, über den du außer der Reihe berichtest.« Ein anderer rief: »Wer ist schuldig, bevor die Reihe an ihn kommt?« Wieder ein anderer: »Wir, die wir übriggebliebenen sind, wollen in Sicherheit leben.«[41] (8) Ich höre mir dies ruhig und unerschrocken an; eine so große Wirkung hat das Ansehen eines übernommenen Falles, so viel macht es für unser Selbstvertrauen oder unsere Furcht aus, ob die Menschen nur nicht wollen, was man tut, oder ob sie es mißbilligen.

Es würde zu weit führen, alles, was damals von dieser

censere. novissime consul: 'Secunde, sententiae loco dices, si quid volueris.' (9) 'permiseras', inquam, 'quod usque adhuc omnibus permisisti.' resido; aguntur alia. (10) interim me quidam ex consularibus amicis secreto curatoque sermone quasi nimis fortiter incauteque progressum corripit, revocat, monet, ut desistam; adicit etiam: 'notabilem te futuris principibus fecisti.' 'esto', inquam, 'dum malis'. (11) vix ille discesserat, rursus alter: 'quid audes? quo ruis? quibus te periculis obicis? quid praesentibus confidis incertus futurorum? lacessis hominem iam praefectum aerarii et brevi consulem, praeterea qua gratia, quibus amicitiis fultum!' nominat quendam, qui tunc ad orientem amplissimum et famosissimum exercitum non sine magnis dubiisque rumoribus obtinebat. (12) ad haec ego: '„omnia praecepi atque animo mecum ante peregi", nec recuso, si ita casus attulerit, luere poenas ob honestissimum factum, dum flagitiosissimum ulciscor.'

(13) Iam censendi tempus. dicit Domitius Apollinaris, consul designatus, dicit Fabricius Veiento, Fabius Postuminus, Bittius Proculus, collega Publici Certi, de quo agebatur, uxoris autem meae, quam amiseram, vitricus, post hos Ammius Flaccus. omnes Certum nondum a me nominatum ut nominatum defendunt crimenque quasi in medio

und jener Seite vorgebracht wurde, noch einmal aufzuzählen. Schließlich sagte der Konsul: »Secundus, wenn du an der Reihe bist, dein Votum abzugeben, kannst du vorbringen, was du noch sagen willst.« (9) »Du hattest mir erlaubt«, sagte ich, »was du bisher noch allen erlaubt hast.« Ich nahm wieder Platz; es wurden andere Dinge verhandelt. (10) Inzwischen tadelte einer meiner konsularischen Freunde unter vier Augen mit eindringlichen Worten mein Vorgehen als allzu mutig und unvorsichtig; er rief mich zurück und ermahnte mich, von meinem Vorhaben abzulassen. Er fügte noch hinzu: »Du hast die Aufmerksamkeit zukünftiger Kaiser auf dich gelenkt.« »Meinetwegen«, erwiderte ich, »wenn es nur die schlechten sind.« (11) Kaum war jener weggegangen, sagte wieder ein anderer: »Was wagst du da? In welches Unglück stürzst du dich? Welchen Gefahren setzt du dich aus? Was vertraust du auf die Gegenwart, während du die Zukunft nicht kennst? Du reizt einen Mann, der schon Ärarpräfekt ist und bald Konsul; außerdem, auf welchen Einfluß, auf welche Freunde kann er sich stützen!« Er nannte mir jemanden, der damals im Osten ein sehr bedeutendes, übel beleumdetes Heer führte und über den viele zweideutige Gerüchte im Umlauf waren. (12) Darauf sagte ich: »All das habe ich schon vorausgesehen und bereits erwogen;[42] und ich weigere mich nicht, wenn es das Schicksal so will, für eine edle Tat zu büßen, während ich für eine sehr schändliche Rache übe.«

(13) Nun kam der Zeitpunkt der Abstimmung. Es sprach der designierte Konsul Domitius Apollinaris, es sprachen Fabricius Veiento, Fabius Postuminus, Bittius Proculus, der Kollege des Publicius Certus, über den man verhandelte, der Stiefvater meiner verstorbenen Frau; nach diesen sprach noch Ammius Flaccus. Alle verteidigten den Certus, den ich noch nicht genannt hatte, als hätte ich seinen Namen schon ausgesprochen, und übernahmen die Verteidigung eines Verbrechens, über das ich mich nur

relictum defensione suscipiunt. (14) quae praeterea dixerint, non est necesse narrare: in libris habes; sum enim cuncta ipsorum verbis persecutus.

(15) Dicunt contra Avidius Quietus, Cornutus Tertullus: Quietus, iniquissimum esse querelas dolentium excludi, ideoque Arriae et Fanniae ius querendi non auferendum, nec interesse, cuius ordinis quis sit, sed quam causam habeat; (16) Cornutus, datum se a consulibus tutorem Helvidi filiae petentibus matre eius et vitrico; nunc quoque non sustinere deserere officii sui partes, in quo tamen et suo dolori modum imponere et optimarum feminarum perferre modestissimum adfectum; quas contentas esse admonere senatum Publici Certi cruentae adulationis et petere, si poena flagitii manifestissimi remittatur, nota certe quasi censoria inuratur. (17) tum Satrius Rufus medio ambiguoque sermone: 'puto' inquit 'iniuriam factam Publicio Certo, si non absolvitur; nominatus est ab amicis Arriae et Fanniae, nominatus ab amicis suis. nec debemus solliciti esse: idem enim nos, qui bene sentimus de homine, et iudicaturi sumus. si innocens est, sicut et spero et malo et, donec aliquid probetur, credo, poteritis absolvere.'

(18) Haec illi, quo quisque ordine citabantur. venitur ad me: consurgo, utor initio, quod in libro est, respondeo singulis. mirum, qua intentione, quibus clamoribus omnia

vage geäußert hatte. (14) Was sie außerdem gesagt haben, brauche ich nicht zu erzählen. Du findest es in meiner Rede. Denn ich habe alles mit ihren Worten wiedergegeben.

(15) Dagegen sprachen Avidius Quietus und Cornutus Tertullus. Quietus erwiderte, es sei höchst ungerecht, die Klagen der Geschädigten nicht zuzulassen; daher könne Arria und Fannia das Recht zu klagen nicht genommen werden; und es komme auch nicht darauf an, zu welchem Stand jemand gehöre, sondern was er vorzubringen habe; (16) Cornutus sagte, die Konsuln hätten ihn auf Bitten der Mutter und des Stiefvaters[43] zum Vormund der Tochter des Helvidius bestellt. Gerade jetzt könne er es nicht über sich bringen, die Pflicht seines Amtes zu vernachlässigen; jedoch wolle er seinem eigenen Schmerz eine Grenze setzen und den äußerst maßvollen Unwillen dieser beiden hervorragenden Frauen gelten lassen; sie begnügten sich damit, den Senat an die grausame Schmeichelei des Publicius Certus zu erinnern und ihn zu bitten, wenn die Strafe für die ganz offensichtliche Schandtat erlassen werde, Certus doch wenigstens mit einer Art zensorischer Rüge zu brandmarken. (17) Darauf sprach Satrius Rufus in unbestimmten und zweideutigen Worten: »Ich glaube, daß dem Publicius Certus Unrecht geschieht, wenn er nicht freigesprochen wird. Namentlich genannt wurde er von den Freunden der Arria und Fannia, namentlich genannt auch von seinen eigenen Freunden. Und wir brauchen gar nicht besorgt zu sein. Denn wir, die wir über diesen Mann gut denken, werden auch ebenso über ihn urteilen. Wenn er unschuldig ist, wie ich hoffe und wünsche, dann werdet ihr ihn, wie ich glaube, freisprechen können, bis etwas bewiesen ist.«

(18) So sprachen sie in der Reihenfolge, in der jeder aufgerufen wurde. Nun kam ich an die Reihe. Ich erhob mich und begann so, wie es in der schriftlich ausgearbeiteten Rede steht, und antwortete auf jeden einzelnen Punkt. Es

exceperint, qui modo reclamabant: tanta conversio vel negotii dignitatem vel proventum orationis vel actoris constantiam subsecuta est. finio. (19) incipit respondere Veiento: nemo patitur; obturbatur, obstrepitur, adeo quidem, ut diceret: 'rogo, patres conscripti, ne me cogatis implorare auxilium tribunorum.' et statim Murena tribunus: 'permitto tibi, vir clarissime Veiento, dicere.' tunc quoque reclamatur. (20) inter moras consul citatis nominibus et peracta discessione mittit senatum ac paene adhuc stantem temptantemque dicere Veientonem relinquit. multum ille de hac (ita vocabat) contumelia questus est Homerico versu

ὦ γέρον, ἦ μάλα δή σε νέοι τείρουσι μαχηταί.

(21) Non fere quisquam in senatu fuit, qui non me complecteretur, exoscularetur certatimque laude cumularet, quod intermissum iam diu morem in publicum consulendi susceptis propriis simultatibus reduxissem, quod denique senatum invidia liberassem, qua flagrabat apud ordines alios, quod severus in ceteros senatoribus solis dissimulatione quasi mutua parceret.

(22) Haec acta sunt absente Certo: fuit enim seu tale aliquid suspicatus sive, ut excusabatur, infirmus. et relationem quidem de eo Caesar ad senatum non remisit; obtinui tamen, quod intenderam. (23) nam collega Certi consulatum, successorem Certus accepit, planeque factum est,

ist erstaunlich, mit welcher Aufmerksamkeit, mit welchem Beifall diejenigen alles aufnahmen, die eben noch dagegen gesprochen hatten. Einen solchen Meinungsumschwung bewirkte entweder die Wichtigkeit des Falles, der Erfolg meiner Rede oder die Entschlossenheit des Anklägers. Ich kam zum Schluß. (19) Veiento begann zu antworten. Niemand ließ es zu; man schrie ihn nieder, man störte ihn so sehr, daß er schließlich rief: »Ich bitte euch, Senatoren, zwingt mich nicht, die Tribunen um Hilfe zu bitten.« Und sofort antwortete der Tribun Murena: »Ich erlaube dir, sehr ehrenwerter Veiento, zu sprechen.« Auch da widersprach man noch. (20) Inzwischen rief der Konsul die übrigen Namen auf, führte die Abstimmung durch, entließ den Senat und ließ den Veiento, der noch dastand und versuchte, weiterzureden, beinahe allein zurück. Dieser beklagte sich sehr über diese Schande (so nannte er es) mit dem Homer-Vers:

»O Greis, sehr heftig bedrängen dich jüngere Kämpfer.«[44]

(21) Es war fast niemand im Senat, der mich nicht umarmt, geküßt und um die Wette mit Lob überhäuft hätte; denn ich hätte die schon lange aufgegebene Sitte, für die öffentlichen Interessen zu sprechen, trotz persönlicher Anfeindungen wieder eingeführt und schließlich den Senat von dem gehässigen Vorwurf befreit, den die anderen Stände ihm machten; nämlich daß er, streng gegenüber anderen, allein die Senatoren in einer Art gegenseitiger Nachsicht schone.

(22) Dies geschah in Abwesenheit des Certus. Er erschien nämlich nicht, entweder weil er so etwas vermutete oder weil er, als er sich entschuldigen ließ, wirklich krank war. Freilich verwies der Kaiser seinen Fall nicht wieder an den Senat zurück; dennoch erreichte ich das, was ich angestrebt hatte. (23) Denn der Kollege des Certus bekam das Konsulat, Certus einen Nachfolger; so geschah genau

quod dixeram in fine: 'reddat praemium sub optimo principe, quod a pessimo accepit.'

(24) Postea actionem meam, utcumque potui, recollegi, addidi multa. accidit fortuitum, sed non tamquam fortuitum, quod editis libris Certus intra paucissimos dies implicitus morbo decessit. (25) audivi referentis hanc imaginem menti eius, hanc oculis oberrasse, tamquam videret me sibi cum ferro imminere. verane haec, adfirmare non ausim; interest tamen exempli, ut vera videantur.

(26) Habes epistulam, si modum epistulae cogites, libris, quos legisti, non minorem; sed imputabis tibi, qui contentus libris non fuisti. vale.

XIV

C. Plinius Tacito suo s.

(1) Nec ipse tibi plaudis, et ego nihil magis ex fide quam de te scribo. posteris an aliqua cura nostri, nescio; nos certe meremur, ut sit aliqua, non dico ingenio (id enim superbum), sed studio et labore et reverentia posterorum. (2) pergamus modo itinere instituto, quod ut paucos in lucem famamque provexit, ita multos e tenebris et silentio protulit. vale.

das, was ich am Schluß gesagt hatte: »Er soll unter dem besten Kaiser *die* Belohnung zurückgeben, die er unter dem schlechtesten bekommen hat.«

(24) Später habe ich meine Rede, so gut ich konnte, aus dem Gedächtnis niedergeschrieben und vieles noch hinzugefügt. Zufällig geschah es – aber es geschah vielleicht doch nicht zufällig –, daß Certus ganz wenige Tage nach Veröffentlichung meiner Schrift erkrankte und starb. (25) Ich habe die Leute erzählen hören, er habe ein Bild vor Augen gehabt: er meinte zu sehen, wie ich ihn mit dem Schwert bedrohte. Ob dies wahr ist, wage ich nicht zu behaupten; doch wegen des guten Beispiels wäre es wichtig, daß es als wahr erschiene.

(26) Hier hast Du[45] einen Brief, der, wenn Du an den üblichen Umfang eines Briefes denkst, nicht kürzer ist als die Schrift, die Du gelesen hast. Aber Du wirst es *Dir* zuschreiben, der Du mit der Schrift nicht zufrieden warst. Lebe wohl!

14

C. Plinius grüßt seinen Tacitus[46]

(1) Du lobst Dich zwar selbst nicht, aber ich schreibe nichts mit größerer Aufrichtigkeit, als wenn ich über Dich schreibe. Ob uns die Nachwelt irgendeine Beachtung schenken wird, weiß ich nicht. Wir verdienen sicherlich eine solche, ich will nicht sagen, wegen unserer Begabung – denn das wäre überheblich –, vielmehr wegen unseres Eifers, unserer Bemühung und unserer Achtung vor der Nachwelt. (2) Wir wollen also nur auf dem begonnenen Weg weitergehen, der zwar nur wenigen Glanz und Ruhm gebracht, aber so viele aus Dunkelheit und Vergessenheit herausgeführt hat. Lebe wohl!

XV

C. Plinius Falconi suo s.

(1) Refugeram in Tuscos, ut omnia ad arbitrium meum facerem. at hoc ne in Tuscis quidem: tam multis undique rusticorum libellis et tam querulis inquietor, quos aliquanto magis invitus quam meos lego; nam et meos invitus. (2) retracto enim actiunculas quasdam, quod post intercapedinem temporis et frigidum et acerbum est.

(3) Rationes quasi absente me negleguntur. interdum tamen equum conscendo et patrem familiae hactenus ago, quod aliquam partem praediorum, sed pro gestatione percurro. tu consuetudinem serva nobisque sic rusticis urbana acta perscribe! vale.

XVI

C. Plinius Mamiliano suo s.

(1) Summam te voluptatem percepisse ex isto copiosissimo genere venandi non miror, cum historicorum more scribas numerum iniri non potuisse. nobis venari nec vacat nec libet: non vacat, quia vindemiae in manibus; non libet, quia exiguae. (2) devehemus tamen pro novo musto novos versiculos tibique iucundissime exigenti, ut primum videbuntur defervisse, mittemus. vale.

15

C. Plinius grüßt seinen Falco[47]

(1) Ich war in die Toskana geflohen, um alles nach meinem Willen tun zu können. Aber das gelingt mir nicht einmal in der Toskana; von allen Seiten werde ich von so vielen Eingaben und Klagen der Bauern belästigt, die ich mit viel größerem Widerwillen lese als meine Schriften. Denn auch meine eigenen lese ich nicht gern. (2) Ich überarbeite nämlich einige kurze Gerichtsreden, was nach einer zeitlichen Unterbrechung eine uninteressante und lästige Angelegenheit ist.

(3) Meine Abrechnungen werden vernachlässigt,[48] als wäre ich nicht da. Manchmal besteige ich jedoch ein Pferd und spiele nur soweit den Hausherrn, daß ich durch einen Teil meiner Landgüter, nur um mich zu bewegen, hindurchreite. Bleibe bei Deiner Gewohnheit und schreibe mir, dem Landbewohner, ausführlich über die Ereignisse der Stadt. Lebe wohl!

16

C. Plinius grüßt seinen Mamilianus[49]

(1) Ich wundere mich nicht, daß Du ein überaus großes Vergnügen an dieser sehr ergiebigen Art der Jagd gefunden hast, da Du nach Art der Geschichtsschreiber berichtest, die Beute könne man nicht zählen. Ich habe weder Zeit noch Lust, auf die Jagd zu gehen, keine Zeit, weil ich mit der Weinlese beschäftigt bin, keine Lust, weil die Weinlese schlecht ausgefallen ist. (2) Doch will ich Dir anstelle des neuen Mostes neue Verschen bringen. Und ich werde sie Dir auf Deine liebenswürdige Bitte hin schikken, sobald ich glaube, daß sie gleichsam ausgegoren sind. Lebe wohl!

XVII

C. Plinius Genitori suo s.

(1) Recepi litteras tuas, quibus quereris taedio tibi fuisse quamvis lautissimam cenam, quia scurrae, cinaedi, moriones mensis inerrabant.

(2) Vis tu remittere aliquid ex rugis? equidem nihil tale habeo, habentes tamen fero. cur ergo non habeo? quia nequaquam me ut inexspectatum festivumve delectat, si quid molle a cinaedo, petulans a scurra, stultum a morione profertur.

(3) Non rationem, sed stomachum tibi narro. atque adeo quam multos putas esse, quos ea, quibus ego et tu capimur et ducimur, partim ut inepta, partim ut molestissima offendant! quam multi, cum lector aut lyristes aut comoedus inductus est, calceos poscunt aut non minore cum taedio recubant, quam tu ista (sic enim appellas) prodigia perpessus es! (4) demus igitur alienis oblectationibus veniam, ut nostris impetremus! vale.

XVIII

C. Plinius Sabino suo s.

(1) Qua intentione, quo studio, qua denique memoria legeris libellos meos, epistula tua ostendit. ipse igitur exhibes negotium tibi, qui elicis et invitas, ut quam plurima communicare tecum velim. (2) faciam, per partes tamen et quasi digesta, ne istam ipsam memoriam, cui gratias ago

17

C. Plinius grüßt seinen Genitor[50]

(1) Ich habe Deinen Brief erhalten, in dem Du Dich beklagst, Du habest Dich über ein Gastmahl, so üppig es auch war, sehr geärgert, weil Spaßmacher, Ballettänzer und Narren sich zwischen den Tischen herumtrieben.

(2) Willst Du Deine gerunzelte Stirn nicht ein wenig glätten? Ich selbst habe nichts Derartiges, aber dennoch dulde ich es bei anderen. Aber warum habe *ich* das nicht? Weil es mir keineswegs Vergnügen bereitet wie eine unerwartete Unterhaltung, wenn etwas Anzügliches von einem Ballettänzer, etwas Unverschämtes von einem Spaßmacher, etwas Törichtes von einem Narren geboten wird.

(3) Ich spreche zu Dir nicht über meine Prinzipien, sondern über meinen Geschmack. Und wie viele Menschen gibt es wohl nach Deiner Meinung, denen das, woran Du und ich Vergnügen finden und uns begeistern, teils als unpassend, teils als äußerst langweilig mißfällt! Wie viele gibt es, die, wenn ein Vorleser, Leierspieler oder Komödiant auftritt, aufstehen oder mit ebenso großem Abscheu sitzen bleiben wie Du, der Du diese Ungeheuer (denn so nennst Du sie) erdulden mußtest! (4) Wir wollen also gegenüber den Vergnügungen anderer Milde üben, damit wir sie auch für unsere bekommen! Lebe wohl!

18

C. Plinius grüßt seinen Sabinus[51]

(1) Dein Brief zeigt mir, mit welcher Aufmerksamkeit, mit welchem Eifer und auch mit welch gutem Gedächtnis Du meine Schriften gelesen hast. Du machst Dir also selbst Schwierigkeiten, wenn Du mich aufforderst und einlädst, Dir möglichst viel mitzuteilen. (2) Ich will es tun, doch stückweise und gleichsam geordnet, damit ich nicht

adsiduitate et copia turbem oneratamque et quasi oppressam cogam pluribus singula, posterioribus priora dimittere. vale.

XIX

C. Plinius Rusoni suo s.

(1) Significas legisse te in quadam epistula mea iussisse Verginium Rufum inscribi sepulcro suo:

'Hic situs est Rufus, pulso qui Vindice quondam
imperium adseruit non sibi, sed patriae.'

reprehendis, quod iusserit, addis etiam melius rectiusque Frontinum, quod vetuerit omnino monimentum sibi fieri, meque ad extremum, quid de utroque sentiam, consulis.

(2) Utrumque dilexi, miratus sum magis, quem tu reprehendis, atque ita miratus, ut non putarem satis umquam posse laudari, cuius nunc mihi subeunda defensio est. (3) omnes ego, qui magnum aliquid memorandumque fecerunt, non modo venia, verum etiam laude dignissimos iudico, si immortalitatem, quam meruere, sectantur victurique nominis famam supremis etiam titulis prorogare nituntur.

(4) Nec facile quemquam nisi Verginium invenio, cuius tanta in praedicando verecundia, quanta gloria ex facto.

etwa Dein gutes Gedächtnis, dem ich dankbar bin, durch dauernde Beschäftigung und durch die Menge der Gegenstände verwirre; auch möchte ich das überlastete und gleichsam erdrückte Gedächtnis nicht zwingen, die Einzelheiten zugunsten des Ganzen, das Frühere zugunsten des Späteren zu vergessen. Lebe wohl!

19

C. Plinius grüßt seinen Ruso[52]

(1) Wie Du mir mitteilst, hast Du in einem meiner Briefe[53] gelesen, Verginius Rufus[54] habe angeordnet, sein Grabmal mit folgender Inschrift zu versehen:

> »Hier liegt Rufus, der einst den Vindex besiegte, die Herrschaft aber nicht für sich beanspruchte, sondern für sein Vaterland.«

Du tadelst ihn, daß er dieses angeordnet hat; Du fügst auch hinzu, Frontinus[55] habe besser und richtiger gehandelt, weil er verboten habe, ihm überhaupt ein Denkmal zu errichten; und nun fragst Du mich, was ich über beide denke.

(2) Beide habe ich geschätzt; bewundert habe ich mehr den, den Du tadelst, und zwar so bewundert, daß ich glaubte, er, dessen Verteidigung ich jetzt übernehmen muß, könne niemals genug gelobt werden. (3) Ich bin der Meinung, daß alle, die etwas Großes und Denkwürdiges geleistet haben, nicht nur Nachsicht, sondern auch in höchstem Grade Lob verdienen, wenn sie nach der Unsterblichkeit, die sie verdient haben, trachten und, um weiterzuleben, den guten Ruf ihres Namens auch durch Grabinschriften zu verewigen suchen.

(4) Auch finde ich nicht leicht jemanden außer Verginius, dessen Ruhm durch seine Taten ebenso groß gewesen wäre wie seine Scheu, sich selbst zu loben. (5) Zeuge dafür

(5) ipse sum testis, familiariter ab eo dilectus probatusque, semel omnino me audiente provectum, ut de rebus suis hoc unum referret, ita secum aliquando Cluvium locutum: 'scis, Vergini, quae historiae fides debeatur; proinde, si quid in historiis meis legis aliter ac velis, rogo ignoscas.' ad hoc ille: 'tune ignoras, Cluvi, ideo me fecisse, quod feci, ut esset liberum vobis scribere, quae libuisset?'

(6) Age dum, hunc ipsum Frontinum in hoc ipso, in quo tibi parcior videtur et pressior, comparemus! vetuit exstrui monumentum; sed quibus verbis? 'impensa monumenti supervacua est; memoria nostri durabit, si vita meruimus.' an restrictius arbitraris per orbem terrarum legendum dare duraturam memoriam suam, quam uno in loco duobus versiculis signare, quod feceris?

(7) Quamquam non habeo propositum illum reprehendendi, sed hunc tuendi; cuius quae potest apud te iustior esse defensio, quam ex collatione eius, quem praetulisti? (8) meo quidem iudicio neuter culpandus, quorum uterque ad gloriam pari cupiditate, diverso itinere contendit, alter, dum expetit debitos titulos, alter, dum mavult videri contempsisse. vale.

bin ich selbst, sein vertrauter und bewährter Freund; überhaupt nur einmal ließ er es in meiner Gegenwart dazu kommen, von seinen Angelegenheiten zu berichten, nämlich nur das eine, daß Cluvius[56] zu ihm gesagt habe: »Du weißt, Verginius, welche Objektivität man der Geschichtsschreibung schuldet. Verzeihe mir also bitte, wenn du in meinem Geschichtswerk etwas anders liest, als du es wünschst.« Darauf sagte jener: »Weißt du nicht, Cluvius, daß ich das, was ich getan habe, deshalb getan habe, damit ihr das schreiben dürft, was ihr wollt?«

(6) Nun weiter, laßt uns den Frontinus selbst gerade in dem Punkt vergleichen, in dem er Dir bescheidener und zurückhaltender vorkommt! Er verbot, daß man ihm ein Grabmal errichte; aber mit welchen Worten? »Die Kosten für ein Grabmal sind überflüssig; die Erinnerung an uns wird fortdauern, wenn wir sie durch unsere Lebensweise verdient haben.« Hältst Du es etwa für bescheidener, die ganze Welt lesen zu lassen, daß das eigene Andenken fortleben werde, als an einem einzigen Ort durch zwei Verse auszudrücken, was man geleistet hat?

(7) Freilich ist es nicht meine Absicht, jenen zu tadeln, sondern diesen in Schutz zu nehmen; aber wie könnte er in Deinen Augen gerechter verteidigt werden als durch einen Vergleich mit dem, den Du vorgezogen hast? (8) Nach meinem Urteil wenigstens darf keiner von beiden getadelt werden, von denen jeder mit gleicher Hingabe, aber auf verschiedenen Wegen nach Ruhm strebt; der eine, indem er die ihm zustehende Grabinschrift wünscht, der andere, indem er lieber den Anschein erwecken will, als habe er sie verschmäht. Lebe wohl!

XX

C. Plinius Venatori suo s.

(1) Tua vero epistula tanto mihi iucundior fuit, quanto longior erat, praesertim cum de libellis meis tota loqueretur; quos tibi voluptati esse non miror, cum omnia nostra perinde ac nos ames.

(2) Ipse cum maxime vindemias, graciles quidem, uberiores tamen, quam exspectaveram, colligo: si colligere est non numquam decerpere uvam, torculum invisere, gustare de lacu mustum, obrepere urbanis, qui nunc rusticis praesunt meque notariis et lectoribus reliquerunt. vale.

XXI

C. Plinius Sabiniano suo s.

(1) Libertus tuus, cui suscensere te dixeras, venit ad me advolutusque pedibus meis tamquam tuis haesit. flevit multum, multum rogavit, multum etiam tacuit, in summa fecit mihi fidem paenitentiae. vere credo emendatum, quia deliquisse se sentit.

(2) Irasceris, scio; et irasceris merito, id quoque scio: sed tunc praecipua mansuetudinis laus, cum irae causa iustissima est. amasti hominem et, spero, amabis: interim sufficit, ut exorari te sinas. (3) licebit rursus irasci, si meruerit, quod exoratus excusatius facies. remitte aliquid adulescentiae ipsius, remitte lacrimis, remitte indulgentiae tuae: ne

20

C. Plinius grüßt seinen Venator[57]

(1) Dein Brief war mir gewiß um so willkommener, je länger er war, zumal er nur von meinen Schriften handelte. Ich wundere mich nicht, daß sie Dir Freude bereiten, da Du alles, was von mir kommt, genauso wie mich liebst.

(2) Ich selbst bin gerade mit der Weinlese beschäftigt, die zwar dürftig, aber doch noch reicher ist, als ich erwartet hatte, wenn *das* Weinlese ist, ab und zu eine Traube abzupflücken, die Kelter zu besichtigen, den Most aus der Kufe zu kosten, die Stadtsklaven zu überwachen, die jetzt die Landarbeiter beaufsichtigen und mich den Schreibern und Vorlesern überlassen haben. Lebe wohl!

21

C. Plinius grüßt seinen Sabinianus[58]

(1) Dein Freigelassener, auf den Du, wie Du sagtest, zornig warst, hat sich mir zu Füßen geworfen, als wärest Du es, und blieb dort liegen. Er weinte lange, bat lange und schwieg dann wieder lange; kurz und gut, er erreichte, daß ich an seine Reue glaubte. Ich glaube wirklich, daß er sich gebessert hat, weil er merkt, eine Verfehlung begangen zu haben.

(2) Ich weiß, Du bist zornig; und Du bist mit Recht zornig, das weiß ich auch. Aber man muß Nachsicht dann besonders loben, wenn der Grund zum Zorn sehr berechtigt ist. Du hast den Mann geliebt und wirst ihn, wie ich hoffe, wieder lieben. Inzwischen ist es schon genug, wenn Du Dich besänftigen läßt. (3) Du darfst wieder zornig auf ihn sein, wenn er es verdient; denn Du wirst es mit größerem Recht sein, wenn Du Dich einmal hast besänftigen lassen. Halte seiner Jugend etwas zugute, seinen Tränen, Deiner Nachtsicht. Quäle ihn nicht länger, damit Du nicht

torseris illum, ne torseris etiam te! torqueris enim, cum tam lenis irasceris.

(4) Vereor, ne videar non rogare, sed cogere, si precibus eius meas iunxero. iungam tamen tanto plenius et effusius, quanto ipsum acrius severiusque corripui destricte minatus numquam me postea rogaturum. hoc illi, quem terreri oportebat, tibi non idem. nam fortasse iterum rogabo, impetrabo iterum: sit modo tale, ut rogare me, ut praestare te deceat! vale.

XXII

C. Plinius Severo suo s.

(1) Magna me sollicitudine adfecit Passenni Pauli valetudo, et quidem plurimis iustissimisque de causis. vir est optimus, honestissimus, nostri amantissimus. praeterea in litteris veteres aemulatur, exprimit, reddit, Propertium in primis, a quo genus ducit, vera suboles eoque simillima illi, in quo ille praecipuus. (2) si elegos eius in manus sumpseris, leges opus tersum, molle, iucundum et plane in Properti domo scriptum. nuper ad lyrica deflexit, in quibus ita Horatium, ut in illis illum alterum effingit: putes, si quid in studiis cognatio valet, et huius propinquum. magna varietas, magna mobilitas: amat ut qui verissime, dolet ut qui impatientissime, laudat ut qui benignissime, ludit ut

auch Dich quälst! Denn Du quälst Dich, wenn Du, ein so milder Mann, zornig bist.

(4) Ich fürchte, es hat den Anschein, daß ich Dich nicht bitte, sondern zwinge, wenn ich mich seinen Bitten mit meinen eigenen anschließe. Doch will ich es um so eindringlicher und ausführlicher tun, je schärfer und strenger ich ihn getadelt habe, indem ich ihm entschieden drohte, mich später niemals mehr für ihn einzusetzen. Das galt ihm, den ich einschüchtern mußte, nicht Dir; denn vielleicht werde ich noch einmal für ihn bitten, vielleicht noch einmal etwas erreichen. Hoffentlich ist es etwas Derartiges, daß *ich* ohne weiteres darum bitten kann und *Du* ohne weiteres dem entsprechen kannst! Lebe wohl!

22

C. Plinius grüßt seinen Severus[59]

(1) Die Krankheit des Passennus Paulus hat mir großen Kummer bereitet, und zwar aus sehr vielen triftigen Gründen. Er ist ein höchst vortrefflicher, ehrenwerter Mann und mit mir eng befreundet. Außerdem eifert er in der Literatur den alten Autoren nach, imitiert sie und gibt sie uns wieder, besonders Properz[60], von dem er seine Herkunft ableitet; er ist ein richtiger Nachkomme und ihm gerade darin am ähnlichsten, worin jener seine besonderen Vorzüge hatte. (2) Wenn Du seine Elegien zur Hand nimmst, wirst Du ein fehlerfreies, anmutiges und erfreuliches Werk lesen, das gleichsam ganz im Hause des Properz verfaßt worden ist. Kürzlich hat er sich der Odendichtung zugewandt, worin er den Horaz[61] ebenso wie dort den Properz nachahmt: Wenn denn in der Dichtung Verwandtschaft irgendeinen Einfluß hat, so könnte man glauben, er sei auch mit ihm verwandt. Seine Dichtung ist sehr vielseitig, sehr lebendig; er versteht es, aufrichtige Liebe, ungeduldigen Schmerz, freigebiges Lob und geist-

qui facetissime, omnia denique tamquam singula absolvit.

(3) Pro hoc ego amico, pro hoc ingenio non minus aeger animo quam corpore ille, tandem illum, tandem me recepi. gratulare mihi, gratulare etiam litteris ipsis, quae ex periculo eius tantum discrimen adierunt, quantum ex salute gloriae consequentur. vale.

XXIII

C. Plinius Maximo suo s.

(1) Frequenter agenti mihi evenit, ut centumviri, cum diu se intra iudicum auctoritatem gravitatemque tenuissent, omnes repente quasi victi coactique consurgerent laudarentque; (2) frequenter e senatu famam, qualem maxime optaveram, rettuli: numquam tamen maiorem cepi voluptatem, quam nuper ex sermone Corneli Taciti. narrabat sedisse secum circensibus proximis equitem Romanum. hunc post varios eruditosque sermones requisisse: 'Italicus es an provincialis?' se respondisse: 'nosti me, et quidem ex studiis.' ad hoc illum: 'Tacitus es an Plinius?' (3) exprimere non possum, quam sit iucundum mihi, quod nomina nostra quasi litterarum propria, non hominum, litteris redduntur, quod uterque nostrum his etiam ex studiis notus, quibus aliter ignotus est.

reichen Scherz darzustellen, er zeigt in allem eine solche Vollendung, als ob er sich nur auf eine einzelne Sache beschränkte.

(3) Für einen solchen Freund, für ein solches Talent habe ich nicht weniger seelisch gelitten als er körperlich; schließlich habe ich ihn, habe ich mich selbst wiedergefunden. Beglückwünsche mich, beglückwünsche auch die Literatur selbst, die durch seine Krankheit in solchem Maße in Gefahr geraten ist, wie sie nun durch seine Genesung zu Ruhm gelangen wird. Lebe wohl!

23

C. Plinius grüßt seinen Maximus[62]

(1) Bei meinem Auftreten vor Gericht kam es häufig vor, daß die Zentumvirn[63], nachdem sie lange ihr richterliches Ansehen und ihre Würde gewahrt hatten, alle plötzlich gleichsam überwältigt und hingerissen sich erhoben und Beifall spendeten. (2) Häufig habe ich aus dem Senat einen solchen Ruhm, wie ich ihn mir sehnlichst gewünscht hatte, heimgebracht. Niemals jedoch habe ich ein größeres Vergnügen empfunden als neulich durch eine Unterhaltung mit Cornelius Tacitus[64]. Er berichtete, bei den letzten Zirkusspielen habe neben ihm ein römischer Ritter gesessen.[65] Dieser habe ihn nach einer Unterhaltung über verschiedene wissenschaftliche Themen gefragt: »Bist du aus Italien oder aus einer Provinz?« Hierauf habe er geantwortet: »Du kennst mich, und zwar aus meinen literarischen Werken.« Darauf habe jener geantwortet: »Bist du Tacitus oder Plinius?« (3) Ich kann Dir nicht beschreiben, wie angenehm es für mich ist, daß unsere Namen, gleichsam der Literatur zugehörig, nicht den Menschen, sondern der Literatur zugerechnet werden; denn jeder von uns beiden ist durch seine literarischen Werke auch denjenigen bekannt, denen er sonst[66] unbekannt ist.

(4) Accidit aliud ante pauculos dies simile. recumbebat mecum vir egregius, Fadius Rufinus, super eum municeps ipsius, qui illo die primum venerat in urbem; cui Rufinus demonstrans me: ‘vides hunc?’ multa deinde de studiis nostris, et ille ‘Plinius est’ inquit.

(5) Verum fatebor, capio magnum laboris mei fructum. an, si Demosthenes iure laetatus est, quod illum anus Attica ita noscitavit: οὗτός ἐστι Δημοσθένης, ego celebritate nominis mei gaudere non debeo? ego vero et gaudeo et gaudere me dico. neque enim vereor, ne iactantior videar, cum de me aliorum iudicium, non meum profero, praesertim apud te, qui nec ullius invides laudibus et faves nostris. vale.

XXIV

C. Plinius Sabiniano suo s.

(1) Bene fecisti, quod libertum aliquando tibi carum reducentibus epistulis meis in domum, in animum recepisti. iuvabit hoc te: me certe iuvat, primum quod te tam tractabilem video, ut in ira regi possis, deinde quod tantum mihi tribuis, ut vel auctoritati meae pareas vel precibus indulgeas.

Igitur et laudo et gratias ago; simul in posterum moneo, ut te erroribus tuorum, etsi non fuerit, qui deprecetur, placabilem praestes. vale.

(4) Etwas Ähnliches passierte mir vor wenigen Tagen. Bei mir saß ein ganz ausgezeichneter Mann am Tisch, Fadius Rufinus; neben ihm ein Landsmann von ihm, der an diesem Tag zum ersten Mal nach Rom gekommen war. Ihn fragte Rufinus, indem er auf mich zeigte: »Siehst du den da?« Darauf erzählte er vieles von meinen Schriften, und jener sagte: »Es ist Plinius.«

(5) Ich will ehrlich zugeben, ich ernte reiche Früchte meiner Mühen. Wenn Demosthenes[67] sich mit Recht darüber freute, daß eine alte Frau aus Athen ihn mit den Worten wiedererkannte: »Das ist Demosthenes«, wie sollte ich mich da nicht über den Bekanntheitsgrad meines Namens freuen? Ich freue mich also und sage auch, daß ich mich freue. Denn ich fürchte nicht, als Prahler zu erscheinen, wenn ich das Urteil anderer Menschen über mich, nicht mein eigenes erwähne, besonders vor Dir, der Du niemanden um seinen Ruhm beneidest und den meinen sogar noch förderst! Lebe wohl!

24

C. Plinius grüßt seinen Sabinianus[68]

(1) Du hast gut daran getan, Deinen Freigelassenen, der Dir einst so teuer war, durch meinen vermittelnden Brief[69] wieder in Dein Haus und in Dein Herz aufzunehmen. Das wird Dir Freude machen; mir jedenfalls macht es Freude: erstens weil ich Dich so umgänglich sehe, daß man Dich auch im Zorn lenken kann, und zweitens weil Du soviel auf mich hältst, daß Du meinem Einfluß folgst oder meinen Bitten nachgibst.

Deshalb lobe ich Dich und danke Dir; zugleich mahne ich Dich für die Zukunft, Dich gegenüber den Verfehlungen Deiner Leute nachsichtig zu zeigen, auch wenn kein Fürsprecher da ist. Lebe wohl!

XXV

C. Plinius Mamiliano suo s.

(1) Quereris de turba castrensium negotiorum et, tamquam summo otio perfruare, lusus et ineptias nostras legis, amas, flagitas meque ad similia condenda non mediocriter incitas. (2) incipio enim ex hoc genere studiorum non solum oblectationem, verum etiam gloriam petere post iudicium tuum, viri eruditissimi, gravissimi ac super ista verissimi.

(3) Nunc me rerum actus modice, sed tamen distringit; quo finito aliquid earundem Camenarum in istum benignissimum sinum mittam. tu passerculis et columbulis nostris inter aquilas vestras dabis pennas, si tamen et sibi et tibi placebunt; si tantum sibi, continendos cavea nidove curabis. vale.

XXVI

C. Plinius Luperco suo s.

(1) Dixi de quodam oratore saeculi nostri recto quidem et sano, sed parum grandi et ornato, ut opinor, apte: 'nihil peccat, nisi quod nihil peccat.'

(2) Debet enim orator erigi, attolli, interdum etiam effervescere, efferri ac saepe accedere ad praeceps; nam plerumque altis et excelsis adiacent abrupta. tutius per plana, sed humilius et depressius iter; frequentior currentibus

25

C. Plinius grüßt seinen Mamilianus[70]

(1) Du beklagst Dich über die Menge Deiner militärischen Aufgaben; und doch liest Du, als ob Du die größte Muße genießt, meine Spielereien und Scherze[71]; Du liebst sie, verlangst sie und forderst mich dringend auf, Ähnliches zu schreiben. (2) Denn nach Deinem günstigen Urteil, dem Urteil eines höchst gelehrten, ernsthaften und noch dazu gänzlich aufrichtigen Mannes, fange ich an, bei dieser Art von literarischer Tätigkeit nicht nur Vergnügen, sondern auch Ruhm zu suchen.

(3) Jetzt nimmt mich die Tätigkeit vor Gericht zwar nicht stark, aber immerhin doch in Anspruch. Wenn sie beendet ist, werde ich etwas von meinen Gedichten[72] Deinem äußerst wohlwollenden Urteil anvertrauen. Du wirst meine Sperlinge[73] und Tauben unter Deinen Adlern umherfliegen lassen, wenn sie nicht nur sich, sondern auch Dir gefallen; falls nur sich selbst, wirst Du dafür sorgen, daß man sie in einem Käfig oder Nest festhält. Lebe wohl!

26

C. Plinius grüßt seinen Lupercus[74]

(1) Ich habe über einen zwar korrekten und vernünftigen, aber nicht eben sonderlich erhabenen und kunstreichen Redner unserer Zeit, wie ich meine, passend gesagt: »Er macht keinen Fehler, außer daß er keinen Fehler macht.«

(2) Denn ein Redner muß sich erheben, sich emporschwingen, bisweilen auch in Begeisterung geraten, sich von ihr fortreißen lassen und oft sich dem steilen Abgrund nähern; denn meist liegen Tiefen und Höhen nahe am Abgrund. Sicherer ist der Weg durch die Ebene, aber auch niedriger und tiefer gelegen. Wer läuft, fällt häufiger

quam reptantibus lapsus, sed his non labentibus nulla, illis non nulla laus, etiamsi labantur. (3) nam ut quasdam artes, ita eloquentiam nihil magis quam ancipitia commendant. vides, qui per funem in summa nituntur, quantos soleant excitare clamores, cum iam iamque casuri videntur. (4) sunt enim maxime mirabilia, quae maxime inexspectata, maxime periculosa, utque Graeci magis exprimunt, παράβολα. ideo nequaquam par gubernatoris est virtus, cum placido et cum turbato mari vehitur: tunc admirante nullo inlaudatus, inglorius subit portum; at, cum stridunt funes, curvatur arbor, gubernacula gemunt, tunc ille clarus et dis maris proximus.

(5) Cur haec? quia visus es mihi in scriptis meis adnotasse quaedam ut tumida, quae ego sublimia, ut improba, quae ego audentia, ut nimia, quae ego plena arbitrabar. plurimum autem refert, reprehendenda adnotes an insignia. (6) omnis enim advertit, quod eminet et exstat; sed acri intentione diiudicandum est, immodicum sit an grande, altum an enorme. atque ut Homerum potissimum attingam, quem tandem alterutram in partem potest fugere ἀμφὶ δὲ σάλπιγξεν μέγας οὐρανός … ἠέρι δ' ἔγχος ἐκέκλιτο … et totum illud οὔτε θαλάσσης κῦμα τόσον βοάᾳ …? (7) sed opus est examine et libra, incredibilia sint haec et inania an magnifica et caelestia.

Nec nunc ego me his similia aut dixisse aut posse dicere puto: non ita insanio; sed hoc intellegi volo, laxandos esse

als wer kriecht; doch der erhält, wenn er nicht ausgleitet, kein Lob, jener aber immerhin einige Anerkennung, auch wenn er ausgleitet. (3) Denn wie einige andere Künste, so empfiehlt sich auch die Beredsamkeit durch nichts mehr als durch das Risiko. Du siehst, welches Beifallsgeschrei Seiltänzer, die in die Höhe emporklettern, hervorrufen, wenn sei jeden Augenblick abzustürzen scheinen. (4) Das erregt nämlich am meisten Bewunderung, was besonders unerwartet geschieht, was besonders gefährlich und, wie es die Griechen noch stärker ausdrücken, riskant ist. Deshalb ist die Leistung eines Steuermannes keineswegs gleich, wenn er auf ruhiger und wenn er auf stürmischer See fährt; einmal fährt er, von niemandem bewundert, ohne Lob und ohne Ruhm unbemerkt in den Hafen; aber wenn die Taue knarren, der Mastbaum sich biegt, die Steuerruder ächzen, dann ist er ein berühmter Mann, beinahe den Göttern des Meeres gleich.

(5) Warum sage ich das? Weil Du, wie es mir scheint, in meinen Schriften einiges als schwülstig angestrichen hast, was ich für erhaben, einiges als verwegen, was ich für kühn, einiges als übertrieben, was ich für maßvoll hielt.[75] Es kommt aber sehr darauf an, ob Du tadelnswerte oder auffallende Stellen anstreichst. (6) Denn jeder achtet auf das, was hervorragt und in die Augen fällt. Man muß aber sehr aufmerksam unterscheiden, ob etwas übertrieben oder großartig, erhaben oder übermäßig groß ist. Und um besonders Homer anzuführen, wer könnte schließlich nicht beide Ansichten gelten lassen: »Ringsum krachte der erhabene Himmel ...«[76], »in Nacht die Lanze gehüllt ...«[77] sowie diese ganze Stelle: »Also donnerte weder die Woge des Meeres ...«[78]? (7) Aber es ist eine genaue Untersuchung nötig, ob diese Stellen unglaubwürdig und hohl oder großartig und himmlisch sind.

Nun glaube ich nicht, daß ich Ähnliches gesagt habe oder sagen könnte; so unvernünftig bin ich nicht; ich will doch nur, daß eingesehen wird, daß man der Beredsamkeit

eloquentiae frenos nec angustissimo gyro ingeniorum impetus refringendos.

(8) ‘At enim alia condicio oratorum, alia poetarum.’ quasi vero M. Tullius minus audeat! quamquam hunc omitto: neque enim ambigi puto. sed Demosthenes ipse, ille norma oratoris et regula, num se cohibet et conprimit, cum dicit illa notissima: ἄνθρωποι μιαροὶ καὶ κόλακες καὶ ἀλάστορες et rursus οὐ λίθοις ἐτείχισα τὴν πόλιν οὐδὲ πλίνθοις ἐγώ et statim οὐκ ἐκ μὲν θαλάττης τὴν Εὔβοιαν προβαλέσθαι πρὸ τῆς Ἀττικῆς; et alibi: ἐγὼ δὲ οἶμαι μέν, ὦ ἄνδρες Ἀθηναῖοι, νὴ τοὺς θεοὺς ἐκεῖνον μεθύειν τῷ μεγέθει τῶν πεπραγμένων? (9) iam quid audentius illo pulcherrimo ac longissimo excessu: νόσημα γάρ? quid haec, breviora superioribus, sed audacia paria: τότε ἐγὼ μὲν τῷ Πύθωνι θρασυνομένῳ καὶ πολλῷ ῥέοντι καθ’ ὑμῶν? ex eadem nota ὅταν δὲ ἐκ πλεονεξίας καὶ πονηρίας τις ὥσπερ οὗτος ἰσχύσῃ, ἡ πρώτη πρόφασις καὶ μικρὸν πταῖσμα ἅπαντα ἀνεχαίτισε καὶ διέλυσε. simile his: ἀπεσχοινισμένος ἅπασι τοῖς ἐν τῇ πόλει δικαίοις et ibidem: σὺ τὸν εἰς ταῦτα ἔλεον προδέδωκας, Ἀριστόγειτον, μᾶλλον δ’ ἀνῄρηκας ὅλως. μὴ δή, πρὸς οὓς αὐτὸς ἔχωσας λιμένας καὶ προβόλων ἐνέπλησας, πρὸς τούτους ὁρμίζου. et dixerat: τούτῳ δ’ οὐδένα ὁρῶ τῶν τόπων τούτων βάσιμον ὄντα, ἀλλὰ πάντα ἀπόκρημνα, φάραγγας, βάραθρα. et deinceps: δέδοικα, μὴ δόξητέ τισι τὸν ἀεὶ βουλόμενον εἶναι πονηρὸν τῶν ἐν τῇ πόλει παιδοτριβεῖν, nec satis: οὐδὲ γὰρ τοὺς προγόνους ὑπολαμβάνω τὰ δικαστήρια ταῦτα ὑμῖν οἰκοδομῆσαι, ἵνα τοὺς τοιούτους ἐν αὐτοῖς μοσχεύητε, ad hoc: εἰ δὲ κάπη-

freien Lauf lassen muß und nicht durch allzu enge Grenzen die Begeisterung der Talente hemmen darf.

(8) »Aber die Lage der Redner ist anders als die der Dichter.« Als ob M. Tullius weniger wagte! Freilich übergehe ich ihn; denn ich glaube, daß bei ihm kein Zweifel besteht. Aber Demosthenes selbst, Richtschnur und Maßstab des Redners, hält er sich etwa zurück und mäßigt er sich, wenn er jene wohlbekannten Worte sagt: »Ihr Schurken, Schmeichler und Missetäter«?[79] Und weiter: »Nicht mit Steinen habe ich diese Stadt befestigt und nicht mit Ziegeln«; und gleich darauf: »Auf der Seeseite Attica durch Euböa zu schützen«; und an anderer Stelle: »Ihr Athener, ich glaube bei den Göttern, daß er von der Größe seiner Taten berauscht ist.«[80] (9) Denn was ist kühner als jene überaus schöne, lange Abschweifung: »Eine Krankheit nämlich ...?[81] Was meinst Du zu der folgenden Stelle, die zwar kürzer ist als die vorhergehenden, aber ebenso kühn: »Damals habe ich dem verwegenen Python[82], der sich wie ein Strom gegen euch ergoß ...«?[83] Von gleicher Art ist die Stelle: »Wenn einer durch Habsucht und Schlechtigkeit so stark geworden ist wie dieser, so werfen der erste Vorwand und ein kleiner Anstoß alles über den Haufen und zerstören es.«[84] Diesem ist das Folgende ähnlich: »Ausgesperrt von allen Vorrechten der Bürger ...«[85] Und ebendort: »Du hast das Mitleid damit verraten, Aristogeiton, oder vielmehr, du hast es völlig zerstört; versuche also nicht, in Häfen, die du selbst zugeschüttet und mit Sperren versehen hast, vor Anker zu gehen.« Er hatte auch gesagt: »Wie ich sehe, ist für diesen keiner von diesen Plätzen zugänglich, sondern ringsum sind nur Klippen, Schlünde und Abgründe«, und darauf: »Ich fürchte, es möchten einige glauben, daß jeder, der ein Bösewicht sein will, von euch in dieser Kunst unterrichtet wird.« Und damit nicht genug: »Ich glaube nicht, daß unsere Vorfahren diese Gerichtshöfe erbaut haben, damit ihr solche Leute in ihnen großzieht«; dazu noch: »Wenn er

λός ἐστι πονηρίας καὶ παλιγκάπηλος καὶ μεταβολεύς et mille talia, ut praeteream, quae ab Aeschine θαύματα, non ῥήματα vocantur.

(10) In contrarium incidi: dices hunc quoque ob ista culpari. sed vide, quanto maior sit, qui reprehenditur, ipso reprehendente et maior ob haec quoque: in aliis enim vis, in his granditas eius elucet. (11) num autem Aeschines ipse his, quae in Demosthene carpebat, abstinuit? χρὴ γὰρ τὸ αὐτὸ φθέγγεσθαι τὸν ῥήτορα καὶ τὸν νόμον· ὅταν δὲ ἑτέραν μὲν φωνὴν ἀφιῇ ὁ νόμος, ἑτέραν δὲ ὁ ῥήτωρ. alio loco: ἔπειτα ἀναφαίνεται περὶ πάντων ἐν τῷ ψηφίσματι. iterum alio: ἀλλ' ἐγκαθήμενοι καὶ ἐνεδρεύοντες ἐν τῇ ἀκροάσει εἰσελαύνετε αὐτὸν εἰς τοὺς παρανόμους λόγους. (12) quod adeo probavit, ut repetat: ἀλλ' ὥσπερ ἐν ταῖς ἱπποδρομίαις εἰς τὸν τοῦ πράγματος αὐτὸν δρόμον εἰσελαύνετε. iam illa custoditius pressiusque: σὺ δὲ ἑλκοποιεῖς ... ἢ συλλαβόντες ὡς λῃστὴν τῶν πραγμάτων διὰ τῆς πολιτείας πλέοντα, et alia?

(13) Exspecto, ut quaedam ex hac epistula, ut illud 'gubernacula gemunt' et 'dis maris proximus', isdem notis quibus ea, de quibus scribo, confodias. intellego enim me, dum veniam prioribus peto, in illa ipsa, quae adnotaveras, incidisse. sed confodias licet, dum modo iam nunc destines diem, quo et de illis et de his coram exigere possimus. aut enim tu me timidum aut ego te temerarium faciam. vale.

aber ein Verkäufer, Händler und Trödler ist, der Schlechtigkeit verkauft …« und tausend solcher Stellen, um die auszulassen, die Aeschines »Wortungeheuer«, nicht »Worte« nennt.[86]

(10) Nun bin ich ins Gegenteil verfallen; Du wirst sagen, daß auch Demosthenes deswegen getadelt wurde. Aber siehe, wieviel größer der Kritisierte ist als der Kritiker selbst, und größer auch wegen dieser Stellen; denn an anderen Stellen leuchtet seine Kraft, an diesen seine Erhabenheit hervor. (11) Hat aber Aeschines selbst vermieden, was er bei Demosthenes kritisierte? »Denn der Redner und das Gesetz müssen dieselbe Sprache sprechen; aber wenn das Gesetz etwas anderes sagt als der Redner …«[87]; an anderer Stelle: »Und so wird klar, daß er mit seinen Anträgen in allem …«;[88] und wieder an anderer Stelle: »Aber seid beim Hören vorsichtig und paßt auf und zwingt ihn in die Sprache des Paranomieprozesses …«[89]; (12) Dieser Ausdruck gefiel ihm so sehr, daß er ihn wiederholte: »Aber wie beim Pferderennen zwingt ihn in die von der Sache vorgegebene Bahn!«[90] Oder sind folgende Worte behutsamer und gemäßigter: »Du aber reißt die Wunden wieder auf[91] … oder ergreift ihn wie einen Piraten, der durch euren Staat fährt«,[92] und anderes?

(13) Ich erwarte, daß Du einige Ausdrücke dieses Briefes, wie z. B. »die Steuerruder ächzen« und »beinahe Meeresgöttern gleich«, mit denselben Korrekturzeichen tilgst wie die Ausdrücke, um die es mir geht. Ich merke nämlich, daß ich, während ich um Nachsicht für die früheren Fehler bitte, gerade in die fehlerhaften Ausdrücke verfallen bin, die Du angestrichen hattest. Aber Du magst sie tilgen, wenn Du nur jetzt schon einen Tag bestimmst, an dem wir über jene und diese Ausdrücke persönlich verhandeln können. Denn entweder wirst Du mich ängstlich oder ich Dich verwegen machen. Lebe wohl!

XXVII

C. Plinius Paterno suo s.

(1) Quanta potestas, quanta dignitas, quanta maiestas, quantum denique numen sit historiae, cum frequenter alias tum proxime sensi.

Recitaverat quidam verissimum librum partemque eius in alium diem reservaverat. (2) ecce amici cuiusdam orantes obsecrantesque, ne reliqua recitaret. tantus audiendi, quae fecerint, pudor, quibus nullus faciendi, quae audire erubescunt. et ille quidem praestitit, quod rogabatur: sinebat fides.

Liber tamen, ut factum ipsum, manet, manebit legeturque semper, tanto magis, quia non statim. incitantur enim homines ad cognoscenda, quae differuntur. vale.

XXVIII

C. Plinius Romano suo s.

(1) Post longum tempus epistulas tuas, sed tres pariter recepi, omnes elegantissimas, amantissimas et quales a te venire, praesertim desideratas, oportebat. quarum una iniungis mihi iucundissimum ministerium, ut ad Plotinam, sanctissimam feminam, litterae tuae perferantur: perferentur. (2) eadem commendas Popilium Artemisium: statim praestiti, quod petebat. indicas etiam modicas te vindemias collegisse. communis haec mihi tecum, quamquam in diversissima parte terrarum, querela est.

27

C. Plinius grüßt seinen Paternus[93]

(1) Welche Macht, welche Würde, welche Größe, ja welche göttlichen Eigenschaften die Geschichte besitzt, habe ich häufig sonst, besonders aber kürzlich wieder bemerkt. Jemand hatte aus einem ganz objektiv verfaßten Buch vorgelesen und einen Teil davon für einen anderen Tag aufgespart. (2) Siehe da, es kamen die Freunde einer gewissen Person zu ihm, baten und beschworen ihn, den Rest nicht vorzulesen. So sehr schämten sie sich, das zu hören, was sie getan hatten, die sich nicht schämten zu tun, was zu hören sie vor Scham erröten läßt. Und er freilich erfüllte ihnen ihre Bitte; er verlor dadurch nicht seine Glaubwürdigkeit. Das Buch bleibt jedoch, wie die Tat selbst; es wird bleiben und immer gelesen werden, um so mehr, weil es nicht sofort geschah. Denn es reizt die Menschen kennenzulernen, was man ihnen vorenthält. Lebe wohl!

28

C. Plinius grüßt seinen Romanus[94]

(1) Nach langer Zeit habe ich Deine Briefe erhalten, aber drei zur gleichen Zeit, alle sehr geschmackvoll, sehr liebenswürdig, wie sie eben von Dir kommen mußten, zumal ich sie sehr sehnsüchtig erwartete. In einem dieser Briefe gibst Du mir den äußerst angenehmen Auftrag, Deinen Brief der Plotina[95], der verehrungswürdigen Frau, zu überbringen; das wird geschehen. (2) In demselben Brief empfiehlst Du mir Popilius Artemisius. Ich habe ihm sofort seine Bitte erfüllt. Du teilst mir auch mit, daß Du eine mäßige Weinernte gehabt hast. Diese Klage habe ich mit Dir gemeinsam, obwohl die Lage unserer Landgüter ganz verschieden ist.

(3) Altera epistula nuntias multa te nunc dictare, nunc scribere, quibus nos tibi repraesentes. gratias ago; agerem magis, si me illa ipsa, quae scribis aut dictas, legere voluisses. et erat aequum ut te mea, ita me tua scripta cognoscere, etiamsi ad alium quam ad me pertinerent. (4) polliceris in fine, cum certius de vitae nostrae ordinatione aliquid audieris, futurum te fugitivum rei familiaris statimque ad nos evolaturum, qui iam tibi compedes nectimus, quas perfringere nullo modo possis.

(5) Tertia epistula continebat esse tibi redditam orationem pro Clario eamque visam uberiorem, quam dicente me, audiente te, fuerit. est uberior; multa enim postea inserui. adicis alias te litteras curiosius scriptas misisse; an acceperim, quaeris. non accepi et accipere gestio. proinde prima quaque occasione mitte, appositis quidem usuris, quas ego (num parcius possum?) centesimas computabo! vale.

XXIX

C. Plinius Rustico suo s.

(1) Ut satius unum aliquid insigniter facere quam plurima mediocriter, ita plurima mediocriter, si non possis unum aliquid insigniter.

Quod intuens ego variis me studiorum generibus, nulli

(3) In Deinem zweiten Brief berichtest Du mir, daß Du vieles teils diktierst, teils selbst schreibst, wobei Du mich vor Augen hättest. Ich danke Dir; ich würde Dir noch mehr danken, wenn Du das, was Du schreibst oder diktierst, mich hättest lesen lassen. Und es wäre gerecht, daß ich, so wie Du meine Schriften, Deine kennenlernte, auch wenn sie einen anderen als mich beträfen. (4) Am Schluß versprichst Du, sobald Du etwas Genaueres über meine Lebensplanung gehört habest, Haus und Hof im Stich zu lassen und sofort zu mir zu fliegen, der ich bereits für Dich Fesseln knüpfe, die Du auf keinen Fall zerreißen kannst.

(5) Der dritte Brief enthält die Nachricht, Du habest meine Rede für Clarius erhalten, und diese sei Dir umfangreicher vorgekommen als damals, als ich sie hielt und Du sie hörtest. Sie ist tatsächlich umfangreicher; denn vieles habe ich später hinzugetan. Du fügst hinzu, Du habest noch einen anderen, sorgfältiger ausgearbeiteten Brief geschickt. Ob ich ihn bekommen habe, fragst Du nun. Ich habe ihn nicht bekommen, aber ich warte ungeduldig darauf, ihn zu erhalten. Deshalb schicke ihn mir bei erster sich bietender Gelegenheit, nachdem Du freilich die Zinsen hinzugefügt hast, die ich – kann ich es etwa billiger machen? – auf zwölf Prozent berechnen werde![96] Lebe wohl!

29

C. Plinius grüßt seinen Rusticus[97]

(1) Wie es besser ist, *etwas* ausgezeichnet zu tun als sehr vieles nur mittelmäßig, so ist es auch besser, sehr vieles mittelmäßig zu tun, wenn man *eines* nicht ausgezeichnet tun kann.

Mit Rücksicht darauf versuche ich mich in verschiedenen literarischen Gattungen, da ich mich auf keine allein

satis confisus, experior. (2) proinde, cum hoc vel illud leges, ita singulis veniam ut non singulis dabis. an ceteris artibus excusatio in numero, litteris durior lex, in quibus difficilior effectus est?

Quid autem ego de venia quasi ingratus? nam, si ea facilitate proxima acceperis, qua priora, laus potius speranda quam venia obsecranda est. mihi tamen venia sufficit. vale.

XXX

C. Plinius Gemino suo s.

(1) Laudas mihi et frequenter praesens et nunc per epistulas Nonium tuum, quod sit liberalis in quosdam; et ipse laudo, si tamen non in hos solos. volo enim eum, qui sit vere liberalis, tribuere patriae, propinquis, adfinibus, amicis, sed amicis dico pauperibus, non ut isti, qui iis potissimum donant, qui donare maxime possunt. (2) hos ego viscatis hamatisque muneribus non sua promere puto, sed aliena corripere. sunt ingenio simili, qui, quod huic donant, auferunt illi famamque liberalitatis avaritia petunt. (3) primum est autem suo esse contentum, deinde, quos praecipue scias indigere, sustentantem foventemque orbe quodam socialitatis ambire.

verlassen möchte. (2) Wenn Du dieses oder jenes liest, so wirst Du daher Nachsicht mit dem einzelnen üben, weil es ja nicht das einzige ist. Oder soll bei den übrigen Künsten die Zahl als Entschuldigung dienen, bei der Literatur aber, wo der Erfolg schwieriger ist, ein strengeres Gesetz herrschen?

Aber was rede ich wie ein undankbarer Mensch von Nachsicht? Denn wenn Du meine neuesten Schriften ebenso freundlich aufnimmst wie meine früheren, dann habe ich eher Lob zu erwarten als um Nachsicht zu bitten. Mir jedoch genügt die Nachsicht. Lebe wohl!

30

C. Plinius grüßt seinen Geminus[98]

(1) Du lobst mir gegenüber häufig persönlich und auch jetzt brieflich Deinen Nonius, daß er gewissen Leuten gegenüber so freigebig sei; auch ich selbst lobe ihn, vorausgesetzt, daß er es nicht allein diesen gegenüber ist. Denn ich verlange, daß ein wirklich freigebiger Mann dem Vaterland, seinen näheren und entfernteren Verwandten und seinen Freunden – und ich meine, seinen armen Freunden – etwas gibt; nicht wie diejenigen, die besonders denen etwas schenken, die selbst am meisten schenken können. (2) Solche Menschen geben nach meiner Ansicht mit ihren Geschenken, die gleichsam mit Vogelleim bestrichen und mit Angelhaken[99] versehen sind, nichts von ihrem Eigentum ab, sondern suchen nur Fremdes an sich zu reißen. Einen ähnlichen Charakter haben die, die dem einen schenken, was sie dem anderen wegnehmen,[100] und sich so aus Habgier den Ruf der Freigebigkeit zu erwerben suchen. (3) Der erste Grundsatz ist, mit dem zufrieden zu sein, was man hat; dann soll man die, die man als besonders bedürftig kennt, unterstützen, ihnen helfen und sie gleichsam mit einem Kreis menschlicher Anteilnahme umgeben.

Quae cuncta si facit iste, usquequaque laudandus est; (4) si unum aliquid, minus quidem, laudandus tamen: tam rarum est etiam imperfectae liberalitatis exemplar. ea invasit homines habendi cupido, ut possideri magis quam possidere videantur. vale.

XXXI

C. Plinius Sardo suo s.

(1) Postquam a te recessi, non minus tecum, quam cum ad te fui. legi enim librum tuum, identidem repetens ea maxime (non enim mentiar), quae de me scripsisti, in quibus quidem percopiosus fuisti. quam multa, quam varia, quam non eadem de eodem nec tamen diversa dixisti! (2) laudem pariter et gratias agam? neutrum satis possum et, si possem, timerem, ne adrogans esset ob ea laudare, ob quae gratias agerem.

Unum illud addam, omnia mihi tanto laudabiliora visa, quanto iucundiora, tanto iucundiora, quanto laudabiliora erant. vale.

XXXII

C. Plinius Titiano suo s.

(1) Quid agis, quid acturus es? ipse vitam iucundissimam, id est otiosissimam, vivo. quo fit, ut scribere longiores epistulas nolim, velim legere, illud tamquam delicatus,

Wenn Dein Freund all dies tut, muß man ihn in jeder Hinsicht loben; (4) wenn er nur eines davon tut, muß man ihn zwar weniger, aber doch noch loben. So selten ist ein Beispiel selbst unvollkommener Freigebigkeit. Eine solche Habgier hat die Menschen erfaßt, daß sie anscheinend ihren Reichtum nicht besitzen, sondern vielmehr davon besessen sind. Lebe wohl!

31

C. Plinius grüßt seinen Sardus[101]

(1) Seitdem ich von Dir fortging, bin ich doch nicht weniger mit Dir zusammen als damals, als ich bei Dir war. Denn ich habe Dein Buch gelesen und mich immer wieder mit den Stellen – ich will es nämlich nicht leugnen – beschäftigt, die Du über mich geschrieben hast, wobei Du freilich sehr wortreich gewesen bist. Wie vieles, wie Vielfältiges, wie Verschiedenes hast Du über dieselbe Person geschrieben, ohne daß es sich widersprach! (2) Soll ich Dich loben und Dir zugleich danken? Beides kann ich nicht in ausreichender Weise; wenn ich es könnte, so fürchte ich, wäre es überheblich, Dich dafür zu loben, wofür ich Dir danke.

Nur das will ich noch hinzufügen, daß mir alles um so lobenswerter erschien, je angenehmer es war, und um so angenehmer, je lobenswerter. Lebe wohl!

32

C. Plinius grüßt seinen Titianus[102]

(1) Was tust Du? Was willst Du tun? Ich selbst führe ein sehr angenehmes, d.h. ein sehr müßiges Leben. Daher kommt es, daß ich keine längeren Briefe schreiben, wohl aber lesen möchte. Das eine, weil ich sozusagen ein Ge-

hoc tamquam otiosus. nihil est enim aut pigrius delicatis aut curiosius otiosis. vale.

XXXIII

C. Plinius Caninio suo s.

(1) Incidi in materiam veram, sed simillimam fictae dignamque isto laetissimo, altissimo planeque poetico ingenio; incidi autem, dum super cenam varia miracula hinc inde referuntur. magna auctori fides. tametsi quid poetae cum fide? is tamen auctor, cui bene vel historiam scripturus credidisses.

(2) Est in Africa Hipponensis colonia mari proxima. adiacet navigabile stagnum: ex hoc in modum fluminis aestuarium emergit, quod vice alterna, prout aestus aut repressit aut impulit, nunc infertur mari, nunc redditur stagno. (3) omnis hic aetas piscandi, navigandi atque etiam natandi studio tenetur, maxime pueri, quos otium lususque sollicitat. his gloria et virtus altissime provehi: victor ille, qui longissime ut litus ita simul natantes reliquit. (4) hoc certamine puer quidam audentior ceteris in ulteriora tendebat. delphinus incurrit et nunc praecedere puerum, nunc sequi, nunc circumire, postremo subire, deponere, iterum subire trepidantemque perferre primum in altum, mox flectit ad litus redditque terrae et aequalibus.

nießer, das andere, weil ich sozusagen ein Müßiggänger bin. Denn es gibt nichts Fauleres als einen Genießer, nichts Neugierigeres als einen Müßiggänger. Lebe wohl!

33

C. Plinius grüßt seinen Caninius[103]

(1) Zufällig bin ich auf eine wahre Begebenheit gestoßen, die aber eher einer erfundenen gleicht und Deines überaus glücklichen, erhabenen und dichterischen Talentes würdig ist. Ich bin aber darauf gestoßen, als während einer Mahlzeit verschiedene Wundergeschichten aus aller Welt berichtet wurden. Der Erzähler ist höchst glaubwürdig; doch was fragt ein Dichter nach Glaubwürdigkeit? Trotzdem ist der Erzähler ein Mann, der Dein volles Vertrauen hätte, selbst wenn Du ein Geschichtswerk schreiben würdest.

(2) In Afrika gibt es eine Kolonie Hippo, unmittelbar am Meer gelegen. Nahe dabei liegt eine schiffbare Lagune. Aus ihr führt nach Art eines Flusses ein Kanal zum Meer, der abwechselnd, je nachdem die Flut zurück- oder vorwärts drängt, sich bald ins Meer ergießt, bald wieder in die Lagune zurückläuft. (3) Menschen jedes Alters halten sich hier aus Begeisterung fürs Fischen, Segeln und auch fürs Schwimmen auf, besonders die Jungen, welche Muße und Spiel anlocken. Für sie bedeutet es Ruhm und Tapferkeit, am weitesten hinauszuschwimmen. Sieger ist, wer das Ufer und seine Mitschwimmer am weitesten zurückläßt. (4) Bei diesem Wettkampf wagte sich ein Junge, mutiger als die übrigen, ziemlich weit hinaus. Da begegnete ihm ein Delphin; bald schwamm er vor dem Jungen her, bald folgte er ihm, bald umkreiste er ihn, schließlich nahm er ihn auf seinen Rücken, setzte ihn ab, nahm ihn wieder auf seinen Rücken, trug den Zitternden erst aufs hohe Meer hinaus, kehrte dann wieder zur Küste um und brachte ihn wieder ans Land zu seinen Kameraden.

(5) Serpit per coloniam fama: concurrere omnes, ipsum puerum tamquam miraculum adspicere, interrogare, audire, narrare. postero die obsident litus, prospectant mare et si quid est mari simile. natant pueri, inter hos ille, sed cautius. delphinus rursus ad tempus, rursus ad puerum. fugit ille cum ceteris. delphinus, quasi invitet, revocet, exsilit, mergitur variosque orbes implicat expeditque.

(6) Hoc altero die, hoc tertio, hoc pluribus, donec homines innutritos mari subiret timendi pudor. accedunt et adludunt et appellant, tangunt etiam pertrectantque praebentem. crescit audacia experimento. maxime puer, qui primus expertus est, adnatat nanti, insilit tergo, fertur referturque, agnosci se, amari putat, amat ipse; neuter timet, neuter timetur; huius fiducia, mansuetudo illius augetur. (7) nec non alii pueri dextra laevaque simul eunt hortantes monentesque. ibat una (id quoque mirum) delphinus alius, tantum spectator et comes: nihil enim simile aut faciebat aut patiebatur, sed alterum illum ducebat reducebatque, ut puerum ceteri pueri. (8) incredibile, tam verum tamen quam priora, delphinum gestatorem collusoremque puerorum in terram quoque extrahi solitum harenisque siccatum, ubi incaluisset, in mare revolvi.

(9) Constat Octavium Avitum, legatum proconsulis, in litus educto religione prava superfudisse unguentum, cui-

(5) Die Nachricht verbreitete sich in der Siedlung; alle strömten zusammen, betrachteten den Jungen wie ein Wunder, befragten ihn, hörten ihm zu und erzählten es weiter. Am folgenden Tag belagerten sie das Ufer, schauten hinaus aufs Meer und was wie Meer aussah. Die Jungen schwammen, unter ihnen auch der erwähnte Junge, jedoch vorsichtiger. Der Delphin kam wieder zur gleichen Zeit, schwamm wieder auf den Jungen zu. Jener floh mit den übrigen. Der Delphin, als wollte er ihn einladen und zurückrufen, sprang empor, tauchte unter, zog verschiedene Kreise um ihn und entfernte sich.

(6) Das geschah am zweiten Tag, das am dritten, das an den folgenden, bis die am Meer aufgewachsenen Jungen sich wegen ihrer Ängstlichkeit zu schämen begannen. Sie schwammen an ihn heran, spielten mit ihm, riefen ihn, berührten ihn auch und streichelten ihn; und er ließ es sich gefallen. Es wuchs die Kühnheit durch den Versuch. Besonders der Junge, der es als erster versucht hatte, schwamm heran, sprang auf seinen Rücken, wurde weg- und wieder zurückgetragen, glaubte, von ihm wiedererkannt und geliebt zu werden, und liebte ihn seinerseits; keiner fürchtete sich, keiner wurde gefürchtet. Das Vertrauen des Jungen und die Zutraulichkeit des Delphins wurden größer. (7) Auch die anderen Jungen schwammen zugleich rechts und links, ermunterten sie und riefen ihnen zu. Zusammen mit ihm – auch das ist ein Wunder – schwamm noch ein anderer Delphin, jedoch nur als Zuschauer und Begleiter; denn er tat oder duldete nichts Ähnliches, sondern führte ihn nur hin und zurück, wie den Jungen die übrigen Jungen. (8) Es ist unglaublich, doch so wahr wie das vorige, daß der Delphin, Reittier und Spielkamerad der Jungen, sich sogar öfter an Land ziehen und im Sand trocknen ließ und, wenn es ihm zu warm wurde, sich ins Meer zurückwälzte.

(9) Es ist bekannt, daß Octavius Avitus, Legat des Statthalters, den an Land gezogenen Delphin aus törichtem

us illum novitatem odoremque in altum refugisse nec nisi post multos dies visum languidum et maestum, mox redditis viribus priorem lasciviam et solita ministeria repetisse. (10) confluebant omnes ad spectaculum magistratus, quorum adventu et mora modica res publica novis sumptibus atterebatur. postremo locus ipse quietem suam secretumque perdebat; placuit occulte interfici, ad quod coibatur.

(11) Haec tu qua miseratione, qua copia deflebis, ornabis, attolles! quamquam non est opus adfingas aliquid aut adstruas: sufficit, ne ea, quae sunt vera, minuantur. vale.

XXXIV

C. Plinius Tranquillo suo s.

(1) Explica aestum meum: audio me male legere, dumtaxat versus; orationes enim commode, sed tanto minus versus.

Cogito ergo recitaturus familiaribus amicis experiri libertum meum. hoc quoque familiare, quod elegi non bene, sed melius (scio) lecturum, si tamen non fuerit perturbatus. est enim tam novus lector quam ego poeta. (2) ipse nescio, quid illo legente interim faciam, sedeam defixus et mutus et similis otioso an, ut quidam, quae pronuntiabit, murmure, oculis, manu prosequar. sed puto me non minus male saltare quam legere.

Aberglauben mit Salböl übergoß; vor dem ungewohnten Geruch des Salböls floh er ins Meer und erschien erst viele Tage später wieder, aber geschwächt und traurig; nachdem er bald seine Kräfte wiedererlangt hatte, nahm er seine frühere Ausgelassenheit und seine gewohnten Dienste wieder auf. (10) Zu diesem Schauspiel strömten alle Magistrate zusammen; ihre Ankunft und ihr Aufenthalt zerrüttete die kleine Gemeinde durch die neuen Kosten.[104] Schließlich verlor der Ort selbst seine Ruhe und Abgeschiedenheit; man beschloß, den Grund für das Zusammenströmen der Leute heimlich zu beseitigen.

(11) Mit wieviel Mitgefühl, mit welchem Wortreichtum wirst Du diese Begebenheit beweinen, ausschmücken und steigern! Freilich ist es nicht nötig, etwas hinzuzuerfinden oder beizufügen; es genügt, wenn die Wahrheit nicht beeinträchtigt wird. Lebe wohl!

34

C. Plinius grüßt seinen Tranquillus[105]

(1) Befreie mich aus meiner Verlegenheit! Ich höre, daß ich schlecht vorlese, Verse zumindest; Reden nämlich trage ich recht gut vor, aber um so weniger gut Verse.

Ich erwäge also, wenn ich meinen vertrauten Freunden wieder etwas vorlesen will, es mit meinem Freigelassenen zu versuchen. Auch das ist ein Zeichen meiner Freundschaft, daß ich jemanden ausgewählt habe, der nicht nur gut, sondern besser – ich weiß es – als ich vorlesen wird, wenn er denn nicht aufgeregt ist; er ist nämlich als Vorleser so neu wie ich als Dichter. (2) Ich selbst weiß nicht, was ich inzwischen tun soll, wenn er vorliest. Soll ich unbeweglich, stumm und wie teilnahmslos dasitzen, oder soll ich, wie es mancher tut, seinen Vortrag mit Germurmel, Blicken und Gesten begleiten? Aber ich glaube, daß ich ebenso schlecht diese Gesten beherrsche, wie ich vorlese.

Iterum dicam, explica aestum meum vereque rescribe, num sit melius pessime legere quam ista vel non facere vel facere. vale.

XXXV

C. Plinius Atrio suo s.

(1) Librum, quem misisti, recepi et gratias ago. sum tamen hoc tempore occupatissimus: ideo nondum eum legi, cum alioqui validissime cupiam. sed eam reverentiam cum litteris ipsis tum scriptis tuis debeo, ut sumere illa nisi vacuo animo inreligiosum putem.

(2) Diligentiam tuam in retractandis operibus valde probo. est tamen aliquis modus, primum quod nimia cura deterit magis quam emendat, deinde quod nos a recentioribus revocat simulque nec absolvit priora et incohare posteriora non patitur. vale.

XXXVI

C. Plinius Fusco suo s.

(1) Quaeris, quemadmodum in Tuscis diem aestate disponam. evigilo, cum libuit, plerumque circa horam primam, saepe ante, tardius raro. clausae fenestrae manent; (2) mire enim silentio et tenebris ab his, quae avocant, abductus et liber et mihi relictus non oculos animo, sed animum oculis sequor, qui eadem quae mens vident, quotiens

Ich möchte es daher noch einmal sagen: hilf mir aus meiner Verlegenheit und schreibe mir offen, ob es besser ist, sehr schlecht vorzulesen, als jene Dinge nicht zu tun oder zu tun. Lebe wohl!

35

C. Plinius grüßt seinen Atrius[106]

(1) Das Buch, das Du mir geschickt hast, habe ich erhalten und danke Dir dafür; ich bin jedoch zur Zeit sehr beschäftigt; deshalb habe ich es noch nicht gelesen, obwohl ich es eigentlich sehnlichst wünsche. Aber ich bin der Literatur überhaupt, besonders jedoch Deinen Schriften, eine solche Hochachtung schuldig, daß ich es für ehrfurchtslos halte, sie anders als unbeschwerten Geistes in die Hand zu nehmen.

(2) Deine Sorgfalt bei der Überarbeitung Deiner Werke lobe ich sehr. Doch gibt es eine bestimmte Grenze, erstens weil eine allzu große Sorgfalt mehr wegwischt als verbessert, sodann weil sie uns von neueren Arbeiten abhält, zugleich die früheren nicht vollendet und weitere nicht zu beginnen erlaubt. Lebe wohl!

36

C. Plinius grüßt seinen Fuscus[107]

(1) Du fragst mich, wie ich mir auf meinem Landgut in Etrurien[108] im Sommer den Tag einteile. Ich wache auf, wenn es mir paßt, meist um die erste Stunde[109], oft vorher, selten später. Die Fenster bleiben geschlossen. (2) Erstaunlich gut bewahren mich nämlich Stille und Dunkelheit vor allen Ablenkungen. Frei und mir selbst überlassen folge ich nicht den Augen mit meinen Gedanken, sondern den Gedanken mit meinen Augen, die sehen, was der Geist

non vident alia. cogito, si quid in manibus, cogito ad verbum scribenti emendantique similis nunc pauciora, nunc plura, ut vel difficile vel facile componi tenerive potuerunt. notarium voco et die admisso, quae formaveram, dicto; abit rursusque revocatur rursusque dimittitur.

(3) Ubi hora quarta vel quinta (neque enim certum dimensumque tempus), ut dies suasit, in xystum me vel cryptoporticum confero, reliqua meditor et dicto. vehiculum ascendo. ibi quoque idem quod ambulans aut iacens; durat intentio mutatione ipsa refecta. paulum redormio, deinde ambulo, mox orationem Graecam Latinamve clare et intente non tam vocis causa quam stomachi lego; pariter tamen et illa firmatur. iterum ambulo, ungor, exerceor, lavor. (4) cenanti mihi, si cum uxore vel paucis, liber legitur; post cenam comoedia aut lyristes. mox cum meis ambulo, quorum in numero sunt eruditi. ita variis sermonibus vespera extenditur et quamquam longissimus dies cito conditur.

(5) Non numquam ex hoc ordine aliqua mutantur. nam, si diu iacui vel ambulavi, post somnum demum lectionemque non vehiculo, sed, quod brevius, quia velocius, equo gestor. interveniunt amici ex proximis oppidis partemque diei ad se trahunt interdumque lasso mihi opportuna in-

sieht, wenn sie nichts anderes sehen. Ich denke nach, wenn ich gerade etwas bearbeite, ich denke nach, als ob ich Wort für Wort aufschreibe und dann verbessere, bald weniger, bald mehr, je nachdem, ob es schwer oder leicht zu verfassen oder im Gedächtnis zu behalten war. Dann rufe ich meinen Stenographen[110], lasse das Tageslicht herein und diktiere, was ich entworfen habe. Er geht weg, wird wieder gerufen und wieder weggeschickt.

(3) Sobald die vierte oder fünfte Stunde[111] gekommen ist – ich habe nämlich keine bestimmte, festgesetzte Zeit –, begebe ich mich, je nach Witterung, auf die Terrasse oder in die Wandelhalle, denke über den Rest nach und diktiere ihn. Dann besteige ich meinen Wagen. Auch dort tue ich das gleiche wie beim Spazierengehen oder im Liegen. Die geistige Anspannung dauert an, gerade durch den Aufenthaltswechsel belebt. Dann schlafe ich wieder ein wenig, darauf gehe ich spazieren, dann lese ich laut und mit aller Kraft eine griechische oder lateinische Rede, nicht so sehr der Stimme als der Verdauung wegen;[112] doch wird zugleich auch diese gekräftigt. Dann gehe ich wieder spazieren, lasse mich massieren, treibe Gymnastik und bade. (4) Während des Essens wird mir, wenn ich mit meiner Frau oder wenigen Gästen zusammen bin, ein Buch vorgelesen. Nach dem Essen unterhält uns ein Schauspieler oder Lyraspieler.[113] Dann gehe ich mit meinen Leuten[114], unter denen sich gebildete befinden, spazieren. So verbringt man den Abend mit abwechslungsreichen Gesprächen, und selbst der längste Tag geht schnell zu Ende.

(5) Manchmal ändert sich an dieser Tageseinteilung etwas; denn wenn ich lange liegengeblieben oder spazierengegangen bin, besteige ich nach dem Schlaf und der Lesung nicht erst den Wagen, sondern bewege mich kürzer, weil schneller, zu Pferde. Es kommen Freunde aus den Nachbarstädten und beanspruchen einen Teil des Tages für sich; manchmal kommen sie mir, wenn ich ermüdet bin, durch eine willkommene Unterbrechung zu Hilfe.

terpellatione subveniunt. (6) venor aliquando, sed non sine pugillaribus, ut, quamvis nihil ceperim, non nihil referam. datur et colonis, ut videtur ipsis, non satis temporis, quorum mihi agrestes querelae litteras nostras et haec urbana opera commendant. vale.

XXXVII

C. Plinius Paulino suo s.

(1) Nec tuae naturae est translaticia haec et quasi publica officia a familiaribus amicis contra ipsorum commodum exigere, et ego te constantius amo, quam ut verear, ne aliter ac velim accipias, nisi te kalendis statim consulem videro, praesertim cum me necessitas locandorum praediorum plures annos ordinatura detineat, in qua mihi nova consilia sumenda sunt. (2) nam priore lustro, quamquam post magnas remissiones, reliqua creverunt: inde plerisque nulla iam cura minuendi aeris alieni, quod desperant posse persolvi; rapiunt etiam consumuntque, quod natum est, ut qui iam putent se non sibi parcere.

(3) Occurrendum ergo augescentibus vitiis et medendum est. medendi una ratio, si non nummo, sed partibus locem ac deinde ex meis aliquos operis exactores, custodes fructibus ponam. et alioqui nullum iustius genus reditus,

(6) Bisweilen gehe ich auch zur Jagd[115], aber nicht ohne Schreibtafel, um doch wenigstens etwas mit nach Hause zu bringen, wenn ich auch nichts erbeutet habe. Auch meinen Gutspächtern widme ich Zeit, allerdings nach ihrer Ansicht nicht genug; ihre bäuerlichen Klagen lassen mir meine literarische Arbeit und meine Tätigkeiten in der Stadt in einem günstigen Licht erscheinen. Lebe wohl!

37

C. Plinius grüßt seinen Paulinus[116]

(1) Es paßt nicht zu Deinem Charakter, von Deinen vertrauten Freunden gegen ihre eigene Bequemlichkeit diese üblichen, sozusagen offiziellen Besuche zu fordern;[117] und meine Liebe zu Dir ist zu beständig, als daß ich fürchten müßte, Du könntest es anders, als ich es möchte, auffassen, wenn ich Dir als Konsul nicht sofort am 1. Januar meinen Besuch abstatte; mich hält doch die Notwendigkeit, die Verpachtung meiner Güter für mehrere Jahre zu regeln, hier fest, wobei ich neue Überlegungen anstellen muß. (2) Denn in den letzten fünf Jahren[118] sind die Rückstände meiner Pächter trotz großer Nachlässe angewachsen. Daher bemühen sich die meisten überhaupt nicht mehr darum, ihre Schulden zu vermindern, weil sie daran zweifeln, sie jemals vollständig abzahlen zu können; sie raffen auch zusammen und verbrauchen, was auf den Feldern wächst; denn sie meinen, es doch nicht für sich zu sparen.

(3) Man muß also den zunehmenden Mißständen entgegentreten und Abhilfe schaffen. Es gibt nur ein Mittel zur Abhilfe, wenn ich nicht gegen Zahlung einer Geldsumme, sondern gegen einen Teil des Ertrags verpachte und dann einige von meinen Leuten als Aufseher für die Arbeiten und als Wächter über die Ernte einsetze. Überhaupt gibt es keine gerechtere Art von Einkünften als die, die Erde,

quam quod terra, caelum, annus refert. (4) at hoc magnam fidem, acris oculos, numerosas manus poscit. experiundum tamen et quasi in veteri morbo quaelibet mutationis auxilia temptanda sunt.

(5) Vides, quam non delicata me causa obire primum consulatus tui diem non sinat; quem tamen hic quoque ut praesens votis, gaudio, gratulatione celebrabo. vale.

XXXVIII

C. Plinius Saturnino suo s.

(1) Ego vero Rufum nostrum laudo, non quia tu, ut ita facerem, petisti, sed quia est ille dignissimus. legi enim librum omnibus numeris absolutum, cui multum apud me gratiae amor ipsius adiecit. iudicavi tamen; neque enim soli iudicant, qui maligne legunt. vale.

XXXIX

C. Plinius Mustio suo s.

(1) Haruspicum monitu reficienda est mihi aedes Cereris in praediis in melius et in maius, vetus sane et angusta, cum sit alioqui stato die frequentissima. (2) nam idibus Septembribus magnus e regione tota coit populus, multae res aguntur, multa vota suscipiuntur, multa redduntur. (3) sed nullum in proximo suffugium aut imbris aut solis.

Wetter und die Jahreszeit hervorbringen. (4) Aber das erfordert große Gewissenhaftigkeit, wachsame Augen und zahlreiche Hände. Doch muß man es versuchen; und wie bei einer hartnäckigen Krankheit muß jedes Mittel, das eine Veränderung bewirken könnte, ausprobiert werden.

(5) Du siehst, daß mich ein nicht willkommener Anlaß davon abhält, den ersten Tag Deines Konsulats festlich zu begehen; doch werde ich ihn auch hier, als wäre ich dort anwesend, mit Gelübden, Freude und Glückwünschen feiern. Lebe wohl!

38

C. Plinius grüßt seinen Saturninus[119]

(1) Ja, ich lobe unseren [Caninius] Rufus, nicht weil Du mich darum gebeten hast, sondern weil er es im höchsten Maße verdient. Denn ich habe sein Buch gelesen, das in jeder Beziehung vollkommen ist; und die Zuneigung zu ihm hat bei mir den Reiz des Buches noch gesteigert. Dennoch habe ich ein Urteil abgegeben; denn nicht allein die geben ein Urteil ab, die das Werk mit Mißgunst lesen. Lebe wohl!

39

C. Plinius grüßt seinen Mustius[120]

(1) Auf den Rat meiner Haruspices[121] muß ich den Tempel der Ceres[122] auf meinem Landgut ausbessern und erweitern; er ist in der Tat alt und eng, zumal er an einem bestimmten Tag im Jahr stark besucht wird. (2) Denn am dreizehnten September kommt aus der ganzen Gegend eine große Volksmenge zusammen, viele Geschäfte werden abgewickelt, viele Gelübde getan und viele erfüllt. (3) Doch gibt es in der Nähe keine Zuflucht gegen Regen

videor ergo munifice simul religioseque facturus, si aedem quam pulcherrimam exstruxero, addidero porticus aedi, illam ad usum deae, has ad hominum.

(4) Velim ergo emas quattuor marmoreas columnas, cuius tibi videbitur generis, emas marmora, quibus solum, quibus parietes excolantur. erit etiam faciendum ipsius deae signum, quia antiquum illud e ligno quibusdam sui partibus vetustate truncatum est.

(5) Quantum ad porticus, nihil interim occurrit, quod videatur istinc esse repetendum, nisi tamen ut formam secundum rationem loci scribas. neque enim possunt circumdari templo: nam solum templi hinc flumine et abruptissimis ripis, hinc via cingitur. (6) est ultra viam latissimum pratum, in quo satis apte contra templum ipsum porticus explicabuntur; nisi quid tu melius invenies, qui soles locorum difficultates arte superare. vale.

XL

C. Plinius Fusco suo s.

(1) Scribis pergratas tibi fuisse litteras meas, quibus cognovisti, quemadmodum in Tuscis otium aestatis exigerem; requiris, quid ex hoc in Laurentino hieme permutem. (2) nihil, nisi quod meridianus somnus eximitur multumque de nocte vel ante vel post diem sumitur, et, si agendi

oder Sonne. Ich glaube also, freigebig und fromm zugleich zu handeln, wenn ich den Tempel möglichst schön aufbaue und Wandelhallen anfüge, das eine zum Nutzen der Göttin, das andere zum Nutzen der Menschen.

(4) Ich möchte also, daß Du vier Marmorsäulen nach Deinem Gutdünken kaufst und Marmorplatten, womit Fußboden und Wände ausgeschmückt werden sollen. Auch wird man eine Statue der Göttin selbst anfertigen müssen, weil jene alte aus Holz an manchen Stellen infolge ihres Alters beschädigt ist.

(5) Was die Wandelhallen betrifft, fällt mir vorläufig nichts ein, was man nach meiner Meinung aus Rom besorgen müßte, außer daß Du mir einen Grundriß nach den örtlichen Gegebenheiten zeichnest. Man kann nämlich nicht um den Tempel herum bauen; denn der Tempelplatz wird auf dieser Seite durch einen Fluß und sehr steile Ufer, auf jener durch eine Straße eingeschlossen. (6) Jenseits der Straße befindet sich eine sehr breite Wiese, auf der ganz passend dem Tempel unmittelbar gegenüber die Wandelhallen angelegt werden können. Vielleicht fällt Dir aber auch noch etwas Besseres ein, der Du ja immer mit Deiner Kunstfertigkeit Geländeschwierigkeiten überwindest. Lebe wohl!

40

C. Plinius grüßt seinen Fuscus[123]

(1) Du schreibst, mein Brief,[124] aus dem Du erfahren hast, wie ich auf meinem Landgut in Etrurien meine Muße im Sommer verbringe, sei Dir sehr willkommen gewesen. Du fragst mich, was ich daran auf meinem Laurentinum[125] im Winter ändere. (2) Nichts als daß der Mittagsschlaf wegfällt und ein großer Teil der Nacht entweder vor Tagesanbruch oder nach Sonnenuntergang hinzugenommen wird; und wenn ein unvermeidlicher Prozeß bevorsteht,

necessitas instat, quae frequens hieme, non iam comoedo vel lyristae post cenam locus, sed illa, quae dictavi, identidem retractantur ac simul memoriae frequenti emendatione proficitur.

(3) Habes aestate, hieme consuetudinem; addas huc licet ver et autumnum, quae inter hiemem aestatemque media, ut nihil de die perdunt, de nocte parvulum adquirunt. vale.

was im Winter häufig geschieht, so ist nach dem Essen kein Platz mehr für einen Schauspieler oder Lautenspieler, sondern ich überarbeite immer wieder, was ich diktiert habe; und diese häufige Verbesserung nützt zugleich meinem Gedächtnis.

(3) Hier hast Du[126] nun meine Lebensweise im Sommer und im Winter; Du kannst noch den Frühling und Herbst hinzufügen, die zwischen Winter und Sommer in der Mitte liegen und, wie sie vom Tage nichts verlieren, von der Nacht auch nur wenig hinzugewinnen. Lebe wohl!

Liber decimus

Zehntes Buch

I

C. Plinius Traiano Imperatori

(1) Tua quidem pietas, imperator sanctissime, optaverat, ut quam tardissime succederes patri; sed di immortales festinaverunt virtutes tuas ad gubernacula rei publicae quam susceperas admovere. (2) Precor ergo ut tibi et per te generi humano prospera omnia, id est digna saeculo tuo contingant. Fortem te et hilarem, imperator optime, et privatim et publice opto.

II

C. Plinius Traiano Imperatori

(1) Exprimere, domine, verbis non possum, quantum mihi gaudium attuleris, quod me dignum putasti iure trium liberorum. Quamvis enim Iuli Serviani, optimi viri tuique amantissimi, precibus indulseris, tamen etiam ex rescripto intellego libentius hoc ei te praestitisse, quia pro me rogabat. (2) Videor ergo summam voti mei consecutus, cum inter initia felicissimi principatus tui probaveris me ad peculiarem indulgentiam tuam pertinere; eoque magis liberos concupisco, quos habere etiam illo tristissimo saeculo volui, sicut potes duobus matrimoniis meis credere. (3) Sed di melius, qui omnia integra bonitati tuae reservarunt; malui hoc potius tempore me patrem fieri, quo futurus essem et securus et felix.

1

C. Plinius an Kaiser Trajan

(1) Als liebender Sohn hattest Du, hochverehrter Kaiser, den Wunsch gehabt, möglichst spät erst Nachfolger Deines Vaters zu werden. Die Götter jedoch haben Dich mit Deiner Tatkraft rasch ans Ruder des Staates gebracht, den Du bereits in Deine Obhut genommen hattest.[1] (2) Ich bete also, daß Dir und durch Dich der Menschheit alles zum Glück gereichen möge – ganz so, wie es Deines Zeitalters würdig ist. Bleibe gesund und guten Mutes, bester Kaiser, das wünsche ich Dir persönlich wie auch im Namen der Bürgerschaft.

2

C. Plinius an Kaiser Trajan

(1) Ich kann es nicht in Worte fassen, Herr, welch große Freude Du mir damit gemacht hast, daß Du mich des Dreikinderrechtes würdig fandest.[2] Zwar hast Du Dich den Bitten des Julius Servianus,[3] des trefflichen, Dir so herzlich ergebenen Mannes, gefällig erzeigt, aber ich ersehe aus dem Erlaß doch, daß Du ihm seine Bitte um so lieber gewährt hast, weil er für mich bat. (2) So sehe ich mich denn am Ziel meiner Wünsche, da Du mir zu Beginn Deines segensreichen Prinzipats den Beweis gegeben hast, daß ich mich Deiner besonderen Huld erfreuen darf. Um so mehr sehne ich mich nun nach Kindern – ich habe sie mir sogar in jenem überaus traurigen Zeitalter[4] schon gewünscht, was Du mir bei zwei Ehen ja durchaus glauben kannst. (3) Aber die Götter haben es noch besser mit mir gemeint, indem sie alles ausschließlich Deiner Güte vorbehalten wissen wollten. Auch will ich selbst lieber in dieser Zeit Vater werden, da ich mich dabei sicher und glücklich fühlen kann.

III A

C. Plinius Traiano Imperatori

(1) Ut primum me, domine, indulgentia vestra promovit ad praefecturam aerarii Saturni, omnibus advocationibus, quibus alioqui numquam eram promiscue functus, renuntiavi, ut toto animo delegato mihi officio vacarem. (2) Qua ex causa, cum patronum me provinciales optassent contra Marium Priscum, et petii veniam huius muneris et impetravi. Sed cum postea consul designatus censuisset agendum nobiscum, quorum erat excusatio recepta, ut essemus in senatus potestate pateremurque nomina nostra in urnam conici, convenientissimum esse tranquillitati saeculi tui putavi praesertim tam moderatae voluntati amplissimi ordinis non repugnare. (3) Cui obsequio meo opto ut existimes constare rationem, cum omnia facta dictaque mea probare sanctissimis moribus tuis cupiam.

III B

Traianus Plinio

Et civis et senatoris boni partibus functus es obsequium amplissimi ordinis, quod iustissime exigebat, praestando. Quas partes impleturum te secundum susceptam fidem confido.

3a

C. Plinius an Kaiser Trajan

(1) Sobald Eure Huld mich zum Verwalter des Staatsschatzes berufen hatte,[5] Herr, habe ich jede Anwaltstätigkeit – die ich auch sonst niemals wahllos übernommen hatte – aufgegeben, um mich mit ganzem Herzen dem mir übertragenen Amt widmen zu können. (2) Deshalb habe ich auch, als mich die Provinzbewohner als Anwalt gegen Marius Priscus[6] haben wollten, um Erlaubnis gebeten, dieses Amt ablehnen zu dürfen, und habe sie auch erhalten. Später stellte jedoch der designierte Konsul den Antrag, uns, deren Beurlaubung bereits angenommen war, zu ersuchen, wir sollten uns dem Senat zur Verfügung stellen und unsere Namen in die Wahlurne legen lassen. Da glaubte ich, es sei Deinem friedvollen Zeitalter gemäß, mich dem Willen dieses erlauchten Gremiums zu fügen, zumal das Ansinnen so maßvoll geäußert worden war. (3) Hoffentlich siehst Du diese meine Willfährigkeit als begründet an – ist es doch mein Wunsch, bei allem, was ich sage und tue, die Billigung Deiner verehrungswürdigen Person zu finden.

3b

Trajan an Plinius

Du hast Deiner Pflicht als Bürger wie als Senator genügt, indem Du Dich dem Wunsch des erlauchten Gremiums, das eine so berechtigte Forderung stellte, gefügt hast. Du wirst Deine Aufgabe dem in Dich gesetzten Vertrauen entsprechend erfüllen – davon bin ich überzeugt.

IV

C. Plinius Traiano Imperatori

(1) Indulgentia tua, imperator optime, quam plenissimam experior, hortatur me, ut audeam tibi etiam pro amicis obligari; inter quos sibi vel praecipuum locum indicat Voconius Romanus, ab ineunte aetate condiscipulus et contubernalis. (2) Quibus ex causis et a divo patre tuo petieram, ut illum in amplissimum ordinem promoveret. Sed hoc votum meum bonitati tuae reservatum est, quia mater Romani liberalitatem sestertii quadragies, quod conferre se filio codicillis ad patrem tuum scriptis professa fuerat, nondum satis legitime peregerat; quod postea fecit admonita a nobis. (3) Nam fundos emancipavit, et cetera quae in emancipatione implenda solent exigi consummavit. (4) Cum sit ergo finitum, quod spes nostras morabatur, non sine magna fiducia subsigno apud te fidem pro moribus Romani mei, quos et liberalia studia exornant et eximia pietas, quae hanc ipsam matris liberalitatem et statim patris hereditatem et adoptionem a vitrico meruit. (5) Auget haec et natalium et paternarum facultatium splendor; quibus singulis multum commendationis accessurum etiam ex meis precibus indulgentiae tuae credo. (6) Rogo ergo, domine, ut me exoptatissimae mihi gratulationis compotem facias et honestis, ut spero, adfectibus meis praestes, ut non in me tantum, verum et in amico gloriari iudiciis tuis possim.

4
C. Plinius an Kaiser Trajan

(1) Deine Huld, bester Kaiser, die ich in reichstem Maße erfahre, macht mir Mut zu meinem kühnen Ansinnen: Ich will Dir auch im Namen meiner Freunde zu Dank verpflichtet sein. Unter diesen nimmt Voconius Romanus[7] wohl einen besonderen Platz ein. Er ist von frühester Jugend an mein Studiengenosse und Kamerad. (2) Deshalb hatte ich Deinen verewigten Vater gebeten, ihn in den Senatorenstand zu erheben. Doch ist die Erfüllung meines besonderen Wunsches Deiner Güte vorbehalten geblieben. Die Mutter des Romanus hatte nämlich die Schenkung von 4 Millionen Sesterzen an ihren Sohn, zu der sie sich in ihrer Eingabe an Deinen Vater verpflichtet hatte, noch nicht den gesetzlichen Bestimmungen gemäß vorgenommen. (3) Das hat sie später auf meine Aufforderung hin getan. Sie hat ihm nämlich Grundstücke übereignet und alles übrige, was bei einer förmlichen Abtretung nötig ist, ausgeführt.[8] (4) Da nun alles erledigt ist, was unseren Hoffnungen noch im Wege stand, verbürge ich mich nicht ohne große Zuversicht bei Dir für meinen Romanus, der sich durch seine wissenschaftlichen Interessen ebenso wie durch seine außerordentliche Sohnesliebe auszeichnet. Mit dieser hat er sich die hier erwähnte Schenkung seiner Mutter sowie gleich darauf das Erbe seines Vaters und die Adoption durch seinen Stiefvater verdient. (5) All das wird noch erhöht durch den Glanz seiner Herkunft und seines väterlichen Erbes. Diesen besonderen Vorzügen werden meine Bitten noch eine zusätzliche Empfehlung sein – darin vertraue ich ganz Deiner Huld. (6) Ich bitte Dich also, Herr, mir die Möglichkeit zu dem langersehnten Glückwunsch zu verschaffen und mein – so hoffe ich – ehrenhaftes Verlangen zu erfüllen. Ich kann mich dann Deiner guten Meinung nicht nur über mich, sondern auch über meinen Freund dankbar rühmen.

V

C. Plinius Traiano Imperatori

(1) Proximo anno, domine, gravissima valetudine usque ad periculum vitae vexatus iatralipten adsumpsi; cuius sollicitudini et studio tuae tantum indulgentiae beneficio referre gratiam parem possum. (2) Quare rogo des ei civitatem Romanam. Est enim peregrinae condicionis manumissus a peregrina. Vocatur ipse Arpocras, patronam habuit Thermuthin Theonis, quae iam pridem defuncta est. Item rogo des ius Quiritium libertis Antoniae Maximillae, ornatissimae feminae, Hediae et Antoniae Harmeridi; quod a te petente patrona peto.

VI

C. Plinius Traiano Imperatori

(1) Ago gratias, domine, quod et ius Quiritium libertis necessariae mihi feminae et civitatem Romanam Arpocrati, iatraliptae meo, sine mora indulsisti. Sed cum annos eius et censum sicut praeceperas ederem, admonitus sum a peritioribus debuisse me ante ei Alexandrinam civitatem impetrare, deinde Romanam, quoniam esset Aegyptius. (2) Ego autem, quia inter Aegyptios ceterosque peregrinos nihil interesse credebam, contentus fueram hoc solum scribere tibi, esse eum a peregrina manumissum patronamque eius iam pridem decessisse. De qua ignorantia mea non queror, per quam stetit ut tibi pro eodem homine

5

C. Plinius an Kaiser Trajan

(1) Im vergangenen Jahr habe ich, Herr, an einer äußerst schweren, ja lebensgefährlichen Krankheit gelitten und habe einen Masseur zugezogen. Seiner Sorge und seinem Bemühen kann ich nur mit Hilfe Deiner Huld den gebührenden Dank abstatten. (2) Daher bitte ich Dich, ihm das römische Bürgerrecht zu verleihen.[9] Er ist nämlich Ausländer, der Freigelassene einer Ausländerin. Er selbst heißt Harpocras, seine Herrin war Thermuthis, die Gattin des Theon, die schon lange verstorben ist. Ebenso bitte ich Dich um die Verleihung des quiritischen Rechts an Hedia und Antonia Harmeris. Sie sind die Freigelassenen der Antonia Maximilla, einer Dame von Stand. Ich spreche meine Bitte im Namen der Herrin aus.

6

C. Plinius an Kaiser Trajan

(1) Ich danke Dir, o Herr, daß Du den Freigelassenen der mir befreundeten Dame das quiritische Recht und meinem Masseur Harpocras das römische Bürgerrecht unverzüglich bewilligt hast. Als ich aber, wie Du es verlangt hattest, sein Alter und seinen Vermögensstand angab, wurde ich von Leuten, die besser Bescheid wußten, aufmerksam gemacht, ich hätte für ihn, da er Ägypter ist, zuerst das alexandrinische Bürgerrecht und dann erst das römische beantragen müssen. (2) Da ich der Ansicht war, es bestehe kein Unterschied zwischen Ägyptern und den übrigen Ausländern, hatte ich mich damit begnügt, Dir lediglich mitzuteilen, er sei von einer Ausländerin freigelassen, und seine Herrin sei schon lange verstorben. Über diese meine Unwissenheit will ich mich nicht beklagen, denn dadurch bin ich Dir für ein und dieselbe Person

saepius obligarer. Rogo itaque, ut beneficio tuo legitime frui possim, tribuas ei et Alexandrinam civitatem [et Romanam]. Annos eius et censum, ne quid rursus indulgentiam tuam moraretur, libertis tuis quibus iusseras misi.

VII

Traianus Plinio

Civitatem Alexandrinam secundum institutionem principum non temere dare proposui. Sed cum Arpocrati, iatraliptae tuo, iam civitatem Romanam impetraveris, huic quoque petitioni tuae negare non sustineo. Tu, ex quo nomo sit, notum mihi facere debebis, ut epistulam tibi ad Pompeium Plantam praefectum Aegypti amicum meum mittam.

VIII

C. Plinius Traiano Imperatori

(1) Cum divus pater tuus, domine, et oratione pulcherrima et honestissimo exemplo omnes cives ad munificentiam esset cohortatus, petii ab eo, ut statuas principum, quas in longinquis agris per plures successiones traditas mihi, quales acceperam, custodiebam, permitteret in municipium transferre adiecta sua statua. (2) Quod quidem ille mihi cum plenissimo testimonio indulserat; ego statim decurionibus scripseram, ut adsignarent solum, in quo

gleich mehrmals dankbar verpflichtet. Ich bitte Dich also, um mich Deiner Wohltat rechtens erfreuen zu können: Verleihe ihm doch bitte sowohl das alexandrinische wie auch das römische Bürgerrecht. Sein Alter und seine Vermögensumstände habe ich, damit Deine Huld nicht abermals Verzögerung erleidet, Deinen Freigelassenen mitgeteilt, die Du mit der Angelegenheit betraut hattest.

7
Trajan an Plinius

Das alexandrinische Bürgerrecht verleihe ich dem Brauch meiner Vorgänger entsprechend durchaus nicht ohne weiteres. Da Du aber für Deinen Masseur Harpocras bereits das römische Bürgerrecht erhalten hast, kann ich mich dieser Deiner Bitte nicht versagen. Du wirst mir noch angeben müssen, aus welchem Gau er stammt, damit ich Dir ein Schreiben an meinen Freund Pompeius Planta, den Präfekten von Ägypten, zustellen kann.

8
C. Plinius an Kaiser Trajan

(1) Als Dein verewigter Vater, o Herr, durch eine glanzvolle Rede wie auch durch sein höchst ehrenwertes Beispiel alle Bürger zur Freigebigkeit aufrief, habe ich ihn um folgende Erlaubnis gebeten: Die Kaiserstatuen, die mir auf meinen abgelegenen Ländereien von mehreren Vorbesitzern her zu eigen geworden waren und die ich so, wie ich sie übernommen hatte, aufbewahrte, wollte ich in die Kreisstadt überführen. Dabei wollte ich auch seine eigene Statue noch hinzufügen.[10] (2) Dies hatte er mir in huldvollster Anerkennung bewilligt. Ich hatte sofort an die Ratsherrn geschrieben, sie sollten mir ein Grundstück an-

templum pecunia mea exstruerem; illi in honorem operis ipsius electionem loci mihi obtulerant. (3) Sed primum mea, deinde patris tui valetudine, postea curis delegati a vobis officii retentus, nunc videor commodissime posse in rem praesentem excurrere. Nam et menstruum meum kalendis Septembribus finitur, et sequens mensis complures dies feriatos habet. (4) Rogo ergo ante omnia, permittas mihi opus, quod incohaturus sum, exornare et tua statua; deinde, ut hoc facere quam maturissime possim, indulgeas commeatum.

(5) Non est autem simplicitatis meae dissimulare apud bonitatem tuam obiter te plurimum collaturum utilitatibus rei familiaris meae. Agrorum enim, quos in eadem regione possideo, locatio, cum alioqui cccc excedat, adeo non potest differri, ut proximam putationem novus colonus facere debeat. Praeterea continuae sterilitates cogunt me de remissionibus cogitare; quarum rationem nisi praesens inire non possum. (6) Debebo ergo, domine, indulgentiae tuae et pietatis meae celeritatem et status ordinationem, si mihi ob utraque haec dederis commeatum xxx dierum. Neque enim angustius tempus praefinire possum, cum et municipium et agri, de quibus loquor, sint ultra centesimum et quinquagesimum lapidem.

weisen, auf dem ich aus eigenen Mitteln einen Tempel errichten könne. Sie hatten zu Ehren des geplanten Bauwerks mir die Wahl des Platzes freigestellt. (3) Aber ich wurde zuerst durch meine Krankheit, dann durch die Deines Vaters und schließlich durch die Pflichten des von Euch übertragenen Amtes an der Ausführung gehindert. Nun scheint mir der geeignete Zeitpunkt gekommen, um sogleich an Ort und Stelle reisen zu können. Denn mein Amtsmonat geht am 1. September zu Ende, und der folgende Monat hat zahlreiche Feiertage.[11] (4) Ich bitte Dich also vor allem um die Erlaubnis, das geplante Bauwerk auch mit Deiner Statue schmücken zu dürfen. Dann ersuche ich Dich um Urlaub, damit ich mein Vorhaben möglichst rasch durchführen kann.

(5) Ich will aber aufrichtig sein und es Dir in Deiner Güte nicht verhehlen, daß Du darüber hinaus noch wesentlich meinen privaten Nutzen fördern würdest. Die Verpachtung der Ländereien, die ich dort in der Gegend besitze – die Pachtsumme beträgt über 400000 Sesterze –, kann schon deshalb nicht länger aufgeschoben werden, da der neue Pächter den Rebschnitt für das nächste Jahr vorzunehmen hat. Außerdem zwingen mich ständige Mißernten, die Senkung des Pachtzinses in Erwägung zu ziehen. Wie ich aber dabei zu verfahren habe, das kann ich nur an Ort und Stelle festlegen. (6) Ich werde also, o Herr, die rasche Ausführung meines frommen Werkes wie auch die Regelung meiner Verhältnisse Deiner Huld zu danken haben, wenn Du mir aus den beiden eben genannten Gründen einen Urlaub von 30 Tagen bewilligst. Eine kürzere Zeit kann ich nämlich nicht dafür ansetzen, da die Landstadt und die Ländereien, von denen ich spreche, über 150 Meilen von Rom entfernt sind.

IX

Traianus Plinio

Et multas privatas et omnes publicas causas petendi commeatus reddidisti; mihi autem vel sola voluntas tua suffecisset. Neque enim dubito te, ut primum potueris, ad tam districtum officium reversurum. Statuam poni mihi a te eo quo desideras loco, quamquam eius modi honorum parcissimus tamen patior, ne impedisse cursum erga me pietatis tuae videar.

X

C. Plinius Traiano Imperatori

(1) Exprimere, domine, verbis non possum, quanto me gaudio adfecerint epistulae tuae, ex quibus cognovi te Arpocrati, iatraliptae meo, et Alexandrinam civitatem tribuisse, quamvis secundum institutionem principum non temere eam dare proposuisses. Esse autem Arpocran νομοῦ Μεμφίτου indico tibi. (2) Rogo ergo, indulgentissime imperator, ut mihi ad Pompeium Plantam praefectum Aegypti amicum tuum, sicut promisisti, epistulam mittas. Obviam iturus, quo maturius, domine, exoptatissimi adventus tui gaudio frui possim, rogo permittas mihi quam longissime occurrere tibi.

9

Trajan an Plinius

Du hast viele private sowie sämtliche im öffentlichen Interesse liegenden Gründe für Dein Urlaubsgesuch angeführt. Mir hätte allein Dein Wunsch genügt. Ich zweifle nämlich nicht daran, daß Du so bald wie möglich zu Deinem so anspruchsvollen Amt zurückkehren wirst. Was meine Statue betrifft, die Du an dem gewünschten Ort aufstellen willst, so gewähre ich zwar solche Ehrenbezeigungen nur äußerst sparsam, aber ich will es dennoch gestatten. Ich will ja nicht den Anschein erwecken, als hielte ich Dich von Deiner treuen Verehrung mir gegenüber ab.

10

C. Plinius an Kaiser Trajan

(1) Ich kann es gar nicht in Worte fassen, o Herr, welch große Freude mir Dein Brief bereitet hat, aus dem ich erfuhr, daß Du meinem Masseur Harpocras auch noch das alexandrinische Bürgerrecht erteilt hast. Dabei hattest Du Dir ja dem Brauch Deiner Vorgänger gemäß vorgenommen, es nicht ohne weiteres zu verleihen. Harpocras stammt aus dem Gau von Memphis, dies melde ich Dir hiermit. (2) Ich bitte Dich, huldreichster Kaiser, mir wie versprochen ein Schreiben an den Präfekten von Ägypten, Deinen Freund Pompeius Planta, zu senden.

Ich bin im Begriff, Dir entgegenzureisen, und damit ich mich Deiner sehnlichst erwünschten Rückkehr möglichst bald erfreuen kann, erlaube mir doch bitte, o Herr, daß ich Dir eine möglichst große Wegstrecke entgegeneilen darf.[12]

XI

C. Plinius Traiano Imperatori

(1) Proxima infirmitas mea, domine, obligavit me Postumio Marino medico; cui parem gratiam referre beneficio tuo possum, si precibus meis ex consuetudine bonitatis tuae indulseris. (2) Rogo ergo, ut propinquis eius des civitatem, Chrysippo Mithridatis uxorique Chrysippi, Stratonicae Epigoni, item liberis eiusdem Chrysippi, Epigono et Mithridati, ita ut sint in patris potestate utque iis in libertos servetur ius patronorum. Item rogo indulgeas ius Quiritium L. Satrio Abascanto et P. Caesio Phosphoro et Panchariae Soteridi; quod a te volentibus patronis peto.

XII

C. Plinius Traiano Imperatori

(1) Scio, domine, memoriae tuae, quae est bene faciendi tenacissima, preces nostras inhaerere. Quia tamen in hoc quoque indulsisti, admoneo simul et impense rogo, ut Attium Suram praetura exornare digneris, cum locus vacet. (2) Ad quam spem alioqui quietissimum hortatur et natalium splendor et summa integritas in paupertate et ante omnia felicitas temporum, quae bonam conscientiam civium tuorum ad usum indulgentiae tuae provocat et attollit.

11

C. Plinius an Kaiser Trajan

(1) Meine letzte Krankheit, o Herr, hat mich meinem Arzt Postumius Marinus zu Dank verpflichtet, den ich ihm in angemessener Weise nur mit Deiner Hilfe abstatten kann, wenn Du meinen Bitten in gewohnt gütiger Weise Erhörung schenkst. (2) Ich bitte Dich also, daß Du seinen Angehörigen das Bürgerrecht verleihst, und zwar dem Chrysippus, Sohn des Mithridates, und dessen Frau Stratonica, Tochter des Epigonus, und ebenso den Kindern dieses Chrysippus, dem Epigonus und Mithridates, mit der Klausel, daß die Kinder in der väterlichen Gewalt bleiben und den Eltern das Patronatsrecht über ihre Freigelassenen erhalten bleibt.[13] Ebenso bitte ich Dich, Du mögest das quiritische Recht an Lucius Satrius Abascantus sowie Publius Caesius Phosphorus und Pancharia Soteris verleihen. Dies erbitte ich von Dir auf Wunsch ihrer Patrone.

12

C. Plinius an Kaiser Trajan

(1) Wie ich wohl weiß, o Herr, behältst Du unsere Bitten im Gedächtnis und nimmst jede Gelegenheit wahr, um Wohltaten zu erweisen. Da Du mir ja auch schon bei solchen Wünschen Deine Huld erwiesen hast, wende ich mich an Dich mit der inständigen Bitte, Accius Sura mit der Prätur auszeichnen zu wollen, da gerade eine Stelle frei ist. (2) Zu dieser Hoffnung fühlt er sich, obwohl er sonst ganz zurückgezogen lebt, doch aufgerufen, und zwar ist da zum einen seine glänzende Herkunft, dann seine außerordentliche Uneigennützigkeit – und das bei seiner Mittellosigkeit –, vor allem aber das Glück Deines Zeitalters, das Deine Bürger im Bewußtsein ihrer Unbescholtenheit aufruft und ermutigt, von Deiner Huld Gebrauch zu machen.

XIII

C. Plinius Traiano Imperatori

Cum sciam, domine, ad testimonium laudemque morum meorum pertinere tam boni principis iudicio exornari, rogo dignitati, ad quam me provexit indulgentia tua, vel auguratum vel septemviratum, quia vacant, adicere digneris, ut iure sacerdotii precari deos pro te publice possim, quos nunc precor pietate privata.

XIV

C. Plinius Traiano Imperatori

Victoriae tuae, optime imperator, maximae, pulcherrimae, antiquissimae et tuo nomine et rei publicae gratulor, deosque immortales precor, ut omnes cogitationes tuas tam laetus sequatur eventus, cum virtutibus tantis gloria imperii et novetur et augeatur.

XV

C. Plinius Traiano Imperatori

Quia confido, domine, ad curam tuam pertinere, nuntio tibi me Ephesum cum omnibus meis ὑπὲρ Μαλέαν navigasse quamvis contrariis ventis retentum. Nunc destino partim orariis navibus, partim vehiculis provinciam petere.

13

C. Plinius an Kaiser Trajan

Ich weiß wohl, o Herr, daß es ein rühmlicher Beweis für meine Person ist, durch das Urteil eines so guten Princeps ausgezeichnet zu werden. Daher bitte ich Dich um folgendes: Du mögest der Würde, zu der mich Deine Huld bereits erhoben hat, noch das Amt des Augurs oder des Septemvirn hinzufügen,[14] da gerade entsprechende Stellen frei sind. Dann vermag ich kraft priesterlichen Amtes im Namen des Staates für Dich zu den Göttern zu beten, die ich jetzt in meiner Frömmigkeit als Privatmann anrufe.

14

C. Plinius an Kaiser Trajan

Zu Deinem Sieg,[15] bester Kaiser, der so gewaltig, so herrlich und überaus bedeutend ist, beglückwünsche ich Dich in Deinem Namen und im Namen des Staates. Ich bitte die unsterblichen Götter, es möge all Deinen Vorhaben ein solch erfreulicher Ausgang beschieden sein, da durch solch große Taten der Ruhm des Reiches sich erneuert und mehrt.

15

C. Plinius an Kaiser Trajan

In der Überzeugung, daß es Dir wichtig ist, o Herr, melde ich dir folgendes: Ich bin mit meinem gesamten Stab in Ephesus gelandet – am Kap Malea vorbei,[16] obgleich durch widrige Winde aufgehalten. Nun will ich teils mit Küstenschiffen, teils zu Wagen die Provinz erreichen.

Nam sicut itineri graves aestus, ita continuae navigationi etesiae reluctantur.

XVI
Traianus Plinio

Recte renuntiasti, mi Secunde carissime. Pertinet enim ad animum meum, quali itinere provinciam pervenias. Prudenter autem constituis interim navibus, interim vehiculis uti, prout loca suaserint.

XVII A
C. Plinius Traiano Imperatori

(1) Sicut saluberrimam navigationem, domine, usque Ephesum expertus ita inde, postquam vehiculis iter facere coepi, gravissimis aestibus atque etiam febriculis vexatus Pergami substiti. (2) Rursus, cum transissem in orarias naviculas, contrariis ventis retentus aliquanto tardius quam speraveram, id est xv kal. Octobres, Bithyniam intravi. Non possum tamen de mora queri, cum mihi contigerit, quod erat auspicatissimum, natalem tuum in provincia celebrare.

(3) Nunc rei publicae Prusensium impendia, reditus, debitores excutio; quod ex ipso tractatu magis ac magis necessarium intellego. Multae enim pecuniae variis ex causis a privatis detinentur; praeterea quaedam minime legitimis sumptibus erogantur. (4) Haec tibi, domine, in ipso ingressu meo scripsi.

Denn wie die drückende Hitze den Landweg beschwerlich macht, so erschweren auch die Passatwinde eine gleichmäßige Seefahrt.

16

Trajan an Plinius

Du hattest ganz recht, mein lieber Secundus, mir Meldung zu erstatten. Es ist mir schon wichtig zu wissen, wie Deine Reise in die Provinz verläuft. Du hast klug daran getan, bald zu Schiff und bald im Wagen zu reisen, ganz wie es nach den örtlichen Verhältnissen geraten scheint.

17a

C. Plinius an Kaiser Trajan

(1) So wie ich eine äußerst erträgliche Seereise bis Ephesus hatte, so habe ich von dort aus, seit ich die Reise im Wagen fortsetzte, unter äußerst drückender Hitze und sogar an leichten Fieberanfällen gelitten. Deshalb habe ich in Pergamon Rast gemacht. (2) Als ich dann auf kleinere Küstenschiffe umgestiegen war, wurde ich wieder durch Gegenwinde aufgehalten und betrat etwas später als erhofft, am 17. September,[17] Bithynien. Doch kann ich mich über diese Verzögerung nicht beklagen, wurde mir doch das glücklichste Omen zuteil, nämlich Deinen Geburtstag schon in meiner Provinz feiern zu können.

(3) Zur Zeit prüfe ich die Ausgaben, Einnahmen und Außenstände der Stadt Prusa und merke im Verlauf meiner Tätigkeit immer mehr, wie notwendig dies ist. Viele Gelder werden nämlich aus mancherlei Gründen von den Privatleuten zurückgehalten, manches wird außerdem für recht ungebührlichen Aufwand ausgegeben. (4) Dies schreibe ich Dir, o Herr, unmittelbar nach meiner Ankunft.

XVII B

C. Plinius Traiano Imperatori

(1) Quinto decimo kal. Octob., domine, provinciam intravi, quam in eo obsequio, in ea erga te fide, quam de genere humano mereris, inveni. (2) Dispice, domine, an necessarium putes mittere huc mensorem. Videntur enim non mediocres pecuniae posse revocari a curatoribus operum, si mensurae fideliter agantur. Ita certe prospicio ex ratione Prusensium, quam cum maxime tracto.

XVIII

Traianus Plinio

(1) Cuperem sine querela corpusculi tui et tuorum pervenire in Bithyniam potuisses, ac simile tibi iter ab Epheso ⟨ei⟩ navigationi fuisset, quam expertus usque illo eras. (2) Quo autem die pervenisses in Bithyniam, cognovi, Secunde carissime, litteris tuis.

Provinciales, credo, prospectum sibi a me intellegent. Nam et tu dabis operam, ut manifestum sit illis electum te esse, qui ad eosdem mei loco mittereris. (3) Rationes autem in primis tibi rerum publicarum excutiendae sunt; nam et esse eas vexatas satis constat. Mensores vix etiam iis operibus, quae aut Romae aut in proximo fiunt, sufficientes habeo; sed in omni provincia inveniuntur, quibus credi possit, et ideo non deerunt tibi, modo velis diligenter excutere.

17b

C. Plinius an Kaiser Trajan

(1) Am 17. September, o Herr, habe ich die Provinz betreten und sie in solchem Gehorsam und solcher Treue Dir gegenüber angetroffen, wie Du es um die Menschheit verdienst. (2) Erwäge doch bitte, Herr, ob Du es für notwendig hältst, einen Vermessungsfachmann hierher zu schicken. Denn man könnte wahrscheinlich beträchtliche Summen von den Bauunternehmern zurückfordern, wenn man die Vermessungen einmal gewissenhaft nachprüfte. Das erkenne ich jedenfalls aus den Rechnungsbüchern von Prusa, die ich gerade eingehend prüfe.

18

Trajan an Plinius

(1) Ich wünschte, Du wärest ohne Beschwerden für Deine zarte Gesundheit und die der Deinen nach Bithynien gelangt und Deine Reise wäre von Ephesus aus ähnlich angenehm verlaufen wie die Seereise bis dorthin. (2) Deinen Ankunftstag in Bithynien habe ich, mein lieber Secundus, aus Deinem Brief ersehen.

Die Einwohner der Provinz werden, so glaube ich, wohl merken, daß ich Fürsorge trage für sie. Denn auch Du wirst Dich bemühen, ihnen deutlich zu zeigen, daß Du auserwählt wurdest, um als Abgesandter bei ihnen mein Stellvertreter zu sein. (3) Vor allem aber ist es Deine Aufgabe, die Finanzhaushalte der Städte zu überprüfen, denn es ist hinlänglich bekannt, wie zerrüttet diese sind. Vermessungsfachleute habe ich kaum genügend hier für die Arbeiten, die in Rom oder in der Umgegend auszuführen sind. Es finden sich aber in jeder Provinz Leute, denen man solche Aufgaben anvertrauen kann, und daher werden sie auch bei Dir nicht fehlen; Du mußt Dir nur Mühe geben, nach ihnen zu forschen.

XIX

C. Plinius Traiano Imperatori

(1) Rogo, domine, consilio me regas haesitantem, utrum per publicos civitatium servos, quod usque adhuc factum, an per milites adservare custodias debeam. Vereor enim, ne et per publicos parum fideliter custodiantur, et non exiguum militum numerum haec cura distringat. (2) Interim publicis servis paucos milites addidi. Video tamen periculum esse, ne id ipsum utrisque neglegentiae causa sit, dum communem culpam hi in illos, illi in hos regerere posse confidunt.

XX

Traianus Plinio

(1) Nihil opus sit, mi Secunde carissime, ad continendas custodias plures commilitones converti. Perseveremus in ea consuetudine, quae isti provinciae est, ut per publicos servos custodiantur. (2) Etenim, ut fideliter hoc faciant, in tua severitate ac diligentia positum est. In primis enim, sicut scribis, verendum est, ne, si permisceantur servis publicis milites, mutua inter se fiducia neglegentiores sint; sed et illud haereat nobis, quam paucissimos a signis avocandos esse.

19

C. Plinius an Kaiser Trajan

(1) Ich bitte Dich, o Herr, mich durch Deinen Rat zu leiten. Ich bin nämlich im Zweifel, ob ich die Gefängnisse, wie bisher üblich, von Gemeindesklaven oder aber von Soldaten bewachen lassen soll. Ich befürchte nämlich folgendes: Einerseits ist die Bewachung durch Gemeindesklaven nicht sicher genug, andererseits aber nimmt diese Aufgabe eine nicht geringe Zahl von Soldaten in Anspruch. (2) Einstweilen habe ich den Gemeindesklaven einige Soldaten beigegeben. Freilich sehe ich dabei die Gefahr, daß gerade dadurch beide Seiten zur Nachlässigkeit verführt werden. Sie verlassen sich dann nämlich darauf, daß der eine ein gemeinschaftliches Versäumnis jeweils auf den anderen abschieben kann.

20

Trajan an Plinius

(1) Es ist nicht erforderlich, mein lieber Secundus, zur Bewachung der Gefängnisse eine größere Zahl von Soldaten[18] von ihrem Posten abzuziehen. Bleiben wir bei der Gewohnheit jener Provinz, daß nämlich Gemeindesklaven die Bewachung übernehmen. (2) An Dir und Deiner strengen Wachsamkeit wird es liegen, daß sie ihren Dienst auch zuverlässig versehen. Die Hauptgefahr bei einem gemeinsamen Dienst von Gemeindesklaven und Soldaten ist nämlich, wie Du ganz richtig schreibst, daß sich dabei einer auf den andern verläßt und sie dadurch nachlässiger werden. Wir wollen aber auch dies beachten, daß möglichst wenig Soldaten von ihrem Posten abgezogen werden.

XXI

C. Plinius Traiano Imperatori

(1) Gavius Bassus praefectus orae Ponticae et reverentissime et officiosissime, domine, venit ad me et compluribus diebus fuit mecum, quantum perspicere potui, vir egregius et indulgentia tua dignus. Cui ego notum feci praecepisse te, ut ex cohortibus, quibus me praeesse voluisti, contentus esset beneficiariis decem, equitibus duobus, centurione uno. (2) Respondit non sufficere sibi hunc numerum, idque se scripturum tibi. Hoc in causa fuit, quominus statim revocandos putarem, quos habet supra numerum.

XXII

Traianus Plinio

(1) Et mihi scripsit Gavius Bassus non sufficere sibi eum militum numerum, qui ut daretur illi, mandatis meis complexus sum. Cui quae rescripsissem, ut notum haberes, his litteris subici iussi. Multum interest, res poscat an † hoc nomine eis uti latius velit. (2) Nobis autem utilitas demum spectanda est, et, quantum fieri potest, curandum ne milites a signis absint.

21

C. Plinius an Kaiser Trajan

(1) Gavius Bassus, der Präfekt der Küste von Pontus,[19] hat mir, o Herr, ehrerbietig und pflichtgetreu seinen Besuch abgestattet und ist mehrere Tage bei mir geblieben. Soweit ich erkennen konnte, ist er ein ausgezeichneter und Deiner Huld würdiger Mann. Ich habe ihm Deine Order übermittelt, daß er sich mit zehn Gefreiten, zwei Reitern und einem Hauptmann aus den Kohorten, die Du mir unterstellt hast, begnügen müsse. (2) Er entgegnete, diese Zahl genüge ihm nicht, und er werde Dir schriftlich darüber Meldung erstatten. Das ist der Grund, weshalb ich glaubte, ich müsse seine überzähligen Leute nun nicht sogleich abberufen.

22

Trajan an Plinius

(1) Auch mir hat Gavius Bassus schriftlich mitgeteilt, ihm genüge die Zahl der Soldaten nicht, die ihm meiner Order gemäß zugewiesen worden waren. Um Dich von meiner Antwort in Kenntnis zu setzen, habe ich sie diesem Schreiben beilegen lassen. Es kommt sehr darauf an, ob die Sachlage etwas erfordert oder ob er nur darauf aus ist, seine Befugnisse auszuweiten. (2) Wir müssen aber vornehmlich den allgemeinen Nutzen im Auge haben und, soweit dies möglich ist, dafür sorgen, daß die Soldaten nicht ihren Einheiten entzogen werden.

XXIII

C. Plinius Traiano Imperatori

(1) Prusenses, domine, balineum habent; est sordidum et vetus. Itaque magni aestimant novum fieri; quod videris mihi desiderio eorum indulgere posse. (2) Erit enim pecunia, ex qua fiat, primum ea, quam revocare a privatis et exigere iam coepi; deinde quam ipsi erogare in oleum soliti, parati sunt in opus balinei conferre; quod alioqui et dignitas civitatis et saeculi tui nitor postulat.

XXIV

Traianus Plinio

Si instructio novi balinei oneratura vires Prusensium non est, possumus desiderio eorum indulgere, modo ne quid ideo aut intribuatur aut minus illis in posterum fiat ad necessarias erogationes.

XXV

C. Plinius Traiano Imperatori

Servilius Pudens legatus, domine, VIII kal. Decembres Nicomediam venit meque longae exspectationis sollicitudine liberavit.

23

C. Plinius an Kaiser Trajan

(1) Die Bewohner von Prusa, o Herr, haben ein unhygienisches und altmodisches Bad. Deshalb halten sie es für wichtig, eine neue Anlage zu bauen, und ich meine, Du könntest ihnen ihren Wunsch bewilligen.[20] (2) Geld für den Bau wird nämlich zur Verfügung stehen, zunächst die Summen, die ich von den Privatleuten gerade zurückfordere und eintreibe. Ferner sind sie bereit, den Betrag, den sie gewöhnlich für Öl ausgeben,[21] für den Bau des Bades zur Verfügung zu stellen. Zudem fordert sowohl das Ansehen der Stadt wie auch der Glanz Deines Zeitalters geradezu ein solches Bauwerk.

24

Trajan an Plinius

Wenn die Errichtung eines neuen Bades die Wirtschaftskraft der Bewohner von Prusa nicht zu sehr belastet, können wir uns einem solchen Wunsch willfährig zeigen. Voraussetzung dafür ist allerdings, daß keine zusätzlichen Abgaben erhoben werden und daß es den Leuten für die Zukunft nicht an notwendigen Mitteln fehlt.

25

C. Plinius an Kaiser Trajan

Mein Legat Servilius Pudens ist, o Herr, am 24. November in Nikomedien eingetroffen und hat mich von der Unruhe langen Wartens befreit.

XXVI

C. Plinius Traiano Imperatori

(1) Rosianum Geminum, domine, artissimo vinculo mecum tua in me beneficia iunxerunt; habui enim illum quaestorem in consulatu. Mei sum observantissimum expertus; tantam mihi post consulatum reverentiam praestat, et publicae necessitudinis pignera privatis cumulat officiis. (2) Rogo ergo, ut ipse apud te pro dignitate eius precibus meis faveas. Cui et, si quid mihi credis, indulgentiam tuam dabis; dabit ipse operam ut in iis, quae ei mandaveris, maiora mereatur. Parciorem me in laudando facit, quod spero tibi et integritatem eius et probitatem et industriam non solum ex eius honoribus, quos in urbe sub oculis tuis gessit, verum etiam ex commilitio esse notissimam. (3) Illud unum, quod propter caritatem eius nondum mihi videor satis plene fecisse, etiam atque etiam facio teque, domine, rogo, gaudere me exornata quaestoris mei dignitate, id est per illum mea, quam maturissime velis.

XXVII

C. Plinius Traiano Imperatori

Maximus libertus et procurator tuus, domine, praeter decem beneficiarios, quos adsignari a me Gemellino optimo viro iussisti, sibi quoque confirmat necessarios esse milites sex. Hos interim, sicut inveneram, in ministerio eius relinquendos existimavi, praesertim cum ad frumentum comparandum iret in Paphlagoniam. Quin etiam tu-

26

C. Plinius an Kaiser Trajan

(1) Rosianus Geminus ist mir, o Herr, durch Deine mir erwiesenen Wohltaten aufs engste verbunden. Er war nämlich während meines Konsulats mein Quästor. Ich habe ihn als einen mir treu ergebenen Mann kennengelernt. Auch nach meinem Konsulat erweist er mir große Ehrerbietung und fügt den Beweisen seiner Verbundenheit im Amt nun noch persönliche Dienste reichlich hinzu. (2) Ich bitte Dich also, Du mögest meinen Bitten bei Dir für seine Beförderung gewogen sein. Du wirst ihm auch, wenn Du nur etwas Vertrauen in mich setzt, Deine Huld schenken, er aber wird bemüht sein, sich mit den Aufgaben, die Du ihm anvertraust, jeweils noch größere zu verdienen. Ich kann etwas sparsamer mit meinem Lobe sein, da Dir, wie ich hoffe, sein redliches, tüchtiges Wesen nur allzugut bekannt ist – nicht nur aus der Zeit seiner Amtsführung in der Stadt, unter Deinen Augen, sondern auch aus Eurer Kriegskameradschaft.[22] (3) Das einzige, was ich zum Lohn für seine treuen Dienste wohl noch nicht genügend getan habe, das tue ich jetzt, und ich tue es nachdrücklich: Ich bitte Dich, o Herr, laß mich so bald wie möglich Freude haben an der Rangerhöhung meines Quästors, und damit zugleich an meiner eigenen.

27

C. Plinius an Kaiser Trajan

Dein Freigelassener und Prokurator[23] Maximus besteht darauf, daß er außer den zehn Gefreiten, die ich auf Deinen Befehl dem trefflichen Gemellinus zugeteilt habe, für sich selbst noch weitere sechs Mann benötige. Diese glaubte ich einstweilen, so wie ich es bei meiner Ankunft vorfand, in seinem Dienst lassen zu können, zumal er

telae causa, quia ita desiderabat, addidi duos equites. In futurum, quid servari velis, rogo rescribas.

XXVIII
Traianus Plinio

Nunc quidem proficiscentem ad comparationem frumentorum Maximum libertum meum recte militibus instruxisti. Fungebatur enim et ipse extraordinario munere. Cum ad pristinum actum reversus fuerit, sufficient illi duo a te dati milites et totidem a Virdio Gemellino procuratore meo, quem adiuvat.

XXIX
C. Plinius Traiano Imperatori

(1) Sempronius Caelianus, egregius iuvenis, repertos inter tirones duos servos misit ad me; quorum ego supplicium distuli, ut te conditorem disciplinae militaris firmatoremque consulerem de modo poenae. (2) Ipse enim dubito ob hoc maxime quod, ut iam dixerant sacramento, ita nondum distributi in numeros erant. Quid ergo debeam sequi rogo, domine, scribas, praesertim cum pertineat ad exemplum.

nach Paphlagonien[24] ging, um Getreide aufzukaufen. Ja ich habe ihm auf seinen Wunsch hin zu seinem Schutze noch zwei Reiter mitgegeben. Wie Du es in Zukunft gehandhabt wissen willst, das teile mir doch bitte mit.

28

Trajan an Plinius

Für jetzt, da er unterwegs ist, um Getreide aufzukaufen, hast Du recht gehabt, meinem Freigelassenen Maximus Soldaten mitzugeben. Er erfüllt ja für seine Person einen besonderen Auftrag. Wenn er aber auf seinen bisherigen Posten zurückgekehrt ist, dann werden ihm zwei von Dir gestellte Soldaten und ebenso viele von meinem Prokurator Virdius Gemellinus, dessen Helfer er ist, genügen müssen.

29

C. Plinius an Kaiser Trajan

(1) Sempronius Caelianus, ein sehr ehrenwerter junger Mann, hat unter den Rekruten zwei Sklaven entdeckt und sie zu mir geschickt. Ich habe ihre Aburteilung aufgeschoben, um Dich, den Begründer und Festiger militärischer Zucht,[25] über die Art der Bestrafung zu befragen. (2) Ich bin für meine Person nämlich unschlüssig, vor allem, weil sie zwar schon den Fahneneid abgelegt hatten, aber noch keiner Einheit zugeteilt worden waren. Ich bitte Dich also, o Herr, schreibe mir doch, wie ich vorgehen soll, zumal da die Entscheidung als Präzedenzfall gelten wird.

XXX
Traianus Plinio

(1) Secundum mandata mea fecit Sempronius Caelianus mittendo ad te eos, de quibus cognosci oportebit, an capitale supplicium meruisse videantur. Refert autem, voluntarii se obtulerint an lecti sint vel etiam vicarii dati. (2) Lecti ⟨si⟩ sunt, inquisitio peccavit; si vicarii dati, penes eos culpa est qui dederunt; si ipsi, cum haberent condicionis suae conscientiam, venerunt, animadvertendum in illos erit. Neque enim multum interest, quod nondum per numeros distributi sunt. Ille enim dies, quo primum probati sunt, veritatem ab iis originis suae exegit.

XXXI
C. Plinius Traiano Imperatori

(1) Salva magnitudine tua, domine, descendas oportet ad meas curas, cum ius mihi dederis referendi ad te, de quibus dubito. (2) In plerisque civitatibus, maxime Nicomediae et Nicaeae, quidam vel in opus damnati vel in ludum similiaque his genera poenarum publicorum servorum officio ministerioque funguntur, atque etiam ut publici servi annua accipiunt. Quod ego cum audissem, diu multumque haesitavi, quid facere deberem. (3) Nam et reddere poenae post longum tempus plerosque iam senes et, quantum adfirmatur, frugaliter modesteque viventes nimis severum arbitrabar, et in publicis officiis retinere damnatos non sa-

30

Trajan an Plinius

(1) Sempronius Caelianus hat meinen Anordnungen gemäß gehandelt, indem er Dir diese Männer überstellte. Man wird untersuchen müssen, ob sie die Todesstrafe verdient haben. Dabei kommt es darauf an, ob sie sich freiwillig gestellt haben oder ob sie ausgehoben worden sind, oder ob sie etwa als Ersatzmänner geschickt wurden. (2) Sind sie ausgehoben worden, dann hat die Musterungsstelle einen Fehler gemacht. Wurden sie als Ersatzmänner gestellt, dann liegt die Schuld bei denen, die sie gestellt haben. Falls sie aber, trotz Kenntnis ihres Standes, freiwillig gekommen sind, dann wird man sie ihrer Strafe zuführen müssen. Es ist nämlich nicht von Bedeutung, daß sie noch keiner Einheit zugeteilt worden sind. Der Tag, an dem sie gemustert wurden, forderte von ihnen die wahrheitsgemäße Angabe ihrer Herkunft.

31

C. Plinius an Kaiser Trajan

(1) Unbeschadet Deiner Hoheit, o Herr, mußt Du Dich zu meinen Sorgen herablassen, da Du mir das Recht eingeräumt hast, mich in Zweifelsfällen an Dich zu wenden. (2) In den meisten Städten, vor allem in Nikomedien und Nicaea, gibt es Leute, die zu Zwangsarbeit, zu Gladiatorenkämpfen oder zu ähnlichen derartigen Strafen verurteilt sind, aber nun als Gemeindesklaven beschäftigt werden. Sie erhalten sogar auch wie Gemeindesklaven ein jährliches Gehalt. Als ich das hörte, habe ich lange hin und her überlegt, was ich tun soll. (3) Es schien mir allzu hart, Leute nach langer Zeit der Strafe zuzuführen, von denen die meisten schon alt sind und, wie man mir versicherte, ordentlich und bescheiden leben. Verurteilte in öf-

tis honestum putabam; eosdem rursus a re publica pasci otiosos inutile, non pasci etiam periculosum existimabam. (4) Necessario ergo rem totam, dum te consulerem, in suspenso reliqui.

Quaeres fortasse, quem ad modum evenerit, ut poenis in quas damnati erant exsolverentur: et ego quaesii, sed nihil comperi, quod adfirmare tibi possim. Ut decreta quibus damnati erant proferebantur, ita nulla monumenta quibus liberati probarentur. (5) Erant tamen, qui dicerent deprecantes iussu proconsulum legatorumve dimissos. Addebat fidem, quod credibile erat neminem hoc ausum sine auctore.

XXXII

Traianus Plinio

(1) Meminerimus idcirco te in istam provinciam missum, quoniam multa in ea emendanda adparuerint. Erit autem vel hoc maxime corrigendum, quod qui damnati ad poenam erant, non modo ea sine auctore, ut scribis, liberati sunt, sed etiam in condicionem proborum ministrorum retrahuntur. (2) Qui igitur intra hos proximos decem annos damnati nec ullo idoneo auctore liberati sunt, hos oportebit poenae suae reddi; si qui vetustiores invenientur et senes ante annos decem damnati, distribuamus illos in

fentlichen Diensten zu behalten, schien mir aber auch nicht ganz in Ordnung. Die Leute jedoch, ohne daß sie etwas tun, auf Staatskosten durchzufüttern, das hielt ich wiederum für unnütz, sie aber gar nicht zu füttern, erschien mir ein Risiko. (4) Notgedrungen habe ich also die ganze Sache unentschieden gelassen, bis ich Deinen Rat eingeholt hätte.

Du fragst vielleicht, wie es dazu kam, daß sich die Leute ihren Strafen, zu denen sie verurteilt waren, entziehen konnten. Ich habe mir diese Frage ebenfalls gestellt, aber nichts in Erfahrung bringen können, was ich Dir als sicheren Bescheid mitteilen könnte. Es wurden zwar Gerichtsurteile vorgelegt, nach denen sie verurteilt waren, aber keine Dokumente, die ihre Begnadigung erwiesen hätten. (5) Einige behaupteten dennoch, infolge eines Gnadengesuchs auf Geheiß der Prokonsuln und Legaten freigekommen zu sein. Für die Glaubwürdigkeit dieser Angaben spricht, daß ja aller Wahrscheinlichkeit nach niemand ohne eine solche offizielle Verfügung gewagt hätte, diese Leute anzustellen.

32

Trajan an Plinius

(1) Wir wollen doch nicht vergessen, daß Du deshalb in diese Provinz geschickt worden bist, weil es dort offensichtlich viele Mißstände zu beseitigen gilt. Dies aber wird vor allem zu beheben sein, daß Sträflinge nicht nur ohne offizielle Verfügung, wie Du schreibst, von ihrer Strafe befreit, sondern sogar als rechtmäßige Bedienstete angestellt werden. (2) Also wird man alle, die innerhalb der letzten zehn Jahre verurteilt wurden und nicht durch eine gültige Verfügung davon befreit worden sind, ihrer Strafe zuführen. Findet man ältere Leute und Greise, die schon vor mehr als zehn Jahren verurteilt wurden, dann wollen

ea ministeria, quae non longe a poena sint. Solent enim eiusmodi homines ad balineum, ad purgationes cloacarum, item munitiones viarum et vicorum dari.

XXXIII

C. Plinius Traiano Imperatori

(1) Cum diversam partem provinciae circumirem, Nicomediae vastissimum incendium multas privatorum domos et duo publica opera, quamquam via interiacente, Gerusian et Iseon absumpsit. (2) Est autem latius sparsum, primum violentia venti, deinde inertia hominum quos satis constat otiosos et immobiles tanti mali spectatores perstitisse; et alioqui nullus usquam in publico sipo, nulla hama, nullum denique instrumentum ad incendia compescenda. Et haec quidem, ut iam praecepi, parabuntur; (3) tu, domine, dispice an instituendum putes collegium fabrorum dumtaxat hominum CL. Ego attendam, ne quis nisi faber recipiatur neve iure concesso in aliud utantur; nec erit difficile custodire tam paucos.

XXXIV

Traianus Plinio

(1) Tibi quidem secundum exempla complurium in mentem venit posse collegium fabrorum apud Nicomedenses constitui. Sed meminerimus provinciam istam et

wir diese zu solchen Diensten einteilen lassen, die sich nicht sehr von Sträflingsarbeit unterscheiden. Man setzt solche Leute ja gewöhnlich für die Bäder ein, für die Reinigung der Kloaken und ebenso zum Wege- und Straßenbau.

33

C. Plinius an Kaiser Trajan

(1) Während ich einen entlegenen Teil der Provinz bereiste, hat in Nikomedien ein Großbrand viele Privathäuser und auch zwei öffentliche Gebäude, das Heim für ältere Bürger und den Isistempel, vernichtet, und das, obwohl eine Straße dazwischenlag. (2) Das Feuer griff aber immer weiter um sich, zunächst wegen des starken Windes, dann aber auch wegen der Untätigkeit der Leute, die erwiesenermaßen wie Zuschauer bei solch einer Katastrophe müßig dastanden, ohne eine Hand zu rühren. Und obendrein gab es in der ganzen Stadt nirgendwo eine Feuerspritze, keinen Löscheimer, überhaupt kein Gerät zur Brandbekämpfung. Dies wird nun aber, wie ich bereits angeordnet habe, beschafft werden. (3) Überlege Du doch bitte, o Herr, ob man Deines Erachtens nicht eine Handwerkergilde als Feuerwehr aufstellen soll, nicht mehr als 150 Mann stark. Ich werde darauf achten, daß nur Handwerker aufgenommen werden und daß mit dem verliehenen Recht kein Mißbrauch getrieben wird. Es wird ja nicht so schwer sein, eine so geringe Zahl von Leuten unter Kontrolle zu halten.

34

Trajan an Plinius

(1) Du bist nach dem Vorbild mehrerer anderer Städte auf den Gedanken gekommen, man könne in Nikomedien eine Handwerkergilde als Feuerwehr aufstellen. Wir wol-

praecipue eas civitates eius modi factionibus esse vexatas. Quodcumque nomen ex quacumque causa dederimus iis, qui in idem contracti fuerint, hetaeriae eaeque brevi fient. (2) Satius itaque est comparari ea, quae ad coercendos ignes auxilio esse possint, admonerique dominos praediorum, ut et ipsi inhibeant ac, si res poposcerit, adcursu populi ad hoc uti.

XXXV

C. Plinius Traiano Imperatori

Sollemnia vota pro incolumitate tua, qua publica salus continetur, et suscepimus, domine, pariter et solvimus precati deos, ut velint ea semper solvi semperque signari.

XXXVI

Traianus Plinio

Et solvisse vos cum provincialibus dis immortalibus vota pro mea salute et incolumitate et nuncupasse libenter, mi Secunde carissime, cognovi ex litteris tuis.

XXXVII

C. Plinius Traiano Imperatori

(1) In aquae ductum, domine, Nicomedenses impenderunt HS |XXX| $\overline{\text{CCCXVIII}}$, qui imperfectus adhuc omissus, de-

len aber nicht vergessen, daß gerade diese Provinz und besonders die Städte dort von Bünden solcher Art viel zu leiden hatten. Welchen Namen und welche Zweckbestimmung wir denen auch geben, die sich darin organisieren, es werden in kurzer Zeit doch immer politische Vereinigungen daraus.[26] (2) Daher ist es besser, die Geräte anzuschaffen, die zur Brandbekämpfung dienlich sind, sowie die Grundstückseigentümer zu mahnen, das Löschen selbst zu besorgen. Außerdem kann man, wenn es die Umstände erfordern, auch das zusammengelaufene Volk dabei anstellen.

35

C. Plinius an Kaiser Trajan

Die feierlichen Gelübde für Dein Wohlergehen, o Herr, auf dem das Heil des Staates beruht, haben wir erneuert und zugleich eingelöst, indem wir die Götter baten, sie immer wieder ablegen und erneuern zu dürfen.[27]

36

Trajan an Plinius

Daß Ihr gemeinsam mit den Bewohnern der Provinz den unsterblichen Göttern die Gelübde für mein Heil und Wohlergehen eingelöst und erneuert habt, das ersehe ich mit Freude aus Deinem Brief, mein lieber Secundus.

37

C. Plinius an Kaiser Trajan

(1) Für eine Wasserleitung, o Herr, haben die Einwohner von Nikomedien 3318000 Sesterze aufgewendet, und der Bau ist bis heute nicht fertig geworden, sondern einge-

structus etiam est; rursus in alium ductum erogata sunt $\overline{\text{CC}}$. Hoc quoque relicto novo impendio est opus, ut aquam habeant, qui tantam pecuniam male perdiderunt.

(2) Ipse perveni ad fontem purissimum, ex quo videtur aqua debere perduci, sicut initio temptatum erat, arcuato opere, ne tantum ad plana civitatis et humilia perveniat. Manent adhuc paucissimi arcus: possunt et erigi quidam lapide quadrato, qui ex superiore opere detractus est; aliqua pars, ut mihi videtur, testaceo opere agenda erit, id enim et facilius et vilius. (3) Sed in primis necessarium est mitti a te vel aquilegem vel architectum, ne rursus eveniat quod accidit. Ego illud unum adfirmo, et utilitatem operis et pulchritudinem saeculo tuo esse dignissimam.

XXXVIII
Traianus Plinio

Curandum est, ut aqua in Nicomedensem civitatem perducatur. Vere credo te ea, qua debebis, diligentia hoc opus adgressurum. Sed medius fidius ad eandem diligentiam tuam pertinet inquirere, quorum vitio ad hoc tempus tantam pecuniam Nicomedenses perdiderint, ne, dum inter se gratificantur, et incohaverint aquae ductus et reliquerint. Quid itaque compereris, perfer in notitiam meam.

stellt, ja sogar abgerissen worden. Für eine andere Leitung wurden abermals 200000 Sesterze ausgegeben. Da auch dieser Bau liegengeblieben ist, muß von neuem Geld aufgebracht werden, damit die Leute, die solche Summen unnütz vertan haben, nun endlich Wasser bekommen.

(2) Ich habe selbst die Quelle aufgesucht – sie ist äußerst rein –, von der aus man meiner Meinung nach das Wasser in die Stadt leiten sollte. Aber es müßte auf einem Aquädukt geschehen, so wie man es auch anfänglich versucht hatte, damit das Wasser nicht nur in die ebenen und tiefer gelegenen Stadtteile gelangt. Es stehen noch ein paar Bögen; einige andere könnten aus Quadersteinen errichtet werden, die man von dem früheren Bau nimmt. Einen weiteren Abschnitt wird man, was ich für das beste halte, aus Ziegelsteinen erbauen, das ist nämlich einfacher und billiger. (3) Aber es ist vor allem nötig, daß Du einen Wasserbautechniker oder einen Architekten schickst, damit es nicht wieder so geht wie schon einmal. Das eine kann ich mit Sicherheit sagen: Ein solcher Bau wäre vom Nutzen wie von seiner Schönheit her Deines Zeitalters höchst würdig.

38

Trajan an Plinius

Man muß dafür sorgen, daß die Stadt Nikomedien eine Wasserleitung erhält, und ich glaube ganz sicher, daß Du diese Aufgabe mit der nötigen Umsicht in Angriff nehmen wirst. Aber gerade zu diesem umsichtigen Verhalten Deinerseits gehört es weiß Gott auch, daß Du nachforschst, durch wessen Schuld die Leute in Nikomedien bis heute eine solche Menge Geld zum Fenster hinausgeworfen haben. Sonst fangen sie wieder an, einen Aquädukt zu bauen, und lassen die Arbeit liegen, während einer vom andern das Geld einstreicht. Laß mich daher wissen, was Du in Erfahrung gebracht hast.

XXXIX

C. Plinius Traiano Imperatori

(1) Theatrum, domine, Nicaeae maxima iam parte constructum, imperfectum tamen, sestertium (ut audio; neque enim ratio operis excussa est) amplius centies hausit: vereor ne frustra. (2) Ingentibus enim rimis desedit et hiat, sive in causa solum umidum et molle, sive lapis ipse gracilis et putris: dignum est certe deliberatione, sitne faciendum an sit relinquendum an etiam destruendum. Nam fulturae ac substructiones, quibus subinde suscipitur, non tam firmae mihi quam sumptuosae videntur. (3) Huic theatro ex privatorum pollicitationibus multa debentur, ut basilicae circa, ut porticus supra caveam. Quae nunc omnia differuntur cessante eo, quod ante peragendum est.

(4) Iidem Nicaeenses gymnasium incendio amissum ante adventum meum restituere coeperunt, longe numerosius laxiusque quam fuerat, et iam aliquantum erogaverunt; periculum est, ne parum utiliter; incompositum enim et sparsum est. Praeterea architectus, sane aemulus eius a quo opus incohatum est, adfirmat parietes quamquam viginti et duos pedes latos imposita onera sustinere non posse, quia sint caemento medii farti nec testaceo opere praecincti.

(5) Claudiopolitani quoque in depresso loco, imminente etiam monte ingens balineum defodiunt magis quam aedi-

39

C. Plinius an Kaiser Trajan

(1) Das Theater in Nicaea, o Herr, das zum größten Teil schon steht, aber doch noch nicht ganz fertig ist, hat, wie ich höre – die Rechnung wurde nämlich noch nicht geprüft –, mehr als zehn Millionen Sesterze verschlungen, und ich fürchte, für nichts und wieder nichts. (2) Der Bau hat nämlich ungeheure Risse, er senkt sich und klafft auseinander. Entweder ist der Untergrund feucht und weich oder das Material selbst ist zu wenig solide und porös. Es ist sicher der Überlegung wert, ob man weiterbauen oder den Bau aufgeben oder gar abreißen soll. Die Pfeiler und Untermauerungen, mit denen man ihn schon mehrfach abgestützt hat, sehen mir nämlich eher aufwendig als dauerhaft aus. (3) Für dieses Theater steht noch vieles aus, was Privatleute zu bauen versprochen haben, wie Säulenhallen ringsherum und eine Galerie über dem Zuschauerraum. Das schiebt man nun alles auf, da die Bauarbeiten, die zuerst fertiggestellt werden müssen, ins Stocken geraten sind.

(4) Ebenfalls in Nicaea hat man vor meiner Ankunft begonnen, das durch einen Brand zerstörte Gymnasium wiederaufzubauen, und zwar weit geräumiger und weitläufiger als vorher. Man hat schon einiges dafür aufgewendet – eine nutzlose Ausgabe, wie zu befürchten ist. Es ist nämlich ein planloses und unzusammenhängendes Bauwerk. Außerdem behauptet der Architekt, freilich ein Konkurrent dessen, der den Bau begonnen hat, die Mauern – obwohl 22 Fuß dick[28] – könnten die auf ihnen ruhende Last nicht tragen. Sie seien nämlich nur mit Bruchsteinen gefüllt und nicht durch Backsteinverkleidung gesichert.

(5) Auch die Leute von Claudiopolis bauen oder besser gesagt, sie graben eine ungeheure Badeanlage, und zwar in einer Niederung, gerade am Fuß eines Berges. Dazu ver-

ficant, et quidem ex ea pecunia, quam buleutae additi beneficio tuo aut iam obtulerunt ob introitum aut nobis exigentibus conferent.

(6) Ergo cum timeam ne illic publica pecunia, hic, quod est omni pecunia pretiosius, munus tuum male collocetur, cogor petere a te non solum ob theatrum, verum etiam ob haec balinea mittas architectum, dispecturum utrum sit utilius post sumptum qui factus est quoquo modo consummare opera, ut incohata sunt, an quae videntur emendanda corrigere, quae transferenda transferre, ne dum servare volumus quod impensum est, male impendamus quod addendum est.

XL

Traianus Plinio

(1) Quid oporteat fieri circa theatrum, quod incohatum apud Nicaeenses est, in re praesenti optime deliberabis et constitues. Mihi sufficiet indicari, cui sententiae accesseris. Tunc autem a privatis exige opera, cum theatrum, propter quod illa promissa sunt, factum erit.

(2) Gymnasiis indulgent Graeculi; ideo forsitan Nicaeenses maiore animo constructionem eius adgressi sunt: sed oportet illos eo contentos esse, quod possit illis sufficere.

(3) Quid Claudiopolitanis circa balineum quod parum, ut scribis, idoneo loco incohaverunt suadendum sit, tu

wenden sie das Geld, das die Männer, die durch Deine Huld Ratsherrn wurden, als Einstandssumme entweder schon entrichtet haben oder auf meine Aufforderung hin noch beisteuern werden.[29]

(6) Da ich also befürchte, daß dort öffentliche Gelder, hier aber, was noch wertvoller ist als alles Geld, nämlich ein Geschenk Deiner Huld, schlecht genutzt werden, sehe ich mich zu der Bitte veranlaßt, Du mögest mir nicht nur wegen des Theaters, sondern auch wegen dieser Badeanlagen einen Architekten schicken. Er soll prüfen, ob es nach den bereits entstandenen Kosten besser ist, die Bauten, so gut es geht, zu Ende zu führen, so wie sie geplant waren, oder ob man die Mängel ausbessern und die erforderlichen Änderungen vornehmen soll. Während wir die bereits aufgewendeten Summen retten wollen, vertun wir sonst auch noch das Geld, das wir nun zusätzlich daranwenden.

40

Trajan an Plinius

(1) Was mit dem Theater geschehen soll, das die Leute von Nicaea begonnen haben, das wirst Du selbst an Ort und Stelle am besten beurteilen und entscheiden können. Mir genügt es, Nachricht darüber zu erhalten, welche Entscheidung Du getroffen hast. Dann fordere aber, sobald das Theater fertig ist, die Privatleute auf, die daraufhin versprochenen Bauten auszuführen.

(2) Für Gymnasien haben unsere lieben Griechen eine Schwäche. Deshalb haben wohl auch die Leute in Nicaea einen solchen Bau mit gar zu großem Enthusiasmus begonnen. Sie müssen sich aber mit dem zufriedengeben, wofür ihre Mittel ausreichen.

(3) Was man den Bürgern von Claudiopolis raten soll wegen ihres Bades, das sie an einem so ungünstigen Platz

constitues. Architecti tibi deesse non possunt. Nulla provincia non et peritos et ingeniosos homines habet; modo ne existimes brevius esse ab urbe mitti, cum ex Graecia etiam ad nos venire soliti sint.

XLI

C. Plinius Traiano Imperatori

(1) Intuenti mihi et fortunae tuae et animi magnitudinem convenientissimum videtur demonstrari opera non minus aeternitate tua quam gloria digna, quantumque pulchritudinis tantum utilitatis habitura. (2) Est in Nicomedensium finibus amplissimus lacus. Per hunc marmora fructus ligna materiae et sumptu modico et labore usque ad viam navibus, inde magno labore maiore impendio vehiculis ad mare devehuntur ... hoc opus multas manus poscit. At eae porro non desunt. Nam et in agris magna copia est hominum et maxima in civitate, certaque spes omnes libentissime adgressuros opus omnibus fructuosum. (3) Superest ut tu libratorem vel architectum si tibi videbitur mittas, qui diligenter exploret, sitne lacus altior mari, quem artifices regionis huius quadraginta cubitis altiorem esse contendunt.

(4) Ego per eadem loca invenio fossam a rege percussam, sed incertum utrum ad colligendum umorem circumiacentium agrorum an ad committendum flumini lacum;

bauen wollen, wie Du schreibst – da mußt Du Dir selbst ein Urteil bilden. An Architekten kann es Dir nicht fehlen. Es gibt keine Provinz, in der sich nicht erfahrene und sachverständige Leute finden. Du mußt nur nicht glauben, es ginge schneller, sie aus Rom kommen zu lassen. Denn auch zu uns kommen sie ja gewöhnlich aus dem griechischen Raum.[30]

41

C. Plinius an Kaiser Trajan

(1) Angesichts Deines hohen Ranges und Deiner erhabenen Gesinnung erscheint es mir höchst angemessen, Dir Bauten vorzuschlagen, die ebenso der Unsterblichkeit Deines Namens wie auch Deines Ruhmes würdig wären und Schönheit mit Nutzen verbinden würden. (2) Es gibt im Gebiet von Nikomedien einen sehr großen See. Über ihn schafft man Marmorblöcke, Feldfrüchte, Brenn- und Bauholz mit geringen Kosten und wenig Mühe zu Schiff bis zur Landstraße. Dann aber befördert man die Güter mit großer Mühe und noch größerem Aufwand auf Fuhrwerken zum Meer …[31] Dieses Werk erfordert vieler Hände Arbeit, doch daran fehlt es durchaus nicht. Denn auf dem Land wohnen eine Menge Menschen und in der Stadt noch mehr, und man kann sicher sein, daß alle nur zu gern bei einem Werk mit anpacken, das ihnen allen Gewinn bringt. (3) Es bleibt nur noch, daß Du – wenn Du den Plan billigst – einen Vermessungsfachmann oder einen Architekten schickst, der sorgfältig prüft, ob der See auch höher liegt als das Meer. Die Fachleute aus der Gegend hier behaupten, er liege 40 Ellen höher.[32]

(4) Ich finde hier in derselben Gegend einen Kanal, den ein König hat ausheben lassen. Doch weiß man nicht, ob damit das Wasser von den umliegenden Äckern abgeleitet oder der See mit dem Fluß verbunden werden sollte. Das

est enim imperfecta. Hoc quoque dubium, intercepto rege mortalitate an desperato operis effectu. (5) Sed hoc ipso (feres enim me ambitiosum pro tua gloria) incitor et accendor, ut cupiam peragi a te quae tantum coeperant reges.

XLII

Traianus Plinio

Potest nos sollicitare lacus iste, ut committere illum mari velimus; sed plane explorandum est diligenter, ne si emissus in mare fuerit totus effluat certe, quantum aquarum et unde accipiat. Poteris a Calpurnio Macro petere libratorem, et ego hinc aliquem tibi peritum eius modi operum mittam.

XLIII

C. Plinius Traiano Imperatori

(1) Requirenti mihi Byzantiorum rei publicae impendia, quae maxima fecit, indicatum est, domine, legatum ad te salutandum annis omnibus cum psephismate mitti, eique dari nummorum duodena milia. (2) Memor ergo propositi tui legatum quidem retinendum, psephisma autem mittendum putavi, ut simul et sumptus levaretur et impleretur publicum officium. (3) Eidem civitati imputata sunt terna milia, quae viatici nomine annua dabantur legato eunti ad

Werk ist nämlich nicht fertig geworden. Es ist auch nicht klar, ob die Arbeit eingestellt wurde, weil der König gestorben war, oder weil man an der Ausführbarkeit zweifelte. (5) Aber – Du wirst mir ja erlauben, Ehrgeiz zu entwickeln für Deinen Ruhm – gerade das gibt mir Ansporn und Anreiz zu dem Wunsch, Du mögest das vollenden, was Könige nur begonnen hatten.

42
Trajan an Plinius

Dieser See kann mich schon zu dem Plan reizen, ihn mit dem Meer zu verbinden. Aber es müssen unbedingt gründliche Untersuchungen durchgeführt werden, ob der See bei einer Ableitung ins Meer nicht ganz ausfließt, und auf jeden Fall, wieviel Wasser ihm zuströmt und woher es kommt. Du kannst Dir von Calpurnius Macer einen Vermessungsfachmann ausbitten, und ich werde Dir von hier jemand schicken, der in solchen Arbeiten erfahren ist.

43
C. Plinius an Kaiser Trajan

(1) Als ich in Byzanz die Ausgaben kontrollierte – sie sind äußerst hoch –, da wies man mich darauf hin, daß jedes Jahr ein Gesandter mit einer Grußbotschaft abgeschickt wird, um Dir seine Aufwartung zu machen, und daß er dafür 12000 Sesterze erhält. (2) Deiner Richtlinien eingedenk,[33] entschied ich mich dafür, den Gesandten hierzubehalten, die Grußadresse aber abzuschicken, um so gleichermaßen die Kosten zu vermindern und eine offizielle Pflicht zu erfüllen. (3) In den Rechnungsbüchern derselben Stadt findet sich auch eine Summe von 3000 Sesterzen als jährlich zu zahlendes Reisegeld für einen Ge-

eum qui Moesiae praeest publice salutandum. Haec ego in posterum circumcidenda existimavi. (4) Te, domine, rogo ut quid sentias rescribendo aut consilium meum confirmare aut errorem emendare digneris.

XLIV

Traianus Plinio

Optime fecisti, Secunde carissime, duodena ista Byzantiis quae ad salutandum me in legatum impendebantur remittendo. Fungentur his partibus, etsi solum psephisma per te missum fuerit. Ignoscet illis et Moesiae praeses, si minus illum sumptuose coluerint.

XLV

C. Plinius Traiano Imperatori

Diplomata, domine, quorum dies praeterit, an omnino observari et quam diu velis, rogo scribas meque haesitatione liberes. Vereor enim, ne in alterutram partem ignorantia lapsus aut inlicita confirmem aut necessaria impediam.

sandten, der zum Statthalter von Moesien[34] reiste, um ihm einen offiziellen Besuch abzustatten. Diesen Posten glaubte ich für die Zukunft streichen zu müssen. (4) Ich bitte Dich, o Herr, schreibe mir doch, wie Du darüber denkst, und bestätige bitte meine Entscheidung oder korrigiere meinen Irrtum.

44
Trajan an Plinius

Du hast ganz recht gehabt, mein lieber Secundus, daß Du den Byzantinern die 12000 Sesterze gestrichen hast, die sie für einen Gesandten ausgaben, der mir einen offiziellen Besuch abzustatten hatte. Es wird für diesen Zweck genügen, wenn sie mir durch Dich ihre Grußadresse zustellen lassen. Auch der Statthalter von Moesien wird sich ihnen gegenüber nachsichtig zeigen, wenn sie ihm ihre Ehrerbietung mit weniger Aufwand bezeugen.

45
C. Plinius an Kaiser Trajan

Bitte schreibe mir doch, o Herr, ob Reisepässe,[35] deren Gültigkeitsdatum abgelaufen ist, Deinem Willen gemäß überhaupt noch anerkannt werden sollen und wie lange, und befreie mich damit von meiner Unschlüssigkeit. Ich befürchte nämlich, ich begehe aus Unkenntnis in jedem Falle einen Fehler: Entweder unterstütze ich eine unzulässige Mission, oder ich behindere eine notwendige.

XLVI

Traianus Plinio

Diplomata, quorum praeteritus est dies, non debent esse in usu. Ideo inter prima iniungo mihi, ut per omnes provincias ante mittam nova diplomata, quam desiderari possint.

XLVII

C. Plinius Traiano Imperatori

(1) Cum vellem, domine, Apameae cognoscere publicos debitores et reditum et impendia, responsum est mihi cupere quidem universos, ut a me rationes coloniae legerentur, numquam tamen esse lectas ab ullo proconsulum; habuisse privilegium et vetustissimum morem arbitrio suo rem publicam administrare. (2) Exegi ut quae dicebant quaeque recitabant libello complecterentur; quem tibi qualem acceperam misi, quamvis intellegerem pleraque ex illo ad id, de quo quaeritur, non pertinere. (3) Te rogo ut mihi praeire digneris, quid me putes observare debere. Vereor enim ne aut excessisse aut non implesse officii mei partes videar.

XLVIII

Traianus Plinio

(1) Libellus Apamenorum, quem epistulae tuae iunxeras, remisit mihi necessitatem perpendendi qualia essent, propter quae videri volunt eos, qui pro consulibus hanc

46

Trajan an Plinius

Abgelaufene Reisepässe dürfen nicht mehr benutzt werden. Daher rechne ich es zu meinen vordringlichsten Aufgaben, in alle Provinzen neue Geleitbriefe zu schicken, bevor sich ihr Fehlen bemerkbar macht.

47

C. Plinius an Kaiser Trajan

(1) Als ich, o Herr, in Apamea die Außenstände, Einnahmen und Ausgaben der Gemeinde prüfen wollte, erhielt ich die Antwort, die Bürger wünschten zwar alle, ich solle mir die Rechnungsbücher der Kolonie[36] ansehen, doch seien diese noch nie von einem Statthalter geprüft worden. Es sei ihr Privileg und Brauch von alters her, ihr Gemeinwesen nach eigenem Gutdünken zu verwalten. (2) Ich verlangte, daß sie ihre Erklärungen und den Inhalt der diesbezüglichen Dokumente in einer Denkschrift zusammenfassen sollten. Diese schicke ich Dir so, wie sie mir zugegangen ist, obwohl ich sehe, daß das meiste darin mit dem fraglichen Punkt gar nichts zu tun hat. (3) Ich bitte Dich: Leite mich an, wie ich Deiner Meinung nach zu verfahren habe. Ich fürchte nämlich, es könnte so aussehen, als ob ich meine Amtspflichten entweder überschreite oder sie nicht erfülle.

48

Trajan an Plinius

(1) Die Denkschrift der Bürger von Apamea, die Du Deinem Schreiben beigefügt hattest, hat mir das Nachdenken darüber erspart, warum die Leute klarmachen wollen,

provinciam obtinuerunt, abstinuisse inspectatione rationum suarum, cum, ipse ut eas inspiceres, non recusaverint. (2) Remuneranda est igitur probitas eorum, ut iam nunc sciant hoc, quod inspecturus es, ex mea voluntate salvis, quae habent, privilegiis esse facturum.

XLIX

C. Plinius Traiano Imperatori

(1) Ante adventum meum, domine, Nicomedenses priori foro novum adicere coeperunt, cuius in angulo est aedes vetustissima Matris Magnae aut reficienda aut transferenda, ob hoc praecipue quod est multo depressior opere eo quod cum maxime surgit. (2) Ego cum quaererem, num esset aliqua lex dicta templo, cognovi alium hic, alium apud nos esse morem dedicationis. Dispice ergo, domine, an putes aedem, cui nulla lex dicta est, salva religione posse transferri; alioqui commodissimum est, si religio non impedit.

L

Traianus Plinio

Potes, mi Secunde carissime, sine sollicitudine religionis, si loci positio videtur hoc desiderare, aedem Matris Deum transferre in eam quae est accommodatior; nec te moveat, quod lex dedicationis nulla reperitur, cum solum peregrinae civitatis capax non sit dedicationis, quae fit nostro iure.

daß die Statthalter ihrer Provinz auf eine Inspektion ihrer Rechnungsbücher verzichtet haben;[37] Dir selbst haben sie freilich die Einsichtnahme nicht verweigert. (2) Ihr korrektes Verhalten muß also belohnt werden: Sie sollen nunmehr wissen, daß Du nach meinem Willen diese Prüfung durchführen wirst, wobei ihre Privilegien gewahrt bleiben.

49

C. Plinius an Kaiser Trajan

(1) Vor meiner Ankunft, o Herr, haben die Einwohner von Nikomedien damit begonnen, ein neues Forum an ihr bisheriges anzubauen. An der einen Ecke befindet sich ein uraltes Heiligtum der Magna Mater,[38] das entweder umgebaut oder verlegt werden muß, vor allem deswegen, weil es viel tiefer liegt als die neue Anlage, die sehr hoch wird. (2) Als ich mich erkundigte, ob es eine Stiftungsurkunde für den Tempel gibt, erfuhr ich, daß man hier eine andere Sitte der Tempelweihe hat als bei uns. Erwäge also, o Herr, ob Deiner Meinung nach ein Heiligtum, für das es keine Stiftungsurkunde gibt, ohne Verstoß gegen religiöse Vorschriften verlegt werden darf. Das wäre auf jeden Fall das Zweckmäßigste, falls religiöse Rücksichten es nicht verbieten.

50

Trajan an Plinius

Du kannst, mein lieber Secundus, ganz ohne religiöse Bedenken – wenn dies vom Standort her erforderlich scheint – den Tempel der Göttermutter an einen geeigneteren Platz verlegen. Es braucht Dich nicht zu kümmern, daß keine Stiftungsurkunde zu finden ist. Denn auf dem Boden eines fremden Gemeinwesens gilt keine solche Weihung, wie sie nach unserem Recht üblich ist.

LI

C. Plinius Traiano Imperatori

(1) Difficile est, domine, exprimere verbis, quantam perceperim laetitiam, quod et mihi et socrui meae praestitisti, ut adfinem eius Caelium Clementem in hanc provinciam transferres. (2) Ex illo enim et mensuram beneficii tui penitus intellego, cum tam plenam indulgentiam cum tota domo mea experiar, cui referre gratiam parem ne audeo quidem, quamvis maxime possim. Itaque ad vota confugio deosque precor, ut iis, quae in me adsidue confers, non indignus existimer.

LII

C. Plinius Traiano Imperatori

Diem, domine, quo servasti imperium, dum suscipis, quanta mereris laetitia celebravimus, precati deos ut te generi humano, cuius tutela et securitas saluti tuae innisa est, incolumem florentemque praestarent. Praeivimus et commilitonibus ius iurandum more sollemni, eadem provincialibus certatim pietate iurantibus.

51

C. Plinius an Kaiser Trajan

(1) Ich kann es kaum in Worte fassen, o Herr, wie sehr ich mich gefreut habe, daß Du mir und meiner Schwiegermutter die Güte erwiesen hast, ihren Verwandten Caelius Clemens in unsere Provinz zu versetzen. (2) Hieraus erkenne ich nämlich erst das volle Maß Deines Wohlwollens, da ich mit meinem ganzen Hause Deine reiche Huld erfahren darf. Ich kann mich nicht zu der Hoffnung versteigen, ich könnte ihr gebührenden Dank abstatten, wenn meine Möglichkeiten dazu auch noch so groß wären. Deshalb nehme ich meine Zuflucht zu Gebeten und bitte die Götter, daß ich der Huldbeweise, die Du fortwährend auf mich häufst, nicht unwürdig erscheinen möge.

52

C. Plinius an Kaiser Trajan

Den Tag, o Herr, an dem Du durch die Übernahme der Regierung dem Reich Rettung gebracht hast, haben wir voll Freude gefeiert,[39] wie Du es verdienst. Wir haben die Götter gebeten, Dich der Menschheit, deren Schutz und Sicherheit auf Dein Wohlergehen gegründet ist, gesund und glücklich zu erhalten. Wir haben auch den Soldaten den Eid feierlich vorgesprochen, während die Provinzbewohner, wetteifernd in treuer Ergebenheit, denselben Schwur leisteten.

LIII

Traianus Plinio

Quanta religione et laetitia commilitones cum provincialibus te praeeunte diem imperii mei celebraverint, libenter, mi Secunde carissime, agnovi litteris tuis.

LIV

C. Plinius Traiano Imperatori

(1) Pecuniae publicae, domine, providentia tua et ministerio nostro et iam exactae sunt et exiguntur; quae vereor ne otiosae iaceant. Nam et praediorum comparandorum aut nulla aut rarissima occasio est, nec inveniuntur qui velint debere rei publicae, praesertim duodenis assibus, quanti a privatis mutuantur. (2) Dispice ergo, domine, numquid minuendam usuram ac per hoc idoneos debitores invitandos putes, et, si nec sic reperiuntur, distribuendam inter decuriones pecuniam, ita ut recte rei publicae caveant; quod quamquam invitis et recusantibus minus acerbum erit leviore usura constituta.

53

Trajan an Plinius

Mit welch frommer und freudiger Gesinnung die Soldaten zusammen mit den Provinzbewohnern unter Deiner Führung den Tag meiner Regierungsübernahme gefeiert haben, das habe ich, mein lieber Secundus, zu meiner Freude aus Deinem Schreiben ersehen.

54

C. Plinius an Kaiser Trajan

(1) Die ausstehenden Gelder der Gemeinden sind, o Herr, dank Deiner Vorsorge und meiner Bemühungen, zum Teil bereits eingetrieben, zum Teil werden sie noch eingefordert. Freilich befürchte ich, daß sie als totes Kapital liegenbleiben werden. Denn zum Erwerb von Grundstücken gibt es keine oder nur äußerst selten Gelegenheit, und es findet sich niemand, der aus der Gemeindekasse ein Darlehen haben will, zumal zu 12%; das ist der Zinsfuß, zu dem man hier auch von Privatleuten Geld bekommt.[40] (2) Erwäge also, o Herr, ob man Deiner Ansicht nach den Zinsfuß senken und dadurch geeigneten Kreditnehmern einen Anreiz bieten soll. Oder ob man, wenn man auf diese Weise keine findet, das Geld an die Ratsherrn verteilen soll mit der Maßgabe, daß sie der Gemeinde die nötige Sicherheit leisten. Sie werden das freilich nur unwillig tun und sich dagegen sträuben, und da wird es weniger hart für sie sein, wenn ein niedrigerer Zinssatz gilt.

LV

Traianus Plinio

Et ipse non aliud remedium dispicio, mi Secunde carissime, quam ut quantitas usurarum minuatur, quo facilius pecuniae publicae collocentur. Modum eius, ex copia eorum qui mutuabuntur, tu constitues. Invitos ad accipiendum compellere, quod fortassis ipsis otiosum futurum sit, non est ex iustitia nostrorum temporum.

LVI

C. Plinius Traiano Imperatori

(1) Summas, domine, gratias ago, quod inter maximas occupationes ⟨in⟩ iis, de quibus te consului, me quoque regere dignatus es; quod nunc quoque facias rogo. (2) Adiit enim me quidam indicavitque adversarios suos a Servilio Calvo, clarissimo viro, in triennium relegatos in provincia morari: illi contra ab eodem se restitutos adfirmaverunt edictumque recitaverunt. (3) Qua causa necessarium credidi rem integram ad te referre. Nam, sicut mandatis tuis cautum est, ne restituam ab alio aut a me relegatos, ita de iis, quos alius et relegaverit et restituerit, nihil comprehensum est. Ideo tu, domine, consulendus fuisti, quid observare me velles, tam hercule quam de iis, qui in perpetuum relegati nec restituti in provincia deprehenduntur. (4) Nam haec quoque species incidit in cognitionem meam. Est

55

Trajan an Plinius

Auch ich sehe kein anderes Heilmittel, mein lieber Secundus, als den Zinsfuß zu senken, damit die Gelder der Gemeinden leichter angelegt werden können. Die Rate wirst Du nach der Anzahl derer, die ein Darlehen aufnehmen wollen, festsetzen. Die Leute gegen ihren Willen zur Annahme von Darlehen zu nötigen, die für sie möglicherweise nur totes Kapital darstellen, das entspricht nicht dem Rechtsgefühl unserer Zeit.

56

C. Plinius an Kaiser Trajan

(1) Ich bin Dir äußerst dankbar, o Herr, daß Du inmitten der Fülle Deiner Aufgaben auch mich bei meinen Anfragen um Deinen Rat Deiner Leitung gewürdigt hast. Bitte tu dies nun auch bei folgendem. (2) Es kam nämlich jemand zu mir und teilte mir mit, seine Gegner, die von dem hochachtbaren Servilius Calvus[41] auf drei Jahre relegiert worden seien, hielten sich in der Provinz auf. Jene Männer behaupteten dagegen, sie seien von diesem begnadigt worden, und wiesen den betreffenden Erlaß vor. Deshalb hielt ich es für geboten, den Fall unentschieden zu lassen und an Dich zu verweisen. (3) Denn in Deinen Richtlinien findet sich zwar die Anordnung, daß ich niemanden begnadigen darf, der von einem anderen oder von mir relegiert worden ist. Von Personen, die ein anderer relegiert und dann begnadigt hat, steht jedoch nichts darin. Deshalb muß ich Dich fragen, o Herr, wie ich Deinem Wunsche gemäß verfahren soll, und zwar im vorliegenden Falle wie auch bei Personen, die lebenslänglich verbannt und, ohne begnadigt zu sein, in der Provinz angetroffen werden. (4) Denn auch ein solcher Fall ist mir zur Unter-

enim adductus ad me in perpetuum relegatus ⟨a⟩ Iulio Basso proconsule. Ego, quia sciebam acta Bassi rescissa datumque a senatu ius omnibus, de quibus ille aliquid constituisset, ex integro agendi, dumtaxat per biennium, interrogavi hunc, quem relegaverat, an adisset docuissetque proconsulem. ⟨Negavit.⟩ (5) Per quod effectum est, ut te consulerem, reddendum eum poenae suae an gravius aliquid et quid potissimum constituendum putares et in hunc et in eos, si qui forte in simili condicione invenirentur. Decretum Calvi et edictum, item decretum Bassi his litteris subieci.

LVII

Traianus Plinio

(1) Quid in persona eorum statuendum sit, qui a P. Servilio Calvo proconsule in triennium relegati et mox eiusdem edicto restituti in provincia remanserunt, proxime tibi rescribam, cum causas eius facti a Calvo requisiero. (2) Qui a Iulio Basso in perpetuum relegatus est, cum per biennium agendi facultatem habuerit, si existimat se iniuria relegatum, neque id fecerit atque in provincia morari perseverarit, vinctus mitti ad praefectos praetorii mei debet. Neque enim sufficit eum poenae suae restitui, quam contumacia elusit.

suchung vorgelegt worden. Es wurde mir nämlich ein Mann vorgeführt, der von dem Prokonsul Julius Bassus[42] auf Lebenszeit relegiert worden war. Die Amtshandlungen des Julius Bassus waren ja – das wußte ich – für ungültig erklärt worden, und der Senat hatte allen, gegen die Bassus eine Verfügung getroffen hatte, das Recht eingeräumt, ihren Fall binnen zwei Jahren von neuem zur Verhandlung zu bringen. Daher fragte ich den Mann, der von Julius Bassus verbannt worden war, ob er sich an den nächsten Prokonsul gewandt und ihm seinen Fall vorgetragen hätte. Das verneinte er. (5) So kommt es, daß ich Dich um Rat frage: Soll ich ihn – was meinst Du – seiner Strafe wieder zuführen, oder soll ich eine härtere – und dann vor allem: was für eine Strafe – über ihn verhängen und über diejenigen Personen, die eventuell in ähnlicher Lage angetroffen werden? Urteilsspruch und Gnadenerlaß des Calvus sowie den Urteilsspruch des Bassus füge ich diesem Schreiben bei.

57

Trajan an Plinius

(1) Wie gegen die Personen zu verfahren ist, die vom Prokonsul Servilius Calvus auf drei Jahre relegiert und nachher, durch einen Erlaß von ihm wieder begnadigt, in der Provinz geblieben sind, das werde ich Dir in Kürze mitteilen, wenn ich die Gründe für dieses Vorgehen von Calvus erfahren habe. (2) Der Mann, der von Julius Bassus auf Lebenszeit relegiert worden ist, hat zwei Jahre lang die Möglichkeit zur Wiederaufnahme seines Verfahrens gehabt, falls er sich zu Unrecht relegiert glaubte. Er hat dies aber nicht getan und ist einfach in der Provinz geblieben. Daher muß er in Fesseln zu den Präfekten meiner Garde gesandt werden. Es genügt nämlich nicht, daß er seiner Strafe wieder zugeführt wird, der er sich durch widerspenstigen Trotz zu entziehen suchte.[43]

LVIII

C. Plinius Traiano Imperatori

(1) Cum citarem iudices, domine, conventum incohaturus, Flavius Archippus vacationem petere coepit ut philosophus. (2) Fuerunt qui dicerent non liberandum eum iudicandi necessitate, sed omnino tollendum de iudicum numero reddendumque poenae, quam fractis vinculis evasisset. (3) Recitata est sententia Veli Pauli proconsulis, qua probabatur Archippus crimine falsi damnatus in metallum: ille nihil proferebat, quo restitutum se doceret; adlegabat tamen pro restitutione et libellum a se Domitiano datum et epistulas eius ad honorem suum pertinentes et decretum Prusensium. Addebat his et tuas litteras scriptas sibi, addebat et patris tui edictum et epistulam, quibus confirmasset beneficia a Domitiano data. (4) Itaque, quamvis eidem talia crimina adplicarentur, nihil decernendum putavi, donec te consulerem de eo, quod mihi constitutione tua dignum videbatur. Ea quae sunt utrimque recitata his litteris subieci.

Epistula Domitiani ad Terentium Maximum

(5) Flavius Archippus philosophus impetravit a me, ut agrum ei ad $\overline{\text{c}}$ circa Prusiadam †, patriam suam, emi iube-

58
C. Plinius an Kaiser Trajan

(1) Als ich Geschworene einberief, o Herr, um Gerichtstag abzuhalten, suchte Flavius Archippus um Befreiung nach: er sei Philosoph.[44] (2) Es gab auch Leute, die behaupteten, er müsse nicht nur von der Geschworenenpflicht entbunden, sondern überhaupt aus der Geschworenenliste gestrichen und seiner Strafe wieder zugeführt werden, der er sich durch Flucht aus der Haft entzogen habe. (3) Es wurde ein Urteilsspruch des Prokonsuls Velius Paulus verlesen, aus dem hervorging, daß Archippus wegen Betrugs und Urkundenfälschung zu Zwangsarbeit im Bergwerk verurteilt worden war. Er selbst konnte nichts vorbringen, das ihn als begnadigt erwies, doch berief er sich anstelle einer Begnadigungsurkunde auf eine Bittschrift, die er an Domitian gesandt habe, auf dessen für ihn so ehrenvolle Schreiben sowie auf ein Dekret der Bürger von Prusa. Er fügte noch einen Brief hinzu, den Du an ihn gerichtet hast, sowie einen Erlaß und ein Schreiben Deines Vaters, worin dieser die Gnadenerweise Domitians bestätigt habe. (4) Obwohl solch schwere Beschuldigungen gegen ihn erhoben wurden, durfte ich meines Erachtens nichts entscheiden, bevor ich Dich nicht um Rat gefragt hätte in einer Angelegenheit, die dem Anschein nach in Deine Entscheidungsgewalt gehört. Die Dokumente, auf die beide Seiten sich berufen, füge ich diesem Schreiben bei.

Schreiben Domitians an Terentius Maximus

(5) Der Philosoph Flavius Archippus hat von mir diese Vergünstigung erlangt: Ich habe Auftrag gegeben, für ihn in der Nähe seiner Heimatstadt Prusa ein Stück Land für etwa 100 000 Sesterze zu kaufen, von dessen Einkünften er seine Familie ernähren kann. Ich wünsche, daß er das be-

rem, cuius reditu suos alere posset. Quod ei praestari volo. Summam expensam liberalitati meae feres.

Eiusdem ad Lappium Maximum

(6) Archippum philosophum, bonum virum et professioni suae etiam moribus respondentem, commendatum habeas velim, mi Maxime, et plenam ei humanitatem tuam praestes in iis, quae verecunde a te desideraverit.

Edictum Divi Nervae

(7) Quaedam sine dubio, Quirites, ipsa felicitas temporum edicit, nec exspectandus est in iis bonus princeps, quibus illum intellegi satis est, cum hoc sibi civium meorum spondere possit vel non admonita persuasio, me securitatem omnium quieti meae praetulisse, ut et nova beneficia conferrem et ante me concessa servarem. (8) Ne tamen aliquam gaudiis publicis adferat haesitationem vel eorum qui impetraverunt diffidentia vel eius memoria qui praestitit, necessarium pariter credidi ac laetum obviam dubitantibus indulgentiam meam mittere. (9) Nolo existimet quisquam, quod alio principe vel privatim vel publice consecutus ⟨sit⟩ ideo saltem a me rescindi, ut potius mihi debeat. Sint rata et certa, nec gratulatio ullius instauratis egeat precibus, quem fortuna imperii vultu meliore respexit. Me novis beneficiis vacare patiantur, et ea demum sciant roganda esse quae non habent.

kommt. Die aufgewendete Summe kannst Du unter den Ausgaben für meine Freigebigkeit verbuchen.[45]

Derselbe an Lappius Maximus

(6) Ich möchte Dir den Philosophen Archippus, einen braven Mann, dessen Lebensführung mit seinem Beruf übereinstimmt, ans Herz legen, mein Maximus. Erweise ihm gegenüber all Deine Menschenfreundlichkeit bei dem, was er bescheiden von Dir erbittet.

Edikt des verewigten Nerva

(7) Es gibt ohne Zweifel einige Dinge, Quiriten, für die das Glück unseres Zeitalters selbst das Edikt spricht.[46] Auch sollte man bei einem guten Princeps keine besonderen Stellungnahmen erwarten in Dingen, die sich bei ihm von selbst verstehen. Jeder meiner Bürger kann auch ohne ausdrücklichen Hinweis sicher sein, daß ich das Wohlergehen aller meiner eigenen Ruhe vorgezogen habe, um sowohl neue Wohltaten zu erweisen als auch die vor meiner Zeit gewährten zu bestätigen. (8) Damit jedoch das Mißtrauen der Leute, die einen Gunstbeweis erhielten, oder die Erinnerung an den, der ihn gewährte, die allgemeine Freude nicht trüben, habe ich es gleichermaßen für notwendig und erwünscht gehalten, den Zweiflern mit meiner Huld entgegenzukommen. (9) Niemand soll glauben, was er von einem anderen Princeps persönlich oder von Staats wegen erhalten hat, das würde ich nur deshalb jetzt rückgängig machen, damit es der Betreffende lieber mir verdanken soll. Das alles soll gültig und rechtskräftig bleiben, und es braucht keiner, dem die Glücksgöttin unseres Reiches zugelächelt hat, seine Glückwünsche nun mit neuerlichen Bittgesuchen zu verbinden. Man gebe mir Gelegenheit zu neuen Wohltaten und sei indessen versichert, daß man nur um das zu bitten braucht, was man noch nicht hat.

Epistula eiusdem ad Tullium Iustum

(10) Cum rerum omnium ordinatio, quae prioribus temporibus incohatae consummatae sunt, observanda sit, tum epistulis etiam Domitiani standum est.

LIX

C. Plinius Traiano Imperatori

Flavius Archippus per salutem tuam aeternitatemque petit a me, ut libellum quem mihi dedit mitterem tibi. Quod ego sic roganti praestandum putavi, ita tamen ut missurum me notum accusatrici eius facerem, a qua et ipsa acceptum libellum his epistulis iunxi, quo facilius velut audita utraque parte dispiceres, quid statuendum putares.

LX

Traianus Plinio

(1) Potuit quidem ignorasse Domitianus, in quo statu esset Archippus, cum tam multa ad honorem eius pertinentia scriberet; sed meae naturae accommodatius est credere etiam statui eius subventum interventu principis, praesertim cum etiam statuarum ei honor totiens decretus sit ab iis, qui ⟨non⟩ ignorabant, quid de illo Paulus proconsul pronuntiasset. (2) Quae tamen, mi Secunde carissime, non eo pertinent, ut si quid illi novi criminis obicitur, minus de eo audiendum putes. Libellos Furiae Primae accusatricis, item ipsius Archippi, quos alteri epistulae tuae iunxeras, legi.

Schreiben desselben an Tullius Justus

(10) Da die Regelung aller Angelegenheiten, die in früheren Zeiten in Angriff genommen und erledigt worden sind, Gültigkeit haben soll, muß man sich auch an die schriftlichen Verfügungen Domitians halten.

59

C. Plinius an Kaiser Trajan

Flavius Archippus bittet mich bei Deinem Heil und der Unvergänglichkeit Deines Namens darum, daß ich Dir seine Bittschrift zusende. Einer solch dringenden Bitte glaubte ich nachkommen zu müssen, jedoch unter der Voraussetzung, daß ich seine Anklägerin davon in Kenntnis setzte. Von ihr habe ich ebenfalls eine Bittschrift erhalten, die ich diesem Schreiben beifüge, damit Du sozusagen beide Teile anhören und danach leichter Deine Entscheidung treffen kannst.

60

Trajan an Plinius

(1) Es kann sein, daß Domitian nicht wußte, wie es mit Archippus stand, als er soviel Ehrenvolles über ihn schrieb. Aber meiner Denkart entsprechend glaube ich eher, daß die Einflußnahme des Princeps dazu beitrug, daß Archippus rehabilitiert wurde. Es sind ihm doch auch so viele Ehrenstatuen zuerkannt worden von Leuten, die genau wußten, welches Urteil der Prokonsul Paulus über ihn gesprochen hatte. (2) Das soll freilich nicht heißen, mein lieber Secundus, daß Du weniger darauf zu geben brauchst, falls er wieder eines Vergehens angeklagt wird. Die Bittschriften der Klägerin Furia Prima und die des Archippus selbst, die Du Deinem zweiten Brief beigelegt hattest, habe ich gelesen.

LXI

C. Plinius Traiano Imperatori

(1) Tu quidem, domine, providentissime vereris, ne commissus flumini atque ita mari lacus effluat; sed ego in re praesenti invenisse videor, quem ad modum huic periculo occurrerem. (2) Potest enim lacus fossa usque ad flumen adduci nec tamen in flumen emitti, sed relicto quasi margine contineri pariter et dirimi. Sic consequemur, ut neque aqua viduetur flumini mixtus, et sit perinde ac si misceatur. Erit enim facile per illam brevissimam terram, quae interiacebit, advecta fossa onera transponere in flumen. (3) Quod ita fiet si necessitas coget, et (spero) non coget. Est enim et lacus ipse satis altus et nunc in contrariam partem flumen emittit, quod interclusum inde et quo volumus aversum, sine ullo detrimento lacus tantum aquae quantum nunc portat effundet. Praeterea per id spatium, per quod fossa fodienda est, incidunt rivi; qui si diligenter colligantur, augebunt illud quod lacus dederit. (4) Enimvero, si placeat fossam longius ducere et altius pressam mari aequare nec in flumen, sed in ipsum mare emittere, repercussus maris servabit et reprimet, quidquid e lacu veniet. Quorum si nihil nobis loci natura praestaret, expeditum tamen erat cataractis aquae cursum temperare.

(5) Verum et haec et alia multo sagacius conquiret ex-

61

C. Plinius an Kaiser Trajan

(1) In weiser Voraussicht hast Du, o Herr, die Befürchtung geäußert, wenn der See mit dem Fluß und so mit dem Meer verbunden würde, könnte er auslaufen.[47] Ich habe aber, glaube ich, an Ort und Stelle herausgefunden, wie man dieser Gefahr begegnen könnte. (2) Der See kann nämlich durch einen Kanal bis zum Fluß geführt werden, ohne daß er sich in den Fluß ergießt. Man läßt nämlich eine Art von Staumauer stehen, die ihn gleichermaßen festhält und trennt. So werden wir erreichen, daß er nicht leer läuft, wenn sich sein Wasser mit dem Fluß mischt, er aber andererseits den Eindruck erweckt, als ob er sich doch mit ihm vereinigt. Man wird nämlich über diese enge Landzunge dazwischen die auf dem Kanal herangeschafften Lasten leicht auf den Fluß bringen können. (3) So wird es zu machen sein, falls es sich als notwendig erweist; ich hoffe aber, es wird nicht dazu kommen. Der See selbst ist nämlich tief genug und entsendet derzeit noch einen Fluß nach der entgegengesetzten Seite. Wenn wir diesen abdämmen und das Wasser dorthin leiten, wo wir es haben wollen, dann wird er ohne jeglichen Nachteil für den See diesem soviel Wasser zuführen, wie er ihm jetzt entzieht.[48] Außerdem gibt es Bäche auf der Strecke, über die der Kanal führen wird. Wenn man sie sorgfältig sammelt, werden sie die Wassermenge, die der See liefert, noch vergrößern. (4) Will man darüber hinaus aber den Kanal weiterführen, ihn tiefer ausheben, auf Meereshöhe bringen und nicht in den Fluß, sondern gleich ins Meer leiten, dann wird die Gegenströmung des Meeres alles Wasser, das aus dem See kommt, festhalten und zurückstauen. Wenn uns die Geländebeschaffenheit nichts davon erlaubt, so wäre es doch immerhin möglich, den Wasserlauf durch Schleusen zu regulieren.

(5) Aber dieses und anderes wird der Vermessungstech-

plorabitque librator, quem plane, domine, debes mittere, ut polliceris. Est enim res digna et magnitudine tua et cura. Ego interim Calpurnio Macro clarissimo viro auctore te scripsi, ut libratorem quam maxime idoneum mitteret.

LXII

Traianus Plinio

Manifestum, mi Secunde carissime, nec prudentiam nec diligentiam tibi defuisse circa istum lacum, cum tam multa provisa habeas, per quae nec periclitetur exhauriri et magis in usu nobis futurus sit. Elige igitur id quod praecipue res ipsa suaserit. Calpurnium Macrum credo facturum, ut te libratore instruat, neque provinciae istae his artificibus carent.

LXIII

C. Plinius Traiano Imperatori

Scripsit mihi, domine, Lycormas libertus tuus ut, si qua legatio a Bosporo venisset urbem petitura, usque in adventum suum retineretur. Et legatio quidem, dumtaxat in eam civitatem, in qua ipse sum, nulla adhuc venit, sed venit tabellarius Sauromatae ⟨regis⟩, quem ego usus opportunitate, quam mihi casus obtulerat, cum tabellario qui Lycormam ex itinere praecessit mittendum putavi, ut posses ex Ly-

niker mit viel mehr Sachverstand prüfen und feststellen können, den Du mir wie versprochen unbedingt schicken mußt. Es handelt sich nämlich um ein Vorhaben, das Deiner Größe wie Deiner Vorsorge würdig ist. Ich habe inzwischen dem hochachtbaren Calpurnius Macer auf Deine Veranlassung hin geschrieben, daß er mir einen besonders tüchtigen Vermessungstechniker schicken soll.

62
Trajan an Plinius

Ganz offensichtlich hast Du, mein lieber Secundus, es weder an Klugheit noch an Umsicht fehlen lassen, was diesen See betrifft. Du hast ja so viele Möglichkeiten vorgesehen, um die Gefahr des Auslaufens zu vermeiden und uns größeren Nutzen für die Zukunft zu sichern. Wähle also die Lösung, die Dir die Sache selbst an die Hand gibt. Calpurnius Macer wird, glaube ich, schon in der Lage sein, Dir einen Vermessungstechniker zu beschaffen, und auch in den Provinzen dort ist keineswegs Mangel an solchen Fachleuten.

63
C. Plinius an Kaiser Trajan

Dein Freigelassener Lycormas schreibt mir, o Herr, wenn eine Gesandtschaft vom Bosporus käme, die auf dem Wege nach Rom sei, dann solle ich sie bis zu seiner Ankunft festhalten. Eine Gesandtschaft ist bis jetzt freilich noch nicht gekommen, wenigstens nicht hierher in die Stadt, in der ich mich gerade aufhalte.[49] Aber es kam ein Kurier des Königs Sauromates. Ich habe die Gelegenheit benutzt, die mir der Zufall bot, und ihn mit dem Kurier, der dem Lycormas vorausreiste, zusammen abgeschickt.

cormae et regis epistulis pariter cognoscere, quae fortasse pariter scire deberes.

LXIV

C. Plinius Traiano Imperatori

Rex Sauromates scripsit mihi esse quaedam, quae deberes quam maturissime scire. Qua ex causa festinationem tabellarii, quem ad te cum epistulis misit, diplomate adiuvi.

LXV

C. Plinius Traiano Imperatori

(1) Magna, domine, et ad totam provinciam pertinens quaestio est de condicione et alimentis eorum, quos vocant θρεπτούς. (2) In qua ego auditis constitutionibus principum, quia nihil inveniebam aut proprium aut universale, quod ad Bithynos referretur, consulendum te existimavi, quid observari velles; neque putavi posse me in eo, quod auctoritatem tuam posceret, exemplis esse contentum. (3) Recitabatur autem apud me edictum, quod dicebatur divi Augusti, ad Andaniam pertinens; recitatae et epistulae divi Vespasiani ad Lacedaemonios et divi Titi ad eosdem et Achaeos et Domitiani ad Avidium Nigrinum et Armenium Brocchum proconsules, item ad Lacedaemonios; quae ideo tibi non misi, quia et parum emendata et quaedam non certae fidei videbantur, et quia vera et emendata in scriniis tuis esse credebam.

Aus den Briefen des Lycormas wie aus den Schreiben des Königs kannst Du nun gleichzeitig erfahren, was Du wohl gleichermaßen wissen mußt.

64

C. Plinius an Kaiser Trajan

Der König Sauromates schreibt mir, es gäbe einiges, was Du so bald wie möglich wissen müßtest. Daher habe ich, um die Reise des Kuriers zu beschleunigen, den er mit Briefen an Dich abgesandt hat, diesem einen Reisepaß ausgestellt.

65

C. Plinius an Kaiser Trajan

(1) Eine wichtige Frage, die die gesamte Provinz angeht, betrifft den Stand und die Unterhaltskosten von Findelkindern.[50] (2) Ich habe die kaiserlichen Erlasse darüber durchgesehen, aber nichts gefunden, was sich im besonderen oder im allgemeinen auf die Bithynier bezieht. Deshalb muß ich Dich, so glaube ich, um Rat fragen, wie Deinem Willen entsprechend zu verfahren ist. Ich wollte mich nämlich in einer Angelegenheit, die Deine Autorität erfordert, nicht mit anderweitigen Präzedenzfällen zufriedengeben. (3) Es wurde mir aber ein Edikt vorgelegt, das Andania[51] betrifft und vom verewigten Augustus stammen soll, außerdem auch Sendschreiben des verewigten Vespasian an die Lakedämonier sowie des verewigten Titus an diese und die Achäer. Außerdem Schreiben des Domitian an die Prokonsuln Avidius Nigrinus und Armenius Brocchus und ebenfalls an die Lakedämonier. Diese Dokumente schicke ich Dir nicht, da sie recht ungenau und zum Teil auch nicht mit Sicherheit als echt anzusehen sind. Ich glaube, in Deinen Archiven finden sich gesicherte und genaue Abschriften davon.

LXVI

Traianus Plinio

(1) Quaestio ista, quae pertinet ad eos qui liberi nati expositi, deinde sublati a quibusdam et in servitute educati sunt, saepe tractata est, nec quicquam invenitur in commentariis eorum principum, qui ante me fuerunt, quod ad omnes provincias sit constitutum. (2) Epistulae sane sunt Domitiani ad Avidium Nigrinum et Armenium Brocchum, quae fortasse debeant observari; sed inter eas provincias, de quibus rescripsit, non est Bithynia; et ideo nec adsertionem denegandam iis qui ex eius modi causa in libertatem vindicabuntur puto, neque ipsam libertatem redimendam pretio alimentorum.

LXVII

C. Plinius Traiano Imperatori

(1) Legato Sauromatae regis, cum sua sponte Nicaeae, ubi me invenerat, biduo substitisset, longiorem moram faciendam, domine, non putavi, primum quod incertum adhuc erat, quando libertus tuus Lycormas venturus esset, deinde quod ipse proficiscebar in diversam provinciae partem, ita officii necessitate exigente. (2) Haec in notitiam tuam perferenda existimavi, quia proxime scripseram petisse Lycormam, ut legationem, si qua venisset a Bosporo, usque in adventum suum retinerem. Quod diutius faciendi nulla mihi probabilis ratio occurrit, praesertim cum epistulae Lycormae, quas detinere, ut ante praedixi, nolui, aliquot diebus hinc legatum antecessurae viderentur.

66

Trajan an Plinius

(1) Das Problem der Kinder, die frei geboren und ausgesetzt, dann aber von jemandem angenommen und als Sklaven aufgezogen wurden, ist schon oft behandelt worden. Aber in den Dokumenten der früheren Kaiser findet sich nichts, was für alle Provinzen Geltung haben könnte. (2) Die Sendschreiben Domitians an Avidius Nigrinus und Armenius Brocchus sind zwar vorhanden; sie verdienen unter Umständen Beachtung, aber unter den Provinzen, für die er den Erlaß verfaßte, ist Bithynien nicht genannt. Deshalb meine ich, man soll den Personen, für die aus einem solchen Grund die Freiheit beansprucht wird, die offizielle Freisprechung nicht verweigern. Auch sollen sie sich die Freiheit nicht durch Rückzahlung der Unterhaltskosten erkaufen müssen.

67

C. Plinius an Kaiser Trajan

(1) Der Gesandte des Königs Sauromates, o Herr, hatte von sich aus zwei Tage in Nicaea haltgemacht, wo er mich getroffen hatte. Ich glaubte, ich dürfe ihn nicht länger aufhalten, einmal weil es bis dahin noch ungewiß war, wann Dein Freigelassener Lycormas ankäme, und zum andern, weil ich selbst gerade beim Aufbruch in einen andern Teil der Provinz war, wohin mich die Amtsgeschäfte riefen. (2) Ich meine, Dir dies mitteilen zu müssen, denn ich schrieb Dir ja kürzlich, Lycormas habe mich gebeten, falls eine Gesandtschaft vom Bosporus käme, solle ich sie bis zu seiner Ankunft zurückhalten. Um den Gesandten noch länger festzuhalten, finde ich keinen einleuchtenden Grund. Auch werden ja die Briefe des Lycormas – ich wollte sie, wie schon gesagt, nicht länger zurückhalten – von hier aus wahrscheinlich einige Tage vor dem Gesandten bei Dir eintreffen.

LXVIII

C. Plinius Traiano Imperatori

Petentibus quibusdam, ut sibi reliquias suorum aut propter iniuriam vetustatis aut propter fluminis incursum aliaque his similia quocumque secundum exemplum proconsulum transferre permitterem, quia sciebam in urbe nostra ex eius modi causa collegium pontificum adiri solere, te, domine, maximum pontificem consulendum putavi, quid observare me velis.

LXIX

Traianus Plinio

Durum est iniungere necessitatem provincialibus pontificum adeundorum, si reliquias suorum propter aliquas iustas causas transferre ex loco in alium locum velint. Sequenda ergo potius tibi exempla sunt eorum, qui isti provinciae praefuerunt, et ut causa cuique, ita aut permittendum aut negandum.

LXX

C. Plinius Traiano Imperatori

(1) Quaerenti mihi, domine, Prusae ubi posset balineum quod indulsisti fieri, placuit locus in quo fuit aliquando domus, ut audio, pulchra, nunc deformis ruinis. Per hoc enim consequemur, ut foedissima facies civitatis ornetur,

68

C. Plinius an Kaiser Trajan

Einige Leute haben mich gebeten, ihnen dem Beispiel der Prokonsuln entsprechend zu gestatten, die Gebeine ihrer Angehörigen umzubetten, da die Gräber infolge des Alters, wegen der Überschwemmungen des Flusses oder aus ähnlichen Gründen Schaden gelitten hätten. Da ich weiß, daß man sich bei uns in solchen Fragen an das Kollegium der Pontifices[52] zu wenden pflegt, meine ich, Dich, o Herr, als den Pontifex Maximus befragen zu müssen, wie ich Deinem Wunsche entsprechend zu verfahren habe.

69

Trajan an Plinius

Es wäre hart, die Provinzbewohner zur Befragung der Pontifices zu nötigen, wenn sie aus irgendwelchen berechtigten Gründen die Gebeine ihrer Angehörigen von einer Ruhestätte in eine andere umbetten wollen. Du wirst Dich also besser an das Vorbild der früheren Statthalter dieser Provinz halten und je nach der Begründung dem Betreffenden die Erlaubnis erteilen oder verweigern.

70

C. Plinius an Kaiser Trajan

(1) Als ich mich, o Herr, in Prusa nach einem geeigneten Standort umschaute, wo man das von Dir huldreich genehmigte Bad erbauen könnte, fand ich Gefallen an einem Platz, an dem früher, wie ich hörte, ein schönes Haus gestanden hatte, jetzt eine verfallene Ruine. Damit könnten wir nämlich folgendes erreichen: Aus einem Schandfleck der Stadt würden wir ein Schmuckstück machen.

atque etiam ut ipsa civitas amplietur nec ulla aedificia tollantur, sed quae sunt vetustate sublapsa relaxentur in melius.

(2) Est autem huius domus condicio talis: legaverat eam Claudius Polyaenus Claudio Caesari iussitque in peristylio templum ei fieri, reliqua ex domo locari. Ex ea reditum aliquandiu civitas percepit; deinde paulatim partim spoliata, partim neglecta cum peristylio domus tota collapsa est, ac iam paene nihil ex ea nisi solum superest; quod tu, domine, sive donaveris civitati sive venire iusseris, propter opportunitatem loci pro summo munere accipiet.

(3) Ego, si permiseris, cogito in area vacua balineum collocare, eum autem locum, in quo aedificia fuerunt, exedra et porticibus amplecti atque tibi consecrare, cuius beneficio elegans opus dignumque nomine tuo fiet.

(4) Exemplar testamenti, quamquam mendosum, misi tibi; ex quo cognosces multa Polyaenum in eiusdem domus ornatum reliquisse, quae ut domus ipsa perierunt, a me tamen in quantum potuerit, requirentur.

LXXI
Traianus Plinio

Possumus apud Prusenses area ista cum domo collapsa, quam vacare scribis, ad exstructionem balinei uti. Illud ta-

Außerdem wird die Stadt an sich eine Bereicherung erfahren, ohne daß man dazu Gebäude abreißen muß. Man stellt vielmehr nur diejenigen, die durch das Alter baufällig geworden sind, geräumiger und schöner wieder her.

(2) Mit diesem Haus verhält es sich nun aber folgendermaßen: Claudius Polyaenus hatte es dem Kaiser Claudius vermacht mit der Verfügung, diesem im Peristyl eine Kapelle einzurichten; das übrige Haus sollte vermietet werden. Daraus bezog die Stadt eine Zeitlang Einkünfte. Dann wurde das Haus im Lauf der Zeit teils ausgeplündert, teils vernachlässigt und stürzte samt dem Peristyl völlig ein. Und jetzt ist außer dem Grund und Boden so gut wie nichts mehr vorhanden. Wenn Du diesen nun, o Herr, der Stadt schenken oder ihr den Verkauf genehmigen würdest, dann wird sie dies der günstigen Lage wegen als außerordentlich großzügige Gabe annehmen.

(3) Ich denke, Deine Erlaubnis vorausgesetzt, daran, auf dem freien Grundstück das Bad zu bauen, den Platz aber, wo die Gebäude standen, mit einer Sitznische und Wandelhallen zu umgeben und Dir zu weihen. Dank Deiner gnädigen Gabe wird ja das schöne und Deines Namens würdige Bauwerk hier erstehen.

(4) Eine wenn auch fehlerhafte Kopie des Testaments schicke ich Dir mit. Du wirst daraus ersehen, daß Polyaenus viel zur Ausschmückung des besagten Hauses hinterlassen hat. Das ist jedoch, wie das Haus selbst, alles nicht mehr vorhanden. Ich werde jedoch weitgehende Nachforschungen darüber anstellen.

71

Trajan an Plinius

Wir können in Prusa das Areal mit dem verfallenen Haus, das, wie Du schreibst, ungenutzt ist, zum Bau des Bades verwenden. Über einen Punkt hast Du Dich jedoch

men parum expressisti, an aedes in peristylio Claudio facta esset. Nam, si facta est, licet collapsa sit, religio eius occupavit solum.

LXXII

C. Plinius Traiano Imperatori

Postulantibus quibusdam, ut de agnoscendis liberis restituendisque natalibus et secundum epistulam Domitiani scriptam Minicio Rufo et secundum exempla proconsulum ipse cognoscerem, respexi ad senatus consultum pertinens ad eadem genera causarum, quod de iis tantum provinciis loquitur, quibus proconsules praesunt; ideoque rem integram distuli, dum ⟨tu⟩, domine, praeceperis, quid observare me velis.

LXXIII

Traianus Plinio

Si mihi senatus consultum miseris quod haesitationem tibi fecit, aestimabo an debeas cognoscere de agnoscendis liberis et natalibus veris restituendis.

LXXIV

C. Plinius Traiano Imperatori

(1) Appuleius, domine, miles qui est in statione Nicomedensi, scripsit mihi quendam nomine Callidromum, cum detineretur a Maximo et Dionysio pistoribus, quibus

nicht klar ausgedrückt; nämlich ob die Kapelle für Claudius in dem Peristyl wirklich eingerichtet wurde. Ist dies der Fall, so bleibt es weiterhin geheiligter Boden, auch wenn die Kapelle inzwischen eingestürzt ist.

72

C. Plinius an Kaiser Trajan

Einige Leute baten mich, über die Anerkennung von Kindern und ihre Wiedereinsetzung in ihre Geburtsrechte zu entscheiden,[53] und zwar gemäß einem Schreiben von Domitian an Minicius Rufus sowie nach dem Vorgang der Prokonsuln. Ich habe den für solche Fälle gültigen Senatsbeschluß eingesehen. Dieser spricht aber nur von den Provinzen, die von Prokonsuln verwaltet werden. Daher habe ich die Sache noch unentschieden gelassen und aufgeschoben, bis Du, o Herr, mir Anweisung gibst, wie ich mich Deinem Willen gemäß verhalten soll.

73

Trajan an Plinius

Wenn Du mir den Senatsbeschluß zuschickst, der zu Deinen Bedenken Anlaß gab, dann werde ich mein Urteil darüber abgeben, ob Du befugt bist, über die Anerkennung von Kindern und ihre Wiedereinsetzung in ihren wahren Geburtsstand zu entscheiden.

74

C. Plinius an Kaiser Trajan

(1) Appuleius, der als Wachsoldat in Nikomedien stationiert ist, o Herr, hat mir folgendes schriftlich gemeldet: Ein Mann namens Callidromus sei von Maximus und

operas suas locaverat, confugisse ad tuam statuam perductumque ad magistratus indicasse, servisse aliquando Laberio Maximo, captumque a Susago in Moesia et a Decibalo muneri missum Pacoro Parthiae regi, pluribusque annis in ministerio eius fuisse, deinde fugisse, atque ita in Nicomediam pervenisse. (2) Quem ego perductum ad me, cum eadem narrasset, mittendum ad te putavi; quod paulo tardius feci, dum requiro gemmam, quam sibi habentem imaginem Pacori et quibus ornatus fuisset subtractam indicabat. (3) Volui enim hanc quoque, si inveniri potuisset, simul mittere, sicut glebulam misi, quam se ex Parthico metallo attulisse dicebat. Signata est anulo meo, cuius est aposphragisma quadriga.

LXXV

C. Plinius Traiano Imperatori

(1) Iulius, domine, Largus ex Ponto nondum mihi visus ac ne auditus quidem (scilicet iudicio tuo credidit) dispensationem quandam mihi erga te pietatis suae ministeriumque mandavit. (2) Rogavit enim testamento, ut hereditatem suam adirem cerneremque, ac deinde praeceptis quinquaginta milibus nummum reliquum omne Heracleotarum et Tianorum civitatibus redderem, ita ut esset arbitrii mei utrum opera facienda, quae honori tuo conse-

Dionysius, zwei Bäckern, bei denen er im Dienste stand, gewaltsam festgehalten worden. Daraufhin habe er sich zu Deiner Statue geflüchtet und sei vor die Behörden gebracht worden. Dort habe er angegeben, er sei einst der Sklave des Laberius Maximus[54] gewesen. Von Susagus sei er in Moesien gefangengenommen und von Decebalus dem Partherkönig Pacorus zum Geschenk übersandt worden. Mehrere Jahre habe er in Pacorus' Diensten gestanden, dann sei er geflohen und sei so nach Nikomedien gekommen. (2) Ich habe mir den Mann vorführen lassen, und da er bei seinen Angaben blieb, glaubte ich, ihn Dir zusenden zu müssen. Das habe ich mit einer kleinen Verzögerung getan; ich forschte zunächst noch nach einer Gemme. Sie zeigt das Bild des Pacorus in vollem Ornat und ist dem Mann angeblich entwendet worden. (3) Ich wollte Dir nämlich diese Gemme, falls man sie wiederfinden konnte, gern mitschicken, ebenso wie ich Dir auch einen kleinen Goldklumpen schicke, den der Mann nach seinen Angaben aus einem parthischen Bergwerk mitgebracht hat. Dieser Goldklumpen ist mit meinem Ring gesiegelt, auf dem ein Viergespann abgebildet ist.

75

C. Plinius an Kaiser Trajan

(1) Julius Largus, ein Mann aus Pontus, von dem ich noch nie etwas gehört oder gesehen hatte, o Herr, hat mich – gewiß im Vertrauen auf Deine gute Meinung von mir – sozusagen zum Sachwalter seiner Ergebenheit Dir gegenüber eingesetzt. (2) Er spricht nämlich in seinem Testament die Bitte aus, ich möchte seine Erbschaft antreten und als Testamentsvollstrecker sodann nach Abzug von 50 000 Sesterzen die gesamte übrige Summe den Bürgern von Heraclea und Tium zur Verfügung stellen.[55] Dabei sei es meiner Entscheidung überlassen, ob ich Bauten errich-

crarentur, putarem an instituendos quinquennales agonas, qui Traiani adpellarentur. Quod in notitiam tuam perferendum existimavi ob hoc maxime, ut dispiceres quid eligere debeam.

LXXVI

Traianus Plinio

Iulius Largus fidem tuam quasi te bene nosset elegit. Quid ergo potissimum ad perpetuitatem memoriae eius faciat, secundum cuiusque loci condicionem ipse dispice et quod optimum existimaveris, id sequere.

LXXVII

C. Plinius Traiano Imperatori

(1) Providentissime, domine, fecisti, quod praecepisti Calpurnio Macro, clarissimo viro, ut legionarium centurionem Byzantium mitteret. (2) Dispice an etiam Iuliopolitanis simili ratione consulendum putes, quorum civitas, cum sit perexigua, onera maxima sustinet tantoque graviores iniurias quanto est infirmior patitur. (3) Quidquid autem Iuliopolitanis praestiteris, id etiam toti provinciae proderit. Sunt enim in capite Bithyniae, plurimisque per eam commeantibus transitum praebent.

ten wolle, die Deinem Andenken geweiht würden, oder ob ich Wettkämpfe stiften wolle, die alle fünf Jahre stattfinden und Trajanische genannt werden sollten. Ich denke, ich muß Dir dies zur Kenntnis bringen, hauptsächlich damit Du entscheidest, was ich wählen soll.

76

Trajan an Plinius

Julius Largus hat Dich als einen vertrauenswürdigen Mann ausersehen, ganz so, als ob er Dich gut kennen würde. Entscheide Du also nur selbst, den Möglichkeiten in beiden Orten entsprechend, wodurch Du sein Andenken am sinnvollsten verewigen kannst. Und was Du für das beste hältst, das setze dann in die Tat um.

77

C. Plinius an Kaiser Trajan

(1) In weiser Voraussicht hast Du, o Herr, dem hochachtbaren Calpurnius Macer aufgetragen, einen Legionshauptmann nach Byzanz zu schicken.[56] (2) Erwäge doch bitte, ob Du in ähnlicher Weise nicht auch für die Bürger von Juliopolis sorgen willst. Ihre Stadt ist zwar recht klein, hat aber sehr hohe Belastungen zu tragen und um so größere Unrechtmäßigkeiten zu erleiden, je schwächer sie ist. (3) Was Du aber für Juliopolis tust, wird gleichermaßen der gesamten Provinz zugute kommen. Die Stadt liegt nämlich am Eingang zu Bithynien und dient sehr vielen Reisenden als Durchgangsstation.

LXXVIII

Traianus Plinio

(1) Ea condicio est civitatis Byzantiorum confluente undique in eam commeantium turba, ut secundum consuetudinem praecedentium temporum honoribus eius praesidio centurionis legionarii consulendum habuerimus. (2) ⟨Si⟩ Iuliopolitanis succurrendum eodem modo putaverimus, onerabimus nos exemplo; plures enim eo quanto infirmiores erunt idem petent. Fiduciam ⟨eam⟩ diligentiae ⟨tuae⟩ habeo, ut credam te omni ratione id acturum, ne sint obnoxii iniuriis. (3) Si qui autem se contra disciplinam meam gesserint, statim coerceantur; aut, si plus admiserint, quam ut in re praesenti satis puniantur, si milites erunt, legatis eorum quod deprehenderis notum facies aut, si in urbem versus venturi erunt, mihi scribes.

LXXIX

C. Plinius Traiano Imperatori

(1) Cautum est, domine, Pompeia lege quae Bithynis data est, ne quis capiat magistratum neve sit in senatu minor annorum triginta. Eadem lege comprehensum est, ut qui ceperint magistratum, sint in senatu. (2) Secutum est dein edictum divi Augusti, quo permisit minores magistratus ab annis duobus et viginti capere. (3) Quaeritur ergo an, qui minor triginta annorum gessit magistratum,

78

Trajan an Plinius

(1) Die Lage der Stadt Byzanz mit dem riesigen Zustrom von Reisenden von überall her bedingt es, daß wir nach der Gewohnheit früherer Zeiten durch Stationierung eines Legionshauptmannes für die Wahrung ihrer Ehrenrechte zu sorgen hatten. (2) Wenn wir den Bewohnern von Juliopolis in gleicher Weise Beistand leisten wollten, würden wir uns mit einem Präzedenzfall belasten. Viele Städte würden nämlich um so nachdrücklicher dasselbe fordern, je schwächer sie sind. Ich setze so großes Vertrauen in Deine Umsicht, daß ich überzeugt bin, Du wirst mit allen Mitteln dafür sorgen, daß sie keinen Übergriffen ausgesetzt sind. (3) Personen aber, die gegen meine Disziplinargesetze verstoßen haben, sind auf der Stelle zu bestrafen. Haben sie sich jedoch so schwere Vergehen zuschulden kommen lassen, daß sie an Ort und Stelle nicht hinlänglich zu bestrafen sind, dann wirst Du, falls es sich um Soldaten handelt, ihre Vorgesetzten von Deinen Ermittlungen unterrichten. Handelt es sich um Personen, die nach Rom unterwegs sind,[57] dann benachrichtigst Du mich.

79

C. Plinius an Kaiser Trajan

(1) Nach dem Gesetz, das Pompeius den Bithyniern gegeben hat,[58] o Herr, darf niemand vor seinem 30. Lebensjahr ein Amt ausüben oder einen Sitz im Stadtrat einnehmen. Das gleiche Gesetz sieht auch vor, daß Leute, die ein Amt bekleidet haben, dem Stadtrat angehören. (2) Später hat der verewigte Augustus ein Edikt erlassen, in dem er es erlaubte, die niederen Ämter bereits ab 22 Jahren auszuüben. (3) Es fragt sich nun, ob die Zensoren jemand, der vor dem 30. Jahr ein Amt innegehabt hat, den Eintritt

possit a censoribus in senatum legi, et, si potest, an ii quoque, qui non gesserint, possint per eandem interpretationem ab ea aetate senatores legi, a qua illis magistratum gerere permissum est; quod alioqui factitatum adhuc et esse necessarium dicitur, quia sit aliquanto melius honestorum hominum liberos quam e plebe in curiam admitti.

(4) Ego a destinatis censoribus quid sentirem interrogatus eos quidem, qui minores triginta annis gessissent magistratum, putabam posse in senatum et secundum edictum Augusti et secundum legem Pompeiam legi, quoniam Augustus gerere magistratus minoribus annis triginta permisisset, lex senatorem esse voluisset qui gessisset magistratum. (5) De iis autem qui non gessissent, quamvis essent aetatis eiusdem cuius illi quibus gerere permissum est, haesitabam; per quod effectum est ut te, domine, consulerem, quid observari velles. Capita legis, tum edictum Augusti litteris subieci.

LXXX
Traianus Plinio

Interpretationi tuae, mi Secunde carissime, idem existimo: hactenus edicto divi Augusti novatam esse legem Pompeiam, ut magistratum quidem capere possent ii, qui non minores duorum et viginti annorum essent, et qui cepissent, in senatum cuiusque civitatis pervenirent. Ceterum non capto magistratu eos, qui minores triginta annorum sint, quia magistratum capere possint, in curiam etiam loci cuiusque non existimo legi posse.

in den Rat gestatten können, und wenn ja, ob auch Leute, die kein Amt bekleidet hatten, aufgrund der gleichen Auslegung von dem Alter an in den Stadtrat gewählt werden können, in welchem sie ein Amt innehaben dürfen. Das ist im übrigen bisher so gehandhabt worden und soll angeblich notwendig sein. Es sei nämlich bedeutend besser, wenn Söhne angesehener Familien ins Rathaus kämen als solche aus dem Volk.

(4) Als mich die designierten Zensoren nach meiner Meinung fragten, erklärte ich, meiner Ansicht nach könnten Personen, die unter 30 Jahren ein Amt ausgeübt hätten, in den Rat gewählt werden, und zwar sowohl nach dem Edikt des Augustus wie auch nach dem Gesetz des Pompeius. Denn Augustus hat eine Amtsführung vor dem 30. Lebensjahr erlaubt, und das Gesetz will, daß die ehemaligen Beamten Ratsherrn sein sollen. (5) Was nun die Leute betrifft, die kein Amt ausgeübt hatten, obwohl sie in dem vorgeschriebenen Alter waren, da bin ich mir im Zweifel. Und so kommt es, daß ich Dich um Rat frage, wie ich Deinem Willen gemäß verfahren soll. Die betreffenden Gesetzesparagraphen sowie das Edikt des Augustus füge ich meinem Schreiben bei.

80

Trajan an Plinius

Deiner Auslegung, mein lieber Secundus, schließe ich mich an: Durch das Edikt des verewigten Augustus ist das Gesetz des Pompeius nur soweit abgeändert worden, als Leute, die nicht jünger als 22 Jahre sind, ein Amt bekleiden können, und diejenigen, die ein Amt ausgeübt haben, in jeder Stadt in den Rat eintreten können. Daß im übrigen aber Personen unter 30 Jahren, ohne ein Amt bekleidet zu haben, überall in die Kurie gewählt werden können, nur weil sie berechtigt wären, ein Amt auszuüben – dieser Auffassung bin ich keineswegs.

LXXXI

C. Plinius Traiano Imperatori

(1) Cum Prusae ad Olympum, domine, publicis negotiis intra hospitium eodem die exiturus vacarem, Asclepiades magistratus indicavit adpellatum me a Claudio Eumolpo. Cum Cocceianus Dion in bule adsignari civitati opus cuius curam egerat vellet, tum Eumolpus adsistens Flavio Archippo dixit exigendam esse a Dione rationem operis, ante quam rei publicae traderetur, quod aliter fecisset ac debuisset. (2) Adiecit etiam esse in eodem positam tuam statuam et corpora sepultorum, uxoris Dionis et filii, postulavitque ut cognoscerem pro tribunali. (3) Quod cum ego me protinus facturum dilaturumque profectionem dixissem, ut longiorem diem ad struendam causam darem utque in alia civitate cognoscerem petiit. Ego me auditurum Nicaeae respondi.

(4) Ubi cum consedissem cogniturus, idem Eumolpus, tamquam si adhuc parum instructus, dilationem petere coepit, contra Dion, ut audiretur, exigere. Dicta sunt utrimque multa, etiam de causa. (5) Ego cum dandam dilationem et ⟨te⟩ consulendum existimarem in re ad exemplum pertinenti, dixi utrique parti ut postulationum suarum libellos darent. Volebam enim te ipsorum potissimum verbis ea, quae erant proposita, cognoscere. (6) Et Dion quidem se daturum dixit. Eumolpus respondit complexurum se libello, quae rei publicae peteret, ceterum quod ad

81

C. Plinius an Kaiser Trajan

(1) Als ich in Prusa am Olymp[59] die Amtsgeschäfte in meinem Quartier erledigte, o Herr, um noch am gleichen Tag abzureisen, da meldete mir der Ratsvorsteher Asklepiades, daß ein Claudius Eumolpus an mich appelliere. Als Cocceianus Dio[60] im Stadtrat gefordert hatte, ein Bauwerk, dessen Ausführung ihm übertragen worden war, solle von der Stadt abgenommen werden, erklärte Eumolpus als Beistand des Flavius Archippus, Dio müsse, bevor der Bau an die Stadt übergeben werde, Rechenschaft ablegen, denn er habe das Bauwerk ganz anders ausgeführt, als es seinem Auftrag entsprach. (2) Eumolpus fügte hinzu, in diesem Gebäude befände sich eine Statue von Dir, und es seien die Gebeine Verstorbener dort beigesetzt, nämlich Dions Frau und Sohn. Archippus forderte mich auf, eine gerichtliche Untersuchung anzuberaumen. (3) Darauf erklärte ich, ich würde dies sofort tun und meine Abreise verschieben. Er aber bat mich, ihm eine längere Frist zur Vorbereitung auf den Prozeß einzuräumen und die Gerichtssitzung in einer anderen Stadt abzuhalten. Ich antwortete ihm, ich würde ihn in Nicaea vernehmen.

(4) Als ich dort zur Verhandlung Platz genommen hatte, kam ebendieser Eumolpus wieder mit der Bitte um Aufschub: Er sei noch nicht genügend vorbereitet. Dagegen verlangte Dio, gehört zu werden. Beide Seiten brachten allerhand vor, manches sogar zur Sache. (5) Ich entschied mich dafür, Aufschub zu gewähren und Dich um Rat zu fragen, denn die Sache ist ein exemplarischer Fall. So beschied ich beide Parteien, sie sollten ihre Forderungen in einer Klageschrift niederlegen. Ich wollte nämlich, Du solltest möglichst aus ihren eigenen Worten erkennen, worum es geht. (6) Dio erklärte sich zur Abfassung einer solchen Eingabe bereit, Eumolpus aber entgegnete, er werde in seiner Klageschrift nur die Forderungen zusam-

sepultos pertineret, non accusatorem se, sed advocatum Flavi Archippi, cuius mandata pertulisset. Archippus, cui Eumolpus sicut Prusiade adsistebat, dixit se libellum daturum. At nec Eumolpus nec Archippus quam⟨quam⟩ plurimis diebus exspectati adhuc mihi libellos dederunt; Dion dedit, quem huic epistulae iunxi.

(7) Ipse in re praesenti fui et vidi tuam quoque statuam in bibliotheca positam, id autem in quo dicuntur sepulti filius et uxor Dionis, in area collocatum, quae porticibus includitur.

(8) Te, domine, rogo ut me in hoc praecipue genere cognitionis regere digneris, cum alioqui magna sit exspectatio, ut necesse est in ea re, quae et in confessum venit et exemplis defenditur.

LXXXII

Traianus Plinio

(1) Potuisti non haerere, mi Secunde carissime, circa id, de quo me consulendum existimasti, cum propositum meum optime nosses, non ex metu nec terrore hominum aut criminibus maiestatis reverentiam nomini meo adquiri. (2) Omissa ergo ea quaestione, quam non admitterem, etiam si exemplis adiuvaretur, ratio potius operis effecti sub cura Cocceiani Dionis excutiatur, cum et utilitas civitatis exigat nec aut recuset Dion aut debeat recusare.

menstellen, die er im Namen der Stadt erhebe. Im übrigen trete er, was die Frage der Grabstätten angehe, nicht als Ankläger, sondern als Anwalt des Flavius Archippus auf, in dessen Auftrag er gehandelt habe. Archippus, dem Eumolpus wie schon in Prusa zur Seite stand, sagte, er werde eine Klageschrift einreichen. Aber weder Eumolpus noch Archippus haben ihre Klageschriften bisher eingereicht, obwohl ich schon mehrere Tage darauf warte. Dion hat die seine abgegeben, und ich lege sie diesem Brief bei.

(7) Ich bin selbst an Ort und Stelle gewesen und habe auch Deine Statue gesehen, die in der Bibliothek aufgestellt ist. Die Stelle, wo Dions Sohn und seine Frau begraben sein sollen, befindet sich im Innenhof, der von einer Säulenhalle umgeben ist.

(8) Ich bitte Dich, o Herr, mich bei diesem speziellen Fall Deiner Anleitung zu würdigen. Man ist allgemein sehr gespannt, wie es zwangsläufig geht bei einem Prozeß, in dem der Tatbestand zugegeben wird und man sich auf Präzedenzfälle beruft.

82

Trajan an Plinius

(1) Die Frage, die Du mir glaubtest vorlegen zu müssen, brauchte Dir kein Kopfzerbrechen zu machen, mein lieber Secundus. Du kennst doch meinen Grundsatz ganz genau: Ich will meinem Namen nicht durch Furcht und Schrekken oder durch Majestätsprozesse Respekt verschaffen. (2) Diese Untersuchung wird also eingestellt, die ich auch nicht dulden würde, wenn sie durch Präzedenzfälle gestützt wäre. Die Abrechnungen über den gesamten Bau, der unter der Aufsicht des Dio Cocceianus errichtet worden ist, sind genau zu prüfen. Das ist im Interesse der Stadt zu fordern, und Dio weigert sich ja gar nicht, und er dürfte es auch nicht.

LXXXIII

C. Plinius Traiano Imperatori

Rogatus, domine, a Nicaeensibus publice per ea, quae mihi et sunt et debent esse sanctissima, id est per aeternitatem tuam salutemque, ut preces suas ad te perferrem, fas non putavi negare acceptumque ab iis libellum huic epistulae iunxi.

LXXXIV

Traianus Plinio

Nicaeensibus, qui intestatorum civium suorum concessam vindicationem bonorum a divo Augusto adfirmant, debebis vacare contractis omnibus personis ad idem negotium pertinentibus, adhibitis Virdio Gemellino et Epimacho liberto meo procuratoribus, ut aestimatis etiam iis, quae contra dicuntur, quod optimum credideritis, statuatis.

LXXXV

C. Plinius Traiano Imperatori

Maximum libertum et procuratorem tuum, domine, per omne tempus, quo fuimus una, probum et industrium et diligentem ac sicut rei tuae amantissimum ita disciplinae tenacissimum expertus, libenter apud te testimonio prosequor, ea fide, quam tibi debeo.

83

C. Plinius an Kaiser Trajan

Ich bin, o Herr, von den Leuten aus Nicaea offiziell gebeten worden bei dem, was mir am heiligsten ist und auch sein muß – bei der Ewigkeit Deines Namens und bei Deinem Heil –, ihre Bitten an Dich weiterzuleiten. Ich hielt es für unrecht, ihnen dies abzuschlagen, und ich füge ihre Denkschrift diesem Briefe bei.

84

Trajan an Plinius

Die Bürger von Nicaea behaupten, der verewigte Augustus habe ihnen das Recht zugestanden, das Hab und Gut aller ohne Testament verstorbenen Mitbürger zu übernehmen.[61] Also wirst Du Dich mit ihnen befassen müssen und alle Leute kommen lassen, die von dieser Sache betroffen sind. Du wirst auch die Prokuratoren Virdius Gemellinus und Epimachus, meinen Freigelassenen, hinzuziehen, damit ihr auch die Gegenargumente prüft und dann entscheidet, was ihr für das Beste haltet.

85

C. Plinius an Kaiser Trajan

Deinen Freigelassenen und Prokurator Maximus habe ich, o Herr, die ganze Zeit über, die wir zusammen waren,[62] als einen rechtschaffenen, fleißigen und gewissenhaften Mann kennengelernt. Er ist äußerst besorgt um Deine Interessen und hält peinlich genau auf Disziplin. Ich verwende mich mit diesem Zeugnis gerne für ihn bei Dir – mit aller Aufrichtigkeit, wie ich sie Dir schuldig bin.

LXXXVI A

C. Plinius Traiano Imperatori

Gavium Bassum, domine, praefectum orae Ponticae, integrum probum industrium atque inter ista reverentissimum mei expertus, voto pariter et suffragio prosequor, ea fide, quam tibi debeo.

LXXXVI B

C. Plinius Traiano Imperatori

Fabium Valentem, domine, instructum commilitio tuo valde probo; cuius disciplinae debet, quod indulgentia tua dignus est. Apud me et milites et pagani, a quibus iustitia eius et humanitas penitus inspecta est, certatim ei qua privatim qua publice testimonium perhibuerunt. Quod in notitiam tuam perfero, ea fide, quam tibi debeo.

LXXXVII

C. Plinius Traiano Imperatori

(1) Nymphidium Lupum, domine, primipilarem commilitonem habui, cum ipse tribunus essem ille praefectus: inde familiariter diligere coepi. Crevit postea caritas ipsa mutuae vetustate amicitiae. (2) Itaque et quieti eius inieci manum et exegi, ut me in Bithynia consilio instrueret.

86a

C. Plinius an Kaiser Trajan

Gavius Bassus, den Präfekten der Küste von Pontus, habe ich, o Herr, als einen untadeligen, rechtschaffenen und fleißigen Mann kennengelernt, dabei auch voller Ehrerbietung mir gegenüber. Meine guten Wünsche und Empfehlungen begleiten ihn – in aller Aufrichtigkeit, wie ich sie Dir schuldig bin.

86b

C. Plinius an Kaiser Trajan

Fabius Valens, o Herr, habe ich als einen tüchtigen Mann erproben können. Er hat unter Deinem Kommando gedient, und dieser Schule verdankt er es, Deiner Huld würdig zu sein. Soldaten und Zivilisten, die seine Gerechtigkeit und Menschlichkeit in reichem Maße erfahren durften, haben ihm mir gegenüber in edlem Wettstreit privat wie öffentlich dieses Zeugnis ausgestellt. Ich bringe es Dir zur Kenntnis mit aller Aufrichtigkeit, wie ich sie Dir schuldig bin.

87

C. Plinius an Kaiser Trajan

(1) Der Primipilar[63] Nymphidius Lupus ist, o Herr, mein Kriegskamerad gewesen, als ich Tribun und er Präfekt war. Damals begann meine freundschaftliche Verbindung mit ihm. Später verstärkte sich diese liebevolle Verbundenheit mit zunehmender Dauer unserer Freundschaft. (2) Deshalb habe ich ihn auch noch in seinem Ruhestand mit Beschlag belegt und ihn aufgefordert, mir in Bithynien mit seinem Rat zur Seite zu stehen. Das hat er

Quod ille amicissime et otii et senectutis ratione postposita et iam fecit et facturus est. (3) Quibus ex causis necessitudines eius inter meas numero, filium in primis, Nymphidium Lupum, iuvenem probum industrium et egregio patre dignissimum, suffecturum indulgentiae tuae, sicut primis eius experimentis cognoscere potes, cum praefectus cohortis plenissimum testimonium meruerit Iuli Ferocis et Fusci Salinatoris clarissimorum virorum. Meum gaudium, domine, meamque gratulationem filii honore cumulabis.

LXXXVIII

C. Plinius Traiano Imperatori

Opto, domine, et hunc natalem et plurimos alios quam felicissimos agas aeternaque laude florentem virtutis tuae gloriam … quam incolumis et fortis aliis super alia operibus augebis.

LXXXIX

Traianus Plinio

Agnosco vota tua, mi Secunde carissime, quibus precaris, ut plurimos et felicissimos natales florente statu rei publicae nostrae agam.

bisher als guter Freund ohne Rücksicht auf seinen Ruhestand und sein Alter auch getan und wird es weiterhin tun. (3) Daher sehe ich seine Verwandten als die meinen an, vor allem seinen Sohn Nymphidius Lupus, einen tüchtigen, strebsamen jungen Mann, seines trefflichen Vaters würdig. Er wird sich Deine Huld verdienen, wie Du aus den ersten Proben seiner Tätigkeit ersehen kannst. Als Kohortenpräfekt hat er sich die uneingeschränkte Anerkennung des Julius Ferox und des Fuscus Salinator erworben, zweier hochachtbarer Männer. Du wirst meine Freude und Dankbarkeit, o Herr, durch eine Beförderung des Sohnes noch reichlich mehren.

88

C. Plinius an Kaiser Trajan

Ich wünsche, o Herr, Du mögest diesen Geburtstag und noch möglichst viele weitere recht glücklich verleben und den in ewiger Verherrlichung blühenden Ruhm Deiner Tugenden gesund und schaffensfroh durch immer neue Taten mehren.

89

Trajan an Plinius

Ich nehme Deine Glückwünsche gerne entgegen, mein lieber Secundus, in denen Du den Wunsch aussprichst, daß ich noch möglichst viele und recht glückliche Geburtstage verleben möchte, während unser Staatswesen in Blüte steht.[64]

XC

C. Plinius Traiano Imperatori

(1) Sinopenses, domine, aqua deficiuntur; quae videtur et bona et copiosa ab sexto decimo miliario posse perduci. Est tamen statim ab capite paulo amplius passus mille locus suspectus et mollis, quem ego interim explorari modico impendio iussi, an recipere et sustinere opus possit. (2) Pecunia curantibus nobis contracta non deerit, si tu, domine, hoc genus operis et salubritati et amoenitati valde sitientis coloniae indulseris.

XCI

Traianus Plinio

Ut coepisti, Secunde carissime, explora diligenter, an locus ille, quem suspectum habes, sustinere opus aquae ductus possit. Neque dubitandum puto, quin aqua perducenda sit in coloniam Sinopensem, si modo et viribus suis adsequi potest, cum plurimum ea res et salubritati et voluptati eius collatura sit.

XCII

C. Plinius Traiano Imperatori

Amisenorum civitas libera et foederata beneficio indulgentiae tuae legibus suis utitur. In hac datum mihi libellum

90

C. Plinius an Kaiser Trajan

(1) Die Bewohner von Sinope[65], o Herr, leiden unter Wassermangel; man kann aber, so scheint es, gutes und reichliches Trinkwasser aus einer Entfernung von 16 Meilen herleiten. Freilich ist der Boden gleich bei der Quelle über 1000 Schritte weit bedenklich weich. Ich habe inzwischen angeordnet, daß der Untergrund – mit geringem Kostenaufwand – daraufhin untersucht wird, ob er die erforderlichen Bauten tragen und verkraften kann. (2) Am nötigen Geld wird es nicht fehlen; darum kümmere ich mich schon, wenn Du, o Herr, einen solchen Bau für die Gesundheit und das Wohlergehen der sehr an Wassermangel leidenden Kolonie bewilligen willst.

91

Trajan an Plinius

Wie Du begonnen hast, so prüfe auch weiterhin sorgfältig, mein lieber Secundus, ob der Untergrund dort, wo Du an seiner Festigkeit zweifelst, wirklich den Bau eines Aquädukts tragen kann. Für mich gibt es nämlich keinen Zweifel, daß man die Kolonie Sinope mit Wasser versorgen muß, vorausgesetzt, sie kann dies aus eigenen Kräften schaffen. Ein solcher Bau wird jedenfalls sehr zur Gesundheit und zum Wohlbefinden der Stadt beitragen.

92

C. Plinius an Kaiser Trajan

Die freie und verbündete Stadt Amisus[66] lebt dank Deiner Huld nach ihren eigenen Gesetzen. Dort wurde mir nun eine Denkschrift überreicht, die sich auf die Wohltä-

ad ἐράνους pertinentem his litteris subieci, ut tu, domine, dispiceres, quid et quatenus aut permittendum aut prohibendum putares.

XCIII

Traianus Plinio

Amisenos, quorum libellum epistulae tuae iunxeras, si legibus istorum, quibus beneficio foederis utuntur, concessum est eranum habere, possumus, quo minus habeant, non impedire, eo facilius, si tali collatione non ad turbas et ad inlicitos coetus, sed ad sustinendam tenuiorum inopiam utuntur. In ceteris civitatibus, quae nostro iure obstrictae sunt, res huius modi prohibenda est.

XCIV

C. Plinius Traiano Imperatori

(1) Suetonium Tranquillum, probissimum honestissimum eruditissimum virum, et mores eius secutus et studia iam pridem, domine, in contubernium adsumpsi, tantoque magis diligere coepi, quanto nunc propius inspexi.
(2) Huic ius trium liberorum necessarium faciunt duae causae; nam et iudicia amicorum promeretur et parum felix matrimonium expertus est, impetrandumque a bonitate tua per nos habet, quod illi fortunae malignitas denegavit. (3) Scio, domine, quantum beneficium petam, sed peto a

tigkeitsvereine bezieht.[67] Ich füge sie diesem Schreiben bei, damit Du, o Herr, entscheiden kannst, in welcher Art und welchem Umfang etwas zu erlauben oder zu verbieten ist.

93

Trajan an Plinius

Wenn die Bürger von Amisus – ihre Bittschrift hast Du Deinem Brief beigefügt – nach ihren eigenen Gesetzen, die sie aufgrund ihres Bündnisses besitzen, einen Wohltätigkeitsverein haben dürfen, dann können wir ihnen das nicht verbieten. Das gilt besonders, wenn sie einen solchen Genossenschaftsverein nicht zum Aufruhr und zu unerlaubten Zusammenkünften nutzen, sondern um die Not Bedürftiger zu lindern. In den übrigen Städten aber, die unserem Recht unterstehen, sind derartige Einrichtungen zu untersagen.

94

C. Plinius an Kaiser Trajan

(1) Suetonius Tranquillus[68] ist ein äußerst rechtschaffener, achtbarer und gelehrter Mann. Ich habe ihn, dessen Charakter und literarische Fähigkeiten ich schon lange bewunderte, in meinen Freundeskreis aufgenommen und schätze ihn um so mehr, je näher ich ihn nun kennenlernte.
(2) Für ihn wäre das Dreikinderrecht aus zwei Gründen eine Notwendigkeit: Zum einen verdient er das, was seine Freunde ihm testamentarisch zukommen lassen wollen, und zum andern fehlt ihm in seiner Ehe das Glück, Kinder zu haben. So muß er durch mich von Deiner Güte erfahren, was ihm die Mißgunst des Schicksals versagt hat. (3) Ich weiß wohl, o Herr, welch große Gunst ich von Dir erbitte – ich bitte Dich aber doch darum, da ich ja Deine

te, cuius in omnibus desideriis meis indulgentiam experior. Potes enim colligere quanto opere cupiam, quod non rogarem absens si mediocriter cuperem.

XCV

Traianus Plinio

Quam parce haec beneficia tribuam, utique, mi Secunde carissime, haeret tibi, cum etiam in senatu adfirmare soleam non excessisse me numerum, quem apud amplissimum ordinem suffecturum mihi professus sum. Tuo tamen desiderio subscripsi et dedisse me ius trium liberorum Suetonio Tranquillo ea condicione, qua adsuevi, referri in commentarios meos iussi.

XCVI

C. Plinius Traiano Imperatori

(1) Sollemne est mihi, domine, omnia de quibus dubito ad te referre. Quis enim potest melius vel cunctationem meam regere vel ignorantiam instruere?

Cognitionibus de Christianis interfui numquam: ideo nescio, quid et quatenus aut puniri soleat aut quaeri. (2) Nec mediocriter haesitavi, sitne aliquod discrimen aetatum, an quamlibet teneri nihil a robustioribus differant; detur paenitentiae venia, an ei, qui omnino Christianus fuit, desisse non prosit; nomen ipsum, si flagitiis careat, an flagitia cohaerentia

Huld bei all meinen Anliegen erfahren durfte. Du kannst Dir vorstellen, wieviel mir an der Erfüllung meines Wunsches gelegen ist: Ich würde Dich nämlich nicht während meiner Abwesenheit darum bitten, wenn mir die Sache weniger dringlich wäre.

95

Trajan an Plinius

Wie sparsam ich diese Vergünstigung verleihe, mein lieber Secundus, das weißt Du sicherlich wohl, denn ich lege im Senat jeweils Wert auf die Feststellung, daß ich nicht über die Zahl hinausgegangen bin, die ich in meiner Erklärung vor dem erlauchten Gremium als ausreichend bezeichnet habe. Dennoch habe ich Deinem Wunsch nachgegeben und in meinen Akten vermerken lassen, daß ich Suetonius Tranquillus das Dreikinderrecht unter der üblichen Bedingung verliehen habe.

96

C. Plinius an Kaiser Trajan

(1) Ich habe es mir zur Regel gemacht, o Herr, Dir alles vorzutragen, worüber ich im Zweifel bin. Wer könnte mir ja in meiner Unschlüssigkeit besser die Richtung weisen oder mich in meiner Unwissenheit belehren?

An Verhandlungen gegen Christen[69] habe ich noch niemals teilgenommen. Daher weiß ich nicht Bescheid über Art und Ausmaß der üblichen Bestrafung wie auch der Untersuchung. (2) Auch bin ich über folgendes ziemlich im Zweifel: Macht das Alter einen Unterschied? Sind ganz junge Leute nicht anders zu behandeln als ältere? Erhält der Reuige Verzeihung, oder nützt es einem, der einmal Christ war, nichts, wenn er abschwört? Wird schon der

nomini puniantur. Interim, ⟨in⟩ iis qui ad me tamquam Christiani deferebantur, hunc sum secutus modum. (3) Interrogavi ipsos an essent Christiani. Confitentes iterum ac tertio interrogavi supplicium minatus; perseverantes duci iussi. Neque enim dubitabam, qualecumque esset quod faterentur, pertinaciam certe et inflexibilem obstinationem debere puniri. (4) Fuerunt alii similis amentiae, quos, quia cives Romani erant, adnotavi in urbem remittendos.

Mox ipso tractatu ut fieri solet, diffundente se crimine plures species inciderunt. (5) Propositus est libellus sine auctore multorum nomina continens. Qui negabant esse se Christianos aut fuisse, cum praeeunte me deos adpellarent et imagini tuae, quam propter hoc iusseram cum simulacris numinum adferri, ture ac vino supplicarent, praeterea male dicerent Christo, quorum nihil cogi posse dicuntur qui sunt re vera Christiani, dimittendos putavi. (6) Alii ab indice nominati esse se Christianos dixerunt et mox negaverunt; fuisse quidem sed desisse, quidam ante triennium, quidam ante plures annos, non nemo etiam ante viginti. ⟨Hi⟩ quoque omnes et imaginem tuam deorumque simulacra venerati sunt et Christo male dixerunt. (7) Adfirmabant autem hanc fuisse summam vel culpae suae vel erroris, quod essent soliti stato die ante lucem convenire, carmenque Christo quasi deo dicere secum in-

Name Christ an sich bestraft, auch ohne Verbrechen, oder werden die mit dem Namen verbundenen Verbrechen bestraft? Einstweilen bin ich bei den Leuten, die mir als angebliche Christen angezeigt wurden, folgendermaßen verfahren. (3) Ich habe sie gefragt, ob sie Christen seien. Die Geständigen fragte ich unter Androhung der Todesstrafe ein zweites und ein drittes Mal. Diejenigen, die hartnäckig darauf beharrten, ließ ich zur Hinrichtung abführen. Denn darüber bestand für mich kein Zweifel: Was es auch sein mochte, das sie zu gestehen hatten – ihr Starrsinn und ihre trotzige Verstocktheit verdienten auf jeden Fall Bestrafung.[70] (4) Es gab noch andere von ähnlichem Fanatismus, die ich, da sie römische Bürger waren, zur Überstellung nach Rom vorgemerkt habe.[71]

Als später im Lauf der Untersuchung, wie das allgemein so ist, die Anklage immer weitere Kreise zog, ergaben sich unterschiedliche Fälle. (5) Mir wurde eine anonyme Klageschrift mit zahlreichen Namen zugestellt. Da gab es nun welche, die leugneten, Christen zu sein oder jemals gewesen zu sein. Sie riefen, meinem Beispiel folgend, die Götter an und opferten Deiner Statue, die ich mit den Götterbildern zusammen zu diesem Zweck hatte herbeibringen lassen, Weihrauch und Wein. Außerdem lästerten sie Christus, und zu all dem lassen sich, so heißt es, wahre Christen nicht zwingen. Diese Leute also glaubte ich freilassen zu müssen. (6) Andere in dieser Anzeige Genannte bezeichneten sich zunächst als Christen, dann widerriefen sie aber. Sie seien es zwar gewesen, hätten sich jedoch wieder abgewandt, einige vor drei, andere vor noch mehr Jahren, manch einer sogar vor 20 Jahren. Auch diese bezeugten alle Deiner Statue und den Götterbildern ihre Verehrung und fluchten Christus. (7) Sie versicherten aber, ihre ganze Schuld oder ihr Irrtum habe in folgendem bestanden: Gewöhnlich seien sie an einem bestimmten Tag vor Sonnenaufgang zusammengekommen und hätten Christus als ihrem Gott einen Wechselgesang gesungen. Durch ei-

vicem seque sacramento non in scelus aliquod obstringere, sed ne furta ne latrocinia ne adulteria committerent, ne fidem fallerent, ne depositum adpellati abnegarent. Quibus peractis morem sibi discedendi fuisse rursusque coeundi ad capiendum cibum, promiscuum tamen et innoxium; quod ipsum facere desisse post edictum meum, quo secundum mandata tua hetaerias esse vetueram. (8) Quo magis necessarium credidi ex duabus ancillis, quae ministrae dicebantur, quid esset veri, et per tormenta quaerere. Nihil aliud inveni quam superstitionem pravam et immodicam.

(9) Ideo dilata cognitione ad consulendum te decucurri. Visa est enim mihi res digna consultatione, maxime propter periclitantium numerum. Multi enim omnis aetatis, omnis ordinis, utriusque sexus etiam vocantur in periculum et vocabuntur. Neque civitates tantum, sed vicos etiam atque agros superstitionis istius contagio pervagata est; quae videtur sisti et corrigi posse. (10) Certe satis constat prope iam desolata templa coepisse celebrari, et sacra sollemnia diu intermissa repeti passimque venire ⟨carnem⟩ victimarum, cuius adhuc rarissimus emptor inveniebatur. Ex quo facile est opinari, quae turba hominum emendari possit, si sit paenitentiae locus.

nen feierlichen Eid hätten sie sich nicht etwa zu irgendeinem Verbrechen verpflichtet, sondern dazu, keinen Diebstahl, keinen Raub und keinen Ehebruch zu begehen, kein gegebenes Wort zu brechen, kein zur Verwahrung anvertrautes Gut abzuleugnen. Danach seien sie ihrer Gewohnheit gemäß auseinandergegangen und dann wieder zusammengekommen, um Speise zu sich zu nehmen, jedoch ganz gewöhnliche und harmlose.[72] Dies letztere aber hätten sie nicht mehr getan seit meinem Edikt, in dem ich Deinen Anordnungen zufolge Vereinigungen aller Art verboten hätte. (8) Um so notwendiger erschien es mir, von zwei Mägden, die als Diakonissen bezeichnet wurden,[73] durch ein Geständnis auch auf der Folter die Wahrheit zu erfahren. Ich fand aber nichts anderes als einen verworrenen, maßlosen Aberglauben.

(9) Daher habe ich die Verhandlung vertagt und wende mich nun an Dich, um Deinen Rat einzuholen. Die Sache scheint mir nämlich einer Anfrage wert zu sein, vor allem wegen der Zahl der Angeklagten. Viele Menschen jeden Alters und Standes, ja beiderlei Geschlechts, sind angeklagt oder werden es noch. Nicht nur über die Städte, sondern auch über die Dörfer und das flache Land hat sich die Seuche dieses bösen Aberglaubens ausgebreitet. Sie läßt sich aber doch wohl noch eindämmen und beheben. (10) Es steht jedenfalls fest, daß man allmählich wieder die fast schon verödeten Tempel besucht und die lange unterlassenen feierlichen Opfer darbringt. Auch wird wieder Opferfleisch verkauft, für das sich bisher nur äußerst selten ein Käufer fand.[74] Daraus läßt sich leicht ersehen, welch große Zahl von Menschen man auf den rechten Weg bringen kann, wenn man ihrer Reue stattgibt.

XCVII
Traianus Plinio

(1) Actum quem debuisti, mi Secunde, in excutiendis causis eorum, qui Christiani ad te delati fuerant, secutus es. Neque enim in universum aliquid, quod quasi certam formam habeat, constitui potest. (2) Conquirendi non sunt; si deferantur et arguantur, puniendi sunt, ita tamen ut, qui negaverit se Christianum esse idque re ipsa manifestum fecerit, id est supplicando dis nostris, quamvis suspectus in praeteritum, veniam ex paenitentia impetret. Sine auctore vero propositi libelli ⟨in⟩ nullo crimine locum habere debent. Nam et pessimi exempli nec nostri saeculi est.

XCVIII
C. Plinius Traiano Imperatori

(1) Amastrianorum civitas, domine, et elegans et ornata habet inter praecipua opera pulcherrimam eandemque longissimam plateam; cuius a latere per spatium omne porrigitur nomine quidem flumen, re vera cloaca foedissima, ac sicut turpis immundissimo adspectu, ita pestilens odore taeterrimo. (2) Quibus ex causis non minus salubritatis quam decoris interest eam contegi; quod fiet si permiseris curantibus nobis, ne desit quoque pecunia operi tam magno quam necessario.

97

Trajan an Plinius

(1) Bei Deinem Vorgehen gegen Personen, die Dir als Christen angezeigt worden sind, hast Du, mein lieber Secundus, den richtigen Weg eingeschlagen. Es läßt sich nämlich insgesamt überhaupt nichts festlegen, was gleichsam als Richtschnur dienen könnte. (2) Aufspüren soll man sie nicht. Wenn sie aber vor Gericht gestellt und überführt sind, dann sind sie zu bestrafen. Dabei gilt jedoch folgendes: Wer leugnet, Christ zu sein, und dies durch die Tat beweist, also durch ein Opfer vor unseren Göttern, der soll aufgrund seiner Reue Verzeihung erhalten, mag sein Vorleben auch noch so verdächtig sein. Anonyme Anklageschriften aber dürfen bei keiner Straftat Berücksichtigung finden. Denn das gäbe ein äußerst schlechtes Beispiel und entspräche nicht dem Geist unseres Zeitalters.

98

C. Plinius an Kaiser Trajan

(1) Amastris, o Herr, eine Stadt voller Schmuck und Eleganz, hat unter ihren baulichen Sehenswürdigkeiten auch eine besonders schöne und lange Allee. Auf der einen Seite zieht sich in voller Länge ein Gewässer entlang, dem Namen nach ein Fluß, in Wirklichkeit aber eine äußerst eklige Kloake, ebenso häßlich durch ihren unappetitlichen Anblick wie gesundheitsschädlich durch ihren abscheulichen Gestank. (2) Daher wird es ebenso der Gesundheit wie der Zierde dienlich sein, sie abzudecken. Das wird geschehen, wenn Du es gestattest, und ich werde dafür sorgen, daß es auch nicht an Geld fehlt für eine ebenso große wie notwendige Unternehmung.

XCIX
Traianus Plinio

Rationis est, mi Secunde carissime, contegi aquam istam, quae per civitatem Amastrianorum fluit, si intecta salubritati obest. Pecunia ne huic operi desit, curaturum te secundum diligentiam tuam certum habeo.

C
C. Plinius Traiano Imperatori

Vota, domine, priore anno nuncupata alacres laetique persolvimus novaque rursus certante commilitonum et provincialium pietate suscepimus, precati deos ut te remque publicam florentem et incolumem ea benignitate servarent, quam super magnas plurimasque virtutes praecipua sanctitate, obsequio, deorum honore meruisti.

CI
Traianus Plinio

Solvisse vota dis immortalibus te praeeunte pro mea incolumitate commilitones cum provincialibus laetissimo consensu et in futurum nuncupasse libenter, mi Secunde carissime, cognovi litteris tuis.

99

Trajan an Plinius

Das ist ein vernünftiger Plan, mein lieber Secundus, dieses Gewässer, das durch die Stadt Amastris fließt, abzudecken, wenn es in offenem Zustand die Gesundheit gefährdet. Daß es für dieses Bauvorhaben nicht an Geld fehlt, dafür wirst Du – ich bin sicher – in Deiner gewohnten Umsicht schon sorgen.

100

C. Plinius an Kaiser Trajan

Die Gelübde des vorigen Jahres haben wir, o Herr, voll Eifer und Freude eingelöst und erneuert, und Soldaten und Provinzbewohner haben sich dabei in frommer Anhänglichkeit überboten. Wir baten die Götter, Dich und das Staatswesen blühend und gesund zu erhalten, wie es ihrer Güte entspricht, die Du, von Deinen hohen und reichen Tugenden abgesehen, besonders durch Deine Frömmigkeit und Deinen Gehorsam verdient hast sowie durch die Ehre, die Du den Göttern erweist.

101

Trajan an Plinius

Daß unter Deiner Führung Soldaten und Einwohner der Provinz in freudiger Übereinstimmung ihre Gelübde den unsterblichen Göttern gegenüber eingelöst und für die Zukunft erneuert haben, das habe ich zu meiner Freude aus Deinem Brief ersehen, mein lieber Secundus.

CII

C. Plinius Traiano Imperatori

Diem, quo in te tutela generis humani felicissima successione translata est, debita religione celebravimus, commendantes dis imperii tui auctoribus et vota publica et gaudia.

CIII

Traianus Plinio

Diem imperii mei debita laetitia et religione commilitonibus et provincialibus praeeunte te celebratum libenter cognovi litteris tuis.

CIV

C. Plinius Traiano Imperatori

Valerius, domine, Paulinus excepto Paulino ius Latinorum suorum mihi reliquit; ex quibus rogo tribus interim ius Quiritium des. Vereor enim, ne sit immodicum pro omnibus pariter invocare indulgentiam tuam, qua debeo tanto modestius uti, quanto pleniorem experior. Sunt autem pro quibus peto: C. Valerius Astraeus, C. Valerius Dionysius, C. Valerius Aper.

102

C. Plinius an Kaiser Trajan

Den Tag, an dem in überaus glücklicher Nachfolge die Schirmherrschaft über die Menschheit auf Dich überging, haben wir mit der gebührenden frommen Verbundenheit gefeiert und haben dabei den Göttern, den Garanten Deiner Herrschaft, unsere Gelübde und frohen Wünsche dargebracht.

103

Trajan an Plinius

Daß unter Deiner Führung Soldaten und Einwohner der Provinz den Tag meiner Regierungsübernahme in gebührender Freude und frommer Verbundenheit gefeiert haben, das ersehe ich mit Wohlgefallen aus Deinem Schreiben.

104

C. Plinius an Kaiser Trajan

Valerius Paulinus, o Herr, hat in seinem Testament seinen Sohn Paulinus übergangen und mir das Patronat über seine Freigelassenen mit latinischem Bürgerrecht hinterlassen.[75] Ich bitte Dich zunächst für drei von ihnen um das quiritische Recht. Denn ich fürchte, es könnte unbescheiden sein, für sie alle auf einmal an Deine Huld zu appellieren. Ich muß diese ja um so maßvoller in Anspruch nehmen, je reicher ich sie erfahre. Das sind aber die Namen derjenigen, für die ich bitte: C. Valerius Astraeus, C. Valerius Dionysius, C. Valerius Aper.

CV

Traianus Plinio

Cum honestissime iis, qui apud fidem tuam a Valerio Paulino depositi sunt, consultum velis, matura per me. Iis interim, quibus nunc petisti, dedisse me ius Quiritium referri in commentarios meos iussi idem facturus in ceteris, pro quibus petieris.

CVI

C. Plinius Traiano Imperatori

Rogatus, domine, a P. Accio Aquila, centurione cohortis sextae equestris, ut mitterem tibi libellum per quem indulgentiam pro statu filiae suae implorat, durum putavi negare, cum scirem quantam soleres militum precibus patientiam humanitatemque praestare.

CVII

Traianus Plinio

Libellum P. Accii Aquilae, centurionis sextae equestris, quem mihi misisti, legi; cuius precibus motus dedi filiae eius civitatem Romanam. Libellum rescriptum, quem illi redderes, misi tibi.

105

Trajan an Plinius

Da Du in höchst ehrenwerter Weise für die Leute sorgen willst, die Valerius Paulinus Deinem Schutz anvertraut hat, so tue dies nur ungesäumt mit meiner Hilfe. Ich habe einstweilen in meine Akten eintragen lassen, daß ich den Leuten, für die Du jetzt gebeten hast, das quiritische Recht verliehen habe. Ebenso werde ich auch bei den übrigen verfahren, für die Du es noch beantragen wirst.

106

C. Plinius an Kaiser Trajan

P. Accius Aquila, Hauptmann der 6. Reiterkohorte, hat mich gebeten, daß ich Dir, o Herr, seine Bittschrift zustelle, in der er Deine Huld für den zivilrechtlichen Stand seiner Tochter erfleht. Seine Bitte abzuschlagen schien mir hart, denn ich weiß ja, mit wieviel Geduld und Menschenfreundlichkeit Du Dich den Bittgesuchen der Soldaten widmest.

107

Trajan an Plinius

Die Bittschrift des P. Accius Aquila, des Hauptmanns der 6. Reiterkohorte, die Du mir übersandt hast, habe ich gelesen. Auf seine Bitten hin habe ich seiner Tochter das römische Bürgerrecht verliehen. Eine Abschrift meines Bescheides, die Du an ihn weiterleiten sollst, schicke ich Dir zu.

CVIII

C. Plinius Traiano Imperatori

(1) Quid habere iuris velis et Bithynas et Ponticas civitates in exigendis pecuniis, quae illis vel ex locationibus vel ex venditionibus aliisve causis debeantur, rogo, domine, rescribas. Ego inveni a plerisque proconsulibus concessam iis protopraxian eamque pro lege valuisse. (2) Existimo tamen tua providentia constituendum aliquid et sanciendum per quod utilitatibus eorum in perpetuum consulatur. Nam quae sunt ab illis instituta, sint licet sapienter indulta, brevia tamen et infirma sunt, nisi illis tua contingit auctoritas.

CIX

Traianus Plinio

Quo iure uti debeant Bithynae vel Ponticae civitates in iis pecuniis, quae ex quaque causa rei publicae debebuntur, ex lege cuiusque animadvertendum est. Nam, sive habent privilegium, quo ceteris creditoribus anteponantur, custodiendum est, sive non habent, in iniuriam privatorum id dari a me non oportebit.

108

C. Plinius an Kaiser Trajan

(1) Welche Rechte sollen Deinem Willen zufolge die Städte von Bithynien und Pontus bei der Eintreibung von Geldern haben, die man ihnen aufgrund von Verpachtungen und Verkäufen oder aus anderen Gründen schuldig ist? Das teile mir doch bitte mit, o Herr. Ich habe herausgefunden, daß ihnen von den meisten Prokonsuln das Vorvollstreckungsrecht eingeräumt worden ist und daß dies als Gesetz gilt. (2) Dennoch müßtest Du meiner Ansicht nach in Deiner Vorsorge etwas bestimmen und festsetzen, wodurch ihre Interessen für die Dauer gewahrt sind. Denn was die Prokonsuln festgelegt haben, mag klug und entgegenkommend sein, es ist aber doch kurzlebig und unsicher, wenn es nicht durch Deine Autorität gedeckt ist.

109

Trajan an Plinius

Welcher Rechtsmittel sich die Städte in Bithynien und Pontus bedienen dürfen, um Gelder einzutreiben, die man der Gemeinde aus verschiedenen Gründen schuldig ist, das muß aus den gesetzlichen Bestimmungen der einzelnen Gemeinden selbst ermittelt werden. Denn wenn sie ein Privileg besitzen, das ihnen vor allen übrigen Gläubigern den Vorzug einräumt, dann muß dieses gewahrt bleiben. Haben sie es aber nicht, dann ist es nicht angebracht, wenn ich es ihnen zum Nachteil der privaten Gläubiger einräume.

CX

C. Plinius Traiano Imperatori

(1) Ecdicus, domine, Amisenorum civitatis petebat apud me a Iulio Pisone denariorum circiter quadraginta milia donata ei publice ante viginti annos bule et ecclesia consentiente, utebaturque mandatis tuis, quibus eius modi donationes vetantur. (2) Piso contra plurima se in rem publicam contulisse ac prope totas facultates erogasse dicebat. Addebat etiam temporis spatium postulabatque, ne id, quod pro multis et olim accepisset, cum eversione reliquae dignitatis reddere cogeretur. Quibus ex causis integram cognitionem differendam existimavi, ut te, domine, consulerem, quid sequendum putares.

CXI

Traianus Plinio

Sicut largitiones ex publico fieri mandata prohibent, ita, ne multorum securitas subruatur, factas ante aliquantum temporis retractari atque in inritum vindicari non oportet. Quidquid ergo ex hac causa actum ante viginti annos erit, omittamus. Non minus enim hominibus cuiusque loci quam pecuniae publicae consultum volo.

110

C. Plinius an Kaiser Trajan

(1) Der Gemeindeanwalt der Stadt Amisus, o Herr, wandte sich an mich und verlangte von Julius Piso eine Summe von rund 40000 Denaren zurück, die diesem vor 20 Jahren mit der Zustimmung von Rat und Volksversammlung offiziell zum Geschenk gemacht worden war. Er berief sich dabei auf Deine Verordnungen, denen zufolge solche Schenkungen verboten sind. (2) Piso erklärte dagegen, er habe sehr viel für die Gemeinde aufgewendet und dabei fast sein gesamtes Vermögen ausgegeben. Er wies außerdem darauf hin, wieviel Zeit inzwischen verflossen sei, und forderte, man solle ihn nicht zwingen, das Geldgeschenk, das er für zahlreiche Dienste und vor so langer Zeit erhalten habe, zurückzuerstatten – das bedeute den Verlust seiner noch verbliebenen Existenzmittel. Aus diesen Gründen entschloß ich mich, den Fall unentschieden zu lassen und zu vertagen, um Dich, o Herr, um Rat zu fragen, wie ich Deiner Ansicht nach verfahren soll.

111

Trajan an Plinius

Zwar sind Schenkungen aus der Gemeindekasse aufgrund meiner Erlasse verboten, aber deshalb dürfen vor langer Zeit erfolgte Schenkungen nicht widerrufen und für ungültig erklärt werden, um nicht die Existenz vieler Leute zu ruinieren. Was also in diesem Fall vor 20 Jahren geschehen ist, das wollen wir auf sich beruhen lassen. Ich wünsche nämlich, daß man sich allerorten um die Menschen nicht weniger kümmert als um die Finanzen.

CXII

C. Plinius Traiano Imperatori

(1) Lex Pompeia, domine, qua Bithyni et Pontici utuntur, eos, qui in bulen a censoribus leguntur, dare pecuniam non iubet; sed ii, quos indulgentia tua quibusdam civitatibus super legitimum numerum adicere permisit, et singula milia denariorum et bina intulerunt. (2) Anicius deinde Maximus proconsul eos etiam, qui a censoribus legerentur, dumtaxat in paucissimis civitatibus aliud aliis iussit inferre. (3) Superest ergo, ut ipse dispicias, an in omnibus civitatibus certum aliquid omnes, qui deinde buleutae legentur, debeant pro introitu dare. Nam, quod in perpetuum mansurum est, a te constitui decet, cuius factis dictisque debetur aeternitas.

CXIII

Traianus Plinio

Honorarium decurionatus omnes, qui in quaque civitate Bithyniae decuriones fiunt, inferre debeant necne, in universum a me non potest statui. Id ergo, quod semper tutissimum est, sequendam cuiusque civitatis legem puto, sed verius eos, qui invitati fiunt decuriones, id existimo acturos, ut praestatione ceteris praeferantur.

112

C. Plinius an Kaiser Trajan

(1) Das Gesetz des Pompeius, das für die Bewohner von Bithynien und Pontus gilt, fordert keine Geldzahlung von denjenigen, die von den Zensoren in den Stadtrat gewählt werden. Die Männer aber, die Deiner Huld zufolge in einigen Städten über die gesetzmäßige Zahl hinaus gewählt werden durften, haben teils 1000, teils 2000 Denare gezahlt. (2) Der Prokonsul Anicius Maximus hat daraufhin verfügt – was freilich nur für einige wenige Städte gilt –, daß auch die von den Zensoren gewählten Ratsherrn jeweils verschiedene Summen zu zahlen hätten. (3) Darum bleibt nichts anderes übrig, als daß Du selbst entscheidest, ob in sämtlichen Städten alle, die künftig zu Ratsherrn gewählt werden, für ihren Eintritt eine bestimmte Summe zu entrichten haben. Denn was auf die Dauer gültig bleiben soll, das mußt Du festlegen, denn Deinen Worten und Taten ist Ewigkeitsdauer bestimmt.

113

Trajan an Plinius

Ob alle, die in irgendeiner Stadt Bithyniens Ratsherrn werden, ein Antrittsgeld zu entrichten haben oder nicht, das kann ich nicht grundsätzlich entscheiden. Man soll sich also meiner Meinung nach, was immer das sicherste ist, jeweils an das Gesetz der betreffenden Stadt halten. Was die Männer betrifft, die ehrenhalber Ratsherrn werden, so meine ich eher, sie sollten so handeln, daß sie aufgrund einer Leistung den übrigen vorgezogen werden.[76]

CXIV

C. Plinius Traiano Imperatori

(1) Lege, domine, Pompeia permissum Bithynicis civitatibus adscribere sibi quos vellent cives, dum ne quem earum civitatium, quae sunt in Bithynia. Eadem lege sancitur, quibus de causis e senatu a censoribus eiciantur. (2) Inde me quidam ex censoribus consulendum putaverunt, an eicere deberent eum qui esset alterius civitatis. (3) Ego quia lex sicut adscribi civem alienum vetabat, ita eici e senatu ob hanc causam non iubebat, praeterea, quod adfirmabatur mihi in omni civitate plurimos esse buleutas ex aliis civitatibus, futurumque ut multi homines multaeque civitates concuterentur ea parte legis, quae iam pridem consensu quodam exolevisset, necessarium existimavi consulere te, quid servandum putares. Capita legis his litteris subieci.

CXV

Traianus Plinio

Merito haesisti, Secunde carissime, quid a te rescribi oporteret censoribus consulentibus, an ⟨manere deberent⟩ in senatu aliarum civitatium, eiusdem tamen provinciae cives. Nam et legis auctoritas et longa consuetudo usurpata contra legem in diversum movere te potuit. Mihi hoc temperamentum eius placuit, ut ex praeterito nihil novaremus,

114

C. Plinius an Kaiser Trajan

(1) Das Gesetz des Pompeius, o Herr, gibt den Städten Bithyniens das Recht, nach Belieben jeden als Bürger bei sich aufzunehmen, außer wenn der Betreffende Bürger einer anderen bithynischen Gemeinde ist. Im gleichen Gesetz ist auch festgelegt, aus welchen Gründen jemand von den Zensoren aus dem Rat ausgestoßen werden kann. (2) Daher glaubten einige Zensoren, bei mir anfragen zu müssen, ob sie einen Ratsherrn, der das Bürgerrecht einer anderen Gemeinde besitzt, aus dem Stadtrat ausstoßen sollten. (3) Das Gesetz verbietet nun zwar, einen fremden Bürger ins Stadtrecht aufzunehmen, es ordnet aber deswegen keine Ausstoßung aus dem Stadtrat an. Außerdem versicherte man mir, es fänden sich in jeder Stadt sehr viele Ratsherrn aus anderen Gemeinden, und es käme künftig dahin, daß viele Leute und viele Städte in Mitleidenschaft gezogen würden durch diesen Paragraphen des Gesetzes, der nach allgemeiner Ansicht längst als hinfällig betrachtet wurde. Daher hielt ich es für notwendig, Dich zu fragen, wie Deiner Ansicht nach zu verfahren ist. Die betreffenden Paragraphen des Gesetzes füge ich bei.

115

Trajan an Plinius

Zu Recht hast du gezögert, mein lieber Secundus, welchen Bescheid Du den Zensoren geben sollst auf ihre Anfrage, ob Bürger aus anderen Städten, jedoch aus derselben Provinz, in ihrem Stadtrat verbleiben dürfen. Denn die Autorität des Gesetzes auf der einen Seite und die langgeübte Gewohnheit, es zu umgehen, auf der anderen – dabei konntest Du schon unschlüssig werden. Mir scheint folgender Mittelweg das richtige: Am Vergangenen wollen

sed manerent quamvis contra legem adsciti quarumcumque civitatium cives, in futurum autem lex Pompeia observaretur; cuius vim si retro quoque velimus custodire, multa necesse est perturbari.

CXVI
C. Plinius Traiano Imperatori

(1) Qui virilem togam sumunt vel nuptias faciunt vel ineunt magistratum vel opus publicum dedicant, solent totam bulen atque etiam e plebe non exiguum numerum vocare binosque denarios vel singulos dare. Quod an celebrandum et quatenus putes, rogo scribas. (2) Ipse enim, sicut arbitror, praesertim ex sollemnibus causis, concedendum ius istud invitationis, ita vereor ne ii qui mille homines, interdum etiam plures vocant, modum excedere et in speciem διανομῆς incidere videantur.

CXVII
Traianus Plinio

Merito vereris, ne in speciem διανομῆς incidat invitatio, quae et in numero modum excedit et quasi per corpora, non viritim singulos ex notitia, ad sollemnes sportulas contrahit. Sed ego ideo prudentiam tuam elegi, ut formandis istius provinciae moribus ipse moderareris et ea consti-

wir nichts ändern; es sollen Bürger anderer Städte Ratsherrn bleiben, auch wenn ihre Wahl nicht dem Gesetz entsprach. In Zukunft soll jedoch das Gesetz des Pompeius beachtet werden. Wollten wir aber die Geltung dieses Gesetzes auch rückwirkend durchsetzen, so würde dies zwangsläufig zu großer Verwirrung führen.

116

C. Plinius an Kaiser Trajan

(1) Wenn jemand die Männertoga anlegt, heiratet, ein Amt antritt oder ein der Gemeinde gestiftetes Gebäude einweiht, dann lädt er gewöhnlich den gesamten Stadtrat und eine Menge Leute aus dem Volk ein und schenkt jedem zwei Denare oder einen. Schreibe mir doch bitte, ob solche Feiern stattfinden sollen und in welcher Größenordnung. (2) Ich persönlich glaube zwar, man müsse den Leuten, zumal bei solch feierlichen Anlässen, das Recht auf Einladungen zugestehen. Andererseits fürchte ich, daß Personen, die 1000 und bisweilen noch mehr Leute einladen, allem Anschein nach das Maß überschreiten und den Eindruck erwecken, als verteilten sie unerlaubterweise Geldgeschenke.

117

Trajan an Plinius

Zu Recht fürchtest Du, daß diese Art von Einladungen nach unerlaubter Geldverteilung aussieht. Man geht ja in der Anzahl der Gäste über das rechte Maß hinaus und versammelt die Leute sozusagen als Körperschaft, nicht einzeln als Bekannte, zu regelrechten Schenkungen.[77] Aber ich habe Dich mit Deiner Klugheit doch gerade ausgewählt, damit Du selbst Richtlinien gibst für die Lebens-

tueres, quae ad perpetuam eius provinciae quietem essent profutura.

CXVIII

C. Plinius Traiano Imperatori

(1) Athletae, domine, ea quae pro iselasticis certaminibus constituisti, deberi sibi putant statim ex eo die, quo sunt coronati; nihil enim referre, quando sint patriam invecti, sed quando certamine vicerint, ex quo invehi possint. Ego contra scribo 'iselastici nomine'. Itaque [† eorum] vehementer addubitem an sit potius id tempus, quo εἰσήλασαν, intuendum. (2) Iidem obsonia petunt pro eo agone, qui a te iselasticus factus est, quamvis vicerint ante quam fieret. Aiunt enim congruens esse, sicut non detur sibi pro iis certaminibus, quae esse iselastica postquam vicerunt desierunt, ita pro iis dari quae esse coeperunt. (3) Hic quoque non mediocriter haereo, ne cuiusquam retro habeatur ratio dandumque, quod tunc cum vincerent non debebatur. Rogo ergo, ut dubitationem meam regere, id est beneficia tua interpretari ipse digneris.

und Rechtsgewohnheiten in Deiner Provinz, und daß Du Anordnungen triffst, die in Zukunft dauerhafte und ruhige Zustände in dieser Provinz gewährleisten.

118

C. Plinius an Kaiser Trajan

(1) Die Athleten, o Herr, sind der Meinung, die Preisgelder, die Du für iselastische Wettkämpfe[78] festgesetzt hast, stünden ihnen gleich von dem Tage an zu, an dem sie mit dem Siegeskranz gekrönt wurden. Es komme nämlich nicht darauf an, wann sie in ihrer Heimatstadt ihren Einzug gehalten hätten, sondern wann sie in einem Wettkampf gesiegt hätten, der ihnen das Recht zum feierlichen Einzug verleihe. Ich aber verbuche unter der Rubrik: zum feierlichen Einzug.[79] Daher bin ich doch sehr im Zweifel, ob man nicht den Zeitpunkt eher ins Auge fassen muß, an dem sie wirklich ihren Einzug hielten. (2) Ebenso fordern sie Preisgelder für einen Wettkampf, den Du zu einem iselastischen erklärt hast, obwohl sie gesiegt haben, bevor dies geschah. Sie sagen nämlich, das komme doch aufs gleiche heraus: Wenn ihnen nämlich für Wettkämpfe, die nach ihren Siegen nicht mehr als iselastische gelten, nichts gezahlt würde, dann müßten sie doch für diejenigen, die es nachher geworden seien, etwas bekommen. (3) Auch hier habe ich starke Bedenken, ob man jemand rückwirkend berücksichtigen und ihm etwas auszahlen soll, das ihm zum Zeitpunkt seines Sieges nicht zustand. Ich bitte Dich also, mich in meinem Zweifel auf die rechte Bahn zu lenken, das heißt: Du mögest bitte Deine Gunsterweise selbst näher erläutern.

CXIX

Traianus Plinio

Iselasticum tunc primum mihi videtur incipere deberi, cum quis in civitatem suam ipse εἰσήλασεν. Obsonia eorum certaminum, quae iselastica esse placuit mihi, si ante iselastica non fuerunt, retro non debentur. Nec proficere pro desiderio athletarum potest, quod eorum, quae postea iselastica non esse constitui, quam vicerunt, accipere desierunt. Mutata enim condicione certaminum nihilo minus, quae ante perceperant, non revocantur.

CXX

C. Plinius Traiano Imperatori

(1) Usque in hoc tempus, domine, neque cuiquam diplomata commodavi neque in rem ullam nisi tuam misi. Quam perpetuam servationem meam quaedam necessitas rupit. (2) Uxori enim meae audita morte avi volenti ad amitam suam excurrere usum eorum negare durum putavi, cum talis officii gratia in celeritate consisteret, sciremque te rationem itineris probaturum, cuius causa erat pietas.

Haec tibi scripsi, quia mihi parum gratus fore videbar, si dissimulassem inter alia beneficia hoc unum quoque me debere indulgentiae tuae, quod fiducia eius quasi consulto te non dubitavi facere, quod si consuluissem, sero fecissem.

119

Trajan an Plinius

Das Iselasticum kann, so scheint es mir, erst dann beansprucht werden, wenn jemand in seine Heimatstadt eingezogen ist. Es besteht rückwirkend kein Anspruch auf Prämien bei solchen Wettkämpfen, die ich zu iselastischen erklärt habe, wenn sie es vorher nicht waren. Auch ist es für das Ansinnen der Athleten nicht entscheidend, daß sie nichts erhielten für Wettkämpfe, die ich nach ihren Siegen für nicht iselastisch erklärt habe. Schließlich verlangt man von ihnen, wenn sich die Wettkampfbedingungen geändert haben, ja auch nicht das zurück, was sie zuvor bekommen haben.

120

C. Plinius an Kaiser Trajan

(1) Bis zu diesem Zeitpunkt, o Herr, habe ich noch nie jemandem einen Reisepaß ausgestellt außer in offizieller Mission. Diese von mir ständig eingehaltene Regel habe ich aus einem Notfall heraus gebrochen. (2) Als meine Gattin vom Tode ihres Großvaters hörte, wollte sie eilends zu ihrer Tante reisen, und mir schien es hart, ihr einen solchen Paß zu verweigern. Denn ein solcher Liebesdienst tut seine Wirkung doch durch die rasche Ausführung, und ich war mir sicher, Du würdest eine Reise billigen, die ihren Anlaß in verwandtschaftlicher Liebe hat.

Dies schreibe ich Dir, denn ich käme mir undankbar vor, wollte ich Dir verheimlichen, daß ich neben Deinen sonstigen Wohltaten auch dies eine Deiner Huld verdanke: daß ich im Vertrauen darauf ohne Zögern, wie auf Deine Auskunft hin, das getan habe, was ich nach einer Anfrage auch, aber zu spät getan hätte.

CXXI

Traianus Plinio

Merito habuisti, Secunde carissime, fiduciam animi mei nec dubitandum fuisset, si exspectasses donec me consuleres, an iter uxoris tuae diplomatibus, quae officio tuo dedi, adiuvandum esset, cum apud amitam suam uxor tua deberet etiam celeritate gratiam adventus sui augere.

121

Trajan an Plinius

Mit Recht hast Du, mein lieber Secundus, Vertrauen zu mir gehabt. Du hättest auch keine Bedenken haben müssen, wenn Du meine Antwort auf die Frage abgewartet hättest, ob Du Deiner Gattin durch Reisepässe, die ich Dir zu Deinem Amtsgebrauch ausgehändigt hatte, ihre Fahrt erleichtern durftest. Denn Deine Frau mußte doch bei ihrer Tante die Freude über ihren Besuch durch eine rasche Ankunft noch steigern.

Anhang

Anmerkungen

Buch I

1 Der römische Ritter C. Septicius Clarus ist ein literarisch sehr interessierter Freund des Plinius, der nach seinen Worten den Anstoß für eine Publizierung der Briefe gab. In epist. 2,9,4 lobt Plinius seine Zuverlässigkeit und Aufrichtigkeit. Auch Sueton schätzte ihn sehr und widmete ihm seine Kaiserbiographien. Unter Kaiser Hadrian hatte Septicius das Amt des Prätorianerpräfekten inne.

2 Arrianus Maturus ist noch der Adressat weiterer plinianischer Briefe (2,11; 2,12; 4,8; 4,12; 6,2; 8,21) und stammt aus Altinum, einer Stadt in Oberitalien im Gebiet der Veneter, wo er infolge seiner *iustitia* und *prudentia* der führende Mann seiner Heimatstadt ist. Plinius läßt sich häufig von ihm in geschäftlichen Angelegenheiten und literarischen Fragen beraten.

3 Bei dem Buch, von dem Plinius hier spricht, handelt es sich um eine Rede, die er schriftlich ausgearbeitet hat.

4 C. Licinius Calvus, Dichter und Freund des Catull, war auch als Redner bedeutend und galt als führender Vertreter der Stilrichtung des sogenannten Attizismus. Cicero, der eine Gegenposition einnahm, setzt sich mit ihm mehrfach kritisch auseinander (*Ad familiares* 15,21,4; *Brutus* 283 ff.). Vgl. auch Tacitus, *Dialogus* 18,5. Zu Demosthenes vgl. Buch I, Anm. 105.

5 Unvollständiges Zitat aus Vergil, *Aeneis* 6,129: *pauci, quos aequus amavit Iuppiter.*

6 λήκυϑος bezeichnet ursprünglich ein Gefäß, in dem Farbe bzw. Öl aufbewahrt wurde. Hier steht das Wort in metaphorischem Sinne für den Redeschmuck, wobei mit Marcus Cicero gemeint ist. Auch im folgenden verwendet Plinius eine Metapher: Wie ein Wanderer, der sich durch Naturschönheiten verleiten läßt, vom Wege abzubiegen, so will auch Plinius von seinem Plan abweichen, wenn sich eine passende Gelegenheit für eine glanzvolle Darstellung bietet.

7 Der weiße Stein (*albus calculus*) war in alter Zeit bei einem Gerichtsverfahren das Zeichen für einen Freispruch. Hier gibt der Ausdruck die Zustimmung für die Veröffentlichung seines Buches wieder.

8 Caninius Rufus stammte aus Comum und gehörte zu den literarisch interessierten Freunden des Plinius, wie der lebhafte Briefwechsel zeigt (Adressat auch von epist. 2,8; 3,7; 6,21; 7,18; 7,25; 8,4; 9,33).

9 Von Euripus, der Meerenge zwischen Euböa und Böotien, bekamen die Gräben, die zur Bewässerung der Ländereien gezogen wurden, ihren Namen.

10 Das Wasser des nahen Comer Sees wurde für die Bewässerung des Landgutes verwendet.

11 Die Römer ließen sich auf offenen Tragsesseln im Freien herumtragen, was man *gestatio* nannte. Aber auch die Wege, die sie sich zu diesem Zweck besonders anlegen ließen, bekamen diese Bezeichnung. Der Boden durfte nicht zu hart und nicht zu weich sein, damit die Träger der Sänfte ungehindert gehen konnten.

12 Dieses lateinische Sprichwort findet sich häufig, u.a. bei Cicero, *Brutus* 274 und *De officiis* 1,109. – Vgl. A. Otto, *Die Sprichwörter und sprichwörtlichen Redensarten der Römer*, Leipzig 1890, S.358.

13 Pompeia Celerina war die Mutter von Plinius' zweiter Frau. Sie besaß Landgüter in der Nähe der umbrischen Landstädte Ocriculum, Narnia und Carsulae, die an der Via Flaminia lagen. Außerdem hatte Pompeia Celerina ein Landgut bei Perugia, nicht weit vom Trasumenischen See.

14 Der römische Ritter Voconius Romanus stammte aus Saguntum in Spanien und war mit Plinius eng befreundet (Adressat von epist. 2,1; 3,13; 6,15; 6,33; 8,8; 9,7; 9,28). Plinius erwähnt seine Tätigkeit als Redner und Schriftsteller.

15 M. Aquilius Regulus war in der Zeit von Nero bis Domitian als politischer Ankläger (*delator*) aufgetreten. Die Delatoren übten das Amt des Anklägers besonders in Majestätsprozessen aus und erwarben sich großen Reichtum, da sie aus dem konfiszierten Vermögen der Verurteilten einen Anteil erhielten und auch durch den Staat und durch Privatpersonen reichlich belohnt wurden.

16 Arulenus Rusticus, Prätor des Jahres 69 und stoischer Philosoph, stand in Opposition zum Kaisertum. Als er die wegen ihrer republikanischen Gesinnung verurteilten Thrasea Paetus und Helvidius Priscus in einer Schrift verherrlichte, ließ ihn Domitian im Jahre 93 hinrichten. Domitian (81–96) wurde 96 als Tyrann ermordet.

17 *Simia* bezeichnet einen Nachahmer der Stoiker und steht im Sinne eines Moralpredigers.

18 Arulenus Rusticus hatte im Auftrag des Vitellius mit dem Heer des Vespasian verhandelt, war aber während eines Handgemenges verwundet worden (vgl. Tacitus, *Historiae* 3,80). Diese Wunde nennt Regulus in negativer Weise *stigma*, ein Mal, das man verbrecherischen Sklaven einbrannte, um sie für immer zu kennzeichnen.

19 Herennius Senecio, ein Freund des Plinius, hatte eine Biographie des Helvidius geschrieben. Er wurde deshalb von Mettius Carus, einem berüchtigten Delator, angeklagt und schließlich hingerichtet. – Vgl. auch N. Holzberg, *Martial*, Heidelberg 1988, S. 79.

20 Die Konsularen M. Licinius Crassus und Sulpicius Camerinus wurden in einem Majestätsprozeß durch Regulus angeklagt und später hingerichtet.

21 Die Zentumvirn bildeten ein Gericht, das ursprünglich aus 105, unter Trajan aus 180 Richtern bestand. Dieses Gericht hatte vier Kammern und entschied über Zivilstreitigkeiten, wozu besonders Familien-, Eigentums- und Erbstreitigkeiten gehörten. Die Leitung hatte ein Prätor, dem u. a. die Aufgabe zufiel, die Voruntersuchungen zu leiten und die Mitglieder des Gerichtes einzuberufen.

22 Über Caecilius Celer ist nichts Näheres bekannt.

23 Fabius Iustus war ein bekannter Redner, dem Tacitus seinen *Dialogus* widmete. Im Jahre 102 war er Konsul, 109 Statthalter in Syrien.

24 Vestricius Spurinna nahm am Kampf des Otho gegen Vitellius teil. Er bekleidete mehrfach das Konsulat (Adressat von epist. 3,10; 5,17). Unter Nerva erhielt er wegen seiner Verdienste als Statthalter in Untergermanien eine Triumphalstatue (vgl. epist. 2,7,1 ff.). Epist. 3,1 gibt Plinius eine ausführliche Charakteristik des Spurinna, den er sehr verehrt und den er sich als Vorbild nehmen möchte.

25 Die Säulenhalle der Livia war von Kaiser Augustus zu Ehren seiner Frau Livia am Fuße des Esquilin errichtet worden.

26 Junius Mauricus, bedeutender Jurist und Senator aus Oberitalien, der Bruder des Arulenus Rusticus, wurde im Jahre 93 verbannt; er war ein Freund Nervas und Trajans (vgl. Tacitus, *Historiae* 4,40; Martial 5,28,5), unter Nerva (97) kehrte er aus der Verbannung zurück.

27 Die Worte des Regulus enthalten eine Spitze gegen den Anwalt Plinius, der als Verehrer Ciceros ein Anhänger der älteren Beredsamkeit war.

28 Es liegt hier ein Wortspiel mit der Bedeutung des Namens Regulus vor, da Regulus auch »Zaunkönig« heißt.

29 Cornelius Tacitus (um 57–120), Konsul des Jahres 97 und Statthalter der Provinz Africa (112/113), ist der bedeutendste römische Geschichtsschreiber. Erhalten sind der *Agricola*, eine Biographie seines Schwiegervaters (*de vita et moribus Iulii Agricolae*), die *Germania* (*de origine et situ Germanorum*) und der *dialogus de oratoribus*, der einige Jahre später folgte (zwischen 102 und 107). Seine beiden Hauptwerke sind die *Historien*, die die Zeitgeschichte vom Jahre 69 bis zum Ende des flavischen Herrscherhauses im Jahre 96 als Thema haben, und die *Annalen*, in denen Tacitus die Geschichte der julisch-claudischen Dynastie vom Tode des Augustus (14 n. Chr.) bis 68 behandelt. Diese beiden Werke verfaßte Tacitus nach dem Tode Domitians. – Mit elf Briefen ist Tacitus der häufigste Adressat des Plinius. Zum Verhältnis des Plinius und Tacitus vgl. Vielberg, S. 171 ff.

30 Diana ist die Göttin der Jagd, Minerva die Göttin der Wissenschaften; die Göttinnen symbolisieren die beiden Tätigkeiten des Plinius.

31 Octavius Rufus, Consul suffectus des Jahres 80, ist auch der Adressat von epist. 2,10, worin Plinius seine Gedichte lobend erwähnt. Hier wendet er sich mit einer Bitte an Plinius, seinen Freund Gallus, Prokonsul der Provinz Baetica, in einem Prozeß gegen die Baetiker zu verteidigen.

32 Homer, *Ilias* 16,250.

33 Die Provinz Baetica mit der Hauptstadt Corduba lag im Südwesten Spaniens. Aus dieser Provinz stammte der Kaiser Trajan (98–117). Auch einige der bedeutendsten lateinischen Schriftsteller kamen aus Baetica. So der Philosoph Seneca, der Dichter Lukan und der Landwirtschaftsschriftsteller Columella.

34 Plinius spielt hier offenbar auf verschiedene Prozesse an, in denen er als Anwalt die Interessen der Baetici vertreten hat: so z. B. im Jahre 93 gegen Baebius Massa (vgl. epist. 3,4,4). – Vgl. auch den späteren Prozeß im Jahre 98 gegen Caecilius Classicus (vgl. epist. 3,9).

35 Prokonsul der Provinz Baetica.

36 Homer, *Ilias* 1,528. Gemeint ist Zeus.

37 Freund des Plinius, der in den Briefen des Plinius als Geschichtsschreiber, Dichter und Redner genannt wird. Er ist noch Adressat der Briefe 5,21; 7,7; 7,15; 9,38.

38 Die Schenkung von 1100000 Sesterzen für die Einrichtung und den Unterhalt einer Bibliothek in seiner Heimatstadt Comum wird durch eine Inschrift bezeugt.

39 Neben der schon erwähnten Summe für den Unterhalt einer Bibliothek vermachte Plinius seiner Heimatstadt 500000 Sesterze, die der Unterstützung begabter Kinder dienen sollten.

40 Als erster stellte Trajan Gelder für hilfsbedürftige Kinder in Rom zur Verfügung. Es handelte sich um Kinder freier Römer, die nicht zum Senatoren- oder Ritterstand gehörten. Plinius nennt im paneg. 28,4 die Zahl 5000. Diese Maßnahme muß man in erster Linie unter bevölkerungspolitischen Gesichtspunkten sehen, da die Kinderzahl in Rom und in Italien zu dieser Zeit stark rückläufig war.

41 Die Senatoren in den Munizipien hießen *decuriones*. Diese bildeten den Gemeinderat. – Vgl. Bleicken II (1978), S.22f.; 82f.; 96ff.

42 Minicius Fundanus, auch Adressat von epist. 4,15 und 6,6, schlug schon in jungen Jahren eine wissenschaftliche Laufbahn ein und war mit verschiedenen Schriftstellern seiner Zeit, u.a. mit Plutarch (um 45–125), befreundet, der ihn mehrfach in seinen Werken nennt. Aus seiner Ämterlaufbahn sind sein Konsulat (107) und seine Statthalterschaft in Asien unter Hadrian zu nennen.

43 Mit 16 Jahren legten die jungen Römer die *toga praetexta* ab und erhielten die *toga virilis*. Das geschah in einer offiziellen Feier, zu der Verwandte und Freunde erschienen. Auf dem Forum wurden sie in eine Bürgerliste eingetragen.

44 Die Teilnahme als Zeuge an einer Verlobung und Eheschließung zählt Plinius hier zu den lästigen und zeitraubenden Verpflichtungen, denen man sich aber nicht entziehen kann. Bei einer Eheschließung, die vom Pontifex Maximus vollzogen wurde, waren gewöhnlich zehn Zeugen anwesend.

45 Auch die Abfassung eines Testamentes war ein besonderes Ereignis, das ebenso wie Verlobung und Eheschließung mit einer Feier verbunden war. Damit ein Testament rechtsgültig war, mußte es in Gegenwart von sieben Zeugen vor dem Prätor unterschrieben werden.

46 Zu den Verpflichtungen des Plinius gehörte auch die Erteilung von Rechtsgutachten und die Beratung römischer Magistrate.
47 Plinius besaß mehrere Landgüter, eines in Etrurien (vgl. epist. 5,6), zwei am Comer See (vgl. epist. 9,7) und das Laurentinum in der Nähe von Ostia, das er in epist. 2,17 ausführlich beschreibt.
48 Unter Körperpflege versteht Plinius neben Baden und Massage u. a. auch Gymnastik und Spaziergänge.
49 Das Wort bezeichnet ursprünglich die im 3. Jh. v. Chr. gegründete Gelehrtenakademie, wird hier im übertragenen Sinne von einem Ort gebraucht, an dem man sich ungestört seinen geistigen Beschäftigungen widmen kann.
50 Atilius ist ein Landsmann und Jugendfreund des Plinius. Die ihm in den Mund gelegte geistreiche Sentenz geht auf einen Ausspruch des älteren Scipio bei Cicero, *De officiis* 3,1, zurück.
51 Attius Clemens, ein enger Freund des Plinius, stammte aus Padua. Das kann man aus einem dem Clemens gewidmeten Epigramm des Martial (10,93) entnehmen, der ihn auffordert, das gerade fertiggestellte 10. Buch seiner Gedichte seiner Frau Sabina zu überreichen.
52 Mit *nunc* meint Plinius die Zeit des Kaisers Nerva (96–98), in der die von Domitian verfügte Verfolgung und Vertreibung der Philosophen beendet ist und in der die Künste und Wissenschaften sich wieder frei entfalten können.
53 Bekannte Schriftsteller dieser Zeit waren u. a. der Rhetoriklehrer Quintilian, der Verfasser der *Institutio oratoria*, der Historiker Tacitus, der Dichter Silius Italicus, der Verfasser eines Epos über den Zweiten Punischen Krieg, und Sueton, der Verfasser der Kaiserbiographien (von Cäsar bis Domitian).
54 Der Stoiker Euphrates aus Tyros in Syrien gehörte zu den bedeutendsten Rednern und Philosophen der flavisch-trajanischen Zeit. Er hielt sich unter Kaiser Vespasian in Rom auf, von wo er sich nach der Vertreibung der Philosophen durch Domitian nach Syrien zurückzog. Hier lernte ihn der etwa zwanzigjährige Plinius kennen, der zu dieser Zeit als Militärtribun seinen Dienst tat und von der Persönlichkeit des Philosophen stark beeinflußt wurde.
55 Hatte Plinius bisher in diesem Brief Stil, Umgangsformen und Ausdrucksweise des Euphrates charakterisiert, so beschreibt er im folgenden seine äußere Erscheinung. Überhaupt stellt Plini-

us nicht die philosophische Lehre des Euphrates in den Mittelpunkt seiner Darlegungen, sondern den Menschen, der auf ihn und seine Freunde einen großen Einfluß ausübt.

56 Er gehörte infolge seines Reichtums und seiner Lebensführung zu den führenden Männern der Provinz Syrien.

57 Im Jahre 98 wurde Plinius *praefectus aerarii Saturni*, Verwalter der Staatskasse.

58 Vgl. Buch I, Anm. 23.

59 Calestrius Tiro, an den noch die Briefe 6,1; 6,22 und 9,5 gerichtet sind, stammte aus dem Gebiet von Picenum und war zugleich mit Plinius Militärtribun, Quästor und Prätor. Im Jahre 107/108 verwaltete er die Provinz Baetica.

60 Corellius Rufus, ein sehr bekannter Rechtsgelehrter seiner Zeit, war im Jahre 78 *consul suffectus* und im Jahre 82 Statthalter in Obergermanien. Während er mit Vespasian und Titus befreundet war, stand er in Opposition zu Kaiser Domitian.

61 Nach der Lehre der Stoa war der einzelne Mensch Herr über sein Leben, und daher war ihm Selbstmord erlaubt. Unter bestimmten Bedingungen galt der Selbstmord als höchstes Gebot der Vernunft. Gerade unter dem Tyrannen Domitian gab es zahlreiche Beispiele eines freiwilligen Todes unter den Anhängern der stoischen Philosophie.

62 Hiermit wird Domitian bezeichnet.

63 Gemeint ist die Beseitigung Domitians.

64 Unter Kaiser Nerva (96–98).

65 Calvisius Rufus aus Comum war ein Jugendfreund des Plinius, wurde Ratsherr seiner Heimatstadt und beriet häufig Plinius in geschäftlichen Angelegenheiten (Adressat von epist. 2,20; 3,1; 3,19; 5,7; 8,2; 9,6).

66 Konsul 99 und 107. War mit Plinius und Trajan befreundet, zu dessen nächsten Mitarbeitern er gehörte. Der griechische Schriftsteller Plutarch widmete ihm mehrere seiner Werke.

67 Der Brief gibt einen Einblick in das literarische Leben dieser Zeit. Vorlesungen (*recitationes*) vor Freunden und vor einem geladenen Publikum gaben jungen Literaten Gelegenheit, sich der Kritik eines kunstverständigen Kreises zu stellen, ehe sie ihre literarischen Werke veröffentlichten (vgl. auch epist. 3,18,4; Martial 1,3; 1,76 u. a.).

68 Der kaiserliche Palast befand sich auf dem *mons Palatinus*.

69 Nonianus, der Verfasser einer Geschichte Roms, las offensicht-

lich aus seinem historischen Werk vor. Denn das Interesse des Kaisers Claudius (41–54) an historischen Fragen ist bekannt.

70 Plinius will nicht den Eindruck erwecken, er habe deshalb den Vorlesungen anderer zugehört, damit seine Freunde ihm die gleiche Gefälligkeit erweisen.

71 Vgl. Buch I, Anm. 26.

72 Arulenus Rusticus. Vgl. Buch I, Anm. 16.

73 Prätor um 97, Freund des Plinius.

74 Gemeint sind Iunius Mauricus und sein Bruder Arulenus Rusticus. – Brixia, heute Brescia.

75 Der Ritter, der im Verzeichnis des Zensors zuerst stand und der bei der zensorischen Musterung zuerst verlesen wurde, führte die Bezeichnung *princeps iuventutis*.

76 Heute Padua.

77 Vgl. Buch I, Anm. 1.

78 Es handelt sich hier um Tänzerinnen aus Gades in Andalusien.

79 Erucius Clarus, um 99 Quästor, 117 Konsul, wird von Plinius in epist. 2,9 wegen seiner vorbildlichen Lebensweise und seiner Redegabe gerühmt.

80 Vgl. Buch I, Anm. 37.

81 C. Valerius Catullus (84 – um 55 v. Chr.) aus Verona, einer der bedeutendsten lyrischen Dichter Roms, gehörte zum Dichterkreis der sog. Neoteriker. Sein Werk umfaßt 116 Gedichte ganz verschiedenen Inhalts.

82 Zum Dichterkreis des Catull gehörte auch C. Licinius Calvus (82–47 v. Chr.), der auch noch als Redner hervortrat und als führender Vertreter der sog. attischen Richtung galt (vgl. auch Cicero, *Brutus* 280; 283; 284). Vgl. epist. 1,2,2 und Buch I, Anm. 4.

83 Der römische Komödiendichter Titus Maccius Plautus (254–184 v. Chr.) schrieb nach dem Vorbild der attischen Neuen Komödie seine (angeblich) 130 Stücke, von denen 21 erhalten sind. Sie gelten als die ältesten vollständig erhaltenen Werke der römischen Literatur. Wichtige Impulse von Plautus erhielt auch das Drama der Neuzeit: z. B. *Amphitruo* (Molière; Kleist), *Aulularia* (Molière), *Menaechmi* (Shakespeare), *Miles gloriosus* (Shakespeares Falstaff).

84 P. Terentius Afer (um 190–159 v. Chr.), ein Freigelassener libyscher Herkunft, ist neben Plautus der berühmteste römische Komödiendichter. Er schrieb sechs Stücke (*Andria, Heautonti-*

morumenos, Eunuchus, Phormio, Hecyra, Adelphoe), die ebenfalls großen Einfluß auf das moderne Drama (Molière; Lessing) ausübten.

85 Cornelius Titianus ist nur noch bekannt als Adressat eines kurzen Briefes (9,32).

86 Dieser römische Ritter war unter Domitian, Nerva und Trajan Privatsekretär. Plinius erwähnt in epist. 8,12 lobend seine Tätigkeit als Schriftsteller und seine Förderung der Wissenschaften.

87 Nerva (96–98).

88 Urenkel des Augustus, der von Nero verbannt und dann getötet wurde.

89 Hier wird die republikanische Einstellung aus der Wahl der Bilder deutlich; diese durften nicht in der Öffentlichkeit aufgestellt werden, da sie als Symbole der Opposition galten. M. Iunius Brutus (82–42 v. Chr.) war einer der Cäsarmörder. Um die Republik zu retten, wurde er neben Cassius das Haupt der Verschwörung gegen Cäsar, dessen Anhänger er zunächst gewesen war (seit 48).

90 Cassius stand im Bürgerkrieg auf seiten Cäsars und war zusammen mit seinem Schwager Brutus Anführer der Verschwörung gegen Cäsar. Nach der Niederlage bei Philippi (42 v. Chr.) durch Octavian und Antonius beging er – ebenso wie Brutus – Selbstmord.

91 Hier ist M. Porcius Cato der Jüngere (95–46 v. Chr.) gemeint. Nach seiner Niederlage gegen Caesar wählte er den Freitod bei Utica, daher der Beiname Uticensis. Er wurde als der letzte Republikaner und unbeugsamer Stoiker verehrt, so von Cicero und Seneca. Vgl. Buch III, Anm. 80.

92 Diese Gedichte hatten den Tod berühmter Männer, die unter Domitian ermordet worden waren, zum Thema.

93 C. Suetonius Tranquillus (um 70–140), ein Freund des jüngeren Plinius (Adressat von epist. 3,8; 5,10; 9,34), war unter Hadrian Privatsekretär des Kaisers (118–121). Nach seiner Entlassung ging er seiner Schriftstellerei nach und verfaßte zahlreiche Werke, von denen seine Kaiserbiographien von Cäsar bis Domitian erhalten sind. Von seinem zweiten großen Werk, den Biographien berühmter Dichter, Rhetoren, Grammatiker und Geschichtsschreiber, besitzen wir nur Fragmente.

94 Homer, *Ilias* 1,63.

95 Junius Pastor wird von dem jungen Anwalt Plinius vor dem

Zentumviralgericht verteidigt. Ihm widmet der Dichter Martial das Gedicht 9,22.

96 Das Zentumviralgericht hatte vier Kammern, die manchmal auch gemeinsam tagten. – Vgl. auch Buch I, Anm. 21.

97 Hier ist Domitian gemeint.

98 Homer, *Ilias* 12,283.

99 Ratsherr in Comum. Wurde durch die finanzielle Unterstützung des Plinius in den Ritterstand aufgenommen.

100 Es ist hier der ältere Plinius, der Verfasser der *Naturalis historia*, gemeint, vgl. epist. 3,5; 6,16.

101 Vgl. Buch I, Anm. 29.

102 Athenischer Redner um 450 v. Chr. Erhalten sind 34 Reden, die Lysias als Meister der attischen Redeweise ausweisen.

103 Die beiden Volkstribunen C. und Tib. Sempronius Gracchus gerieten durch ihre Agrargesetze in starken Gegensatz zu den Optimaten und fanden im Jahre 131 bzw. 123 v. Chr. den Tod. Ihre Stellung innerhalb der römischen Beredsamkeit schildert Cicero in seinem Dialog *Brutus*.

104 Vom älteren Cato sind noch Fragmente aus 79 Reden erhalten, die er als erster Römer in größerem Umfang veröffentlicht hat.

105 Demosthenes (384–322 v. Chr.) gilt als größter griechischer Redner.

106 Aeschines, berühmter griechischer Redner und Staatsmann, Gegner des Demosthenes.

107 Hyperides (390–322 v. Chr.), Redner aus Athen, stand auf der Seite des Demosthenes gegen Philipp von Makedonien.

108 Asinius Pollio, ein Anhänger Cäsars, und M. Caelius Rufus, ein Freund und Korrespondent Ciceros (vgl. Cicero, *Ad familiares* 8), waren berühmte Redner der republikanischen Zeit.

109 L. Murena (Konsul 62 v. Chr.) wurde wegen Wählerbestechung angeklagt und auch u. a. von Cicero verteidigt.

110 A. Cluentius Habitus wurde von Cicero verteidigt (vgl. *Pro Cluentio*), die längste erhaltene Rede.

111 Die Rede ist nicht erhalten.

112 Plinius meint die Stelle Cicero, *In Verrem* 2,4,5.

113 Cicero tut so, als ob er den Namen des Polyklet, eines sehr bekannten griechischen Bildhauers aus dem 5. Jh. v. Chr., vergessen habe und ein Zuhörer sage ihm den Namen vor. Cicero will nicht zu gelehrt erscheinen und daher den Eindruck er-

wecken, daß ihm das Thema des Buches, die griechische Kunst, ziemlich fremd sei.

114 Vgl. Buch I, Anm. 15.
115 Nach Euripides, *Herakles* 1002.
116 Getreideart.
117 Bedeutender Staatsmann Athens (um 495–429 v. Chr.).
118 Komödiendichter in Athen zur Zeit des Perikles.
119 Peitho ist die Göttin der Überredung.
120 Aristophanes, *Acharner* 531.
121 Thersites bei Homer, *Ilias* 2,212.
122 Homer, *Ilias* 3,222. Gemeint ist Odysseus.
123 Gemeint ist Menelaus; Homer, *Ilias* 3,214.
124 Plinius Paternus (auch Adressat von epist. 4,14; 8,16; 9,27) stammte aus Comum und gehörte zu den führenden Männern dieser Stadt.
125 Gemeint ist: indem man sich beim Verkäufer oder Vorbesitzer erkundigt.
126 Catilius Severus (Adressat von epist. 3,12) war in den Jahren 110 und 120 Konsul, später Statthalter von Kappadokien und Syrien.
127 Titius Aristo (Adressat von epist. 5,3; 8,14) war Anwalt und der Berater Trajans.
128 Häufig wollten die Philosophen schon durch ihr Äußeres auffallen. So gehörten langes Haar und Bart zu den charakteristischen Kennzeichen der Philosophen. Vgl. epist. 1,10,6.
129 Gymnasien und Säulenhallen waren beliebte Plätze für Müßiggänger. Dort hielten sich auch gerne die Philosophen auf.
130 Die Toga steht hier im metaphorischen Sinne für die Tätigkeit auf dem Forum als Anwalt und Redner.
131 Seine Ämterlaufbahn ist uns durch verschiedene Inschriften bekannt: 97 Volkstribun, um 100 Prätor, dann Statthalter in verschiedenen Provinzen.
132 Das Tribunat hatte in der Kaiserzeit seine frühere Bedeutung verloren. Man mußte die Ädilität oder das Tribunat bekleidet haben, um Prätor zu werden.
133 Durch die Wasseruhren bestimmte man die Redezeit für Anklage und Verteidigung.
134 Auch Adressat von epist. 6,25. Stadtpräfekt im Jahre 117.
135 Es handelt sich hier um Suetonius Tranquillus. Vgl. Buch I, Anm. 93.

Buch II

1 Vgl. Buch I, Anm. 14.

2 Verginius Rufus (14–97), Konsul in den Jahren 63, 69 und 97, unterdrückte als Statthalter von Obergermanien im Jahre 68 den Aufstand des C. Iulius Vindex. Die ihm mehrfach angebotene Kaiserwürde lehnte er ab und zog sich auf sein Landgut in Etrurien zurück, wo er sich seinen literarischen Studien widmete. Nach dem frühen Tod von Plinius' Vater wurde er der Vormund und Förderer des jüngeren Plinius.

3 Man muß hier an Nero, Galba und Vitellius denken, aber auch an Domitian.

4 Kaiser Nerva (96–98).

5 Es war üblich, dem Kaiser für die Verleihung des Konsulats im Senat eine Dankrede zu halten. Eine solche Dankrede ist der Panegyricus auf Trajan, den Plinius im Jahre 100 für den Kaiser verfaßt hat.

6 Vor dem Begräbnis berühmter Männer wurde auf dem Forum eine *laudatio funebris* gehalten, in der die Verdienste des Verstorbenen hervorgehoben wurden. Die Leichenrede auf Verginius Rufus sprach der Historiker Tacitus.

7 Verginius stammte aus Mailand, Plinius aus Comum.

8 Plinius war damals etwa 35 Jahre alt.

9 Valerius Paulinus aus Forum Iulii, *consul suffectus* im Jahre 107 unter Kaiser Trajan, war mit Plinius eng befreundet. Das machen die an ihn gerichteten Briefe (4,16; 5,19; 9,3; 9,37) und die mehrfache Nennung seines Namens an weiteren Stellen der Briefsammlung (epist. 4,9,20; 10,104; 10,105) deutlich.

10 Die Identität des Nepos ist unklar. Er ist noch Adressat der Briefe 3,16; 4,26 und 6,19.

11 Isaios, berühmter Redner und Sophist (um 38 n. Chr. geb.) aus Syrien, der in Rom als Meister der Stegreifrede galt. Vgl. Juvenal, Sat. 3,74.

12 In den Rednerschulen ließen sich berühmte Rhetoren von den Zuhörern erfundene Rechtsfälle vorlegen, wobei sie dann nach dem Wunsch des Publikums die eine oder andere Partei vertraten.

13 Gades: Cádiz im Süden Spaniens. Titus Livius: (59 v. Chr. – 17 n. Chr.) berühmt als Verfasser seines Geschichtswerks *Ab urbe condita*.

14 Berühmter griechischer Redner und Staatsmann, Gegner des Demosthenes.
15 Eine nicht näher bekannte Verwandte des Plinius.
16 Diese Bemerkung scheint eine rhetorische Untertreibung zu sein; sie bezieht sich jedoch nicht auf den Gesamtbesitz, sondern auf das flüssige Barvermögen. Vgl. epist. 3,19,8.
17 Auch noch Adressat von epist. 9,26. Er stammt wahrscheinlich aus Gallia Narbonensis. – Vgl. Sherwin-White, S. 150.
18 Römischer Ritter, im Jahre 97 Militärtribun in Obergermanien. Er starb schon zu Beginn seiner Karriere (um 108) als designierter Ädil.
19 Caecilius Macrinus, Freund des Plinius, der an ihn noch die Briefe 3,4; 7,6; 7,10; 8,17 und 9,4 richtet, von denen vier das Thema der Repetundenprozesse behandeln.
20 Vgl. Buch I, Anm. 24.
21 Bei verschiedenen öffentlichen Spielen gab man das Zeichen für den Beginn und das Ende durch ein Trompetensignal an.
22 Vgl. Buch I, Anm. 8.
23 Bezeichnung für den Comer See.
24 Plinius besaß am Comer See mehrere Landgüter (vgl. epist. 4,30; 6,24; 9,7).
25 Plinius könnte hier auf seine Tätigkeit als *praefectus aerarii* (vgl. epist. 1,10,9 und 3,4,3) oder auf seine Prozeßtätigkeit anspielen.
26 Domitius Apollinaris (Adressat von epist. 5,6), *consul suffectus* des Jahres 97, war vor seinem Konsulat Statthalter der Provinz Lykien-Pamphylien. In den Gedichten des Martial, dessen Gönner er war, wird er mehrfach genannt (4,86; 7,26; 10,30; 11,15).
27 Die Senatoren trugen als Abzeichen ihrer Würde an der Toga einen breiten Purpurstreifen (*latus clavus*). Dieses Ehrenabzeichen wurde vom Kaiser auch römischen Rittern verliehen, die dadurch den Eintritt in den Senat erreichten und sich für die höheren Ämter bewerben konnten.
28 Das Tribunenamt hatte in der Kaiserzeit seine frühere Bedeutung verloren. Seit Tiberius geschah die Wahl der höheren Beamten auf Vorschlag des Kaisers durch den Senat.
29 Vgl. Buch I, Anm. 79.
30 Vgl. Buch I, Anm. 1.
31 Vgl. Buch I, Anm. 31.
32 Wenn Octavius seine Gedichte nicht zusammen herausgibt,

können einzelne, die schon bekannt geworden sind, einem anderen Autor zugeschrieben werden.

33 Vgl. Buch I, Anm. 2.

34 Der Hauptangeklagte Marius Priscus stammte aus der Provinz Baetica, verwaltete 97/98 als Prokonsul die Provinz Africa und wurde im Jahre 99 von ihren Bewohnern wegen Repetundenvergehens angeklagt, wobei Plinius und Tacitus als Ankläger auftraten.

35 Genauer gesagt, trugen nur die Einwohner der Gemeinde Leptis den amtierenden Konsuln ihre Klage vor. Diese brachten den Fall nach den Bestimmungen des *senatus consultum Calvisianum* vor den Senat. Es wurde eine Kommission von fünf Richtern gebildet, die innerhalb von 30 Tagen ein Urteil fällen mußten.

36 Marius Priscus verzichtete auf eine Verteidigung, d.h., er gab die Vergehen zu, damit nicht noch weitere kapitale Verbrechen zur Sprache kamen, für deren Untersuchung der Gesamtsenat zuständig war.

37 Catius Fronto war unter Domitian, Nerva und Trajan ein bekannter Anwalt; Plinius erwähnt sein Auftreten noch in weiteren Prozessen (epist. 4,9,15; 6,13,3). Im Jahre 96 wurde er *consul suffectus.*

38 Plinius charakterisiert das Auftreten des Catius Fronto mit einer gewählten Metapher aus der Schiffahrt. Bilder und Metaphern aus der Seefahrt traten schon früh in der griechischen Literatur auf und wurden besonders von den augusteischen Dichtern in die lateinische Literatur eingeführt.

39 Es stehen sich bei der Senatsdebatte zwei unterschiedliche Auffassungen gegenüber. Die eine Gruppe ist der Ansicht, der Senat sei in seinen Beschlüssen völlig frei, dürfe also über die Taten in vollem Umfang richten, also auch eine über das Repetundengesetz hinausgehende Untersuchung führen.

40 *Consul suffectus* des Jahres 99; 116/117 Statthalter der Provinz Asia.

41 Es handelt sich bei diesen beiden Zeugen um Komplizen des Marius Priscus.

42 Die Strafe der Zwangsarbeit in einem Bergwerk (*metallum*) kam erst in der Kaiserzeit auf; sie wurde im allgemeinen nur für Nichtrömer, besonders Sklaven, ausgesprochen und galt als die schwerste nach der Todesstrafe.

43 *Consul suffectus* des Jahres 90.

44 Diese Sitzung fand im Januar des Jahres 100 unter Leitung des Kaisers Trajan statt.

45 Die *epulones* waren ein Priesterkollegium, das für die Ausrichtung der Göttermähler bei den Römischen und Plebejischen Spielen zuständig war.

46 Diese Formulierung kann sich auf die schon erfolgte Verurteilung durch den Rekuperatorenausschuß der fünf Richter beziehen (vgl. Mommsen, Str. 729). Andererseits könnte Plinius hier zum Ausdruck bringen, daß der Angeklagte in der öffentlichen Meinung schon so gut wie verurteilt sei.

47 Mit Hilfe von Wasseruhren kontrollierte man bei Gerichtsverhandlungen die Redezeit für Ankläger und Verteidiger. Gewöhnlich betrug sie für die Anklage sechs, für die Verteidigung neun Stunden.

48 Senator und Anwalt des Marcianus.

49 *Consul suffectus* (86), Statthalter der Provinz Macedonia (im Jahre 84), wurde unter Domitian angeklagt und in die Verbannung geschickt. Unter Nerva kehrte er zurück. Er gehört zu den bekanntesten Rednern und Anwälten seiner Zeit.

50 Tacitus (um 57–120), bedeutendster Geschichtsschreiber der römischen Kaiserzeit. Er tritt zusammen mit Plinius als Ankläger auf. Vgl. Buch I, Anm. 29.

51 Durch die Rede des Catius Fronto wird die Beweisaufnahme des zweiten Verhandlungstages im Januar des Jahres 100 abgeschlossen.

52 Enger Freund des Plinius, mit dem er zusammen Verwalter des Staatsschatzes (98–100) und Konsul (im Jahre 100) war. Etwa im Jahre 111 bekleidete er das Prokonsulat in Aquitanien. 113 wurde er Nachfolger des Plinius in der Provinz Bithynien-Pontus.

53 Die Abstimmung ging in Form der *discessio*, des Auseinandertretens (Hammelsprung), vor sich; man trat auf die Seite des Antragstellers.

54 Vgl. Buch I, Anm. 15.

55 Der Legat des Marius Priscus, Hostilius Firminus, hatte während der Provinzverwaltung Unregelmäßigkeiten begangen, die jetzt aufgedeckt wurden.

56 Vgl. Buch I, Anm. 2.

57 Epist. 2,12 ist eine Fortsetzung von Brief 2,11: Thema ist die Verhandlung gegen Hostilius Firminus, den Legaten des Mari-

us Priscus. Wegen seiner Abwesenheit in der Hauptverhandlung wurde sein Fall auf die folgende Sitzung vertagt.

58 Gemeint ist der Senat. Die Kritik des Plinius richtet sich gegen die Tatsache, daß Hostilius Firminus trotz einer Rüge Mitglied des Senates bleiben und trotz seiner Entfernung aus dem Prokonsulat über Prokonsulare urteilen darf.

59 *Consul suffectus* im Jahre 78. Er war – wie aus epist. 2,13,2 hervorgeht – wohl als konsularischer Legat in einer Provinz tätig.

60 Als Legat konnte er junge Leute zu Präfekten oder Militärtribunen befördern.

61 Vgl. Buch I, Anm. 14.

62 Oberster Priester einer Gottheit. Hier wohl oberster Priester, der für den Kaiserkult in der Provinz zuständig war.

63 Um die immer mehr um sich greifende Ehe- und Kinderlosigkeit zu bekämpfen, führte Augustus eine Reihe von Vorrechten für Väter mit drei und mehr Kindern ein. Das sogenannte Dreikinderrecht (*ius trium liberorum*) brachte u. a. Vorteile bei Amtsbewerbungen, Befreiung von finanziellen Lasten und lästigen Ämtern. Bald jedoch vergab der Kaiser das Dreikinderrecht mit den damit verbundenen Vergünstigungen auch an Kinderlose und Unverheiratete.

64 In den plinianischen Briefen gibt es verschiedene Personen dieses Namens. Hier handelt es sich wahrscheinlich um den älteren Maximus (Adressat von epist. 6,11; 8,19; 9,1; 9,23), der an Plinius' Ämterlaufbahn und an Fragen der Literatur Interesse zeigt.

65 Vgl. Buch I, Anm. 21.

66 Vgl. Buch I, Anm. 50.

67 Im Unterricht der Elementarschule begann man mit Homer, was Plinius mit dem Hinweis auf den hohen Schwierigkeitsgrad kritisiert.

68 Hier ist die Zeit des Kaisers Claudius gemeint.

69 Die jungen Römer wurden, wie von Cicero bekannt, von einem berühmten Mann in das öffentliche Leben eingeführt und nahmen unter seiner Führung an Senatssitzungen, Rechtsberatungen und Prozessen teil.

70 Der Unternehmer wirbt Leute an, die für Bezahlung Beifall spenden.

71 Hinweis auf die Sitte der *patroni*, die an ihre Klienten bei der *salutatio* (Besuch am frühen Morgen) *sportulae*, Körbchen mit Speisen oder Geld, verteilten.

72 Das Wort leitet sich her von σοφῶς (»bravo«) und καλεῖν (»rufen«).
73 Eigtl.: die Leute aus Laodicea; hier von *laudare* ›loben‹ und *cena* ›Mahlzeit‹: die loben, um zu einer Mahlzeit eingeladen zu werden.
74 Griechisch und lateinisch.
75 Mit *Nomenclatores* (»Namennenner«) wurden Sklaven bezeichnet, die ihrem Herrn auf der Straße die Namen der ihnen Begegnenden nannten.
76 Der *Mesochorus* (»Chorführer«) gab in der griechischen Tragödie das Zeichen für den Einsatz der Tänzer oder Sänger; hier wird der Ausdruck auf den Anführer der Beifallklatscher übertragen.
77 Jurist und Redner des 1. Jh.s, Statthalter in Spanien.
78 Quintilian (um 35–100), Verfasser der *Institutio oratoria* in 12 Büchern. Erster staatlich besoldeter Rhetoriklehrer.
79 Konsul im Jahre 39 unter Caligula. Berühmter Redner und Anwalt, Lehrer des Quintilian. Unter Tiberius war er als Denunziant aufgetreten, vgl. Tacitus, *Annales* 4,52.
80 Senator und Freund des Plinius (Adressat von epist. 5,4 und 5,13).
81 Gemeint sind seine Güter im Marserland, östlich von Rom, um den Fuciner See, die er schon längere Zeit besitzt.
82 Seine Landgüter in der Nähe von Comum bringen wenig Gewinn.
83 Gegenüber den Klagen, die er bei seinem Besuch der Landgüter hören mußte, ist er im Laufe der Zeit unempfindlich geworden.
84 Annius Severus ist Berater des Plinius in rechtlichen Angelegenheiten (Adressat der Briefe 3,6 und 5,1).
85 Ein Kodizill ist ein Schriftstück, das nach Abfassung eines Testamentes angefertigt wird und einen Zusatz zum Testament enthält.
86 Das Denunziantenunwesen nahm in der Kaiserzeit sehr zu, zumal es für bestimmte Arten finanzielle Belohnungen gab. War kein gesetzlich berechtigter Erbe vorhanden, so fiel das Vermögen an den Staat. Der römische Bürger, der einen solchen Fall nachwies, erhielt eine Belohnung.
87 Noch Adressat von epist. 8,20, sonst nicht näher zu identifizieren.
88 Straße von Rom nach Laurentum/Ostia.
89 Auf dem Forum Romanum stand der von Augustus errichtete

Goldene Meilenstein (*milliarium aureum*), von dem aus man die Entfernungen berechnete. Das Gut ist ca. 25 km von Rom entfernt.

90 Hauptraum des römischen Hauses, in den man unmittelbar durch die Haustür eintrat.

91 Der Gang hatte ein Souterrain (*suspensus*), in dem sich eine Heizvorrichtung befand. Die erwärmte Luft wurde durch Röhren in die Fußböden und Wände der übrigen Räume abgegeben.

92 Eine Art Nische.

93 Fest zu Ehren des Gottes Saturn (am 17. Dezember), an dem eine besondere Ausgelassenheit herrschte. In Erinnerung an die Gleichheit der Stände waren während der Saturnalien die Schranken zwischen Herren und Sklaven aufgehoben.

94 Vgl. Buch I, Anm. 26.

95 Vgl. Buch I, Anm. 16.

96 Seitdem die Söhne ihren Vater verloren haben, fühlt sich Mauricus verpflichtet, die Stelle eines Vaters einzunehmen.

97 Die nicht berücksichtigten Kandidaten fühlen sich übergangen.

98 Vgl. Buch II, Anm. 43.

99 Die Redner blieben an besonders lebhaften Passagen nicht auf ihrem Platz stehen, sondern gingen oft hin und her.

100 Es enthielt die Bestimmungen, nach denen die geschädigten Provinzbewohner Schadenersatz fordern konnten (vgl. epist. 2,11,2 und Anm. 35).

101 Vgl. Buch I, Anm. 65.

102 Umherziehenden Gauklern und Märchenerzählern gab man für ihren Vortrag ein Trinkgeld.

103 Piso wurde im Jahre 69 n. Chr. von Kaiser Galba durch Adoption zu seinem Nachfolger bestimmt. Nach Galbas Tod wurde er auf Betreiben Othos ermordet.

104 Vgl. Buch I, Anm. 15.

105 Astrologie und astrologischer Aberglaube waren in der Kaiserzeit weit verbreitet. Besonders Erbschleicher versuchten, mit Hilfe der Astrologie die Todesstunde kranker Menschen zu berechnen.

106 In der Astrologie galten die durch 3, 7 oder 9 teilbaren Jahre als Stufenjahre, in denen der Mensch besonders gefährdet war.

107 Der Haruspex, der Opferschauer, sucht aus den Eingeweiden der Tiere die Zukunft zu deuten.

108 Er hatte ein Opfer dargebracht und den Haruspex befragt.

Buch III

1 Vgl. Buch I, Anm. 65.
2 Um zu meditieren. Vgl. epist. 9,36,1–2.
3 Man teilte den Tag von Sonnenaufgang bis Sonnenuntergang in zwölf Stunden ein; je nach Jahreszeit war die Länge der Stunden unterschiedlich. Die zweite Stunde war zwischen 7 und 8 Uhr.
4 *Soleas poscere* bedeutet soviel wie »aufstehen«.
5 *Mille passus* sind 1,5 km.
6 Bestimmte Sklaven hatten den Auftrag, ihrem Herrn die einzelnen Stunden anzuzeigen.
7 *Cena* war die Hauptmahlzeit der Römer, die man gegen 16 Uhr einnahm; vgl. Marquardt I, S. 297ff.
8 Wegen ihrer kunstvollen Arbeit waren Gefäße aus korinthischer Bronze in der römischen Kaiserzeit sehr gefragt.
9 Während des Mahles traten Schauspieler auf, die aus Komödien des Terenz und Plautus vortrugen.
10 Plinius hatte verschiedene Freunde dieses Namens. Es handelt sich hier wahrscheinlich um den Prokurator von Dalmatien (vor 97), der 103–107 in Ägypten das Amt eines Präfekten bekleidet hatte, dann angeklagt und verurteilt wurde (107), der sich von Rom nach Altinum, einer Landstadt in Oberitalien, zurückgezogen hatte.
11 Vgl. Buch I, Anm. 2.
12 Sie ist die Tochter des Corellius Rufus (Konsul um 78), der als Statthalter im Jahre 82 in Obergermanien tätig war. Plinius verteidigt Corellia Hispulla in einem Prozeß gegen den Konsul C. Caecilius Strabo (vgl. epist. 4,17,1) im Jahre 105.
13 Die reichen Römer hielten sich für die Unterrichtung ihrer Kinder häufig einen Hauslehrer. Aber auch schon in der frühen Kaiserzeit nahmen die Privatschulen sehr zu.
14 Auf die Schule des Elementarlehrers (*ludi magister*) und des Grammaticus folgte der Unterricht beim Rhetoriklehrer. Unterrichtsgegenstände waren hier die griechischen und lateinischen Klassiker, die Theorie der Rhetorik und Deklamationsübungen. Auf Sittenreinheit bei dieser Altersstufe legt auch Quintilian großen Wert. Vgl. Inst. or. 2,2.
15 Redner und literarischer Ratgeber des Plinius (Adressat von epist. 3,11; 7,30; 9,17).

16 Vgl. Buch II, Anm. 19.
17 Es handelte sich um einen Tempel in Tifernum Tiberinum, vgl. epist. 4,1,4.
18 Plinius bekleidet im Jahre 97 das Amt des *praefectus aerarii*, die Aufsicht über den im Saturntempel aufbewahrten Staatsschatz und die Verwaltung der öffentlichen Gelder. Über das Urlaubsgesuch, das er an Kaiser Trajan richtet, erfahren wir etwas in epist. 10,8.
19 Baetica war eine senatorische Provinz im Süden Spaniens mit der Hauptstadt Corduba.
20 Er war im Jahre 97/98 Statthalter der Provinz Baetica und wurde von den Provinzbewohnern wegen Repetundenvergehens angeklagt. Epist. 3,9 schildert ausführlich diesen Prozeß, dessen Hauptverhandlung im Jahre 100 stattfand.
21 Er war ein Günstling Domitians und berüchtigter Ankläger dieser Zeit. Als Prokonsul der Provinz Baetica (91/92) hatte er sich verschiedene Vergehen zuschulden kommen lassen und wurde im Jahre 93 von Plinius und Herennius Senecio angeklagt. Vgl. Tacitus, *Historien* 4,50.
22 Plinius spielt hier auf einen früheren Prozeß gegen Baebius Massa an (im Jahre 93). Vgl. epist. 1,7 und 7,33.
23 Classicus verstarb plötzlich während des Prozesses. Die Provinz Baetica bestand aber auf einer Weiterführung des Prozesses.
24 Hier zeigt sich die enge Verbundenheit der Nobilitätsmitglieder, wenn es darum geht, gegen Leute aus ihren Reihen vorzugehen.
25 Das heißt, die dritte Anklage in einem Repetundenprozeß. Die beiden ersten Prozesse waren die gegen Baebius Massa (im Jahre 93; vgl. epist. 3,4,4; 6,29,8; 7,33,4) und gegen Marius Priscus (im Jahre 99/100; vgl. epist. 2,11 und 2,12).
26 Er war Senator unter Domitian und erreichte im Jahr 103 das Konsulat. Plinius erwähnt noch seine Rolle im Repetundenprozeß gegen Julius Bassus (im Jahre 103; vgl. epist. 4,9,16ff.) und in einer Erbschaftsangelegenheit (vgl. epist. 4,12,4). Adressat in epist. 6,24.
27 Der ältere Plinius (24–79) war unter den flavischen Kaisern, besonders unter Vespasian, als Anwalt, kaiserlicher Prokurator (in Germanien, Gallien und Africa) und Schriftsteller tätig. Von seinen Werken ist nur noch die 37 Bücher umfassende *Naturalis historia* erhalten. Das hier genannte Buch wurde im Jahre 50

geschrieben und enthielt die Erfahrungen, die der ältere Plinius in Germanien (am Niederrhein) gesammelt hatte.

28 War als Feldherr und Statthalter in Obergermanien tätig (50–51) und trat auch als Tragödiendichter besonders hervor; vgl. Tacitus, *Annales* 12,28.

29 Dieses Werk erwähnen Tacitus, *Annales* 1,69, und Sueton, *Caligula* 8,1. Es war offensichtlich eine wichtige Quelle für Tacitus.

30 Der jüngere Stiefsohn des Augustus starb während eines Feldzuges im Jahre 9 v. Chr. an der Weser.

31 Das Buch enthielt Untersuchungen zur lateinischen Sprachlehre, was im Gegensatz zu anderen Betätigungen zur Zeit Neros nicht mit persönlichen Gefahren für den Autor verbunden war.

32 Der ältere Plinius setzt das Geschichtswerk des Aufidius Bassus fort, der die Zeit nach Caesars Tod bis Caligula behandelt hatte.

33 Es ist das einzige erhaltene Werk des älteren Plinius. Nach Art einer Enzyklopädie behandelt es Fragen der Naturwissenschaften, Kulturgeschichte und anderer Wissensgebiete wie Erdkunde, Malerei und Bildhauerei.

34 Plinius meint hier die Tätigkeiten seines Onkels als Prokurator in den kaiserlichen Provinzen, wo er die Finanzverwaltung zu überwachen hatte.

35 Vespasian und Titus.

36 Die *Vulcania*, ein Fest zu Ehren des Gottes Vulkan, fanden am 23. August statt. Um das Wohlwollen der Götter zu erreichen, begann man nach altem römischen Brauch an diesem Tag schon vor Sonnenaufgang mit seiner Arbeit.

37 Gemeint sind vor allem die eigentlichen Baderäume, besonders die *cella frigidaria* und das *caldarium*, wo man schwamm.

38 Gewöhnlich beschrieb man die Buchrollen nur auf einer Seite.

39 Jurist und Redner. Während seiner Statthalterschaft in Spanien war der ältere Plinius als Prokurator bei ihm tätig.

40 Vgl. Buch II, Anm. 84.

41 Es handelt sich um ein wertvolles Metall, das aus einer bestimmten Mischung von Kupfer, Gold und Silber bestand. Eine Marmorkopie der Statue, bekannt als der alte Fischer, ist noch erhalten.

42 Vgl. Buch I, Anm. 8.

43 Epischer Dichter (25/26–101) aus Patavium (Padua), hinterließ ein Epos in 17 Büchern über den Zweiten Punischen Krieg.

44 Tacitus hebt (*Historiae* 3,65) die Rolle, die Silius Italicus bei der Machtübergabe an Vespasian spielte, lobend hervor.
45 Trajan war zu der Zeit, als Nerva starb (98), als Oberbefehlshaber in Pannonien. Er kehrte im Jahre 99 von dort nach Rom zurück.
46 Im Jahre 68.
47 Konsul des Jahres 57, Statthalter der Provinz Africa (69/70), wurde durch Valerius Festus hingerichtet, da man vermutete, er sei von Vespasian abgefallen.
48 Augustus hatte die Mitgliederzahl des Senats auf 600 festgesetzt. Daß Piso von dieser großen Zahl keinen mehr im Senat erlebte, erklärt sich unter anderem auch aus den unruhigen politischen Zeiten, in denen viele umkamen bzw. sich ins Privatleben zurückzogen.
49 Beim Übergang über den Hellespont im Jahre 480 v. Chr. Davon berichtet Herodot (7,45).
50 Plinius meint den Kaiser.
51 Zitat aus Hesiod, *Werke und Tage* 24. Die vorher verwendete sprichwörtliche Redensart *currentem instigare* ist eine Reminiszenz aus Homer, *Ilias* 8,293.
52 Vgl. Buch I, Anm. 93.
53 Es ist hier das Militärtribunat gemeint, das seine frühere Bedeutung verloren hatte.
54 Er war 101–103 Statthalter von Britannien.
55 In epist. 7,22 erscheint er als wohlhabender römischer Ritter, der aus Bergamum stammt. Plinius empfiehlt ihn für das Amt eines Militärtribunen, wobei er von ihm ein überaus positives Charakterbild zeichnet. Cornelius Minicianus ist auch noch als Empfänger weiterer Briefe bekannt (4,11; 8,12).
56 Vgl. epist. 3,4,2 ff.
57 Das Thema von Brief 3,9 ist der Repetundenprozeß gegen Caecilius Classicus, Prokonsul der senatorischen Provinz Baetica (97/98), der von Plinius im Jahre 98 angeklagt wurde, aber noch vor Eröffnung des Prozesses starb. Der Prozeß wurde aber dennoch durchgeführt.
58 Vgl. Buch II, Anm. 34.
59 Das geschah, um in den Besitz des von Classicus unrechtmäßig erworbenen Vermögens zu gelangen. – Vgl. Bleicken (1962), S. 164.
60 Er tritt auch im Bassus-Prozeß als Verteidiger auf (vgl. epist. 4,9,13).

61 Die Aufteilung der Anklagen gehört zur Verhandlungstaktik, die Plinius mit Lucceius Albinus abgesprochen hat. *Fascis* bezeichnet die ganze Anklage, den Prozeß, dessen zahlreiche Angeklagte nur einzeln vorgenommen werden können.

62 Plinius hat die Befürchtung, man würde, um den Schein der Gerechtigkeit zu wahren, einige weniger prominente Angeklagte verurteilen, um dann die Hauptschuldigen ungestraft davonkommen zu lassen.

63 Die Geschichte ist offenbar dem Leser so geläufig, daß Plinius sich mit einer Andeutung begnügen kann. Sertorius, ein Parteifreund des Marius, war im Jahre 83 v. Chr. nach Spanien geflohen, wo er einen Aufstand gegen die Senatsherrschaft entfachte. Erst nach langen Kämpfen gelang es Pompeius, allerdings nur durch Verrat, ihn zu besiegen. Das hier von Plinius zitierte *exemplum* bezieht sich auf die Kampfesweise des Sertorius in Spanien. Um seine Soldaten davon zu überzeugen, daß auch ein schwächerer Gegner einem überlegenen Feind eine Niederlage beibringen könne, befahl er einem kräftigen Soldaten, einem alten Pferd den Schweif auf einmal auszureißen, was nicht ging, einem schwachen Mann dagegen, einem jungen und kräftigen Pferd die Schweifhaare einzeln auszuziehen. Diese bei Valerius Maximus (7,3,6) überlieferte Anekdote zeigt die Kampfestaktik des Sertorius und soll hier auch das Vorgehen der beiden Ankläger Plinius und Lucceius verdeutlichen. Der große Einfluß der Angeklagten und der Prozeßumfang lassen es ratsam erscheinen, die Angeklagten einzeln oder in Gruppen zu vernehmen, damit durch eine Verteilung der Anklagen auf mehrere Tage eher der Erfolg gewährleistet sei.

64 Die vorliegende Stelle könnte auch noch anders aufgefaßt werden. Da »Io« der Bacchusruf ist, könnte die Stelle hier bedeuten: »Ich komme als Liber (= Bacchus) zu Dir.«

65 Plinius meint hier das von Homer und anderen Dichtern verwendete poetische Mittel: das Hysteronproteron. Die zeitliche Folge der Ereignisse wird vertauscht.

66 Er beschuldigte ihn der bewußten geheimen Begünstigung des Prozeßgegners (*praevaricatio*).

67 Vgl. Buch II, Anm. 49.

68 Mit der Strafe der *relegatio in insulam*, die der Senat gegen Norbanus Licinianus aussprach, überschritt er bei weitem das Strafmaß, das gewöhnlich für *praevaricatio* vorgesehen war.

69 Vgl. Buch I, Anm. 24. – Cottia war die Frau des Spurinna. Ihr Sohn war gestorben.
70 Vgl. Buch III, Anm. 15.
71 Stoischer Philosoph aus Syrien, Schwiegersohn des Musonius Rufus.
72 Im Jahre 93 verbannte Domitian alle Philosophen aus Rom.
73 Tacitus (*Agricola* 45,1) nennt dieselben Personen wie hier Plinius. – Herennius Senecio wurde angeklagt und ermordet, weil er eine Biographie des Helvidius Priscus verfaßt hatte. – Arulenus Rusticus, Prätor des Jahres 69 und stoischer Philosoph, stand in Opposition zum Kaisertum. Als er die wegen ihrer republikanischen Gesinnung verurteilten Thrasea Paetus und Helvidius Priscus in einer Schrift verherrlichte, ließ ihn Domitian im Jahre 93 hinrichten.
74 Gratilla war die Frau des Arulenus Rusticus, Arria die Frau des Paetus Thrasea und Mutter der Fannia. Vgl. epist. 3,16.
75 Stoischer Philosoph aus Etrurien (um 30–108), Lehrer des Epiktet. Hatte große Erfolge als Lehrer der Philosophie in Rom. Im Zusammenhang mit der pisonischen Verschwörung wurde er im Jahre 65 auf die Kykladeninsel Gyarus verbannt (vgl. Tacitus, *Annales* 15,71). Unter Galba wurde er zurückgerufen (im Jahre 69).
76 Im Jahre 81 oder 82.
77 Vgl. Buch I, Anm. 126.
78 Philosophische und geistreiche Gespräche.
79 Plinius deutet an, daß das Essen so lange dauern könnte, daß er auf dem Weg nach Hause so manchem Klienten begegnen könnte, der bereits vor Tagesanbruch seinen Patronus besucht. – Von Cato Uticensis wird berichtet, er sei nach einer durchfeierten Nacht am nächsten Morgen den Klienten begegnet, die zur *salutatio* (Morgenbesuch bei ihrem Patronus) unterwegs waren.
80 In seinem *Anticato*, einer Streitschrift Caesars, die gegen die Verherrlichung Catos in Ciceros Lobschrift gerichtet war. Vgl. Seneca, De tranq. an. 17,9.
81 Cato hatte seinen Kopf verhüllt, um nicht erkannt zu werden.
82 Vgl. Buch I, Anm. 14.
83 Die noch erhaltene Dankrede (*Panegyricus*), die Plinius bei Antritt seines Konsulats im Jahre 100 gehalten hat.
84 Stadt an der Küste von Latium.

85 Der Boden des Badezimmers wurde durch die darunter liegende Heizung erhitzt.
86 Sonst nicht weiter bekannter römischer Dichter.
87 Vgl. Buch II, Anm. 10.
88 Sie war die Frau des Caecina Paetus, der sich im Jahre 42 einem Aufstand gegen Kaiser Claudius angeschlossen hatte und nach dem Mißlingen Selbstmord verübte (vgl. Martial 1,13; Tacitus, *Annales* 16,34).
89 Im Jahre 42 hatte er als Statthalter von Illyrien sich gegen Kaiser Claudius erhoben. Als sein Heer ihm schließlich den Gehorsam verweigerte, mußte er fliehen und wurde von einem Soldaten erschlagen. Nun ging man auch gegen die Mitwisser der Verschwörung vor, zumal die Frau des Scribonianus, um sich zu retten, ein umfangreiches Geständnis ablegte.
90 Konsul des Jahres 56, gehörte zur stoischen Opposition gegen das Kaisertum. Als er im Jahre 66 unter Nero zum Tode verurteilt wurde, kam er seiner Hinrichtung durch Selbstmord zuvor.
91 Väterlicher Freund des Plinius, dem er das Dreikinderrecht verdankte (vgl. epist. 10,2,1). Iulius Servianus bekleidete dreimal das Konsulat (90, 102, 134), war Legat in Obergermanien (97) und Pannonien und hatte maßgeblichen Anteil an der Vorbereitung des Dakerkrieges. Er war ein Schwager des Kaisers Hadrian, von dem er den Befehl erhielt, sich selbst zu töten.
92 Literarisch gebildeter Freund des Plinius aus Oberitalien.
93 Diese in Buchform edierte Rede ist der *Panegyricus* auf Trajan. Die ursprünglich gehaltene Rede hat Plinius überarbeitet und im Umfang beträchtlich erweitert.
94 Hinweis auf die Zeit Domitians, in der eine freie Meinungsäußerung nicht möglich war.
95 Auch Kaiser wie Nero und Domitian wurden in solchen Reden gelobt.
96 Vgl. Buch I, Anm. 65.
97 Der Gutspächter haftete dem Besitzer mit seinem Vermögen für die Bezahlung der Pachtgelder. Konnte er diese nicht pünktlich zahlen, so konnte der Gutsbesitzer den Besitz des Pächters verkaufen. In der Regel wurden zuerst die Sklaven verkauft.
98 Adressat der Briefe 3,20 und 4,25, über den weiter nichts bekannt ist.

99 Die *Lex Tabularia* aus dem Jahre 139 v. Chr. bestimmte den Modus der Beamtenwahlen in den Zenturiatkomitien. Die Abstimmung erfolgte geheim mit Hilfe von Stimmtafeln. Im Jahre 14 n. Chr. wurde das Recht der Beamtenwahlen den Volksversammlungen genommen und dem Senat übertragen.

100 Seit 180 v. Chr. gab es genaue Bestimmungen über das Alter, das zur Bewerbung für die einzelnen Ämter notwendig war.

101 Das Zensorenamt war in republikanischer Zeit allmählich zum einflußreichsten Amt geworden. Der Zensor konnte u. a. Senatoren wegen schlechten Lebenswandels aus dem Senat stoßen.

102 Vgl. epist. 4,25,1 ff.

103 In den Rekuperatorenprozessen wurde über Rückgabe oder Entschädigung von Vermögen entschieden. Die Ernennung der Richter geschah sehr kurzfristig durch den Prätor, damit Bestechungsversuche unmöglich waren.

104 Cornelius Priscus bekleidete ungefähr im Jahre 104 das Konsulat und war 120/121 Statthalter von Asia. In epist. 5,20,7 schildert Plinius sein Auftreten im Varenusprozeß.

105 Martial (40–103) aus Bilbilis in Spanien kam schon in jungen Jahren nach Rom, wo er die meiste Zeit seines Lebens verbrachte (64–98). Er ist der bekannteste römische Epigrammdichter, der eine Sammlung von 15 Büchern Epigramme hinterlassen hat. Er wurde besonders von Titus und Domitian gefördert.

106 Als er im Jahre 98 in seine spanische Heimat zurückkehrte.

107 Thalia, die Muse der Dichtkunst, soll ein Buch mit den Versen Martials dem Plinius überbringen, der auf dem Esquilin wohnt. Die hier zitierten Verse sind im Versmaß des Hendekasyllabus geschrieben und stehen bei Martial 10,20,12–21.

108 Als Martial das hier zitierte Gedicht schrieb, war Plinius Prätor, Vorsitzender des Gerichtshofs der Zentrumvirn. Vgl. Buch I, Anm. 21.

109 Martial rät der Muse, erst am Abend zur Zeit eines Trinkgelages dem Plinius die Gedichte zu überbringen. – Die Teilnehmer eines Gelages umkränzten sich mit Rosen und salbten sich.

Buch IV

1 Er war der Großvater der Calpurnia, der dritten Frau des Plinius, und stammte aus Comum. Plinius richtete mehrere Briefe an ihn (epist. 5,11; 6,12; 6,30; 7,11; 7,16; 7,23; 7,32; 8,10). Wie aus epist. 10,120,2 hervorgeht, starb er um das Jahr 112. Tacitus erwähnt ihn in seinen *Annalen* (16,8,3).

2 Plinius besaß in Etrurien ein Landgut, das er in Brief 5,6 ausführlich beschreibt (vgl. Lefèvre I, S. 520 ff.).

3 Stadt am linken Tiberufer in Umbrien in der Nähe des plinianischen Landgutes; sie wählte Plinius zu ihrem Patron. Als Dank stiftete Plinius einen Tempel, von dessen Grundsteinlegung er in epist. 3,4,2 berichtet.

4 Enger Freund des Plinius, der aus Padua stammte. Martial widmet ihm das Gedicht 10,93 und bittet ihn, das 10. Buch der *Epigramme* seiner Frau Sabina zu überreichen.

5 Regulus trat in der Zeit von Nero bis Domitian als politischer Ankläger auf. Solche Ankläger (Delatoren) waren berüchtigt und übten das Amt des Anklägers besonders in Majestätsprozessen aus und erwarben sich großen Reichtum, da sie aus dem konfiszierten Vermögen der Verurteilten einen Anteil erhielten und auch durch Privatpersonen reichlich belohnt wurden.

6 Regulus entließ seinen Sohn aus der väterlichen Gewalt, damit er seine Mutter beerben könne. Diese hätte ihren Sohn nicht als Erben eingesetzt, wenn er noch unter der väterlichen Gewalt des Regulus gestanden hätte. Regulus verwöhnte den Jungen, um ihn an sich zu binden; daher hieß es allgemein in Rom: »Er habe ihn gekauft« (*mancipatus*), um ihn einst zu beerben.

7 Um den jetzt kinderlosen Regulus zu beerben, wie Regulus es selbst oft mit Erfolg getan hat (vgl. epist. 2,20).

8 Nachgewählter Konsul im Jahre 69, Konsul im Jahre 97 und Prokonsul der Provinz Asia (78). Plinius rühmt ihn als Dichter von Epigrammen (epist. 4,18; 5,15).

9 Gemeint ist Nestor; vgl. Homer, *Ilias* 1,247 ff.

10 Plinius übersetzte einige dieser griechischen Epigramme, wie wir aus epist. 4,18,1 wissen, ins Lateinische.

11 Vgl. Buch I, Anm. 66.

12 Das Militärtribunat wurde im allgemeinen nur für ein halbes Jahr verliehen, um es möglichst vielen zukommen zu lassen.

Denn dieses Amt war sehr begehrt, da es Voraussetzung war für den Eintritt in die senatorische oder ritterliche Laufbahn.

13 Iulius Sparsus (noch Adressat von Brief 8,3) war *consul suffectus* des Jahres 88. Er ist wahrscheinlich identisch mit dem von Martial (12,57) genannten reichen Freund des Dichters.

14 Diese Rede erwähnt Plinius schon in epist. 2,3,10.

15 Er ist wahrscheinlich der Bruder des mit Plinius befreundeten Iulius Avitus (vgl. epist. 6,6).

16 Dieses Landgut des Plinius lag bei Tifernum Tiberinum. Eine ausführliche Beschreibung gibt Plinius epist. 5,6.

17 Das Laurentinum lag in der Nähe von Ostia. Dieses Gut schildert Plinius in Brief 2,17.

18 Wortspiel mit dem Verb *excolere*.

19 Der Schrank enthält die von Plinius verfaßten Schriften.

20 Über die Person des Catius Lepidus und seine Herkunft ist weiter nichts bekannt.

21 Vgl. Buch IV, Anm. 5.

22 Vgl. Brief 4,2.

23 *Decuriones* hießen die Senatoren in den Munizipalstädten und Kolonien.

24 Zitat aus Thukydides 2,40,3.

25 Der Ausspruch Catos des Älteren steht bei Quintilian, *Institutio oratoria* 12,1,1: *vir bonus dicendi peritus* (»der Redner ist ein anständiger Mann, der gut reden kann«).

26 Demosthenes, *Kranzrede* 291.

27 Vgl. Buch I, Anm. 2.

28 Die Ernennung zum Priesteramt eines Auguren erfolgte im Jahre 103. Zu Julius Frontinus vgl. Buch V, Anm. 4.

29 Cicero wurde im Jahre 63, also mit 43 Jahren Konsul, im Jahre 53 Augur; Plinius wurde mit 39 Jahren Konsul, mit 43 Jahren (im Jahre 103) Augur.

30 Cornelius Ursus (auch Adressat der Briefe 5,20; 6,5; 6,13; 8,9) ist ein römischer Ritter, der offenbar dem literarischen Kreis des jüngeren Plinius angehört.

31 Er war 101/102 Statthalter der Provinz Bithynien-Pontus und wurde im Jahre 103 wegen Repetundenvergehens (Bereicherung im Amt) angeklagt (vgl. Bleicken, 1962, S. 164). Plinius übernahm seine Verteidigung.

32 Den Delatoren wurde ein Viertel vom konfiszierten Vermögen des Verurteilten zugesprochen.

33 Für Vergehen gegen das Repetundengesetz war eine Kommission von fünf Senatoren zuständig, die ihr Urteil innerhalb von 30 Tagen abgeben mußte.
34 Solange jemand das Amt eines Gesandten innehatte, konnte ihm der Prozeß nicht gemacht werden.
35 Noch Adressat der Briefe 6,18; 9,2 und 9,18. Er stammte wahrscheinlich aus der mittelitalischen Stadt Firmum, deren Patron er auch war.
36 Ein Sklave konnte die Freiheit erhalten durch Abgabe einer Erklärung vor dem Prätor oder in Gegenwart anderer Zeugen oder durch ein Testament. Ein Sklave konnte keine Erbschaft antreten, so daß das einem Sklaven vermachte Vermögen unter die Erbmasse fiel.
37 Vgl. Buch III, Anm. 55.
38 Unzucht mit einer Vestalin galt als Blutschande.
39 Die älteste Vestalin hieß *Vestalis maxima*, sie war die ranghöchste Priesterin. Zum Prozeß vgl. Sueton, *Domitian* 8,3 f.
40 Gewöhnlich begnügten sich die römischen Kaiser mit dem Titel des Oberpriesters, manchmal übten sie selbst das Amt aus wie hier Domitian.
41 Das Amtsgebäude (Regia) des Pontifex Maximus lag auf der *via sacra* neben dem Tempel der Vesta.
42 Domitian hatte mehrere Triumphe gefeiert, aber niemals einen wirklichen Sieg über ausländische Völker errungen.
43 Aus Euripides, *Hekabe* 569. Der Herold Talthybios gebraucht diese Worte, als er den Opfertod der Polyxena meldet.
44 Platz, der nördlich an das Forum angrenzte. Zum Prozeß vgl. Sueton, *Domitian* 8,3 f.
45 Vgl. Buch I, Anm. 19.
46 Homer, *Ilias* 18,20.
47 Die Verbannung konnte auf verschiedene Weise gemildert werden. So z. B. durch die Bestimmung des Landes, in dem der Verbannte wohnen durfte.
48 Vgl. Buch I, Anm. 2.
49 Vgl. Buch I, Anm. 29.
50 Dieses Gut nennt Plinius auch epist. 5,6,45.
51 Am frühen Morgen empfing Plinius Klienten, Bekannte und Freunde zur sog. *salutatio*, einer Audienz, in seinem Hause.
52 Vgl. Buch I, Anm. 124.
53 Catull 16,5 ff.

54 Vgl. Buch I, Anm. 42.
55 Zwischen dem Statthalter einer Provinz und seinem Quästor bestand ein Vater-Sohn-Verhältnis.
56 Vgl. Buch II, Anm. 9.
57 Nur als Adressat von epist. 4,17 bekannt.
58 Vgl. Buch III, Anm. 12.
59 Es war in Rom üblich, daß ein Amtsbewerber nach der Wahl von seinen Verwandten, Freunden und Klienten zum Kapitol und nach Hause begleitet wurde.
60 Enger Freund des Plinius, mit dem er zusammen Verwalter des Staatsschatzes (98–100) und Konsul (im Jahre 100) war. Etwa 111 bekleidete er das Prokonsulat in Aquitanien. 113 wurde er Nachfolger des Plinius in der Provinz Bithynien-Pontus.
61 Vgl. Buch IV, Anm. 8.
62 Lucrez, *De rerum natura* 1,832.
63 Tante der dritten Frau des Plinius. Vgl. Buch IV, Anm. 1.
64 Römischer Schriftsteller, der offenbar eine Schrift zu Ehren eines Verstorbenen verfaßt hat.
65 Nur als Adressat von Brief 4,21 bekannt.
66 Töchter des jüngeren Helvidius Priscus, der im Jahre 93 unter Domitian hingerichtet wurde (vgl. epist. 3,11,3). Vgl. Buch III, Anm. 73.
67 Darüber spricht Plinius näher in Brief 9,13.
68 Helvidius Priscus, der Vater des jüngeren Helvidius Priscus, stand in Opposition zu Kaiser Vespasian, wurde verbannt und später hingerichtet. – Vgl. auch N. Holzberg, *Martial*, Heidelberg 1988, S. 79.
69 Nur bekannt als *consul suffectus* des Jahres 113. Er ist noch Adressat der Briefe 5,9 und 7,25.
70 Zur römischen Kaiserzeit war Vienna (Vienne) eine bedeutende Stadt der Provinz Gallia Narbonensis.
71 Duumviri waren die höchsten Beamten in den Munizipatsstädten, die zuständig waren für die Rechtsprechung bzw. für die Stadtverwaltung.
72 Fabricius Veiento (Konsul 80 und 93) gehörte zu den Beratern Domitians; wird hier als übler Schmeichler charakterisiert.
73 Gefürchteter Ankläger unter Domitian.
74 Die gymnastischen Wettkämpfe kamen aus Griechenland. Ihre Einführung in Rom stieß auf heftige Kritik der römischen Moralisten. Vgl. auch Tacitus, *Annales* 14,20,4.

75 Er diente unter dem Vater des späteren Kaisers Trajan als *legatus proconsulis* in der Provinz Asia (79–80), erreichte 94 das Konsulat und war von 95 bis 100 als Statthalter in der Provinz Galatia-Cappadocia tätig.
76 Schilderungen von Tagesabläufen finden sich mehrfach in den plinianischen Briefen, z. B. 3,1; 9,36; 9,40.
77 Er war während Plinius' Statthalterschaft in Bithynien-Pontus in einer militärischen Funktion dort tätig.
78 Vgl. Buch I, Anm. 21.
79 Vgl. Buch III, Anm. 98.
80 Vgl. Brief 3,20.
81 Gemeint ist der Kaiser. Die Herkunft des griechischen Zitats ist unbekannt.
82 Vgl. Buch II, Anm. 10.
83 Vgl. Buch I, Anm. 131.
84 Junger Dichter, der nach Meinung des Plinius zu den besten Hoffnungen berechtigte.
85 Vgl. Buch I, Anm. 24.
86 Vgl. Buch IV, Anm. 8.
87 Euripides, *Phoenix*, frg. 809 (Nauck^2).
88 Vgl. Buch III, Anm. 92.
89 Herennius Severus war später unter Hadrian *consul suffectus* (um 128). Cornelius Nepos (um 100–25 v. Chr.), aus Gallia Cisalpina, Dichter und Schriftsteller; erhalten ist seine Biographiensammlung *De viris illustribus*. Titus Catius: ein epikureischer Philosoph, gest. 54 v. Chr., vgl. Quintilian 10,124, ebenfalls aus Gallia Cisalpina.
90 Ratsherr in Comum. Wurde durch die finanzielle Unterstützung des Plinius in den Ritterstand aufgenommen.
91 Sprichwörtliche Redensart. Vgl. A. Otto, *Die Sprichwörter und sprichwörtlichen Redensarten der Römer*, Leipzig 1890, S. 91.
92 Er stammte aus Spanien und war ein Freund und Berater Trajans. Er bekleidete dreimal das Konsulat (97, 102, 107) und war Statthalter der Provinz Belgica (95–97). Am ersten und zweiten Dakerkrieg nahm er in führender Stellung teil. Als Gönner des Epigrammdichters Martial, der ebenfalls aus der spanischen Stadt Bilbilis stammte, erscheint er mehrfach in dessen Gedichten (1,49,3; 1,61,11; 7,74). Vgl. epist. 7,27, den »Gespensterbrief«.
93 Der heutige Comer See. – Zur Interpretation dieses Briefes vgl. Lefèvre IV, S. 236 ff.

94 Lefèvre IV, S. 242f., gibt eine wissenschaftliche Erklärung des von Plinius beschriebenen Phänomens: »Bei dieser *quaestio* geht es um eine intermittierende Quelle, wie sie vor allem in Karstgebieten anzutreffen ist. Hierbei sammelt sich in einer unterirdischen Höhle so lange Wasser, bis der Wasserspiegel die Höhe des Überlaufs der gebogenen Austrittsröhre hat: In diesem Moment schüttet die Quelle durch Sogwirkung das in der Höhle befindliche Wasser bis zur Höhe des Eingangs der Austrittsröhre aus. Sodann tritt eine Ruhepause ein, bis das nachlaufende Wasser wieder den ersten Spiegel erreicht.«

Buch V

1 Vgl. Buch II, Anm. 84.
2 Pomponia Galla, vornehme Römerin, verwandt mit dem in Brief 4,22,4 genannten Didius Gallus Fabricius Veiento, einem als Denunzianten gefürchteten Berater Domitians.
3 Curianus will das Testament seiner Mutter anfechten; träte Plinius nun ihm seinen eigenen Anteil ab, würde er damit den Anspruch des Curianus anerkennen und so die Richter bei dem bevorstehenden Prozeß beeinflussen.
4 Vgl. Buch I, Anm. 60. – Iulius Frontinus war mehrfach Konsul (73, 98 und 100) und 97 *curator aquarum*, Wasserbauinspektor. Sein Werk *De aquis* über die Aquaedukte und die Wasserversorgung ist bis heute bekannt.
5 Vgl. Buch I, Anm. 21.
6 Anspielung auf Domitian, der sich oft in Erbschaftsangelegenheiten einmischte, um selber eine Erbschaft antreten zu können.
7 Gratilla war die Frau des Arulenus Rusticus, eines stoischen Philosophen, der in Opposition zum Kaiserhaus stand und zum Tode verurteilt worden war. Sie hatte in die Verbannung gehen müssen; daher konnte die Freundschaft mit ihr unter Domitian Gefahren mit sich bringen.
8 Anspielung auf die stoische Lehre, nach der man das Gute um seiner selbst willen tun müsse, ohne Rücksicht auf äußere Vorteile.
9 Bei Calpurnius Flaccus handelt es sich wahrscheinlich um den *consul suffectus* des Jahres 96, der aus Spanien stammte.

10 Dieses Landgut lag in der Nähe von Ostia; in Brief 2,17 gibt Plinius eine ausführliche Beschreibung.
11 Anspielung auf den Waffentausch zwischen dem Trojaner Glaukos und Diomedes, von dem Homer erzählt (*Ilias* 6,230 ff.). Diomedes tauschte für seine Rüstung eine goldene ein. Deshalb sprichwörtlich für einen ungleichen Tausch.
12 Vgl. Buch I, Anm. 127.
13 Verse nach dem griechischen Dichter Sotades (308–246 v. Chr.) aus Thessalien. – Sotadicos stellt eine Konjektur dar, die Catanaeus in seiner Ausgabe (Mailand 1518) eingeführt hat und die dann von den meisten Herausgebern übernommen wurde. Die Handschriften überliefern *Socraticos*, eine Lesart, die H. Krasser (in: *Hermes* 121, 1993, H. 2, S. 254 ff.) kürzlich mit plausibler Argumentation verteidigt hat.
14 Den Titel *Divus* erhielten nur die nach ihrem Tode zum Gott erhobenen Kaiser. Tiberius bekam diese Bezeichnung nicht.
15 Aus den angegebenen Merkmalen kann man leicht ihre wahre Meinung erkennen.
16 Vgl. Buch II, Anm. 80.
17 Märkte durften im allgemeinen nur in der Stadt abgehalten werden. Deshalb brauchte man für die Einrichtung von Wochenmärkten auf Landgütern eine besondere Erlaubnis.
18 Die Einwohner von Vicetia (heute Vincenza) befürchteten offenbar finanzielle Verluste durch die Konkurrenz.
19 Ein Anwalt durfte vor der Entscheidung in einem Prozeß kein Honorar annehmen, später höchstens 10000 Sesterze. Zum Ausgang vgl. epist. 5,13.
20 Vgl. Buch IV, Anm. 64.
21 Ein Testament, das vor längerer Zeit abgefaßt worden war, entsprach nicht mehr in jedem Punkt dem Willen des Verstorbenen. Von Zeit zu Zeit wurde es daher auf den neuesten Stand gebracht.
22 Vgl. Buch II, Anm. 26.
23 Das Landgut des Plinius lag bei Tifernum Tiberinum, ungefähr 220 km von Rom entfernt.
24 Südeuropäische Pflanze, deren Blätter in der griechischen und mittelalterlichen Ornamentik, vor allem beim Kapitell der korinthischen Säule, nachgeahmt wurden.
25 Der grün geäderte Marmor aus Karystos auf Euböa wurde von den Römern viel verwandt (vgl. Marquardt II, S. 621). Er wird

u.a. bei Tibull (3,3,14), Plinius (*Naturalis historia* 36,47) und Martial (9,75,7) erwähnt.

26 Anspielung auf Homer, *Ilias* 18,478–613.

27 Vgl. Vergil, *Aeneis* 8,620–731.

28 Arat war der Verfasser der *Phainomena*, eines astronomischen Lehrgedichtes.

29 Anspielung auf Vergil, *Georgica* 4,176; *Eclogae* 1,23; Ovid, *Metamorphoses* 5,416f.

30 Vgl. Buch I, Anm. 65.

31 Da eine Gemeinde nicht als juristische Person galt, konnte sie zur Zeit des Plinius auch nicht das gesamte Vermögen einer Privatperson erben. Auch war es nicht möglich, ein Legat zu erhalten, bevor die Erbschaftsmasse verteilt wurde. – Vgl. dazu Sherwin-White (1966), z.St.

32 Vgl. Buch I, Anm. 86.

33 Dadurch, daß der Geschichtsschreiber die Taten anderer Menschen beschreibt und der Nachwelt überliefert, wird er selbst berühmt.

34 Plinius will durch seine literarischen Werke unsterblichen Ruhm erlangen und so bei der Nachwelt weiterleben. Dieses Anliegen, das er mit vielen römischen Schriftstellern teilt, spricht er an vielen Stellen seiner Briefe aus.

35 Dieses Zitat stammt aus Vergil, *Georgica* 3,8f., auf berühmte Verse des Ennius zurückgehend, das folgende aus Vergil, *Aeneis* 5,195.

36 Der ältere Plinius hat eine Geschichte Germaniens geschrieben, die *Bella Germaniae*. Sie sind nicht mehr erhalten (vgl. epist. 3,5,4).

37 Thukydides, *Geschichte des Peloponnesischen Krieges* 1,22,4.

38 Juristischer Terminus. Ein Angeklagter konnte den Prätor um eine Frist bitten, um sich mit seinen Freunden zu beraten.

39 Vgl. Buch IV, Anm. 69.

40 Die Basilica Iulia war ein fünfschiffiges Gebäude, das von C. Iulius Cäsar an der Südseite des Forum Romanum erbaut worden war. In ihm tagten die vier Kammern des Zentumviralgerichtes. – Vgl. die ausführliche Beschreibung bei Carcopino, S.263f.

41 Die Mitglieder des Zentumviralgerichtes, vor dem zivilrechtliche Prozesse verhandelt wurden; vgl. Buch I, Anm. 21.

42 Die Prätoren erließen bei ihrem Amtsantritt ein Edikt, in dem

sie festlegten, nach welchen Prinzipien sie ihr Amt führen wollten.

43 In der römischen Kaiserzeit häufen sich die Klagen, daß die Anwälte käuflich seien und daß die Parteien den Ausgang eines Prozesses schon im voraus festlegten; vgl. z.B. epist. 5,13,6.

44 Vgl. Buch I, Anm. 93.

45 Plinius hatte in seinen Elfsilblern (Hendekasyllabi) ein Werk Suetons angekündigt. – Der Ausdruck *fidem liberare* macht deutlich, daß er seine Gedichte gleichsam als Personen betrachtet, die ihr Wort gegeben haben.

46 Scazontes sind Hinkjamben, sechsfüßige Jamben (∪ –́), mit umgekehrtem letzten Fuß, oft mit tadelndem Ton gebraucht.

47 Vgl. Buch IV, Anm. 1.

48 Terentius Scaurus, bekannter Grammatiker, wurde literarischer Berater.

49 Wie hier, so spricht Plinius auch sonst häufig von den Gründen, die ihn veranlassen, seine Werke vor der Publizierung im Kreis ausgewählter Freunde vorzutragen. – Vgl. Bütler, S. 37 ff.

50 Es war üblich, bei der Rezitation eines Buches, das noch nicht ediert war, eine Vorrede (*praefatio*) vorauszuschicken, um den Zuhörern einige Hilfen für das Verständnis und die Beurteilung des Werkes an die Hand zu geben. Bei der Herausgabe der Schrift fiel natürlich diese Vorrede weg.

51 Vgl. Buch II, Anm. 80.

52 Vgl. epist. 5,4,4.

53 Unter *praevaricatio* verstand man die bewußte Begünstigung der Gegenpartei. Das geschah, wenn der Anwalt mit dem Prozeßgegner zusammenarbeitete oder nicht alle Möglichkeiten für seinen Klienten ausschöpfte.

54 Kaiser Trajan.

55 Gemeint sind die von Cäsar eingeführten *acta diurna*, in denen Berichte über Senatsverhandlungen und Senatsbeschlüsse sowie über sonstige Tagesereignisse erschienen. Sie wurden an der Kurie durch Anschlag bekanntgegeben und auch in den Provinzen verbreitet.

56 L. Pontius Allifanus war der Sohn des gleichnamigen Statthalters der Provinz Zypern, den er im Jahre 60 dorthin begleitete.

57 Die Via Aemilia, benannt nach ihrem Erbauer M. Aemilius Lepidus, verband Ariminum (Rimini) mit Placentia (Piacenza).

58 Plinius war zu dieser Zeit Aufseher über das Tiberbett, seine

Ufer und die Abwässer der Stadt (*curator alvei Tiberis et riparum et cloacarum*).

59 Vgl. Buch IV, Anm. 8.

60 Aefulanus Marcellinus, sonst nicht weiter bekannter Adressat der Briefe 5,16 (über den Tod der Tochter des Fundanus) und 8,23 (über den Tod des Iunius Avitus). – Zu epist. 5,16 vgl. Chr. Gnilka, »Trauer und Trost in Plinius' Briefen«, in: *Symbolae Osloenses* 49 (1973) S. 105–125.

61 Im Jahre 1881 fand man das Grabmal der Familie mit der Urne des Mädchens, das Minicia Marcella hieß. Die Inschrift (CIL VI 16631) gibt das Alter an mit 12 Jahren, 11 Monaten und 7 Tagen.

62 Vgl. Buch I, Anm. 24.

63 Calpurnius Macer war *consul suffectus* im Jahre 103 und zur selben Zeit Statthalter von Mösien, als Plinius Prokonsul in Bithynien war.

64 Anspielung auf Nerva, der sich auf Befehl Domitians in die Nähe von Tarent zurückzog. Plinius will andeuten, daß Nerva hier als Privatmann glücklicher gewesen sei als nach seiner Wahl zum Kaiser.

65 Vgl. Buch II, Anm. 9.

66 Homer, *Odyssee* 2,47. – Vgl. auch Seneca, *Epistulae* 47.

67 Anspielung auf die Tafel, die ein Sklave auf dem Sklavenmarkt trug und auf der neben Preis, Alter und Herkunft auch seine Fähigkeiten angegeben waren.

68 Vgl. Buch IV, Anm. 30.

69 Vgl. Buch IV, Anm. 31.

70 Im Jahre 103 vertrat Varenus Rufus als Anwalt die Provinz Bithynien-Pontus im Prozeß gegen Iulius Bassus. Nach seiner Amtszeit (106/107) verklagten nun die Provinzbewohner ihren ehemaligen Statthalter Varenus Rufus wegen Repetundenvergehens. Plinius übernahm seine Verteidigung.

71 Bei Cicero, *Orator* 18 und *De oratore* 1,94.

72 Homer, *Odyssee* 1,351 f.

73 Vgl. Buch I, Anm. 37.

Buch VI

1 Vgl. Buch I, Anm. 59.
2 Plinius hielt sich wahrscheinlich in Comum auf.
3 Landschaft Mittelitaliens zwischen Adria und Apennin, wo Tiro sich kurz vor Beginn seiner spanischen Statthalterschaft aufhielt.
4 Der Plural *epistulae* »Brief« ist durch Analogiebildung in Anlehnung an *litterae* zu erklären. (Vgl. J. B. Hofmann, *Lateinische Syntax und Stilistik*, neu bearb. von A. Szantyr, München 1965, S. 10.) Diese sprachliche Erscheinung begegnet erst in nachklassischer Zeit. So bei Tacitus (*Agricola* 39,1; *Historiae* 1,67,2) und Plinius (u.a. epist. 1,22,12; 5,2,2; 7,11,6; 9,24,1; 9,30,1; 10,10,1; 10,67,2).
5 Vgl. Buch I, Anm. 2.
6 Vgl. Buch I, Anm. 15. – Plinius beurteilt den Regulus in den anderen Briefen stets negativ. In epist. 6,2,1 hebt er eine positive Seite des Redners Regulus hervor, die gründliche Vorbereitung seiner Reden vor Gericht.
7 Vgl. auch Martial 2,29.
8 Die Haruspices (Opferschauer) suchten aus den Eingeweiden der Tiere die Zukunft zu deuten. Auch in epist. 2,20,3 ff. erwähnt Plinius den Aberglauben des Regulus.
9 Wenn Regulus die Erlaubnis erhielt, die festgesetzte Redezeit zu überschreiten, so mußte man auch dem Prozeßgegner dasselbe Recht einräumen.
10 Dieselbe Unsitte kritisierte Plinius in epist. 2,14,9.
11 Wegen der großen Zahl der Zuhörer.
12 Für Regulus war es ungünstig, daß sein Prozeßgegner vor seinen Zuhörern, die er selbst zusammengeholt hatte, sprechen konnte.
13 Unter Trajan.
14 Vgl. Buch II, Anm. 47.
15 Über den Adressaten ist nichts Näheres bekannt.
16 Calpurnia ist die dritte Frau des Plinius; sie wird in Brief 4,19 ausführlich charakterisiert.
17 *Cupiebam* ist Tempus des Briefstils. Der Briefschreiber versetzt sich in *die* Zeit, in welcher der Adressat den Brief erhält. Vgl. epist. 8,23,9.
18 Vgl. Buch IV, Anm. 30.

19 Vgl. epist. 5,20,1 ff. Dort berichtet Plinius ebenfalls von der Repetundenklage, welche die Einwohner der Provinz Bithynien-Pontus im Jahre 106/107 gegen den Statthalter des Jahres 105/106, Varenus Rufus, anstrengten. In epist. 6,13 und 7,6 führt Plinius, der Varenus verteidigte, dieses Thema fort.
20 Es war bisher in Repetundenprozessen nur der Anklage erlaubt, Zeugen zu laden. Lediglich im Ambitusprozeß (unredliche Wahlbewerbung) hatten auch die Angeklagten dieses Recht. – Vgl. Th. Mommsen, *Römisches Strafrecht*, Leipzig 1899, S. 410; Bleicken (1962), S. 165.
21 Prätor des Jahres 105, dessen große Strenge Plinius mehrfach erwähnt (z. B. 4,29,2; 5,9,3; 5,13,1). – Zur Forderung nach Gleichstellung von Kläger und Angeklagtem vgl. Buch VI, Anm. 20.
22 Vgl. Buch I, Anm. 42.
23 Vgl. Buch II, Anm. 78.
24 Ebenfalls Lehrer des Plinius; bekannter griechischer Rhetor und Sophist aus Smyrna. Vgl. auch Tacitus, *Dialogus* 15,3.
25 Vgl. Buch VI, Anm. 16.
26 Vgl. Buch III, Anm. 104.
27 Landsmann und Jugendfreund des Plinius aus der Nähe von Comum. In epist. 1,9,8 und 2,14,2 zitiert Plinius einen geistreichen Ausspruch des Atilius.
28 Zitat aus Homer, *Ilias* 1,88.
29 Vgl. Buch I, Anm. 29. Zur Kandidatur Nasos vgl. epist. 6,6.
30 Senator und angesehener Rechtsanwalt, der zusammen mit Plinius als Ankläger im Repetundenprozeß gegen die Komplizen des Caecilius Classicus (vgl. epist. 3,9,7) auftrat. Einige Jahre später (103) verteidigte Lucceius Albinus zusammen mit Plinius den Iulius Bassus gegen die Anklagen der Provinz Bithynien-Pontus (vgl. epist. 4,9,13).
31 Pompeia Celerina.
32 Eine der ältesten Städte Etruriens, nordwestlich von Rom.
33 Vgl. Buch II, Anm. 2. – Die Inversion des Gentilnamens (Rufus Verginius statt Verginius Rufus) ist als ein Zeichen der persönlichen Hinwendung des Plinius zu deuten.
34 Vgl. Buch II, Anm. 2.
35 Vgl. Buch II, Anm. 64.
36 Das Amt des Stadtpräfekten wurde von Augustus wieder eingeführt und wurde mit der Zeit immer bedeutender. Der Stadt-

präfekt sollte zunächst den Kaiser in seiner Abwesenheit vertreten. Seit Caligula hatte der Stadtpräfekt auch für die Aufrechterhaltung der Ordnung in Rom zu sorgen. – Vgl. Th. Mommsen, *Römisches Staatsrecht*, Bd. 2, Berlin [3]1887, Nachdr. Graz 1952, S. 1063 ff.

37 Cn. Pedanius Fuscus Salinator (Adressat von epist. 7,9; 9,36; 9,40) stammte aus einer Patrizierfamilie, war ein bekannter Anwalt und bekleidete 118 zusammen mit Hadrian das Konsulat.

38 Ummidius Quadratus (geb. um 83) war ein Schüler und Freund des Plinius. 118 wurde er *consul suffectus* und um 133 Statthalter der Provinz Africa.

39 Für den Römer ist Weiß die Farbe der Freude, so daß man Glückstage im Kalender mit weißer Kreide bezeichnete.

40 Vgl. Buch IV, Anm. 1.

41 *Suspensa manu* (»mit vorsichtiger Hand«) ist eine Metapher, die von der Tätigkeit des Arztes entlehnt ist, der eine Wunde behandelt.

42 Plinius setzt hier das Zentumviralgericht mit einem Kampfplatz der Gladiatoren gleich, wie ja überhaupt die Tätigkeit von Rednern häufig mit einem Kampf verglichen wird. Dies gilt besonders für Ciceros Reden, Quintilian und Plinius.

43 Plinius fungiert als Anwalt des Bittius Priscus vor dem Zentumviralgericht.

44 Vgl. Buch VI, Anm. 4.

45 Vgl. Buch IV, Anm. 30.

46 Vgl. Buch V, Anm. 70.

47 Vgl. epist. 5,20. – Die Gegner des Varenus versuchten, den Senatsbeschluß rückgängig zu machen, durch welchen dem Angeklagten das Recht eingeräumt worden war, ebenfalls Zeugen zu laden.

48 Inversion des Gentilnamens (Fronto Catius statt Catius Fronto). Catius Fronto war schon als Anwalt im Priscus- und im Bassus-Prozeß aufgetreten (vgl. epist. 2,11,3 und epist. 4,9,15).

49 Mit zwei Metaphern aus dem militärischen Bereich (*praelusio; praecursio*) bezeichnet Plinius das zuvor geschilderte Geschehen, während der eigentliche Prozeß – hier mit *ipsa pugna* genannt – noch bevorsteht (vgl. epist. 7,6).

50 Vgl. Buch I, Anm. 26.

51 Landgut des Mauricus in der Nähe von Formiae, einer Stadt an der Küste Latiums.

52 Vgl. Buch I, Anm. 14.
53 Properz, in Asisium (Assisi) um 50 v. Chr. geboren, ist neben Tibull und Ovid der bekannteste römische Elegiendichter der Augusteischen Zeit. Sein Werk besteht aus vier Büchern.
54 Iavolenus Priscus war offenbar ein stadtbekannter Jurist, freilich nur hier erwähnt.
55 Vgl. Buch I, Anm. 29.
56 Der ältere Plinius, dessen Hauptwerk *Naturalis historia* in 37 Büchern erhalten ist, war der Onkel und Adoptivvater des jüngeren Plinius. Die erbetenen näheren Informationen über den Tod von Plinius' Onkel hat Tacitus wahrscheinlich in einem heute nicht mehr erhaltenen Teil seiner *Historien* verarbeitet.
57 Die Hauptwerke des älteren Plinius waren: *Bellorum Germaniae Libri*, *Historiae* (*a fine Aufidi Bassi*) und die *Naturalis historia*, die Tacitus zum Teil als Quelle für die *Historien* und *Annalen* dienten.
58 Der ältere Plinius war am 24. August des Jahres 79 Kommandant der in Misenum, in der Nähe von Neapel, stationierten Kriegsflotte. Weitere Kriegshäfen waren Ravenna, Forum Iulii (Frejus) und Byzantium.
59 Am 24. August 79 um 13 Uhr.
60 Pomponianus war ein mit Plinius befreundeter Flottenoffizier.
61 Bucht von Cumae.
62 Der für die Flucht des Pomponianus ungünstige Gegenwind beschleunigte natürlich die Fahrt des Plinius.
63 Es ist der zweite Tag des Vesuvausbruches, der 25. August.
64 Hier bricht Plinius die Erzählung ab (Aposiopese) und führt sie in epist. 20 fort.
65 Der Senator Claudius Restitutus wird in epist. 3,9,16 als versierter Anwalt und Redner charakterisiert, der im Prozeß gegen Caecilius Classicus die Verteidigung der Angeklagten übernommen hat.
66 Vgl. Buch IV, Anm. 35.
67 Vgl. Buch II, Anm. 10.
68 Die Amtsbewerber setzten für den Fall einer Wahl Geldsummen aus. Diese vertrauten sie einem Mittelsmann an, der das Geld nach erfolgter Wahl auszahlte.
69 Vgl. Buch I, Anm. 29. – Brief 6,20 steht in engem inhaltlichen Zusammenhang mit epist. 6,16, der ja das Lebensende des älteren Plinius und sein Verhalten während des Vesuvausbruchs

beschreibt. Jetzt (in epist. 6,20) stellt Plinius *seine* Erlebnisse in den Mittelpunkt der Darstellung.

70 Vgl. epist. 6,16,21.

71 Zitat aus Vergil, *Aeneis* 2,12. Mit diesen Worten leitet Aeneas seine Erzählung vom Untergang Trojas ein.

72 Vgl. Buch I, Anm. 8.

73 Die Klage, daß nur Dichter und Schriftsteller der alten Zeit gelobt werden, modernen Autoren aber die Anerkennung versagt wird, findet sich häufig in der lateinischen Literatur. So bei Horaz, *Epistulae* 2,1,21 ff.; Velleius Paterculus 2,92,5; Phaedrus 5, prol. 8 f.; Martial 5,10 ff.; Tacitus, *Dialogus* 23,1; *Annales* 2,88,3; 3,55,5.

74 Römischer Dichter zur Zeit des Plinius, der in Anlehnung an die Alte und Neue attische Komödie seine Dramen verfaßte.

75 Menander (342/341 v. Chr.) war der Hauptvertreter der Neuen attischen Komödie. Plautus und Terenz nahmen sich ihn als Vorbild.

76 Vgl. Buch I, Anm. 59.

77 In den Provinzen wurden Tagebücher geführt, in denen die täglichen Ereignisse vermerkt wurden. Hierin hatte Bruttianus auch die Vergehen des Atticinus aufzeichnen lassen.

78 Erscheint sonst nicht in den Briefen des Plinius.

79 Vgl. Buch III, Anm. 26.

80 Der heutige Comer See, an dem Plinius mehrere Landgüter besaß.

81 Vgl. Buch III, Anm. 88.

82 Vgl. Buch I, Anm. 134.

83 Stadt in Umbrien am oberen Tiber, an der *via Flaminia*.

84 Der Zenturio war der Befehlshaber einer Hundertschaft, der kleinsten Unterabteilung einer Legion. Zenturionen stammten aus den Reihen der altgedienten Soldaten oder aus Funktionären der Munizipien, der Landstädte.

85 Vgl. Buch VI, Anm. 4.

86 Vgl. Buch III, Anm. 91.

87 Vgl. Buch VI, Anm. 37.

88 Es handelt sich wahrscheinlich um C. Vettenius Severus, *consul suffectus* des Jahres 107.

89 In der Kaiserzeit war es üblich, daß der designierte Konsul in der ersten Senatssitzung nach den Wahlen eine Lobrede auf den Kaiser hielt und Ehrungen beantragte. Vgl. die Rede des Plinius in epist. 3,13 und 18.

90 Gemeint sind die Erfolge Trajans im zweiten Krieg gegen die Daker und ihre Unterwerfung.
91 Vgl. Buch V, Anm. 56.
92 Vgl. Buch VI, Anm. 38.
93 Vgl. Buch III, Anm. 90.
94 Asinius Pollio (76–4 v. Chr.) zeichnete sich als Staatsmann (Konsul 40 v. Chr.), Redner, Dichter und Historiker aus. Gründete die erste öffentliche Bibliothek in Rom.
95 Vgl. epist. 3,4,4 und 7,33,4.
96 Dazu gehörte die Beschaffung der nötigen Belastungszeugen und der Beweismittel für die Klage.
97 Vgl. Buch III, Anm. 57.
98 Vgl. Buch II, Anm. 34.
99 Es enthielt Bestimmungen, nach denen die geschädigten Provinzbewohner Schadenersatz fordern konnten.
100 Die *relegatio* war die mildeste Art der Verbannung, wobei der Verbannte das römische Bürgerrecht behalten durfte.
101 Vgl. Buch IV, Anm. 31.
102 Marius Priscus verzichtete auf eine Verteidigung, d. h., er gab die Verbrechen zu, damit nicht noch weitere kapitale Verbrechen zur Sprache kamen, für deren Untersuchung der Gesamtsenat zuständig war. So wurden seine Vergehen vor einer Senatskommission von fünf Richtern verhandelt, welche innerhalb eines Monats ein Urteil fällen mußte.
103 Vgl. epist. 4,9 und Buch V, Anm. 70.
104 Vgl. Buch VI, Anm. 20.
105 Vgl. Buch IV, Anm. 1.
106 Der Name Cornelianus kommt in den Plinius-Briefen sonst nicht vor. Sherwin-White (vgl. z. St.) hält eine Verwechslung mit Cornelius Minicianus, einem römischen Ritter aus Bergamum, für möglich. – Vgl. Buch III, Anm. 55.
107 Seitdem die Rechtsprechung in den wichtigsten Fällen in der Hand des Kaisers lag, berief dieser rechtskundige Männer zu seinen Beratern. – Vgl. die ausführliche Interpretation dieses Briefes bei Lefèvre III, S. 248 ff.
108 Hafenstadt, etwa 60 km von Ostia entfernt (heute Civitavecchia).
109 Gemeint ist der Statthalter einer kaiserlichen Provinz, dessen offizieller Name *legatus Augusti pro praetore* war.
110 Die Bestrafung der Gallitta.

111 Das bedeutete Verlust der Hälfte des Heiratsgutes und Landesverweisung.
112 Vgl. Buch II, Anm. 85.
113 Anspielung auf die einflußreiche Stellung des Freigelassenen Polyclit am Hofe Neros, der seine Macht häufig mißbrauchte (vgl. auch Tacitus *Annales* 14,39,1; *Historiae* 1,37,5; 2,95,2). Galba ließ ihn nach seiner Machtergreifung im Jahre 68 hinrichten. Trajan will hier der Meinung entgegentreten, er wolle ein parteiisches Urteil fällen.
114 Nicht identisch mit Quintilian, dem Verfasser der *Institutio oratoria*. Der Adressat von 6,32 wird in der Briefsammlung sonst nicht mehr erwähnt.
115 Vgl. Buch I, Anm. 14.
116 Vergil, *Aeneis* 8,439. Mit diesen Worten befiehlt Vulkan den Zyklopen, alles beiseite zu legen und mit ihm die Waffen des Aeneas zu schmieden.
117 Vgl. Buch I, Anm. 21. Der Zusammenhang mit dem Fall des Suburanus bleibt unverständlich.
118 Die Zentumvirn befaßten sich mit Zivilstreitigkeiten von allgemeiner Bedeutung, während Einzelaspekte eines Falles in die Zuständigkeit einer einzelnen Kammer oder eines Einzelrichters fielen.
119 Metaphorische Ausdrücke aus dem Bereich der Seefahrt finden sich häufig in der lateinischen Literatur. Auch das hier erscheinende Bildfeld »Rede« = »Schiff« ist weit verbreitet.
120 Die sog. *Kranzrede* des Demosthenes, die er 330 v. Chr. gegen Aischines hielt, gilt als seine beste.
121 Nach Sherwin-White (S. 401) handelt es sich um den jüngeren Maximus, der nach seiner erfolgreichen Tätigkeit als Quästor in der Provinz Bithynien-Pontus und nach seiner Prätur im Jahre 108 von Kaiser Trajan als außerordentlicher Statthalter nach Achaia (Griechenland) geschickt wurde.
122 Die Gladiatorenspiele haben ihren Ursprung in Leichenspielen, die zu Ehren der Toten abgehalten wurden.

Buch VII

1 Rosianus Geminus, an den noch die Briefe 7,24; 8,5; 8,22; 9,11 und 9,30 gerichtet sind, bekleidete im Konsulatsjahr des Plinius (100) die Quästur und nahm als Legat an den Dakerkriegen teil. In epist. 10,26 empfiehlt ihn Plinius dem Kaiser Trajan für eine Beförderung.

2 Fabius Iustus war ein berühmter Redner, dem Tacitus seinen *Dialogus* widmete. Im Jahre 102 war er Konsul, 109 Statthalter in Syrien.

3 Mit *nugae* bezeichnet Plinius seine Dichtungen im Versmaß des Hendekasyllabus (Elfsilbler). Vgl. epist. 4,14,2. – Den Hendekasyllabus haben die Neoteriker (Catull) in die römische Dichtung eingeführt, auch Catull nennt seine Verse *nugae*.

4 C. Bruttius Praesens war unter Domitian Militärtribun und diente in den Partherkriegen Trajans (114/115) als Legationslegat. Im Jahre 117 erhielt er die Statthalterschaft von Kilikien, im Jahre 136 die der Provinz Syrien. Unter Hadrian bekleidete er zum ersten Mal das Konsulat, unter dessen Nachfolger Antoninus Pius wurde er zum zweiten Mal Konsul.

5 Was man unter *amicitiae minores* zu verstehen hat, ergibt sich aus epist. 2,6,2. Plinius lehnte die Einteilung der *amici* nach ihrer sozialen Stellung in *superiores* und *minores* strikt ab.

6 *Regnare* bedeutet hier »König sein«, d.h. sein eigener Herr sein und nicht Sklave gesellschaftlicher Konventionen wie in der Stadt. Vgl. Horaz, *Epistulae* 1,10,8.

7 In der Stadt trug man die Toga und den *calceus* (»Schuh«), auf dem Lande die Tunika und *soleae* (»Sandalen«).

8 Vgl. Buch V, Anm. 56.

9 Vgl. Buch VII, Anm. 3.

10 Gemeint ist sein Militärtribunat in Syrien, das er im Jahre 82 verwaltete. Plinius erwähnt dieses Amt mehrfach in seinen Briefen (1,10,2; 3,11,5; 7,31,2; 8,14,7).

11 Im Hexameter.

12 Landgut des Plinius bei Laurentum (in der Nähe von Ostia). Eine ausführliche Beschreibung gibt Plinius in epist. 2,17.

13 Asinius Gallus, Sohn des berühmten Asinius Pollio, bedeutender Redner und Schriftsteller, starb unter Tiberius (im Jahre 33) im Gefängnis.

14 Tiro war zunächst Ciceros Sklave und erhielt wegen seiner großen Verdienste die Freiheit. Als Privatsekretär blieb er weiter im Hause Ciceros und wurde sein Freund und Vertrauter. Um Ciceros literarisches Werk machte er sich besonders verdient; denn er überarbeitete die Manuskripte von dessen Reden, erledigte seine Korrespondenz und sammelte schon zu Lebzeiten Ciceros dessen Briefe, die er später edierte.

15 Calpurnia ist die dritte Frau des Plinius; sie wird in Brief 4,19 ausführlich charakterisiert. – Vgl. die ausführliche Interpretation dieses Briefes bei K. H. Eller, *Humanitas in einer Welt des Friedens. Plinius – Briefe*, Frankfurt a. M. 1977, S. 76 ff. Auf die hohe Wertschätzung, die Plinius verschiedenen Frauen entgegenbringt, weist auch Rieks (S. 238 f.) hin.

16 Bild vom verschmähten Liebhaber, dem von seiner Geliebten die Tür verschlossen wird; häufiger Topos der griechischen und lateinischen Liebesdichtung.

17 Vgl. Buch II, Anm. 19.

18 Vgl. epist. 5,20; 6,13; 7,10.

19 Vgl. epist. 5,20,6; Nigrinus fungiert als Ankläger gegen Varenus Rufus.

20 Gemeint ist die zweite Delegation aus Bithynien, die den Senat übergangen und sich direkt an den Kaiser gewandt hatte. Sie stand auf der Seite des Varenus.

21 Nach römischem Recht kam den Aussagen der Sklaven nur dann eine Bedeutung zu, wenn sie unter der Folter verhört wurden. – Vgl. Th. Mommsen, *Römisches Strafrecht*, Leipzig 1899, S. 416.

22 Vgl. Buch I, Anm. 37.

23 Vgl. Brief 7,8. Plinius hatte die Freundschaft zwischen Saturninus und Priscus vermittelt.

24 Bei L. Neratius Priscus dürfte es sich um den *consul suffectus* des Jahres 87 und späteren Statthalter von Pannonien (103–108) handeln. In epist. 7,15,3 charakterisiert Plinius ihn näher.

25 Vgl. Buch I, Anm. 37.

26 Vgl. Buch VI, Anm. 37.

27 Unter *studere* versteht Plinius hier, wie auch aus dem folgenden hervorgeht, die Beschäftigung mit der Beredsamkeit (vgl. epist. 1,6,2; 3,3,3; 4,13,3). – Vgl. dazu auch H. Philips (Hrsg.), *Plinius der Jüngere. Briefe*, Paderborn 1986, S. 102. – Die Ratschläge, die Plinius dem Adressaten für seine sprachliche Vervollkommnung gibt, beziehen sich in erster Linie auf die for-

male Ausbildung. Sie ähneln den Vorschlägen des Quintilian in seinem 10. Buch der *Institutio oratoria*.

28 Das Wort *lusus* ist hier als Bezeichnung für Epigramm gebraucht, eine dafür übliche Formulierung, wie Tacitus, *Dialogus* 10,4, und Martial 4,49,1 f. deutlich machen. Mehrfach gibt Plinius in seinen Briefen dem Redner den Rat, sich durch Abfassung kurzer witziger Gedichte zu entspannen. – Vgl. epist. 7,4 und E. R. Curtius, *Europäische Literatur und lateinisches Mittelalter*, Bern [7]1969, S. 420.

29 Den gleichen Gedanken formuliert Quintilian, *Institutio oratoria* 10,1,59, der Lehrer des Plinius: *et multa magis quam multorum lectione formanda mens.* – Vgl. auch A. Otto, *Die Sprichwörter und sprichwörtlichen Redensarten der Römer*, Leipzig 1890, S. 232.

30 Mit *probatus* sind die klassischen Autoren gemeint, die zur Zeit des Plinius für die einzelnen Literaturgattungen allgemein feststanden: für das Epos Vergil, für die Lyrik Horaz, für die Geschichtsschreibung Sallust, für die Rede und die Philosophie Cicero. – Vgl. auch die Aufforderung zur Lektüre klassischer Autoren bei Seneca (*Epistulae* 2,4): *probatos itaque semper lege et si quando ad alios deverti libuerit, ad priores redi.*

31 Vgl. Buch II, Anm. 19.

32 Dieser Brief ist eine Fortsetzung von epist. 7,6.

33 Vgl. Buch IV, Anm. 1.

34 Vgl. Buch I, Anm. 60.

35 Als Prätor mußte Plinius die Apollinarischen Spiele im Circus Maximus veranstalten. Die Übertragung des Vorsitzes an den Sohn des Minicius Iustus war eine große Ehre. Vgl. auch Sueton, *Divus Augustus* 45,1 und *Divus Claudius* 7.

36 Die Identität des Adressaten Minicius ist unklar.

37 Gemeint sind die Attizisten, Anhänger eines knappen, schmucklosen Stils; sie waren die Gegner des Asianismus, einer rhetorischen Stilrichtung, die durch pathetische, überladene Ausdrucksweise charakterisiert ist.

38 Vgl. Buch II, Anm. 40.

39 Schwester des Corellius Rufus, Freundin der Mutter des Plinius.

40 Vgl. epist. 7,11,1.

41 Seit der Zeit des Augustus betrug die Erbschaftssteuer fünf Prozent. Steuerpächter (*publicani*), die dem Ritterstand angehörten, pachteten jährlich für eine bestimmte Summe die

verschiedenen Steuern, die sie dann von den Bürgern einzogen.

42 Vgl. Buch I, Anm. 37.

43 Gemeint ist wahrscheinlich das Amt des *curator alvei Tiberis et riparum et cloacarum urbis*, das er in den Jahren 104–107 bekleidete. – Vgl. Sherwin-White, S. 418.

44 Vgl. Buch VII, Anm. 23, und epist. 7,7 und 7,8.

45 Vgl. Buch IV, Anm. 1.

46 Vgl. Buch I, Anm. 59.

47 Diese hatten die Funktion eines kaiserlichen Sekretärs. Sie mußten u. a. im Senat die Botschaften des Kaisers verlesen.

48 Vgl. Buch II, Anm. 63.

49 Das ursprünglich für die einzelnen Ämter gesetzlich festgelegte Mindestalter wurde im Laufe der Zeit von den Kaisern immer weniger beachtet; so war Plinius schon mit 32 Jahren Prätor.

50 Nach Comum.

51 Es gab bei den Römern verschiedene Arten der Freilassung von Sklaven. Hier ist von der feierlichen, offiziellen Zeremonie der Freilassung die Rede, wobei der Beamte den Sklaven mit seinem Amtsstab (*vindicta*) berührte und eine bestimmte Formel sprach.

52 Es handelt sich wohl um Caecilius Celer, der in epist. 1,5,8 als Freund des Plinius kurz erwähnt wird.

53 Fingierter Einwand; ebenso zu Beginn von § 5 und 6. – Rezitationen von Reden und Gedichten sind ein charakteristisches Merkmal des geistigen Lebens dieser Zeit. Nachdem die politischen Versammlungen und die in ihnen praktizierte politische Beredsamkeit in der Kaiserzeit verschwunden waren, traten an ihre Stelle die Rezitationen, durch die Dichter und Redner einem geladenen Publikum ihre Werke bekannt machten. – Vgl. Kröner, S. 73 f., und Binder, S. 265 ff.

54 Die vornehmen Römer trugen eine weiße Toga, während die einfachen Römer mit einer Toga aus grober, grauer Wolle (*toga pulla*) bekleidet waren, die mit der Zeit eine dunkle Farbe annahm.

55 Vgl. Buch III, Anm. 28.

56 Pomponius Secundus überträgt hier den juristischen Ausdruck der *provocatio ad populum* auf seine »Berufung« und auf das Urteil des Publikums.

57 *De oratore* 1,150: *stilus optimus et praestantissimus dicendi effector ac magister; neque iniuria.*
58 Vgl. Buch I, Anm. 8.
59 Vgl. epist. 1,8,10, wo Plinius die Schenkung einer größeren Summe für die Unterstützung begabter Kinder erwähnt.
60 Die *actores* hatten die Aufgabe, die der Gemeinde gehörenden Ländereien zu beaufsichtigen und zu bewirtschaften.
61 Vgl. Buch III, Anm. 104.
62 Tochter des Thrasea Paetus und der jüngeren Arria, Frau des älteren Helvidius Priscus, der als Vertreter der stoisch-kynischen Opposition unter Domitian hingerichtet wurde. Fannia folgte ihrem Mann mehrmals in die Verbannung und wurde auch selbst von Domitian in die Verbannung geschickt (im Jahre 93). – Vgl. epist. 3,16,2 und Vielberg, S. 176.
63 Vorhalle des Vestatempels, wo die Vestalinnen wohnten.
64 Vgl. Buch VII, Anm. 62.
65 Vgl. Buch III, Anm. 90.
66 In den Jahren 66 und 75. Vgl. Tacitus, *Agricola* 45,1: *Non vidit Agricola … tot nobilissimarum feminarum exilia et fugas.* – Vgl. dazu R. Till (Hrsg.), *Tacitus. Das Leben des Iulius Agricola*, Darmstadt 1984, S. 74, und H. Heubner, *Kommentar zum Agricola des Tacitus*, Göttingen 1984, S. 131. – Vgl. auch epist. 3,11,3; 9,13,3 und Tacitus, *Historiae* 1,3,1.
67 Im Jahr 93 unter Domitian. Ihr Mann war unter Vespasian getötet worden.
68 Vgl. Buch I, Anm. 19.
69 Der jüngeren Arria.
70 Über die Verbrennung unerwünschter Bücher berichtet auch Tacitus, *Agricola* 2,1. – Vgl. dazu Heubner (s. Anm. 66), S. 10.
71 Das Geschlecht der Fannia stirbt nach Meinung des Plinius mit ihr aus, da ihre Nachkommen an Bedeutung weit hinter ihr zurückbleiben.
72 Die jüngere Arria. Vgl. Buch VII, Anm. 62.
73 *Paria facere* ist ein metaphorischer Ausdruck aus der Kaufmannssprache; er wird hier auf die gegenseitigen Verpflichtungen übertragen.
74 Vgl. Buch I, Anm. 29.
75 Wahrscheinlich ein Buch der *Historien*, mit denen Tacitus damals gerade beschäftigt war.
76 Plinius war etwa sechs Jahre jünger als Tacitus.

77 Zitat aus Vergil, *Aeneis* 5,320. – Vgl. dazu W. Luppe, »Ein verderbtes Vergil-Zitat bei Plinius«, in: *Hermes* 119 (1991) S. 123 f.
78 Ein solches Testament hat man auf einer Inschrift aus dem Jahre 109 gefunden, wo Plinius und Tacitus dieselbe Summe zugesprochen bekommen hatten (CIL VI 10229).
79 Vgl. Buch IV, Anm. 60.
80 *Auribus studere* bedeutet, daß er sich nur vorlesen läßt.
81 Vgl. Buch I, Anm. 131.
82 Es handelt sich um das Militärtribunat, da Pompeius Falco zu dieser Zeit (107/108) Statthalter in Iudaea und Kommandeur einer Legion war.
83 Vgl. Buch III, Anm. 55.
84 Vgl. Buch IV, Anm. 1.
85 Vgl. Buch VII, Anm. 1.
86 Ein Pantomime war ein Schauspieler, der eine Handlung oder Szene wortlos, nur durch Tanz und Gesten, nachahmte. Wegen oft frivoler Themen hatten sie einen schlechten Ruf. Vgl. epist. 9,17,2 und die Briefe an den Enkel 6,29 und 9,13.
87 Seit Augustus gaben auch die Priester, ebenso wie die übrigen Beamten, bei ihrem Amtsantritt öffentliche Spiele.
88 Es gab seit der Zeit des Augustus zwei Schulen von Rechtslehrern, die *Proculiani* und *Sabiniani* (auch *Cassiani* genannt). Die Proculianer wollten mehr das strenge Recht, wie es zur Zeit der Republik praktiziert wurde, beibehalten, während die Cassianer für eine liberalere Rechtsauffassung eintraten.
89 Vgl. Buch IV, Anm. 69.
90 Vgl. Buch VI, Anm. 121. – Zur Interpretation von epist. 7,26 vgl. Philips (1984), S. 184 ff., und ders. (Hrsg.), *Plinius der Jüngere. Briefe*, Paderborn 1986, S. 114 ff.
91 Vgl. Buch *IV*, Anm. 92.
92 Anspielung auf die Deutung des Demokrit, wonach die Träume in den Körper des Schlafenden eindringen.
93 Diese Theorie geht auf Aristoteles zurück, nach dem die Träume ein Abbild der körperlichen oder seelischen Verfassung des Träumenden sind.
94 Tacitus, *Annales* 11,21, berichtet ebenfalls seine Lebensgeschichte.
95 Da der Tote nicht förmlich beigesetzt worden war, hatte er keine Ruhe gefunden. Jetzt erst, nachdem das Begräbnis nachge-

holt worden war, hörten die Geistererscheinungen in diesem Hause auf.

96 Vgl. Buch I, Anm. 1.

97 Montanus, Adressat der thematisch verwandten Briefe 7,29 und 8,6, ist wahrscheinlich mit dem Konsul des Jahres 81, T. Iunius Montanus, identisch. – Vgl. Sherwin-White, S. 438.

98 Pallas, ein ehemaliger Sklave der Antonia, der Mutter des Kaisers Claudius, besaß als Verwalter der kaiserlichen Finanzen (*a rationibus*) unter Claudius eine große Machtstellung. Im Jahre 52 erhielt er die Insignien eines Prätors, worüber auch Tacitus, *Annales* 12,53,3, mit großer Entrüstung berichtet. Nach dem Tode des Claudius hatte er noch bis zum Jahre 55 seine einflußreiche Stellung inne, bis Nero ihn wegen seines ungeheuren Reichtums umbringen ließ.

99 *Furcifer* wird hier in Anspielung auf die Herkunft des Pallas gebraucht; denn *furca* (»Gabel«, »Gabelkreuz«) war ein Strafwerkzeug für Sklaven, die sich ein Vergehen hatten zuschulden kommen lassen.

100 Vgl. Buch III, Anm. 15.

101 Der jüngere Helvidius Priscus wurde im Jahre 93 unter Domitian hingerichtet (vgl. epist. 3,11,3; 4,21,3f.). Plinius hatte eine Schrift für Helvidius Priscus verfaßt, um ihn zu rehabilitieren (vgl. auch epist. 9,13).

102 Vgl. Buch IV, Anm. 60. – Vgl. R. J. Baker, »Pliny, epistulae VII. 31 and the persistence of a theme«, in: *Maia* 37 (1985) S. 49ff.

103 Die Statthalter der Provinzen waren entweder ehemalige Prätoren oder Konsuln (*consulares*). An der Spitze von Asia und Africa stand immer ein ehemaliger Konsul. Die kaiserlichen Provinzen, in denen zwei oder mehr Legionen stationiert waren, leitete ebenfalls ein Konsularlegat. Im Unterschied zu den Statthaltern senatorischer Provinzen betrug die Amtszeit der Prokonsuln in den kaiserlichen Provinzen meist mehrere Jahre. – Vgl. Tacitus, *Agricola* 5,1, und dazu Heubner (s. Anm. 66), S. 18f.

104 In der Kaiserzeit waren die *procuratores* besonders in der Finanzverwaltung der Provinzen tätig.

105 Nach Dio Cassius (68,2,1) stellte Kaiser Nerva für den Ankauf und die Verteilung von Ackerland an verarmte Bürger 60 Millionen Sesterze zur Verfügung.

106 *Consul suffectus* des Jahres 70. Tacitus (*Historiae* 3,50,2) hebt

seine Leistung als Feldherr auf seiten der Flavier im Krieg gegen Vitellius lobend hervor.

107 Vgl. Buch IV, Anm. 1.

108 Vgl. epist. 7,16 und 7,23.

109 Xenophon, *Memorabilien* 2,1,31.

110 Vgl. Buch I, Anm. 29.

111 Hier ist an die *Historien* zu denken, welche die Ereignisse der Jahre 69–96 behandeln. Plinius hatte schon einen Teil des Werkes gelesen (vgl. epist. 7,20,1; 8,7) und auch dem Tacitus selbst Material über den Tod seines Onkels im Jahre 79 übersandt (vgl. epist. 6,16). – Vgl. auch Sherwin-White, S. 444.

112 Vgl. Buch I, Anm. 19.

113 Das Vorgehen gegen Günstlinge des Kaisers wurde häufig, besonders unter Domitian, als Majestätsbeleidigung aufgefaßt. Vgl. Tacitus, *Agricola* 2,1; 45,1; *Historien* 4,50,2.

114 Vgl. Buch V, Anm. 53. – Vgl. auch Strobel, S. 42 f.

115 Vgl. hierzu J. H. Brouwers, »Plinius Minor over de historiografie (epist. 5,8)«, in: *Lampas* 24 (1991) S. 10 f.

Buch VIII

1 Vgl. Buch I, Anm. 1. – Zu Brief 8,1 vgl. H. Offermann, »Bemerkungen zu den Sklavenbriefen des Plinius«, in: *Die alten Sprachen im Unterricht* 27,1 (1980) S. 40 f.

2 Nach Sherwin-White, S. 448, handelt es sich um eine Reise, die Plinius im Sommer des Jahres 107 nach Etrurien unternommen hat. Diese Reise findet mehrfach in den Briefen Erwähnung.

3 Vgl. die ähnliche Formulierung in Brief 5,19, der die Krankheit seines ehemaligen Sklaven Zosimus und die humane Fürsorge des Plinius zum Thema hat.

4 Vgl. Buch I, Anm. 65.

5 Plinius beruft sich auf die Lehre der Stoiker, nach der alle Vergehen gleich sind. – Vgl. M. Pohlenz, *Die Stoa*, Göttingen 1970, S. 153. Der hier nur kurz berührte stoische Gedanke findet sich ausführlicher behandelt bei Cicero, *Paradoxa* 21 f. und *Pro L. Murena* 61, wo in ironischer Weise der stoische Rigorismus kritisiert wird.

6 Zitat aus Vergil, *Aeneis* 5,305.

7 Zitat aus Homer, *Ilias* 9,319.
8 Vgl. Buch IV, Anm. 13.
9 Vgl. Buch I, Anm. 8.
10 Die Daker, eine thrakische Völkerschaft, bewohnten etwa das Gebiet des heutigen Rumänien. Domitian führte in den Jahren 85–88 einen ersten Feldzug gegen ihren König Decebalus, aber erst in zwei weiteren Kriegen (101–102 und 105–106) gelang Trajan die Unterwerfung der Daker. Danach wurde dieses Gebiet römische Provinz. Eine Darstellung dieser Feldzüge findet sich auf der Trajanssäule in Rom.
11 Decebalus soll seine Schätze vergraben und einen Fluß darüber geleitet haben; durch Verrat erfuhr Trajan davon und leitete den Fluß in sein altes Bett zurück (vgl. Dio Cassius 68,14,4).
12 Der Kampf des Decebalus gegen die Römer dauerte über zwanzig Jahre.
13 Der Name *Decebalus* ist wegen seiner vier kurzen Silben für den Hexameter, das für das Epos übliche Versmaß, ungeeignet.
14 Das heißt ein Wort so zu verändern, daß es ins Versmaß paßt.
15 Seit Homer (vgl. *Ilias, Odyssee* und Vergils *Aeneis*) üblich.
16 Gemeint ist Kaiser Trajan, den der kaiserliche Hof zu den Göttern rechnete.
17 Metaphern aus dem Bereich des Seewesens treten schon früh in der griechischen Literatur auf, wo sie auf alle Gebiete des menschlichen Lebens übertragen werden. In der römischen Literatur sind Schiffahrtsmetaphern besonders häufig bei den Elegikern und in der augusteischen Dichtung. In die lateinische Prosa hat zuerst Cicero diese Metaphern übernommen, die auch für Plinius wichtige sprachliche Ausdrucksmittel darstellen. Das hier vorliegende Bildfeld »Dichtung« = »Schiff« ist in der lateinischen Literatur weit verbreitet (vgl. z.B. Vergil, *Georgica* 2,41; 4,117; Horaz, *Carmina* 4,15,1; Properz 3,3,23; 3,9,3; Ovid, *Metamorphoses* 15,176). Plinius fordert den Caninius auf, die Taue zu spannen, um mit vollen Segeln (*velis passis* entspricht *toto ingenio*) fahren zu können. – Vgl. E. R. Curtius, *Europäische Literatur und lateinisches Mittelalter*, Bern [7]1967, S. 139, und Philips (1986), S. 59f.
18 Vgl. Buch VII, Anm. 1.
19 Vgl. Buch VII, Anm. 97.
20 Epist. 7,29.

21 Vgl. Buch VII, Anm. 98.

22 Es werden die Beinamen berühmter Feldherren aufgezählt: Africanus, Beiname des Cornelius Scipio Africanus maior und des P. Cornelius Scipio Africanus minor, Sieger über Hannibal und Karthago; Achaicus, Beiname des L. Mummius, des Zerstörers von Korinth (146 v. Chr.); Numantinus, weiterer Beiname des Scipio minor, des Eroberers von Numantia (133 v. Chr.).

23 Mit *florentissima dignitas* ist das Konsulat gemeint. Der Konsul hatte das Recht, als erster im Senat zu sprechen.

24 Sklaven und Freigelassene durften nur eiserne Ringe tragen, während goldene Ringe den Mitgliedern des Ritterstandes vorbehalten waren.

25 Durch das Verhalten des Senats war, wie Plinius ironisch meint, die Kurie gewissermaßen entweiht und mußte daher entsühnt werden.

26 Plinius gebraucht in diesem Zusammenhang absichtlich das Wort *intercedere*, das noch zur Zeit der Republik eine negative Bedeutungsnuance hatte; denn es bezeichnete das Veto des Tribunen, der durch seinen Einspruch häufig die Ausführung eines Senatsbeschlusses vereitelte.

27 Die Statue, die Cäsar in Kriegsrüstung darstellte, stand auf dem *forum Iulium* vor seinem Tempel, in dem sich die kaiserliche Privatkasse (*fiscus*) befand. Der Kaiser war Claudius.

28 Vgl. Buch I, Anm. 29.

29 Offensichtlich eine Fortsetzung der *Historien*. Vgl. epist. 7,20 und 7,33.

30 Mehrtägiges Fest zu Ehren des Gottes Saturn (vom 17. Dezember an), an dem eine besondere Ausgelassenheit herrschte. Zu diesem Fest hatten auch die Schüler Ferien, aus denen sie wohl nur ungern zu den unterbrochenen Schularbeiten zurückkehrten (vgl. Martial 5,84). Der Ausdruck *Saturnalia* wird hier im übertragenen Sinne für Zeiten gebraucht, in denen man sich ganz der Ruhe und dem Vergnügen hingab. – Vgl. auch die sprichwörtliche Redensart bei Seneca, *Apocolocyntosis* 12,2: *non semper Saturnalia erunt.*

31 Rhetorische Stilfigur. Durch die Parenthese ist *librum misisti* von dem dazugehörigen Satz getrennt. – Vgl. Curtius (s. Anm. 17), S. 278 f.

32 Vgl. Buch I, Anm. 14.

33 Clitumnus, Fluß in Umbrien, entsprang in der Nähe des heutigen Spoleto und mündete unterhalb von Perugia in den Tiber.
34 Schon in der Antike war es Sitte, als Opfergabe und als Dank für die Genesung eine Münze in ein heiliges Gewässer zu werfen. – Der heute noch geübte Brauch bei der Fontana di Trevi in Rom geschieht in der Hoffnung, Rom wiederzusehen.
35 Die *Toga praetexta*, die purpurverbrämte Toga, welche die Jungen bis zum 17. Lebensjahr, aber auch Beamte und Priester trugen.
36 Vgl. Buch IV, Anm. 30.
37 Vgl. Buch IV, Anm. 1.
38 Tante der dritten Frau des Plinius. Vgl. epist. 4,19.
39 Vgl. Buch III, Anm. 55.
40 Vgl. Buch I, Anm. 86.
41 Über den Adressaten Genialis, einen Bewunderer des Plinius, liegen sonst keine weiteren Nachrichten vor.
42 Vgl. Buch I, Anm. 126.
43 Unter *ius senatorium* verstand man die Gesamtheit aller Rechtsbestimmungen, durch die der Verlauf der Senatssitzungen geregelt wurde.
44 Anspielung auf die Zeit Neros und vor allem Domitians.
45 Unter Nerva und Trajan.
46 Die Konsuln, welche die Sitzungen des Senats leiteten, hatten auch die Aufgabe, den Senat über die Beratungsgegenstände zu unterrichten (*referre*). Die einzelnen Senatoren hatten das Recht, ihr Votum abzugeben (*censere*). Das konnte nun mit wenigen Worten oder in ausführlicher Rede geschehen, wobei die Zeit des Redners nicht beschränkt war. Auf letzteres bezieht sich die Formulierung *quis dicendi modus*.
47 Der Ausdruck *suspecta virtus* charakterisiert die Zeit des Kaisers Domitian (vgl. auch Plinius, *Panegyricus* 18,2; epist. 9,13,3, und Tacitus, *Agricola* 6,3; 39, sowie H. Heubner, *Kommentar zum Agricola des Tacitus*, Göttingen 1984, S. 23. Schon bei Sallust, *De coniuratione Catilinae* 7,2, heißt es ähnlich: *regibus* […] *semper aliena virtus formidulosa est.*
48 Zur Zeit der Republik wurden alle Sklaven eines ermordeten Herrn getötet, wenn der Täter nicht ermittelt werden konnte (vgl. *Digesten* 29,5,19). Die im Hause lebenden Freigelassenen unterlagen nicht diesen strengen Rechtsbestimmungen. Unter

Trajan wurden aber auch die Freigelassenen einem strengen Verhör unterzogen.

49 Nicht selten ließ sich ein Römer, der aus dem Leben scheiden wollte, von einem Sklaven töten.

50 Plinius ist der Meinung, die drei verschiedenen Anträge sollten auch als entgegengesetzt betrachtet werden; es sollte keine der drei Gruppen sich zwischendurch mit einer anderen verbinden.

51 *Punire* wird hier euphemistisch für die Todesstrafe gebraucht.

52 Die Abstimmung in Form der *discessio* war schon zur Zeit der Republik üblich. Man trat auf die Seite des Antragstellers. Vgl. auch epist. 2,11,22.

53 C. Terentius Iunior (Adressat von epist. 8,15 und 9,12) war römischer Ritter und Gutsbesitzer in der umbrischen Stadt Perusia und verwaltete nach seiner militärischen Karriere die Provinz Gallia Narbonensis. Später lehnte er eine Erhebung in den Senatorenstand ab und lebte zurückgezogen auf seinem Landgut, wo er sich besonders literarischen Studien widmete (vgl. epist. 7,25,2ff.; 9,12).

54 Vgl. Buch I, Anm. 124.

55 Das Verb *conficere*, betont an den Anfang des Briefes gesetzt, spiegelt den seelischen Zustand des Plinius wider.

56 Im Gegensatz zur republikanischen Zeit war in der Kaiserzeit das Verfahren bei der Freilassung von Sklaven erleichtert. Unter den verschiedenen Möglichkeiten der Freilassung war die Eintragung eines Sklaven in die Bürgerliste die häufigste Form.

57 Die Sklaven konnten kein wirkliches Testament machen, da sie keine Rechtsfähigkeit besaßen; daher verwendet Plinius den Zusatz *quasi* und im folgenden *ut* (*legitima*).

58 Nach altrömischer Auffassung stellt jede *familia* einen Staat im kleinen dar, an dessen Spitze der *pater familias* steht, der ebenso wie der milde Herrscher für das Wohl der Seinen sorgte.

59 Vgl. Buch II, Anm. 19.

60 Kaiser Trajan.

61 Man könnte an Dämme und Mauern zum Schutz von Weingärten denken.

62 Fadius Rufinus kommt nur einmal als Adressat eines Briefes vor. Nach Sherwin-White, S. 468, ist er identisch mit dem in epist. 9,23,4 erwähnten Senator, einem Freund des Plinius, der im Jahre 113 *consul suffectus* wurde.

63 Vgl. Buch II, Anm. 79.

64 Vgl. Buch II, Anm. 64.
65 Vgl. Buch II, Anm. 87.
66 Stadt in Umbrien, etwa 85 km nördlich von Rom.
67 Vgl. Lefèvre IV, S. 246 ff.
68 Vgl. Buch I, Anm. 2.
69 Plinius nennt hier sein Lebensideal und zugleich sein literarisches Programm, wobei deutlich wird, daß er in beiden Bereichen die Mitte zwischen zwei falschen Extremen einhalten möchte. *Tristitia* wird hier im negativen Sinne von der übertriebenen *severitas* gebraucht, während *petulantia* die negative Übertreibung der *comitas* ist. – Zur Verbindung der Begriffe *severitas/tristitia* vgl. Philips (1986), S. 36. – Der Gedanke des rechten Maßes ist schon in der griechischen Lyrik, Spruchdichtung und Philosophie weit verbreitet. Cicero nennt die *mediocritas* einen platonisch-aristotelischen Begriff (*De officiis* 1,89), und Horaz spricht von dem Ideal der *aurea mediocritas* (*Carmina* 2,10,5), das besonders für seine Oden und Satiren von zentraler Bedeutung ist. Auch in der Popularphilosophie ist die »goldene Mitte« ein beliebtes Thema.
Ebenso wie Plinius epist. 8,21,1 (vgl. epist. 4,3,2: *nam severitatem istam pari iucunditate condire summaeque gravitati tantum comitatis adiungere non minus difficile quam magnum est*; epist. 5,17,2: *severis iucunda mutabat*; 7,4,6 und 9,9,2: *quam pari libra gravitas comitasque*) hebt auch Cicero die Verbindung von *gravitas* und *humanitas* als erstrebenswerten Lebensstil mehrfach hervor (*De legibus* 3,3,1; *Epistulae ad Atticum* 4,6,1). In ähnlicher Weise charakterisiert Cornelius Nepos, der Zeitgenosse Ciceros, die Lebensweise des Atticus (*Atticus* 15,1: *eius comitas non sine severitate erat neque gravitas sine facilitate*). Die harmonische Verbindung von Ernst und Heiterkeit scheint überhaupt ein wesentliches Element des kaiserlichen Lebensstils der Gebildeten zu sein. Sie wird z. B. von Velleius Paterculus bei der Charakterisierung des L. Piso (2,98,3: *De quo viro hoc omnibus sentiendum ac praedicandum est, esse mores eius vigore ac lenitate mixtissimos*), des Aelius Lamia (2,116,3: *Nam et Aelius Lamia, vir antiquissimi moris et priscam gravitatem semper humanitate temperans*) und Aelius Seianus (2,127,4: *virum severitatis laetissimae, hilaritatis priscae*) hervorgehoben.
70 In den Monaten Juli und August – der Zeit der Ernteferien –

fanden in der Regel keine Gerichtssitzungen statt. Plinius legte seine Rezitation wohl deshalb in den Monat Juli, weil es ihm nicht so sehr auf die Menge, sondern auf die Qualität seiner Zuhörer ankam. In dieser Zeit hatten ja viele seiner Freunde und Standesgenossen Gerichtsferien. Scharfe Kritik an den im Monat August veranstalteten Rezitationen übt der Satirendichter Iuvenal (3,9). – Vgl. zum Thema der öffentlichen Vorlesungen die anschauliche Darstellung bei Carcopino, S. 270 ff.

71 Das Wort *musteus*, sonst für jungen Wein gebraucht, wird hier im metaphorischen Sinne auf das kürzlich erschienene Buch übertragen.

72 Vgl. Buch VII, Anm. 1.

73 Vgl. Buch III, Anm. 90.

74 Vgl. Buch V, Anm. 60.

75 Der *latus clavus*, der breite Purpurstreifen an der Tunika, war das charakteristische äußere Kennzeichen der römischen Senatoren.

76 Gebiet zwischen Ostalpen und Donau; nach Eroberung durch Tiberius (12–9 v. Chr.) römische Provinz.

77 Vgl. Buch VI, Anm. 121.

78 Römische Provinz, die Mittelgriechenland und die Peloponnes umfaßte.

79 Im Gegensatz zu Makedonien, Kleinasien und Magna Graecia.

80 Anspielung auf die Sage vom Königssohn Triptolemos aus Eleusis, der im Auftrag der Göttin Demeter die Menschen den Ackerbau lehrte.

81 Maximus wurde als Legat des Kaisers in diese Provinz geschickt, um Mißstände in der Verwaltung zu beseitigen. Manche griechischen Städte besaßen besondere Rechte. Sie waren nicht dem Statthalter, sondern Rom unmittelbar unterstellt.

82 Plinius folgt hier (vgl. Cicero, *Epistulae ad Quintum fratrem* 1,1), wie überhaupt im ganzen Brief, Ciceros berühmtem Schreiben an seinen Bruder Quintus. Er will zum Ausdruck bringen, daß in Griechenland, der Heimat der *humanitas*, die Bewohner die Bezeichnung *homines* in besonderer Weise verdienen.

83 Gemeint ist das Naturrecht der Freiheit.

84 *Merita* bezeichnet die Verdienste in den Perserkriegen.

85 Vor der Kodifizierung der Zwölftafelgesetze schickte Rom der Überlieferung nach eine Gesandtschaft nach Griechenland, um die dortigen Gesetze kennenzulernen.

86 Die *fasces* wurden den hohen römischen Beamten von Liktoren als Symbol ihrer Amtsgewalt in der Öffentlichkeit vorausgetragen. Der Ausdruck *fasces* steht hier als Metonymie für hohe Ehrenstellen.
87 Die Amtsbezeichnung lautete *legatus Augusti propraetore*.
88 Maximus hatte sich in der Finanzverwaltung Bithyniens besonders ausgezeichnet. Quästur, Tribunat und Prätur waren innerhalb des *cursus honorum* wichtige Stationen auf dem Weg zum Konsulat bzw. zu einer Statthalterschaft.
89 Bithynien.
90 Gemeint ist die Provinz Achaia, die nach Meinung des Plinius im Vergleich zu Bithynien *suburbana* ist.
91 Maximus ist nicht durch das Los wie in Bithynien, sondern durch die Entscheidung des Kaisers außerordentlicher Gesandter der Provinz Achaia geworden.

Buch IX

1 Vgl. Buch II, Anm. 64.
2 Es handelt sich um Pompeius Planta, der am Krieg zwischen Otho und Vitellius im Jahre 69 teilnahm und anschließend das Amt des Prokurators von Lykien-Pamphylien bekleidete. Unter Kaiser Trajan war er Statthalter von Ägypten (98–100).
3 Zitat aus Homer, *Odyssee* 22,412.
4 Vgl. Buch IV, Anm. 35.
5 Plinius weist hier auf die für die Schriftsteller ungünstigen zeitgeschichtlichen Bedingungen hin, die zu einem Verfall des literarischen und kulturellen Lebens führten. – Vgl. dazu S. Döpp, »Nec omnia apud priores meliora«, in: *Rheinisches Museum* 132 (1989) H. 1, S. 94 ff., und Lausberg, S. 82 ff.
6 Die Ausdrücke *scholasticae litterae* und *umbraticae litterae* bezeichnen Briefe, wie sie zu Übungszwecken in den Rhetorenschulen verfaßt wurden, also Briefe ohne Bezug zu aktuellen Ereignissen. Solche Briefe will Plinius dem Adressaten Sabinus, der sich in einer Provinz befindet und ein militärisches Kommando ausübt, nicht schicken. – Die folgenden, sehr gehäuft auftretenden Begriffe *arma, castra, cornua, tubae, sudor, pulvis* und *soles* malen das Bild eines Feldlagers bzw. des Krieges und charakterisieren die Lage, in der Sabinus sich befindet. – §§ 3–4

dieses Plinius-Briefes erinnern in der Wortwahl stark an folgende drei Cicero-Stellen:
De oratore 1,157: *Educenda deinde dictio ex hac domestica exercitatione et umbratili medium in agmen, in pulverem, in clamorem, in castra atque in aciem forensem.*
De legibus 3,14: *Post a Theophrasto Phalerus ille Demetrius … mirabiliter doctrinam ex umbraculis eruditorum otioque non modo in solem atque in pulverem, sed in ipsum discrimen aciemque produxit.*
Brutus 37: *Phalereus enim successit eis senibus adulescens, eruditissimus ille quidem horum omnium, sed non tam armis institutus quam palaestra; itaque delectabat magis Atheniensis quam inflammabat. Processerat enim in solem et pulverem, non ut e militari tabernaculo, sed ut e Theophrasti doctissimi hominis umbraculis.*
Die drei Cicero-Stellen sind geprägt von dem metaphorischen Gebrauch der militärischen Termini, während sie bei Plinius die reale Situation des Adressaten Sabinus wiedergeben. Bei Plinius ist zudem eine größere Breite in der sprachlichen Ausgestaltung und eine größere Verwendung rhetorischer Mittel festzustellen.

7 *Habes* (»hier hast Du nun«) steht als formelhafte Wendung der Umgangssprache bei Plinius häufig am Schluß eines Gedankenabschnittes oder eines Briefes (1,8,18; 1,22,12; 2,11,25; 2,13,10; 3,18,11; 5,6,45; 7,9,15; 8,13,11; 9,2,5; 9,13,26; 9,40,3). Schon bei Cicero tritt diese idiomatische Abschlußformel in den Briefen (über 30 Stellen), besonders aber in der Briefsammlung *Ad Atticum* (17 Stellen) auf.

8 Vgl. Buch II, Anm. 9.

9 Vgl. Buch II, Anm. 19.

10 Vgl. Buch I, Anm. 59.

11 Ähnliche Briefanfänge, wo das Lob für bewährtes Verhalten verbunden ist mit der Aufforderung, bei dem bisherigen Vorgehen zu bleiben, finden sich häufig in den plinianischen (vgl. z.B. epist. 7,8,2) und auch in den ciceronischen Briefen (vgl. z.B. *Ad familiares* 11,5,2; *Epistulae ad Atticum* 3,10,3).

12 Vgl. Buch I, Anm. 65.

13 Diese Spiele fanden im Circus Maximus statt, der von Domitian und Trajan erbaut worden war und zwischen Palatin und Aventin lag. Er hatte ursprünglich 60000 Sitzplätze, deren Zahl spä-

ter mehrfach erhöht wurde. Bei Wagenrennen mußten die Zwei- und Viergespanne 7 (später bis 24) Runden über die 170 m lange Rennbahn fahren. Die Wagenrennen erfreuten sich bei der großstädtischen Bevölkerung größter Beliebtheit. In republikanischer Zeit versuchten ehrgeizige Politiker, sich durch Zirkusspiele bei den Wählern beliebt zu machen (vgl. z.B. Cicero, *Ad familiares* 7,1). Die römischen Kaiser sahen in den Zirkusveranstaltungen ein Mittel, die Bedürfnisse der Masse zu erfüllen (vgl. Iuvenal 10,81 *panem et circenses*) und sich die Gunst des Volkes zu erhalten. – Vgl. A. Hönle / A. Henze, *Römische Amphitheater und Circusspiele*, Luzern 1984, S. 98ff., 183ff.

14 Der Ausdruck *insistentes curribus homines* ist eine Umschreibung (Antonomasie) für das Wort »Wagenlenker«.

15 Das Wort *pannus* (»Tuch«, »Lappen«) steht im pejorativen Sinne für die farbige Tunika des Wagenlenkers. Es gab nach der Farbe der Tunika vier Parteien, die *factio albata* (»weiße Partei«), die *factio russata* (»rote Partei«), die *factio prasina* (»grüne Partei«), die *factio veneta* (»blaue Partei«), die unter den Zuschauern ihre fanatischen Anhänger hatten.

16 Der Konjunktiv *transferatur* bringt zum Ausdruck, daß Plinius den theoretischen Fall annimmt, daß während des Wettkampfes die Wagenlenker ihre Farben wechseln würden.

17 Der Wechsel vom Konjunktiv (*transferatur*) zum Indikativ (*transibit*) gibt die Folgerung an, die sich aus dem Nebensatz ergibt.

18 Plinius beendet diesen Gedankenabschnitt mit einem dreifachen Wortspiel.

19 Mit der pointierten Formulierung *otiosissimae occupationes* (Oxymoron) schließt Plinius den Brief rhetorisch wirkungsvoll ab und kehrt gleichzeitig zum Anfang des Briefes zurück (Rahmenkomposition).

20 Vgl. Buch I, Anm. 14.

21 Mit *patrocinium* gebraucht Plinius hier einen Ausdruck aus dem Bereich des Gerichtswesens, um durch das Beispiel des Adressaten etwaigen Vorurteilen entgegenzutreten und sein Verhalten zu rechtfertigen; denn viele vornehme Römer verschwendeten durch den Bau von Luxusvillen ihr Geld.

22 Bezeichnung für den heutigen Comer See. Zu den Landgütern des Plinius vgl. Th. L. Heres, »Sum quidem prope totus in praediis (Epp. 3.19.8.)«, in: *Lampas* 24 (1991) S. 30ff.

23 Baiae, bekannter Badeort an der kampanischen Küste in der Nähe von Neapel. Vielbesucht wegen seiner herrlichen landschaftlichen Lage und seiner Schwefelquellen. In seiner Umgebung befanden sich zahlreiche luxuriöse Landhäuser der reichen Römer. Seneca, *Epistulae* 51,3, charakterisiert den mondänen Badeort als *deversorium vitiorum* (Schlupfwinkel des Lasters).

24 Der Schauspieler der antiken Tragödie trug den Kothurn, einen Schuh mit hohen Absätzen, während der Schauspieler der Komödie den *socculus*, eine leichte Sandale, anhatte. Vgl. Römer, S. 57 und 66. Die Villa dell' Olmo bei Como, erbaut 1782–87, steht der Überlieferung nach auf dem Grund einer Villa des Plinius; die dortige Ulme soll er gepflanzt haben.

25 Vgl. Römer, S. 41 f.

26 Augurinus ist ein junger Dichter, der nach Meinung des Plinius (vgl. epist. 4,27,1) zu den besten Hoffnungen berechtigt.

27 Bei dem Adressaten handelt es sich wahrscheinlich um den Sohn des Peducaeus Colonus, Präfekt von Ägypten zur Zeit des Vespasian (69–79).

28 Römischer Ritter aus Antiochia.

29 Vgl. Buch I, Anm. 29.

30 Minerva ist die Göttin der Wissenschaften, Diana die Göttin der Jagd (vgl. auch epist. 1,6,3). – Vgl. zum Gedankengang des Briefes Römer, S. 117.

31 Vgl. Buch VII, Anm. 1.

32 Das heutige Lyon.

33 Vgl. Buch VIII, Anm. 53.

34 Vgl. Buch VI, Anm. 38.

35 Ummidius Quadratus war ein Sohn des Helvidius Priscus, der unter Vespasian (69–79) ermordet wurde. Dasselbe Los hatte den jüngeren Helvidius (Sohn aus erster Ehe) getroffen; als Mitglied der stoischen Opposition gegen das Kaisertum ließ ihn Domitian im Jahre 93 töten (vgl. Sueton, *Domitianus* 10,4). Nach dem Tode Domitians (96) verfaßte Plinius, um den jüngeren Helvidius zu rehabilitieren, eine – nicht erhalten gebliebene – Schrift, vgl. epist. 7,30,4. – Vgl. Weische, S. 382.

36 Gemeint ist der später erwähnte (§ 13) Publicius Certus. Er war ehemaliger Prätor, *praefectus aerarii*, Verwalter der Staatskasse, und hatte zu den *delatores* gehört, vgl. Buch IX, Anm. 38.

37 Nachdem Nerva (96–98) Kaiser geworden war.

38 Männer, die unter Domitian als *delatores* (»Denunzianten«) tätig gewesen waren, waren allgemein verhaßt.
39 Die zweite Frau des Plinius starb im Jahre 96/97.
40 Vgl. Buch I, Anm. 60.
41 Man forderte Straflosigkeit für die, welche die Zeiten Domitians (reg. 81–96) und die Prozesse zu Beginn der Regierungszeit Nervas glücklich überstanden hatten.
42 Zitat aus Vergil, *Aeneis* 6,105.
43 Anteia hatte offensichtlich nach der Hinrichtung des Helvidius wieder geheiratet.
44 Homer, *Ilias* 8,102.
45 Vgl. Buch IX, Anm. 7.
46 Vgl. Buch IX, Anm. 29.
47 Vgl. Buch I, Anm. 131.
48 Auf die Auffassung des Plinius über seine Rolle als Gutsbesitzer weist auch Lefèvre (III, S. 261 f.) hin. – Vgl. auch Römer, S. 113 f.
49 Bei dem Adressaten handelt es sich um T. Pomponius Mamilianus, *consul suffectus* im Jahre 100.
50 Vgl. Buch III, Anm. 15.
51 Vgl. Buch IV, Anm. 35.
52 Cremutius Ruso, junger Anwalt, der durch Plinius sehr gefördert wurde (vgl. epist. 6,23,2 ff.).
53 Vgl. epist. 6,10,4.
54 Vgl. Buch II, Anm. 2.
55 Vgl. Buch V, Anm. 4.
56 Cluvius Rufus, *consul suffectus* des Jahres 39/40, war ein Freund Neros (vgl. Tacitus, *Historiae* 1,8,1; 4,43,1; Sueton, *Nero* 21,2), dem er aber nicht als Denunziant diente. Galba ernannte ihn zum Statthalter von Hispania Tarraconensis, später war er Anhänger des Otho, dann des Vitellius (vgl. Tacitus, *Historiae* 1,76,2; 2,65,1; 3,65,2). Cluvius Rufus verfaßte ein Geschichtswerk, in dem er die Regierungszeit des Caligula, Claudius und Nero behandelte.
57 Über Venator ist nichts weiteres bekannt.
58 An Sabinianus sind nur die beiden Briefe 9,21 und 9,24 gerichtet.
59 Es handelt sich wahrscheinlich um C. Vettenius Severus, *consul suffectus* des Jahres 107.
60 Vgl. Buch VI, Anm. 53.
61 Q. Horatius Flaccus (65–8 v. Chr.) verfaßte außer einer Samm-

lung lyrischer Gedichte (vier Bücher Oden), Epoden, zwei Bücher *Satiren* (*sermones*) und zwei Bücher *Epistulae*.

62 Vgl. Buch II, Anm. 64.

63 Vgl. Buch I, Anm. 21.

64 Vgl. Buch I, Anm. 29.

65 Im Theater hatten Ritter und Senatoren besondere Plätze.

66 Das heißt durch persönliche Bekanntschaft.

67 Demosthenes (384–322 v. Chr.); gilt als größter griechischer Redner. Vgl. epist. 7,30,4 f.

68 Vgl. Buch IX, Anm. 58.

69 Vgl. epist. 9,21. Vgl. den Bittbrief des Paulus für einen Sklaven (An Philemon).

70 Vgl. Buch IX, Anm. 49. – V. Buchheit (»Catull, Martial und Vergil in Plin. epist. 9,25«, in: *Symbolae Osloenses* 52, 1976, S. 83 ff.) bezeichnet den an T. Pomponius Mamilianus gerichteten Brief als literaturgeschichtlich bedeutend. So setzt er besonders plinianische Formulierungen aus §§ 1 und 3 in enge Beziehung zu Catull, Vergil (*Eclogae* 9,11 ff.) und Martial (1,7; 4,14,13 f.; 11,6,14 ff.).

71 Vgl. epist. 4,14,1 ff. und 7,9,9 f. Mit *lusus* und *ineptiae* bezeichnet Plinius – ebenso wie sein Zeitgenosse Martial (z. B. 68,17) – kleinere Gedichte, wie sie seit Catull üblich waren. Catull verwendet das Verb *ludere* (50,2 und 5) im poetischen Sinne für die Abfassung seiner Gelegenheitsgedichte. Für Horaz wird *lusus* zum festen Begriff für »Dichtung« im Sinne geistreicher Spielereien (vgl. *Saturae sive sermones* 1,1,27; *Ars poetica* 226), die er in Gegensatz zu seiner ernsten Dichtung setzt.

72 *Camenae* (ursprünglich weissagende Quellnymphen, später mit den griechischen Musen gleichgesetzt) gebraucht Plinius hier im metonymischen Sinne für Dichtung bzw. für seine Gedichte.

73 Mit den Ausdrücken *passerculis* und *columbulis* spielt Plinius auf die Passer-Gedichte Catulls und auf Martial (vgl. 1,7) an. Plinius will dem literarisch gebildeten Adressaten Mamilianus mitteilen, daß er Gedichte in der Art des Catull und Martial schreiben will.

74 Vgl. Buch II, Anm. 17.

75 Plinius antwortet hier auf die Kritik des Lupercus, zu der er ihn früher (vgl. epist. 2,5,5) selbst aufgefordert hatte. Dahinter steht die Auseinandersetzung zwischen den Anhängern des At-

tizismus und des Asianismus, eines schlichten und eines mehr pathetischen Redestils. Vgl. Buch I, Anm. 4, epist. 7,12 und Anm. 37.

76 Homer, *Ilias* 21,388.
77 Ebd. 5,356.
78 Ebd. 14,394.
79 Dieses Zitat und die beiden folgenden stammen aus Demosthenes, *Kranzrede* 18,296; 299; 301.
80 Demosthenes, *Philippica* 1,49.
81 Demosthenes, *Über die falsche Gesandtschaft* 19,259.
82 Ein Gesandter Philipps von Makedonien.
83 Demosthenes, *Kranzrede* 18,136.
84 Demosthenes, *Olynthische Rede* 2,9.
85 Dieses Zitat und die fünf folgenden stammen aus Demosthenes, *Gegen Aristogeiton* 1,28; 84; 76; 7; 48; 46.
86 Aeschines, *Gegen Ktesiphon* 167.
87 Ebd. 16.
88 Ebd. 101.
89 Ebd. 206. Im Paranomieprozeß ging es um die Prüfung, ob ein Gesetz mit der Verfassung im Einklang stand.
90 Aeschines, *Gegen Timarchos* 176.
91 Aeschines, *Gegen Ktesiphon* 208.
92 Ebd. 253.
93 Vgl. Buch I, Anm. 124.
94 Vgl. Buch I, Anm. 14, vgl. epist. 10,4.
95 Gemahlin des Kaisers Trajan, die Plinius auch im *Panegyricus* (83,5) in sehr lobender Weise erwähnt. – Vgl. auch H. Temporini, *Die Frauen am Hofe Trajans*, Berlin 1978, S. 23 ff.
96 Weil Plinius den angekündigten Brief nicht erhalten hat, will er gleichsam Verzugszinsen zum Kapital hinzurechnen, d. h., er verlangt scherzhaft einen um zwölf Prozent längeren Brief.
97 Es könnte sich hier um Fabius Rusticus handeln, der Geschichtsschreiber zur Zeit Neros war.
98 Vgl. Buch VII, Anm. 1.
99 Der Vergleich von Erbschleichern mit Vogelstellern und Anglern ist in der lateinischen Literatur recht verbreitet. Vgl. z. B. Ovid, *Tristia* 3,10,63; Seneca, *Epistulae* 8,4; Plinius, *Panegyricus* 43,5; Martial 4,56,5; 5,18,7; 6,63,5.
100 Ähnlich Ciceros Definition der *liberalitas* in: *De officiis* 1,43.
101 Sonst nicht weiter bekannt.

102 Vgl. Buch I, Anm. 85.
103 Vgl. Buch I, Anm. 8. Die Geschichte erzählt auch Plinius der Ältere, Nat. hist. 9,26f.
104 Eine Gemeinde mußte für Verpflegung und Unterkunft der anreisenden Beamten sorgen, die meist von einem zahlreichen Gefolge begleitet wurden. So kam es, daß die Gemeinden die finanziellen Belastungen oft nicht tragen konnten.
105 Vgl. Buch I, Anm. 93.
106 Atrius kommt als Adressat nur dieses Briefes vor. Sherwin-White (1966, S. 516) vermutet mit Hinweis auf die unsichere Überlieferung, daß er mit Attius Clemens, dem Adressaten von epist. 1,10, identisch sei.
107 Vgl. Buch VI, Anm. 37.
108 Das Landgut des Plinius in Etrurien lag etwa 220 km von Rom entfernt. Eine detaillierte Beschreibung gibt Plinius in epist. 5,6.
109 Gegen sechs Uhr. Der Tag von Sonnenaufgang bis Sonnenuntergang wurde in zwölf Stunden eingeteilt, die je nach Jahreszeit verschieden lang waren.
110 Die *notarii* (Schnellschreiber) waren meist Sklaven oder Freigelassene, die bestimmte Abkürzungen (*notae*) gebrauchten. Diese *notae Tironianae*, nach Ciceros Privatsekretär Tiro benannt, wurden noch bis zum Mittelalter benutzt.
111 Gegen 10 oder 12 Uhr.
112 Nach Meinung antiker Ärzte war lautes Lesen ein Mittel gegen Verdauungsstörungen. Vgl. Celsus 1,81: *Si quis vero stomacho laborat, legere clare debet et post lectionem ambulare.*
113 Die Gäste wurden während oder nach der Mahlzeit durch Lautenspieler (*lyristae*) und Schauspieler (*comoedi*) unterhalten.
114 Plinius meint mit dem Ausdruck *cum meis* seine Sklaven und Freigelassenen. Die Bezeichnung *servi* vermeidet er, wodurch schon seine Einstellung zu seinen Sklaven deutlich wird. – Vgl. Bütler, S. 111.
115 Die Jagd gehörte zur Zeit des Plinius zu den beliebtesten Freizeitbeschäftigungen. – Vgl. Marquardt II, S. 804 und epist. 1,6.
116 Vgl. Buch II, Anm. 9.
117 Der Amtsantritt des Konsuls erfolgte am 1. Januar. Alle Klienten und Freunde überbrachten ihm ihre Glückwünsche und begleiteten ihn in einem feierlichen Zug auf das Kapitol, wo die üblichen Opfer dargebracht wurden.

118 *Lustrum* ist ein Zeitraum von fünf Jahren, offenbar war dies die gewöhnliche Pachtzeit bei Römern.
119 Vgl. Buch I, Anm. 37.
120 Architekt des Plinius, der sonst in den Briefen nicht mehr vorkommt.
121 Priester, die aus den Eingeweiden der Opfertiere die Zukunft deuteten. Aus der Konsultation der *haruspices* und aus dem Wiederaufbau des Cerestempels darf man jedoch nicht auf eine besondere Religiosität des Plinius schließen. – Vgl. dazu Carcopino, S. 181 f.
122 Göttin des Getreides und des Ackerbaus.
123 Vgl. Buch VI, Anm. 37.
124 Vgl. epist. 9,36.
125 Landgut in Laurentum südlich von Ostia, in epist. 2,17 ausführlich beschrieben.
126 Vgl. Buch IX, Anm. 7.

Buch X

1 Kaiser Nerva, der Trajan im Oktober 97 adoptiert und zum Mitregenten ernannt hatte, starb im Januar 98. Am 28. Januar trat Trajan offiziell die Nachfolge an. Diesen Tag, an dem ihn das Heer als Imperator begrüßt hatte, feierte er seitdem als *dies imperii.* – Der Titel *sanctissimus* bezeichnete keine Heiligkeit oder Göttlichkeit, sondern wurde jemand beigelegt, der aufgrund sittlicher Integrität verehrungswürdig erschien (vgl. epist. 3a,3: *sanctissimis moribus tuis*). – Die Briefe 1–15 sind private Schreiben an Trajan aus den Jahren 98–111.
2 Die Familiengesetzgebung des Augustus hatte Unverheirateten und Kinderlosen Beschränkungen auferlegt, z. B. bei der Übernahme von Ämtern und im Erbrecht. Kinderlose durften keine Erbschaften von Freunden und entfernteren Verwandten annehmen. Dagegen genossen die Eltern von mindestens drei Kindern Privilegien, die auch an verdiente Personen verliehen werden konnten, denen Kinder versagt geblieben waren. Trajan betont in epist. 95, daß er dieses Vorrecht nur sparsam verleiht. Vgl. epist. 2,13,8 und epist. 10,94 und 95.

3 Iulius Ursus Servianus, Adressat von epist. 3,17 und 6,26, Konsular und Legat Trajans in Obergermanien und Pannonien.

4 Unter Domitian.

5 Nerva als Princeps und Trajan als Mitregent nominierten Plinius Anfang Januar 98 zum Ärarpräfekten (Leiter der Staatskasse im Saturntempel).

6 Er war als ehemaliger Statthalter der Provinz Africa in einem Repetundenprozeß (Amtsmißbrauch in der Provinz) angeklagt worden. Plinius schildert sein Auftreten in epist. 2,11.

7 Adressat zahlreicher Briefe. Über seine Freundschaft mit Voconius Romanus berichtet Plinius in epist. 2,13. Er hat für ihn von Nerva das Dreikinderrecht erbeten und erhalten. An ihn schickte er auch seinen *Panegyricus*, die Antrittsrede zu seinem Konsulat (epist. 3,13). Vgl. G. Seelentag (2004) S. 158–179.

8 Mindestens 1200000 Sesterze Vermögen waren Voraussetzung für den senatorischen Rang, da die Aufwendungen in den Staatsämtern aus eigenen Mitteln bestritten werden mußten.

9 Harpocras war Physiotherapeut, also für Massagen, Kuren, Diät und Rekonvaleszenzmaßnahmen zuständig. – *Peregrini* (»Ausländer«), also Provinzbewohner, konnten auf Antrag das allgemeine, d.h. das latinische Bürgerrecht erhalten (*civitas Romana*). Das quiritische, d.h. das Vollbürgerrecht, das auch das Stimmrecht bei den römischen Wahlversammlungen einschloß, wurde nur an Personen verliehen, die bereits das latinische Bürgerrecht besaßen, wie die beiden römischen Frauen, die es durch ihre Freilassung erworben hatten. Bei dem Ägypter Harpocras ergab sich eine Schwierigkeit: Ägypten galt offiziell nicht als Provinz, sondern wurde als kaiserliches Kronland nach einem Sonderstatus verwaltet. Die *civitas Romana* war den Ägyptern nicht ohne weiteres zugänglich, ausgenommen den Bürgern von Alexandria. Daher mußte Harpocras, um keinen unerwünschten Präzedenzfall abzugeben, erst das alexandrinische Bürgerrecht erhalten.

10 Die Aufstellung von Kaiserstatuen und ebenso ihre Entfernung bedurfte der Genehmigung. Plinius berichtet von der Einweihung dieses Tempels, den er erbauen ließ, in epist. 3,4,2 und 4,1,4. Die Kreisstadt war Tifernum Tiberinum, etwa 200 km nördlich von Rom. – Der vorliegende Brief wurde im Sommer 98 zu Trajan nach Pannonien geschickt.

11 Das Aerarium wurde von zwei Präfekten verwaltet. Plinius

meint, daß sein Kollege ihn wegen der Feiertage entbehren könne.

12 Als Beamter brauchte Plinius eine offizielle Genehmigung, um seinen Amtssitz verlassen zu dürfen. – Trajan hatte die Nachricht von Nervas Tod in Köln erhalten. Von dort zog er an die Donau nach Pannonien und kam erst im Spätherbst 99 nach Rom. Seinen feierlichen Einzug schildert Plinius in seinem *Panegyricus* 22–24.

13 Dies mußte bei einer Änderung des juristischen Status eigens bestätigt werden.

14 Die Auguren und die Septemviri gehörten zu den angesehensten Priesterschaften, denen nur Konsulare angehören durften. Plinius, der im Jahre 100 Konsul gewesen war, erhielt das Augurat, vgl. epist. 4,8.

15 Im Ersten Dakerkrieg im Jahre 102. Vgl. epist. 8,4.

16 Das Kap Malea an der Südspitze der Peloponnes war wegen seiner Stürme und Klippen gefürchtet. Plinius spielt auf ein griechisches Sprichwort an: Wer Malea umschifft hat, kann alles daheim vergessen. – Plinius benutzte für seine Reise die Staatspost (*cursus publicus*).

17 111 n. Chr. Trajans Geburtstag war der 18. September.

18 Während Plinius von *milites* spricht, nennt Trajan die Soldaten *commilitones*. Er legte Wert auf eine enge Verbindung zum Heer (s. Plinius, *Panegyricus* 19,3: *sic imperatorem commilitonemque miscueras* »so warst Du gleichzeitig Feldherr und Dienstkamerad gewesen«). Vgl. hierzu H. U. Instinsky, »Wandlungen des römischen Kaisertums«, in: *Gymnasium* 63 (1956) S. 260–268. Vgl. auch epist. 52 und 53. – Als bisherige Senatsprovinz war Bithynien *inermis*, d. h. ohne eine dort stationierte Armee. Plinius verfügte lediglich über zwei Auxiliarkohorten.

19 Er befehligte die Flottenverbände der Schwarzmeerküste.

20 Um die Mißwirtschaft der Städte zu beheben, hatte Trajan offenbar in seinen *mandata* verfügt, daß neu zu errichtende Bauten seiner Genehmigung bedurften.

21 Es ist hier wohl nicht an das Öl für den Gebrauch der Sportler im Gymnasium zu denken, sondern an Rationen Olivenöl, die an Bedürftige ausgegeben wurden. Trajan hat Bedenken gegenüber einer solchen Maßnahme, vgl. den Schluß des nächsten Briefes.

22 Vgl. Buch X, Anm. 18. – Geminus, Adressat von epist. 7,1, war Legat in den Dakerkriegen.

23 Oberster Verwalter der kaiserlichen Einkünfte in den Provinzen, zugleich mit Steuererhebungen befaßt.

24 Das Küstengebiet südöstlich von Bithynien.

25 Trajan verdankte seine Adoption durch Nerva vor allem seinem militärischen Ansehen, das er sich neben seinen Kriegserfolgen vor allem durch eine Reorganisation und Disziplinierung des Heeres erworben hatte. Als die Prätorianergarde gegen Nerva zu meutern begann, präsentierte er ihr Trajan als Mitregent und Nachfolger und erstickte dadurch die Revolte.

26 Hetärien, d. h. politische Clubs. Plinius denkt an die *vigiles* in Rom, einen Wach- und Sicherheitsdienst, der auch zur Brandverhütung und -bekämpfung diente und schon von Augustus für ganz Italien organisiert worden war. Die Gefahr politischer Radikalisierung war im griechischen Osten bei solchen Organisationen besonders groß, da es dort in den Stadtgemeinden ständig Spannungen zwischen den oligarchischen und den demokratischen Elementen gab. Außerdem wurde in den Hetärien auch der althergebrachte Streit zwischen den rivalisierenden Nachbarstädten geschürt. Die Reden des Dion von Prusa (vgl. Buch X, Anm. 60) geben hierfür ein deutliches Bild ab, vgl. z. B. die Rede 45,7: »Ich habe mich dafür eingesetzt, daß die Politik [bei der Ratsherrnwahl] nicht von politischen Clubs gemacht und die Stadt nicht vom Parteienhader zerrissen werde.« – Vgl. Dion Chrysostomos, *Sämtliche Reden*, übers. von W. Elliger, Stuttgart/Zürich 1967.

27 Die feierlichen Gelübde und Gebete zum Jahreswechsel wurden in Rom vom Senat und den Priesterschaften und in den Provinzen vom Statthalter und der Bevölkerung jeweils am 3. Januar abgelegt. In Nikomedien kamen zu diesen Feierlichkeiten Abordnungen aller Provinzstädte Bithyniens zusammen.

28 6,55 m. Es ist statt XXII Fuß wohl eher XII zu lesen (3,60 m), denn selbst die Mauern des Pantheons sind nur 6,20 m dick.

29 Vgl. epist. 112 und 113.

30 Wie z. B. der große Architekt Apollodor von Damaskus, der in Rom das Trajansforum erbaute.

31 Hier ist eine Lücke im Text anzunehmen; Plinius schlug im folgenden den Bau eines Kanals vor. Dieser sollte den See mit einem schiffbaren Fluß in der Nähe verbinden, der zum Hafen

von Nikomedien führte (Golf von Izmit). Zu diesem Kanalprojekt vgl. auch epist. 61.

32 Etwa 17 m.

33 Die *mandata principis* (vgl. epist. 22,1), die Richtlinien, die Plinius von Trajan erhalten hatte, gingen neben rechtlichen Fragen also hauptsächlich auf eine allgemeine Ausgabensenkung und somit eine gesündere Finanzwirtschaft der Provinzstädte.

34 Der in epist. 42 erwähnte Calpurnius Macer (auch Adressat von epist. 5,18). Er war 111–112 Statthalter von Moesia inferior (am Unterlauf der Donau). Zu seinem Aufgabenbereich gehörte die Überwachung der westlichen Schwarzmeerküste sowie der militärische Schutz der wichtigen Hafen- und Handelsstadt Byzanz. Vgl. epist. 77,1.

35 Geleit- und Schutzbrief in der Art eines Diplomatenpasses, der zur Benutzung der kaiserlichen Post, des *cursus publicus*, bzw. des *cursus velox*, der Extrapost, berechtigte. Die Pässe hatten jeweils für ein Jahr Gültigkeit und wurden vom Princeps selbst unterschrieben. Jeder Statthalter erhielt eine Anzahl von Blankoformularen. Trajan beschränkte die Ausgabe von *diplomata*, um den Provinzen Kosten zu ersparen. Die Städte hatten nämlich die Poststationen in ihrem Gebiet zu unterhalten und mußten auch für die Beherbergung der Reisenden in *mansiones* (»Herbergen«) aufkommen.

36 Außer der alten griechischen Stadt gab es in Apamea noch eine römische Kolonie (*colonia Iulia Apamea*), die von Iulius Caesar gegründet worden war und das *ius Italicum*, also weitgehende Selbstverwaltung, besaß.

37 Der Verdacht lag nahe, daß die Bücher Unkorrektheiten enthielten und der Hinweis auf ein Privileg nur Vorwand war, um sie nicht offenlegen zu müssen.

38 Die phrygische Göttin Kybele, die auch in Rom verehrt wurde. In Rom und Italien wurde bei einer Tempelweihe eine besondere *lex dedicationis* oder *lex templi* erlassen und urkundlich niedergelegt. Plinius wollte anhand einer solchen Urkunde feststellen, ob der Boden für alle Zeit geheiligt und daher unbebaubar war.

39 28. Januar 112. Der *dies imperii* (vgl. Buch X, Anm. 1), an dem die Soldaten den Fahneneid erneuerten.

40 Der Fiskus forderte Sicherheiten bei der Vergabe von Darlehen und hatte als Gläubiger besondere Rechte, vgl. epist. 108,1. Da-

her ging man bei gleichem Zinsfuß lieber zu privaten Geldgebern.

41 Plinius' Vorgänger, Prokonsul von Bithynien 108–110. *Clarissimus* ist der Ehrentitel eines Senators (»Exzellenz«), während ein Ritter damals *illustris* oder *egregius* genannt wird. Die Relegation, die für einen bestimmten Zeitraum oder lebenslänglich ausgesprochen wurde, war eine Verbannung, bei der ein Verurteilter sein Vermögen und die bürgerlichen Ehrenrechte behielt (wie der Dichter Ovid, der 8 n. Chr. verbannt wurde).

42 Iulius Bassus war 103 n. Chr. von einem Repetundengericht wegen Amtsmißbrauchs verurteilt worden. Plinius, sein Verteidiger, schildert den Prozeß in epist. 4,9. – Vgl. auch epist. 6,29,10 sowie A. von Premerstein, *C. Iulius Quadratus Bassus, Klient des jüngeren Plinius und General Trajans*, München 1934, S. 1–86.

43 Der Mann war römischer Bürger und sollte in Rom unter Polizeiaufsicht auf seinen Prozeß warten, wie es vom Apostel Paulus bekannt ist (Apostelgeschichte 28,16; 30). Die Widerspenstigkeit (*contumacia*), die Trajan dem Mann zum Vorwurf macht, besteht in seiner Mißachtung des Gerichtswesens: Weder akzeptiert er den ergangenen Urteilsspruch, noch bemüht er sich um eine Revision.

44 Das heißt, er lehre Philosophie. Lehrer und Ärzte genossen seit den Flavierkaisern besondere Privilegien. Der Fall trug sich in Prusa zu; vgl. auch epist. 81.

45 Eine Art Sozialfonds. Die *liberalitas principis* war zu dieser Zeit bereits zur Institution geworden.

46 Seit Kaiser Titus war es üblich, daß jeder neue Princeps die Verordnungen seines Vorgängers in einem Edikt ausdrücklich und einzeln bestätigte. Da Domitian nach seinem Tode der *damnatio memoriae*, der Ächtung seines Andenkens, verfallen war, herrschte Unklarheit darüber, ob seine Vergünstigungen in Kraft blieben. Der Text am Anfang des Edikts ist unsicher.

47 Vgl. epist. 41 und 42.

48 Das heißt, er wird den Wasserentzug durch den Kanal ausgleichen. Dieser Fluß fließt zum Sangarius, also nach Norden zum Schwarzen Meer, wo es keinen Hafen gab, während der andere genannte Fluß nordwestlich in den Golf und Hafen von Nikomedien am Marmarameer mündet. Der Text ist vielfach unsicher. – Zum Kanalprojekt vgl. P. Moraux, »Die Pläne Plinius'

des Jüngeren für einen Kanal in Bithynien«, in: *Gedenkschrift G. Rohde*, Tübingen 1961, S. 181–214.

49 Nicaea. – Sauromates, Herrscher des Bosporanischen Reiches (Krimgebiet), war ein Klientelfürst von Rom. Über die Angelegenheit ist nichts bekannt; man kann vermuten, daß der kaiserliche Finanzbeamte Lycormas, der wegen des Tributes zu ihm gekommen war, den König verdächtigte, Beziehungen zu den Parthern zu unterhalten.

50 Wörtlich: die (als Haussklaven) Aufgezogenen.

51 Stadt in Messenien auf der Peloponnes.

52 Die Oberpriester, die für sakralrechtliche Fragen zuständig waren. Seit Augustus hatte der Princeps die Würde des Pontifex Maximus inne.

53 Vgl. epist. 65 und 66. Die Kinder waren von ihren Eltern getrennt und Sklaven geworden, dann von diesen wieder aufgefunden. Bithynien war vorher senatorische Provinz gewesen, während Plinius sie als *legatus Augusti* jetzt als kaiserliche verwaltete. Deshalb fragt er an, ob Senatsbeschlüsse noch Gültigkeit haben sollen. – Minicius Rufus war um 87 n. Chr. Statthalter von Bithynien gewesen.

54 Legat Trajans im Ersten Dakerkrieg. Susagus war ein General des Dakerkönigs Decebalus.

55 Eine Provinzstadt konnte nicht ohne weiteres das Erbe eines römischen Bürgers antreten. Julius Largus nahm wohl an, daß Plinius in gewohnter Uneigennützigkeit und Einsatzfreude die Bestimmungen des Testaments erfüllen würde, ohne an die Gefahr einer späteren Anklage wegen Bestechung im Amt zu denken.

56 Vgl. Buch X, Anm. 34. Der Hauptmann sollte mit einer Abteilung Soldaten als Fremdenpolizei Dienst tun. Juliopolis (nach Iulius Caesar Octavianus genannt, dem sich die Stadt im Bürgerkrieg anschloß) lag im nördlichen Anatolien an einer Hauptverkehrsader westöstlicher Richtung. Privatreisende, Händler, Beamte und Militär reisten aus den angrenzenden Provinzen Galatien und Kappadokien durch Juliopolis zum Bosporus und zum Schwarzen Meer.

57 Das heißt: römische Beamte.

58 Die *lex Pompeia* vom Jahre 63 v. Chr., durch die Bithynien und der westliche Pontus zu einer Provinz zusammengeschlossen wurden. Die lokale Selbstverwaltung blieb erhalten und wurde nur durch einige römische Einrichtungen erweitert, wie den

Zensus, die alle fünf Jahre stattfindende Schätzung der Bürger und die Überprüfung der Liste der Ratsmitglieder. Dieser Zensus wurde von einheimischen Beamten durchgeführt, die auch jeweils neue Mitglieder in den Stadtrat aufnahmen.

59 Der sog. mysische Olymp (nach der angrenzenden Landschaft Mysien) in Nordwest-Kleinasien, 2493 m hoch, an dessen Fuß die Stadt Prusa lag.

60 Dio Cocceianus (Dion von Prusa), gen. Chrysostomos (»Goldmund«), geb. um 40 n. Chr., gest. nach 112, vgl. Buch X, Anm. 26. Als Redner und Philosoph trat er in den Griechenstädten Kleinasiens auf. Domitian hatte ihn aus Rom verbannt, Nerva rehabilitierte ihn wieder. In Trajan, den er persönlich kannte, sah Dio das Königsideal der kynisch-stoischen Philosophie verkörpert (vgl. seine *Königsreden*). Er war Ratsmitglied in Prusa und hatte als *curator operum* (etwa: »Baubeauftragter«) dem Rat Rechenschaft abzulegen. Wie aus seinen Reden 40, 45 und 47 hervorgeht, hatte er erbitterte Gegner in der Kommunalpolitik. Diese schreckten nicht davor zurück, ihn in einen Majestätsprozeß zu verwickeln: Es galt als Frevel, die Gebeine Verstorbener in dem geweihten Boden zu bestatten, auf dem eine Kaiserstatue stand. Majestätsprozesse – die Angeklagten wurden zum Tode oder zum Exil verurteilt – waren unter Domitian ein gefürchtetes Terrormittel zur Beseitigung Mißliebiger gewesen. Trajan aber hatte sie abgeschafft. Er ließ die verhaßten berufsmäßigen Denunzianten aus Rom auf ein Schiff verfrachten und auf die hohe See hinausbringen, wo sie nach Vorvätersitte einem Gottesurteil unterworfen waren. Plinius schildert die Szene in seinem *Panegyricus* 34 f.

61 Das römische Recht sah vor, daß zunächst alle Anstrengungen unternommen wurden, um Erben zu finden. Erst wenn die Suche erfolglos war, fiel das Erbe an den Fiskus.

62 Die offiziellen Empfehlungsschreiben sind nach Ablauf des ersten Amtsjahres verfaßt, vor dem Geburtstag des Princeps, der zur Feier dieses Tages Beförderungen und Ehren aussprach. – Zu Maximus vgl. epist. 27, zu Gavius Bassus epist. 21. Zu Fabius Valens vgl. epist. 4,24.

63 Ehemaliger Centurio der ersten Kohorte und damit ranghöchster Hauptmann einer Legion. Sein Sohn war Führer einer berittenen Hilfstruppe der Bundesgenossen.

64 Selbst in einem solch formalen Schreiben läßt sich die Persön-

lichkeit Trajans erkennen: Statt den Hinweis des Plinius auf künftige große Heldentaten aufzunehmen, hebt er hervor, was ihm vor allem wichtig erscheint – den blühenden Zustand des Gemeinwesens. Trajan hatte den üblichen Gelübden für sein Heil den Zusatz beifügen lassen: *Si bene rem publicam et ex utilitate omnium rexerit* »wenn er den Staat gut und zum Nutzen aller geleitet hat« (Plinius, *Panegyricus* 67,4 und 94,5).

65 Plinius befindet sich nun in Pontus, im östlichen Teil seiner Provinz. Sinope und Amisus sind Küstenstädte.

66 Caesar hatte Amisus besondere Privilegien verliehen, da die Stadt zu seinem Sieg über Pharnaces II., den König des Bosporanischen Reiches, beigetragen hatte. Zu diesen Privilegien gehörte weitgehende Autonomie und Abgabenfreiheit sowie der durch einen Vertrag bekräftigte Bundesgenossenstatus. Trajan hatte diese Rechte offenbar bestätigt.

67 In einem Eranos schlossen sich meist ärmere Bürger zusammen. Sie zahlten Beiträge in eine Genossenschaftskasse, aus der dann Speisungen veranstaltet wurden. Es gab auch Begräbnisvereine mit Sterbekassen und Vereine zum Loskauf Gefangener. Trajan hatte ein Verbot von *collegia* (»Hetärien«) ausgesprochen, vgl. epist. 34 und 96,7 sowie Buch X, Anm. 26. Plinius ist sich nicht klar, ob dieses Verbot bei einer autonomen Stadt wie Amisus Geltung hat.

68 Der Verfasser der Kaiserbiographien, Adressat von epist. 1,18; 3,8; 5,10; 9,34. In einem seiner liebenswürdigsten Briefe bittet Plinius einen Freund, dem weltfremden Gelehrten Sueton zu einem kleinen Landgut zu verhelfen (1,24). – Zum Dreikinderrecht vgl. Buch II, Anm. 63, und Buch X, Anm. 2.

69 Epist. 96 und 97 bilden das früheste und ausführlichste Zeugnis über das frühe Christentum und seinen Konflikt mit dem römischen Staat. Die Kirchenväter Eusebius, Tertullian und Hieronymus nehmen vielfach Bezug auf diese Briefe. – Vgl. die angegebene Literatur und Appendix V bei Sherwin-White, S.772–787: »The early persecution and Roman law«. – In Bithynien und Pontus gab es Christen schon in der Mitte des 1. Jahrhunderts, vgl. Apostelgeschichte 18,1f.; 1. Brief des Petrus 1.

70 Das unbedingte Beharren der Christen auf dem Monotheismus und die strikte Ablehnung der üblichen, im täglichen Leben verankerten religiösen Lebensformen mußten in der antiken Welt, die liberal und tolerant in Glaubensfragen war, Befremden und

Anstoß erregen. Der allgemeine Vorwurf, den man den Christen (wie den Juden) machte, war ἀμιξία, »Zurückgezogenheit«, und *odium generis humani* (vgl. Tacitus, *Annales* 15,44), eine Haltung der Intoleranz und Unverträglichkeit gegenüber den Mitmenschen. Die Verfolgung ging ursprünglich jeweils von privaten Gruppen oder Einzelpersonen aus, nicht von der römischen Staatsgewalt. Diese griff meist erst ein, wenn ein Aufruhr entstanden war oder wenn sie als Appellationsinstanz angerufen wurde. Der Fall des Apostels Paulus kann hierfür als Beispiel dienen.

71 Sie konnten wie Paulus an den Kaiser appellieren (vgl. Apostelgeschichte 25,11 f.).

72 Wie die Juden im Mittelalter, so wurden die Christen damals verdächtigt, bei ihren geheimen Zusammenkünften kleine Kinder zu schlachten. – Das *sacramentum* wird unterschiedlich interpretiert: als öffentliches Sündenbekenntnis oder als eine Erneuerung des Taufgelübdes. – Vgl. die Diskussion bei Vidman, S. 99–106. – Die bithynischen Christen gaben die Agape, das Liebesmahl, auf, da sich das Verbot von Vereinigungen auf Zusammenkünfte mit Speisungen bezog (vgl. Buch X, Anm. 67). Vermutlich verlegten sie damals zuerst die Eucharistiefeier in den Frühgottesdienst.

73 Diakone (»Diener«) wurden von den Aposteln als Gemeindehelfer für karitative Tätigkeiten eingesetzt, vgl. Apostelgeschichte 6,1 ff. Eine Diakonisse wird im Römerbrief 16,1 erwähnt.

74 Bei den anonymen Denunzianten, die Plinius eine solch umfangreiche Namensliste in die Hände spielten, darf man – neben religiösen Fanatikern unter den Juden und Personen, die aus persönlicher Feindschaft und Habgier handelten – Gruppen vermuten, die sich durch die Christen materiell geschädigt fühlten, also Lieferanten von Opfertieren und Futtergetreide und die Priester bzw. ihre Diener, die das Opferfleisch verkauften. Christen durften davon nicht essen, vgl. Apostelgeschichte 15,29. Man denke auch an die Angriffe der Devotionalienhändler in Ephesus auf Paulus (»Groß ist die Diana der Epheser!«), Apostelgeschichte 19,24 ff.

75 Der Sohn war möglicherweise nicht daran interessiert, daß die Freigelassenen das volle römische Bürgerrecht (vgl. Buch X, Anm. 9) erhielten. Denn dann hatte er kein Anrecht mehr auf ihr Erbe, das ihm sonst als *patronus* zustand. Valerius Paulinus

dürfte der Adressat von epist. 5,19 sein. Er wird in diesem Brief von Plinius dafür gerühmt, wie freundlich er seine Leute behandele.

76 Das heißt, sie sollten sich durch eine Geldspende der Gemeinde gegenüber erkenntlich zeigen, aber ihr Amt nicht regelrecht erkaufen.

77 *Sportula* (»die Sportel«), das Geldgeschenk, das der Patron an seine Klienten auszahlt. Trajan und Plinius denken an die im republikanischen Rom übliche maßlose Verteilung von Wahlgeschenken, die oft zu blutigem Aufruhr führte.

78 Von εἰσελαύνω »einziehen«. Die Sieger bei den panhellenischen Spielen hatten das Recht, auf Kosten ihrer Heimatstadt einen triumphalen Einzug zu halten. Auch wurden ihnen eine Pension und andere Vergünstigungen gewährt.

79 Die Textstelle ist korrupt. Sherwin-White liest: *Ego contra praescribo: iselastici nomine* »Ich aber halte mich an den Wortlaut …« Er setzt voraus, daß diese »Sporthilfe« ausnahmslos von den Gemeinden und nicht aus der kaiserlichen Kasse finanziert wird. Es ist jedoch an die Möglichkeit zu denken, daß Trajan bei seiner Neuordnung der Wettkämpfe auch Preise selbst gestiftet hat (*beneficia tua*, Ende 118) und daß sich deshalb die Athleten an Plinius wenden.

Literaturhinweise

Der lateinische Text für die Bücher 1–9 folgt der Ausgabe: *C. Plini Caecili Secundi epistularum libri decem*, ed. M. Schuster und R. Hanslik, Leipzig/Stuttgart: Teubner, [3]1958. Dem 10. Buch liegt die Oxford-Ausgabe von R.A.B. Mynors (1963) zugrunde.

Weitere Textausgaben

C. Plini Caecili secundi epistularum libri decem. Ed. R.A.B. Mynors. Oxford: Clarendon Pres, 1963. 1966.

Pline le Jeune: Lettres. Livres I–III. Nouvelle édition. Texte établi, trad. et comm. par H. Zehnacker. Paris: Les Belles Lettres, 2009.

Pliny: Letters and Panegyricus. With an English transl. by B. Radice. 2 vol. London: Heinemann, 1969.

Kommentare und kommentierte Ausgaben

Philips, H. (Hrsg.): C. Plinius Secundus. Briefe. Leben und Kultur der frühen römischen Kaiserzeit. Textauswahl und Erläuterungen. Paderborn 1975.

– (Hrsg.): Plinius der Jüngere. Briefe. Mit Einf. u. Komm. Paderborn 1986. [Auswahl.]

Sherwin-White, A.N.: The letters of Pliny. A historical and social commentary. Oxford 1966/1985/2003.

– Fifty letters of Pliny. Selected and ed. with introd. and notes. Oxford 1967.

Williams, W.: Pliny the Younger: Correspondence with Trajan from Bithynia (Epistles X). Trans., with introd. and comm. Warminster 1990.

Übersetzungen

Kasten, H.: Gaius Plinius Secundus. Briefe. Lat./dt. München. 1968. [8]2003. (Tusculum.)

Krenkel, W.: Plinius der Jüngere. Briefe. Berlin/Weimar 1984.

Lambert, A.: Plinius der Jüngere. Sämtliche Briefe. Eingel., übers. und erl. Zürich 1969.
Walsh, P. G.: Plinius: Complete Letters. Oxford 2009.

Sekundärliteratur

Adam, T.: Clementia principis. Stuttgart 1970.

Albrecht, M. von: Plinius der Jüngere. Jagdglück eines Schriftstellers. In: M. v. A.: Meister römischer Prosa. Von Cato bis Apuleius. Tübingen/Basel [3]1995. S. 190–196.

– Geschichte der römischen Literatur. München [2]1994. [Zu Plinius: Bd. 2, S. 909–917, mit Literaturangaben.]

Aubrion, E.: La ›Correspondence‹ de Pline le Jeune. Problèmes et orientations actuelles de la recherche. In: Aufstieg und Niedergang der Römischen Welt II 33.1 (1989) S. 304–374.

Bennett, J.: Trajan. Optimus Princeps. A life and times. London 1997.

Beutel, F.: Vergangenheit als Politik. Neue Aspekte im Werk des jüngeren Plinius. Frankfurt a. M. 2000. (Studien zur klassischen Philologie. 121.)

Binder, G.: Öffentliche Autorenlesungen. Zur Kommunikation zwischen römischen Autoren und ihrem Publikum. In: G. B. / K. Ehlich (Hrsg.): Kommunikation durch Zeichen und Wort. Stätten und Formen der Kommunikation im Altertum IV. Trier 1995. S. 265–332.

Birley, A.: Onomasticon to the Younger Pliny. Letters and Panegyric. München/Leipzig 2000.

Bütler, H.-P.: Die geistige Welt des jüngeren Plinius. Studien zur Thematik seiner Briefe. Heidelberg 1970.

Carlon, J. M.: Pliny's Women. Constructing virtue and creating identity in the Roman world. Cambridge 2009.

Carcopino, J. Rom. Leben und Kultur in der Kaiserzeit. Stuttgart [4]1992.

Castagna, L. / Lefèvre, E. (Hrsg.): Plinius der Jüngere und seine Zeit. München 2003. (Beiträge zur Altertumswissenschaft. 187.)

Christ, K.: Geschichte der römischen Kaiserzeit. München 1982. [3]1995.

Faltner, M.: Ideale der römischen Provinzverwaltung nach Cicero und Plinius dem Jüngeren. Diss. München 1956.

Fell, M.: Optimus Princeps? Anspruch und Wirklichkeit der imperialen Programmatik Kaiser Trajans. München 1992.

Gamberini, F.: Stylistic theory and practice in the Younger Pliny. Hildesheim [u.a.] 1983. (Altertumswissenschaftliche Texte und Studien. 11.)

Garnsley, P.: Social status and legal privilege in the Roman Empire. Oxford 1970.

Gauly, B. M.: *Magis homines iuvat gloria lata quam magna*. Das Selbstlob in Plinius' Briefen und seine Funktion. In: A.H. Arweiler / B.M. G. (Hrsg.): Machtfragen. Zur kulturellen Repräsentation und Konstruktion von Macht in Antike, Mittelalter und Neuzeit. Stuttgart 2008. S.187–204.

Gnilka, C.: Trauer und Trost in Plinius' Briefen. In: Symbolae Osloenses 49 (1973) S.105–125.

Göllmann, C.: Zur Beurteilung der öffentlichen Spiele bei Tacitus, Plinius d.J., Martial und Juvenal. Diss. Münster 1942.

Henderson, J.: Pliny's Statue. The letters, self-portraiture and classical art. Exeter 2002.

– Portrait of the Artist as a Figure of Style. Pliny's Letters. In: Arethusa 36,2 (2003) S.115–125. [Hierin auch noch mehrere Artikel zu Plinius.]

Hoffer, S.E.: The Anxieties of Pliny the Younger. Atlanta 1999 / New York 2002.

Instinsky, H.U.: Formalien im Briefwechsel des jüngeren Plinius mit Kaiser Trajan. In: Abhandlungen der Akademie der Wissenschaften Mainz 12 (1969) S.387–406.

Kloft, H. (Hrsg.): Ideologie und Herrschaft in der Antike. Darmstadt 1979. (Wege der Forschung. 528.)

Krasser, H.: *Claros colere viros* oder über engagierte Bewunderung. Zum Selbstverständnis des jüngeren Plinius. In: Philologus 137 (1993) S.62–71.

Kröner, H.-O.: Rhetorik in mündlicher Unterweisung bei Cicero und Plinius. In: G. Vogt-Spira (Hrsg.): Strukturen der Mündlichkeit in der römischen Literatur. Tübingen 1990. S.63ff.

Lausberg, M.: Cicero – Seneca – Plinius. Zur Geschichte des römischen Prosabriefes. In: Anregung 37,2 (1991) S.82–100.

Lefèvre, E.: Plinius-Studien I: Römische Baugesinnung und Landschaftsauffassung in den Villenbriefen (2,17; 5,6). In: Gymnasium 84 (1977) S.519–541.

Lefèvre, E.: Plinius-Studien II: Diana und Minerva. Die beiden Jagd-Billette an Tacitus (1,6; 9,10). In: Gymnasium 85 (1978) S. 37–47.
– Plinius-Studien III: Die Villa als geistiger Lebensraum (1,3; 1,14; 2,8: 6,31; 9,36). In: Gymnasium 94 (1987) S. 247–262.
– Plinius-Studien IV: Die Naturauffassung in den Beschreibungen der Quelle am *Lacus Larius* (4,10), des *Clitumnus* (8,8) und des *Lacus Vadimo* (8,20). In: Gymnasium 95 (1988) S. 236–269.
– Plinius-Studien V: Vom Römertum zum Ästhetizismus. Die Würdigungen des älteren Plinius (3,5), Silius Italicus (3,7) und Martial (3,21). In: Gymnasium 96 (1989) S. 113–128.
– Plinius-Studien VI: Der große und der kleine Plinius. Die Vesuv-Briefe (6,16; 6,20). In: Gymnasium 103 (1996) S. 193–215.
– Plinius-Studien VII: Cicero das unerreichbare Vorbild (1,2; 3,15; 4,8; 7,4; 9,2). In: Gymnasium 103 (1996) S. 333–353.
– Vom Römertum zum Ästhetizismus. Studien zu den Briefen des jüngeren Plinius. Berlin 2009. (Beiträge zur Altertumskunde. 269.)
Ludolph, M.: Epistolographie und Selbstdarstellung. Untersuchungen zu den »Paradebriefen« des jüngeren Plinius. Tübingen 1997. (Classica Monacensia. 17.)
– Briefe Plinius des Jüngeren als Mittel der Selbstdarstellung – ein Lektüreprojekt der Jahrgangsstufe 11 (L I). In: P. Neukam / B. O'Connor (Hrsg.): Tradition und Zukunft. München 2001. S. 85–111. (Dialog Schule und Wissenschaft. Klassische Sprachen und Literaturen. 35.)
Marchesi, I.: The Art of Pliny's Letters. A Poetics of Allusion in the Private Correspondence. Cambridge 2008.
Marquardt, J.: Das Privatleben der Römer. 2 Bde. Leipzig [2]1886. Darmstadt 1990.
Martin, R.: Plinius der Jüngere und die wirtschaftlichen Probleme seiner Zeit. In: H. Schneider (Hrsg.): Sozial- und Wirtschaftsgeschichte der römischen Kaiserzeit. Darmstadt 1982. S. 196–233.
Millar, F.: Emperors at Work. In: Journal of Roman Studies 57 (1967) S. 9–19.
Nünnerich-Asmus, A. (Hrsg.): Traian. Ein Kaiser der Superlative am Beginn einer Umbruchszeit? Mainz 2002 (Zaberns Bildbände zur Archäologie.)
Oehl, B.: Plinius, der Volkstribunat und der Prinzipat. Überlegungen zu epist. 1,23. In: Gymnasium 109 (2002) S. 311–322.

Offermann, H.: Bemerkungen zu den Sklavenbriefen des Plinius. In: Die alten Sprachen im Unterricht 27,1 (1980) S.37–44.

Olshausen, E.: Mit der Katastrophe leben. Mentalitätsgeschichtliche Studie zum Umgang von Menschen mit Naturkatastrophen am Beispiel des Vesuvausbruchs 79 n.Chr. In: E.O. / H. Sonnabend (Hrsg.): Naturkatastrophen in der antiken Welt. Stuttgart 1998. (Geographica Historica. 10.) S.448–461.

Pflips, H.: Ciceronachahmung und Ciceroferne des jüngeren Plinius. Ein Kommentar zu den Briefen des Plinius über Repetundenprozesse. Epist. 2,11; 2,12; 3,9; 4,9; 5,20; 6,13; 7,6. Diss. Münster 1973.

Philips, H.: Zeitkritik bei Plinius dem Jüngeren. Interpretation zu epist. 2,6. In: Anregung 22,6 (1976) S.363–370.

– Ein lesenswerter Brief. Interpretation von Plin. epist. 7,26. In: Anregung 30,3 (1984) S.184–190.

Radicke, J.: Die Selbstdarstellung des Plinius in seinen Briefen. In: Hermes 125 (1997) S.447–469.

Rieks, R.: Homo, humanus, humanitas. Zur Humanität in der lateinischen Literatur des ersten nachchristlichen Jahrhunderts. München 1967.

Römer, J.: Naturästhetik in der frühen römischen Kaiserzeit. Frankfurt a.M. / Bern 1981.

Schröder, B.-J.: Literaturkritik oder *Fauxpas*? Zu Plin. epist. 6,15. In: Gymnasium 108 (2001) S.241–247.

Seelentag, G.: Taten und Tugenden Traians. Herrschaftsdarstellung im Principat. Stuttgart 2004. (Hermes Einzelschriften. 91.)

Sherwin-White, A.N.: Trajan's Replies to Pliny: Authorship and Necessity. In: Journal of Roman Studies 52 (1962) S.114–125.

– Pliny, the Man and his Letters. In: Greece and Rome 15 (1969) S.76–90.

Strobel, K.: Laufbahn und Vermächtnis des jüngeren Plinius. Beiträge zur alten Geschichte. Bamberg 1983.

Thraede, K.: Grundzüge griechisch-römischer Brieftopik. München 1970.

Vidman, L.: Étude sur la correspondence de Pline le Jeune avec Trajan. Rom 1972.

– Die Mission Plinius' des Jüngeren in Bithynien. In: Klio 37 (1959) S.217–225.

Vielberg, M.: Bemerkungen zu Plinius d.J. und Tacitus. In: Würz-

burger Jahrbücher für die Altertumswissenschaft N.F. 14 (1988) S. 171–183.

Weische, A.: Plinius d.J. und Cicero. Untersuchungen zur römischen Epistologie in Republik und Kaiserzeit. In: Aufstieg und Niedergang der Römischen Welt II 33.1 (1989) S. 375–386.

Winkler, G.: Der Vesuvausbruch vom August 79 n.Chr. in der antiken Überlieferung. In: E. Olshausen / H. Sonnabend (Hrsg.): Naturkatastrophen in der antiken Welt. Stuttgart 1998. (Geographica Historica. 10) S. 376–395.

Zelzer, K.: Zur Frage des Charakters der Briefsammlung des jüngeren Plinius. In: Wiener Studien 77 (1964) S. 144–161.

Zu den Christenbriefen (X 96; 97)

Babel, H.: Der Briefwechsel zwischen Plinius und Trajan über die Christen in strafrechtlicher Sicht. Diss. Erlangen 1961.

Fishwick, D.: Pliny and the Christians. In: American Journal of Ancient History 9 (1984) S. 123–130.

Freudenberger, R.: Das Verhalten der römischen Behörden gegen die Christen im 2. Jahrhundert, dargestellt am Brief des Plinius an Trajan und den Reskripten Trajans und Hadrians. München [2]1969. (Münchner Beiträge zur Papyrusforschung und antiken Rechtsgeschichte. 52.)

Guyot, P. / Klein, R.: (Hrsg.): Das frühe Christentum bis zum Ende der Verfolgungen. Eine Dokumentation. I: Die Christen im heidnischen Staat. II: Die Christen in der heidnischen Gesellschaft. Darmstadt 1993/94.

Last, H.: Christenverfolgungen II (juristisch). In: Reallexikon für Antike und Christentum. Bd. 2. Stuttgart 1954. Sp. 1208–1228.

Offermann, H.: Plinius X 96: Versuch der Nachzeichnung eines Gedankengangs. In: Die Alten Sprachen im Unterricht 51 (2004) S. 7–10.

Plankl, W.: Wirtschaftliche Hintergründe der Christenverfolgungen in Bithynien. In: Gymnasium 60 (1953) S. 54–56.

Reichert, A.: Durchdachte Konfusion: Plinius, Trajan und das Christentum. In: Zeitschrift für die neutestamentliche Wissenschaft und die Kunde der älteren Kirche (ZNW) 93 (2002) H. 3/4, S. 227–250.

Schillinger-Häfele, U.: Plinius epist. 10,96 und 97. Eine Frage und ihre Beantwortung. In: Chiron 9 (1979) S. 383–392).

Stöver, H. D.: Christenverfolgungen im Römischen Reich. Ihre Hintergründe und Folgen. München 1984.

Vogt, J.: Christenverfolgungen I (historisch). In: Reallexikon für Antike und Christentum. Bd. 2. Stuttgart 1954. Sp. 1159–1173.

Weber, W.: *Nec nostri saeculi est.* In: R. Klein (Hrsg.): Das frühe Christentum im römischen Staat. Darmstadt [2]1982. (Wege der Forschung. 267.) S. 1–32.

Wlosok, A.: Rom und die Christen. Zur Auseinandersetzug zwischen Christentum und römischem Staat. Stuttgart 1970. (Der altsprachliche Unterricht. Beiheft 13.1.)

– Die Rechtsgrundlagen der Christenverfolgungen der ersten zwei Jahrhunderte. In: R. Klein (Hrsg.): Das frühe Christentum im römischen Staat. Darmstadt [2]1982. (Wege der Forschung. 267.) S. 275–301.

Zeittafel

61/62	C. Plinius Caecilius Secundus in Comum geboren.
76	Plinius in Rom. Studien bei Quintilian und Nicetas Sacerdos.
79	Tod des Onkels, Plinius des Älteren.
79/80	Erstes Auftreten als Anwalt vor dem Zentumviralgericht.
81	Domitian wird Kaiser.
82	Plinius wird Militärtribun in Syrien.
88	Quästor. Eintritt in den Senat.
91/92	Volkstribun.
94	Prätor.
95/96	Verwalter der Kasse für die Veteranenversorgung (*praefectus aerarii militaris*).
96	Ermordung Domitians. Nachfolger wird Nerva (96–98).
97	Plinius wird Verwalter der Staatskasse (*praefectus aerarii Saturni*).
98	Tod Kaiser Nervas. Trajan wird *princeps*.
100	Plinius wird *consul suffectus*. Dankrede an Trajan (*Panegyricus*).
103	Plinius wird Augur.
104–107	Plinius zum Wasserbauinspektor in Rom (*Curator alvei Tiberis et riparum et cloacarum urbis*) ernannt.
109–111	Herausgabe der Briefsammlung in 9 Büchern.
ab 111	Plinius als außerordentlicher Statthalter (*legatus pro praetore consulari potestate*) in der Provinz Bithynien-Pontus.
nach 113	Tod des Plinius in der Provinz. Herausgabe des 10. Buches, wahrscheinlich durch Sueton und Plinius' Frau Calpurnia Hispulla.

Nachwort

Der jüngere Plinius, mit vollem Namen C. Plinius Caecilius Secundus, entstammte einer wohlhabenden Familie aus der norditalienischen Stadt Como (Novum Comum) am Fuß der Alpen. Er wurde 61 oder 62 n. Chr. geboren und scheint schon als Knabe seinen Vater verloren zu haben. Die ausgezeichneten sozialen Kontakte zeigten sich bei der Bestellung des Vormunds: Es war kein Geringerer als L. Verginius Rufus, der gleichfalls aus Como stammte, insgesamt dreimal Konsul war, fast Kaiser geworden wäre und bei seinem Tod im Jahr 97 n. Chr. mit einem Staatsbegräbnis geehrt wurde (epist. 2,1). Außer ihm scheint sich auch der Onkel des jungen Mannes, der langjährige Offizier und hohe kaiserliche Verwaltungsbeamte C. Plinius Secundus, der als enger Vertrauter des Kaisers Vespasian den Schalthebeln der Macht nahe war, intensiv um das Wohlergehen und die Ausbildung seines Neffen gekümmert zu haben. Die elementare Schulung erfolgte vielleicht in Como, aber die höhere Bildung erhielt Plinius bei den besten Lehrern in der Hauptstadt Rom: den Rhetorikunterricht z. B. bei Nicetes Sacerdos aus Smyrna und bei M. Fabius Quintilianus, dem ersten staatlich besoldeten Professor der Beredsamkeit in Rom. Ziel der anspruchsvollen Ausbildung war die Anwaltstätigkeit, der sich der junge Mann bereits mit 18 Jahren widmete, und der spätere Eintritt in die senatorische Laufbahn – ganz nach dem Muster seines literarischen Vorbilds Cicero, der ebenfalls als erster seiner Familie die Ämterlaufbahn einschlug, nachdem er sich als Prozeßredner einen Namen gemacht hatte. Der junge Plinius stand gerade an der Schwelle zu dieser späteren Tätigkeit, als sein Onkel beim verheerenden Vesuvausbruch des Jahres 79 n. Chr. infolge eines asthmatischen Herzversagens starb. Vorher hatte er seinen Neffen – vielleicht (nach verbreiteter römischer Praxis) testamenta-

risch – adoptiert und ihm seinen gesamten Besitz vermacht, unter anderem das umfangreiche Landgut bei Città di Castello (Tifernum Tiberinum), das Plinius später regelmäßig im Sommer aufsuchte und in seinen Briefen kurz sein »etruskisches« (*Tusci*) nennt.

Nach dem Tod des Onkels stand der junge Mann keineswegs ohne Hilfe da: Einflußreiche Freunde wie Verginius und Corellius Rufus, vielleicht auch die unmittelbare Einflußnahme des Kaiserhauses sorgten für einen kontinuierlichen Aufstieg. Zunächst mußten die unerläßlichen Vorstufen der Senatskarriere durchlaufen werden, ein ziviles Amt des sogenannten Vigintivirats und eine Tätigkeit als Stabsoffizier bei einer Legion. Plinius gehörte ein Jahr lang zu den zehn Männern (*decemviri*), die das Centumviralgericht leiteten (dasselbe Gericht, vor dem er sonst oft als Anwalt auftrat), und absolvierte den militärischen Dienst in der Provinz Syrien. Vermutlich im Jahr 87 bekleidete er dann das erste senatorische Amt, die Quästur, und zwar in der bevorzugten Stellung eines kaiserlichen Quästors, der u. a. als eine Art parlamentarischer Staatssekretär den Kaiser im Senat vertrat. Es folgten 91 oder 92 das Volkstribunat, dessentwegen Plinius ein Jahr lang auf jegliche Anwaltstätigkeit verzichtete, und 93 oder 94 die Prätur, alles in der Regierungszeit Domitians. Statt der normalerweise nun folgenden militärischen Aufgaben übernahm Plinius zwei hohe Ämter im Bereich der staatlichen Finanzen, zunächst unter Domitian die Leitung der Militärkasse, die für die Veteranen-Versorgung zuständig war, dann wurde er um die Jahreswende 97/98 für knapp drei Jahre einer der beiden Leiter der alten Staatskasse (*aerarium Saturni*). Die wiederholte Berufung an die Spitze der großen Staatskassen darf am ehesten als Anerkennung einer besonderen Kompetenz auf dem Gebiet des Rechnungswesens oder der Finanzverwaltung angesehen werden.

Als Krönung der senatorischen Ämter fehlte nur noch das Konsulat, mit dem allerdings längst nicht mehr die

umfassende Machtausübung der republikanischen Zeit verbunden war. Plinius amtierte als Konsul von September bis Oktober des Jahres 100. Die einzige Amtshandlung, von der wir wissen, war eine Lob- und Dankrede an den Kaiser Trajan, deren überarbeitete und stark erweiterte Fassung später publiziert wurde und uns als einzige Rede des Plinius erhalten ist. Nach intensiven fremden und eigenen Bemühungen (u.a. epist. 10,13) wurde er etwa 103 als Augur in eines der bedeutendsten Priesterkollegien des römischen Staates aufgenommen. 104 übernahm er noch einmal ein hohes Verwaltungsamt, das merkwürdigerweise nur ehemalige Konsuln innehaben konnten: die Aufsicht über das Tiberbett, Wasserläufe und Kanalisation der Stadt Rom; wahrscheinlich erstreckte sich auch diese Aufgabe auf drei Jahre. Zwischen 109 und 111 wurde er dann – im Sonderstatus eines »Beauftragten des Kaisers mit konsularischer Gewalt« (*legatus Augusti consulari potestate*) – von Kaiser und Senat als Statthalter in die Provinz Bithynien-Pontus (im Norden Kleinasiens) gesandt, wo er insbesondere die gestörte Ordnung der Provinz wiederherstellen und die desolaten öffentlichen Finanzen ordnen sollte. Während des fast zweijährigen Aufenthaltes holte er auftragsgemäß in allen Zweifelsfragen Rat und Weisung des Kaisers ein. Diese Anfragen zusammen mit den kaiserlichen Antworten sind erhalten und machen den größten Teil des sogenannten 10. Buches der Plinius-Briefe aus. Da der dienstliche Briefwechsel ohne plausiblen Abschluß bleibt und keinerlei Nachrichten über Plinius aus der Zeit nach der Statthalterschaft vorliegen, wird allgemein angenommen, daß Plinius gegen Ende seiner Amtszeit in Bithynien im Alter von kaum mehr als 50 Jahren gestorben ist. Eine Inschrift aus Como (CIL V 5262) verzeichnet nicht nur sorgfältig die ganze staatliche Laufbahn des Verstorbenen, sondern auch die Stiftungen zugunsten seiner Heimatstadt einschließlich der testamentarisch zugewandten Beträge.

Plinius' Ehrgeiz wurde durch die Fortschritte seiner öffentlichen Laufbahn nie ganz befriedigt. Wie viele seiner Zeitgenossen strebte er nach bleibendem Ruhm, suchte einen Weg, über den Tag hinaus ein dauerhaftes Andenken an seine Person zu hinterlassen. Da er genau erkannte, daß in einer Zeit, da Rom von einem Monarchen gelenkt wurde, auch für einen Angehörigen der senatorischen Oberschicht der alte Weg zum Ruhm durch große Taten versperrt war, wollte er wenigstens durch literarische Werke die Anerkennung der Zeitgenossen und möglichst auch der Nachwelt gewinnen. Längere Zeit beschränkte er sich darauf, einzelne der Reden, die er im Rahmen seiner Anwaltstätigkeit oder aus anderem Anlaß gehalten hatte, nachträglich auszuarbeiten und nach sorgfältiger Prüfung durch Freunde und Kritiker zu publizieren. Aus vielen diesbezüglichen Bemerkungen in seinen Briefen läßt sich erkennen, daß die Reden vor der Publikation eine grundlegende Veränderung durchmachten: Während die gehaltenen Reden (*actiones*) strikt auf das Erreichen des Redezieles hin orientiert waren, verfolgten die publizierten Reden (*orationes*) vornehmlich ästhetische Ziele, indem der Autor versuchte, durch unterschiedliche Techniken und Einlagen möglichst vielen Interessen entgegenzukommen und verschiedenen Lesergruppen einen Lektüregenuß zu verschaffen.

Erst in der Regierungszeit Trajans (98–117), vielleicht sogar erst nach seinem Konsulat im Jahr 100, begann Plinius damit, neben seinen Reden auch Sammlungen ausgewählter Briefe zu veröffentlichen. Für diesen Entschluß mag die Kenntnis der ciceronischen Briefsammlungen eine Rolle gespielt haben. Es finden sich jedenfalls mehrere Beispiele, in denen Plinius zweifelsfrei spezielle Motive und Ausdrucksformen ciceronischer Briefe aufgegriffen und ausgestaltet hat (epist. 1,11 nach Cicero, *Ad familiares* 16,26,2; *Epistulae ad Atticum* 4,8a,4; epist. 5,21 folgt *Ad familiares* 16,4,1). Noch vielsagender ist aber die Klage

(epist. 9,2), daß ihm weder dasselbe Talent noch die Fülle der Ereignisse wie Cicero zur Verfügung stehe, so daß er dem Adressaten nicht ständig Briefe senden könne, die dessen Aufmerksamkeit verdienten. Neben dem Vorbild Ciceros dürfte aber auch die Praxis verschiedener Zeitgenossen eine Rolle gespielt haben, besonders aparte und formvollendete Briefe zu schreiben, sie teilweise auch zu sammeln und bei Freunden herumzuzeigen: Ein Beispiel ist der literarisch tätige Anwalt Pompeius Saturninus, der Plinius Briefe zeigt, die angeblich seine Frau geschrieben hat, die Plinius aber offensichtlich eher für dessen eigenes Werk hält (epist. 1,16,6), ein anderes Beispiel ist Plinius' Jugendfreund Voconius Romanus, zu dessen Empfehlung (anscheinend für eine Offiziersstelle) unter anderem vorgetragen wird, er schreibe solche Briefe, daß man glauben könnte, die Musen lateinisch reden zu hören (epist. 2,13,7). Plinius unterscheidet sich von diesen beiden Freunden dadurch, daß er aus dem geselligen Zeitvertreib gebildeter Leute für seinen Teil ein literarisches Werk machte, indem er solche formvollendeten Briefe in kleinen Sammlungen zusammenstellte und publizierte.

Wenn man seinen Angaben im Widmungsbrief des ersten Buches folgt, hat er einer Anregung des Adressaten, Septicius Clarus, folgend aus seinen Briefen diejenigen ausgesucht, die sorgfältiger abgefaßt waren, und sie ohne Einhaltung der chronologischen Reihenfolge, »wie sie ihm gerade in die Hand kamen«, zusammengestellt und veröffentlicht. Einige Punkte dieser Erklärung muß man zweifellos mit Vorsicht aufnehmen. Die Behauptung, man schreibe auf Anregung, Geheiß oder gar Drängen des Adressaten, ist ein typischer Einleitungstopos der römischen Literatur, der die Realität nicht in jedem Fall korrekt widerspiegeln muß, und hinter dem angeblichen Zufallsprinzip verbirgt sich mit hoher Wahrscheinlichkeit die Variatio des Autors, der die Einzelstücke einer Gedicht- oder Prosasammlung zwar nicht chronologisch, aber be-

wußt und absichtsvoll zu einer abwechslungsreichen Abfolge ordnet. Ist man nun einmal mißtrauisch geworden, kann man leicht weiterfragen, ob Plinius uns auch in anderen Punkten hinters Licht führt, ob die Briefe wirklich das sind, was sie zu sein vorgeben, oder nicht vielmehr reine Kunstprodukte, Stilübungen oder Essays in Briefform ohne wirklichen Bezug zum Adressaten. Diese zweite Auffassung ist seit der Abhandlung von H. Peter (*Der Brief in der römischen Literatur,* Leipzig 1901) jahrzehntelang vorherrschend gewesen und erst in jüngerer Zeit von einer differenzierteren und sachgerechteren Deutung abgelöst worden. Peter und seine Anhänger stützten ihre Auffassung im wesentlichen auf drei Argumente: (1) Die kunstvolle Stilisierung der Briefe spricht für ein literarisches Kunstprodukt, während für den echten Privatbrief der spätrepublikanischen und augusteischen Zeit umgekehrt eine lässige Konversationssprache charakteristisch ist. (2) Im Gegensatz zum echten Brief, der meistens mehrere Punkte aneinanderreiht, widmet sich der Kunstbrief des Plinius nahezu ausschließlich nur einem Thema, ist – wie man zu sagen pflegt – monothematisch. (3) Der echte Brief nimmt ganz konkret auf den Adressaten Bezug, dem er ja etwas für ihn Belangreiches mitteilen will; bei Plinius dagegen besteht angeblich häufig keine Beziehung zwischen Adressat und Thema, der vorangestellte Gruß ist eher eine höfliche Ehrung für diesen.

Alle diese Aussagen haben zwar einen richtigen Kern, ziehen aber viel zu weitreichende und letztlich unzutreffende Folgerungen. Ich gehe in umgekehrter Reihenfolge darauf ein. Der Adressatenbezug wurde viel zu pauschal beurteilt. Da wir einen großen Teil der Adressaten überhaupt nicht kennen, können wir in vielen Fällen natürlich nicht beurteilen, ob das spezielle Thema auf die Interessen oder die Situation des Adressaten abgestimmt ist. Der Adressatenkreis insgesamt (mehr als 100 Personen) wirkt jedenfalls echt: Die eigentliche Prominenz der Zeit ist

kaum vertreten; die meisten Adressaten gehören zu der Schicht, der Plinius selbst entstammt, der wohlhabenden Oberschicht der italischen Landstädte; viele davon leben in Plinius' oberitalienischer Heimat, viele sind wie Plinius literarisch interessiert. Daß die Briefe entgegen dem ersten Anschein sehr wohl auf die Adressaten abgestimmt sind, zeigt sich besonders gut bei den Partnern, die eine größere Anzahl von Briefen erhalten, z.B. Calpurnius Fabatus und Caninius Rufus, beide aus Como, aber durch ganz verschiedene Beziehungen mit Plinius verbunden. Fabatus ist der Großvater von Plinius' dritter Frau Calpurnia, ein reicher Landbesitzer. In den an ihn gerichteten Briefen werden daher familiäre Fragen, Landwirtschaft und andere Sachfragen behandelt, aber nie literarische Themen, die sonst bei Plinius breiten Raum einnehmen – offenbar weiß Plinius, daß der alte Herr dafür nicht das geringste Interesse hat. Ein deutliches Beispiel für einen Privatbrief bietet in dieser Gruppe epist. 6,12, wo andeutungsweise auf Vorgänge Bezug genommen wird, die dem Adressaten bekannt sind, für den Leser der Briefsammlung aber unverständlich bleiben. Die Briefe an Caninius Rufus, der selbst literarisch tätig ist, behandeln dagegen neben anderen gemeinsamen Interessen, darunter ökonomischen Fragen, auch mehrfach literarische Themen. Ganz ähnliche Beobachtungen kann man bei den Briefen an den Schriftsteller Sueton, den Studienfreund Voconius Romanus oder bei den 11 Schreiben an den Historiker Tacitus machen, deren Individualität unbestreitbar ist.

Auch die Beschränkung auf ein einzelnes Thema, die bei Plinius mit geringen Ausnahmen zu beobachten ist, ist kein Beweis dafür, daß wir es nicht mit echten Briefen zu tun haben. Monothematische Briefe kommen auch in ciceronischer Zeit gar nicht selten vor: Trostbriefe, Glückwünsche, Empfehlungsschreiben hält man normalerweise von Zutaten frei und widmet sie einzig dem charakteristischen Inhalt des Brieftypus. Aber auch in vielen anderen

Fällen beschränken sich Cicero und seine Korrespondenten auf ein einheitliches Thema. Für den formvollendeten Brief scheint sich diese Selbstbeschränkung als (fast) absolute Regel eingebürgert zu haben: Der Verfasser des Briefes hat beim Schreiben eine besondere Absicht (epist. 7,6,8 *ratio scribendae epistulae*), und daran hält er sich. Möglicherweise hängt diese »Regel« mit der verbreiteten Vorstellung zusammen, daß der gute Brief kurz ist oder doch einen gewissen (nicht genau bezifferbaren) Umfang nicht überschreiten soll (Anspielung z.B. in epist. 9,13,26). Daß sich daraus keine realitätsferne Künstlichkeit der Briefe ableiten läßt, zeigt sich am besten an den Briefen von Buch X: Diese dienstlichen Schreiben an den Kaiser Trajan, die nicht besonders kunstvoll stilisiert und sicher nicht von Plinius publiziert sind, beschränken sich ebenfalls regelmäßig auf nur *ein* Problem. Der Trend zum monothematischen Brief scheint also ziemlich allgemein gewesen zu sein.

An der stilisierten Form der Bücher I bis IX der Plinius-Briefe besteht natürlich kein Zweifel. Der Vergleich mit beliebigen Privatbriefen Ciceros ist allerdings wenig bedeutungsvoll. In dem Zeitraum von 150 Jahren, der dazwischenliegt, können sich die Gepflogenheiten bezüglich des Briefstils gründlich geändert haben. Wie wir bereits gesehen haben, erwähnt Plinius mehrere Zeitgenossen, deren formvollendete Briefe er kannte und schätzte, unter ihnen seinen Freund Voconius Romanus. In einem späten Brief (epist. 9,28) erhalten wir darüber genauere Auskunft. Plinius bestätigt Romanus den Eingang dreier Briefe, die alle als »überaus elegant« bezeichnet werden, aber anscheinend nicht monothematisch waren und normalen praktischen Zwecken dienten. Aus dem letzten erfuhr er unter anderem, daß Romanus ihm weitere Briefe gesandt hatte, die »mit größerer Sorgfalt geschrieben« waren (*curiosius scriptas*), eine Sendung, die Plinius zu seinem großen Bedauern aber noch nicht erhalten hat. Wortlaut

und Umstände der Erwähnung machen es sehr wahrscheinlich, daß es sich bei diesen Briefen wie bei Plinius um stilisierte Prunkstücke handelte, die weniger der aktuellen Information als einem gewählten Gedankenaustausch und der ästhetischen Ergötzung des Adressaten dienten, aber nichtsdestoweniger an die Adressaten versandt wurden, also zumindest in diesem Sinne »echte« Briefe waren.

Viele Briefe aus Plinius' Sammlung zeigen allerdings, daß er auch manchen Brief mit durchaus praktischer Zielsetzung so sorgfältig formte, daß er später für würdig befunden wurde, publiziert zu werden. Denn zunächst war es wohl tatsächlich so, daß auch die kunstvoll formulierten Briefe geschrieben wurden, ohne daß eine Publikation ins Auge gefaßt war, so wie es Plinius im Widmungsbrief für die erste Sammlung voraussetzt, die vermutlich nur die ersten beiden Bücher umfaßte. Nachdem die ersten Bücher gut aufgenommen wurden, hat sich anscheinend die Einstellung des Plinius geändert: Er schrieb viel öfter kunstvolle Briefe und schrieb sie von vornherein im Hinblick auf die Publikation weiterer Briefsammlungen. Das läßt sich durch ein einfaches Rechenbeispiel stützen: Die Bücher I–III enthalten im wesentlichen Briefe aus den Jahren 96 bis 104, die Bücher IV–IX neben einzelnen älteren Stücken Briefe aus den Jahren 104 bis 108. Wenn man die unbedeutenden Unterschiede im Umfang der Bücher außer acht läßt, hat Plinius offensichtlich in den späteren Jahren drei- bis viermal so viele kunstvolle Briefe wie in früheren Jahren geschrieben. Aber auch diese späten Briefe wurden an die Adressaten versandt. Das ergibt sich deutlich aus einem späten Brief (epist. 9,11) an einen Adressaten, der ausdrücklich darum gebeten hatte, ihm auch etwas zu schreiben, was geeignet sei, in die Briefbücher eingereiht zu werden. In gewissem Ausmaß sind die Briefe also mit der Zeit künstlicher geworden, insofern die Absicht der Publikation immer häufiger anspruchsvoll sti-

lisierte Briefe entstehen ließ, wobei die praktischen Absichten des normalen Briefes vermutlich zurücktraten.

Die oft angenommene Überarbeitung vor der Publikation dürfte nicht allzu wichtig gewesen sein. Die Briefe bedurften nicht des nachträglichen stilistischen Aufputzes, da sie ja von vornherein besonders sorgfältig gestaltet, später sogar gleich im Hinblick auf die Publikation verfaßt worden waren. In der Regel genügten wohl die Tilgung des Absendedatums, die Standardisierung der abweichenden Grußformeln am Anfang und Schluß, um niemanden zu bevorzugen oder zurückzusetzen, und gelegentlich die eine oder andere kleine Retusche, um den Einzelbrief publikationsreif zu machen. Im übrigen brachte der Autor die Briefe innerhalb des Buches in eine abwechslungsreiche Ordnung, deren Absichten wir nicht in allen Einzelheiten ergründen können. Erkennbar ist, daß bewußt verschiedene Adressaten nebeneinanderstehen, daß Briefe zum gleichen Thema im allgemeinen voneinander getrennt werden (ausgenommen epist. 8,10 und 8,11), daß Briefe, die inhaltlich einen anderen fortsetzen, konsequenterweise an denselben Adressaten gerichtet werden, aber fast immer von dem vorausgehenden Brief abgerückt, manchmal sogar durch eine Buchgrenze getrennt sind (ausgenommen epist. 2,11 und 2,12). Dagegen scheint der Wechsel von kurzen und langen Briefen kein Kompositionsprinzip gewesen zu sein: Kurzbriefe begegnen vielmehr manchmal in regelrechten »Nestern« und scheinen in den letzten Büchern vermehrt aufgenommen zu sein, vielleicht weil es an geeigneten Briefen größeren Umfangs und gewichtigerer Thematik fehlte.

Die Privatbriefe des Plinius (Bücher I–IX) nehmen also eine ungewöhnliche Mittelstellung ein. Sie wurden einerseits als echte Briefe an ihre Adressaten gesandt, zunächst wohl ohne den Gedanken an spätere Publikation, sie sind aber andererseits ausgefeilte Beispiele gehobener Kunstprosa. So sind sie auch von der Mit- und Nachwelt lange

Zeit gewürdigt worden. Die erste Phase, in der sie anderen Autoren erkennbar als Anregung oder Vorbild dienten, ist die Spätantike. Einzelne Pliniusbezüge finden sich z.B. in den Briefen des belesenen Kirchenvaters Hieronymus. Aufschlußreicher ist die Briefsammlung des Redners und hohen Amtsträgers Q. Aurelius Symmachus (um 345–402). Als sein Sohn nach dem Tod des Vaters die Briefe herausgab, ordnete er sie in 9 Bücher Privatbriefe und ein Buch dienstliche Korrespondenz, offenbar in Anlehnung an eine antike Pliniusausgabe, in der bereits die von Plinius selbst edierten 9 Briefbücher mit der von anderer Hand edierten Sammlung des Briefwechsels mit Trajan vereinigt waren. Zeuge einer solchen Gesamtausgabe ist auch die um das Jahr 600 geschriebene Handschrift des Klosters Saint-Victor in Paris, die Anfang des 16. Jahrhunderts nach Italien ausgeliehen wurde und seitdem bis auf ein kleines Bruchstück verschollen ist. Daneben scheint es aber auch spätantike Ausgaben ohne die Trajan-Korrespondenz gegeben zu haben. An einer solchen orientierte sich wahrscheinlich der christliche Dichter und Bischof Sidonius Apollinaris, der im 5. Jahrhundert in Gallien kunstvoll stilisierte Briefe in 9 Büchern publizierte. Diese enthalten nicht nur im Detail Reminiszenzen aus Plinius' Briefwerk, sondern nehmen sich dieses explizit zum Vorbild, wie besonders der Widmungsbrief des ersten Buches (Anknüpfung an Symmachus und Plinius) und der des letzten Buches (Anfügung von Buch IX wegen der Buchzahl des Plinius) zeigen.

Eine zweite wichtige Periode für Tradition und Rezeption der Briefe stellte offenbar die Zeit des 9. und 10. Jahrhunderts dar. In Mittelfrankreich wurde im 9. Jahrhundert eine Teilabschrift des alten Codex von Saint-Victor angefertigt (heute in Florenz). Ein anderes Exemplar der Briefe (in 9 Büchern) befand sich sehr wahrscheinlich in der karolingischen Hofbibliothek, da in ihrem Umkreis im 9. Jahrhundert Plinius-Handschriften sowohl im Kloster

Corbie (heute im Vatikan) als auch in Fulda (heute in Florenz), vermutlich auch im Kloster Lorsch entstanden und Einhard, der Biograph Karls des Großen, in einem seiner Briefe eine Plinius-Stelle zitiert. Ein weiteres Exemplar der Plinius-Briefe (allerdings nur 8 Bücher umfassend: ohne Buch VIII und X) lag fast unbeachtet in der Kapitelbibliothek von Verona. Einzig Bischof Rather, selbst ein emsiger Briefschreiber, hat es im 10. Jahrhundert benutzt. Danach scheint Plinius jahrhundertelang kaum beachtet worden zu sein.

Ein entscheidender Wandel trat erst seit der Mitte des 14. Jahrhunderts ein. Schon etwas früher war das alte Exemplar in Verona wenigstens lokal nutzbar gemacht worden: Giovanni de Matociis schrieb Anfang des 14. Jahrhunderts – offenbar nach Lektüre der Veroneser Handschrift – seine *Brevis adnotatio de duobus Pliniis*, in der er die verbreitete Auffassung des Mittelalters, es habe nur einen Plinius gegeben, schlagend widerlegte, und 1329 übernahm ein anonymer Kompilator einzelne Partien der Plinius-Briefe in ein Florilegium, das heute noch in der Kapitelbibliothek aufbewahrt wird. Es dauerte aber noch Jahrzehnte, bis die Kenntnis des Plinius wirklich in Humanistenkreisen verbreitet wurde. Den ersten Anstoß gab Ser Simone d'Arezzo, der die Handschrift F (heute in Florenz) mit genau 100 Plinius-Briefen aus Frankreich nach Italien brachte und schließlich testamentarisch dem Dominikanerkloster in Arezzo schenkte. Erst als sie später in den Besitz des Florentiner Kanzlers Coluccio Salutati kam, entfaltete sie ihre volle Wirkung und wurde mehr als zwanzigmal für andere Interessenten abgeschrieben. Auch in französischen Frühhumanistenkreisen war der Text dieser 100 Briefe bekannt. Eine deutliche Erweiterung der Textkenntnis ergab sich in Italien, als 1419 Guarino und seine Freunde die alte Handschrift in Verona wiederentdeckten und vielen Humanisten komplettierte Abschriften der Plinius-Briefe zur Verfügung stellten. Buch VIII und

X wurden noch wesentlich später bekannt, teilweise erst durch den Druck des Aldus Manutius, Venedig 1508.

Die große Zahl der jüngeren Plinius-Handschriften (etwa 80 aus dem 15. Jahrhundert) zeigt deutlich, mit welchem Interesse die Humanisten die Plinius-Briefe aufnahmen. Sie wurden gelesen, zitiert, für eigene Zwecke umgeformt. Von besonderem Interesse ist die Rezeption in der reichhaltigen Briefliteratur der Renaissance: Wie hat sich Plinius neben den Cicero-Briefen, die schon Petrarca mit Begeisterung aufgenommen hatte, als Modell behaupten können? Der Befund ist nicht ganz eindeutig. In der Briefpraxis gibt es deutliche Anzeichen für Nutzung oder sogar Imitation des Plinius, z. B. im Briefcorpus des Guarino nach Bekanntschaft mit der Handschrift aus Verona oder im Widmungsbrief zu Polizians Briefcorpus, der deutlich nach Plinius' Widmungsbrief strukturiert ist. Dagegen sind Hinweise auf Plinius in den italienischen Abhandlungen über Epistolographie aus dem späten 15. Jahrhundert ganz unbedeutend, ganz im Gegensatz zu Erasmus' bedeutender Schrift *Über das Verfassen von Briefen* (*De conscribendis epistolis*), in der Cicero, Plinius und der Humanist Poliziano als die besten Vorbilder angesehen werden und das meiste Material für die eingefügten Beispielsammlungen liefern. Erasmus' Urteil stimmt wohl eher mit der epistolographischen Praxis der Renaissance überein. Immerhin versichert der ältere Filippo Beroaldo in der Vorrede seiner wichtigen Pliniusausgabe (Bologna 1498), daß der Briefstil des Plinius von den Zeitgenossen gegenüber dem Ciceros bevorzugt wurde. Und die einzige frühe volkssprachliche Übersetzung (von Lodovico Dolce, Venedig 1548) stellte auffälligerweise eine Auswahl von Plinius-Briefen mit Briefen bedeutender Humanisten von Petrarca bis Poliziano zusammen.

Zahlreiche Drucke sorgten für die Verfügbarkeit des Originaltextes, dessen sprachliche Form den Gebildeten des 16. und 17. Jahrhunderts offenbar keine Schwierigkei-

ten machte. Montaigne, der Plinius für seine *Essais* benutzte, las den Text selbstverständlich lateinisch; eine vollständige französische Übersetzung (von J. Bouchart) erschien erst 1632 in Paris. Mit beträchtlichem Abstand folgten eine deutsche Gesamtausgabe (von J. Sartorius, Leipzig 1712), eine italienische (von G. A. Tedeschi, Rom 1717) und gleich zwei englische, die eine von Henley (London 1724) und die klassisch gewordene von W. Melmoth (London 1746), der selbst eine Sammlung von Kunstbriefen veröffentlichte und in unnachahmlicher Weise den gepflegten Konversationston der Plinius-Briefe in die Sprache seiner Zeit umsetzte.

Im allgemeinen geht freilich von der geschliffenen Form der Plinius-Briefe in jeder Übersetzung manches verloren. Es kommt hinzu, daß unsere Zeit nicht mehr in gleicher Weise zur Wahrnehmung rhetorisch stilisierter Prosa in der Lage ist und ganz sicher nicht dasselbe ästhetische Vergnügen aus der Lektüre zieht. Aber Plinius' Briefe haben zweifellos auch dem Leser, der primär an den Inhalten interessiert ist, der z.B. daraus einen Eindruck von der Gesellschaft der hohen Kaiserzeit gewinnen will, viel zu bieten. Plinius ist nicht nur ein hochgebildeter, sondern auch vielseitig interessierter Mann, der scharf beobachtet, ein Gespür für praktische Belange hat und sich manchmal gründliche Gedanken über Erlebnisse oder Eindrücke macht. Seine Briefe spiegeln alle Teilbereiche seines Lebens und damit gleichzeitig viele Aspekte des gesellschaftlichen Lebens der römischen Oberschicht, der er ebenso wie seine Adressaten angehörte. Gerade der Umstand, daß Plinius weder persönlich noch literarisch eine Ausnahmeerscheinung darstellt, macht seine Briefe so wertvoll. Die Normalität des Autors, die Vergleichbarkeit seines Lebens, seiner Interessen, teils auch seiner Urteile und Empfindungen mit denen zahlreicher Zeitgenossen verhilft uns dazu, daß wir in mancher Hinsicht in seinen Briefen ein repräsentatives Bild einer breiten und

wichtigen Bevölkerungsschicht der trajanischen Zeit vor uns sehen.

Es ist natürlich nicht möglich, auf wenigen Seiten einen umfassenden Eindruck von der Fülle und Vielseitigkeit der Briefe zu geben. Es dürfte aber von Nutzen sein, wenigstens einige wichtige Themen-Komplexe kurz in ihrer Bedeutung zu würdigen. Der familiäre Bereich spielt eine eher untergeordnete Rolle, teilweise wohl aus sachlichen Gründen. Plinius' Eltern lebten beide nicht mehr, als er Mitte der 90er Jahre die ersten Briefe schrieb, die später in die publizierten Sammlungen aufgenommen wurden. Sein Onkel, dem er viel verdankte und den er offenbar – auch wegen seiner umfangreichen Schriftstellerei – bewunderte (epist. 3,5 gibt ein regelrechtes Werkverzeichnis), war ebenfalls seit langem tot. Der eigenen Frau pflegt man nur Briefe zu schreiben, wenn man längere Zeit von ihr getrennt ist. Bei Plinius kam das anscheinend nur ein einziges Mal vor: Seine dritte Frau Calpurnia, die er wahrscheinlich erst nach seinem Konsulat als junges Mädchen geheiratet hatte, machte wegen ihrer labilen Gesundheit 107 eine Badekur in Kampanien, bei der ihr Mann sie wegen dienstlicher Pflichten nicht begleiten konnte; die drei Briefe (epist. 6,4; 6,7; 7,5) aus dieser Zeit der Trennung lassen sich verbinden mit einem Brief an die Tante der jungen Frau, in dem sich Plinius über Calpurnia äußert (epist. 4,19). Er zeigt, daß diese Ehe ganz gewiß keine Partnerschaft im modernen Sinne war, daß Calpurnia ihren etwa 25 Jahre älteren Mann grenzenlos bewunderte, dieser andererseits in fürsorglicher Liebe um seine junge Frau besorgt war. Zur Erklärung dieses Ungleichgewichts, das anscheinend das harmonische Zusammenleben der Eheleute nicht gehindert hat, braucht man keineswegs die »typisch römische« Vorstellung von weiblicher Anpassung und Unterordnung zu bemühen, da der beträchtliche Altersunterschied solche Konstellationen auch heute noch entstehen läßt.

Wesentlich gewichtiger ist der Anteil der Briefe, die Aufschluß über die private und öffentliche Tätigkeit des Plinius geben. Wenn wir zunächst von den literarischen Interessen absehen, sind es im wesentlichen drei Bereiche, über die wir interessante Informationen erhalten. Der erste betrifft die wirtschaftlichen Grundlagen von Plinius' Existenz. Plinius lebte wie die meisten Standesgenossen hauptsächlich vom Ertrag seines umfangreichen Landbesitzes, der teils von Pächtern, teils von Verwaltern mit Hilfe von Sklaven bewirtschaftet wurde. Seine Briefe, die sich mit der Verwaltung des Besitzes und anderen Vermögensfragen befassen, haben nach langer Vernachlässigung in den letzten Jahrzehnten mit Recht mehr Beachtung gefunden. In der Tat werfen manche davon, z.B. der, in dem Plinius das Für und Wider einer Erweiterung seines tuskischen Landgutes erörtert (epist. 3,19), ein anderer (9,37) über anhaltende Pachtrückstände und den erwogenen Übergang zur partiarischen Naturalpacht (»sharecropping«) oder schließlich der über ein Rabattsystem für Weinaufkäufer, die durch eine Baisse der Weinpreise in Schwierigkeiten gerieten (epist. 8,2), nicht nur ein interessantes Licht auf Plinius' faire Berücksichtigung beiderseitiger Belange, sondern auch auf seine beachtliche Vertrautheit mit allen zeitüblichen Problemen und Wirtschaftsformen und eine erstaunliche Bereitschaft zu sorgfältigen betriebswirtschaftlichen Überlegungen.

Ökonomischer Sachverstand und gesunde Skepsis gegenüber den Unzulänglichkeiten der öffentlichen Hand zeigen sich auch bei einigen Stiftungen des Plinius. Römische Senatoren verfügen normalerweise nicht über große Bargeldbeträge, ausgenommen wenn es durch Erbschaften oder Legate zu größeren Mittelzuflüssen kommt. Gerade diese Gelegenheiten nutzte Plinius mehrfach zu namhaften Schenkungen, deren Nutznießer neben einzelnen Freunden vor allem seine Heimatstadt Como war. Wohl in spätdomitianischer Zeit stiftete Plinius ihr eine Million

Sesterze für den Bau einer Bibliothek, dazu einen Fonds von 100 000 Sesterzen, aus dem der Unterhalt des Gebäudes bestritten werden konnte. Später kam eine private Ausbildungshilfe für bedürftige Kinder im Wert einer halben Million hinzu, deren Effektivität der vorsichtige Geber durch eine raffinierte Rechtskonstruktion sicherte (epist. 7,18). Weitere Stiftungen (für ein öffentliches Bad und die Sicherung seiner Freigelassenen durch eine lebenslange Rente), die testamentarisch verfügt wurden, dürften ähnlich sorgfältig geplant worden sein.

Der zweite Bereich ist die Tätigkeit als Anwalt, nicht eigentlich ein Beruf im modernen Sinne, sondern Bestandteil der sozialen Pflichten eines Angehörigen der römischen Oberschicht. Plinius hat sich der Tätigkeit als Gerichtsredner seit seiner Jugend mit großem Engagement und offenbar beträchtlichem Erfolg gewidmet. In jüngeren Jahren plädierte er bevorzugt vor dem Zentumviralgericht, wo Eigentums- und vor allem Erbstreitigkeiten mit höherem Streitwert zur Verhandlung kamen. Seit den 90er Jahren kamen Prozesse vor dem Senatsgericht hinzu, ausschließlich Verfahren gegen Statthalter wegen unrechtmäßiger Bereicherung (Repetunden), in denen Plinius teilweise als Ankläger im Namen der geschädigten Provinz (ausführliche Berichte in epist. 2,11; 3,9), teilweise als Verteidiger (z. B. epist. 4,9) tätig wurde. Natürlich konnte er nicht jeden Prozeß übernehmen, der ihm angetragen wurde. Seine Auswahlkriterien ergeben sich aus epist. 6,29: Plinius, der übrigens nach alter römischer Sitte immer ohne Honorar arbeitete (epist. 5,13,8), übernahm in erster Linie Fälle, die ihm aus seinem großen Bekanntenkreis, nicht selten auch im Interesse Dritter, angetragen wurden; dabei mußte natürlich jeweils geprüft werden, ob die Wünsche nicht mit den Interessen anderer Freunde oder alter Klienten kollidierten. Daneben engagierte sich Plinius gerne in Fällen von exemplarischer Bedeutung, die offenbar für den Experten von besonderem Reiz waren, und

außerdem in aufsehenerregenden Fällen, die ein großes Publikumsinteresse sicherten und dadurch auch der Eitelkeit des Redners schmeichelten.

Die jahrzehntelange Tätigkeit als Prozeßredner hat wahrscheinlich zu Ermüdungserscheinungen geführt. Plinius klagt über die Last der Alltagsverpflichtungen. Gewisse Entwicklungen beim Zentumviralgericht, z.B. Redezeitbegrenzungen und Scharen bezahlter Claqueure, lassen ihn sogar an einen vollständigen Rückzug aus dieser Tätigkeit denken (epist. 2,14). Aber diese Pläne hat er dann doch nicht realisiert. Einige seiner bedeutendsten Privatprozesse gehören gerade den späten Jahren an, und er scheint auch in der Sorgfalt der Prozeßvorbereitung nicht nachgelassen zu haben. Der entscheidende Grund war wahrscheinlich der enge Zusammenhang zwischen der Anwaltstätigkeit und den literarischen Interessen. Die Prozeßreden des Plinius waren die wesentliche Grundlage seiner literarischen Produktion, durch die er sich Nachruhm zu sichern hoffte.

Die öffentliche Tätigkeit als Senator und Amtsträger ist der dritte Bereich, über den wir in den Briefen einiges erfahren. Das Ansehen als Redner, loyale und sorgfältige Tätigkeit in den unteren Ämtern und nicht zuletzt einflußreiche Freunde bahnten dem Neuling Plinius den Weg in die höchsten Ränge der Amtshierarchie. Nennenswerte politische Macht war damit allerdings nicht verbunden. Der Senat führte ein ehrenvolles Schattendasein. Während die wichtigen Fragen im Beraterkreis des Kaisers, dem Plinius nur gelegentlich angehörte (epist. 6,31), entschieden wurden, diskutierte der Senat meist über Randprobleme und brachte selbst dabei oft nichts Rechtes zustande. So ergab sich der Teufelskreis, daß der Senat angesichts der beschränkten Kompetenzen ineffizient und verantwortungslos agierte und den Kaiser zwang, in immer neue Detailfragen einzugreifen (z.B. epist. 4,25). Auch die alten republikanischen Ämter, die dem Namen nach fortlebten,

verliehen mehr Ansehen als Macht; selbst das Konsulat war weitgehend repräsentativ.

Einige Funktionen, in denen Plinius tätig war, sind am ehesten leitenden Stellen staatlicher Verwaltungen zu vergleichen. Plinius nahm offenbar seine Pflichten sehr ernst und erwarb sich insbesondere Anerkennung und Vertrauen seines langjährigen Dienstherrn, des Kaisers Trajan. Besonders deutlich wird das bei seinem letzten Amt, der Verwaltung Bithyniens, über die der Briefwechsel des 10. Buches so eingehend und sachlich informiert. Man hat daraus manchmal voreilig auf Inkompetenz und Überängstlichkeit des Plinius geschlossen; richtiger ist wohl, daß ihm zwar die Erfahrung in der Leitung einer Provinz fehlte, daß er dieses Manko aber durch große Sorgfalt und notfalls Rückfragen bei seinem Auftraggeber ausglich, Rückfragen übrigens, die mit der Zeit immer seltener wurden. Man kann sogar erkennen, daß Plinius neben der gewissenhaften Erledigung der üblichen Statthalterpflichten und der engagierten Erfüllung seines Sonderauftrags, das Finanzgebaren der Städte zu überprüfen und zu ordnen, selbständig Probleme erkannte und Lösungsvorschläge machte, so z. B. bei dem Wasserstraßenprojekt in epist. 10,41 und 10,61. Auch der »Christenbrief« (10,96) zeigt ein gründliches Eindringen in die Sachproblematik und den Versuch, zumindest für zweifelhafte und kompromißbereite Christen eine maßvolle Verfahrensweise zu ermöglichen. Nicht nur durch seine Integrität und sein Pflichtbewußtsein, sondern auch durch seine Gründlichkeit und seine Initiativen übertraf Plinius wahrscheinlich den Durchschnitt seiner senatorischen Standesgenossen, die mit ähnlichen Aufgaben betraut waren.

Neben diesen vielseitigen Einblicken in die verschiedenen Bereiche von Plinius' Vita activa vermitteln die Briefe aber vor allem ein gutes und facettenreiches Bild seiner literarischen Interessen und des Literaturbetriebs der trajanischen Zeit. Plinius kannte die großen und kleinen

Schriftsteller der Zeit, die großen allerdings eher aus der Distanz, mit Ausnahme des Historikers Tacitus, mit dem er offenbar jahrzehntelang freundschaftlich verbunden war. Die Entstehung von Tacitus' *Historien* begleitete er nicht nur mit Interesse, sondern förderte sie durch Auskünfte (z.B. epist. 6,16 über den katastrophalen Ausbruch des Vesuv und den Tod seines Onkels) und kritische Sichtung des Manuskripts. Im übrigen pflegte Plinius eher den Kontakt mit Autoren der zweiten Reihe, etwa mit dem gelehrten Suetonius Tranquillus, der später die uns erhaltenen *Kaiserbiographien* verfaßte, oder mit Passennus Paulus, der die *Elegien* des Properz zu neuem Leben erweckte, dazu mit vielen Zeitgenossen, die sich, aus Liebhaberei oder um ihre stilistischen Fähigkeiten zu schulen, literarischen Vorhaben widmeten, also *dilettanti* im alten Sinne des Wortes waren. Diese Amateurschriftsteller, die sich häufig mit literarischen Kleinformen, gelegentlich aber auch mit anspruchsvolleren Projekten (z.B. Komödien, epist. 6,21; griechisches Epos über Trajans Dakerkrieg, epist. 8,4) beschäftigten, standen in einem engen und lebhaften Kontakt miteinander, in den Plinius – als einer von ihnen – eingebunden war. Der Gedankenaustausch fand einerseits durch Gespräche und Briefe, andererseits durch die seit der frühen Kaiserzeit aufgekommenen Rezitationen, Vorlesungen vor kleinerem oder größerem Zuhörerkreis, statt.

Nach der Depression der letzten Jahre Domitians traten am Ende des 1. Jahrhunderts viele Autoren mit ihren Werken an die Öffentlichkeit, und Plinius gehörte anscheinend zu den eifrigsten Besuchern solcher Rezitationen, die der Buchpublikation vorausgingen oder sie in manchen Fällen sogar ersetzten. Wir erfahren davon natürlich nur dann, wenn er in seinen Briefen davon spricht, etwa um auswärtige Bekannte über Neuigkeiten aus diesem Bereich zu unterrichten (z.B. epist. 4,27; 5,17; 6,15; grundsätzlicher epist. 1,13). Plinius selbst rezitierte zunächst

nicht, hat aber später Lesungen vor einem kleinen Kreis ausgewählter Gäste gehalten (epist. 3,18; 8,21), um sich deren Rat und Kritik für Reden oder Gedichte zu sichern, die er zur Publikation vorbereitete. Im übrigen nutzte er dazu häufig auch den brieflichen Kontakt. Und er selbst korrigierte seinerseits fremde Manuskripte, beriet, regte an, ermunterte und drängte gelegentlich auf Abschluß und Publikation (z.B. epist. 2,10; 5,10). Das ist nicht nur ein Zeichen von Anteilnahme und Neugier, sondern dahinter steht auch die Überzeugung, daß die literarisch tätigen Zeitgenossen von demselben unbändigen Streben nach Ruhm wie er selbst geleitet werden und daß bei einem unfertig hinterlassenen Werk die aufgewandte Mühe vergeblich bleibt (epist. 5,5).

Plinius hatte – um etwas »Unsterbliches« zu hinterlassen – seit langem manche seiner Reden überarbeitet und publiziert, aber das genügte ihm schließlich nicht mehr. Unter Trajan begann er Abschriften gut gelungener und thematisch interessanter Briefe für die Publikation zu sammeln, und nach seinem Konsulat entwarf er in den kleinen Intervallen seiner vielseitigen Tätigkeit kleine Gedichte, von denen er im Lauf der Zeit zwei Sammlungen veröffentlichte (epist. 4,14; 8,21). Das Dichten war zunächst wohl nicht mehr als ein geistvoller Zeitvertreib nach dem Vorbild anderer »elder statesmen«, aber auch hier scheint schließlich die Hoffnung auf literarischen Ruhm die Oberhand behalten zu haben (epist. 9,25).

Man tut Plinius sicher kein Unrecht, wenn man seine literarische Produktion auf dieselbe Ebene mit den geplanten oder auch vollendeten Werken seiner dilettierenden Zeitgenossen stellt. Auf den ersten Blick scheint er sich allerdings durch die Vielseitigkeit seiner Arbeiten vor anderen auszuzeichnen. Aber ein früher Brief (epist. 1,16) über einen uns sonst völlig unbekannten Mann (wahrscheinlich aus dem Ritterstand) belehrt uns eines Besseren: Pompeius Saturninus, den Plinius wegen seines vielseitigen Ta-

lents aufs höchste bewunderte, hielt Reden vor Gericht, die er offensichtlich auch publizierte, er schrieb aber auch ein Geschichtswerk, verfaßte Gedichte (»wie Catull und Calvus«, also in der neoterischen Tradition, an die sich auch Plinius anschloß) und schrieb anscheinend auch elegante Briefe (denn Plinius hält die Auskunft, daß diese von seiner Frau geschrieben wurden, für wenig glaubhaft). Da Plinius mit Nachdruck betont, wie begeistert er die Schriften dieses Freundes liest, liegt die Vermutung nahe, daß gerade die nähere Bekanntschaft mit diesem vielseitigen Amateur dazu beigetragen hat, daß auch Plinius seine literarischen Ambitionen über das Publizieren seiner Reden hinaus ausdehnte. Vielleicht verdanken wir letztlich seiner Anregung die Entstehung der Briefsammlung, die Plinius' Hoffnung, etwas zu schaffen, was seinen Tod überdauerte, Wahrheit werden ließ.

Wilhelm Kierdorf

Verzeichnis der Adressaten

Inhalt

Epistulae · Briefe

Anhang

Römische Literatur

IN RECLAMS UNIVERSAL-BIBLIOTHEK

Vermischte Prosa (ohne Seneca)

Antike Heilkunst. 250 S. UB 9305
Antike Zaubersprüche. Lat., gr./dt. 72 S. UB 8686
Apuleius, *Das Märchen von Amor und Psyche.* Lat./dt. 152 S. UB 486
Augustinus, *Confessiones / Bekenntnisse.* Lat. dt. 809 S. UB 18676 – *Bekenntnisse.* 440 S. UB 2792 – *De beata vita / Über das Glück.* Lat. dt. 109 S. UB 7831 – *De magistro / Über den Lehrer.* Lat./dt. 155 S. UB 2793 – *De vera religione / Über die wahre Religion.* Lat./dt. 231 S. UB 7971 – *Die christliche Bildung (De doctrina christiana)* 288 S. UB 18165
Boethius, *Trost der Philosophie.* 189 S. UB 3154
Cato, *De agri cultura / Über die Landwirtschaft.* Lat./dt. 272 S. UB 18678
Eugippius, *Vita Sancti Severini / Das Leben des heiligen Severin.* Lat./dt. 157 S. UB 8285
Marc Aurel, *Selbstbetrachtungen.* 188 S. UB 1241
Nepos, *De viris illustribus / Biographien berühmter Männer.* 456 S. UB 995
Petron, *Satyricon.* 261 S. UB 8533
Plinius der Ältere, *Naturalis historia / Naturgeschichte.* Lat./dt. 165 S. UB 18335
Plinius der Jüngere, *Sämtliche Briefe.* Lat./dt. 947 S. UB 18742 – *Briefe.* 76 S. UB 7787 – *Epistulae / Briefe.* Lat./dt. *1. Buch.* 96 S. UB 6979 – *2. Buch.* 96 S. UB 6980 – *3. Buch.* 96 S. UB 6981 – *4. Buch.* 69 S. UB 6982 – *5. Buch.* 94 S. UB 6983 – *6. Buch.* 109 S. UB 6984 – *7. Buch.* 104 S. UB 6985 – *8. Buch.* 104 S. UB 6986 – *9. Buch.* 110 S. UB 6987 – *10. Buch. Der Briefwechsel mit Kaiser Trajan.* 160 S. UB 6988
Quintilian, *Institutio oratoria X / Lehrbuch der Redekunst. 10. Buch.* Lat./dt. 160 S. UB 2956
Tacitus, *Dialogus de oratoribus / Dialog über die Redner.* Lat./dt. 117 S. UB 7700
Tertullian, *De spectaculis / Über die Spiele.* Lat./dt. 120 S. UB 8477
Venantius Fortunatus, *Vita sanctae Radegundis* / Das Leben der heiligen Radegunde. Lat./dt. 93 S. UB 18559

Philipp Reclam jun. Stuttgart

Römische Literatur

IN RECLAMS UNIVERSAL-BIBLIOTHEK

Geschichtsschreibung

Augustus, *Res gestae / Tatenbericht.* Lat./griech./dt. 88 S. UB 9773

Caesar, *De bello Gallico / Der Gallische Krieg.* Lat./dt. 648 S. UB 9960 – *Der Bürgerkrieg.* 216 S. UB 1090 – *Der Gallische Krieg.* 363 S. UB 1012

Eugippius, *Vita Sancti Severini / Das Leben des heiligen Severin.* Lat./dt. 157 S. UB 8285

Livius, *Ab urbe condita / Römische Geschichte. 1. Buch.* Lat./dt. 240 S. UB 2031 – *2. Buch.* Lat./dt. 237 S. UB 2032 – *3. Buch.* Lat./dt. 263 S. UB 2033 – *4. Buch.* Lat./dt. 235 S. UB 2034 – *5. Buch.* Lat./dt. 229 S. UB 2035 – *21. Buch.* Lat./dt. 232 S. UB 18011 – *22. Buch.* Lat./dt. 256 S. UB 18012 – *23. Buch.* Lat./dt. 223 S. UB 18013 – *24. Buch.* Lat./dt. 208 S. UB 18014 – *25. Buch.* Lat./dt. 215 S. UB 18015 – *26. Buch.* Lat./dt. 244 S. UB 18016

Nepos, *Cornelius, De viris illustribus / Biographien berühmter Männer.* Lat./dt. 456 S. UB 995

Sallust, *Bellum Iugurthinum / Der Krieg mit Jugurtha.* Lat./dt. 222 S. UB 948 – *De coniuratione Catilinae / Die Verschwörung des Catilina.* Lat./dt. 119 S. UB 9428 – *Historiae / Zeitgeschichte.* Lat./dt. 88 S. UB 9796 – *Die Verschwörung des Catilina.* 79 S. UB 889 – *Zwei politische Briefe an Caesar.* Lat./dt. 95 S. UB 7436

Sueton, *Augustus.* Lat./dt. 200 S. UB 6693 – *Caesar.* Lat./dt. 191 S. UB 6695 – *Nero.* Lat./dt. 151 S. UB 6692 – *Vespasian, Titus, Domitian.* Lat./dt. 136 S. UB 6694

Tacitus, *Agricola.* Lat./dt. 150 S. UB 836 – *Annalen I–VI.* 320 S. UB 2457 – *Annalen XI-XVI.* 320 S. UB 2458 – *Germania.* 80 S. UB 726 – *Germania.* Lat./dt. 112 S. UB 9391 – *Historien.* Lat./dt. 816 S. 8 Abb. u. 6. Ktn. UB 2721

Velleius Paterculus, *Historia Romana / Römische Geschichte.* Lat./dt. 376 S. UB 8566

Römische Literatur

IN RECLAMS UNIVERSAL-BIBLIOTHEK

Seneca

Apocolocyntosis / Die Verkürbissung des Kaisers Claudius. Lat. / dt. 94 S. UB 7676

De brevitate vitae / Von der Kürze des Lebens. Lat. / dt. 76 S. UB 1847

De clementia / Über die Güte. Lat. / dt. 116 S. UB 8385

De ira / Über die Wut. Lat. / dt. 319 S. UB 18456

De otio / Über die Muße / De providentia / Über die Vorsehung. Lat. / dt. 85 S. UB 9610

De tranquillitate animi / Über die Ausgeglichenheit der Seele. Lat. / dt. 111 S. UB 1846

De vita beata / Vom glücklichen Leben. Lat. / dt. 119 S. UB 1849

Epistulae morales ad Lucilium / Briefe an Lucilius über Ethik. Lat. / dt. *1. Buch.* 88 S. UB 2132 – *2. Buch.* 96 S. UB 2133 – *3. Buch.* 96 S. UB 2134 – *4. Buch.* 96 S. UB 2135 – *5. Buch.* 96 S. UB 2136 – *6. Buch.* 94 S. UB 2137 – *7. Buch.* 96 S. UB 2139 – *8. Buch.* 96 S. UB 2140 – *9. Buch.* 101 S. UB 2141 – *10. Buch.* 72 S. UB 2142 – *11.–13. Buch.* 127 S. UB 2143 – *14. Buch.* 128 S. UB 9370 – *15. Buch.* 141 S. UB 9371 – *16. Buch.* 80 S. UB 9372 – *17. und 18. Buch.* 165 S. UB 9373 – *19. Buch.* 151 S. UB 9374 – *20. Buch.* 135 S. UB 9375

Medea. Lat. / dt. 167 S. UB 8882

Naturales quaestiones / Naturwissenschaftliche Untersuchungen. Lat. / dt. 543 S. UB 9644

Oedipus. Lat. / dt. 142 S. UB 9717

Vom glückseligen Leben und andere Schriften. Lat. / dt. 160 S. UB 7790

Römische Literatur

IN RECLAMS UNIVERSAL-BIBLIOTHEK

Cicero

Cato maior de senectute / Cato der Ältere über das Alter. Lat./dt. 141 S. UB 803

De finibus bonorum et malorum / Über das höchste Gut und das größte Übel. Lat./dt. 543 S. UB 8593

De imperio Cn. Pompei ad Quirites oratio / Rede über den Oberbefehl des Cn. Pompeius. Lat./dt. 88 S. UB 9928

De natura deorum / Über das Wesen der Götter. Lat./dt. 480 S. UB 6881

De officiis / Vom pflichtgemäßen Handeln. Lat./dt. 459 S. UB 1889

De oratore / Über den Redner. Lat./dt. 653 S. UB 6884

De re publica / Vom Gemeinwesen. Lat./dt. 416 S. UB 9909

Drei Reden vor Caesar. Lat./dt. 143 S. UB 7907

Epistulae ad Atticum / Briefe an Atticus. Lat./dt. 279 S. UB 8786

Epistulae ad Quintum fratrem / Briefe an den Bruder Quintus. Lat./dt. 251 S. UB 7095

Laelius, Über die Freundschaft. 87 S. UB 868

Orator / Der Redner. Lat./dt. 239 S. UB 18273

Philippische Reden gegen M. Antonius. Erste u. zweite Rede. Lat./dt. 200 S. UB 2233

Pro M. Caelio oratio / Rede für M. Caelius. Lat./dt. 159 S. UB 1237

Pro A. Licinio Archia poeta oratio / Rede für den Dichter A. Licinius Archias. Lat./dt. 56 S. UB 1268

Pro P. Sestio oratio / Rede für P. Sestius. Lat./dt. 205 S. UB 6888

Rede für Sextus Roscius aus Ameria. Lat./dt. 148 S. UB 1148

Rede für Titus Annius Milo. Lat./dt. 160 S. UB 1170

Rede über den Oberbefehl des Cn. Pompeius. Rede für den Dichter A. Licinius Archias. 64 S. UB 8554

Reden gegen Verres. Lat./dt. *I.* 130 S. UB 4013 – *II.* 168 S. UB 4014 – *III.* 208 S. UB 4015 – *IV.* 261 S. UB 4016 – *V.* 183 S. UB 4017 – *VI.* 200 S. UB 4018

Tusculanae disputationes / Gespräche in Tusculum. Lat./dt. 563 S. UB 5028

Über den Staat. 189 S. UB 7479

Vier Reden gegen Catilina. 88 S. UB 1236 – Lat./dt. 149 S. UB 9399

Cicero zum Vergnügen. 184 S. UB 9652

Philipp Reclam jun. Stuttgart